La noche oscura del Niño Avilés

Para Julio Ortega y
Cecilia Bustamante,
queridos amigos
y admirados
escritores.

Edgardo Rodríguez Juliá
En Río Piedras,
a 2 de febrero de 1984

Colección Sur

la noche oscura del Niño Avilés

Edgardo Rodríguez Juliá

1984

ediciones huracán

Primera edición: 1984

Diseño de portada: José A. Peláez

© Ediciones Huracán, Inc.
Ave. González 1002
Río Piedras, Puerto Rico

Impreso y hecho en la República Dominicana/
Printed and made in the Dominican Republic

Núm. de Catálogo Biblioteca del Congreso/
Library of Congress Catalog Card Number: 83-80313
ISBN: 0-940238-10-1

Para Yvonne y Pablo

Prólogo

"Ocurre que esta plaza fuerte de San Juan Bautista goza en sus predios anegadizos, que también son llamados caños, de un bien dispuesto laberinto de canales, y aseguro que estas calles de agua pueden boyar grandes góndolas de colores muy regalados a la vista, por lo que me atrevo a juzgar que esta bendita ciudad supera en belleza y asombro aquella maravilla con que topó Cortés llamada Tenotilán, también ciudad lacustre, y hasta ánimo tengo para hacerle comparanza con la muy antigua Venecia, verdadera perla del Adriático, ciudad flotante tan afamada que bien debería ser regalo para los ojos de todos los hombres, consuelo universal para los moribundos"...

En el año 1797, el Niño Avilés —canónigo heterodoxo y protegido de los Obispos Larra y Trespalacios— fundó una colonia lacustre en la maraña de mangles aledaños a la ciudad de San Juan Bautista. A pesar de su gran extensión y notoriedad hacia finales del siglo XVIII, aquella ciudad de leyendas y canales está ausente de nuestras principales colecciones de documentos históricos. Pero su fama fue escándalo y maravilla de aquella sociedad colonial de hace dos siglos; a nosotros llega la imagen de un recinto al parecer reprimido por la memoria colectiva. Oculta por el olvido, renace ante nosotros la ciudad maldita, ámbito de la exaltación religiosa y el desenfreno sensual, sitio de Dios y el demonio, encrucijada de Sodoma y Nueva Jerusalén. Escuchemos a Don Rafael González Campos, cronista del siglo dieciocho quien arriba la comparó con Venecia, describirnos algunos de sus perversos encantos: "Y toda aquella colonia era de muy negra fama, y ello así por las muchas casas de mancebía que se extendieron por aquel litoral, que algunos viajeros contaban de cómo había góndolas donde a clara vista de todos se cometía el más vergonzoso de los pecados, el acto nefando, sin que aquellos tampoco dejaran de traer noticias tristes que hablaban de misas dedicadas al diablo, espantosas ocasiones éstas en que la sagrada hostia se insertaba en la más pudenda parte de una mujer que allí había llamada El Tabernáculo, chistoso mote de aquellos impíos debido a las muchísimas hostias que tan vil ramera había engullido por la más grande de sus bocas. Y también era de mucha fama que la gente de aquella colonia siempre iba arrebatada y loca, que aquellos extravíos tenían porque fumaban de planta mágica que crece allí en el mangle"...

González Campos exalta la ciudad lacustre, y en su entusiasmo hasta llega a compararla con Venecia; pero aquel asombro ante la belleza de la ciudad en censura se convierte cuando nos describe su paisaje humano. Se enaltece el espacio imponente fundado en el caño; el hombre, depositario del tiempo, acogida su locura por recinto tan majestuoso, es protagonista de la negra leyenda que azarosamente llega a nosotros. Aquel ámbito provoca asombro y espanto; su signo es angelical y demoníaco. Quizás el olvido que lo borró de la historia pretendió aliviar nuestra conciencia, quitándole la tristeza de una visión tan magnífica como perturbadora. El equívoco testimonio de Don Rafael González se vuelve truculenta condena en estas memorias de Samuel Wright, comandante inglés de

10

una fuerza naval mercenaria que participó en la destrucción de Nueva Venecia. He aquí su evocación, pasaje del libro *Great Naval Occasions of the Middle Seas*, escrito por el almirante Nelson, su amigo y confidente: *"In 1799, we sailed into formidable attack against a lacustrine city infamous throughout the Caribbean on account of the many whorehouses that eviled its premises. The monstruous city was called New Venice, and it was rightly notorious for the many salt exports that came out of its quay, this product being the ultimate base of its commerce and revenues. New Venice was founded in the realms of a mangrove forest that sits in front of the city of Saint John the Baptist, in the island of Porto Rico, foremost possession of the Spanish Crown in the eastern Caribbean. And I say unto you that folly it was to attack such a bizarre array of dark happenings. All the city, with its many towers that resembled portentous beehives, was very much alight with ferocity and sounds whose likeness defeated all remembrances. Dark Satan made heavy the obscure city, but not without the most evil purposes the natives praised him, madness afloating in every sight, sound and occasion".*

La crónica de González Campos pertenece a una colección de documentos descubierta por el archivero Don José Pedreira Murillo en el 1913. Cuando Pedreira leyó la descripción de la colonia lacustre, recordó haber visto en un rincón del Archivo Municipal de San Juan —"entre olvidadas estibas de folios y arrumbados caballetes", según sus palabras— un tríptico que representaba "extraño paisaje de canales e islotes donde se alzan majestuosos edificios parecidos a colmenas".[1] De este modo, el olvidado tríptico de Silvestre Andino, genial sobrino de José Campeche,[2] cobra un nuevo y relevante significado. El retablo narra, sirviéndose de oscuras visiones simbólicas y paisajes realistas del más minucioso detallismo, verdaderas miniaturas, la historia del singular poblado y su fundador, el Niño Avilés.[3] Pero aquí no termina la relación entre los documentos y las miniaturas; aquéllos son, en su mayor parte, detalladas descripciones y comentarios de éstas: mientras la palabra complementa la imagen, descifrando visiones y animando paisajes, el pincel de Andino ha pretendido contarnos el mito de la ciudad maldita.

Algunos historiadores no le conceden valor histórico alguno a los documentos de la colección Pedreira. Se trata, según ellos, de una "historia apócrifa" compuesta en torno a los paisajes visionarios del genial pintor. Señalan, como prueba concluyente de tan destemplada aseveración, que dichos documentos son los únicos que testimonian la existencia de la ciudad lacustre. Para ellos Nueva Venecia es —y cito al principal de estos escépticos, Don Tomás Castelló Pérez Moris— ..."un embeleco engordado en las mentes calenturientas de masones y librepensadores, bolcheviques y socialistas de todo rumbo y manejo"... En el *Boletín histórico de 1932*, Don Gustavo Castro publica su importante artículo *Breves apuntes en torno a un controvertible hallazgo*. Establece un dato fundamental para probar la validez histórica de los documentos. Señala que los sitios donde Pedreira halló

---

[1] José Pedreira Murillo, *Historia de un descubrimiento*, Editorial Antillana, San Juan, 1915, Pág. 9.
[2] José Campeche ·fue el primer pintor puertorriqueño. Nace en 1751 y muere en 1809.
[3] Es posible que este retablo haya sido pintado en el taller de José Campeche, donde Silvestre Andino fue, en su juventud, "ayudante de pinceles" y aprendiz de arquitecto.
[4] Tomás Castelló Pérez Moris, *Historia de un embeleco*, Editorial La Milagrosa, San Juan, 1920, Pág. 1.

los documentos son la mejor prueba de la existencia del mundo que éstos describen. Escuchemos estas enérgicas palabras de Don Gustavo: "Los escépticos, aquellos que no se cansan de echar lodo sobre la memoria de Don José Pedreira Murillo, aquel incansable buceador de nuestro perfil histórico, nunca mencionan un hecho de todos conocido: Don José descubrió la colección entre las ruinas de una extrañísima torre situada en el caño San José. Fue conducido hasta aquel sitio por un vecino del lugar conocido como Pedro el Cojo. El singular habitáculo recordaba, aún en su estado ruinoso, las colmenas mencionadas por los distintos cronistas de la colección y pintadas por Andino Campeche. Le corresponde a los escépticos probar cómo esos documentos llegaron a los deshabitados mangles y caños al este de la ciudad; que expliquen ellos la aparición de una crónica, aquella que trata de la muerte de Avilés, entre las ruinas de las famosas torrecillas del Islote de Cabras, inexplicables y asombrosas edificaciones del dieciocho ferozmente bombardeadas durante el asedio yanqui de 1898"...

¿Por qué la historiografía oficial pretendió borrar de la memoria histórica el recuerdo de aquella "muy maldita ciudad lacustre"? Como partidario de esta ciudad invisible que redime nuestra historia y fundamenta nuestra esperanza, ofreceré una explicación que por evidente ha escapado a la ya notoria miopía de los colegas opositores. Nueva Venecia desaparece de la historiografía por decisión de las autoridades coloniales del siglo pasado. La presencia de aquella ciudad libertaria y utópica en la memoria colectiva, debió resultar inquietante para un régimen español amenazado por el esfuerzo libertador de Bolívar. Pero lo que resulta verdaderamente extraño es que el pueblo haya olvidado aquel recinto donde el Avilés pretendió fundar la libertad. En vano han resultado mis esfuerzos por encontrar rastros de la ciudad en las coplas de Cangrejos o las plenas de Cataño. ¿Por qué ya no recuerda el pueblo aquellos antepasados que junto al Avilés cruzaron la bahía hacia los caños anhelando la esperanza? Al pueblo no le podemos atribuir la gazmoñada de la burguesía criolla, aquella timorata clase, dependiente del poder colonial, que sólo vio la Nueva Venecia decadente, la ciudad de la prostitución y los extraños cultos dionisíacos, el Pandemónium de las herejías y exaltaciones demoníacas, zahúrda donde florecían ensueños y delirios, mercado de yerbas alucinógenas y comunidades imposibles. Lo cierto es que Nueva Venecia también desapareció de la memoria colectiva del pueblo, ya para siempre desterrada al olvido, convertido su recuerdo en pesadilla de la historia, borrada de libros y canciones su breve posadura en el tiempo. Nueva Venecia se convertía así en oscuro reverso de nuestra pacífica y respetable historia colonial. Era el miedo agazapado tanto en el colono como en el colonizado, el riesgo inherente a todo esfuerzo libertario, el peligro implícito en cualquier dominación.

Todos los documentos relativos a Nueva Venecia —tanto los del Cabildo como aquellos del Santo Tribunal— fueron quemados en 1820, mezclados los folios con rastrojo seco y sal, según las costumbres inquisitoriales de la época. Desaparecía, de este modo, todo rastro de aquella ciudad que veinte años antes había sucumbido ante el asedio de mercenarios ingleses pagados por el Gobernador Castro. El 24 de septiembre de 1820, el Redactor de Gobernación, Don Alejo Palacios, escribía en sus "actas periódicas": "Hoy fue día muy jubiloso para nuestra fe cristiana, pues asistimos a la quema de todas las actas y testimonios relativos a la ciudad de Nueva Venecia, aquella pocilga de maldad que la soberbia del

Avilés fundó, en el pasado de veinte años y más, en los caños cercanos a la ciudad de San Juan Bautista. Así queda expulsada de la memoria aquella hedionda mancha de rebeldía que tanto afeaba la historia de nuestra leal y católica plaza. Así alejamos del conocimiento el fantasma del libertinaje y la traición. Pero advierto que no fue festinado el debate que antecedió a la santa orden: El honorable Cabildo estuvo reunido muchas noches, y fue al cabo de penosas disputas teológicas y atildadas razones de estado que se decidió a favor de quema indiscriminada"...

Los lienzos de Silvestre Andino se salvaron de la quema al no ser clasificados como actas o crónicas. Don Ramón Mellado, piadoso funcionario del Archivo Municipal, protesta en su acta notarial del 9 de julio de 1840: "Hace ya veinte años que el honorable Cabildo de esta plaza quemó todos los documentos que testimoniaban la existencia de aquella vil ciudad lacustre llamada Nueva Venecia, verdadera Sodoma del ancho Caribe, peste feroz para los ojos y el alma. Pero las autoridades olvidaron destruir los paisajes endemoniados del pintor Silvestre Andino Campeche, esas vistas más que apestosas de la ciudad luciferina. Quiso el pintor leproso contagiar nuestros ojos con semejante visión de Pandemónium, desquitándose así del triste destino que convirtió su piel en pudridero. Y son muy peligrosos estos lienzos de Andino, pues contienen escenas lascivas que seducen la honestidad de nuestros pensamientos. Formados por miniaturas abigarradas en total confusión, sin jerarquía ni concierto, estos paisajes diabólicos continúan torturando la memoria. Es por ello que levanto enérgica protesta y exijo la inmediata destrucción de estas telas, de modo que las purísimas almas de nuestros niños no se enturbien con tanta ocasión de pecado, porque es de todos conocido que por la vista pierde el hombre su alma y condición. Es necesario borrar de nuestra conciencia aquella mancha maloliente, desterrar de nuestra lucidez caprichos monstruosos de Satanás, soberbias locuras del hombre. Acallamos la culpa ya para siempre"...

El miedo combatió sin tregua la oscura ciudad del Niño Avilés. Quedó suspendida Nueva Venecia entre el más leve susurro del recuerdo y el silencio de lo que nunca fue. La visión libertaria del Avilés perturbaba aquella paz colonial tan celosamente vigilada por inquisidores y gobernantes. Clamaban contra la Nueva Venecia decadente que no fue ajena a ninguna perversidad de la carne o el intelecto. Le temían a la promesa hecha por el Avilés cuando zarpó hacia los caños: "Allá fundaremos colonia libre para la gente aquí nacida, lejos de godos y sambenitos". La burguesía criolla no tardó en inquietarse ante aquella ciudad que pronto se convertiría en esperanza de esclavos y cimarrones, jornaleros y libertos. Podemos adivinar la pesadilla racial que significó, para aquellos temerosos súbditos, la presencia, al otro lado de la bahía, de un ejército de cimarrones como el descrito por Don Gonzalo Núñez, canónigo doctoral y cronista del cabildo catedralicio: "Y estos negros cimarrones, guerreros de muy fiera estampa, forman ejército mercenario bajo el mando del Avilés. Diestros con el machete y el espadín, artífices verdaderos son en la confección de disfraces aterradores, y esto digo porque llevan las cabezas afeitadas al rape y las barbas crespas y largas, adornándose las orejas con anillos, cascabeles, campanillas y otras muchas chucherías ruidosas. Es por esto que son conocidos por el nombre de "soneros", mote que honran de verdad cada vez que entran en batalla, pues hacen sonar grandísimos tambores de sonido espantoso, suficiente éste para ponerle freno al más guapo, que por algo la gentuza de Wright, cuando se echaron en asedio sobre el villorrio del caño, más de una vez recularon, y si no es por el aguardiente y la codicia con que cultivamos su ánimo —dándoles a beber de grandes barriles, hablándoles de grandísimo tesoro escondido en el destartalado palacio del Avilés— en pie habría quedado la maldita Nueva Venecia, pues los ingleses echaron las botas tan pronto toparon con aquella ruidosa falange negra, huyendo a todo lo largo del canal de Miraflores, por donde hicieron su primera avanzada"... También el pueblo debió sobresaltarse ante una ciudad que confundió el asombro con el espanto, la libertad con la locura. El esfuerzo libertario del Avilés pronto se convirtió en desaforada visión utópica. Resultó fácil reconocer que la ciudad lacustre más era de Dios o Satanás que del hombre. Era necesario y prudente olvidar aquella esperanza convertida en extravío.

¿Quién rescató de la quema los documentos encontrados por Pedreira? Don Ramón García Quevedo, secretario adjunto del Archivo Obispal, escribía estos renglones el 28 de septiembre de 1820: "Pasadas algunas horas, cuando la oscuridad ya pueda ser fiel cómplice, con lámpara y sigilo emprenderé travesía hacia los islotes y caños al este de esta maldita ciudad. Cruzaré a tiro de remos las fétidas aguas donde el Avilés fundó, en el siglo pasado, aquella magnífica visión que fue la ciudad lacustre de Nueva Venecia. Dejaré allí, en lugar secreto, estos folios tan codiciados por la intolerancia. También quedará allí esta carta dirigida al luminoso porvenir, a esos ojos que rescatarán del olvido lo que la ignorancia ha pretendido enterrar. Si bien arriesgo mi salvación eterna, dulce es sostener aquella idea"... Los escépticos se aferran a esta carta cuando intentan probar la inexistencia de Nueva Venecia. Según ellos, la ciudad lacustre sólo existió en la imaginación del Avilés. Subrayan estas palabras de Don Ramón: ..."donde el Avilés fundó, en el siglo pasado, aquella magnífica visión que fue la ciudad lacustre de Nueva Venecia"... El niño no fundó una ciudad, sino una quimera. Nos aseguran —y esto sí que es obra de la imaginación— que la torrecilla donde fueron encontrados los documentos fue construida por el propio Don Ramón, quien supuestamente deseaba honrar, de ese modo un tanto delirante, el genio del Avilés. Ahora bien, este argumento resulta completamente falaz. Olvidan estos historiadores aquellas torres del islote de Cabras que permanecieron en pie hasta el bombardeo yanqui de 1898; no mencionan que allí se descubrieron los folios relativos a la muerte del Avilés. ¿También fueron construidas por Don Ramón García Quevedo? Aún cuando esto último sea cierto, queda en pie esta otra pregunta: ¿Quién escribió aquellas crónicas enterradas por García Quevedo? Los colegas opositores no se ponen de acuerdo en cuanto a este particular. Algunos indican que son documentos apócrifos redactados por el propio Avilés, quien era —según esta versión de la leyenda— un lastimoso aventurero de gabinete. Otros le otorgan una mayor realidad histórica, asegurándonos que fue un notorio embaucador y libertino de finales del dieciocho, compañero del incorregible Luis Paret Alcázar, aquel estrafalario pintor desterrado a Puerto Rico durante el reinado de Carlos III. Todos insisten en la supuesta mendacidad de García Quevedo, sin despreciar, por supuesto, las habilidades de éste como arquitecto y albañil. Pero los delirios de estos buenos señores difícilmente pueden superar los tortuosos argumentos de Don Gonzalo Buenaventura: "Ramón García Quevedo fue el verdadero fundador de Nueva Venecia. La ciudad imaginaria del Avilés cobró precaria y fraudulenta realidad al construir Don Ramón, en el caño de San José, la tan llevada y traída torrecilla, sitio donde escondió los falsos cronicones. La quema de 1820 tuvo como propósito la destrucción de un mito, de una herejía mil veces testimoniada por la diabólica masonería internacional. Y García Quevedo no desaprovechó aquella ocasión para añadirle falsedad a la mentira. A los cronicones del Avilés añadió los suyos propios. (Esto se puede comprobar fácilmente si leemos la totalidad de los mismos. Valga como prueba la diferencia estilística entre la primera y segunda parte de la narración.) Los honorables ciudadanos que realizaron aquella santa purga no pretendieron desterrar de la historia el recuerdo de la ciudad lacustre, pues bien sabían que ésta nunca existió. Su intención fue otra: Querían borrar de la historia un mito creado por el Avilés, la tentación representada por aquella herejía, la posibilidad de que algún día se realizara semejante engendro masónico. Todos los documentos quemados —incluyendo el que narra la destrucción de Nueva Venecia por mercenarios ingleses— eran apócrifos. Quemaron, de este modo, mentiras y embelecos, cronicones apócrifos inventados por judíos y masones. Pensaron que semejante mito era gravísima amenaza para la moral de esta comunidad cristiana. Era necesario destruirlo, puesto que muchas veces las leyendas terminan teniendo más realidad que lo histórico. Esto es así porque los hombres prefieren vivir más desde la mentira que desde la verdad. Desconfiamos astutamente de las sinuosas intenciones de García Quevedo. Adivinemos esa burlona sonrisa, la del bufón que se inventa la verdad. ¡El olvido no podía sostener aquella culpa! Tenía que ser el hombre su mejor custodio. No había rincón capaz de sostener la visión de semejante engendro. ¡Fue García Quevedo el salvador de aquel paisaje oscuro! Tembló su alma ante la maldición presentida; ¡pero los hechizos de Satanás suelen ser engañosos! Y ya quedó poseso el triste viejo''...

A pesar de los sucesivos y tenaces esfuerzos de tan piadosos ciudadanos, el milagro se ha consumado: Nueva Venecia ha vuelto a nosotros, sus asombrosos canales evocados en los lienzos de Silvestre Andino, comentados sus laberintos morales y teológicos en estas crónicas de la colección Pedreira. El silencio de los herméticos paisajes ha quedado abolido por tantas voces que nos hablan desde aquel siglo.

¿Existió Nueva Venecia? Ahora le corresponde al lector otorgar su fallo, resolver tan largo litigio, contemplar este tríptico infinito y desolado.

Alejandro Cadalso

San Juan Bautista de Puerto Rico
9 de octubre de 1946.

CRONICA DE NUEVA VENECIA

Primera Parte
La Noche Oscura del Niño Avilés

Capítulo I

UN VIAJE A LOS CAÑOS

El 3 de agosto de 1797, trece chalupas de doble palo se internaron en los mangles al sur de Isla Grande. José Campeche acompañó aquella expedición del Niño Avilés a los umbrosos caños que rodeaban la ciudad de San Juan Bautista. Aquel gran pintor nos relata el singular suceso en su *Diario de la muy apoteósica fundación de Nueva Venecia*: "Iba yo en la chalupa capitana, la más vistosa de las trece que zarparon... Navegaba toda ella muy engalanada con guirnaldas de variadísimas flores, como si se tratara de las bodas de la ciudad con el mar. Allá íbamos hacia los lejanos caños donde sólo habitan las peregrinas garzas, donde los hombres jamás pensaron fundar ciudad o convivencia. Y aseguro que buscábamos, cual murciélagos, sitio donde colgar la oscura visión del Niño Avilés, y lo de murciélagos no es mero decir, puesto que la expedición zarpó al anochecer, mucho antes de que la aurora mostrara su tibia luz. Fue así que navegamos muchas horas en grande oscuridad, tanta que resultaba muy difícil reconocer las propias manos, contemplar los más íntimos pensamientos. Sonaba débil y monótono el chapoteo de las aguas contra el casco, cuando de pronto se oía el graznido terrible del ave que levantó vuelo sobre la maraña de mangles; se amansaban entonces los restallidos de las velas, los palos cimbreantes acallaban sus voces quejumbrosas, la grita se desvanecía volando hacia los mogotes de la Vega Baja. Sin tregua nos azotaba la pestilencia de las marismas. En ésta encontraban los sentidos su más firme certeza, que todos los sonidos parecían fugaces luciérnagas al lado de vaho tan apestoso. Muy de repente se oyeron muchos gritos. Se inquietó el canal umbrío. Los negros que navegaban nuestras chalupas se vociferaban advertencias y orientaciones sobre el fondeo, y ello para no topar con las raíces de los mangles. Algo levemente presentido sobresaltó mi alma. Entre las espesas sombras adiviné los cayos, sus retorcidos mangles echados sobre las aguas cual madejas de sierpes marinas. Asombrosa la noche nos asaltaba con todos aquellos prodigios apenas entrevistos, fugaces presencias que a la oscuridad volvían. Pero aseguro que era buen consuelo echar cabeza atrás y asomarse a la luz, contemplar la máquina celeste, sentir el aliento del Dios lejano. Mis ojos quedaron velados por las estrellas, fueron sorprendidos por insectos volanderos y luminosos, perseguidos por aquellos breves destellos que los fuegos fatuos desatan en la marisma oculta. A mi alrededor zumbaban mosquitos y abejorros, saltaban voces que pronto desfallecían en el chapaleo de los remos y el hundimiento de las varas. Los negros fondeaban las chalupas en aquella maraña cada vez más clara. ¿Huíamos de la mirada celestial? Lenta procesión de almas sonaba por todo el caño.

La luz de la alborada llegaba con gran sigilo, y levantaban repentino vuelo las garzas que picotean en bajíos y marismas. Las inquietas gaviotas pasaban rozando suave sobre las frondas de los mangles. Y de pronto caen torpemente al agua, leve torbellino de espuma y alas. Melodiosos eran los sonidos que entonces acompa-

18

ñaban nuestra travesía. Y la cálida luz amansa los encabritados presentimientos desatados por la noche. Aquellas aguas antes tan inciertas ahora nos acogían con su tibio nimbo de luz plomiza. Los negros sonaron conchas y entonaron cánticos de la muy lejana Africa; saludaban así, con música tan dulce salpicada de tristeza, los amarillos destellos que ya se colaban por la enramada del mangle; celebraban, con lamentos tan alegres, aquella grande ocasión que fue el nacimiento de Nueva Venecia, pues toda fundación aviva la esperanza, esa nostalgia del porvenir, ese recuerdo de lo jamás logrado. Pero ahora narro el más grande prodigio que alcanzó mi vista, y fue que en la proa de mi chalupa iba sentado el Avilés, fundador supremo de visión tan asombrosa. Y la verdad es que parecía papagayo, así de adornado iba con prendas de muy vistoso talante. Lucía anchísimo sombrero de pajilla blanca, muy engalanada la copa con cintas de festivos colores. La brisa mañanera retozaba con sus largos cabellos, y éstos se recreaban con tantos halagos y caricias del buen aire, como las frondas de las palmeras que crecen en estos trópicos. Las tenues luces del día infante me mostraron sus dulcísimas facciones. Y era extrañeza suma que el Niño permaneciera distraído, como alejado de todo el revuelo armado por los muchos peregrinos de las otras chalupas, su ánimo quizás embelesado por los cánticos de los negros, su rostro más que suavizado por sonrisa tan beatífica. Volví a corregir, una y otra vez, los bocetos, pues pretendía capturar el signo de aquella sonrisa que iniciaba un mundo. Pero un oscuro pensamiento atravesó fugazmente mi ánimo como la garza que abandona el caño. Cuando abordé la chalupa en el atracadero de la Puerta de San Juan, de donde zarpó la expedición con las últimas luces del pasado día, no advertí aquel sereno rostro que tan dulcemente ocupaba mi ánimo. ¡Muy sutil fue el gesto de sus labios!, y me miró por fin ya convertido en humano. Ocurrió que muy pronto quedé como suspendido, y sólo recuerdo la grita de los negros que llamaban a sitio. ¡Allí se fundaría Nueva Venecia! Aquella lenta seña de su mano detuvo la búsqueda y marcó la tierra prometida.* Hubo en ese momento grandísima algarabía entre los peregrinos. Cosa rarísima que vi fue una pequeña cruz invertida que colgaba de su dedo índice, y con ésta señalaba el cayo donde se alzaría la ciudad lacustre. Ya se aclaraba lu-

* Alejandro Juliá Marín, el viejo poeta de la ciudad, comenta el misterio de aquella fundación en varios de sus poemas en prosa. Aquí quedan, al calce de estas páginas de la colección Pedreira, como comentarios a los sucesos narrados por los cronistas. Nos hablará, este fiel compañero de viaje, desde el silencio de lo apenas entrevisto o presentido. Será lector casi omnisciente de este libro. En lo sucesivo los poemas aparecerán precedidos por las iniciales del poeta, A.J.M.:

La seña del Avilés

Buscaba el ángulo preciso que definiera al mundo. Su compás trazaba una sombra aguda sobre la arena calcinada. Su belleza era blanca, perfecta, matemática... Se pudo haber llamado Newton...

Pero los piadosos insisten en llamar "hombres muy diabólicos" a los rumbosos habitantes de Nueva Venecia. Detestan aquella música de tambores. Han escuchado infinidad de cuentos sobre los cultos maléficos, las alucinaciones, los amoríos casi imposibles... Ignoran que él prefiere los discretos gestos de la razón.

* * *

La tierra prometida es el primer cayo con que se topa la distraída mirada. ¡Sólo se trata de fundar la conciencia! ¡Cualquier sitio es bueno, aunque la tierra anegadiza apenas puede sostener los zocos!
—"¡Es que se trata de la ciudad de Dios!"
—"Bueno... Pero esa comunidad mística también necesita bien trazados planos, sólidos cimientos, edificios que no se inunden en marea alta... ¿O es que se trata de convocar a los ángeles?"

minoso el nuevo día. Y el tiempo como que había volado raudamente sobre mi lucidez. La chalupa estaba desierta, su proa atracada a las raíces del mangle. Algo me dijo que todo aquello era sueño engañoso, o quizás uno de esos temibles saltos en que nuestra lucidez vaga fuera del mundo sensible''.

El Rescate

En la noche del 9 de octubre de 1772, el navío Felipe II encalló en el roquedal de Punta Santiago. Un repentino norte lo había lanzado contra la peligrosa costa de Boca de Cangrejos. La noticia del naufragio pronto llegó a San Juan, y se organizaron grupos de rescate. Una larga procesión de hachos se internó en los mangles al este de la ciudad. Pero la oscuridad y el mar embravecido no tardaron en burlar aquellos esfuerzos. Cuando los rescatadores llegaron a la playa de Piñones, frente al poblado negro del mismo nombre, la embarcación ya había desaparecido entre altas olas y afilados roquedos. Cientos de antorchas iluminaron en vano toda la costa. La multitud permaneció en vigilia hasta que rompió el alba. Severino Pedrosa, primer cronista del Cabildo, acudió prontamente al frustrado socorro. Nos narra en su *Noticia verdadera del muy famoso rescate del Niño Avilés:* "Doy fe que a hora de medianoche entró a la ciudad, con grande vocerío, un negro llamado Marcos Fogón, forzudo molleto que tenía de oficio bajar cocos en el palmar de Boca Cangrejos. El pobre se había aplastado los pies de tanto subir y bajar los cocoteros, pues siempre lo hacía abrazado al duro tronco, aupándose con la fuerza de sus dedos y tobillos prodigiosos. Y por tales maromas sus plantas eran dos veces más grandes que las de cualquier hombre, razón para que se le conociera en toda la ciudad con el mote de ''pies regaos''. Pues plantó sus grandes pies, ya que no racimos, frente al Cabildo, y se abandonó a desaforada grita, despertando de hondo sueño a media ciudad. Sonaron persianas y maldiciones. Se le vaciaron encima palanganas y escupideras. Pero el bueno de Marcos permanecía fiel a su noticia, y seguía gritando con su aliento corto y agitado. A voz en cuello, como loco que lleva los sesos encendidos, nos hablaba de grandísimo naufragio en Punta Santiago, sitio cercano al poblado negro de Piñones, de donde este Marcos Fogón es vecino. Fui el primero en bajar, pues a tal hora estaba en oficio que no era el de dormir, y además, con el Marcos yo había buscado cocolías muchas veces en el vado de Cangrejos. Al poco rato acudieron otros vecinos. Por fin logramos tranquilizarlo. Pero mucho tiempo pasó antes de que estuviera clara la noticia de lo que había sucedido, y ello porque Marcos Fogón es como tartamudo, que apenas puede narrar de corrido los sucesos que llaman su atención. Luego de adivinar discurso tan confuso, procedí a formar grupos de socorro, desatendiendo siempre los gritos de la fulana que había dejado a medio goce. Y fueron muchos los curiosos que acudieron tan pronto llegó a sus oídos aviso de naufragio, ya que pronto corríamos por toda la ciudad portando antorchas y montando guasa. Seguimos el camino más corto a Punta Santiago, aunque no el menos peligroso, pues pasa por la ruta de los mangles, sitio de mucha moña marina y no pocos pantanos y bajíos. La multitud llegó a iluminar con sus antorchas todo el ámbito de la ciudad, como si se tratara de rogativa o verbena, fiesta o procesión, buena prueba todo ello de cuán noveleros y exaltados somos los criollos de esta isla. A la verdad que nos mostramos, más que curiosos, verdaderos husmeadores, y de todos los sucesos hacemos bullanga, hasta de los más trágicos y solemnes diría yo, como lo fue aquel infausto y jodido naufragio. Yo que fui con el tropel puedo decir que era inolvidable suceso ver aquella larga procesión de almas piadosas, verdaderos samaritanos que vencían las tierras anegadizas de pantanos y mangles para cumplir bien. Fue momento de grandísima emoción otear aquel plantío de trémulos hachos extendidos frente a mar tan oscuro y tronante. Y pensé en lo precario que es el hombre ante la furia del universo desatado, que ya cuando aquellas luces se movieron a la playa y alumbraron distancia de media legua mar adentro, comprendí que el magnífico arquitecto del destino no estaba con nosotros, pues no se veía ni rastro del barco encallado, y poca era la luz que la luna prodigaba allende nuestros resplandores. Y la bravía costa permaneció toda ella muy oscura. El roquedal estaba como boca de lobo. Los astros nos negaban sus potentes ojos... ¡Qué cruel e indiferente se portó la celestial máquina! Algo apenas dicho pero muy presentido agarró fuertemente los corazones allí atentos, y era que la embarcación ya había sido engullida por fiero Neptuno, así de lúgubre y desolado lucía todo aquel litoral. Pero el hombre insiste aún cuando los gestos de Dios se muestran duros e inclementes, y así comenzaron, en aquella catedral de luz formada por tantísimas antorchas, largas y muy pías oraciones que duraron toda la noche sin desfallecimientos de voz o ánimo. Los rosarios se sucedían interminables, y el devoto susurro de las mujeres que nos acompañaron bien sostuvo los esfuerzos y gritos de aquellos hombres que amarrados a una cuerda —así luchaban contra los marullos tempestuosos que amenazaban arrastrarlos a segura muerte— intentaron cruzar el roquedo y fondear el bajío de la cala con varas larguísimas, pues sólo de ese modo era posible encontrar los maderos de la nave.

Así transcurrió aquella noche devota y valiente. Los primeros rayos fueron recibidos con grande alborozo, y ello porque la luz es buena amiga de náufragos y rescatadores. Pero aquella esperanza pronto se convirtió en inquieta pena. Desfalleció nuestro ánimo cuando las rocas ya no mostraron ni la más leve seña de la embarcación. Era más que cierta la muerte de todos los viajeros. Neptuno fue tan voraz que ni siquiera dejó las sobras del funesto banquete, que en todo el litoral no encontramos un solo travesaño. Tragedia tan grande no impidió que algunos cafres que por allí había convirtieran en bachata la ocasión. Y les dio con joderme la paciencia, gritándome cosas como esta: —¡*Ave María, Severino, a la verdad que te rajaste!*...— Algunos vociferaban que yo no le había metido el pecho al socorro, como si el cronista fuera protagonista de la historia, y no su principal testigo. Difícil hubiera sido explicarle a semejante gentuza que para ver más el cronista nunca debe estar metido en el ajo de los sucesos, sino a dos o tres pasos atrás de donde los hombres se juegan su grandeza o miseria. En fin, esto pienso yo, que a lo mejor hay cronistas de distinto parecer. Bueno, pues resulta que la mañana no nos trajo náufragos, pero sí bellacos. De pronto hubo gritos y correrías hacia unas playeras que echaban su fronda sobre las mansas aguas de la orilla. Los mozalbetes habían encontrado allí pareja amancebada, suceso nada raro en Piñones, lugar a la verdad que muy notorio por ser escondite de ilícitos amores. Fui el primero en acudir, pues le toca al cronista verificar lo que está en la lengua de la gente. Era muy moza la pareja que dormía entre los arbustos. Los rescatadores que con ella se habían topado pronto hicieron el comentario soez y malicioso.

Y no era para menos, pues la desnudez de los críos delataba algo más que un polvillo. Por lo visto buen solaz habían encontrado fornicando allí a pata suelta, sin tiempo ni mesura. Habíanse quedado así de dormidos por el muy placentero desfallecimiento que sigue al goce, que esto digo no por ser salao de mente, sino por el hecho de que toda la santa noche estuvieron ajenos a nuestros gritos y luces, pero también a la plaga de mosquitos bravos que el mangle suele desatar. Allí nos quedamos contemplando tanta belleza. Nadie se atrevía a despertarlos. Estaban como cobijados por extraño nimbo de pureza. Presenciábamos muy enigmática aparición... Los cafres soltaron palos y piedras. Se acallaron los chistes, y ya no sonaban más las muy soeces palabras que antes mancharon tan tiernas carnes. Alguien gritó que estaban muertos; pero esto quedó muy desmentido cuando vimos que aún en el sueño retozaban con dulces caricias y susurros. De tan sutil visión fui sacado por empujón que me lanzó de culo a la arena. Y era que todos los allí presentes —mujeres y hombres, niños y ancianos— querían husmear a los mozos. Tanta bullanga pronto quebró el encantamiento. Y fueron despertados a fuerza de piedras y rechiflas, corridos por todo el palmar sin tregua ni misericordia. Y ya no pude verlos más, pues alrededor y detrás de ellos se formó grandísimo tropel de incordios y curiosos. Algo que todavía desconozco perdí en aquel momento. ¿Qué había en ellos capaz de domeñar tan fugazmente la crueldad de los hombres? La noticia corrió por todo el campamento. Como ocurre en estos casos, la verdad fue variando según la fantasía de la gente, y al final de todo aquel embrollo ya no podía asegurarse si los mozos eran de raza blanca o negra, si fueron o no apaleados, si lograron huir o cayeron presos. Yo que estuve allí cuando fueron descubiertos puedo decir que el mozo era blanco y la hembra más prieta que tizne de fogón, que quizás fue por semejante mezcla que todos nos quedamos como alelados. Para mayor gloria de la estupidez humana se montó grande polémica sobre todo esto, y los náufragos quedaron muy huérfanos de socorro. Algunos pendencieros hasta llegaron a lanzarse cocos y piedras, tontadas y aspavientos a la verdad más dignos de críos que de hombres. Se colmó la copa de la locura cuando algunos se burlaron del encuentro aquel con los amantes, tildándolo de fantasía o vil leyenda. Los que antes disputaron ahora se aliaban contra éstos, amenazando con grandísima algarabía o campal batalla. Formados los dos ejércitos, de nuevo comenzó la grita y el castigo con palos, piedras, cocos y hasta arena. Era maravilla ver cuán enloquecido había quedado el ánimo de todos al descubrir a la infeliz pareja.

Mientras tronaban todos aquellos alborotos, era muy notable la hostilidad de los negros de Piñones. Aquel caserío tan cercano a la playa quedó revuelto con nuestro arribo. Y aquellos prietos a la verdad que nos miraban con el ceño torvo y asesino. Allí se apostaban en puertas y ventanas de sus chozas miserables a comentar, en su lengua que es mescolanza de africano y castellano, nuestras locuras y desatinos. Rieron de lo lindo, y no se movían ni mierda a ayudarnos en el socorro, así de enconado era el odio que nos prodigaban tan hoscamente.

De pronto hubo sonadísimo vocerío en el campamento, y hasta se suspendió la guerra de cocos desatada por los bandos. Ocurría que Su Excelencia el Obispo Larra llegaba con grande y ruidosa comitiva, que ésta la formaban sus secretarios y la llamada guardia brava, verdadera guarnición compuesta por negros libertos de gran fiereza, notorios todos ellos por sus vestimentas africanas de galanos

22

colores, por sus altos peinados de caracolillo —¡estos cafres no se alisaban las pasas!— y las grandes argollas colgadas de orejas y narices. Y hubo tronante revuelo cuando al fin se oteó la silla gestatoria de Larra, suntuoso trono de caoba roja cargado por cuatro forzudos negros. También saltaba a la vista el pesado y gigantesco parasol sostenido por uno de los molletudos prietos, necesaria sombra que burló al rabioso sol de horas tan fatigosas e inclementes. Pero la perla más galana a los ojos era aquella larga y labradísima pipa que fumaba el Obispo, que es de todos conocido el gusto de Larra por los tabacos que se cultivan en esta isla. Hubo anuncio de trompas y tambores, y los prietos que venían echando los bofes sintieron grandísimo alivio cuando las doce arrobas del corpulento Obispo descendieron del trono a la arena. Y se desató mayor tumulto cuando Larra se dirigió a la playa entre saludos y bendiciones; allí lo esperaban las beatas para cantar rosario. Pero la presencia del prelado en nada moderó las muy livianas costumbres que en aquel lugar los rescatadores habían prodigado, verdadero escándalo si se toma en cuenta la trágica causa que allí nos había reunido. Y era que en el arenal toda la gente estaba como de fiesta y relajo, por lo que habían proliferado de la noche a la mañana los tenderetes de fritanga y vacilón. Se colaba el aguardiente, restallaban en grandes pailas de manteca a todo hervir las frituras de mariscos. Los asados de cangrejos y otras frutas de mar alzaban sus aromas sobre anchas barbacoas cavadas en la arena, que éstas eran fogones de lento fuego alimentado con secas yaguas y largas pencas. Chisporroteaba el pescado sobre la brasa mientras hembras de vivir dudoso animaban todo aquel relajo con el temblequeo de sus nalgas, ocasión de canciones a la verdad que picantes y galanas en demasía. Las prietas de Piñones ya pronto aprovecharon el gentío para hacer algunos chavos felices, y allá en el hondón de la playa montaron sobre cuatro palos sus calderos de manteca, y a freir se ha dicho esos pastelillos de cangrejo que aquí se conocen por alcapurrias, nombre que supongo africano. También se guisaban, con carne de jueyes y buruquenas, jaibas y centollos, grandísimas pailas de salmorejos entomatados. Y todos aquellos manjares se echaban gaznate abajo acompañados con el furioso fermento de aguardiente conocido por el travieso nombre de lagrimita, así llamado porque al primer trago ya se pone lloroso el más guapo, belicoso el más tímido. Abajo, en el bajío de la playa, se oían oraciones y cánticos. Mientras el Obispo fondeaba la cala con larguísimo palo, cargado en vilo sobre las olas por guardias bravos y alcahuetes, las beatas hacían su agosto. Menos mal que ya todos se hallaban ocupados entre oraciones, fondeos, comelatas salpicadas de bulla y baileteo. Ya nadie recordaba el pendenciero frenesí animado por el encuentro con los amantes. Regados por todo el arenal yacían los cocos, irrisorios monumentos de la breve guerra... ¡Así de corta y díscola es la memoria de los hombres!

Ya al atardecer, cuando el rubicundo Apolo triste descendía a las cavernas de Neptuno, desatándose de este modo las sangrantes sombras, inquietas y confusas noticias arribaron sobre grande hallazgo hecho por uno de los rescatadores. Y era que en las aguas de una tranquila ensenadilla algo se divisaba que prometía vida. Uno de los mancebos del Obispo pavoneándose trajo tales noticias. Larra se encontraba disfrutando de algunos fiambres bajo el buen fresco de las playeras, por lo que muy contrariado se mostró con el exaltado mensajero. Con leve pero firme gesto apartó el abanico de pencas con el que grandísimo negro de la guardia brava aspaventeaba brisas y le espantaba moscas. Ya acudieron los alcahuetes a sujetarlo, pues el gordísimo Obispo muy penosamente se aupaba. Cuando Larra ya estuvo de pie y en marcha, todos nos encaminamos en tropel a la orilla. Algo oteamos allá lejos en el mar; pero no se nos hizo fácil columbrar lo que las olas mecían. Llegó la noche y nada se pudo hacer. El rescate quedó aplazado para el día siguiente. Larra permaneció rezando a la orilla del mar.

Tuvimos que despertarlo con las primeras luces de la alborada. Allí se quedó dormido toda la noche. Lentamente alzó sus ojos cansados y distraídos. Larra parecía manatí varado en arena, ballena extraviada; aquel místico tan corpulento habíase anegado en la oración, supremo esfuerzo que suavemente lo tendió en los oscuros brazos de Nemosina. Al fin se desperezó, y luego de asombroso desayuno que avivó nuestras hambrientas miradas, quiso Larra enterarse de nuestros esfuerzos. Le aseguramos que la cosa antes divisada ya había desaparecido como por encanto de magia. ¡Y entonces se desató de nuevo la locura en el campamento!: Pues ocurrió extrañísimo suceso, y fue que un loco jorobado —más demente que contrahecho— con furiosa daga atacó al Obispo mientras vociferaba ¡Anticristo!, ¡Anticristo!... Poco tardó la guardia brava en torcerle el gaznate dentro del agua a la vez que el Obispo recobró su continente. Y el delirio siguió a la locura: Juan Avilés, vecino de San Juan, llegó corriendo, con los bofes en la mano; al tenderete de yaguas y pencas que protegía al Obispo del muy tibio sol de la mañana. A este hombre los sesos casi le brotaban por las orejas, así de arrebatado estaba por la noticia que traía. Balbuceaba que había visto un moisés en poza rodeada de peñascos. Y vociferó como furioso que dentro del moisés había infante recién nacido. Apenas se oyeron sus delirantes palabras cuando nos aseguró que los gritos del niño eran monstruosos. Y saltó a decir, entre llantos y gemidos, que los dientes del infante resplandecían muy brillantemente sobre las olas. Dio brinco hacia atrás y se reventó sobre el cogote. El Obispo ordenó que se lo llevaran en parihuelas a sitio donde pudiera ser domeñada aquella furia aferrada a sus ojos. Alertamos los oídos a ver si alcanzábamos el eco de los chillidos del niño... El Obispo dispuso que se formara inmediatamente una falange de socorro. Y fueron muchos los valerosos ciudadanos que se ofrecieron de buena voluntad a cruzar —junto con la guardia brava— el peligroso roquedal, ya que no tambor de las olas. Las mujeres que oyeron el relato de Avilés, pronto se dedicaron a fantasear sobre el infante descubierto, que abandonarse a tales fantasías es para las mujeres más necesario que tomar sustento. Ya pronto se dijo que el infante del moisés era el mismísimo diablo y que justo por él había ocurrido el terrible naufragio. Una vez creada tal leyenda por lengua de mujer, el populacho fue alterándola muy sabrosamente, y hasta se llegó a decir que el infante aquel tenía dientes de oro y colmillos de esmeraldas, y que su berrinche no era tal, sino más bien el larguísimo aullido que lanza Satanás desde su condición espantosa. Y hubo quien, más gracioso aún, le abribuyó el mal olor del campamento a los pedos de Lucifer, cuando bien sabía yo que la gente aliviaba sus vientres entre playeras y uveros, única razón de tan general pestilencia. Pero ahora vuelvo a las órdenes que dio Larra, y hubo una que me pareció rarísima. Santiguó paño y nos pidió que se lo echáramos sobre el rostro al niño tan pronto lo rescatásemos de las furiosas olas. Mientras todo el mujerío oraba en la playa, mar afuera se oían los gritos de los hombres que atados entre sí por gruesa soga intentaban arrebatarle el moisés a mar tan bravío. Pero la cresta

24

tronante de las olas volvía a robarles lo que sus esfuerzos pretendían con tanto ahinco. Después de muchos intentos fallidos, ocurrió que Juan Avilés, ya libre de toda su anterior furia, despojado de gritos y arrebatos, a la mar tempestuosa se echó sin encomendarse a hombre o santo, que merecida fama de bizarro nadador tenía. Así arriesgó su vida en las crespas aguas, rescatando del torbellino, con brazo fuerte, la preciada cuna. Y se arrimó a roquedo donde con mucho cuido posó el paño santiguado sobre tan equívoca sonrisa. Con grande esfuerzo fue sacado Avilés de las aguas inclementes; socorrido por las varas y sogas de los guardias bravos, saltó al lomo del roquedo donde aquellos valientes hombres retaban el estruendo del oleaje. Al poco rato acudió Juan Avilés al encuentro con el corpulento Obispo Larra; se desataba grandísimo revuelo a su alrededor, tembláronle las manos cuando por fin llegó con el moisés al tenderete del prelado. Muy pronto la algarabía se convirtió en silencio. La guardia brava hizo cerco en torno al Obispo; Larra develó el rostro del infante. Nadie pudo ver, de esta manera, la destemplanza que el rostro del furioso niño causó en el talante del Obispo. La guardia brava miró silenciosamente la multitud callada... El Obispo permanecía en el centro del aro; así protegido de curiosas miradas por los fuertes pechos de los negros, gesto de conmoción o asco no reveló su cansado rostro. Mantuvo intacta la compostura; en nada se le conturbó el talante. Pero bien pude ver, esto sí —estaba trepado en lo alto de cocotero, que a estos brincos conduce mi oficio de cronista— cuando el Obispo sacó una cruz de Caravaca y se la enseñó al ser que en el moisés estaba, nublándole los ojos con sombra tan ominosa. Los que por atisbo vieron este gesto del Obispo bien pronto pasaron del asombro al miedo, y diría que no tardaron en rebasar espanto. Llevándose las manos a los labios gritaron: —¡Sacó la de Caravaca! —¡Le pasó la de Caravaca!— Hubo grandísimo alboroto, tanto así que toda la multitud se dispersó al momento, y por todo el palmar los hombres saltaban playeras mientras las mujeres desmontaban la fritanga. Arrasaron tenderetes, volcaban grandísimos calderos. Huían hacia Cangrejos las mujeres, llevando sobre sus pañolones anafres y bateas.

La comitiva del Obispo siguió la ruta de la costa, extraño tropel de gente, ¡a fe mía!, ello porque algunos guardias bravos se treparon cual saltarines sobre los hombros de sus compañeros, y de este modo intentaban proteger a infante y Obispo —ahora cargados en triunfal silla gestatoria— de las miradas alertas, pues entre playeras y cocoteros más husmeadores que miedosos se escondían.

Y este es el relato de aquel famoso rescate del infante Avilés, que así se bautizó aquel prodigio del agua, único sobreviviente del terrible naufragio, ángel de las tinieblas según vox populi. Este nombre tuvo porque desconocíamos los apellidos de sus padres, pero bien conocido era el de su ya notorio rescatador, el Juan Avilés mentao, vecino milagrero al servicio de la infamia, padre espurio del huérfano universal".*

*A.J.M.:

Atisbo

Pedrosa describe a Juan Avilés como "milagrero al servicio de la infamia"... Su mirada ya está cansada de tanto mundo engañoso, y sus creencias son mínimas, casi domésticas. Bien conocía Pedrosa la astucia del anciano Obispo, sus viejos y gastados trucos.

La orejuda

"Aquella mañana Larra se despertó muy inquieto. Luego de varias consultas con el inglés loco aquel que casi era su sombra, ordenó la construcción del muy delirante aposento, ¡a fe mía!, que con aquel embeleco adosado al Palacio pretendía cultivar aún más el miedo y la superstición. Y yo, que pude escapar a su locura a pesar de haber sido testigo de semejante engendro, aseguro que las paredes fueron construidas según forma de oreja humana. Después de terminada se colocó, justo en el centro de la habitación extraña, la desolada cuna del Avilés, verdadero espanto todo aquello. Lloraba el niño y el furioso eco retumbaba en aquella caja de resonancia, hasta encontrar salida por los recovecos esculpidos en las paredes, siempre amplificándose enormemente, como huyendo de su propia monstruosidad. Y entonces más aumentados salían aquellos frenéticos berridos al desatarse por la ciudad toda, vomitados de repente, de día y de noche, por aquellas impasibles y gigantescas cacacolas de piedra con las que el arquitecto Smith adornó la fachada del negro habitáculo. Y pido infierno para mí, y todos mis hijos, si aquella máquina no era capaz de lanzar los llantos del Avilés hasta distancia de diez leguas, y yo diría que hasta más"...

Aquella máquina infernal fue diseñada y construida por Robert Smith, ingeniero naval inglés y aventurero de todos los rumbos del ancho Mar Caribe. Desertor de la armada inglesa durante la expedición a la isla de Santa Mónica en 1762, Smith fundó, antes de llegar a San Juan siete años más tarde, aquel notorio poblado construido al borde del más alto farallón de la Isla de Mona. El asentamiento fue conocido por el burlón nombre de Buckingham City, y llegó a reunir en convivencia a piratas y aventureros ingleses, corsarios franceses, contrabandistas peninsulares y criollos, seis indios de las costas venezolanas, cuatro curas españoles amancebados con grifas y tres prostitutas holandesas. Llegó a Puerto Rico desconsolado por el suicidio de su mejor amigo, el irlandés William Joyce, aquel grandilocuente poeta romántico que esculpió sus mejores y peores versos sobre la roca viva de los altísimos acantilados de la Mona. El genio de Robert Smith para el diseño acústico es innegable. Su extraño libro *Treatise on Machines for the Premises of Power* es un conjunto de diseños para la construcción de fabulosas

---

Ahora bien, Pedrosa se equivoca cuando nos habla de las intenciones de Juan Avilés. El Obispo no se alejó de la playa la noche anterior; tampoco se contaron monedas entre los uveros. Un poderoso jamás comparte tales secretos con "un hombre de baja condición"... No olvidemos que Juan Avilés murió de viejo.

* * *

Se le ocurrió la idea cuando Juan habló de aquellos dientes que brillaban. La equívoca imagen avivó su ingenio, y muy pronto pensó que ciertamente era un milagro lo que necesitaba su poder maltrecho. Además, había traído consigo la cruz de Caravaca.

Luego del caso Prats, mucho necesitaba un milagro que inclinara la fe hacia lo oscuro, lo satánico... Con semejante engendro entre los brazos, ¿quién se atrevería a retar su poder? Persignándose, los ciudadanos evitarían pasar cerca del Palacio. La calle quedaría desierta...

* * *

Juan Avilés le contó a sus nietos, en fatigosas e infinitas ocasiones, cómo él, sin ayuda de hombre o santo, había rescatado de las aguas al mismísimo demonio. Y murió creyéndolo, un poco enloquecido, claro está...

máquinas de tortura, espionaje y terror sicológico. En el primer capítulo de su tratado nos dice: "*In not so distant time future, the body politic of time past will envy, darkly and silently, machines made for the art of subtle spying. But this will be small chamber in the gigantic and eccentric edifice specially designed to the effect of disturbing minds and fair countenance. It is universal notice that in time present, machines of this nature are abundantly sprouting in the foremost minds, and will be quite delicate means of power. Men do not suspect the most reliable condition of these hard artifacts that are not subject to the general softness of human feelings. Man will not resist the occult temptations waiting in the dark crevices of this monstruous power*".

La orejuda aterró al pueblo. Lentamente se fue gestando la leyenda del infante poseso que crecía en el Palacio Obispal. Larra sazonó aquellas supersticiones con el rumor que convertía al demoníaco Avilés en protector de su poder. No había testimonios que desmintieran las leyendas fabricadas por los mitólogos al servicio del astuto Obispo. El pueblo jamás adivinó que los enormes berridos más se debían a la arquitectura acústica que a los designios de Satanás. Los albañiles y artesanos que construyeron la orejuda fueron prontamente emparedados. Se le prohibió a la servidumbre del Obispo acercarse a la puerta de la ominosa habitación. El pueblo evitaba transitar por las calles cercanas al Palacio. Muchos aseguraban que algunos transeúntes se habían quedado sordos al oir los berridos. Don Gaspar de Sotomayor, cronista del Cabildo, nos describe el desasosiego que estos berrinches sembraban en el pueblo: "Desde que el piadoso Don José de Larra rescató de las aguas el cuerpecillo del muy desdichado infante Avilés, el pueblo todo de esta plaza vive en general desasosiego, y ello porque es común creencia que el mismísimo Satanás ha hecho nido en el diminuto cuerpo de tan notorio náufrago. Sal sobre la herida ha sido este hecho tan insólito como horrendo, y es que los berreos de teta del infante Avilés bien se oyen por todos los rincones y límites de nuestra amadísima Plaza de San Juan Bautista, que en esto no exagero ni una pizca. Y hasta mucho más lejos diría yo, pues me han contado que cada vez que este engendro lanza berrinches, ya que no lastimeros aullidos del mismísimo Lucifer, en el muelle de Recinto Sur estallan faroles y tiemblan celosías. También han llegado a mis oídos sucesos aún más insólitos: Alguien me ha dicho que con cada gigantesco berrido, ya que no fotuto del gigante Polifemo, los cocos de agua caen al suelo como plomados por encanto mágico. Pero también aseguro que muchos súbditos han tenido la poca prudencia, ya que no osada temeridad, de pasar por las altas y malditas calles aledañas al edificio del Palacio Obispal, y han quedado más sordos que tapias cuando sus oídos han sufrido los desolados berridos del oculto. Pero estas crueldades son cosas de niño de teta al lado de lo que se desata casi todas las noches, y es que, de repente, todos los que habitamos esta otrora serenísima ciudad, quedamos desvelados por los alaridos del Avilés, que ya apenas tenemos buen sueño y mejor merecido descanso. Y en noches claras de luna llena, se ha extendido, bajo el azul añil tachonado de palmeras, ese largo suplicio del infante, acompañado muy ominosamente por el toque de los gruesos tambores africanos, delirio éste que nos ha hecho temer la rebeldía de los negros, pues como éstos son tan supersticiosos, quizás han confundido su demonio con el nuestro. Pero también han ocurrido sucesos ya no sé si más graciosos que trágicos, como este sabroso relato que ahora les contaré: Pues una mujer de furioso temple amoroso que en horas de la medianoche gozaba con su legítimo esposo, al oir el llanto del Avilés cerró muy tiesos los gruesos labios de su oculta boca, pillando a su infeliz marido, y con tanta fuerza lo tenía entre sus piernas que fue menester llevarlos, así enganchados como estaban, a donde un físico, quien los separó sosegando a la mujer con baños de yerba y ungüentos cálidos. Y aseguro que fue muy gracioso a la vista el socorro de la infeliz pareja: Los sirvientes corrían con el tálamo a cuestas, cargaban monumento tan carnoso mientras los vergonzosos amantes ocultaban su desnudez bajo mantas y visillos. Pero ya pronto las indiscretas miradas en hirientes risotadas se convirtieron, alargándose el tropel de burlones que venía tras los apurados alcahuetes. Desataban bachata feliz los chistes sobre la fuerza que aquella hembra tenía en el montón, que alguien comparó ésta con la que las perras tienen en esa mismísima parte. Bueno, pues volviendo a los llantos del Avilés aseguro que ya hace muchos meses que el Obispo Larra está retirado en su palacio. No se le ve ni por asomo, por lo que suponemos que enclaustrado se haya en misas y plegarias, única forma de aliviar la maldición sobre esta plaza desatada''.

Capítulo II

JUAN PIRES

Larra le pagó algunas monedas al actor sefardí Juan Pires, aventurero que llegó a San Juan procedente de Cuba, para que representara el papel de exorcista. El estrafalario salvador recorría las calles de San Juan prometiendo liberar al pueblo de los llantos diabólicos del infante: ¡Aquel Avilés era justo castigo de Dios, y él era el único capaz de devolverlo a las pailas del infierno! Pero el fraudulento conjurador pronto se convirtió en víctima de su encendido verbo. Luego de una larga meditación en Isla de Cabras, llegó a considerarse el segundo Mesías. Así lo anunció ante la multitud que presenció su primer rapto, sin duda un furioso ataque de naturaleza epiléptica. Su fama se extendió por toda la isla. El pueblo acudía a comprobar la divinidad del vidente. El falso exorcista ya era profeta de sus propios delirios engañosos.

A los pocos días de fundar la secta herética de los llamados Avileños, Pires profetizó, para el 10 de diciembre de 1772, el inminente inicio del tiempo mesiánico. Larra no tardó en reconocer el origen sefardí de Pires, e inmediatamente convocó al Santo Tribunal de la Inquisición. Mientras tanto, el ya notorio vidente Juan predicaba que el desenfreno sexual era el único camino a Dios. Poco tardó en distraerse de tan controvertible verdad, y el 10 de noviembre de 1772 anunciaba —luego de larga meditación de diez días y nueve noches— que se había equivocado al designar el protagonista del final de los tiempos: señaló hacia las alturas de la ciudad y proclamó que el Niño Avilés era el mesías verdadero. Insistió, sin embargo, en su papel de profeta, y les recordó a los peregrinos que visitaban su choza en Isla de Cabras, el camino místico que suponía el total abandono a la sensualidad. El cabrío —así le llamaban sus seguidores— comenzó un largo viaje por el litoral al oeste de San Juan. Viajaba en una carreta arrastrada por bueyes; les prometía la salvación eterna a todas aquellas doncellas que fornicaran con él; su magro rostro ya mostró un mirar extraviado, desfallecido, ausente de los riesgos de este mundo. Otorgó la salvación y toda clase de bienaventuranzas a los hombres que consintieran al adulterio de sus mujeres, convirtiendo los cuernos con él pegados en corona de espinas conducente al amor divino. Los cronistas nos hablan de larguísimas filas de mujeres y doncellas desnudas, buena señal de que el verbo de Pires convencía con algo más que palabras. Ante la carreta del cabrío, aquellas devotas aunque inquietas mujeres esperaban su turno para ganarse el reino de los cielos. Don Vicente Huerta de León, secretario del Obispo Larra para asuntos de Cabildo, cuenta aquella apoteosis del fugaz vidente: "Viajé al islote de Cabras, ese roquedo de alto mar bravío que custodia la garganta de nuestra bahía, pues allí era donde predicaba el heterodoxo Juan Pires. Luego de cruzar en chalupa las turbulentas aguas del Morro, echamos soga en una apacible ensenada que sirvió de atracadero a los muchos peregrinos que allí acudían. Vi a mi alrededor muchísimos botes. todos ellos atados a larguísimas varas que fondeaban el bajío.

Ya había descendido la tarde sobre aquel sitio; pero aún así las lumbres con que topamos bastaron para iluminar todo el ámbito. Sobre tarima altísima que seis gruesos troncos de palmeras levantaban, aquel Juan Pires, enjuto y escapado de este mundo, predicaba espantos y esperanzas. Poco se sabe de este hereje, excepto que es de origen sefardí —cosa fácil de adivinar por su apellido— y llegó a estas tierras haciendo oficio de cómico, asunto que no pongo en duda, pues su voz y gestos aventajan por mucho su doctrina. Algunos peregrinos que allí estaban lucían capuchas, indicio claro de que era gente de alcurnia temerosa de ser reconocida en tan diabólica y populachera compañía.

Alrededor de la alta tarima, que era como la columna de Simón el mágico, había grande tropa de africanos, todos ellos muy arrebatosos con el toque de sus tronantes tambores. A la verdad que estaban como en rapto de locura: Bamboleaban las cabezas a la vez que sus ojos lucían sacados de órbita o desfallecidos. Y pronto descubrí que todo aquel delirio se debía a unos pases de cohoba que los prietos se daban, que esta feroz yerba enloquecedora se la ponen en las narices como nosotros el rapé. También estuvieron congregadas, bajo la tarima, pecadoras que el santón fornicaba a su antojo, seres a la verdad enloquecidos por la devoción a la herejía. Juan Pires se había colocado un campanillo en la pija, y cada vez que la erguía para mostrar potencia, el tintineo escuchado era señal para que la próxima mujer subiera a fornicar sin pena. Subían las muy rameras por rústica y angosta escala, mostrando sus velludas redondeces más de lo debido. Unas subieron putas y las otras bajaron santas, que las ya gozadas se habían ganado el cielo, y ello porque según la perversa herejía del judío Pires, la santidad se logra follando a pata suelta: ¡Oh pueblo pecaminoso que siempre equivocas el camino! Y vi muchas otras extrañas ceremonias en tan maléfica estancia. Sentada justo en el centro de ansioso cerco de hombres, una prieta de mirar fulguroso y piernas repatingadas, graciosamente apagaba una vela con su hirsuto sexo pedorrero. Y allí todos reían, y apostaban a la curiosa diversión. Más adelante tropecé con un borracho que vomitaba el verde de las tripas contra una palmera. Allá, bajo un tenderete de pencas, sonaba la frenética orgía, que en ella se probaban todos los perversos placeres que conoció la vil Sodoma. Guiada por el feroz aguardiente de caña y los carnales apetitos, aquella humanidad se desviaba del recto camino que a Dios conduce".

La Hoguera

El 10 de diciembre de 1772 la Santa Inquisición quemó en la hoguera al pellejudo Juan Pires. El auto de fe se celebró en la hacienda de Don Bartolomé Rodríguez. Los fanáticos seguidores del vidente Juan fueron perseguidos y masacrados por la guardia brava. Antes de morir quemado en la hoguera, el bueno de Pires lloró desconsoladamente al recordar el porvenir del Avilés, a quien llamó "el corderillo redentor", y en trance furioso señaló hacia los mangles y caños del litoral y dijo: "Allá será fundada Nueva Jerusalén..." Escuchemos el testimonio de Don Vicente Huerta sobre tan afamado suceso: "En muy oculto claro del cañaveral se clavó alta estaca, y los prietos de la guardia brava reunieron mucho rastrojo, echándolo luego al pie de la hoguera. El límpido azul del cielo se había ocultado prontamente tras la humareda desatada; la guardia brava quemó cañaverales y matojos para dispersar las turbas de avileños que pretendían liberar a su profeta. Una vez reunido el séquito del Santo Oficio, se procedió a examinar la calidad del rastrojo que se usaría en la hoguera. Se encontró demasiado seco, lo que aseguraba candela rápida, verdadero alivio dentro de tan grande tortura. Se picaron cañas verdes; esto aseguraba que la llama sería lenta y justiciera, abundante en humo, modo seguro de matarlo por ahogo antes de que las ardientes llamas quemaran su cuerpo. Hubo de pronto grande tumulto, y era que Pires llegaba custodiado por la guardia brava. El humo desatado por la quema del cañaveral fue muy espeso en aquel sitio, pero pronto distinguí al hereje cuando lo hicieron saltar de la carreta. Su talante era a la verdad muy imponente, más por lo venerable que por lo espantoso, que a pesar de la gran potencia que afamaba su verga, su cuerpo no era fuerte, más bien enjuto, el pellejo pegado al hueso y éste aferrado al alma. Aquella noche en que visité su campamento sólo le oí las campanas; ahora descubría en su rostro la causa de tanta veneración y delirio. Su espesa barba encendía en el aire aquel frenesí; sacerdote era de muy diabólica magia, razón verdadera de su enorme hechizo. Sentí repugnancia y atracción, que el cuerno de Satanás es muy ducho en esto de confundir la voluntad. Fue amarrado, y entonces se le acercó un dominico buscando confesión. Y cuando el muy pío sacerdote se le acercó con crucifijo en mano, el Pires comenzó a temblar y echar espuma por la boca, y todos los presentes pensamos que la convulsión era el esfuerzo del demonio por saltarse la hoguera. Pero Pires era más apestoso que el mismísimo diablo, y sujetaba a éste por los cuernos para que no cogiera las de Villadiego, verdadero motivo de todos aquellos trances. Y como la disputa en el alma de Pires se encandilaba aún más con la cercanía de la lumbre encendida —las zapatetas sucedieron a los chillidos— la muy santa comitiva del oficio, luego de brevísima consulta, quiso prender la hoguera echándole antorcha al rastrojo; si no el rabioso diablo era capaz de desatar alguna desgracia verdadera. Y mucha candela pidió el verde rastrojo para levantar humo, que cuando esto último sucedió reculamos algunos pasos. Ya en la lejanía los chillidos se convirtieron en gritos. Y también se escuchaban maldiciones proferidas contra nosotros, pues algunos avileños bien se escondieron en los matorrales para llorar al muy diabólico mesías. Y éste ya no era tal, sino espíritu dolido que probaba las hondísimas pailas del candente infierno, porque es de notar que cuando las llamas consumieron su cuerpo, Satanás saltó a suplicio, ya que no tenía pellejo donde esconderse, carne con que cubrir su apestoso espíritu. Más espesa se volvió la humareda cuando los aullidos apagaron los gritos; ya era cierto que Satanás torturaba su propia alma al rojo vivo. Tuve que alejarme todavía más de la hoguera para no sentir ahogo. Me ardían los ojos; el estómago me daba saltos cuando ya sentí el olor a carne quemada. Y de repente, entre los negros humos avivados por la hoguera, alcancé a ver el rostro de Pires. No cesaban los aullidos del diablo, pero el rostro de Pires lucía sereno, y sus labios dibujaban sonrisa más que dulce. Fue entonces cuando pude oír estas palabras que escaparon a todos, y hoy no sé si las oí por magia o por estar más cerca que los demás. Sacó de entre las llamas aquel brazo negruzco y llagado, y con grácil gesto señaló a los cercanos mangles a la vez que dijo sollozando: "¡Allá será fundada Nueva Jerusalén! ¡El corderillo redentor edificó grandísima máquina que llegando al cielo ocultará al hombre!"*

La teología

El episodio mesiánico de Pires motivó graves especulaciones teológicas. Algunos avileños moderados —casi todos pertenecientes a la jerarquía política y económica de la plaza— intentaron reconciliar la naturaleza mesiánica del Avilés, profecía de Pires, con la posesión que causaba los incesantes llantos. Infinitos laberintos teológicos fueron trazados; las complicadas razones se extrajeron de la metafísica, la magia negra, la demonología y los prejuicios populares. En veladas y sesiones se leían abstrusos tratados que luego eran debatidos, anotados y finalmente subscritos. Los malabarismos del intelecto y la fantasía llegaron a excéntricas teorías que desafiaban la más elemental racionalidad. Casi todos estos discursos fueron recogidos y quemados por las autoridades del Siglo XIX. Sólo se conservó el *Tratado de los muy equívocos rostros que Satanás muestra a los humanos*. Veamos algunos de los más graciosos pasajes: "La muy peligrosa ciencia que de los demonios trata, es ruta confusa, pero que conduce a cabal comprensión de los muchos disfraces usados por Satanás para confundir la ingenua voluntad humana. Y todo ello es cosa a ser vista por muy sutiles mentes un poco inclinadas al escepticismo, pues si no tiene tal actitud, el exorcista corre peligro de que le brote la negra flor de la locura. El demonio disfraza siempre su talante y residencia, haciéndonos pensar a veces que algunos posesos más merecen exorcismos que compasión. Aseguro que todo ello es así de sutil, y el que no entienda pues distancia ponga entre su alma y estas cosas de diablos y posesos"...

Más adelante nos habla sobre los epifenómenos diabólicos: "Es muy antigua noticia que los demonios son seres burlones y esquivos, y es por ello que muchas veces se manifiestan por medio de graciosas jugarretas. Porque a la memoria me viene el caso de aquel poseso que cagó un largo mojón del tamaño de grandísima palmera, siendo esto motivo de risa para los ignorantes, pero causa de repugnancia para los graves; resulta de todos conocido que mierda tan enorme no puede albergarse en humana entraña, y además, es de vieja tradición el gusto de los diablos por los grumos fecales y todo lo que vuelve a la tierra, de donde viene aquella antigua costumbre de hacerle despojo al estiércol con bendiciones y rezos. Y otra seña es que los posesos echan al aire muy pestilentes humores, que es como si los demonios padecieran de flato y al apoderarse de un cuerpo aprovecharan todos sus orificios para expeler hediondos pedos, y aquí recuerdo que el monje Lutero ahuyentaba al demonio alzando la sotana y tronando pedos, como queriéndole

---

*A.J.M.:

El converso

Quizás Don Vicente Huerta ya está convencido de que se cumplían tales profecías. Después de advertir la dulce sonrisa ajena al aullido, decidió convertir el frenético dolor en santa y justa palabra. En la narración del discurso de Pires se tomó el esmerado cuido de atildar los tiempos verbales, señalando que la profecía es un futuro evocado.

decir al alcahuete de Satanás: "A mí no me asustas, que entre demonios no hay pedo que valga". También he visto, con estos ojos que se comerán los gusanos, cómo un furioso poseso se convertía en maceta, y por todos los orificios de su cuerpo brotaban margaritas que crecían muy monstruosas, que todo esto lo interpreto como grosero chiste del demonio, pues hediondísimo olor acompañaba al muy descomunal crecimiento de las flores. Aquí veo equívoco rostro de muy buena estirpe demoníaca, y es que de la estercolera en el interior de aquel hombre brotaban falsos ropajes de belleza, flores malditas que seducen al ojo engañando el alma. Y hay muchos otros raros sucesos que al demonio se deben, como aquellos hombres que cobran grandísima elasticidad en sus cuerpos, condición que les permite estirar el cuello y besarse los pies estando parados, todo ello con suma agilidad y ligereza. Conocí hombre muy diabólico que alargaba su cuello como culebra, y con ello era capaz de lamerse el ojo del culo sin mostrar señas de fatiga o dolor. ¡Oh equívocos rostros de Satanás, sucesos de perversa gracia que a lágrimas mueven! También aseguro que los demonios han desatado olor sulfúreo; todo el espeso aire huele acre, y es ya muy notorio que muchas gentes han preferido quitarse la vida antes de seguir acechados por tantos signos ominosos. Y este frío, ¡Dios mío!, este frío... Sólo las mentes del vulgo piensan que los demonios son calientes como las pailas del infierno —¡Vox populi! ¡Vox Dei!— que esto es someterse a otro monstruoso engaño. La peor quemadura es la del frío que resulta de la ausencia de Cristo, pues el amor del redentor es cobijo tierno y ardiente. ¡Ese diablo malo del Avilés es capaz de desatar ventisca y nieve, caprichos de la naturaleza a la verdad que prodigiosos en estos calientes mares!"

Los mitólogos

La oscuridad se había desatado por toda la plaza. Florecía el miedo, y el rostro del hombre se escondía del sigiloso acecho apenas entrevisto. Cada paso contenía la locura. Aquella equívoca creencia se volvía irresistible: "Esa maldad ubicua nos persigue todas las noches con su paisaje de aullidos"... Pocos conocen la verdad. Mucho asombra que los diseñadores del mito también se muestren crédulos. Escuchemos a Don José Miguel Abudo Olmo, cronista de cámara del Obispo Larra, relatar el fallido exorcismo del infante Avilés: "Algunos locos incrédulos han echado a correr por ahí, hace ya algunos días, el rumor de que la condición diabólica del Avilés es toda ella falsedad, vil engaño creado por el Obispo Larra para alimentar insaciable poderío, satisfacer urgente necesidad de estado. Es por ello que yo —humildísimo testigo de cámara del Obispo— he decidido tomar pluma y deshacer tan viles mentiras. Pues ocurrió que Larra me llamó a su despacho, y me pidió que le relatara todos los cuentos inventados por el populacho en torno a la condición del infante. Le conté cómo algunos lengüilargos habían dicho que todo aquello era invención suya, herramienta de poder, sutil ejercicio de la macavélica razón de estado. El viejo Obispo dibujó triste sonrisa, y me aseguró que grande sería su felicidad si así fuera... —*Pero hijo, desgraciadamente Satanás está más presente en nuestra estancia que el mismísimo Dios benigno... Ahora verás el sitio donde intentamos el exorcismo* *que al fin nos libraría de tanta locura...*— Por órdenes suyas fui conducido, bajo estricta guardia de palacio, al aposento donde estaba alojado el grandísimo poseso. Quería Larra que yo diera, en plaza pública, fe y testimonio de la muy feroz condición del Avilés, de los muchos prodigios a mis ojos aferrados... Las paredes de la pequeña habitación eran de muy sorprendente hechura. Allí vi, al lado de la cuna, una monja con bigotes y otras hombrunas señas. Tan desconcertante virilidad me puso tieso, así de enconado fue el terror que anegó todos mis miembros. Viéndome tan conturbado con esto, un guardia que allí estaba me contó que semejante cambio de naturaleza era fruto del exorcismo aquel que la monja oficiaba. Y me aseguró que hasta el habla le había cambiado, pues ahora la monja no hablaba castellano, sino diabólica jerigonza que nadie entendía, quizás mezcla de latín y griego. ¡Qué maléficos trucos desata el demonio contra sus enemigos, Santo Dios!... Entró un dominico tuerto de nombre Antonio, y me confirmó que el Avilés, el muy sucio, harto esquivo andaba, fugándose siempre de los santísimos rezos del principal exorcista de catedral. Añadió el cura Antonio que aquel diablo era de altísimo grado en las categorías del maleficorum, por lo que era necesario engañarlo con oficios de mujer consagrada.* Sólo la monja era capaz de confundir la voluntad de Satanás, y ello porque cuando el maléfico toca mujer consagrada, queda como turulato, perplejo y desfallecido, pues le sorprende encontrar al servicio de Dios su instrumento favorito. Cuando así de confundido está el diablo es cosa más de maña que de ciencia sacárselo de encima al poseso. Y esto era lo que hacía la monja bigotuda cuando pinchaba la carne del infante con larguísima aguja. Aquello me repugnó sobremanera, pero pronto comprendí que en verdad era el único modo de sacar al diablo malo. Entonces fue que los sollozos desaforados del Avilés retumbaron feroces por toda la cámara, y no me habría causado extrañeza si a España llegaban, así de monstruosos y extensos eran. Sigiloso se me acercó un dominico que allí estaba, causándome grande susto y vuelco de alma. Lo miré con extrañeza, aunque ya pronto lo reconocí: Era el estrafalario padre Antonio, exorcista mayor de plaza y ahora alcahuete de la monja bigotuda. Pocos momentos antes me había explicado el oficio que la monja tenía en todo aquel espanto, pero aún así algo me inquietó de su talante, quizás el parche aquel que llevaba en el ojo izquierdo. Era que mi ánimo quedó muy turbado, y el monje aquel confianza y miedo a la vez me causaba. Y otra rareza fue que su voz sonó muy lejana, como venida del otro mundo, cuando me dijo: —*Acércate, acércate para que contemples el rostro del caído...*— Mi voluntad se resistía a ir; pero fuerza misteriosa, extraña a mí, me empujó con furia hacia el moisés. Sentí entonces un fuerte vahído que a poco estuvo de borrarme toda lucidez... La monja bigotuda quitaba lentamente el

*A.J.M.:

El delicado oficio

¡Quizás miente sin querer!... Abudo piensa que nos revela la verdad y descubre la mentira. Y su vehemencia nos resulta demasiado ingenua. Quizás esta credulidad parezca sospechosa en tan cercano colaborador. Pero justamente por esto es el más sutil de los muchos mitólogos que el astuto Obispo ha empleado recientemente.

34

paño que cubría la cuna, cuando de pronto le cayó arriba al niño muy furiosa, pinchándole el brazo derecho con tanta fiereza que temí la muerte del Avilés, pues le clavó la aguja hasta el zoco, en este caso hasta el hueso. Pero esto fue de sobresalto, que lo siguiente en verdad fue de pavor: Para asombro mío el Avilés no sangraba, ni mostraba mueca de dolor en su rostro tan sereno. Pero la burla cruel de todo aquello, el guiño malo era —¡Oh Dios de los cielos!— que los llantos del niño eran de espanto y estruendo, insoportables para el alma cobijada por el amor de Dios. Tapé mis oídos con las manos, lo mejor que pude; pero allí seguía el llanto del pecador por toda la eternidad dolido. Apreté aún más fuerte para no desfallecer de locura. Y el prodigio siguió al espanto, pues el moisés crecía gigantesco y amenazaba con tragarme, que ya mis ojos estaban de piedra ante semejante horror. Cuando al fin se despejó tan cruel engaño, pronto descubrí, en un rincón del aposento, fiera comparsa de negros que tocaban muy frenéticamente los tronantes tambores. Los prietos estaban desnudos, y tenían las vergas muy erectas, como cuerda de violín, que para susto mío alzaban las enormes pijas hasta la altura de sus ojos, para luego tronar con ellas los cueros. ¡Pero grande portento siguió a tan desmesurada visión! Y era que los negros cambiaban de cuerpo y se convertían en prietas de muy sensuales carnes; pero estas mujeres deleitosas conservaban aún —¡triste burla!— las vergas de los tamborileros, y pensé que eran hermafroditos, que así se llaman estos seres monstruosos nacidos con los dos sexos. Entonces ocurrió que alcancé a ver las pulposas y muy peludas jaibas de las negras, pero ya pronto las vergas volvieron a tronar duramente los tambores, con movimientos tan ondulantes e impúdicos que más parecían bichos que miembros. A todo esto, ¡oh grandes maleficios de Satanás!, ya no pude escuchar el sonido de los tambores. ¡Aquella música transcurría muda bajo el frenesí de los cuerpos! Saltaron las negras al piso, luego se auparon de rodillas trepándose a los barriles de las tumbadoras, y ya no cesaron de golpear los sonoros cueros— ¡Satanás le había devuelto el habla a los tambores!— hasta desfallecer en éxtasis, desmayo a la verdad que anunciado por sus temblorosas nalgas. Pero no tardaron en volcarse de nuevo hacia el delirio, y empezaron a gritar: —¡Cachito pa huelé! —¡Cachito pa huelé!...— Con gritos tan furiosos las diablas aquellas pedían pase de cojoba, planta de estos trópicos que desata locuras si en la nariz se pone a la manera de rapé. El dominico misterioso les puso los pases de cojoba, y por lo visto con esto les voló los sesos, tanto así que ya pronto los hermafroditos se borraron en el aire... Me sentí desfallecido, y ya no tardé en caer al piso como flotando, sostenido por el mareo, los sesos gravosos y el cuerpo liviano. Se acercó el dominico y me puso un cachito de cojoba, advirtiéndome que era el único modo de soportar los vahos sulfúreos del Avilés... Se me turbó el tiempo, y el antes se convirtió en ahora y el entonces en después...

Por lo visto me quedé muy adormilado sobre las losas. Y desperté con la mente puesta en su sitio y despejada. Sólo permanecían allí, frente a mí, husmeándome más con malicia que curiosidad, la monja bigotuda y el endiablado dominico. El padre Antonio vino hacia acá, y me ofreció grandes socorros, ayudándome a salir de aquel sitio terrible, porque advierto que mi cuerpo estaba todavía como fogoso y a la vez exhausto. Entonces oí la voz de Larra que me decía al oído: —*Galán, ya ves*

que éste no es diablo de playa, sino el mismísimo Satanás... Ahora dilo por ahí, y
que no desfallezca la oscura fe"...—

Larra medita ante espejo convexo

"Está muy borrosa la figura allá en el fondo. El tiempo enturbia la mirada, aunque no haya rincón en el aposento que escape a la ceguera del espejo. Hacia aquel rincón huye el ánimo tembloroso del candil. La noche desata su asombroso límite, y ya todo desfallece dentro del orbe. Esa mancha negra que alejándose se acerca se convierte en vestido... ¿Será ella? El pesado hábito ha caído sobre las baldosas negras y blancas; aunque quisiera distraer la mirada, el camino al perdón se me presenta así de laberíntico. Insisto en el pecado de la carne... ¿Será éste el único modo de escapar a la mirada de Dios? Allí, bajo el dosel, está recostada la muy diableja, y su hechizo es el leve toque que me acaricia la nuca. Pero allá, en el brumoso fondo, también está el gabinete del poder: Ya apenas distingo los mapas confusos, y la mesa de estrategia no es más que derretida filigrana. Se acerca dilatada esa oscura flor desnuda, invitándome sin tregua ni mesura. Lentamente se vuelve mujer carne tan borrosa; pero su rostro permanece oculto... ¿Será éste el pecado añorado? Busco ese pecado humilde, seguro camino a Dios... La santidad florece en él; allí se esconde la absoluta lejanía, que sólo en la más negra ausencia merezco yo el perdón. ¡Que no cause estruendo mi pecado! Mata toda soberbia en él. Cultiva esa humildad imposible... Sólo así lograré ser abominable... Anhelar la santidad es morirse de soberbia... ¡Que no quede brizna de santa intención! ¿Cómo escapar a este espejo? ¿Cómo encontrar consuelo en lejanía tan cercana? Si busco el calor de Dios, ¿cómo es posible anidar este deseo? Quiero ocultarme, escapar a su mirada. Pero ahí está su aliento, pues tan grande amor nunca desfallece. ¡Vuelve ese cosquilleo en la nuca!... La gozaría sin pasión, que ya sólo me asombra su cabeza monda, su rostro ausente. ¿Es demonio o monja, mujer o ángel?... Gastados yacen los trucos del poder... Sólo así merecería el perdón; pero la soberbia jamás se aleja cuando pretendemos la humildad... Esta ruta, la del poder, es la única que conozco hacia el amado... Desatar la locura entre los hombres ciertamente es camino seguro a las pailas del infierno, aunque con este esfuerzo también anhele la dulce mirada del macho cabrío... Pero mi pecado no debe causar estruendo... Hunde su monda cabeza en el almohadón. A su maldad me invita... ¿Será éste el pecado humilde, apenas rumoroso?... La salida se encuentra cerca; los laberintos de la santidad son tan equívocos como los de la maldad. Ya está casi vacío el espejo... El reflejo no regresa... Mi propia mirada se contempla... Se han desvanecido los sueños de la razón. Pero allí queda el camino, esa lejanía tan cercana que dibuja su lenta y ciega superficie. Y algún día también ese conocimiento se borrará del todo"...

Capítulo III

EL EXODO

Una oscura melancolía se extendió por toda la estancia. La milagrería del Obispo Larra provocó aquel terror que ya no encontraba refugio ni consuelo. Allí, en el centro mismo de la ciudad, se erigía la invisible torre de la locura. Todos huían de ella, sin volver la mirada por miedo a quedar sometidos ya para siempre. Los llantos del Avilés no daban tregua. Muchas fueron las noches en vela; el descanso se convertía en lujo exquisito. La población abandonaba la ciudad. Y allá, en los mogotes de la Vega Baja, se fundaron campamentos de exilados que añoraban el sueño, aquella tierra lejana y prometida. El exilio, el cansancio, la búsqueda persistente del sosiego llevaron a muchos al suicidio, la idiotez o la locura. Larra fundaba así la ciudad maldita, el Pandemónium incesante. Don Ramón Cruz Cepero, médico del Cabildo y prominente ciudadano nos relata con amargura: "Nuestra muy santa plaza es páramo doloroso, y ello así porque los hombres y mujeres que cultivaron esta ciudad con sus vidas, paseos y amores, han huido, quedando la plaza bajo el poder de este perfecto silencio sólo interrumpido por los fieros aullidos del malévolo, ese Niño Avilés de los demonios. Así de menesterosa ha quedado esta plaza que antes fue dulce lugar de convivencia. La soledad se extiende por todas partes como una sombra enloquecida. Todos los días despedimos caravanas de muy entristecidos ciudadanos que dejan atrás, en el recuerdo, la apacible morada. Comienzan así la azarosa búsqueda del sueño. Pero estas tristezas palidecen cuando narro las muchas desdichas que en estas peregrinaciones ocurren. Y la más espantosa es que los llorosos infantes son descuartizados por los peregrinos, pues se cree que todo llanto es clara seña de posesión diabólica. He visto a padres matar a sus hijos y gritar desaforados: —¡Muera el Avilés! —¡Muera el diablo malo!— Y después de la matanza los niños son picados con machetes y —¡Oh Dios de los cielos!— colgados de las frondas de los árboles. A lo largo del camino, cerrada ya la espesa noche, los peregrinos se bajan de los carromatos a recoger aquellas inmundicias, como si se tratara de muy dulces frutas, así de engañados están los ojos de los hombres con tanta locura desatada. Corren entonces al monte, y allí engullen, cobijados por la cómplice oscuridad, sangrantes miembros, vísceras malolientes. Los más furiosos peregrinos, aquellos rebajados a condición bestial donde no hay asomo de pudor, cometen la vil antropofagia a la orilla del sendero, llamándoseles "añangotaos" porque allí quedan en cuclillas como idiotizados, la mirada más que perdida en su extravío. Es claro que hay dos causas para tan bestial comportamiento. Una es la carestía de víveres que arrastra la interminable caravana, que los carromatos ya sólo cargan la locura. Pero también se dice que comer tan tiernas carnes devuelve el sueño placentero"...*

Los palenques

En los mogotes de la vega al sur de la ciudad se fundaron campamentos de peregrinos. Los habitantes de cada mogote fortificaban prontamente laderas y cimas con fosos de agua, trincheras y altísimas estacadas. Cada uno de estos poblados se consideraba independiente y en guerra con los otros. Las miradas no tardaron en llenarse de violencia y desconfianza. El regreso al estado de naturaleza queda resumido en este pasaje de un diario anónimo: "Muy temprano al levantarse el día, caminé hasta la estacada oeste, donde me esperaba el deber de vigilar el muy peligroso horizonte, pues allá estaban los otros. Luego de varias horas de vigilancia, divisé, a distancia de veinte pasos, al hombre aquel que distraído caminaba con fiero arcabuz puesto en el hombro. Iba hacia el valle que está al pie de nuestro mogote. De pronto advirtió mi presencia y nuestras miradas se cruzaron. No lo reconocí como fulano de mi campamento, ni él a mí, y ello nos puso en alerta, estado de miedo y suspicacia. A poco tiempo de estar las miradas clavadas en los ojos, alcé voz temblorosa para preguntarle su identidad y el destino que llevaba. Pero antes de completar aquella tímida indagación, me espantó ver cómo el desconocido levantaba su arcabuz y comenzaba a maldecirme e injuriarme a muy viva y desaforada voz. Por miedo a que el otro mandara fogonazo no levanté mi arma. Aseguro que sin pizca de remordimiento allí mismo y entonces le habría cañoneado lengua tan viperina, que mi persona recibía toda clase de bajos epítetos, tales como "¡hijo de puta!", "¡cabronazo!" y otras muchas linduras parecidas. Y a mi memoria viene el más grande insulto que aquel desgraciado me gritó, y fue "¡cara de culo!", que ello venía porque tengo la cara muy redonda y mofletuda. Entonces monté en justa cólera, y con movimiento más rápido que el de lagartija alcé mi arcabuz, disparando muy grande fogonazo. Vi caer al otro y caminé hacia él; con manos temblorosas intenté cargar de nuevo el maldito arcabuz. Cuando le hice sombra, noté que su vida casi había huido, así de penoso estaba de talante, y pensé que pronto moriría. Pues para asombro mío alzó la ensangrentada pierna izquierda, y diciendo —Esto es para ti— expelió muy ruidoso pedo mientras moría. Y aún hoy no sé a quién maté, y aseguro que aquel hombre no era mi enemigo, ni yo le había visto antes del muy estúpido suceso".

* A.J.M.:
La caravana
Los infantes apenas se quejaban. Morían con una mirada más de asombro que de espanto; nunca antes habían visto la maldad. Los hombres ya no podían combatir el tiempo que los desgastaba sin piedad Era una peregrinación que engullía esperanza, sitio y porvenir. Transcurría siempre rezagada, la muerte sin consuelo aguardándola al final del camino. No olvidemos que el sueño era la tierra prometida.

Muerte de Robert Smith

El 20 de enero de 1773 fue día de gran revuelo en el campamento fundado por Robert Smith. El diseñador de la orejuda había enloquecido de culpa. Víctima de su bien calibrado invento, sus ojos también se colmaron de la patética esperanza que acompañó a los peregrinos. Pero el sueño seguía esquivo, implacable en su muda ausencia. Largos desvelos lo perseguían sin piedad; su rigurosa imaginación se poblaba esta vez de burlones demonios. Inclinados a una credulidad perversa, los nocturnos pobladores aseguraban que el inglés balbuceado por Smith en sus delirantes vigilias era la antigua lengua del lucífugo. Todos aquellos signos y rumores motivaron un nuevo destierro. Los inquietos peregrinos volvían a sus carromatos y tartanas. Caía la tarde; el solitario Smith desfalleció en la hamaca, su exaltado soliloquio apenas interrumpido por el revoloteo estruendoso del búho. Allá abajo, en el valle de la Vega Alta, graznaban enloquecidos los altos pájaros. Don Juan Urrutia, aventurero caribeño y cronista de la Capitanía, nos relata la muerte del alucinado Smith: "Lo llevaron a coger brisa, y ello porque su cuerpo estaba muy lleno de humores calientes que le causaban furiosos delirios. Sus dos sirvientes, los negros Juan Montes y Pedro Pérez, lo mecían en una hamaca tendida entre dos grandes palmeras de las llamadas reales. Mientras aquel desdichado estiraba la pata, vi cómo su manceba, que era una prieta del poblado de Piñones, comía impasiblemente de una dita llena de plátanos hervidos, sentada bajo la sombra de grande ceiba, sus desnudas piernas espatarradas, sus pies descalzos, y su peluda jaiba graciosamente velada por tosca faldeta de colorines trenzada sobre el bajo vientre. Y para grande asombro y escándalo mío, advertí que la prieta, ya que no diabla, vilmente se burlaba de los frenéticos llantos del alucinado Smith, a la vez que golosa engullía las humeantes viandas. Y a medida que el loco desaforaba aún más sus arrebatos, cagándose encima y aupándose como si tuviera diablejo metido en las tripas, aquella vil mujer destemplaba todavía más sus nerviosas risillas, que al parecer la muy sucia —hija fiel de su baja condición femenina— mucho se alegraba de las grandes desdichas de su penoso amante. Pues ahora relataré —a mi manera— lo dicho por el loco Smith en lengua inglesa, justo cuando ya caía la tarde y sobre él descendían las muy negras sombras de la muerte, discurso aquel que los brutos peregrinos confundieron con los balbuceos en lengua griega del mismísimo Satanás: "*Sounds whose insistence I designed, now travel after me with utmost ferocity. Reason has been in exile for so many days now... I may not avoid my exact madness, the mathematical cruelty of my most subtle machine*"... Pasaron muchos días, y allí quedó el cadáver casi descompuesto. El hedor era tan grande que las caravanas de peregrinos evitaban pasar cerca del mogote de Smith. Después de alejarme y caminar por valles y montes, siempre cercano al encuentro con aquellos exilados que vagaban día y noche, sus ojos siempre encendidos de nostalgia, ya no pude resistir aquella obsesión de regresar al mogote del alucinado. Allí me topé con su manceba. Leal sólo en la muerte, la prieta aquella mecía la hamaca, y mi asombro fue vencido por el asco cuando advertí que Smith ya estaba en el hueso pelado, hecho esqueleto, que por lo visto su carroña había sido devorada por pájaros y bichejos. Espesa nube de moscas se aferraba a los últimos restos... Y la prieta allí quedó muchos días y no menos noches, meciendo la muerte entre las dos altísimas palmeras, su mirada más hija del extravío que del llanto".*

El tonto de Dios

"¡Qué duda cabe! ¡Voy saliendo del laberinto!... Con este fiero ejercicio del poder diabólico, me he puesto en muy oscuro rincón alejado de Dios. Sólo aquí puedo merecer su perdón. Y así ha ocurrido que cometiendo el más hediondo y monstruoso pecado, el que desata la locura entre los hombres, he sido capaz de colocarme bajo el enorme aliento del Padre. Caer hacia El y merecer la maldición eterna son gestos idénticos. Pretender la santidad es no acallar la soberbia. Antes de concluir mi estadía aquí, en este páramo doloroso, acabaré con las diabluras de este Niño Avilés, ¡que en verdad este exorcismo me resultará fácil! Así les devolveré la razón a los hombres. En esa ocasión mi alma estará lo más distante y cercana de Dios, desaparecida y presente, oculta y visible, cerrada y abierta, en su oscuro desamparo, a la misericordia divina. Cuando el malo acuda aspaventeando todo el aire de la tierra, más cerca estaré de ti. Justo en la más negra ausencia de tu mirada, exilaré el extravío que hizo apestoso nido en el alma de los hombres. Pero antes tendré que plegar sus mondas y viscosas alas, y mecerlo con gula y lujuria hasta que se duerma, hasta que ya no pueda alzar los pesados párpados. Poco tiempo seré su sirviente, que ya muy pronto me rescatarás de tantas ofrendas al hermano asno. Ya oigo su enorme aleteo, y gélido frío me sube por el espinazo. Ya sé que hay más trucos que piedad en todo esto. Pero desconozco otro camino. Tengo plena certeza de que mis razones son más que insuficientes; pero si ellas resultaran penosas, tonto de Dios seré ante tus ojos, cómico lastimero, y sonrisa te quedará luego de ver tantas maromas y piruetas de mi voluntad.*

---

* A.J.M.:

La vanidad de Smith

Smith pensó que su muerte era el desenlace de aquella genial y maldita ecuación matemática: *"I may not avoid my exact madness, the mathematical cruelty of my most subtle machine"*...

Aquel pensamiento resultaba consolador para su vanidad. Y no recordó —en los momentos de precaria grandeza que acompañaron a sus delirios— aquellas noches en que su amante negra se retiraba a un rincón de la choza a preparar el lento extracto. Tampoco recordó el amargo sabor de algunas viandas, sabor que la prieta Josefa explicaba encogiéndose de hombros: "Pué, e que eso e así amo... el niño Avilé ese ha dañao hasta la comía".

Pero la prieta Josefa no tardó en arrepentirse. Sólo el odio es lento...

La oscura paradoja

* Alguien asegura que la irracionalidad desatada es el fundamento de la tiranía colonial: "El astuto Obispo pretendía convertir el terror desatado contra el pueblo en camino de santidad. Era necesario que tan cruel tiranía se revistiese de ropajes teológicos. El satanismo del Avilés es bien calibrada herramienta de poder"...

Creo que se equivocan quienes así piensan... Pires y Larra han dibujado un mapa místico: La salvación es un largo desvío que conduce a las lagunas alejadas de la luminosa ciudad de Dios. Larra se ha distraído del poder. La locura desatada es el precario camino hacia Dios de esta pobre alma que tiembla ante la cercana muerte. Ese insospechado afán místico nada tiene que ver con "el sostenimiento de plaza". A su edad más le interesa la compasión que el terror. Pero nunca fue un místico, ni siquiera un asceta. Su única virtud es la astucia, esa burlona consejera de la voluntad. De ahí ese largo desvío para su alma pecaminosa. No tiene otro camino. Nada sabe Larra de la obediencia; es por ello que pretende engañar, confundir, o por lo menos entretener. (Poderoso al fin, algo sabe del tedio de Dios.) En ningún momento pretende lograr tan falsamente la santidad, aunque espera que Dios le consuele con alguna discreta salvación.

Capítulo IV

INVASION

Una fuerza naval compuesta por quince fragatas de bombardeo apareció frente a San Juan el 15 de febrero de 1773. El Obispo Don Felipe José Trespalacios y Verdeja, capitán de aquella expedición, envió a la ciudad un correo que declaraba las intenciones políticas de la maniobra. Las fuerzas invasoras solicitaron, en nombre de Carlos III, Rey de España, la rendición inmediata de la plaza. Los pocos dignatarios que permanecían en la abandonada ciudad se reunieron a considerar la situación. Luego de varias horas de consejo a cabildo cerrado, el gobernador y la Capitanía General decidieron rendir el gobierno y unirse a las fuerzas invasoras. Otros fueron los designios del Obispo Larra: Empecinado en la conservación de su poder, el delirante prelado fortaleció la guarnición obispal llamando a su leal guardia de bravos. También asumió la gobernación de la isla y envió un comunicado de paz a su colega Trespalacios. La respuesta de la flota invasora fue un cañoneo de tres horas que destruyó la muralla norte del Palacio Obispal. Trespalacios despachó un segundo mensaje, en el cual le comunicaba a Larra sus intenciones de sitiar la ciudad. El viejo Obispo insistía en no rendir la plaza, y solicitó una tregua de negociación.

Al atardecer una sangrienta batalla se cernía sobre la desolada plaza. Confundiéndose con el inquietante estruendo de las olas, un rumor de voces apagadas por las sombras recorría la parte alta de la ciudad. Sobre el trajín ansioso que preludia la batalla, se oía el paso aterrador de los tambores, el oscuro lamento de las hechizantes caracolas. Aquella música nocturna, unida a los desaforados gritos de los guerreros molongos, los más fieros de la guardia brava, debió sembrar el espanto entre la soldadesca invasora. Los desvelados sitiadores contemplaban, sus ojos alucinados, aquella lenta procesión de antorchas encendidas. Las luces caminaban fatalmente hacia las más altas almenas. Muchos invasores ya no pudieron resistir. Se echaron al mar y nadaron hacia la ciudad, sus ojos ansiosamente velados por el misterio que así los arrebataba. Y el ritmo ya atronador de los tambores insistía vertiginoso, mientras los huecos gemidos de las caracolas emborrachaban aún más las enormes luces. Los molongos esperaban, en la oscuridad cómplice del roquedal, aquellas sombras cautivadas.

Desde su silla gestatoria, cargado por cuatro fuertes molongos, el obeso obispo jadeaba una arenga que a veces desfallecía en pesado sueño. Pero pronto lo azotaba el sobresalto de tambores y gritos. Entonces miraba extrañado y temeroso a aquellos guerreros sonrientes... Pronto despejó tantos presentimientos desatados, y volvía a disponer las necesarias defensas. Después de aquel paseo lleno de gestos inconclusos y ritos cínicamente abreviados, la animosa procesión se internaba en los sombríos y lentos pasillos del Palacio Obispal. Larra reconocía que su arresto era inevitable; pero también confiaba en la habilidad de la guardia brava para negociar una precaria tregua con la muerte. Lo llevaban al más oculto aposento. El cántico de los bravos se hizo irresistible. ¡Tantos sótanos repitieron, perseguidos por los ecos en fuga, el equívoco lamento de los guerreros! Por vez primera Larra se fijaba en los brillantes músculos de los pechos hercúleos. Algún alcahuete le advirtió que era costumbre de los molongos embadurnarse todo el cuerpo con aceite de coco antes de entrar en batalla. El maldito Obispo Larra se inclinaba así hacia un final burlón y doméstico.

De las visiones del Niño Pimentel, secretario canónico de Larra

"La muy solemne procesión se acercó al oscuro habitáculo del Avilés blandiendo grandes luces, hachos encendidos. Con muy breve gesto, nuestro excelentísimo Obispo le ordenó a los molongos que apagaran las antorchas, y ello porque es cosa universalmente conocida que el diabo es lucífugo, y se azora cuando ve luces, ocultándose esquivo, mostrándose travieso. Entró Larra a la orejuda, sosteniendo gran cruz de plata que despojaba todo el ámbito. Pero a pesar de ello el ánimo de todos los presentes volvió a llenarse de viejos temores. Allá en la lejanía se oyeron los cañonazos de la flota que el impío Trespalacios trajo a tan apacibles playas. Muy abajo, en pozo de oscuridad el viejo Obispo amansaba al demonio malo, convenciéndolo de que viniera con nosotros. Fue entonces que mi alma, mi secreta inclinación a él, se pobló de feos seres, visiones que delataban la presencia del muy oculto. Nuestro pastor mecía en sus brazos un moisés tejido con carapachos de langostas, cangrejos y otros bichos de semejante especie. Allí, en el fondo de aquel vaho de acre inmundicia, se anidaba el maldito Avilés. Entonces noté que los otros no estaban aterrorizados como yo, buena prueba de que tantas visiones más se debían a mis temores que a los trucos del maligno. Le pregunté a un molongo si veía lo mismo que yo, y el muy cafre me contestó con insolente sonrisa. Poco consuelo era tal certeza, pues mis ojos seguían atiborrándose de monstruos y hediondeces. Lo diabólico degeneraba todos los humanos continentes. Salió de la orejuda grandísimo tropel de demonios, todos ellos muy guasones y malditos, verdadera comparsa de los infiernos. Allí venía una mano gigantesca que caminaba arrastrando, con el dedo índice, un mono muy peludo con cara humana y hábito de monja. Era chiste del mismísimo Lucifer que este mono defecara grandísimos mojones voladores, que luego éstos se convertían, flotando por los aires, apestando toda la estancia, en muy serenas y deleitosas margaritas. Por allá, al lado del Obispo, muy campechano venía un hombre hecho miniatura, ya que no encogido enano, y este engendro vomitaba al aire reptiles con bocas en forma de largo fotuto, que tales primores chupaban al vuelo, por los aires, las engañosas margaritas. También venían muy voladoras, sobre tantas miserias, unas enormes orejas que chillaban al aire gritos apenas soportables. Sonaban címbalos y tambores unas ratas grises tan grandes como los enanos, a la verdad muy coquetas y aspaventosas las malditas, pues en vez de rabos lucían el muy vistoso plumaje del pavo real. Estas burlonas ratas tenían rostros, pero sin narices, por lo que parecían gritar cuando respiraban. Y toda la monstruosa procesión que allí iba —oscuramente iluminada por su propia luz verdosa, claramente exaltada por sus diabólicos excesos— se convertía en río de apestosas sabandijas, viscoso cauce de saliva amarillenta y hedionda. Así se convirtieron los molongos en cucarachas gigantes cuyas antenas llegaban a las más altas bóvedas del Palacio Obispal, porque ocurrió que los pasillos se volvían interminables laberintos y los plafones retaban los bajos fondos del universo. Imaginé la espantosa presencia del Avilés; pero Larra había echado negro paño sobre el rostro que ocupaba nuestros ánimos. Y largo fue el ascenso: Subimos dilatados pasillos cuyo fin era el comienzo de altísimas rampas que ya sólo alcanzaban el fondo del vacío. La oscuridad anegó lentamente la procesión; los seres infernales dejaron de brillar en las penumbras. Nuestro amadísimo quería engañar al diablo, atraerlo a su cómoda habitación lucífuga. Apenas alumbró —quizás sólo por un instante— la precaria lucecilla que llevaba aquella niña muda y extraviada, único candor en todo aquel altísimo universo de piedra. Ya pronto se oyó el enorme aleteo que apagó el candil de la niña. Volvimos a quedar a oscuras, y el soplo frío de Satanás venteaba nuestros sesos. Pues luego de todo esto que sobresaltó mi ánimo y robó mi aliento, llegamos a la cámara que sería última morada del diablo malo. Era intención de Larra secuestrar en su alma la voluntad de Satanás, y entonces matar allí el negro ánimo a golpetazos, verdadero recuerdo del sacrificio de Cristo. Y todo ello se disponía con el muy santo propósito de salvar la otrora dulce estancia de San Juan Bautista, de los fieros y enormes aletazos del lucífugo. Advertí, muy al fondo de la última morada del Obispo, unas doncellas en cueros, y por todas partes abundancia de azafates repletos de confituras harto regaladas al paladar y la vista, que allí había piñas embutidas con guindas del trópico, papayas cocidas en almíbar, mangó embutido con jalea de limón, besitos de coco recubiertos de caramelo, en fin, que con tantos dulces aderezados con los favores de las doncellas, todo estaba dispuesto para grande orgía del gusto y de la carne. Sopló fuerte aire, sin duda revoleteo del diablo Belcebubo, galán altísimo de los infiernos que intentaba huir de los oficios del exorcista mayor. Al rato apareció un desnudo mancebo con muy malévola sonrisa. Presentí que tantas confituras y doncellas eran deleitosas tentaciones que el demonio le presentaba al Obispo para cautivar su voluntad. Pero he aquí que el diablo apestoso erró en esta vil jugada, y ello porque el Obispo se abandonaría a las tentaciones, chupando a Satanás en su alma, quedando así el burlador engañado por sus malos oficios, que el diablo ruin no es libre para dejar de hacer el mal, aún a precio del propio daño. Para espanto mío las doncellas convirtieron sus bellos rostros en hocicos de puercas, que al momento estaban vestidas con hábitos de monjas. Y estas puercas de muy rebajada condición se acostaron en la gran cama, abriendo sus patas al aire, mostrando sin mesura ni pudor sus peludas jaibas. El mancebo se colocó entre ellas, y poniéndose de rodillas abrió su culo al aire. Luego las puercas volvieron a ser bellísimas vírgenes de mondas cabezas, y el mancebo volvíase puerco que parando el rabo mostraba el apestoso ojo. Los molongos cerraron con tranca el aposento. A lo lejos se oían los cañones de la flota invasora".

De las últimas visiones de Larra

"Este cansado placer desata visiones y enturbia la fe; es oscuro foso de espantos, más para el alma que para el cuerpo. ¡Es la torre! Esa infinita torre que ha sido pesadilla de los soberbios y sueño de los dioses... Ya desfallecen, en el ralo aire de las últimas terrazas, anegados por la niebla espesa y el cansancio cruel, los muy fieles albañiles del abismo. Ese poder convertido en piedra y argamasa asciende al foso eterno. Subir es conocer el impasible rostro del vacío... ¿De dónde viene? ¿De dónde llega ese ruido de cadenas? ¿Quién se pasea por las más altas epirales? El Duque Negro contempla la eterna noche que esta maldita torre apenas perturba, su mirada dos huecos mudos de luz. Y algún burlón diablejo me dice al oído: "¡Allá, en las últimas terrazas, esa ceguera es la única luz posible!"... ¿De dónde viene? ¿Quién arrastra los hierros? Atado con larga cadena a la oscura capa, el orbe lento va, dejando atrás los ecos que apenas pueden escapar al furioso diseño de la torre: "No somos ángeles... Hay que construirla a lo humano"...

Es la espada del Dios guerrero y cruel. El orbe ahoga el dulce y cálido aliento de Cristo; implacable nos acerca al frío vendaval del Padre. Arrastra el orbe, la esfera y la cruz, que ya no desfallezca la maldad. ¡Es la noche del silencio y la muerte! ¡Destierra el amor, abraza el poderío! Todavía somos esclavos del miedo. ¡No merecemos la ciudad de Cristo! Sobre el espanto construimos esta pesada Babel que deseando el vacío muy cruelmente nos quita el anhelo de soplo tan divino. ¡Yace mi alma en este rincón oscuro; mi dolor vive cautivo por tanta burla!

* * *

Construir la torre, hincar el aire, es alzar nuestros afanes hacia el mundo espeso. Así nos alejamos de Dios y el hombre. Pero la torre también es anhelo. De la torre sólo está cerca del Dios benigno ese inquieto afán de aliviar el cautiverio.

* * *

Subí los peldaños que conducen al abismo. Tropecé con los burlones pasillos sin salida. La baja techumbre de los rincones ahoga el aliento. Esas escaleras en espiral que tanto invitan desembocan vilmente en el vacío, conducen a ese paso que prontamente se convierte en pavor, y ellas son la muerte, larguísima caída que ya no cesa. Entonces a mí llegó el estruendo. Se encabritaron los caballos, gritaban peones y jinetes. Y no había compasión para los que caían al precipicio. Era el paso de un ejército por muy estrecho y traidor desfiladero. Pero nada me distrajo. Seguí la fila de peones, que algo me impulsaba ciegamente hacia él, aunque con cada paso más espesa se hiciera la hueste guasona del Anticristo. De mí se alejaba a cada paso. No alcancé a verle el rostro. Pero aquella ajena voluntad que me obligaba más podía que mi íntimo desasosiego. Sólo me mostró su ancha espalda. Vestía capa negra, y pronto adiviné su brioso corcel blanco. Pero los peones no dejaban de empujarme, y ya apenas podía alcanzarlo, que cada paso era una lejanía incesante. Bien reconocí que la desesperación era mi peor enemigo, pero mi mente ardía toda ella cautivada por miedos imprecisos y extrañas voluntades. Allá cabalgaba el jinete negro, su capucha apenas visible por el estruendo de picas y tambores. Esta ruidosa comparsa de banderines, rodelas y abastos llega hasta ese lejano mar que allá se esfuma en el cansado horizonte... Y el abismo a nuestra izquierda se traga caballos, cañones, mulas y carretas. El ejército casi cuelga al borde del pricipicio; al filo del desastre bestias y hombres maldicen la caída. Volví al afán atento; pero algo me impedía verle el rostro. Tantas ansias en terror se convertían. Entonces temí que me mirara de soslayo, por encima del hombro. Pero tal espanto no me impedía forcejear con los toscos y desarrapados peones, único modo de adelantar en la columna y ver su rostro. En el dolor de tan encontrados sentimientos permanecí hasta que alguien casi me empujó bajo la grupa del caballo. El blanco corcel pedorrero perfumaba todo el aire con sus olores celestiales, engañosa rareza que embriagaba de dulzura el olfato confundido. Cada tranco del caballo estremecía la tierra con la fuerza de mil demonios. Entonces sopló el viento bajo la piel del Duque negro. Aquel aullido enloqueció dentro de su vacía y negra capucha, y su peto envejeció lentamente carcomido por la gusanera. Quedé a su lado, pero no me atrevía a mirar. Presentí que el caballo crecía hasta la más alta bóveda celeste; temí que el vacío rostro del jinete se esfumara aún más en las altas nubes, en la empinada caída aérea. Ya no pude más y miré, obligado por voluntad extraña, y desfallecí de espanto a la vez que mi aliento se detuvo, que antes de borrarse burla tan cruel, mi alma ya no pudo contener aquella monstruosa capucha que llenaba todo el alto cielo, ámbito donde permanecía espetada, en la hueca negrura del mundo, la enorme y grave cruz de plata fría.*

* * *

Desde aquí contemplo esa extensa costa, consuelo de palmeras y uveros, áureas arenas acariciadas por tan apacibles olas, dulce estancia desierta. A mí llega esa música que es íntimo sosiego y dolor eterno. Desde allá viene, desde esa lejanía donde el paisaje se convierte en aire. ¿Por qué tuve tanto miedo? ¿Por qué ese asco frío que mata la obediencia? ¡Me consuelo pensando que es la música compañera de la cercana muerte! El dolor se cuela frío hasta los huesos. Esa música no es la muerte que se acerca, sino la vida que se aparta".

Muerte de Larra, según la crónica de Pimentel

"Las muy diablas ya no cesaron de burlarse de sus penosos esfuerzos, y cada vez que intentó gozarlas se morían de risa y chacota. Tantos confites sólo empeoraron su flato, y la verdad es que a cada brinco y jadeo de las hembras trepadas en su vientre, el Obispo se desinflaba pedorrero, que varias veces tuve que desalojarle la

---

* A.J.M.:
Visión paulina
Larra ha visto la cruz plantada en las tinieblas del hombre. Piensa que es sólo una breve caída en la oscura noche del pasado. Su afán místico no cesa, y busca un escondite que lo aleje del rumor mundano. Todavía teme. Nada sabe del hijo benévolo. Supone que allí encontrará —en el negro silencio de ese rincón perdido en la inmensa torre— el rostro impasible del inclemente Padre. De Dios sólo ha conocido ese semblante.

5

tripa con sobos y purgaciones. En las últimas pataletas más atosigado estaba de humores que de placer venéreo, causa de que su rostro se mostrara sanguíneo y su aliento fatigoso.

En tan mísero estado lo sorpendió ese negro cafre de Obatal, caudillo de los molongos y nuevo Señor de esta plaza. Abajo echó la puerta del aposento, que como estábamos en lo peor del cañoneo de Trespalacios, apenas oímos el asalto, aunque ya pronto pocas dudas nos quedaron sobres las intenciones de los negros, que eran capturar nuestro estado con el filo del machete. Mataron a los leales guardias y persiguieron a las despavoridas diablas. Allí quedé al lado del Obispo, aunque nada pude hacer para que no lo arrastraran a muerte tan penosa. No le oí queja ni gemido, que más murió de susto que de espanto. Pero ocurrió que el caudillo negro titubeaba ante el umbral, y cuando al fin entró, ya apenas pudo disimular tanto embeleso; más curioso que tímido se acercó al gabinete de Larra: Acarició largas pipas traídas de Abisinia, acercó al oído relojes calibrados en la antigua Suiza, contempló deslumbrado aquellas curiosidades que tanto socorrieron el tedio del Obispo. Tomó la lupa que Larra usaba para inquirir la pureza de los tabacos y la acercó al ojo izquierdo del difunto, husmeando allá en el paisaje de la muerte. Pues por lo visto se convenció, el muy supersticioso, de que el ojo de Larra jamás le mostraría la estancia de los muertos. Amansados sus temores, tiró la lupa, y vociferó para guasa de todos que allá adentro también gobernaban los vivos. Entonces ordenó, mientras salía tronando del aposento, que el cadáver de Larra fuera vilmente defenestrado.

Y así en cueros como estaba lo echaron ventana afuera. Todos aseguran que al reventarse contra los adoquines del culo le salieron grandes sapos y culebras, que por boca y nariz soltó gusanos y lagartijas, iguanas y ratones por ojos y oídos. ¡Todo esto se ha dicho, aunque yo, en fin, a fe mía!, del todo no pueda jurarlo''.

Capítulo V

NOTICIAS PARTICULARES SOBRE EL REINO NEGRO QUE EL
CAUDILLO MOLONGO OBATAL FUNDO EN LA PLAZA DE SAN JUAN
BAUTISTA

Las celebraciones de los negros se convirtieron en la mejor defensa de la ciudad.
Aquellos ritos, danzas, incesantes toques de tambor perseguían cruelmente a las
tropas invasoras. El sitio dispuesto por Trespalacios resultó incapaz de cortar las
rutas de abastos abiertas por Obatal desde las haciendas aledañas a Boca de Cangrejos y Vacía Talega. Todo este litoral fue saqueado por la fiera caballería de la
guardia brava. Las viejas haciendas ofrecieron todo lo necesario para la gran
batalla. Los esclavos fueron liberados por los implacables caudillos molongos,
para luego formar un ejército de machetes, pies descalzos, pechos musculosos y ojos
que interrogaban en silencio. Así comenzó aquella larga peregrinación hacia una
ciudad que nunca habían visto. Venían en carretas por los arenosos caminos de
Playa Icacos, en yola de tiro por los intrincados caños y mangles de Piñones y
Laguna Roja; traían gallinas, puercos, cabras, malangas y plátanos; se trataba de
abastecer, con vidas y provisiones, el enorme y precario sueño de Obatal. Entonces
se dijo la verdad: Algunos aseguraban que la ciudad nunca vista era la muerte,
siempre ansiosa de inocentes y temerosas legiones. Comenzaron las fugas. Casi
todos se negaron a seguir adelante. Muchos huyeron a los cañaverales. Otros
escondieron el botín del reciente saqueo. Todos fueron perseguidos sin misericordia por la guardia brava. Los plantíos de caña recién quemados, todavía brumosos
por el denso humo de la llamarada, desataron aquel nauseabundo olor a cuerpos
descuartizados, vientres abiertos, cuellos cercenados por los incesantes machetes de
los feroces guerreros de Obatal. El reino creado por el visionario ya tenía sus
fanáticos, sus resignados y rebeldes. Pero muchos de estos parias, al fin a salvo del
degüello y la tronante caballería molonga, pronto se arrepintieron al toparse con
los avileños. Capturados por los furiosos blancos que meses antes habían huido del
maléfico Avilés, los cimarrones sufrieron espantosas torturas: Fueron enterrados
hasta el cuello en hormigueros bravos, sus cabezas colocadas en jaulillas de ratas
famélicas, desmembrados sus cuerpos por caballos galopantes. Así fue que las
negradas se hicieron más numerosas y festivas. La crueldad de los molongos era
preferible a la de aquellos blancos desquiciados que vagaban, deseosos de venganza, por los valles y mogotes de la vega norteña. Durante varias semanas la
infantería de Trespalacios intentó cercar la ciudad rebelde. Pero sólo logró algunas
escaramuzas, encuentros resueltos más con el filo de la espada que con el tronar de
los cañones. La fuerza de aquel reino fundado sobre el mito de un regreso a las
tierras de los antepasados, mantuvo la enorme marcha de hombres y mujeres, sus

ojos encendidos de orgullo por un pasado que precariamente renacía.*

Aquella restauración de la libertad ha llegado a nosotros por medio de la crónica escrita por Julián Flores, cronista criollo simpatizante de la causa negra que firmó sus testimonios con el seudónimo de El Renegado. En realidad no sabemos de quién se trata. De él sólo conocemos su estilo exaltado, a veces poético, sobre todo su evidente condición de marginado: "Como yo me la paso por aquí, vagando por almenas y troneras, lo he visto todo, o casi todo, pues esta ciudad de los negros a la verdad que se ha convertido en cosa enorme. Y a veces tengo que moderar mi embeleso y meditar con suma gravedad sobre lo que aquí ocurre, pues no es oficio del cronista sólo atenerse a lo que ven sus ojos, sino también mostrarse atento a lo que escucha el alma. Toda esta ciudad está hecha de susto y asombro; ¡a fe mía!... Vean cómo desde estas altas almenas todas las noches se lanzan al roquedal de Punta Tiburones muchísimos animales degollados, que éstos ya han convertido las apacibles aguas de la bahía en gigantesco charco de sangre. Pero también llegan los negros con alegrías y comparsas. Toda la ciudad reverbera con esa luz mortecina que nunca tuvo. ¿Será ésta la sombra de la paloma? Mientras los negros ansían, la piedra se muestra cautelosa, y la ciudad permanece muda, como un laberinto que sólo entrega su muy precaria esperanza, su entristecida sabiduría de siglos. Porque digo que la libertad y la vida son como equívocas sombras, aleteos que vienen desde lo más alto, desde esa presentida paloma ciega que visita el crepúsculo, condición verdadera de esta muy ruidosa estancia que recibe, a todas horas del día y la noche, carretones llenos de hombres y abastos. Y cada arribo es saludado con toque de tambores y golongos, que éstos son flautas africanas hechas con la vaina del higüero. Entonces los recién llegados responden con muchos saludos, y gestos misteriosos que son como bendiciones hechas con el aguardiente llamado lagrimilla, y esto es que los peregrinos salpican, con tan caliente fermentación, las cabezas delirantes de las turbas que celebran el arribo de la esperanza.

Pero aseguro que la más grande celebración ocurre en las almenas y plazas de San Felipe de Morro. Pues allí se celebran, bajo la sombra de los altos muros, unas danzas que son como despojos, así de convulsos y violentos se muestran los bailarines negros. Y todo esto es cosa de grande maravilla que enseguida relataré. Pues son tres danzas las que he visto hasta ahora, y pueden ser descritas de este modo: Una forma ruedo de hombres y mujeres, y tiene acompañamiento de tambor. La otra no tiene música, que quizás es bailada en silencio por llamarse "de los pájaros". Pues en esta danza las mujeres cimbren mucho las caderas, los pechos y la cintura, todo ello de muy sensual modo. Y las negras alzan muchísimo el vuelo de

---

El reino fugaz

Cansados de los primeros entusiasmos, pocos entendieron aquella libertad que consistía en morir frente a los cañones de Trespalacios. Por eso muchos huyeron al monte. Allí encontrarían la muerte, o quizás la inquieta fuga, esa vida sin descanso que es remedo del infierno.

Pero casi todos quedaron embelesados por la ciudad africana, por esa música sagrada de los tambores que la pólvora había acallado antes del gran viaje, por esas danzas que durante años no merecieron bailar.

No tardaron en comprender que la muerte había sido vieja compañera y que era inútil, si no patético, huir de ella tan cobardemente. ¿Qué sintieron?... Creo que una embriaguez imprecisa: ¿Orgullo?... ¿Dignidad?... Pienso que una rara mezcla de terror y sensualidad, la poderosa tentación de gozarse una muerte vestida de reina africana, antigua compañera redimida, vida al fin lograda.

sus faldas cuando dan el paso de pájaro, muy nostálgica evocación que este baile hace. Entonces golpean el suelo mientras paran los pechos. Y antes de que este gesto se convierta en brusco-arrebato, hunden las erectas tetas y alzan codos y brazos como si fueran a volar, y pienso que esta evocación es fiel emblema del deseo negro de remontar vuelo hacia la libertad de su pasado en el grande continente de Africa. También en ocasiones echan el culo bien alto hacia atrás, y esto que en mí causa turbación, puesto que soy de raza blanca, para ellos es cosa muy sagrada y honesta. En verdad este culeo quiere decir que la prieta echó hacia atrás sus sabrosuras para defenderse, cuando estuvo en cautiverio, de las muy bellacas y lujuriosas intenciones de amos y capataces. Justo entonces las muy coquetas diablitas echan al frente la cabeza mientras dan saltitos con el pie izquierdo, dejando el derecho suspendido en el aire, claro signo este gesto del cautiverio que siempre lastra aquel muy precario intento de libertad. Pero la danza más asombrosa es aquella en que una negra de carnes abundantes y sabrosa desnudez mueve sus pudendas partes al ritmo de los tambores, mascando siempre ese yerbajo que le ofrece una vieja que da vueltas en el centro del ruedo, sacerdotisa a la verdad que probada en el arte de no marearse. Pues la prieta hace que todas sus blandas redondeces brinquen, verdadero temblor de grande sensualidad. De pronto tiene arrebato furioso cuando más se enciende el ritmo del tambor y el golongo, que esta flauta le añade tristeza a la danza, y ya la vieja no cesa de entregarle hojas que la llevan al umbral del paroxismo, sin duda mascadura de jugos mágicos, pues es muy sabido que los negros son muy duchos en la búsqueda y conocimiento de yerbas espirituales, y también en la secreta confección de los brebajes que de ellas se sacan. A fe mía que me asombró mucho aquel baile tan galano, y ello porque la vieja encorvada mucho contrastó con la carnosa doncella que tanta hermosura nos ofrecía. Pues un viejo que allí estaba me reveló, en el raro castellano que hablan los negros, el secreto de aquel rito. Me aseguró que la vieja le daba a la doncella la hoja de la vida que no conoce el miedo. Quien la masque aprenderá a vivir sin la muerte a cuestas, y de puro picoreto que estaba también me aseguró el matusalén cuán delicado es el oficio del vivir, añadiendo que cuando nacemos las manos tienen el gusto de tallar, aunque bien no conozcamos cuál es la madera de la vida, razón ésta de que muchos lleguen a la muerte con las manos ocupadas por el miedo. Cuando le pregunté si la vieja era sacerdotisa, me contestó que no, y añadió que era todo lo contrario, tonta de nacimiento, sólo diestra en reir sin motivo alguno y preparar la mascadura. Volvió a insistir el viejo en que la hoja no podía estar ni seca ni verde, pero sí más nueva que madura, justo como la briosa juventud de la negra danzante. Entonces le pregunté si él llegó a mascarla cuando joven. Bajó los ojos y se mostró muy mohíno; con leve sonrisa me dijo que sí, y que aletear era doloroso, asegurándome que a él le había tocado esperar. Por buen rato se quedó como mudo, pero yo esperé, así de ansioso estaba de conocer el misterio de la mascadura. Entró muy pronto en desvarío, que ya no dejaba de repetir lo antes dicho, y por esto insistí en que me contara lo que sintió al mascar la hoja. Sonrió como si le hubiese parecido sin sentido la pregunta; pero no tardó en hundir la mirada en las antorchas que alumbraban el frenético baile, jurándome que luego de mascar la hoja ya no sintió los dientes ni la lengua, así de adormilada quedó la boca por los jugos mágicos de la mascadura. Y entonces me contó que justo en aquel momento le entró el terror de quedar con toda la cabeza dormida, con el ánimo como cautivo en muy rara muerte que atrás dejaba a la otra vida del cuerpo.*

Pues allí lo dejé con sus delirios —habíase sumido en evocación disparatada— y seguí aquella ruta de asombro por toda la grande guarnición de San Felipe de Morro, y allá vi que unas viejas estaban sentadas alrededor de muy grande fogata. Estas viejas fumaban jumazos de tabaco oscuro mientras proferían oscuros decires y contaban pasados sucesos. Como todas ellas estaban en fuerte trance y decían muchos desvaríos, tuve que componer mosaico de tan locas ocurrencias. Una hablaba del guerrero que tenía la más grande fuerza de vida. Y mientras ésta bamboleaba la cabeza hacia todos lados, avivando el frenético discurso con aquella jerigonza de palabras castellanas y africanas, otra gritaba que él había muerto en la grande jaula cuando quiso liberar al pájaro que voló sobre todos los mares. A lo que otra lanzó un escupitajo de tabaco a la fogata y vociferó que tres bravos guerreros intentaron liberarlo, pero fueron asesinados con vileza por los demonios que cuidaban la gran jaula de piedra. Entonces me sobrecogió aquella interminable noche de visiones y malos augurios, que la luna se ocultaba tras muy oscuros nubarrones de tormenta. Aquella otra, la más vieja, dijo que uno de los guerreros quedó muy ciego por la luz que Malumbi llevaba en los ojos, que aquél cayó, dando traspiés, al roquedal de Punta Tiburones. Pues ya pronto reconocí que las viejas contaban los notables sucesos que acompañaron a la persona y fama de Don Baltasar Montañez, antiguo Secretario de Gobierno bajo el poder del Obispo Larra. Y las flores derramadas por estas viejas sobre la memoria de Don Baltasar fueron ofrendas a muy digno merecimiento, porque es de todos conocido que aquel insigne varón fue héroe y libertador de su raza, y terminó sus días empujado almena abajo sobre corcel atado a su cuerpo, que fue éste el más terrible escarmiento que recuerda la muy cruel plaza de San Juan Bautista.*

Pero aseguro que la noche era muy grande ruta de maravillas, y las espesas sombras de los altos muros y macizas almenas me conducían —entre el ruidoso trajín de guerreros que ansiaban la batalla con ojos nublados de fiereza— hacia grande salón de altas bóvedas. Y en lo más alto de los muros los guerreros habían

---

* A.J.M.:

Los viejos interiores

Ese viejo lo llevamos en la nostalgia; él cuida y advierte nuestros peligros, y nos hace perder la vida que ya sobrevoló nuestra ansiosa mirada.

Es él quien nos muestra la tragedia; pero el viejo sólo es capaz de ver; sus visiones no nos sirven para nada; su sabiduría consiste en presentarnos el hecho consumado de una vida gastada por el miedo.

* A.J.M.:

Malumbi, el deseado

Las viejas gozan de la vanidad que les otorga el recuerdo; pero sabemos que no conocieron al deseado. Baltasar padeció de una extraña enfermedad que sólo la razón del blanco puede incubar. Conocido era el entusiasta desprecio que sentía por el pueblo negro. Y el guerrero que "quedó muy ciego por la luz que Malumbi llevaba en la mirada"... no se despeñó con un traspiés, sino que se suicidó al reconocer la terrible verdad. La leyenda tendió su velo de esperanza; aunque entonces sí podemos asegurar que se trata de "cuentos de viejas".

Ahora bien, lo curioso es que el Renegado confunde a Baltasar con su padre, aquel valeroso Ramón Montañez. Se equivoca, claro; pero no olvidemos que la enfermedad de Baltazar comenzó aquel día lluvioso en que vio la docilidad de la negrada ante la terrible ejecución de su padre.

amarrado unas antorchas que perseguían, con su muy precaria luz, las muy tercas sombras de tan enorme ámbito de piedra. En el centro de aquel salón vi cosa de asombro, y fue que cinco guerreros molongos —éstos se distinguían de los guardias bravos por sus cabellos de caracolillo graciosamente peinados en bajos moñones y angostas crenchas— fumaban de una gran pipa que allí se alzaba, que ésta era como las que usan las gentes de Arabia, pues yo las he visto y se llaman narguilos. Y aquí tengo que detenerme —como buen cronista que soy— en minucias, pues sólo me obliga contar fielmente lo que allí vi, y a mucha y buena fe digo que todo aquello era de asombro. Los cinco guerreros molongos estaban reclinados sobre esterillas de pencas, haciéndole cerco a la grande pipa, torrecilla que era del tamaño de un hombre corpulento. Arriba tenía el narguilo una grande cachimba hecha de higüero, que esta parte era una güira partida a la mitad. Pues en esta cachimba se ponían hojas de la yerba llamada humito del diablo, planta de muy mágicas propiedades; y se dice que su humo provoca tantísima euforia que los sesos son capaces de brotarse oreja afuera. Pero también estimula la valentía, haciendo del tímido fiero y del valiente tártaro. Podrán imaginar ustedes la furia que esta yerba provocó en los molongos, todos ellos hombres de condición más que bizarra. Pues las yerbas secas, picadas a la manera del tabaco grueso, eran colocadas en la cachimba de güira por una vieja, quien también atizaba aquella catibía con carbones encendidos. Luego de colarse por cinco rotos que tenía el fondo de la cachimba, el humito espeso bajaba por una ancha caña de bambú, y seguía su lento paso hasta grande y redonda güira amarrada a la caña con fibras y cabuyas. Y a ver si esto no le hace saltar los sesos a cualquiera: la güira redonda estaba casi llena del aguardiente llamado lagrimilla, que el vaporizo allí mezclado por el humo bastaba para volarle el temple a cualquiera. Eso sí, algo se enfriaba el caliente humo al tocar el furioso líquido, pero éste a la vez emborrachaba con más apacible aroma sabor tan acre. Llegaba el humo enloquecido a las boquillas de cinco muy largas mangas, que cada una tenía al menos largura de tres brazos. Los guerreros se llevaban las boquillas a los labios y chupaban ruidosamente, como si poco les bastara tan furioso arrebato. Y lo más asombroso era que las mangas tenían dos salidas: la boquilla para chupar el humo y dos pisteros diminutos que los molongos se metían sesos arriba por la nariz. Y así se arrebataban los prietos con este muy fuerte y mágico yerbajo, que en ocasiones casi se ahogaban al chupar el humo, aspirando con tantas ansias que los ojos se les entornaban, sacados así fuera de este mundo por la potencia que pedía la batalla. A ratos la güira llena de lagrimilla era vaciada, y esto porque el aguardiente se viciaba con el paso del humito. Ocurría entonces que dos ayudantes de la vieja volvían a llenar aquella vejiga con el tosco fermento, y así continuaba este rito mientras los hachos reverberaban su mortecina luz contra las altas bóvedas.

Alguien susurraba en los rincones del gran salón; pero la oscuridad era tan grande que apenas podía decidir si eran hombres o mujeres, aunque por lo mucho que cuchicheaban y reían pensé que antes eran diablas que demonios. Y más razón tuve cuando me acerqué y vi que todas ellas estaban en cuclillas, las faldetas abiertas o trenzadas, según el caso, que algunas mostraban sin pudor la peluda jaiba mientras otras la tapaban. Como casi todas ellas fumaban cigarros de hoja prieta, y la grandiosa pipa no estaba muy delicada de olores que digamos, el aire de aquel sitio lucía, ¡a fe nuestra!, muy beatífico, tanto así que mis sentidos todos quedaron como suspensos, y de pronto sentí que mi espíritu volaba fuera de aquel alambique de humos, ya que no enorme fumadero del maléfico.

Hacia la medianoche hubo grande algarabía en toda la guarnición rebelde. Y entonces fui casi atropellado por guerreros de la guardia brava, gente ansiosa que se adelantó, a paso raudo, hacia una de las rampas que conducen a la más alta plazoleta de este fuerte bastión, maravilla hecha por el poderío e ingenio de uno de los antiguos reyes de España, y me refiero a Felipe II, quien extendió por todos los mares el dominio de la fe católica. Pues ocurrió que los guerreros se cogieron de manos para formar cadena humana, haciéndole, de este modo, paso a una comitiva que, aclamada por tan grandísima multitud, subía a la alta plazoleta. Y aquello fue a empujones y atropellos, aunque nunca cesaron los vítores y piropos a lenta procesión de doncellas y mancebos que allí iba fuertemente custodiada por pelotón de molongos. Y los de la guardia brava, ya convertidos en humanos eslabones, apenas podían contener el muy furioso delirio de aquella muchedumbre. ¿Por qué tanta bulla? Pues la alegría desbordante era porque allí iban reinas y reyes africanos, cuya verdadera autoridad era reconocida en tan solemne ceremonia. Pero la vejez sigue a la mocedad, y atrás venía verdadera procesión de viejos y viejas, que éstos estaban todavía más protegidos por los molongos, prietos aguerridos que sin piedad apretaban muy fuertemente los duros brazos al montar cerco alrededor de los ancianos. Y así ocurría que los molongos conducían la procesión por el mismísimo centro del corredor tan precariamente sostenido por los guardias bravos, doble muro que alejaba al pueblo africano de sus reinas y reyes, viejos y viejas, autoridades y sabios. Y era que todos querían tocar, en fiesta tan gozosa, a los muy venerables ancianos, pues la celebrante muchedumbre quería unir la alegría a la memoria. Y así era, pues los ancianos portaban la memoria de pueblo tan ansioso de libertad. Pronto avivé la oreja y me enteré de que los viejos escogerían —según sus mejores recuerdos, que éstos se remontaban a los antiguos viajes que sus antepasados hicieron desde Africa— para reyes y reinas aquellos mozos y doncellas que por su tronco dinástico merecieran tal autoridad. Cuando los últimos ancianos ya habían desaparecido rampa arriba, la muchedumbre se apretujó, desatándose el cinturón que antes la había contenido, movida por muy rudos empellones y gritos desaforados. Y digo, sin ánimo de exageración, que aquella rampa, testigo de mil cañoneos, apenas podía sostener la delirante humanidad que anhelaba subir a la altísima plazoleta. Allí quedé más pillado que sardina entre tantos cuerpos, que pronto me faltó el aire, a fe mía, sobre todo cuando pasamos por el túnel abovedado que en su altura alcanza fatigoso la plaza superior. Y como que casi quedé sepulto, pues hubo momento de absoluta oscuridad en que tuve todos los cuerpos del mundo prensados contra mi pecho. Por fin fui como vomitado hacia la plazoleta, y allí vi grande cerco iluminado por fiero rosetón de hachos. Los molongos condujeron a mancebos y ancianos al centro del redondel, y entonces un guerrero que pronto reconocí como uno de los generales del supremo Obatal, hizo seña que la guardia brava interpretó de muy extraño modo, pues al momento aquella jauría de guerreros se volvió contra la multitud, trenzando de nuevo brutal cadena y empujando hacia atrás, vociferando crueles órdenes, ya que no ominosas amenazas, tanto así que entonces se oyeron gritos de terror, ello porque muchos prietos eran lanzados por tan grande ola de fuerza hacia la tronera de la muralla. Yo fui uno de los infortunados, y ya me entró el miedo por la tripa cuando vi cómo me empujaban tronera abajo al vacío, todo ello con fatalidad más ciega que la mostrada por el viento del huracán. Detrás de mí ya habían caído al abismo unos cuantos, que con tal orden ya no supe si el ausente Obatal quería despoblar su ciudad recién fundada. Tanta crueldad jamás he visto, y contemplé con grande tristura cómo aquel gesto poderoso convertía la celebración en tragedia dolorosa. Pero no crean que no comprendí —buen cronista que soy— las razones que tuvo el general de alto moño adornado con guirnaldillas de caracoles para dar orden tan severa. Fíjense ustedes que aquella era la más grande celebración desde que Obatal se hizo dueño del poder, pues en ésta la gente de las distintas tribus de Africa aclamarían a sus reyes y reinas. Digo que era la restauración de la dignidad de todo un pueblo, ni más ni menos, expulsado cruel y salvajemente de su muy lejana Africa por la pólvora europea. En aquella plazoleta se anudarían lazos con la antiquísima tradición que la crueldad del blanco había destruido. Y el ausente Obatal consideró que la grande multitud desluciría celebración tan solemne.

Me salvé de caer agujero abajo y reventarme contra la plaza baja del Morro, trepándome sobre la muralla, que sólo así pude evitar los empellones que formaban remolinos en la tronera, terrible garganta que hacia los oscuros fondos vomitaba miles de cuerpos. Pero el lomo de la almena no tardó en llenarse de gente aguzada como yo, y allí de nuevo comenzó la batalla de los atropellos, a lo que yo respondí, muy juiciosamente, con grande salto hacia delante, que al momento estuve como nadando sobre aquel mar de cuerpos frenéticos, cabalgando sobre indómito cerrero, arriba de los cogotes y cabezas de aquellos que, por fortuna, aún no habían llegado a la boca de la tronera.

Los ancianos se sentaron en los escalones de una batería que ahora era ansiosa grada. Los guerreros molongos trajeron cuatro grandes tambores de ceremonia. Y los mancebos y doncellas permanecían de pie, que luego aparecieron mujeres portando, a modo de ofrenda, vestimentas bellísimas tejidas con diminutas semillas de muy variados y festivos colores. Aunque los empellones continuaban, algo se aquietaba la fiereza de los guardias bravos y el terror de los inocentes. Entonces comenzó la ceremonia: Pues lo primero fue que un viejo se acercó a los tambores, y con una güira de gran tamaño llena de semillas, dio unos cuantos pases sobre los cueros de los tambores, como para santiguarlos. Porque debo advertir que los tambores eran sagrados vestigios de los abuelos de los ancianos presentes, que estos antepasados habían hecho aquellas congas poco tiempo después de llegar de la lejana Africa, como para consolarse con su sonido de todo el dolor que habían traído en los grandes barcos. Y fueron tensados los cueros y talladas las maderas —fue lo primero que hicieron— con la intención de conservar los cantos que narran las historias de los muchos reinos africanos que hubo, porque hay que advertir que los cantos épicos de Africa se narran con toques de tambor, del mismo modo que las gestas de los blancos se divulgan por la recitación. Pues luego de este santiguo, el viejo afinó los cuatro tambores dándoles golpecitos cortos a los cueros y anudando con halones las cabuyas que los tensaban, procurándoles así el tono deseado. Al rato trajeron al cerco a un cansado anciano que apenas podía sostenerse erguido. Pero este hombre tan viejo comenzó a tronar los tambores con grande fuerza, a mucha maravilla mía, porque es cosa notoria que se necesita ánimo para sacarle buen tono a un tambor africano. Pronto noté que los toques no seguían el mismo ritmo, pues cada golpe sobre el cuero, con su tono particular, equivalía a palabra, a memoria. A veces caía en un ritmo muy repetido, pero supongo que esto equivale al estribillo de nuestra poesía. Por momentos el viejo titubeaba, y no sabía si dar el golpe en uno u otro tambor, pues la memoria le fallaba. Otras veces tocaba mucho sobre uno y abandonaba los otros tres; pero al rato brincaba ágilmente al más pequeño —y de tono más agudo— para repiquetear con alegría y sabrosura. También hubo momentos en que su memoria como que se quedó en blanco. Y no hubo toques, ni repiqueteos, que los tambores se habían callado. Pero entonces saltó al ruedo una vieja con mascadura, y entre escupitajo y burla desdentada, con la voz imitó —para gran alegría y bochinche de todos— el toque que seguía, todo ello con la lengua inquieta y el gesto vigoroso, socorro este que el anciano y mohíno tamborilero capturó al vuelo, que sin más tardanza siguió tocando con alegre gusto. Así quedó por mucho rato, alegrándose con su música de recuerdos, y cuando dio el último golpe, cayó desfallecido, que cuatro molongos tuvieron que socorrerlo dándole pases de rapé de cojobilla por la nariz.

¿Entenderían los jóvenes que estaban allí las palabras del tambor? Un viejo que tenía al lado me dijo que no, que sólo los ancianos entendían la gesta narrada por aquella música, a la verdad muy sagrada ceremonia. Muy de súbito los ancianos comenzaron a hablar todos a la vez, y en voz alta diría yo, y en lengua muy extraña, mezcla de castellano y africano por lo que vagamente pude escuchar. De pronto esta cháchara en alta voz se detenía, y los jóvenes eran como llamados al centro del círculo. Pues allí eran desnudados, por las viejas si se trataba de una moza, por los molongos si el elegido era mancebo. Después de larga letanía cantada por un viejo, donde se hacía relación de los hombres notables de sus dinastías y los sucesos famosos de sus reinos, estos reyes y reinas eran vestidos con muy galanas vestimentas, que éstas eran hechas con materias pobres pero preciosas. Y aseguro que esta ceremonia era muy vistosa, pues cada vez que uno de los mozos era proclamado rey o reina de alguna tribu africana —éstos eran los más jóvenes descendientes de las muchas dinastías traídas a América por el cristiano látigo europeo— había vítores y alegría entre los negros. Y tal contentamiento lo mostraban dando saltitos y acariciándose golpecitos en la cabeza, a modo de aplauso. Aquellos mozos a la verdad que lucían de gran nobleza, y jamás me cansaré de destacar el buen continente que tales negros tenían, que era para asombrarse, pues hasta pocos días antes habían sido esclavos, y ahora eran hombres, y hasta reyes y reinas. Así se reconoció la autoridad de la tradición, y no la fuerza del poder, porque éste residía en el caudillo Obatal, quien estaba ausente de allí, de tan majestuosa ceremonia, por su condición plebeya. Entonces hubo grandísima aclamación cuando los mozos estuvieron vestidos de reinas y reyes. Es prudente señalar que los dominios les fueron otorgados a los más jóvenes; ello fue así porque aquellos reinos, que se hacían todos libres, debían tener el menor rastro de esclavitud. Los mozos eran los que por menos tiempo habían sufrido el duro trato de la esclavitud; a ellos les tocaba el grande honor de hacer perdurar la libertad futura. Los viejos ya estaban muy cansados por la vida esclava, y jamás habrían podido conducir, ajenos como estaban a la libertad, el gobierno de un reino. Pero debo decir que los ojos de los jóvenes revelaban inquietante tristeza, y es que ellos reconocían, lo mismo que la multitud, cuán precario era aquel intento de libertad, porque no olvidemos que la flota de Trespalacios nos tenía enfilados los crueles e implacables cañones. Pero aunque esto fuera reconocido así, la alegría reinaba en la ceremonia, siendo la ilusión muy necesaria para la gran batalla, porque digo que aquellos mozos tan extraños al poderío encarnaban la más grande fuerza que puede tener un pueblo, que hasta donde yo sé es el orgullo en su tradición. Fue por ello que cuando alzó el día su cresta y nos bañaba la tenue luz del amanecer, comenzó alegre comparsa y procesión guasona, que ya los molongos y guardias bravos no contenían al pueblo colmado de contentamiento que seguía a sus negras majestades, pero esta vez a distancia y sin tocarlas, tanto respeto se les otorgaba. Los reyes y las reinas saludaban, sus brazos adornados con brazaletes de muy preciosas semillas. Y sus altos moñones iban muy galanos con los más lujosos tocados de conchas y caracoles. Era de grande emoción aquel momento, y las rodillas hasta me flaqueaban. Todos sabíamos que eran reinos de fantasía, pero poco engañosa era la felicidad de hallarse libres. Y era lo más preciado de reinos tan tiernos que la tiranía no podía brotar en sus ámbitos. Y aquellos eran los reyes más queridos, pues sólo gobernaban sobre la ilusión de libertad.

Pasaron junto a mí, y los dos más bellos mozos saludaban cogidos de manos, que ello era seña de gran principalía, ya que eran rey y reina del mismo reino, descendientes de la misma antigua dinastía. Ella llevaba grandes aretes hechos con carapacho de carey. Y su cabello africano estaba confeccionado con moñones de anchas crenchas, que en éstas llevaba —a manera de tocado— colgarines de muy diminutas conchas venusinas. Y estas guirnaldillas las llevaba muy pegadas al cuero cabelludo, lo que hacía más natural y delicado tan dulce adorno. Su bellísima y límpida tez era muy oscura, pero de muy refinado perfil europeo, por lo que pensé que era tentelenaire, notable evidencia de que en su dinastía hubo amancebamiento con hombre de nuestra cruel raza. Y ya quedé cautivo por el sensual misterio de sus grandes ojos, tan expresivos como delicados, y tan radiantes como el sol infante que iluminaba el día nuevo. Su collarín era de semillas rojas, negras y grises; también se adornó, la muy galana, con largo pendiente de pecho, que éste era ovalado y fue hecho con semillas doradas, evidente signo de realeza. Su vestimenta —muy semejante a una toga— fue tejida con pequeñísimas semillas de todos los colores imaginables, dispuestas en filas armoniosas. Pues aseguro que las mangas de la toga eran muy anchas y acampanadas; aunque esta vestimenta ceremonial caía hasta los breves pies de la reina —adornados y protegidos por brevísimas zapatillas de cáñamo dorado— fácil era adivinar la belleza de cuerpo tan honradamente oculto. Ya mi corazón cautivo quedó muy desposeído de voluntad; pero aún así de inclinado al desvarío, muy confusamente quedé sujeto al presentimiento de que la fortuna me uniría a ella. Pero también llama la atención del cronista lo que ya ha quedado ajeno a su corazón, que el deber siempre acude cuando el placer obliga: Pues el rey caminaba con grande prestancia y noble continente. Su cabello de caracolillo se alzaba en moño alto, y sobre este tocado iban colocadas unas guirnaldillas de caracoles rarísimos, de aquellos que forman espiral perfecta, pero de poca profundidad, a manera de miniatura, y que son siempre de color muy bermejo, encontrándose éstos sólo en este mar de Indias. Estas conchas en espiral confeccionadas por la madre naturaleza a la verdad que muestran la perfecta finura de que es capaz el muy delicado oficio del orfebre Neptuno. Añado que el adorno de sus cabellos se parecía al que usaban los molongos, aunque los caracoles que éstos preferían eran muy bastos, y su confección apenas mostraba buena armonía y delicado arte, que eran lucidos más para atemorizar y sorprender que para agradar.

Sobre su fuerte pecho llevaba grande disco hecho de carapacho de carey, y este disco estaba tan pulido que después —cuando conocí al rey y hablé con él— pude comprobar que reflejaba mi ademán y figura como si fuera espejo. La toga que lucía era más brillante que la de su reina, y me refiero a que mostraba su vestimenta más variedad de semillas preciosas, pues justo es decir que en la armonía con que se unieron los colores la de la reina superaba a la del rey, siendo la mano del artífice más galana que lujosa en el adorno de tan linda mujer negra. Sus zapatillas también eran de cáñamo seco; pero esta vez la fibra había sido pasada por un tinte azul añil. Para grande asombro mío, cuando pasaban justo por mi lado, cálidas miradas me ofrecieron, y también siempre decorosas sonrisas, como corresponde a la realeza cuando distingue a la plebe, y todo esto me sorprendió en extremo, pues alrededor de ellos había grande alboroto, que aunque no se atreviera, la gente quería tocarlos. Y aquí fue cuando mi alma se encendió de pasión tan dulce que el cuerpo quedó como desfallecido, mi conciencia como suspensa, aunque bien sabía que aquella mujer ya era causa y fin de grandísimo desasosiego. Pero ahora vuelvo al testimonio de lo sucedido, y ello porque es deber del buen cronista establecer distancia entre sus sentimientos y los aconteceres del mundo. Pues cuando ya pasó la alegre comparsa, mi corazón —ya traspasado por la mirada que es hechizo, ya que no saeta de Cupido— tuvo que dar súbito vuelco al dolor, y fue que allá abajo, en la más baja plazoleta de San Felipe de Morro, vi los cuerpos destrozados de los que quisieron ver la bella restauración de los reinos africanos. Había miles de cuerpos rotos por la dura piedra, y las bajas troneras que desembocan en el roquedal habíanse convertido en canales de sangre. Todos aquellos desgraciados lucían posturas imposibles para el humano continente, y era que tantos huesos rotos obligaban a grande burla de la semejanza de Dios, ya que sí también de su imagen. Y luego, por largo rato, contemplé aquel fracaso de la libertad".*

---

*A.J.M.:

El ausente

Sólo los gestos lucían inocentes, quizás también las intenciones, aunque en esto ya comienza a revelarse nuestra suspicacia.

Algunos hombres simulan gobernar la utopía como ángeles; pero siempre acecha la *"necessitá"*, y es entonces cuando la ciudad perfecta y gozosa, ese espacio descrito por el cronista, en futuro se convierte, la libertad ya sometida al tiempo.

No hubo momento de irresolución en los molongos. El fin estaba bien definido. El lujo de ilusión tan necesaria precisó del sudor criminal de la guardia brava.

El Renegado se equivoca: Obatal sí estuvo presente.

Capítulo VI

VOZ DEL CRONISTA GRACIAN, SECRETARIO DEL OBISPO DON FELIPE JOSE DE TRESPALACIOS Y VERDEJA

"El Obispo Trespalacios ha estado sometido, durante estos recientes días, a más ocupaciones que contratiempos, pues en la guerra son mil cosas las que se avecinan al ingenio de los poderosos. Bien sabía Don José que los ciudadanos de la muy fiel plaza de San Juan Bautista estaban detrás de las líneas que el fiero Obatal, caudillo de la negrada, había tendido desde los mangles al sur de la bahía hasta el litoral de Dorado. Pues allá atrás estaba el gentío desterrado, el pueblo en extravío, y era necesario socorrerlo, ¡por amor de Dios! Y, de algún modo, nuestras tropas tenían que abrirse paso, a través de territorio negro, hasta formar pasillo que pudiera socorrer el hambre de tantos infortunados que no tuvieron otra que salir huyendo con la negrada pisándoles los talones. Había que llegar a la costa de Dorado a como diera lugar, y no fueron pocos los escuchas que mandamos allá con el propósito de husmear los ejércitos del prieto Satanás rebelde. Y buenas noticias recibimos de nuestros escuchas a los pocos días, y fue que el caudillo de los campamentos norteños, Don Federico Asenjo, había pactado la paz con Tomás Rodríguez, vecino y jefe supremo de las colonias del Suroeste, formando así ejército de mil hombres de los llamados Avileños, que así se hacen llamar los exilados de la ciudad. Y según noticias recibidas aquella paz la habían firmado en un mogote de ese litoral, llamado Lunar del Diablo, buen sitio para hacer alianza contra las huestes satánicas del prieto Obatal, pues tal lunar sin duda muy pronto se convertiría en chichón para el muy revoltoso. Y también allí mismo se acordó atacar las posiciones de Obatal en el litoral de Dorado, puesto que el ejército de la negrada estaba más concentrado en la bahía y el Morro que en la playa del norte. Pero esto era pan comido al lado de lo más azaroso de aquel ataque, o sea, poner en la retaguardia las familias que habían huido de la ciudad —con sus carromatos, críos y cachivaches— conservando el talante de ejército que va a la carga, y no el de campamento de gitanos en fuga. Bueno, pues por fin el 25 de febrero hubo batalla entre aquellos dos pueblos, y el ejército de Obatal, las tropas más aguerridas, los llamados molongos, lograron contener, durante dos días, aquella jauría desorganizada de picas, machetes, viejos arcabuces, espadas mohosas que se llamaba a sí misma ejército, que más perdieron los negros la batalla por el susto de ver ciudad trashumante convertida en enemigo que por debilidad de sus mejores hombres. El caso es que Obatal levantó polvo hacia la bahía y atrás dejó una retaguardia de los notorios guardias bravos, por lo visto la carne de cañón de su ejército, los peones de su estrategia. Y allá en Dorado quedaron atrapados aquellos infelices prietos por muchas horas, hasta que al fin lograron abrirse paso hacia las líneas de Obatal, gesto más patético que inútil, pues el fiero caudillo negro los mandó a matar a todos, y a garrote vil, por haber permitido la creación de un segundo frente, que al general de los guardias bravos él mismo le abrió el vientre a machetazos mientras los otros le torcían el pescuezo, todo esto bien informado por nuestros espías en aquellos lugares. Llegados los avileños a la playa de Dorado, Trespalacios, nuestro ingenioso capitán, fácil acceso tendría al socorro de las hambrientas familias y al cuido de los soldados heridos. Y así ocurrió el 28 de febrero: Muy pronto Trespalacios dio órdenes para que un pelotón estableciera contacto con los jefes de las colonias avileñas varadas allá en la costa de Dorado. Pero no crean que los fieros molongos dejaron pasar ésta sin armar bulla. Allá se lanzaron al agua estos fanáticos guerreros, a puro nado, con el propósito de detener nuestras yolas, que nada de esto me lo dijo espía alguno, sino que yo lo vi con el mismísimo cañón del catalejo. Pues los prietos querían evitar aquel encuentro con los nuestros a como diera lugar, y se aferraban a las yolas con furia, golpeando los cascos con puños y macanas, logrando volcar algunas con su tripulación entera, todo esto bajo el fuego de arcabuces y el silbido de las espadas. Pero tanto heroísmo más nos atemorizó por lo que nos esperaba en futuras batallas que por los frutos conseguidos, pues los valientes negros murieron todos, sus sesos regados por fogonazos de arcabuces o sus miembros mordidos por los tiburones.

Y también con el catalejo vi la grande algarabía que hubo en la playa de Dorado cuando nuestros primeros hombres atracaron, que los avileños ya reconocieron que de hambre no morirían. Pronto se estableció una línea de abastos, y fluyeron los víveres y la pólvora hacia aquellos lugares mientras los generales avileños para acá venían, a negociar con Trespalacios la estrategia de aquella guerra. Y los molongos ni mierda podían hacer, pues esas playas de Dorado están casi fuera del alcance de las baterías del Morro, y en los mangles de Cataño era casi imposible emplazar artillería.

A todo esto nuestro gran capitán de armada, Don José de Trespalacios y Verdeja, mala ocasión tenía con otros negocios, y me refiero a que pretendía poner a sueldo mercenario a tres galeones de piratas ingleses que habíamos encontrado fondeando cerca de la isla del Gran Caimán. Estos ingleses tenían buena fama de escalilleros, por lo que Don José quería usarlos, en la gran batalla contra los negros, como intrépida vanguardia que colocaría las escaleras de asalto sobre los muros del ahora bastión rebelde de San Felipe de Morro, tarea ingrata que lo mismo requería pelotas que astucia. Pues en los negocios que hubo entre nuestra flota y la de ellos, los piratas, gente de moneda contante y sonante, pedían el pago en oro español. Don José, hombre que no cedía pronto en los negocios, insistió en pagarles con un tercio del botín capturado a los negros. Y aquí entonces llegó la intransigencia, pues bien sabían los malditos ingleses que a los prietos les sobraban ilusiones, pero no metales de los preciosos. Los negocios cesaron, y hasta hubo escaramuza entre uno de los barcos piratas y la carraca mayor de nuestra armada. Don José, convencido de que su ambición de tomar la ciudad lo había puesto en grave aprieto, accedió a pagarles con moneda de oro o plata; bien reconoció que le era imposible librar batalla naval contra los ingleses y asalto por tierra contra los negros, que todo esto se acordó el 3 de marzo de 1773.

Y cuando ya tuvimos tregua con los sucios piratas y todas las escalas de nuestra flota estaban a disposición de ellos, Don José tuvo que recibir la delegación de caudillos avileños, el día 6 de marzo casi al amanecer. Estos caudillos representaban en los negocios a todo el gentío que huyó del ataque de Obatal el Bravo; atracaron sus yolas a la nave capitana con todo el boato de embajadores y dignatarios, que ahora le tocaba al pobre Don Pepe bajarles los humos a semejantes incordios. Pues haré relación de todos estos dignatarios, gente de más títulos que poder, y al lector pido disculpas, ya que por el protocolo de cronista tal lista no puedo ahorrarle. Aseguro que a la nave capitana subieron: Don Fernando Guerra Zúñiga y Cevallos, gobernador a título de la plaza y ministro ultramarino correspondiente de la Real Hacienda; Don Manuel Tavera González, Secretario de Gobernación a título de transitorio y recaudador en oficio con poderes de gastos sobre áreas inexistentes; Don Juan Moscoso Fábregas y Carrión, auditor especial del Ministerio de Indias; Don Federico Asenjo, leal súbdito y poderoso caudillo de los avileños del norte; Don Tomás Rodríguez, leal súbdito y supremo jefe del ejército avileño.

El Obispo Trespalacios esperaba a todos en su gabinete, cansado de los muchos jaleos de los últimos días. Abrí la puerta y lo sorprendí con la uña del dedo meñique metida hasta el zoco de la nariz; a nadie extraña ya que se deje crecer tan larga esta uña, pues ella es su único socorro cuando quiere tomar buen cachito de rapé, que a este tabaco se abandona cuando desea calmar el continente y avivar el ingenio. Mil veces maldijo porque yo no le había sonado la puerta antes de entrar, y me preguntó si ya habían llegado. Le dije que sí, y entonces me ordenó que postergara un poco la recepción, pues les tocaba a ellos esperar, siendo él quien tenía los cañones. Sus párpados caídos comenzaron a despejarse con el pase de rapé. Era en sus pupilas que brillaba la agudeza del ingenio. Se distrajo de mi presencia mirando hacia afuera por la escotilla, columbrando las olas del mar costeño, que aquel gesto de contemplación era el único consuelo de sus tristes ojos. El breve destello de la mirada se volvió opaco, y en su lugar se posó la honda melancolía que los azarosos negocios de estado solían causarle. Era pesada la autoridad que llevaba sobre sus hombros, pero su nostalgia no era de poder, sino aquella que sólo encuentra sosiego en Dios, esa grande ausencia que veía reflejada en el vasto mar. Lo vi distraído en demasía de los terrenales asuntos que hacían urgente la ocasión, por lo que carraspeé, a ver si volvía su lucidez a los negocios de protocolo. Pero todavía estaba sumida su atención en las crestas de las olas, el bajo vuelo de las gaviotas, único rumor en tan vasto silencio... —*Dile al contramaestre que los haga pasar...*—

Y así fue. Se abrió la puerta y el contramaestre anunció la embajada y los títulos, aunque Don Pepe todavía estaba algo distraído de tales asuntos, muy ajeno a este mundo... Ordenó vino de piña para todos y se dispuso a pronunciar oración de bienvenida. Temblé con lo del vino, pues Don José andaba empeñado en que tan tosca fermentación alambicada en la bodega del barco, era poco menos que néctar de los dioses. Y los avileños, ante la imponente presencia del Obispo corpulento, tragaron saliva y callaron la lengua. Elogió el genio militar de los presentes, asegurando que ahora los negros estaban entre dos fuegos, condición más que desesperada en la guerra. Los caudillos entonces iniciaron un gesto tímido, acercándose a besar el anillo del buen pastor. A todo esto, Don José, que no se había levantado —descortesía necesaria para reafirmar su autoridad— husmeaba los rostros de cada uno de aquellos hombres, adivinando debilidades y reconociendo fortalezas. Ya se había servido el vino e iniciado el brindis, cuando Don José le ordenó al contramaestre que trajera sus confituras preferidas, las de mangó y mamey, confeccionadas por él mismo, siempre tan aficionado a las comidas y los dulces como a Dios y los placeres librescos de gabinete. Con esto ganaba algún tiempo el viejo zorro, buena prudencia sin duda, pues toda aquella gente, como él, era muy ducha en el ejercicio del dolo. Supongo que entrar en negocio tan sujeto a engaño, debe ser como jugar ajedrez con todos los signos, reglas y figuras desdibujadas, juego oscuro en demasía para el humano ingenio. Debía adivinar el Obispo, en tales piezas ciegas, carentes de todo signo de principalía, quiénes eran los reyes, las reinas o los peones. Y así curioseaba sin mover una sola pieza, saludando con el vino de piña y sonriendo más que un chino, creando silencio harto incómodo para todos, menos para él. Contemplaba Don José, íntimo y silencioso, la oscura contienda entre la fortuna todopoderosa y la virtud precaria.

Cuando ya comenzamos a escuchar elogios varios a las endiabladas confituras, Trespalacios le pidió al contramaeste que alargara el plano de la bahía de San Juan sobre su mesa de mapas. Se puso de pie con mi ayuda y solicitó el puntero de marfil con empuñadura de oro. A punto estuvimos de confundir batalla, ello porque el contramaestre había desplegado mapa del puerto de Cádiz, error que fue prontamente corregido, y es que tan grande cantidad de mapas en gabinete tan pequeño es razón suficiente para mezclar el cielo con la tierra. Bueno, pues al fin Don Pepe señaló los sitios de la batalla, y la estrategia a seguir. Su voz se cansaba por momentos, siendo ésta la segunda negociación en tan pocos días. Señaló que era necesario mantener en jaque las defensas que Obatal había situado en el litoral de Dorado: —*Por la bahía jamás debemos atacar con el grueso de nuestras fuerzas...*— Según él, era menester desviar las tropas negras hacia Dorado, para entonces atacar el bastión: —*En Dorado debemos sangrar al ejército de Obatal. La batalla necesita un segundo frente...*— Ya entonces hubo protestas y se olvidaron las delicadezas del mangó y el mamey, pero esto es harina de otro costal, y lo dejaremos para una segunda crónica".

Capítulo VII

VOZ DEL RENEGADO, DONDE CUENTA LA MUY GRANDE OCASION
EN QUE EL CAUDILLO OBATAL ARENGO A SU PUEBLO

"¡Qué bizarros son estos negros! El supremo Obatal, caudillo de esta revuelta, fundador de ciudad tan frágil, llegó al mesetón del Morro seguido por grande comparsa de tambores y negras danzantes. Aquella muy alegre comitiva llegaba al horizonte, y borrosa se volvía allá, en los cocoteros de Peña del Diablo. Había fiesta y bulla por todos lados, y se encendían en danza los falderines y fluía sin cesar el aguardiente. Ya casi se desvanecía el bermejo crepúsculo que como incendio del mundo entristeció todo aquel ámbito, cuando pude destacar, entre palmeras de abanico meciéndose a la buena brisa de estas latitudes, la gran capitanía de Obatal, que ésta consistía de sus dos más fieles y bravos generales molongos, el negro Enrico y el muy notorio José Fogón, así conocido por ser tan negro que parecía tiznado por espeso humo de candela. Y ambos generales cabalgaban al pelo, el paso de sus bestias briosas haciéndose lento por la muy alegre bullanga, grandísima algarada en que negros y negras, los sesos revueltos por el aguardiente, corrían y saltaban en torno a la comitiva. Y fue por ello que pude trazar, con lento ojo, el fiero talante de tan magníficos guerreros. Pues Enrico iba descalzo, y desnudo de la cintura arriba. Bamboleándose de una trabilla de cuero atada a su cadera, rojizo y furioso resplandecía el gran machete. Su musculoso y casi lampiño pecho mostrábase engalanado con lucidos collarines de caracoles y semillas. En el brazo izquierdo, a la altura del molledo, lucía un brazalete de plata sujetado con tira de cuero, que como fue robado a mujer blanca en el saqueo de la plaza, sólo así se ceñía justo a tan fuerte brazo. Y el Enrico ostentaba una muy frondosa barba con mechones canosos. De su oreja izquierda pendía grande argolla de plata, y sus cabellos, altos, crespos, y peinados en viriles moñones de anchas crenchas, brillantes adornos llevaban, simbólicas figuraciones. José Fogón iba aun de más vistoso talante. El muy prieto general lucía altas botas con ancho ruedo en la canilla, de las llamadas de vuelo, y con ellas moderaba el paso nervioso de su caballo, un magnífico corcel con galana alzada de cabos blancos. Al cinto llevaba atado un afiladísimo machete de corte largo, y de su hombro colgaba un espadín de punta corta en vaina de cáñamo tejido, que para cualquier pendencia estaba listo el negro aquel. Como el otro, éste también engalanó su pecho con collarines de conchas y caracoles; ya yo estaba por pensar que adorno tal era talismán o detente, seña de principalía más sobre los espíritus que sobre los hombres. Pero también traía tensada al ancho pecho una bandolera repleta de cortas dagas y largos puñales. Un galante pañuelo de colorines amarrado a lo bucano cubría su cabeza, y sus orejas las había adornado con grandes argollas de corozo. Su rostro mofletudo era de suma fiereza, su mirada una encendida sed de matanza, que el fulano a la verdad era para abrirle paso y dejarle el canto. Pero ahora les dibujaré la gran figura del generalísimo de los ejércitos negros, el molongo mayor, nada menos que Obatal el Bravo. Pues el supremo caudillo cabalgaba en el único caballo blanco de toda la plaza de San Juan Bautista, corcel de paso corto que una vez perteneció a Don Marcos Iturrioz, recaudador general del Cabildo. A modo de seña de suprema principalía, el generalísimo era el único jinete que cabalgaba en silla de cincho, que los otros iban al pelo. Sus botas de vuelo eran negras, y remataban en el ruedillo con guirnaldas de dientes, secas orejas y sangrantes uñas, terribles prendas, ya que no trofeos, del saqueo molongo. Llevaba los calzones más que ajustados al cuerpo, por lo que sus partes pudendas se revelaban con grande impudor al trasluz de la tela, siendo gesto tan grosero emblema de su hombría y poder, que de él se dijo que no había hombre que cargara con más peso en las campanas. Y entonces reconocí que colgaba de su cintura burlona prenda, la espada de la Orden de Indias, arma esta que antiguamente perteneció al Capitán General de la guarnición del Cabildo, verdadera ironía de la ciega diosa fortuna. Adornada con pañuelos y cintas de galanos colores, la espada se bamboleaba inquieta sobre el lento paso del corcel. Y ahora voy a trazarles su pecho desnudo, sólo cubierto por verdadera cornucopia de artefactos, entre los cuales pude divisar una pequeña bolsa llena de rapé de cojobilla, que Obatal era muy aficionado a este vivificante, y lo usaba para arrebatarse de fuerzas antes de la batalla, el saqueo o el ultraje. Como en botica, también llevaba, colgada al hombro, grande alforja que contenía picadura seca de la planta mágica llamada pajarita, yerba esta como para provocarse vacilón, emborracharse de risa y gozar mujeres. Amarradas al cuello, saltaban al galope corto dos largas pipas que Obatal usaba para fumar la pajarita, fulano con todos los hierros, como por ahí se dice. Pues a ver, calculo yo que la más larga de las dos pipas medía lo menos medio brazo, incluyendo la grande cachimba de barro donde se colocaba la picadura de la mágica planta. El cuello de la chimenea —boca por donde se escapa el humo que no se aspira— mostraba adornos emblemáticos, redondos relieves, cinchos de cuero para evitar que el calor de la cachimba quemara la mano. La garganta de la pipa, por donde sigiloso pasa el humo hasta llegar a la boca, estaba recubierta de muy diminutas semillas azules y rojas que formaban verdadera trenza en espiral. Alguien me dijo que este muy bizarro adorno embelesaba al fumador hasta ponerlo bizco. Y el humo se aspiraba por boca de barro engalanada con guirnaldilla de conchas venusinas. La otra pipa tenía muy parecidos ornamentos, pero el cañuto, es decir, la garganta, era más corta, y esta vez las cuentas eran amarillas, negras y blancas. También colgaba de su ancho cuello un arcabucillo de mano, o pistolón de varilla, con cadena de oro, que según las lenguas de su pueblo era ésta la máquina de fuga hacia la libertad de la muerte en caso de cercano cautiverio, porque Obatal juró siempre, hasta por las telas de su madre, en sus muchas y delirantes arengas, que jamás lo capturaría el amo, que prefería morir libre a vivir esclavo. Pero aquí no acaban sus adornos: En ambos molleros usaba brazaletes de plata; su cuello estaba harto ceñido por un collarín de diez vueltas hecho con semillas de algarrobo. De sus orejas colgaban pesadas argollas de barro cocido, y en cada una de éstas hacía travesuras y malabares grandísima iguana domeñada. Sigilosamente silbó una negra serpiente que Obatal llevaba enroscada a su brazo izquierdo, que de ésta era que Obatal recibía sus fuerzas, según las supersticiones de la negrada. El rostro del supremo caudillo era de suaves y delicados rasgos, aunque de negrísima tez, razón para pensar que Obatal tuvo algún ancestro blanco en su más lejana parentela. Y la mirada siempre estuvo encendida de calma fiereza que arrastraba como el vendaval, inquietante gesto atenuado por su crespa barba de mechones grises y amarillos. ¡Pues muy galano iba el caudillo con grande sombrero de baja copa y anchísima ala! Esta pava tejida con el más fino hilo de cáñamo, iba ornada con alto penacho, haz de plumas de guinea pintadas con todos los colores chillones del mundo. Así aseguro que estos tres bizarros flamencos engalanaban el crepúsculo; y el vocerío de la negrada aturdía hasta nublar la vista. A paso fino, casi a galope corto y festivo, los tres fieros jinetes se desvanecían cual visiones, avivándose luego en el aire espeso del atardecer como emblemas de la fuerza y el donaire de aquel pueblo. La opalina luz del bajo crepúsculo tendía muy leve niebla que casi suspendió, por los aires, el fiero paso tierno de los tres generales molongos. ¡Venían los muy ilusos poderosos con trémula y liviana posadura!

Detrás de los caudillos, dos bueyes de ojos tristes arrastraban una tartana que, con grande dificultad, intentaba seguir el libre paso abierto por la capitanía de Obatal. Y en la tartana viajaban las dos mujeres del supremo, pero también iba allí el efebo llamado Oriki, nombre este que en lengua africana quiere decir favorito. Pues siempre se dijo que el caudillo tenía trato bujarrón con este efebo; pero esta inclinación del caudillo a la sodomía no le restaba entre sus tropas la dignidad que requiere el poder, por el contrario, quizás su grande fuerza se acrecentaba más con tal debilidad, haciéndose todavía más gallo ante todos. * Las dos mujeres de Obatal eran las notorias Dámaris y Sara Josefa. Dámaris era mulata color canela, y su gran belleza se acompañaba de muy agudo ingenio, que éste —según se dice— fue cultivado por unos benévolos hacendados que la educaron con el propósito de que sirviera de ama de llaves, enobleciéndola para así honrar su buena condición de mujer hacendosa y prudente. Se decía que Dámaris era mujer muy diestra en las cosas de la vida y los asuntos del poder, y por ello se le consideraba confidente y consejera de Obatal. Su rostro era sereno y límpido, de rasgos delicados y breves; sólo sus ojos, a veces, se velaban de una sombra de cautelosa tristeza que bien reflejaba la gravedad de su ingenio. Pero toda esta tristeza se esfumaba cuando sonreía, que entonces la gravedad soltaba al vuelo muy candoroso júbilo, a la verdad que casi infantil, seña precisa de cielo fugaz... Sara Josefa era la muy famosa corteja de Obatal, persona ella toda de sensual continente, grande hermosura. Como el color de su piel era tan oscuro, más se le conocía por el mote de "la prieta" que por el nombre de Sara Josefa. Su cabello era de caracolillos tenues, su rostro de belleza tan perfecta que causa era de asombro, siendo su sonrisa reflejo de gracioso y liviano ingenio. Ambas mujeres venían vestidas con largas togas hechas con tela de algodón, lo que denotaba grande principalía. Detrás de la tartana venían pavoneándose tres generales de la guardia brava: Mobuto el Gafo, Mitume y Juan de Dios el Tuerto.

Obatal no desaprovechaba ocasión para mostrar su bizarría, y allá se apeó del caballo con muy galano brinco. Poco tardaron sus fieles capitanes, José y Enrico,

---

* A.J.M.:

Narciso

Su mirada apenas puede sostener aquel impreciso sentimiento. Oriki quizás es el único espejo que refleja una íntima ternura que el poder prohibe. Narciso vive enamorado de ese fondo viril y tierno que sería su destrucción.

en rodearlo y mantener a raya la multitud que ansiaba tocarlo. Contenido el frenesí
del pueblo al bajarse de los corceles la capitanía de la guardia brava, gente esta a la
verdad que muy ducha en el arte de empellones y patadas, se le acercaron Dámaris y
Sara Josefa, a lo que el fierísimo Obatal correspondió halándolas con cariño y
besándoles la nuca, gesto que mucho las enternecía, que a esta caricia respondie-
ron, sobre todo Sara Josefa, con algo de timidez y nerviosas risillas. La multitud
llegaba al delirio con todas aquellas chuladas del caudillo, pues parte de su poder
consistía en ser considerado hombre de muy abundantes dotes amatorias. Detrás de
Obatal venía Oriki, quien le entregó al caudillo el bastón de mando cuando éste
terminó de saludar a su pueblo. Tendí la mirada, y todo el mesetón del Morro, hasta
el ya oscuro horizonte, se poblaba de hachos encendidos, bosque de inquietas
luces... Pues el bastón de mando es gruesa vara de empuñadura, tallada con
emblemas que representan la historia de los pueblos africanos. Es de muy galano
colorido esta seña suprema de poder, que todos los emblemas están pintados con los
chillones colores de que gusta el arte de los negros. Según lo que me comentó un
viejo africano de los de antes del gran viaje, aquellos bastones representaban en la
antigua Africa la autoridad de la realeza, y su posesión otorgaba venerado signo de
mando y principalía. Obatal tomó el bastón, y con muy achulado continente —una
mujer a cada brazo, los generales vociferándole distancia a la multitud y Oriki
arreglándose con viril donaire sus collarines— señalaba hacia una baja almena al
borde del foso, que desde allí arengaría a su pueblo. Empezó su rostro a dibujar una
sonrisa que pronto se convirtió en estentórea carcajada; a fe mía que eran estas
súbitas carcajadas sin sentido una de las señas favoritas de su poder terrible. Y la
Sara Josefa le reía la gracia, aunque Dámaris lo miraba con esa grave tristura que
suele acompañar a las discretas mujeres de los bizarros hombres. Muy notable era
que Dámaris lo mirara con algo de extrañeza y mucho de compasión, porque bien
sabía aquella muy prudente mujer que los muchos excesos de Obatal lo converti-
rían en ruina prematura, tumba lastimosa de ilusiones tan sangrientas. Una vez
congregada la grande comitiva y colocados los hachos sobre las bajas almenas, la
multitud de negros se acercó, espeso murmullo de ansiosas voces. Y todo aquel
ámbito de piedra se iluminó con cientos de pequeños hachos, luciérnagas que
saltaban por la muy espesa negrura. Luego de larguísimo rato de protocolos,
música de tambores, empujones y vocerío de la indómita multitud, Obatal
comenzó su arenga: Pues contó cómo llegaron a estas costas los antepasados de
Africa, avivando así hasta el delirio aquel resentimiento tan grande de su pueblo
contra el amo blanco, y entonces describió, con gestos desmesurados, llenos de
fiereza destemplada, la pesada y lenta sangre que derramaron los látigos negreros.
De este modo, flores echaba por la boca al enconado odio de su pueblo, y la
multitud lo aclamaba, sonando tambores y cabazas. (La cabaza es instrumento que
se hace con el higüero; muy recubierto de muchas semillas entreveradas con
finísimos hilos, produce sonido silbante al agitársele.) Pues no cesaba la aclamación y el Obatal ya casi ni cabía en los calzones de orondo que estaba. Entonces se
colocó el bastón de mando bajo el culo, sentándose en él, y aquel emblema de
autoridad de pronto ya se había convertido en trono precario de supremo caudillo.
Mientras coquetonamente jugaba con una de las iguanas que engalanaban sus
orejas, el fiero Obatal vociferaba que los molongos defenderían con mucha sangre
—silbaba el machete sobre las cabezas de todos, para miedo y asombro de la

multitud— la libertad del pájaro que sus antepasados no pudieron defender por vérselas con la pólvora del blanco carcomiéndoles las espaldas. Luego de arreglarse bajo el culo aquel asiento tan equívoco, señaló con gesto lento que casi no termina —por un momento el caudillo quedó ausente de la idea que pretendía expresar— hacia las más altas murallas del Morro, e hizo muchísimo alarde, a muy viva voz, de que los negros al fin tenían pólvora, y que aquellos cañones estaban allí para reventarles las pelotas a los blancos, que la armada de Trespalacios pronto sería, según él, destartalada ciudad flotante. Y entonces fue que la multitud enloqueció de alegría. Sara Josefa a la verdad que sonreía muy complacida; pero Dámaris veló su rostro con oscuros presentimientos, íntimos temores. Y el delirio de la multitud encendía aún más el frenesí de Obatal, quien repetía con el bofe puesto en el galillo que aquella sería la gran batalla de la venganza africana. Y digo yo que como allí estaban presentes —por medio de sus reinas y reyes— tantos reinos africanos, cabía pensar que aquella era la gran batalla del continente de Africa contra el continente de Europa. Al rato de Obatal vociferar todas estas amenazas y gesticular muchas otras, vi cómo unas viejas, que fumaban jumazos de tabaco debajo de unos cocoteros, se acercaron con mucho sigilo, y más grande misterio. Una brisa fría se movió, con muy pausados giros, hacia lo alto, buscando aquella luna llena que estremecía toda la estancia con su pálida luz. Obatal interrumpió su arenga, y miró hacia abajo. Al pie de la almena las viejas pedían paso; alzaban en brazos y mostraban a un infante cuyo rostro protegieron de la amarillenta luz inquietamente desatada por las lumbres. Hubo grande rumor entre la multitud, y al momento comenzó a correr de boca en boca el nefasto nombre del Niño Avilés, aquel infante satánico que había desolado la otrora fidelísima ciudad de San Juan Bautista. Ya no necesitaron los molledos de la guardia brava para recular, y hubo muchos prietos que mudaron de allí los callos, corriendo de lo lindo los muy miedosos, así de grande era el espanto que el nombre de aquel maldito infante provocaba. Obatal llamó sobre el hombro a uno de sus alcahuetes, y exigió que se le aclarara el sentido de semejante ofrenda. Y sus ojos quedaron como embrujados de incertidumbre, su mirada mezcla de terror y rabia. Atendía, muy ajeno a su pueblo que ahora lo miraba como pidiéndole la paz, a aquellas cuatro viejas que se reían a carcajadas, verdaderas brujas, gorgonas que levantaban al Niño Avilés como maléfica ofrenda, negra hechicería. Entonces hubo muy dolido momento de duda en Obatal, que yo, como estaba casi frente a él, vi el miedo en todo su semblante, que de pronto el prieto galano se descompuso, ensombreciéndose con mirada que lindó el terror. Enrico y José Fogón, dándose cuenta del trance de su caudillo, se acercaron; pero Obatal los retiró con gesto más de rabia que de autoridad. Justo cuando más se hundían sus ojos en el terror, Dámaris se le acercó, y le habló muy quedamente al oído. Sara Josefa se mostró harto temerosa, que ya pronto se alejaba de las viejas. Luego de escuchar a la Dámaris, Obatal llamó a sus dos generales, su continente ya más compuesto, su autoridad un poco menos tambaleante. Enrico y José Fogón no tardaron en acercarse a las viejas —ya se decía entre la multitud de negros que eran brujas— y recibir al maldito Niño Avilés. Las viejas se retiraron del pie de la almena, y como que desaparecieron en el aire o entre la gente. Luego de entregarle a Obatal la infancia del mismísimo Satanás, los prietos Enrico y José Fogón volvieron a bajar muy raudamente las gradas del muro, que por lo visto habían recibido de Obatal órdenes secretas y urgentes. Dámaris se acercó de nuevo a su caudillo chulo, y bien se aseguró que el más fuerte sostendría con grande miedo y prudencia al satánico infante. La multitud volvió lentamente, acercándose más con cautela que curiosidad. Dámaris se retiró, y Obatal, quien muy extrañado sostenía al niño en sus brazos, comenzó muy descompuesto decir, que mejor habría sido hacer alarde sólo con el gesto, y no con la palabra. Pues aseguró que aquel infante no era Papa Ogún,* ni mucho menos, y sí demonio blanco que cual muñeco el Obispo Larra había hecho para asustar a los blancos. Y añadió que si el gran demonio blanco hubiese estado oculto en el infante Avilés, ya lo habría fulminado a él con su malévola y mágica potencia. También proclamó que a cada prieto le tocaba sacar los diablitos blancos de su corazón, añadiendo que sólo así el esclavo sería verdaderamente libre. Justo cuando esto decía, unas doncellas, acompañantes de Dámaris, lindas flores trajeron, colocándolas sin más en cada uno de los orificios del infante Avilés, que esto incluía hasta aquél por donde los humanos aliviamos el vientre. Cuando las doncellas hicieron esto Obatal lució, más que extrañado, sorprendido, y por ello pensé que tan imprevista pero oportuna ceremonia había sido ordenada por Dámaris.* La multitud ya había apechado más de la cuenta hasta quedar al pie de la almena, y el vocerío le pedía a Obatal que enseñara los dientes del Avilés, porque era rumor muy sonado que la seña de su maldad estaba en los dientes, y mucho se decía que eran de oro. Negros y negras alzaban los brazos, enseñaban los dientes estirando o levantándose los labios, dentellando con grande rapidez mientras daban saltitos. Obatal titubeó; pero el muy prudente consejo de Dámaris lo asistió, ya que la bella y discreta mujer tiene que haberle susurrado al oído importantes y sabios emblemas para la conservación del poder. El supremo

---

* A.J.M.:

Dámaris, la favorita

Ella adivinó cierta debilidad que lo destruiría para siempre. Se acercó no con cautela, sino con la precaria autoridad que la razón a veces tiene sobre el miedo.
—*Ahora te pedirán que muestres sus dientes...*
—*¿Estás segura que este demonio es blanco? ¿No estará mi poder retando a Papá Ogún?*
Dámaris se mostró impaciente. La multitud se había retirado ya una vez...
—*El único demonio es el que llevas adentro. Puedes vivir con ese miedo íntimo. Pero tu miedo vuelve a convertirse en la tiranía del blanco cuando permites que el pueblo se crea los cuentos del Avilés. Esa debilidad tuya es la tiranía de tu pueblo; concédele un gesto a esta gente, aunque tu alma siga desfallecida ante el destino.*
—*De acuerdo... Sólo el pueblo se merece la superstición. En mí sólo puede existir la trágica certeza de la ruina...*
Dámaris sonrió...
—*En mí sólo puede existir la trágica certeza de la ruina...*— Palabras dignas del Obispo Larra, sin duda, ya lo sé; pero ocurre que se me hace casi imposible adivinar el lenguaje de Obatal. Titubeé antes de colocar el adjetivo "trágica". Taché lo de "íntima certeza", puesto que me pareció demasiado subjetivo en sicología tan elemental... Del lenguaje de Obatal sólo nos quedan los gestos, esas ruinas terribles, mezcla de rabia y pavor, que nos describe el omnipresente Renegado, con su visión arcaica y densa prosa.

* A.J.M.:

Nuevo intento

A ver si esto se ajusta a la narración del Renegado: ¿Habrá mujer que no conozca la más radical debilidad de su hombre? Sólo ellas tienen el conocimiento casi perfecto de la siempre precaria hombría. Fue por ello que Dámaris tendió la mirada, y recordó el pasado más cercano: "En él está demasiado presente la obediencia. Y la negra fortuna que cultiva su nuevo amo, el miedo, lo acecha sin cesar... Tiene que vérselas con el cuco blanco mi niño grande..."

caudillo alzó al Niño Avilés. Un guerrero molongo se acercó, y le abrió la boca al infante para mostrarle a la multitud aquellos humanos dientes de tan satánica fama. Cuando Obatal alzó tan pesado hechizo su bastón de mando se cayó. Dámaris se acercó muy rápidamente y lo recogió; pero largo rumor hubo entre la comitiva y la multitud. Ciego por la ira Obatal lanzó al Avilés contra el pecho del molongo, y arrebatándole el bastón a Dámaris ordenó, voz en cuello, que le trajeran a las brujas custodias del Avilés. José Fogón y Enrico acudieron a asegurarle que las brujas habían desaparecido, y que a la redonda no se encontró rastro ni noticia de ellas. Obatal, en descompuesto arrebato de furia, golpeó la tronera varias veces con el bastón de mando y gritó oscuras maldiciones en la lengua de Africa, que todo este muy destemplado vocerío lo oí por estar en las gradas inferiores de la almena que le servía de templete al caudillo. Enrico, José, Dámaris y Sara Josefa lo siguieron cuando de un salto bajó a encontrarse con su pueblo. Yo, que lo seguía de cerca, reconocí en su semblante la derrota''.

Capítulo VIII

CRONICA DE GRACIAN SOBRE LOS NEGOCIOS ENTRE TRESPALACIOS
Y LOS AVILEÑOS

"Aquellos negocios sobre el notorio segundo frente encabritaron a los avileños en demasía, pues éstos consideraron, y con razón, que el mayor peso de la guerra lo llevarían ellos sobre el lomo, que en esto, a fe mía, Don José, harto ladinamente, trataba de convertirlos en carne de cañón, ya que no carroña de la mala fortuna. Lo que estaba sobre el tapete, ya que no en la gritería de todos, era si nos enfrentaríamos al ejército de Obatal en las vegas de Dorado o en el bastión de San Felipe de Morro. ¿Dónde sería domado el furioso rebelde? ¿Quién le pondría el pecho a semejante jauría de prietos alucinados por la libertad y el hambre? Pues aquel seis de marzo de 1773, a media mañana, el gabinete de Trespalacios más parecía batalla de la guerra tan esperada que conferencia de paz, así de grande y desaforado era el vocerío, bulla sin tregua ni buenos modales. Y una y otra vez volvían a discutir el sitio más adecuado para sangrarle las garras a Obatal, por lo que más parecido tenían con cirujanos listos para una matanza que con generales y comandantes apurados por una operación. Ya a mediodía se perfilaron algo más las peticiones avileñas: Según Don Fernando Guevara Zúñiga y Cevallos, para la defensa de aquel segundo frente eran necesarios cien trabucos naranjeros, que sólo así el precario ejército de los realengos avileños sería capaz de hincar la bota frente a las cargas de la caballería molonga. Pero Don Pepe se mostró algo más que contrariado por aquella petición, y sin destemplar el continente insistió en que la batalla era cosa del bastión del Morro, y no de los arenales de Dorado: —*La vega de Dorado es sólo un segundo frente, tanto en importancia estratégica como táctica. Esos trabucos naranjeros los necesitamos para el asalto a las murallas, que por su corto alcance nos vienen como anillo al dedo...*— Don Fernando ya iba perdiendo la chaveta: —*Pues entonces no nos ajote usted esa jauría de negros, que las uñas y los dientes no los tenemos tan afilados... En Dorado hay más ciudadanos que tropas, más familias que pelotones, más niños y ancianos que guerreros...*— Don Pepe no se mostraba conturbado por tan tiernos decires y alambicados discursos, por lo que Don Fernando acabó de perder la tabla, y dio rudo manotazo sobre la mesa de mapas. A todo esto, Asenjo y Rodríguez, los más guerreros de la comitiva, ya que no los más diplomáticos, hosco silencio mantenían que más los relacionaba con las negativas del Obispo que con los reclamos ciudadanos. Y al César lo que es del César y a Trespalacios lo que es de Dios, pues bien sabían los dos caudillos avileños que en esto Don Pepe tenía razón, que en las playas de Dorado había que apechar con lo que fuera, con lo que estuviese a mano, sacando a la población ciudadana del medio lo mejor que se pudiera. Pero aquellos funcionarios, cuyo portavoz era el pico de oro Don Fernando, más pendientes estaban a su autoridad ciudadana que a la sabiduría militar. No acababan de enterarse, ¡los muy soberbios!, que vivíamos en la selva oscura de la guerra, y no en el deleitoso jardín de la paz. Todo su empeño era salvar la ciudad, acabar con el destierro de tantos, sin darse cuenta de que para lograr esto era necesario ganar la guerra, esa cruel suspensión del espacio y vivir ciudadanos. Tronó entonces Don Fernando al notar el silencio de los suyos y la indiferencia del Obispo: —*¡Es imposible sostener batalla —ese segundo frente que usted nos ha regalado sin más— con sólo la esperanza! Necesitamos esos armamentos, pues si no, en la batalla cuerpo a cuerpo, los molongos vencerán cruelmente, convirtiéndonos en tasajo a la primera embestida—.* Y aquí Don Pepe le torció el litigio al jerarca avileño: —*No crea que esos cien trabucos cambiarán mucho la situación... La defensa de Dorado hay que realizarla a fondo, con artillería, evitando la lucha cuerpo a cuerpo, pues al llegar a ésta, como se trata de medir cría con esos molletes de fuertes brazos y anchos pechos, lo único que conseguiremos será que el ejército de Obatal se apodere, así, a la primera, casi de gratis, de cien trabucos naranjeros, y eso, mi querido Don Fernando, no puede ser, sería demasiado lastimoso para nosotros...—* Jamás unas naranjas causaron tanto disgusto, que Don Fernando ya estuvo a punto de reventarse los sesos, así tan colmado de cólera estaba todo su continente, rojizo y fatigoso, más inclinado al resoplido que a palabra cuerda y razonable: —*Y ¿cómo coño quiere usted que aguantemos las cargas de la caballería molonga? A fondo, dice usted, con artillería, pero si sólo tenemos tres cañones mohosos...* —*No pongo reparo en eso, Don Fernando* —repuso Trespalacios cada vez con más señorío sobre la situación— *Mire que si ese es el caso procede que caven lo menos tres círculos de trincheras y empalizadas alrededor del campamento, que como por allá el terreno es arena, mayores azares y esfuerzos no tendrían en esto. Así no pasarán los caballos de Obatal. Y además, nosotros debilitaremos su carga bombardeándole los flancos desde el mar, que no es cosa floja lo prometido. Don Fernando... Lamento que los armamentos del ejército avileño sean tan exiguos, pero las armas de fuego corto serán usadas para asaltar el castillo. Esto lo dicta la ciencia militar más que mi capricho...—* Continuaron en tantos dimes y diretes que ya a mediodía se desató el reto a la autoridad de Don Pepe, confrontación que yo veía venir tarde o temprano, por las buenas o por las malas, aconsejados por la prudencia o la locura, así de caldeados estaban los ánimos y difíciles los asuntos. Y Don Fernando trató de dar golpe de estado —cosa verdaderamente risible— olvidándose de que justamente le faltaban las armas necesarias... Pues el muy energúmeno, ya más ajeno a la razón que a la diplomacia, le pidió a los otros jerarcas que se retirasen de la alianza militar con nuestra armada, y con voz digna de Estentor dijo: —*Sólo habrá un segundo frente si el Obispo nos entrega los cien trabucos. ¡Es el precio de la alianza! Sólo así se prueba su buena voluntad, y si no complace nuestra petición, bien se probaría que usted pretende ganar esta batalla pagando el precio terrible de nuestros pellejos, el aniquilamiento de nuestro precario ejército, la matanza de nuestros niños y ancianos, el ultraje de nuestras mujeres...—* Y así siguió amplificando hasta el infinito, convirtiendo aquel rosario de domésticas desgracias invocadas en universal catástrofe. Al poco rato de aquel tan destemplado discurso, el caudillo Asenjo intervino en los negocios, buscando compromiso a como diera lugar, que bien sabía ya Don José que el silencio del tal Asenjo más hijo era de la ambición que de la timidez. De este modo quería romper el fulano la intransigencia en los negocios, haciéndose héroe de la jornada, poniendo pie firme en el camino a la autoridad. Pero todo esto lo sabía el patrono, Don José, quien había calado hondo en todos aquellos hombres, calibrando por el talante los gestos que traían bajo el chaleco. Así es, galán, y ahora le tocaba a Don Pepe la parte más delicada de los negocios, pues tanto la intransigencia como una inoportuna concesión serían capaces de quebrantar toda su autoridad. Ya era media tarde cuando Asenjo dijo lo suyo: —*Triste sería que nosotros, los cristianos, nos quedáramos sin un negocio razonable en este asunto, que en unión de voluntades, los salvajes esos, hasta ahora, bien que nos aventajan... Pues a ver, Su Excelencia, ¿no es posible darnos cincuenta trabucos y pagarnos el resto al poner bajo nuestras órdenes cincuenta escalilleros de la flotilla del Gran Caimán? Con estos hombres experimentados en la guerra mejor defenderemos nuestro campamento...* — Don José se encontró en verdadera encrucijada, pero no titubeó ni un instante. Bien sabía que Don Fernando estaba derrotado, y que el tácito o explícito acuerdo entre los avileños ya se había roto con la ambición y propuesta de Asenjo. Don Fernando había sido derrotado por aquella resquebradura en su diplomacia y consejo. Ahora le tocaba a Don José poner al tal Asenjo en su sitio, pues mal consejo era alimentar la ambición de tan burdo oportunista. Teníamos que aplastarlo a como diera lugar; sólo a Trespalacios correspondía dictar solución en tan grande embrollo. Para tal acción había pulido Don José verdadera perla de ingenio, y mirándome —como distraído de sus interlocutores, insinuando: "¿Qué se traerán estos entre manos?", "¿Por qué no se sacan semejante chuleta?" —dijo: —*¿Desde cuándo acá un trabuco se cambia por un hombre?...*— Muy jodón el Trespalacios este, muy jodón y lengüilargo... Don Fernando entonces volvió a la carga, perdiendo aún más la compostura, más con rabieta en los dientes que con cartas entre las manos: —*¡Pues se romperá la alianza!, que con usted a la verdad que no se puede...*— A esto siguió un silencio, bastante prolongado, más incómodo para ellos que para nosotros, al término del cual Trespalacios contestó con gesto firme y voz apesadumbrada: —*No señores, de ninguna manera. Quien de aquí se larga ahora mismo soy yo...*— Y el muy prudente y serenísimo prelado llamó al contramaestre, para decirle, ya casi ahogado por pesar fingido: —*Dad la orden de levar anclas... Considero de mayor provecho para ustedes que sea yo quien se retire de la alianza. Sin la ayuda de ustedes, jamás daría la orden de ataque. Inmediatamente retiraré la flota y les entregaré los cien trabucos. Espero que eso les baste para enfrentarse a Obatal...*—Entonces echó vinagre en la herida, derramó terror sobre el pavor de los avileños: —*Mis felicitaciones, señores... Ha tenido éxito su diplomacia. Han conseguido los cien trabucos, pero han perdido toda su armada...*—

Sonó la voz de Don Tomás Rodríguez, el otro caudillo, pescador de ganancia en río tan revuelto. Pues daba muchísima gracia ver recular a los avileños, a la verdad que ya caídos, y con el trasero al aire: —*Por favor, Don José, que no creo necesaria tan excesiva medida. Estoy seguro que represento el verdadero sentir de nuestra embajada al decir que los avileños jamás abandonaremos la causa de España, del cristianismo y de la verdadera y Santa Iglesia...*— Pero Don José no lo dejó terminar. Muy irónicamente quería ponerle punto final al discurso aquel: —*Católica, Apostólica y Romana... Pero se ha olvidado usted de la causa más noble, o sea, la santa causa de los caudillos avileños...*— Con aquello el muy sagaz Obispo le había revuelto el puñal en la enjundia al Tomás Rodríguez, y ya eran tres los que habían caído: Don Fernando por hacerse el gallo mayor, Asenjo por oportunista y Rodríguez por jaiba. No tardaron en retirarse del gabinete Asenjo y Don Fernando, que el Rodríguez había quedado con la boca demasiado abierta como para poder

70

moverse. Y al retirarse aquellos dos que bastante ventaja disputaron entre sí en todos los negocios, lenguas bífidas y ponzoñosas desataron contra el santo ministe- rio de Don José: —*A la verdad que este hombre es mezcla de víbora y vulpeja, ya que no fiel reflejo del mismísimo Macavelo*—. Todo esto dijeron mientras abordaban las yolas de regreso a Dorado, ello así porque pelotas les faltaban para desembuchar tan grande veneno cara a cara ante el muy santo Don José. Y a fiel testimonio digo que Don Felipe José, alma cristiana, buen pastor que vela por la santa vida de su rebaño, la siguiente y sabia orden dio al solícito contramaestre, leal mercurio, obediente alcahuete: —*A cada uno de estos buenos señores embajadores le entrega un trabuco. Así podrán defender, con sus propias manos, el honor de sus mujeres y la muerte de sus viejos...*— Pues con aquella feliz ironía Don José quiso decir que las familias de los jerarcas no estaban por encima del bien común, a la vez que les insinuaba meterse los malditos trabucos por el culo.

Así se fueron los avileños con el rabo metido entre las patas, más mohínos que rebeldes, blasfemando por lo bajito, sin duda ateniéndose a lo dispuesto por la autoridad de Don José, legítimo ministro de la fe católica y el bien común en estas playas. Y la verdad es que Trespalacios los humilló, pero ya sabemos que su talante es más guerrero que diplomático.

Ya desfallecía el rubicundo Apolo en sus últimos destellos cuando Don José subió a cubierta, deseoso de contemplar los encrespados rizos de Neptuno, ya que no líquidas barbas de las inquietas Nereidas, íntima ocasión aquélla en que el mundo muy sangrante se mostraba. Pero una fina llovizna atenuó aquel aullido del universo, inclinándolo más a la medida de lo humano. Allí, sentado en silla de tijera, se distraía de los anteriores negocios, sumido en el tronante vendaval vecino. —*Que va a llover, Don Pepe*—. Pero no me hizo caso, y tuve que ir por inmenso paraguas para cobijarlo de la intemperie del mundo. Y allí permanecimos, él y yo, cómplices de contemplación atenta: arreciaba la lluvia, se oscurecía todo el ancho cielo, las muy lejanas palmeras costeñas parecían desesperados o muertos pájaros que el viento arrastraba hasta la arena. Y de pronto ya desapareció la costa... Todo el ámbito se volvió gris, húmedo y frío: —*Mala tierra esta; ¿no crees, Gracián?*— —*Son las nuestras, Don Pepe, son las nuestras, azarosas y terribles, a fe mía...*— Y nuestra silenciosa mirada atendió las cosas del orbe".*

---

* A.J.M.:

La nostalgia

Oía gritos, imprecaciones, tristes lamentos que hacían inminente la batalla. Pero Trespalacios no sufría el sigiloso rumor de la matanza acechante. Su vida dolida de mundo en todo caso se sentiría desgraciada con la certeza de la victoria. Otros son los asuntos de su alma, distraído está de los mundanos menesteres...

La precaria nostalgia de Dios asoma a sus ojos; pero el regreso es imposible; la eterna lejanía es esa belleza del mundo ante sus ojos, ese tiempo que ya olvidó su propio horizonte. Victorioso de mundo, el ministro contempla a su Dios, ese hueco carcomido por la incesante ciudad humana. Algún fanal oteó entre la lluvia. Dios era ese pequeño fanal escurridizo, insecto adivinado y volandero vencido por la lluvia, el mar, la noche oscura del mundo.

Capítulo IX

DE LAS MUCHAS MARAVILLAS QUE EL RENEGADO VIO EN EL CAMPAMENTO DE OBATAL

"Más que deseoso estaba de tenerla ante mis ojos, a la reina de Africa que sin aviso ni piedad me había robado el corazón, ya que no el albedrío. Y mi alma no merecía sosiego si mi voluntad no daba con el paradero de la muy diabla. Vagué sin rumbo ni concierto por todo el campamento de Obatal, más atento a sorpresiva aparición que impuesto a búsqueda sin tregua. Pero tan íntimo dolor sólo se distrae con los asuntos del mundo, y ya pronto me hundí en las turbas y el vocerío. Todo el mesetón del Morro estaba de fiestas, alegrías y comilonas; aquel campamento de negros era tránsito furioso de carromatos, viejas con grandes cestas de verduras en la cabeza, niños con bateas de frituras y golosinas. El mar de negros se movía ondulante e indeciso, ansioso y en mil direcciones, sin orden ni sosiego, siempre al compás de los tambores que no cesaban en su muy frenético ritmo. Cerca de la muralla centenaria de piedra y argamasa, fueron construidos aquellos precarios bohíos de yaguas y pencas de palmas, que allí, en el interior de aquellas zahúrdas, había grande cantidad de fogones de leña y piedras. Y las negras se acuclillaban al lado de estos rústicos fogones y calderos donde deliciosa crepitó la fritanga, fama verdadera de las más viejas, mujeres de jumazo al diente y pañolones a la cabeza. Aventaban con yaguas el fuego bajo los calderos de grasa caliente. Esta grasa la conseguían colocando en el calderón los mantecosos cueros del cochino. Y cuando estos tocinos botan toda la grasa, en chicharrones son convertidos por la mano experta de estas mujeres, que para volarlos, para que salgan crujientes del caldero, las prietas rizan el duro cuero frito lanzándole chispazos de agua, arte que mejora el sabor del mero tocinillo frito. Otra fritura galana de estos cuchitriles es una pandereta de harina de maíz frita llamada arepa, manjar con que se acompaña el pescado cocido y salteado a la brasa. Más allá se escurrían morcillas y se picaban trocitos de carne de puerco frita, y también se amasaban los llamados mofongos, duras pelotas hechas al majar en pilón el chicharrón volao con el plátano verde frito, que estos mofongos tienen muchas variedades, porque los he comido rellenos de carne de cocolía o juey, y también salpicados con trozos de lechón asado, o embutidos con morcillas de sangre y arroz o butifarras. De la batea de un niño que por allí iba cogí un pescado frito, y lo preferí acompañado de buen trozo de panapén hervido y escabechado con aceite, vinagre, cebollas, ajos, ají bravo, laurel, pimienta y limón agrio. Todo este almuerzo, ya que no manjar del dios Mercurio, lo puse en hoja de plátano que el niño mismo me ofreció, y me trepé a una almena con el corazón contento y la tripa crujiente, dispuesto a zamparme galillo abajo aquella mixtura tan feliz y anhelada. El hambre satisfecha avivó el desmayo, y allá fui a un friquitín a pedir yautía hervida y batata frita, tubérculos exquisitos para acompañar substanciosa sopa de cocolías o un troceado de carrucho, que este último manjar engullido es la carne de la concha grande, troceada y adobada con muy picante aderezo de ají dulce y vinagre. Me eché entonces bajo una palmera, al lado de unos tamborileros arrebatados de ritmo, cosa a la verdad que un poco temeraria para mi digestión. Y a cada golpe sobre los tensados cueros, más frenético se ponía el rumbón, por lo que llegué a sospechar que delirio tan furioso se desataba de tanto fumar los prietos la yerba llamada jíbarita. Y como al cronista jamás le toca descanso, que en esto es hijo de Mercurio, describiré cómo se fumaba aquella otra planta del diablo. Pues se aspiraba el humo con una pequeña pipa cilíndrica hecha de raíz nudosa, y que tenía arriba un orificio para colocar el tallo seco de la planta. Cuando el tallito quema lento y dulce, el humo se cuela por el agujero, llenando el canuto —aclaro que esta pipa no tiene cachimba; por ello parece flauta de un solo roto— y entonces el diestro fumador pone el dedo en la salida al otro extremo, y chupa hasta soplarse los carrillos con la fiera esencia, paso previo a tragarse el diablo entrañas abajo. El truco feliz es soltar el dedo cuando la pipa esté llena de humo furioso, y entonces halar hacia el corazón con entusiasmo, que el golpetazo dado por el humo mágico es como para volarle la lucidez a cualquiera, brotar alas las orejas, ponerse febril y agitado hasta derramar los sesos. Pues cuando terminé la merienda me dirigí a sitio donde había baile de bomba, que así se dice cuando los prietos hacen ruedo para que una pareja baile. Por allí pasó un muchacho que llevaba una batea con empanadillas de yuca. Cogí una, y para pisar, ya que tenía seca la garganta y sediento el ánimo, pedí un coco de agua, pues ocurrió que justo en aquel momento voceaba por allí un negro con saco de estas frutas puesto sobre el hombro. Aquel prieto, que era fuertísimo, sacó el coco y de un machetazo lo abrió, haciendo saltar por los aires agua tan dulce, por los suelos corteza tan dura y fibrosa. Entonces me retiré a una tronera y comí con grande delectación la empanadilla, manjar relleno de sabrosa carne de cangrejo. Estas empanadillas se servían envueltas en hojas de plátano, y eran asadas sobre carbón, lo que les daba una consistencia suave aunque no blanda. Todos estos sabrosos manjares que allí había eran ofrecidos sin precio de moneda, y con ello quiero decir que no se compraban, sino que se regalaban para el deleite y la buena salud de todos los negros, y también de los pocos arrimados como yo; de este modo había allí como una restauración de la Edad de Oro, aquellos siglos en que las cosas no se vendían, y estaban para uso y beneficio de la humanidad toda. Y viejos cronistas cuentan cómo las frutas estaban para que las cogiera el hambriento, no para que se enriqueciera el hacendado. Pero también toda aquella abundancia vista en el campamento de negros llenó mi alma de pena, porque pensaba yo que durante un largo asedio llegaría el momento en que las provisiones se acabarían, y entonces mostraría su negra cara el hambre cruel. También se llenó de temor mi corazón cuando pensé que para debilitar al ejército de negros, a Trespalacios le bastaría con atacar al sur de la ciudad; esto cortaría la ruta de abastos, dejando a merced del hambre voraz a todo el muy aguerrido pueblo negro que hasta allí había venido para defender su libertad. Por eso consideré que aquella restauración de la Edad de Oro quizás era prematura, ya que el desperdicio de los víveres a la larga sería pagado con el muy grande precio de la derrota. Y reconocí que en verdad aquellos manjares tenían su precio, y éste era terrible en demasía, pues la famélica diosa universal del hambre sería el mejor aliado de Trespalacios. Ya pronto me perturbó una mirada que sentí sobre el cogote; cuando miré vi sentado en la almena a un negrito con grande sombrero de paja, y en su mano mostraba grandísima arepa que comía con saludable entu-

siasmo, sonriente deleite. Pues a la verdad que su goce extremoso me devolvió al
ánimo muy oscuros presentimientos. La rueda inexorable de la diosa fortuna me
decía que tanta abundancia de hoy pronto se convertiría en hambre de mañana. Y
entonces reconocí que en el campamento de negros era muy necesario limitar y
abolir la Edad de Oro. Obatal debía ordenar las necesidades de su pueblo, porque si
no el humano egoísmo muy prontamente agotaría toda aquella abundancia tan
ostentosa. Obatal debía racionar la comida y el agua fresca, ya que de estos abastos
elementales el hombre saca fuerza para defender su libertad. También era necesario
fundar milicia para vigilar la fiel observancia de las leyes de racionamiento, que
éstas serían: pues hacer fila para una arepa y un coco de agua al día, y en esto no
fomentar trampa o montar litigio. Y además otras medidas severas, todas ellas
pensadas para sostener el cumplimiento de la primera. Tan sólo así los negros
resistirían el largo asedio que Trespalacios ya había dispuesto. Y cuando todo esto
pensaba, la grande armada de Trespalacios que ante mí se tendía hasta el horizonte,
más amenazante y poderosa se hizo, porque advierto que desde la tronera donde yo
estaba sentado se veía el frenético trajín en los barcos del invasor; hasta la nave
capitana, que era la más distante de la costa y tenía la proa orientada hacia la isleta
de Cabras, podía otearse, distinguiéndose su borda sin ayuda de catalejo. Sobresalto
sentí al pensar que a lo mejor me encontraba en el recinto equivocado, pues aquello
era como si una ciudad estuviera frente a otra, una con susto, la otra sin piedad, ésta
sometida a la necesidad, la otra dueña de la abundancia, aquella soberana de los
mares, esta otra apenas posada sobre la tierra, más hija de la ilusión que del
esfuerzo. Y en aquel momento, allí, frente al negrito satisfecho y sonriente, recordé
aquel muy antiguo dicho: "¡hartera de hoy es hambre de mañana!", que todos estos
piensos y decires se agolpaban en mi mente presagiando más que negro y nefasto
porvenir. Entonces oí tronar de voces y maldiciones que venía de la entrada del
fuerte, y cuando allá fui recibí noticia de grande suceso que se celebraría esa noche,
furiosa lid a puñetazos entre dos guerreros del ejército negro. En ese justo momento
los peleadores entraban al patio principal del bastión, sitio donde se celebraría la
pelea. Alrededor de ellos había mucha grita y bulla, y los niños se trepaban en
hombros y brazos de padres para alcanzar el celaje de gladiadores tan musculosos.
Ya caía la tarde; la fritanga se hacía aún más abundante. Frente a mí pasó una negra
con canasta que era cornucopia feliz de todos los manjares del trópico, y decidí
tomar una almojábana, fritura que aún no había probado. Me trepé allá en lo alto
de una almena y empecé a comer, felizmente repatingado sin cuidos ni molestias,
contemplando los últimos relumbres del bermejo disco que moría sobre las olas.
Pero de repente —sin aviso ni mesura— sentí un fuertísimo retorcijón de tripas que
me obligó a encorvarme y saltar a la tronera, bajándome los calzones, que a la
verdad tenía enormes e inexorables ganas de cagar. Ya cuando esto hice mi dolido
vientre se alivió tirando retahila de fuertísimos pedos, silbando apestosísimos
follones; y tanto estuve allí en tan imprevista ordalía, que creí haber soltado por el
trasero hasta la enjundia del alma, aunque pronto reconocí que tan apestosos
humores eran más líquidos que blandos, motivo para atribuirle tan súbita rebeldía
de la tripa al agua de coco que bebí, pues es muy conocido cómo el coco suelta el
vientre y anima el flato. Cuando terminé tuve la molestia de no encontrar hoja o
paño con qué asear mi cuerpo. Sentí que alguien me husmeaba, y cuando miré me
sorprendió el negrito aquel que antes vi sobre el lomo de la muralla; allí seguía

deleitándose de lo lindo con las arepas, sin un solo cuido en todo el ánimo. Me dio sonriendo una hoja seca de plátano. Muy molesto, y con grandísimo bochorno, tomé la hoja y limpié la innoble parte, que el negrito ya no dejó de ventearse el sombrero de paja frente a la nariz, haciéndose el fulminado por el vaporizo de mi deposición. Pues aquel gesto me puso a rabiar, y ajustándome con rapidez los calzones, tirando la hoja de plátano roquedal abajo hacia el mar, salté del muro y corrí detrás de aquel mocoso que de mí tanto se burlaba. Cuando corría tras el negrito, fui detenido por dos guerreros molongos que por allí caminaban, y fue susto suficiente para cagarme, este vez en los calzones. Sus miradas asesinas se clavaron en mí con grande hostilidad, y ello a razón de mi tez blanca; yo era, como quien dice, uno de los pocos criollos en el campamento de Obatal, y los molongos eran notorios por su fiero fanatismo contra el hombre de sangre europea. Cuando me tuvieron sujeto de brazos y piernas, sentí la enorme fuerza de aquellos hombres hasta ayer esclavos, hoy guerreros, más hijos del trabajo necesario que de la guerra libertaria. Ya no tardó en acudir gente tan burlona como curiosa, todos prietos como tizón, y a los guerreros les preguntaban, en la lengua de los barracones, la causa del maltrato, indagación más motivada por entretenimiento que por piedad. El niño travieso reía a distancia, y vociferaba, dando saltos, supongo que maldiciones africanas; a mi alrededor negros y negras formaron grande bulla y rumor: ¡Cuánta fue mi alegría cuando pasó junto a la turba de prietos el gran capitán de artilleros Juan González!, quien no tardó en indagar el motivo de mi aprieto. Pues este capitán de artillería era criollo, y se pasó al ejército de Obatal cuando no consiguió del Obispo Trespalacios justo pago por su ciencia. Pirata de ocasión, hombre de pendencias en todos los puertos del Caribe, batallas navales en muchos mares del mundo, Juan González fue uno de los más curados hombres de Obatal, y como era tan ducho en el manejo de cañones, éste le había otorgado poder sobre todas las baterías del fuerte de San Felipe de Morro, encomienda que lo había convertido en hombre poderoso y necesario. Como yo era criollo, quiso Juan González socorrerme, averiguando mis desdichas con mirada torva y voz tronante. Ya cuando se acercó, los prietos cogieron camino; ello fue así porque sabían que este criollo era confidente del supremo Obatal. Los guerreros molongos no tardaron en soltarme, y dócilmente se fueron con el rabo metido entre las patas. El corpulento y notorio Juan González me señaló que era temeridad andar solo por el campamento, codeándome con negrada tan cafre: —*Esta gentuza resiente nuestro pellejo...*— Caminamos buen rato hacia los límites del campamento, él taciturno y yo casi tartamudo; me invitó al gran torneo de puñetazos que se celebraría esa noche en el patio del castillo, y me aseguró que sería bien recibido si presentaba su nombre ante Obatal: —*Dile que yo te invito...*— Tanto insistió que me sentí obligado a ir, pues la vida, o al menos la libertad, le adeudaba al famoso capitán malhumorado. Añadió que le era imposible asistir a la pelea, ya que debía partir hacia Piñones, cerca del río Loíza, a contener, con turba de treinta guerreros, una fuerza expedicionaria que Trespalacios había desembarcado en aquel litoral. —*Ha tratado de cortar los víveres cruzando el vado del río...*— Se repitieron en mi entendimiento las visiones de hambre que tanto me habían turbado el ánimo durante la tarde. Así distraje mi atención y lucidez, y cuando vine a devolverle el saludo, ya cabalgaba Juan González con grande tropa de molongos. Reconocí entonces el penoso olvido que motivaron sus palabras; ya no recordaba el momento en que Juan González soltó el caballo atado a la palmera, ni me bastó la memoria para dibujar la monta del capitán sobre la bestia.

Anochecía, y por mi lado pasó una negra con azafate de morcillas en la cabeza. Tomé una y caminé hacia el bastión de San Felipe de Morro. Allí presentaría mis credenciales como favorito de Juan González; también despejaría de mi entendimiento, presenciando aquel combate a puñetazos, tantas turbaciones y apuros. Ya era de noche cuando llegué a la entrada del bastión; había furioso gentío arremolinado a empellones. Unos intentaban entrar sólo con la fuerza de sus ganas. Otros avivaban la voz con gritos, pidiéndoles paso a los guardias bravos que custodiaban la entrada formando cadena humana. Muchos llevaban cestas con alimentos, porque se rumoraba que la pelea sería larguísima, siendo los contrincantes hombres fuertes y de gran experiencia en aquellas lides. Como la entrada lucía tan fuertemente custodiada, inventé ardid para lograr paso hacia la plazoleta central. Pues lo que hice fue retirarme hasta la entrada del puente que pasa sobre el foso, y cuando lejos estuve de toda aquella barbulla, comencé a gritar, voz en cuello, mientras caminaba hacia los portones del bastión. Y este fue mi vocerío: —*¡Soy emisario del excelentísimo Don Juan González, digno capitán del más grande y poderoso ejército que han conocido las islas y mares de estas latitudes, y me refiero al ejército del Supremo Obatal, dueño y señor de este bastión que defenderá la libertad del pueblo de Africa!*— Todos los prietos que antes se agolparon contra los pechos de los guardias bravos, entonces quedaron en silencio, mirándome de pies a cabeza con la boca abierta y los ojos asombrados. Muchos de ellos se acercaron con sus lumbres, para examinarme, como si yo fuera loco o bicho raro. Como advertí que mi ardid había conseguido la atención de aquellas gentes, volví a vocear el discurso mientras muy decidido caminaba hacia la entrada del castillo. Un guerrero molongo se adelantó, apechándome para que interrumpiera el paso. Me preguntó por la naturaleza de mi embajada. Le advertí que ésta era de muy secreta condición, y no tardé en pronunciar de nuevo el discurso atroz; pero esta vez aún más florido, oscuro y galano. Aquel guerrero me miró muy sorprendido, que por allí no había criollos... y advertí que se mostraba irresoluto y turbado, dispuesto a olvidar su autoridad dejándome pasar sin mayores litigios o pendencias. Se volvió en dirección al fuerte; empujando a los negros curiosos, me alumbraba el camino con su hacho enorme. Los otros guerreros molongos, creyéndome al menos embajador de Trespalacios, con algunas rechiflas y miradas criminales me saludaron cuando al fin entré al recinto de San Felipe de Morro. Y allí me topé con muy extraña escena: En el centro del patio había unas cuerdas que formaban ruedo, y en el suelo de este corral, ya que no arena de gladiadores, había grande cantidad de paja. En torno al ruedo, aunque un tanto retiradas, cuatro gigantescas antorchas iluminaban todo el ámbito. De cornisas y rampas, galerías y escalinatas, cuelgan las piernas de cien negras y negros curiosos, gente muy ruidosa y bullanguera; aficionados a mascar o fumar tabaco, hacia acá abajo lanzaban, a modo de juego y travesura, espesos y certeros escupitajos. Dos de aquellos líquidos dardos me alcanzaron, nada menos que en el cogote. Y entre vítores y rechiflas aparecen los gladiadores, furiosos hombres de agitados movimientos, que ni por un momento dejan de golpear el aire y atacar sus propias sombras. ¿Dónde está Obatal? ¿En qué rincón se escondía la dulce dueña de mis cuitas?, aquella reina de Africa que fue motivo de tantos riesgos y soledades. Cuando me volví para preguntarle a mi guía el paradero de la corte, el muy cafre ya se había ido, esfumándose en las voces y el gentío. Por un momento me asaltó el terror; pero pensé, con justa razón, que mirando lo que llamaba la atención de todos me sentiría menos solo y extranjero, más inclinado al olvido de mí mismo que al hosco silencio de tantas miradas. ¡Pues uno de los gladiadores es el negro Suaso! Muy alto ha crecido su cabello crespo; la luenga barba de caracolillos acentúa la ferocidad del guerrero... A la verdad que su pecho era enorme, y la fortaleza de sus brazos imponente, que éstos más eran macetas que miembros. No exagero cuando digo que sus brazos parecían como tres veces más gruesos que los míos, mi puño verdadero piñón o bellota dentro del suyo. Pero ya llega el contendor de Suaso, el molongo Casio Mujamo, prieto rumboso como pocos, bachatero hasta el delirio. Este peleador Casio Mujamo era capitán de la tropa molonga, y Suaso guerrero de la guardia brava, que aquella lid era emblema de la rivalidad entre los ejércitos de Obatal. Pues mientras Suaso vestía pantalón atado a la cintura con soga, Casio entró descalzo, luciendo capa tejida con muy bizarros colores. Y trae en los pantalones muchos dibujos de animales, que por lo visto esas figuras tienen ocultos y mágicos significados. Lucía zapatillas trenzadas con cáñamo azul, y llegó al ruedo seguido por alegre comparsa de tambores. Lanza al centro de la arena una gigantesca iguana que lleva enroscada al cuello, y comienza a bailar en torno a ella. ¡Qué mucho gusta de esta travesura la multitud!, tanto que por un momento la ciudad de Obatal se convierte en Pandemónium, así de furioso es el frenesí de los prietos. Uno de sus alcahuetes le entrega un manojo de vistosas plumas, y ya no tarda en irse detrás de la iguana, dando pases al son de los tambores. Vuelve a bailar, provocando nuevas risotadas. Advertí que aunque muy fuerte, su cuerpo no era tan musculoso como el de Suaso.* Eso sí, era algo más alto... y muy lampiño, lo que hacía su rostro más risueño que feroz. Si mal no recuerdo, el cabello lo tenía grifo, pero de caracolillos largos, seña de que la limpieza de sus facciones se debía a la presencia de criollos o peninsulares en sus antepasados. La dormilona que llevaba en la oreja izquierda era coquetería enorme; pero en los negros tales achulamientos no son señas afeminadas, sino muy viriles adornos.

Ya iba a comenzar la pelea cuando alguien me tocó el hombro. Sobresaltado me volví, reconociendo a Mitume, grande capitán de la guardia brava. Me aseguró, sobre el gran vocerío, que Obatal deseaba recibirme. La quijada se me cayó de puro espanto, y me temblaron hasta los sicotes, así de mosca me puse, pues mi curiosidad y entrometimiento, la invitación de González, en verdadera embajada se convertía, que por lo visto los cafres todos se habían creído el ardid aquel antes voceado. Pero también me asaltó el temor de que tal invitación fuera arresto disimulado, fastidio hondo sin compañía ni mesura. Todo ello era casi certeza, que ya sólo me consoló la oscura esperanza de volver a contemplar la belleza de mi reina africana''.

---

* A.J.M.:

Estilo del Renegado

Es la posibilidad de la letra en ese recinto donde la voluntad impera. La necesidad queda abolida, y el recuerdo se convierte en presente, actualizándose para perplejidad del lector, goce y travesura del Renegado. Todo es posible en ese espacio, y el capricho colmado de tristeza prevalece sobre el buen gusto gramatical y los cánones artísticos. De este modo huye del tiempo el cronista —¿huirá de su propia sombra, de su inexorable oficio?—, anhela el espacio perfecto que es añoranza y utopía de la memoria, esa imaginación lastrada por el pasado.

Capítulo X

DE LA RUTA DEL POVO QUE SIGUIO EL CRONISTA GRACIAN

"¡Ay, virgen pura! ¡A la verdad que a Don José hasta la vida le apesta!... De puro remolón no atacó a la negrada, y ya el tiempo se convertía en larga espera, pesadumbre echada sobre el lomo, que por todo ello quise probar evasión a lugar sin fronteras. Y ahora relataré muy extraños sucesos, por lo cual pido al lector que afirme su ingenio y atienda más con el alma que con los ojos, así de asombrosa será la condición de todo lo aquí dicho. Las alocadas visiones que en seguida relato, fueron vividas en el gabinete volante del Obispo Trespalacios. ¡Por mi alma que allí las tuve todas, verdadero desorden de la lucidez y el espíritu! Este gabinete volante de Don Pepe era una cámara de observación, sitio para alargar el catalejo, habitáculo de grande lujo y ardid adosado al mástil de la nave capitana, prodigio elevado por los aires con máquinas y poleas. Y se me figuró como gabinete por la grande cantidad de instrumentos de navegación que en su interior había, oscuras y monstruosas máquinas para mí, pues aseguro que sólo pude reconocer, más por adivinanza que por certeza, entre tantos cachivaches, la rosa de vientos, el sextante y el compás. El techo de cristal de aquel gabinete aéreo se abría girando una diminuta manivela colocada en el asiento del prelado, detalle a la verdad sutil y mágico. Aquel plafón se dispuso así para que nuestro Obispo usara sus catalejos de estrellas, que de éstos tenía tres, muy adornados con preciosos esmaltes y tallas en bronce. Estos catalejos estaban adosados a las paredes de la cámara con articulaciones de metal y esmalte, brazos de coyunturas que se movían por medio de muy delicados juegos de bolas. Y así eran tan suaves sus movimientos que los cálculos de astronomía resultaban más que exactos, como corresponde a esta ciencia que mezcla el asombro con los números. Y aseguro que cuando al fin acomodé mi vista asombrada a los instrumentos que había en el gabinete volante, recordé las colecciones del rey loco de Hradcania, galán de quien Don Pepe me había hablado mucho, de nombre Rodolfo, maniático que compartía con nuestro prelado la pasión de coleccionar curiosos objetos, relojes detenidos y máquinas inútiles. ¡A fe mía que fuimos elevados por cielos con restallidos de sogas y chirridos de poleas, lamentos agolpados de precarias máquinas! Frente a nosotros se ensanchaba luminosa toda la estancia del Morro; pero las turbulentas aguas que llegan hasta el islote llamado de Cabras, ya se mostraron veladas por los primeros estertores del día, aquella luz plomiza que por momentos se encendía opalina. Como nuestra ascensión fue durante las primeras luces del crepúsculo, el maderaje del gabinete se veló con destellos rojizos, y ello porque todas las maderas que se usaron en su construcción y talla fueron sacadas del caobo, y en todas sus variedades, desde aquel que luce claros tonos hasta el que estalla en cárdena textura, verdadero incendio vegetal. A través de los delicados visillos de seda que cubrían las pequeñas escotillas, pude otear las palmeras del litoral, que éstas se mecían según giro y gracia del sangrante viento. Apenas sonaba brisa. Llegó la quietud al mundo... Cuando ya se ocultaba desfallecida la muy grande bola de fuego, ya que no disco de luz que nos ofrenda Apolo, el Obispo Trespalacios abrió unos frascos de primoroso cristal que contenían rapé de distintos aromas, variadas especias. Estos frascos estaban montados sobre la pulida y brillante caoba, sujetos por argollas de fino bronce, que todos ellos parecían delicados pomos, ya que no muy gráciles bomboneras. Don Pepe, el muy diablo, se puso un poco de rapé de jazmín, y me invitó a probar el de claveles, que era, según su autoridad en estos delicados placeres, un vigoroso estímulo para el ingenio. Mientras me ponía el dulce perico —así se le llama al rapé en estas latitudes— Trespalacios buscaba, en uno de sus endiablados catalejos, la precisa declinación y el justo paralaje de los astros, oficio tan ocioso como inútil, afición del cielo más que de la tierra. Sin distraer su atención de los muy exactos cálculos que lo ocupaban, me preguntó si yo había probado el povo, y como yo no sabía qué demonios era eso de povo, me sentí ignorante, malandraca, humillado por los sutiles saberes, oficios y placeres del muy distinguido prelado. Sacó de unas gavetillas varios bolsines blancos atados con finísimos hilos rojos. Reculé sin tener espacio, pues el povo aquel me traía mosqueado, tanto que reconsideré el deseo de evadir la ocasión de aquella terrible batalla tan vecina. ¿Para qué coño me había trepado con Don José al secreto gabinete! Y a la vez que pretendía olvidar los cuidos de tiempos tan catastróficos, no quise borrar de mi lucidez el mundo. Pues tomé una de las bolsitas en mis manos y jugué con ella, sintiendo al tacto que contenía como unos diminutos cristales: —A ver, Gracián, ¡hombre!, date un pase de esto. Sólo basta que aspires un poco para que se te ensanche el orbe... —Déjese de guasas, Don Pepe, que usted lo que quiere es hervirme los sesos...— Y se formó grande vacilón, que él insistía en ofrecer y yo en resistir tan galanas tentaciones... —Vamos Gracián, no seas cobarde, huele un cachito... —Primero dígame la receta... —Pues te diré que descubrí el povo mientras fermentaba con extracto de malagueta un poco de rapé...— Dicho así... ¿quién podía resistirse? ¿No era la malagueta árbol aromático y salutífero, tan seductor para el olfato como beneficioso para las entrañas? Pero más que terror tenía yo a traviesso engaño de Don Pepe; a lo peor el povo era substancia más diabla que maga, con poderes más insuflados por el mágico Simón que por la mano poderosa. Y esto no me extrañaba; ¡todo Dios sabía que el Obispo Trespalacios era medio mago, hombre de retortas, madraces, redomas y probetas, en fin, ducho alambiquero! De puro distraído que estaba me puse la última cucharilla de rapé, y esta vez fue hondo pase de canela. Y muy pronto estornudé casi hasta la enjundia, que cuando el rapé no se aspira todo de un rápido pase sucede esto, pues algunos polvos se requedan en los pelillos de la nariz, y cayendo en la delicada mucosa causan tales convulsiones, ojos lacrimosos. Le devolví la aromática bolsita a Don Pepe. Entonces la colocó, junto a otra, en una especie de incensario ciego que colgaba del medio plafón del gabinete volante. De este incensario salían cuatro mangas, muy parecidas a las que usan los narguiles. Cada una de las mangas remataba en una diminuta boquilla en forma de falo, pero ésta no era usada por la boca, sino por la nariz. Entonces fue que la curiosidad pudo más que la prudencia, pues cuando todo estuvo listo, inserté los falillos en la nariz y aspiré el vaho que la manga conducía. Lo mismo hizo Trespalacios. No tardé en sentir que mi entendimiento se dilataba en dichoso mareo, y como que la tapa de mis sesos se alzaba suspendida en furioso deleite; todo era mezcla de asombro placentero y pavor terrible, engañosa y equívoca condición extraña. Mi corazón entonces comenzó a brincar de lo lindo, duramente contra mi pecho, y por un instante llegué a pensar que mi aliento reventaría. Les aseguro que este vapor de povo es cosa muy mágica, ya que no endiablada, pues todo lo circundante se confundió en mi mente: los colores se hacían más brillantes, las distancias se dilataron y yo me sobrecogí ante el infinito presentido. ¡Maldito sea! Advertí que Trespalacios se reía convulsivamente mientras aspiraba hasta el fumón del povo. También a mí me asaltó una euforia que me hacía reir sin tregua ni mesura. Pero la sorpresa siguió al asombro, y entonces fue que el mundo comenzó a voltearse. Sentí que mi lucidez se apoderaba de los pensamientos del muy sutil prelado, como si la vida de Don Pepe se ahuecara para acomodar el peso de la mía. Pues vi que se transparentaba todo su ser y continente en una esfumación que me halaba con gravosa persistencia. Un fuerte olor a salitre me golpeó cuando por fin penetré aquella disfumada gasa en que se había convertido el espíritu del Obispo. Y así su leve espacio fue acogiendo mi pesado tiempo. Entré en recinto donde soplaba un viento frío; mi larga melena se agitaba al viento; mis ojos se extendieron sobre el mar, aquella inmensidad en la que por momentos reconocí las tranquilas aguas de la bahía, engañosa visión que de pronto me asaltaba rugiendo como fiero mar de costa. Pero el pavor siguió a la sorpresa, ¡santo Dios!, y comencé a escuchar una voz que ocupaba todo aquel ámbito ya transformado en recinto; éste se convertía en desmedido Coliseo, y diría que tan grande como el de la antigua ciudad de Roma, así de mucho se había dilatado el aliento de Trespalacios. Presentí que alguien llamó desde las gradas, y cuando miré era nada menos que Don Pepe quien con tanto furor voceaba, el muy diablejo, y allá, en las más altas galerías, vociferaba con el galillo puesto sobre la punta de la lengua. Pero cosa curiosa y de espanto era que para llamarme Don Obispo no necesitaba abrir la boca, ni mover labios y lengua, suceso a la verdad de espanto y maravilla. Pues el muy cabro me llamaba desde allá, desde lo más alto, sólo con su mirada, más con las intención que con el gesto. Ya para despejar de mi lucidez tales engaños, caminé hacia uno de los vomitorios, siempre tratando de encontrar escalinata que condujera ante la muy venerable y burlona presencia de Trespalacios. Y tanto estuve que al final encontré una. Pues por allí mismo subí, y al cabo de fatigosos e infinitos peldaños que bajaban y subían sin orden ni concierto, me topé con la luz del día. Pensé que estaba cerca de las más altas gradas, pero cuando salí al sol, ¡mal rayo parta al endiablado Obispo!, la burla que engañó al asombro fue encontrarme en el centro mismo de la arena. Cuando miré hacia las gradas advertí que Trespalacios se encontraba aún más distante de mí, allá en las sínsoras, y sentí que su presencia era como el límite mismo del condenado universo. Volví a entrar en un vomitorio, esta vez más dispuesto y decidido, jamás inclinado al desfallecimiento, aunque no del todo seguro de vencer la confusión. Busqué aquella escalinata única que me conduciría a las infinitas alturas. Subí oscuras escaleras que bajaban con insistencia feroz; ante mí se abrían todas, plurales, disyuntivas, de mil formas y maneras, invitaciones más hechas al aire que a mi espanto. Y digo esto porque las había en forma de espiral, largas con angostos peldaños, cortas con anchísimos escalones, de empinados barandales que remataban abruptamente en tapiadas bóvedas de cañón, de engañosas alzadas sin principio ni final, y ello porque cuando llegué a los más altos peldaños, de pronto me encuentro bajando por unas escaleras de crujiente madera que iban y venían suspendidas en el vacío, desde lo alto hacia lo bajo, desde el precario espacio al infinito abismo, ¡santo Dios!, gravitando siempre hacia el mismo comienzo, que era también el fin de la jornada. Caí en el pozo oscuro de gravoso vértigo a la vez que vislumbraba, de nuevo, pero esta vez con la esperanza más incierta, la luz del día primoroso. Cuando ya estuve cerca de subir hacia los resplandores, caí al vacío, que ya parecía más maromero que hombre, penoso muñeco de la otra voluntad. Pues cayendo me machaqué hasta el cogote con los fieros peldaños, y sin aviso ni presentimiento salí a la alta cornisa donde azotaba el viento, de la que traté en vano de agarrarme, pues era cruelmente resbalosa, que ya pronto caí de espaldas a un vacío de terror. Durante la muy larga caída —que siempre fue mirando el cielo, produciéndome esto grande desesperación, pues no alcanzaba a ver el fondo del abismo— contemplé al Obispo Trespalacios, quien estaba en cercana gradería, por lo que apenas podía yo alcanzarlo, muy a pesar de que él también caía, hacia mí, y conmigo, perseguidor y compañero de aquella ruta a las pailas del infierno. Fuerza desconocida —sin duda hija de la maldad— nos halaba hacia el fondo de rostro oculto y voluntad sin tregua. Algo me oprimía el lomo, ¡virgen pura!, y era la caída, pues entonces resbalé hasta deslizarme sobre ovalada senda. Mis manos ya casi reconocieron una superficie harto pegajosa, pero como me deslizaba muy burlonamente por todo su grandísimo capricho, apenas podía componer su imagen, otear su rostro sonriente. Y entonces por fin me di cuenta —al caer sobre lagaña enorme— que me había deslizado por el monstruoso ojo gigante del Obispo Trespalacios. Aseguro, ¡por mi madre!, que nuestro digní-simo prelado, el muy diablejo, en coloso se había convertido, tan desmedido como la oscuridad del universo, tan impasible como el pasado, o las noches estrelladas. Pues pensé, mire usted lo confuso que estaba mi ánimo, que Don Pepe estaba acostado, tieso como leño, y tuve tan disparatada idea porque pude subir por el iris del ojo sin caerme hacia atrás, aunque siempre empujado por el viento, halado sin pena ni misericordia por centro tan misterioso. Me picó la curiosidad, y miré dentro de la pupila. Entonces me sorprendió un paisaje velado por muy desvaída tintura verde, que el entendimiento no lo tenía tan extraviado como para no darme cuenta de que tan sutil y etérea transparencia se debía a los ojos verdes de Don Pepe, más que a desvarío de mi engañada lucidez. Allende la verde esfumación vi las tranqui-las aguas del puerto. El día era, más que radiante, venturoso, y resplandeció el áureo mar que allá se sosegaba al entrar por la angosta boca de la bahía. De repente cesaron todos mis pensamientos, cediendo ante este discurso ajeno que de mí se apoderaba, oscuras palabras que se hicieron dueñas de mi voluntad, tiranas de mi lucidez: "Les aseguro que está ahí, frente a mí, esa alhaja enorme que flota sobre el oleaje, insólito juguete de la mar. Algo me dice que es finura de Dios, capricho de su voluntad ociosa, ese orbe hecho de lapislázuli y adornado con vetas de oro, ya no sé si lujo del demonio o engendro de mi Dios. Y el orbe está como dividido horizontal-mente en dos hemisferios, que en esto sigue lo dispuesto por el mundo y sus leyes geométricas. Pero aquí cesaron las semejanzas con voluntad o creación terrena. El hemisferio norte está separado del sur por muy precaria y angosta cornisa de oro. Pues sí, allá veo figuras humanas, aunque todavía no atisbe sus semblantes. Bajo la cornisa, en el hemisferio sur, se encuentra una entrada circular que conduce al oscuro centro del orbe. Bueno, es muy extraño, pero ocurre que apenas puedo otear con este catalejo... Sí; la mitad de la entrada queda bajo las tranquilas aguas; pero cosa a la verdad de maravilla es que el orbe no se inunda. Ahora mismo veo tres figuras humanas dentro del orbe. Pero debo admitir, eso sí, que no les vi los rostros, sino aquello que siendo igual en el hombre y la mujer no es mirada ni gesto, pues reconocemos a las personas por la cara, no por sus traseros, carnosos polifemos, ya que no orbes silenciosos. Sí, ahora recuerdo... Les aseguro esto, sin mayores advertencias: En el interior del orbe había tres personas que inclinadas hacia el frente mostraban sus culos, por lo que vi, en perfecto y redondo número, seis nalgas, allí puestas, justo en la misma entrada y trompeteando vientos embriagadores, lujosos perfumes, galantes obsequios que esta muy innoble parte del cuerpo no suele ofrecer. Y estas muy gráciles nalgas que tapiaron la entrada del orbe —ciegos custodios, ya que no miradas silenciosas— parecían de mujer, y ello lo digo porque eran de tamaño generoso, carnosa consistencia, apetecible lozanía. Pero de ello no estoy seguro, ya que lo monstruoso de Polifemo es no tener rostro ni mirada. Otro motivo de asombro, ya que no de sobresalto, es ese hombre desnudo parado de cabeza en la cornisa del orbe. ¿Qué pretende con tan rara postura? Pues intenta mirarse en la pulida superficie del lapislázuli, Narciso maromero, aunque la opacidad de la piedra no le devuelva la mirada. Y ahora describiré las muy maravillosas figuras que veo sobre el orbe. Allá en el cenit distingo cuatro columnas de malaquita pulida. Frente a estas muy bajas columnas que forman minúscula glorieta, observo un carámbano de ónix en forma de luna menguante. Mi lucidez cae del asombro a la melancolía cuando contempla todas estas finuras abandonadas por la desfallecida mirada de Dios, y la ausencia de su terrible rostro hace que estos caprichos luzcan aún más pulidos y ciegos. De cada una de las columnas sale un cuerno de malaquita traspasado por otro más pequeño, que este último es de bruñido ojo de tigre. Y aseguro que en la afilada punta del asta columbro redondo rubí, y un ruiseñor confundido intenta picotearlo creyendo que es jugosa guinda. El pico del lastimoso pajarito se hiere con las muy gélidas finuras de Dios... Me asaltó cuido oscuro, ominoso presentimiento: Si muevo el catalejo, me enfrentaré a la ciega mirada del orfebre. Porque alguien me susurraba que todas aquellas finuras fueron concebidas por imaginación cansada, pulidas por manos vacilantes. Pero me cobijo en mi vocación de fiel cronista, y despejo de mi ánimo conturbado sutiles tentaciones del otro que habita mi aliento... Sobre el techo de la glorieta se alza una delicadísima filigrana de oro, adornada con cuatro menguantes lunas de muy cristal esmeralda. Y esta joya abandonada por el orfebre ciego era belleza ausente de la ternura, frío silencio de piedras que sin olor, sin sabor, sin rostro ni mirada halaron el mundo hacia el torpe vacío. Levantó el mar grandes olas, sopló sin aviso el vendaval, y aquella joya gigante venía hacia mí, toda ella envuelta en sargazos y animalejos engendrados por Neptuno; los fascinados pulpos colgaban de las altas lunas y los afilados cuernos, sus ojos muertos todavía sorprendidos por la crueldad de tanta belleza. Y sus tentáculos caían como racimos de ojos velados por un sueño demasiado terrestre. Sobre mí se cernía aquella joya, y temí que me tocara su ciega voluntad marina. Ante mí se levantó como burla gigantesca, aquella desmesurada torre, emblema oscuro de intención caprichosa. Escuché el rumor de las olas batiendo contra el muy quedo mundo. Mi ánimo se nublaba de pesado sueño, cansancio inquieto, una sombra perseguía mi alma ya náufraga del cielo, ojo impasible de cristal dolido. Cuando todos estos equívocos sentimientos me asaltaron la lucidez desaforada, alcancé a ver la más extraña ocurrencia del engañoso mundo. Pues muy gigantesca concha, de las venusinas, flota mareada por crespo oleaje airado, y es tálamo de pareja adúltera, ya que no barca del loco placer. Y veo a ese negro gozarse mujer criolla. Oigo sus voces y quejas, pero no veo sus rostros. Hacia mí se abren sus muy peludas partes dilatadas, que éstas gozosas se chupan hacia los dulces y jadeantes cuidos del éxtasis. Se acercó enorme, fiera amenaza que volcó mi corazón, que aterró mi lucidez, ¡zapatoviejo!... Y la infla- mada verga del negro se relame en batición que suda jaiba rosada, ya que no muy placentera herida. Decir que sentí miedo es comentario escaso, pues el más alocado pensamiento asaltó mi ánimo, y éste fue que yo me convertía en la verga del furioso negro, y era engullido, ¡triste destino mío!, por carnosidades que me chupaban a túnel oscuro, resbaloso y fruncido incierto pasadizo. Por los clavos de Cristo les juro que mi gesto único fue taparme con los dedos la nariz, y aguantar aliento con bendita resignación y compostura". ¡Tantos buenos y malos olores!, y yo cagado con los delirios de mi lucidez, con el extravío de mi conocimiento. Por fin advertí que aquella voz, tan ajena a mí, bien se alejó acompañada por largo silbido, y me volqué de nuevo hacia mi propia lucidez. Algo me dijo que por mí había transcu- rrido el ciego rostro de la eternidad. Y no quise pertenecer a ella; su mera existencia causó en mí enconada repugnancia, pues lo entrevisto fue como una calle noc- turna, ignorante de la perpleja presencia luminosa del día que la alumbra... Todo aquello era grande desrazón; contemplé monstruos liberados por el ingenio, que aquel maligno presente tan suspendido en el aire fue examinado bajo el catalejo, verdadera lupa de los aires. Desde entonces siempre he anhelado el tiempo que viven los hombres, y no el ciego presente de Dios, el rostro de las generaciones, que no el río sin comienzo ni fin, paradoja del espacio divino, burla cruel para el ingenio. Mucho me conturbó el deseo de saber quién había plantado en mí la semilla de semejantes engendros. Y un recuerdo lejano, de siglos, me susurraba, muy quedamente: —*La voz inserta en tu aliento es la oculta teología del Obispo Trespalacios...*— Pero la ruta de mi viaje todavía mostraba horizonte incierto. Miré el mapa; y aseguro que sentí sobre mí el vuelo terrible. ¡Pero algo o alguien me llamaba desde allá abajo, desde el mar turbulento! Corrí el visillo; ocurrió que el gabinete se inundó de intensa luz, resplandores opalinos, y mis ojos llegaron a velarse. Cuando ya me acostumbré al radiante aire, ya que no mirada del mismí- simo Apolo, vi que la joya se alejaba, extrañeza de las olas, juguete de Dios. Pero de la luz bajaron alados hombres desnudos. Asaltaban el gabinete volante, y cuando con grandísima fiereza azotaron sus enormes alas mondas contra la escotilla, un ruido hondo y húmedo retumbó por los infinitos corredores de mi lucidez como eco sostenido por celeste laberinto. Uno de estos agresivos custodios, ya que no torpes diablejos, llevaba grande pez en los brazos, y vi que también tenía un ruiseñor posado en el culo. El otro engendro alado llevaba por los aires una guinda. Cuando pude ver de cerca el talante de aquellos homúnculos —así se llaman semejantes demonios en los libros secretos— advertí que eran más ciegos que vampiros, pues sus rostros impávidos mostraban ojos lagañosos y blancos, ya que sí mudas mira- das.* Y aquella veladura de silencio y oscuridad era grito desesperado y maligno

---

* A.J.M.:

Oración al Dios de las finuras

El amor es un intento precario de fundar la mirada. Allí donde existe la nostalgia de Dios sobreviene la

que ahora clamaba —a fuerza de puñetazos y patadas— contra Dios y su príncipe aquí en la desolada tierra, el muy excelentísimo Don Felipe José de Trespalacios y Verdeja, dueño y señor del gabinete volante''.

ceguera. Porque debemos recordar el primer rostro, y adorarlo como una presencia terrible, necesaria. La mirada del otro nos cobija; pero aún así estamos desamparados, la nostalgia nos dice que está ausente lo terrible. Porque el amor humano es una forma atenuada del divino. Porque la mirada de Dios siempre es terrible. Pero en este páramo añoro hasta la mirada del mundo; esa estancia que antes era mi inocente casa ahora se ha convertido en otra máscara de la ausencia. ¡Oh mundo impávido! Eres absurda finura de ciego y cansado orfebre, abandonada obra menor, silenciosa tapia que me devuelve la mirada.

Capítulo XI

DE LO QUE EL RENEGADO VIO EN EL REINO DE LAS QUIMBAMBAS

"La oscuridad cedió de pronto, y aquel rabioso olor a incienso se disipaba... Pero mi entendimiento seguía encendido de visiones. Mitume me había conducido por pasadizos aún ajenos a la mirada humana, espesos túneles oscuros sin el más leve asomo de luz. Aunque siempre llevado de la mano por guerrero tan famoso, bien sabía que bajo mis pies yacía el laberinto de las altas bóvedas. De la entumecida oscuridad saltaban lucecillas que anegaron mi visión; entonces pensé que eran desvaríos de mis sentidos, y no sucesos sobrenaturales así dispuestos por la soberana voluntad. Aquellas luces flotantes en ocasiones estallaban, desatando por todo el estrecho ámbito muy verdosos destellos. Y tantos arcos luminosos fueron perfumados por el incienso, para confusión de los sentidos y extravío del alma. Cuando aquéllos reventaban para convertirse en esferas de cucubanos, el aroma del sándalo se esfumaba, y entonces más engañosas se volvían las sensaciones, que por momentos advertí en el denso aire algún tufillo a lirios y claveles. Así de confuso transcurrió mi ánimo por aquellos infinitos corredores que Mitume conocía como la palma de su mano. Y pensé que todo viaje al Supremo es ruta colmada de rarezas.

De repente nos encontramos en una plaza iluminada por la alta luna. Cuatro altísimas torres se levantaban a cada lado del cuadrángulo, que éstas se comunicaban por medio de estrechos puentes, allá, en lo más encumbrado. De la azotea de cada torre salía un arco que remataba en la torre opuesta. Suspendida en el vacío, justo en el punto donde los cuatro puentes arqueados confluían, se alzaba la torre del Caudillo, el habitáculo de su poder desaforado. Allí cuando las otras torres terminaban fatigosas su ascensión, tenía su zócalo el edificio del profeta. A este nido de águilas, ya que no cueva de Leviatán aéreo, se llegaba, me explicó Mitume, cruzando por los arcos construidos desde las azoteas de las torres, verdaderas rampas de los cielos. Según Mitume, en aquella torre vivía y reinaba la corte de Obatal, círculo de reyes y reinas de Africa lejana. Las otras cuatro torres eran los habitáculos de molongos y guardias bravos. En aquel caserío celeste vivían con sus hijos y mujeres los guerreros, aunque también habitaban allí los sacerdotes, las viejas mágicas y los ancianos sabios, sin olvidar las mancebas más exquisitas y los bujarrones menos notorios. Mi lucidez quedó un poco suspendida, y todo mi cuerpo se aligeró, y aunque no flotaba me presentía en el interior de secreto recinto colgado del vacío. Y esto del recinto secreto se me ocurrió porque jamás vi, en mis frecuentes visitas al bastión del Morro, estas torres que recordaban las de Babel antigua. Aquel recinto quizás pertenecía a pesadilla de la historia; pero lo más extraño era que desde el sitio donde yo estaba podía verse la luna llena, por lo cual era evidente que las torres estaban en este mundo, localizadas allá en la más alta de las muchas plazas que hay en esta fortaleza de San Felipe de Morro. Pero todos estos pensamientos me parecían desatinos, pues bien recordaba haber bajado y no subido, que las rampas y túneles subterráneos gravitaban más hacia el centro mismo del infierno que hacia las regiones etéreas. Por todo lo pensado y dicho reconocí que me encontraba en región secreta, tan escondida de la mirada de los hombres como el mismísimo Dios celeste... Pues caminaba por la plazoleta junto a Mitume cuando de pronto vi cosa muy prodigiosa. Y era que en el centro de la plaza había estanque hundido, foso cuadrangular. A este sitio bajé por unas angostas escaleras que pasaban por el lado de sótanos, donde vi grande cantidad de negras desnudas. Algunas de estas mujeres recostadas sobre almohadones y esterillas contemplaban, sin distracción alguna, las aguas del estanque, mientras sus ancianas matronas velaban la fritanga y pilaban los ungüentos. Estas viejas estaban vestidas con túnicas de encendidos colores, y sus inquietantes miradas se posaron en mí, que sus labios no tardaron en dibujar muy maliciosas sonrisas. ¿Dónde estábamos? ¿Era aquel sitio casa de mancebía, zahúrda de diablejas cautivas? Mitume calló y sonrió. Detalle curioso era que para entrar a los sótanos era menester ponerse casi en cuclillas, y ello porque el plafón de aquellas viviendas era bajísimo, y no había persona que pudiera estar de pie en el más holgado, así de opresivos eran para la humana convivencia. Cuando llegué al final de la estrecha escalinata, me encontré con las aguas del estanque hundido, y un hedor muy fuerte a marisma azotó a fuetazos mi cara. Posé la mirada sobre el agua, y justo entonces comencé a oir el vocerío del vecindario. Y reconocí que momentos antes toda aquella muy hacinada casa había permanecido en silencio, sumida ante mis ojos en quietud extraña. Paseándose por el estanque, aquellos viejos sacerdotes, totalmente desnudos y rapados, un pañito verde le pasaban al buey cebú hundido en las aguas. Luego de frotarle la enorme giba, el más viejo de los sacerdotes salió del agua y se amarró el pañito al cuello, gesto a la verdad que mágico y galante. Abrió el visillo de uno de los sótanos, saltó ligero a la vivienda casi a ras del agua apestosa, y desapareció para siempre. De uno de los sótanos salía un atracadero alzado con cabuya y pilotes de madera. Cada uno de los pilotes tenía atado un velón de luz moribunda, que en aquella oscuridad apenas podíamos decidir nuestros pasos. Esto último era muy curioso, pues ya les dije que arriba, en la plazoleta, la luna iluminaba todo el ámbito secreto. Y sólo por las voces adivinamos la cercanía de otros cuerpos... Mitume se acercó a uno de los sótanos. Dijo algunas palabras en lengua de Africa, y cuando volvía hacia mí algo muy extraño ocurrió, y fue que todo el estanque quedó alumbrado por mortecina luz oculta. ¡Saltaban a mis ojos tantos motivos de asombro!, verdadero festín para la vista, turbio recinto del alma... Esa mujer que seca sus cabellos... Pues una túnica le cubría pechos y vientre; pero la muy secreta cosa le quedaba puesta al aire, causa de que la vara de mi hombría se pusiera inquieta y dura. A su lado, una mujer prietísima, con la cabeza rapada, se hacía ablución, lavatorio de las ocultas partes... Tiene la falda cogida con los dientes. Permanece en cuclillas, ajena a mi curiosa mirada, distraída de los cuidos de la otra, mientras con la mano izquierda se echa agua del estanque en la parte pudenda, y así se lava, una y otra vez, asistida por esa vieja de color jabao que le pone la bacineta bajo las nalgas poderosas... Otra mujer, de piel canela, se bañaba al lado del atracadero, y a ésta le vi dos tetas de tamaño descomunal. Pues tan soberana hembra se acercó, de vez en vez, muy coquetamente, a la de largos cabellos, besándole los muslos, acariciándole la jaiba, gestos aquellos que me traían, a la verdad, muy bellaco de talante, más duro que el nudo de un hueso, más premuroso que gato en celo. Mitume me husmeaba, más con curiosidad que malicia, como si fuera su deber observar, a distancia, mi debilidad ante tales tentaciones... Justo mientras todo esto sucede, en uno de los extremos del atracadero, al lado de las escalinatas que suben a la plazoleta, un anciano tamborilero toca con desmesurado frenesí los muy tensos cueros, rumba que enardece aún más todos los sentidos. Las muchas voces que en aquel vecindario había, y los incesantes toques de tambor, bien que aturdieron mi mente, por lo que tambaleándome fui a sentarme en uno de los peldaños que bajaban al agua. Mitume se acercó, y me invita a bajar al estanque. El agua le llegaba al cinto, y como yo soy hombre de poca estatura, pensé que aquélla me llegaría al cuello. Me puse mosca, y algo de miedo tuve, pero al fin me decidí a bajar. Y Mitume me tomó del brazo, conduciéndome a uno de los sótanos. Allí habló con una vieja en cuclillas que fumaba un jumazo, y como ésta tenía un pañuelo de colorines atado a la cabeza, supuse que era prieta de principalía. Según Mitume, Obatal deseaba que yo gozara de todos los placeres de la carne, y por ello señaló hacia dos negras bellísimas que se burlaban de mi asombro allá en el fondo de la zahúrda con risillas y susurros, galanía de su donaire, diablejas más que mujeres. —*Mira Mitume que en esto de los placeres los quiero todos, menos uno, que no soy bujarrón...*— Esto lo celebró Mitume con mucha guasa, y me aseguró que allí había carne de buey pero no de burro... ¿Soy capaz de traicionar a la reina de Africa? ¿Seré capaz de manchar con mi infidelidad amor tan lozano, pasión apenas sostenida por la mirada?... El corazón me inclinaba a la fidelidad; pero como aquellos amoríos eran tan inciertos, pudo más la necesidad de la carne que la libertad del alma. Y Mitume me invitó a subir al sótano... Apoyo mis manos en el borde del cubículo y salto al interior. La anciana negra comienza a quitarme las botas, y me advierte que permanezca en la esterilla hasta quedar desnudo, advertencia quizás mágica, a lo mejor ceremonial. Al lado de la vieja hay un montoncillo de piedras pulidas, y detrás unas tortas de maíz ensartadas en un palillo, puestas ahí sobre pequeño azafate. Pero mis apetitos ya no son del gusto, sino del venéreo, y bien que lo sabe la vieja... Al lado de la batea veo un pequeño fogón con leña encendida. La anciana atiza la candela... Y aquí detrás hay una jaula de palomas y un cajón lleno de calabazas. Las dos negras, ¡ay Dios!, se acercan y comienzan a despojarme de mis ropas. Y no es que yo me oponga... Quiero erguirme para facilitarles la tarea; pero el techo del maldito sótano es tan bajo que ya me llevo un chichón en el cogote. Cuando quedo desnudo, y a merced de aquellas mujeres, quiero decir diablas, la vieja me coloca en la inflamada verga, sobre los cojones, un anillo que mantiene alerta al miembro, más tenso que ansioso, cosa de maravilla si no espanto... Y ya yo estaba algo arrepentido de haberme encabritado así, que semejantes alardes no estaban en mi persona, mucho menos en mi disposición, casi siempre más tímida que valiente, más inclinada al testimonio que a la acción. Miré a Mitume, quien sonrió con más ternura que malicia; y también hizo un gesto que me alentó a seguir disfrutando de aquellos cuidos ya convertidos en placeres. Una de las negras tenía puesto galano turbante azul; su secreta cosa estaba cubierta por paño del mismo color... Es ésta la que más me atrae, ¡carajo!... Se quita el paño, y dejando su peluda jaiba al aire se acuesta sobre una esterilla. La otra le coloca un almohadón bajo el culo, y con suaves caricias le abre las piernas... De este modo quedó su sabrosura abierta a mi apetito flamígero. Cuando ya me disponía a hincar la lanza en su húmeda herida, su ayudante, ya que no alcahueta, le colocó bajo la nuca otra almohada, cuidos achulados, coquetas intenciones. Y poco tardé en treparla, gozándola a fiero galope... Más que convulsa por el placer se muestra, sus ojos cerrados y el aliento jadeante, que la otra, la muy bellaca, nos acaricia las partes, incitaciones todas a placer mayor... Y fue tanta su furia placentera que se le escapó ruidoso pedo, suspiro que no me molestó, porque hay que decir, como los sevillanos, que hasta a la puta más fina se le escapa un pedo. La otra negra celebró el suceso con algunas carcajadas por lo bajo, que ello no fue motivo para distraernos de tan dulces placeres... La alcahueta ahora se quita un paño que tiene atado a la cintura, y se queda como vino al mundo, más las tetas y los pelos, en cueros y sin vergüenza. En nuestros traseros ha hincado el hocico; ahí está detrás de nosotros, y comienza a besarnos y lamernos las muy sabrosas partes... Aquello a la verdad que me traía en el último cielo, aunque bien mereciera el más bajo infierno, pero como tenía puesto el anillo brujo todavía no me derramaba, aún no me venía del todo... Por acuerdo de las dos diablas, ahora tengo que hacer gozar a la otra, a la alca- hueta... Cuando salí de la primera su mano alcanzó prontamente mi verga, que no me soltaba, y la colocó en la sabrosa jaiba de la compinche. Así estuve con furiosos delirios de placer, aunque algo me distraje con la del turbante, quien ofreciéndome la jaiba me pedía que hiciera menos solitario su placer. Y entonces ocupé la mano izquierda mientras las palomas comenzaban a gorjear muy deleitosamente... Este sensual canto de las palomas me animó más, y como no puedo soltar el caldo la verga ya comienza a dolerme... Esto se lo digo a las prietas, y entonces soltaron mi verga, sin dejarla libre del todo, pues sin tregua ni permiso comenzaron a lamerla, besarla y mamarla mientras acariciaban con ansiosas manos sus insaciables jaibas, grande reguero de miembros e intenciones... Y ahora veo que hasta se besan, y retozan con sus lenguas sobre la punta del bichajo, ¡ay Dios!... Y yo diría, pues que con anillo o sin él estoy a punto de correrme, que si no me sale por la punta seguro que me revienta por las orejas... Pues la vieja bruja se compadeció, y ladeando su cara, para no recibir el escupitajo en un ojo, me quitó el anillo, y gozoso y tembloroso me vine al momento, pegando al plafón del sotanillo el soberano flujo genésico, chorro a la verdad asombroso. Pero esto, en vez de calmarlas, más sedientas las puso, que mi convulso cuerpo por lo visto más apetecible se hacía, y entre gemidos y cuidos ellas también se vinieron, sin distraerse en su empeño de chuparme todo el muy preciado miembro viril. Ya desfallecieron jadeantes y satisfechas, las muy diablas, y luego de conseguido el aliento, las dos magníficas hembras tuvieron el cuido de lavar mis partes con agua de azahar que allí tenían preparada. La vieja me preguntó si estaba satisfecho. Pues dije que sí desfalleciendo en suspiros, aunque con la conciencia perturbada por el recuerdo de la reina de Africa, mujer quimérica más que amada. Acaricié a mis dos amantes, y me ofrecie- ron, las muy mimosas, unas tortitas de maíz, no sé si receta para avivar de nuevo la potencia. Como siempre me da hambre después de estos y otros menesteres, engullí las tortitas con muchísimo apetito, que éstas estaban muy sabrosas y mostraban cuidadosa confección. Ellas también probaron aquel pan de maíz frito, y en seguida me preguntaron por lo que ocurría en el mundo de afuera, pues por lo visto atadas las tenía Obatal al oficio del placer, al sitio y espacio de la mancebía. Más cauteloso que cándido les relaté los sucesos ocurridos en el campamento, y les hablé de la gran guerra que se avecinaba entre los feroces guerreros de Obatal y el ejército invasor de Trespalacios; pero ellas como que no parecían enteradas de sucesos tan importantes, famosos y singulares. Entonces Mitume me haló, su autoridad respaldada por brazo fuerte, hacia el estanque. Salté al agua espesa, hundido quedé hasta el pescuezo, y Mitume me invitó a seguir viaje por aquella ruta de placer. Quise despedirme de las putas, ya que no diablas; pero algo me decía que peligroso era volver la mirada a sitio tan ausente del mundo. Se me antojó, a medio estanque, volver atrás a buscar mis ropas, que en esto el pudor obligó más que los ominosos presentimientos. Pero Mitume alivió mi inquietud invitándome a seguir desnudo en caldo tan espeso, advirtiéndome que por lo presente no necesitaría ropas, sino mayor cautela... ¿Por qué dice eso?... Me asaltaron todos los temores rabiosos, y ello porque estaba desnudo de partes, condición segura para pillar alguna molestia o enfermedad del venéreo... Como toco fondo, puedo examinar el agua pestilente y azulosa. Su consistencia es más sólida que líquida. Sin duda se ha vuelto tan espesa por los muchos flujos venéreos que aquí echan... Tronó la voz de Mitume, para advertirme que no estaba permitido hablar con las mujeres sobre el mundo de afuera, el tiempo de la historia. Poco extraña me pareció semejante advertencia, y ello porque ya estaba acostumbrado a las rarezas de aquel lugar... Aquí estamos en otro sotanillo. Y luce más limpio que aquel otro. Una prieta de carnes enormes y macizas duerme sobre una estera. A su lado, una vieja descalza, vestida con sayal de colorines y pañuelo a la cabeza, le echaba fresco con abanico de mano. De un salto, con grandes deseos, trepé al sotanillo, que mi compañero ya estaba erecto y dispuesto al goce. La vieja alcahueta, siempre solícita, se apresuró a secarme las piernas. En rincón de zahúrda tan estrecha, vi un pavo real atado a un incensario que colgaba del bajísimo techo. De repente me sorprendí mirándome en un espejo convexo recostado en la pared del fondo. Mi reflejo se hacía vago y monstruoso; mi rostro ya se había convertido en máscara ajena... Contemplo esa belleza dormida... ¡Qué tetas más firmes, protuberantes higüeros, ya que no colgantes calabazas! En verdad digo que sus muslos y caderas son universos de carne, y aquí en este escrito anotaré ese detalle que me parece tan sensual, verdadero adorno de cuerpo tan galano. Pues la hembra tiene en el rabo —justo donde termina la espalda— una mota de vellos que corre hacia la raja del culo. Como está recostada de lado, puedo notar que justo en el hondón de las nalgas luce verdadero bosque, ya que no plantío de tales pelillos, y si el lector piensa que semejante extrañeza, ¡asombroso fenómeno!, desmerece su condición de hembra, pregúntele a mi compañero, pues aún sólo con el recuerdo éste se pone como cuerda de violín... Y extravagancia suma de aquella tan hermosa mujer era que tenía la cabeza rapada... La vieja toma un pequeño frasco, y echándose un poco de aquel ungüento en la mano comienza a embadurnarme con lo que parece pócima de amor, ya que no aceite brujo... Y tuve razón en lo primero, pero también en lo segundo, pues tan pronto sentí aquel bendito óleo sobre el miembro me puse muy amoroso... Adosado a una de las paredes, ahí, al lado del espejo convexo, veo altar votivo, y éste consiste de una pequeña imagen de Santa Bárbara engalanada con collares y guirnaldas de caracoles... La negra despertó, y me sonrió, como si en el sueño alguien le hubiese dicho que yo, tan dispuesto galán, allí estaba deseándola. Su mirada aún estaba ausente de este mundo, pero su cuerpo pedía los cuidos de loco amor. Adormilada —no sé si por brujería o bebedizo— de mí siempre estuvo distante, aún cuando le ordenó a la anciana que prendiera el incensario y me ofreció sus abundantes sabrosuras, asumiendo la postura preferida de las prietas en la cama. Y ésta consiste en maroma casi de volatinero, pues la mujer coloca sus manos tras la nuca y descansa las tetas sobre el lecho, alza el culo y cruza las piernas por detrás del hombre arrodillado, casi engulléndolo al atraparle y empujarle las nalgas jaiba adentro... Ante mí tengo la peluda boca, estas redondeces traseras, y estoy arrodillado pero no soy bendito, que me veo a punto de naufragar en estas aguas cuando con toda mi fuerza agarro sus muslos universales, y la ensarto a reventar. La diabla esta también me tiene sujeto con sus forzudas pantorrillas; sin duda me quebrará los muslos si aviva el entusiasmo. Pero no crean que tan ominosas amenazas me han aflojado el fuelle: Salto convulso de lo lindo sobre su goce, y el humo del incienso tornó febril mi lucidez... El hechizo del humo, el mareo dichoso que causó, bien que moderaba el gusto venéreo, y ello me complacía, pues el aceite de la vieja había inclinado todos mis sentidos al placer de la verga, que atento a ésta estaba todo mi cuerpo, allí se exaltaba en frenesí todo mi conocimiento del mundo. El incienso algo amansaba la borrachera del loco amor, acompasaba venida tan violenta, pues mucho temía que ésta se convirtiera en ida para el otro mundo. A todo esto, ¡verdadera diablura!, la vieja marcaba el paso de nuestra fornicación dando ruidosas palmadas. Ya no pude más, y mis flujos venéreos penetraron a la negra hasta la garganta, y mucho me sorprendió que el polvo puesto en el rabo no le saliera por la boca. Como esta postura africana fue concebida para que la verga penetre hasta el zoco de la jaiba, cuando saco mi bicharraco ésta suelta ruidoso viento, pedo inofensivo por lo demás, pues no sale de las tripas, sino del hondón genésico... Muy desfallecido me dejé caer sobre la esterilla. La prieta volvió a recostarse de lado, y se quedó dormida luego de sonreirme por dulce rato. La vieja apagó el incensario y las velas del altar mágico. Temí reconocer el sitio de la ruta que había seguido. Pero quedé extenuado, y hasta medio dormido. En semejante condición estaba, suspenso entre la vigilia y el sueño, cuando Mitume llamó mi atención hacia otro sótano. Maldije entonces los gustos de la carne, que ya no tenía ánimo ni para halarme paja; pero con todo aquel desgano en cada miembro tuve que escuchar el discurso del diablo Mitume: —*Ahora te llevaré a donde Konya, la más deleitosa mujer que habita el estanque...*— Por el nombre quién lo duda; pero si tiene el coño tan feroz como la otra, seguro que soy hombre muerto, fantasma con la pinga al aire... Cuando terminó el discurso dio varias palmadas, y una negra que se bañaba desnuda en el estanque corrió el visillo del sótano al lado opuesto... Entonces aparece Konya, la negra más guapa y galana que jamás han visto mis ojos. Y la verdad es que con ésta me inclino a la tentación de serle infiel a mi reina de Africa, con algo más que el cuerpo... Mi aliento quedó como suspendido, y todo el ánimo puse en la mirada que le ofrecí más con timidez que reverencia. Mitume, el muy zorro, aquel diablo de la ciudad borrosa de los negros, se me pegó al oído: —*Konya es generosa con todos los hombres, aunque son pocos los que pueden ser generosos con ella...*— ¡Maldito sea! Con eso el prieto este quiere decir que la tal Konya sólo se anima con macana, y si es tan insaciable en mí sólo encontrará medio hombre, que su papa chulo tendrá que buscarlo entre los de su raza... Salté al agua, y a nado quise atravesar el estanque; pero en la oscuridad choqué con grande buey que allí se bañaba... ¡Mal signo éste, a fe mía, que al buey le tienen reventadas las pelotas!... Dos ancianos negros —al parecer sacerdotes— le echaron agua por el lomo mientras proferían oscuras invocaciones en lengua africana. Konya estaba reclinada sobre una estera, y cuando me acerqué —¡cosa mágica!— tocó mi mejilla, sin levantarse de los harto mullidos y lujuriosos almohadones... ¿Por dónde empiezo el elogio de sus encantos? Empezaré por sus cabellos, que Konya luce muy singular tocado, jamás visto en negra alguna. Pues los caracoles están como muy tensos en forma de serpientillas. Y esta cabellera toda plisada en pequeños capullos llega hasta los hombros, que hacia el frente luce otro tocado, enjambre de moñitos dispuestos en óvalos concéntricos, ¡a fe mía!... Su tez de caoba oscura es delicadísima, y de prodigiosa tersura toda su piel. Me turban el continente sus grandes ojos de almendra; ese tinte oscuro sobre el párpado ahonda sus ojos misteriosos. La nariz no es tan chata como la de las otras negras, y aseguro que hasta tiene cierta finura y galanía criolla. Eso sí, a la verdad que la canalilla bajo la nariz es muy honda, signo seguro de su raza. Los labios, más carnosos que gruesos, no tienen, empero, la grosera bastedad que distingue a los bembes de las mujeres africanas. La boca de Konya es fiel a la sensualidad, no al exceso. Y también muy sensual es su mentón, porque aún cuando no resulte muy perfilado, no desentona tanta delicadeza. Diría que es esto lo que más distingue la cautivadora estampa de Konya, pues su belleza es delicada sin ser frágil, como la más fina caoba cuando se pule. Y lleva collar muy estrafalario, formado por diez discos de bruñido nácar, sin duda joya traída del Africa en el primero de los barcos negreros. Su cuerpo desnudo también está adornado con muy galanas joyas, pues además de aros en las orejas, ostenta brazaletes del hombro a las muñecas, luce esclavas en ambos tobillos, que son éstas signo de sensualidad, seguro afrodisíaco para el hombre, seductor artificio de las odaliscas... Salté al sótano, y Konya me cautivó con sonrisas, cuidos y caricias, instrumentos más femeninos que diabólicos. En lengua desconocida me hablaba. Entonces intervino el Mitume, hablándole a voz en cuello, como molesto; y aquella lengua de prietos era latín para mí, aunque no era difícil adivinar que Mitume le prohibía la conversación conmigo. Konya, que estaba más alucinada que lúcida, en las quimbambas más que en la tierra, me invitó a fumar de un narguile... Entre dos esterillas cubiertas de almohadones está esa muy grande cachimba de agua con dos mangas. Konya busca —con alguna torpeza, siempre sonriente— unas yerbas mágicas, maloja que mezcla con semillas de campana, que si esta quema es su afición, pocos desvaríos muestra cuando tumba tantos pomos y frascos, jarrones y polveras. Pues fuego le pone a la cachimba, atizando con palito los carboncillos y la catibía. Mientras cocina esos humitos y diablejos, husmeo sus pies descalzos, las esclavas en los tobillos... Y temo que reviente mi verga más que inflamada... Nos acostamos a fumar. Las mangas del narguile traían a nuestros labios aquel humo espeso que subía lento, ceremonioso, sagrado... Me embelesan esas volutas que suben hacia el bajo plafón del sotanillo. ¡Ese oscuro misterio que es el humo!... ¿Dónde estoy? ¿Quién soy? ¿Por qué he torcido tanto mi inclinación? ¿Es el otro quien me obliga a tantos desvaríos, dueño de mi voluntad ajena?... ¿Dónde está el espejo?, que bien pretendo despejar tantos temores, reconocer mis señas... ¡Así es nuestro aliento!... Se desvanece como el humo, seña segura, desleal traición de nuestra vida... Esa voluta alcanza el precario intento, pero no permanece; se esfuma en el espacio fugaz, ya convertida en ausencia, apenas posadura... Cada voluta que suelto al aire es seducida por la que ya ha lanzado Konya, y así ocurre que mi espeso humo reaviva el aliento desfallecido de la prieta, rescatándolo del vacío, cuidándolo de su propio riesgo con ilusión tan engañosa. Esas volutas cercan, capturan y luego engullen a las mías, robustos cuidos que Konya aviva en el espacio, caricias, retozos de nuestras ajenas voluntades casi inclinadas a la ternura... Pero cuidos tan leves se disiparon fugaces como el humo, engañosos como la borrachera, y volvimos a los frenéticos abrazos, que ya exaltada por el humo, la carne se antojaba de más vigorosos placeres. Tanto era el humo dentro del sótano que ya apenas nos veíamos, por lo que el tacto adivinaba lo ajeno a la vista... ¡Maldita sea la diabla esta! ¡Me está amarrando con unas cabuyas!... Y tan borracho estaba yo que la muy puta logró atarme de pies y manos. Entonces me trepó, y colocó, la muy zorra, mi verga adormilada entre sus tetas universales. Pues así jugó por largo rato, endulzando con ternura la ofrenda de tan robusto placer. Luego me festejó con besos cortos y sabrosos que enardecieron todo mi cuerpo torturado, y el placer aumentaba al no poder moverme, justo cuando mi voluntad no disponía de la prenda deseada Del placer iba camino al delirio cuando Konya abrió su muy sabrosa parte sobre mi cara, dichosa ocasión para gustar con lengua y nariz aquéllo que mi verga ansiaba. Tanto estuve hasta que la Konya comenzó a gemir, claro signo del sabor de mi inquieta lengua, en nada despreciable remedo, para mí trasunto infeliz. ¡A ratos temía ser engullido por la insaciable diabla! ¿Qué ánimo desaforado se había hecho dueño de mi voluntad! ¡Cuántos riesgos se convirtieron en temores! Pero semejantes cuidos no tardaban en disiparse... Ahora se ha volteado la muy esquiva, privándome de su cosa principal; pero ya se sentó justo en mi cara, restregándome contra boca y nariz sus dos sumos encantos olorosos, nalgas supremas, principio de muy furioso cuadro corso. A la verdad que tales prodigios abiertos sobre mi nariz son como toda la potencia de la vida... Y tanto las besé y acaricié —estrujándolas con las manos, chupándolas con la lengua— que Konya llegó a sacudirlas, como para señalarme que no me abandonara en demasía a tan placenteras y dolorosas maldades... Luego de tales cuidos a su trasero, comienzo a devorarle la jaiba, que por esto el lector no debe considerarme caníbal, pues sólo le doy besos delicados, húmedos cuidos de lengua y nariz. Justo mientras me ocupo en tan sutiles oficios, Konya atiende con chupadas a mi encendido compañero. Y por buen rato su lengua amansa la cabeza de mi fiel amigo, festejándole comisuras y pellejos, olores y colleras, que mucho temo regar mi sensual enjundia en la boca de Konya... Como estaba atado, ya no pude corresponder con cuidos similares, y el grande goce que cosquilleó mi cuerpo se convertía en modo implacable de tortura. Hubo ocasión en que mi conocimiento desfalleció mareado, y como que mi lucidez se soltó de las amarras del mundo. Y esto ocurrió cuando Konya comenzó a jalarme la paja —arte en que las mujeres son muy torpes— muy lentamente, para dilatar la sabrosura, que de pronto apresuraba la mano para ponerme al borde del paroxismo, y cuando ella advertía que bajo su cuerpo se desataba la tormenta, dulce frenesí, pues moderaba los cuidos, haciendo más largo mi paraíso. Tanto estuvo castigándome con estas supremas delicias que solté prenda, su peludo fondillo a la vista, y al poco rato oí sus risillas, y también las carcajadas de Mitume. Cuando molesto pregunté por el motivo de tanta gracia, Mitume me advirtió que el chorro de mi hermano menor había caído a mitad de estanque, envío soberano que debió retumbar por todas las altas torres de aquella ciudad oculta. Quedé muy turbado, y diría que hasta bochorno sentí. Una vez recobrada la compostura, me topé con aquel inmenso culo que colmaba hasta la saciedad mis ojos, sintiendo sobre mi cuerpo la risa convulsa de la más grande y traidora de las putas, la diableja Konya. Mitume se acercó con mis ropas. Y agradecí su ayuda, pues muy adolorido quedé después de las delicias, ello así por haber sido atado, víctima temblorosa de cuidos placenteros.

Salté al estanque, y la luz rojiza que antes había advertido alumbraba aún más siniestra. —*Cuidado, leal, que no te vayas al fondo...*— Extraña me sonó la advertencia de Mitume, y me despedí de Konya, más mohíno que triste, reconociendo en la muy cafre esa sonrisa burlona que amarga lo vivido.

Pues cruzamos el pequeño estanque, y de nuevo tropecé con el mágico buey. Luego de echarle agua según las órdenes de Mitume, noté que era ciego. Cuando le pregunté a mi esquivo guía por el sentido de aquella ceremonia, me contestó con un enigma, señalándome que el buey ciego sostenía todo el edificio oculto de los negros. —*¿Cómo es esto? Mitume, a ver, explícate.*— Sin que una mosca se le parara encima, continuó advirtiéndome que la ceguera del buey sostenía las cuatro torres gigantescas, y también las rampas y puentes allá en lo alto de los cielos. Entendí que la fuerza genésica alzada al cielo por el estanque —fácil era creerlo cuando azotaba el olorcillo— bien bastaba para que permaneciera, allá en lo más alto, la casa de las nubes. —*Pero todavía no entiendo, Mitume, y dime... ¿Hacia allá vamos? ¿Qué es esa mansión colgada de las nubes tormentosas? —Pues a la verdad que no sé si está colgada de las nubes, pero sí, está muy alta, y es allí donde Obatal hace su vigilia. Mire usted que sin la fuerza del buey y el aroma del estanque esa casa caería—. —Mejor dirás, Mitume, que se posaría más en el tiempo, en la historia, pues hasta ahora es para mí oculto prodigio, rincón del Morro nunca advertido, más pesadilla de la historia que lugar conocido de este mundo. ¿Es que sigo borracho, Mitume? —Amanse esa furia, hombre leal, que para arriba vamos, y el paso más que firme lo debe tener...*— Ya me enfurecían las insolencias del prieto parejero, pero así y todo quise seguirlo, para ver más de la cuenta, que en esto de conocer lo oculto el negro aventaja al blanco. Miré hacia lo alto. Allá, justo al lado de luna tan mortecina, casi escondida por nubarrones, vi el fondo de la casa colgante. Comenzamos a subir escalinatas arriba hacia el paisaje celeste. Miré hacia atrás. El buey me devolvió su ceguera, y pensé que toda su magia estaba en aquella agua azulosa y pestilente, que justo por eso los sacerdotes lo bañaban con los espesos grumos del estanque... Mitume montó perico sobre Konya: —*Cuando Obatal la quiere, allá deja a todas sus cortejas por una semana y viene a buscarla...*— Haber probado la fruta predilecta del caudillo era tímido consuelo, pues lo cierto es que Konya me festejó la vida sin que yo pudiera arrancarle el furioso delirio. Entonces recordé las palabras de Mitume sobre la muy diableja, que ahora entendía cómo siendo ella tan generosa en sus cuidos, los hombres siempre la dejaban en ayunas... Llegamos a la plazoleta. Mitume me advirtió que para llegar a la casa colgante había dos rutas, pues ser alzados en una canasta o dejar el bofe subiendo por las rampas. Cuando le pregunté qué demonios era la canasta, señaló hacia un enorme cesto colocado sobre la plaza solitaria: —*Nos trepamos, halamos la soga, y allá los alcahuetes de Obatal se encargarán de subirnos por medio de unas grandísimas poleas que he visto en la casa colgante...*— Aquella manera de viajar por los aires no me entusiasmó nada, por lo que le dije a Mitume: —*Mejor cogemos la rampa, que más vale dejar el bofe en la subida que perder la vida en la bajada...*— Comenzamos a subir por la rampa de una de las torres, pero ya no tardé en quedar sin aliento, con el alma jadeante y la lengua seca. Le pedí tregua a Mitume, pues sin aire un paso más me llevaría corridito al infierno... —*¿Vive gente en estas torres?...*— Tan pronto la hice, aquella pregunta me sonó ridícula, así de extraviada quedó mi lucidez. Reconocí mi asombro cuando el tiempo se me confundió y llegué a pensar que durante toda mi vida había conocido aquella ciudad oculta. —*Aquí viven los que pronto morirán*.— Menuda respuesta la de Mitume, siempre críptico cuando no taciturno, y temblé de la cabeza a los sicotes al pensar que visitaba Necrópolis, la ciudad de los muertos: ¿Es que morí de la cagaleta aquella en el campamento?... No quise indagar más. Mejor era poner un pie frente al otro y quedar satisfecho con tan precaria certeza. Pero la curiosidad pudo más que la prudencia, buen lector, como siempre pasa con los cronistas de vocación y oficio: —*¿Por qué están tapiadas las torres? Sobre los muros no veo puertas, tampoco ventanas...*— Mitume me contestó sin alardes ni vericuetos, sin confusión ni titubeos. Me aseguró que allí vivían los molongos con sus mujeres y niños. También señaló que el calor dentro de la torre era infernal, cosa que yo no dudaba, y por ello toda la gente dentro de la torre iba y venía desnuda, como ánimas en pena, en cueros y sin vergüenza. —*Y... ¿cómo se entra a las torres? —Pues por un tragaluz que he visto allá, en la azotea de cada una...*— Según el esquivo Mitume, alrededor de este tragaluz que baja hasta el fondo de la torre se encuentran las habitaciones de los molongos. Entran o salen, subiendo o bajando por altísimas, enormes escaleras de mano que llegan hasta el fondo de la torre y también desembocan en la terraza. Como las escaleras son tan angostas, cada molongo tiene una campanilla que suena cuando baja o sube, de modo que no surjan agrias disputas. Y el toque de esta campanita, interesado lector, es muy respetado; cuando alguien la suena hay que esperar su bajada o subida a todo lo alto y largo de la escalera, sin que medie impaciencia en esto, pues como los peldaños son de madera, las disputas convertidas en peleas pronto la derrumbarían. Cuando sube o baja una familia, toda la torre se llena del alegre sonido de las campanillas, aunque debo decir que tal alegría grande burla es para los hombres y mujeres que allí viven... La relación hecha por Mitume me pareció cosa de maravilla... ¡Tantos detalles ajenos al tiempo! Pero su discurso no contestó mi pregunta sobre las puertas y ventanas; no quise insistir, pensando que las torres estaban tapiadas por ser, además de caseríos, celestes fortalezas, y es costumbre dejar con pocas puertas y ventanas las fortificaciones, que todos los fuertes y bastiones están construidos hacia adentro, para así resistir con muros tan ciegos los asaltos, bombardeos y asedios. Y en esto se distinguen de las casas de los ciudadanos, pues éstas deberán estar abiertas al trasiego de bienes y la llegada de peregrinos, pero también a las plazas y mercados, sitios donde se encuentra el verdadero espacio de los hombres. Avivando estos sutiles pensamientos estaba cuando empezó a llover. Como no tenía dónde guarecerme, me apretujé bajo la capa de Mitume lo más que pude. Y sopló con viento el aguacero. Por un momento temí ser arrastrado hasta el borde de la rampa, que ésta no tenía barandal, que estaba así dispuesta para que los insensatos cayeran al vacío. Mitume me había advertido que no me acercara al borde de la rampa, así de gravoso sería el vértigo desde estas alturas... Como el vendaval arrecia, y somos arrastrados por lluvia y viento hacia el borde del abismo, Mitume saca del muro de la torre un ladrillo con mango, curiosidad por lo visto dispuesta para estas ordalías. Ahora me percato de que toda la torre está muy recubierta de estas manijas. Mitume deja el ladrillo a un lado, y habla con uno de los habitantes de la torre. Y ahora me ata fuertemente a su cintura, y pasa la cuerda adentro el muy diablo. Así quedamos fuertemente atados el uno al otro, a la verdad que gemelos de los aires. De repente vendaval furioso nos arrastra hacia el abismo. Pero el fuerte brazo de Mitume me hala hacia el agujero por donde ha entrado la soga. Mi guía y fiel compañero no cesa de gritar, su voz casi vencida por el viento, que me agarre al boquete abierto en el muro... Y esto hice, pero con grande dificultad y poco ánimo, pues apenas pude agarrar con la mano derecha hueco tan pequeño, que un fuerte norte me azotó de nuevo contra la pared de la torre. Quedé medio desfallecido, y sentí quebradura de espalda, dolor que aumentó cuando Mitume me subió la cuerda hasta el pecho, para así sujetarla mejor a las entrañas de la torre. Y entonces fue cuando alcancé a ver la ciudad oculta, aunque debo decir que estaba medio aturdido y con la lucidez casi fugitiva. Pero así machacado como estaba logré ver cómo algunos guerreros molongos, sombras apenas de la lucidez esquiva, bien ataban nuestra soga a los fuertes travesaños de la escalera infinita, aquel prodigio que con tanta viveza me había descrito Mitume. Se volcó mi entendimiento en las espesas sombras del olvido, y cuando despierto todavía sopla el vacío su furor de viento y lluvia. Y ahora recuerdo la pesadez de nuestras ropas empapadas sobre los miembros desfallecidos, aquel cansancio más que terreno... Como ya teníamos mucha hambre, pues los huesos habían trajinado horrores en la lucha contra el viento, Mitume le pidió a los de adentro —fantasmas de voces burlonas— que nos pasaran algo para calentar el buche. Al rato vi unas viejas que se acercaron al hueco, y traían tortitas de maíz y guarapillo sazonado con aguardiente. Así se nos calentó el caldero, y ya más que bien y satisfechos quedamos, estimulados por el brebaje para continuar nuestra lucha contra viento y marea... ¿Dónde están las estrellas? Pero el cielo está tan oscuro que sólo desata relámpagos, infernales resplandores. Y vuelve a llover con la misma monotonía... Dormí, desperté, volví a dormitar, que la lucidez se desvanecía y alertaba en estados sucesivos y frenéticos de sueño y vigilia, cansancio y lucha... Mitume se ha quedado dormido. ¿Qué habrá allá adentro, en las entrañas de la torre? Ahí veo esa luz rojiza, la misma que alumbra el estanque tan calladamente... Aunque más hacinadas, las habitaciones de los molongos son tan angostas como los sótanos del estanque. En una estancia veo a un guerrero molongo que fuma de un narguile mientras su mujer, puesta en cueros y bañada en sudor, le echa fresco con abaniquillo de mano. Todos ellos, hombres y mujeres, niños y ancianos, viven desnudos, y ello es así —según me contó el Mitume— por el calor infernal que hace en las entrañas de la maldita torre. Veo cómo suben y bajan, por tantas escaleras, hombres y mujeres que sin recato destapan sus partes bochornosas, y oigo las campanillas que anuncian sus peregrinaciones de muchos días por tan altos escalones. Y en esto también tengo que creerle a Mitume, quien me asegura que subir por las escaleras desde el sótano hasta la azotea es viaje de cuatro a cinco días, ya que no trabajosa ascensión a los infiernos... En esto estaba cuando vi a un peregrino, casi vencido por el sueño, atarse a un palo de la escalera, desfallecer, dejándose caer hacia atrás, sobre el abismo, que así encontró cama cuerpo tan anegado por el cansancio y la vigilia... De abajo sube un hombre que arma grandísimo alboroto con una campana. Se detiene frente al habitáculo, ese que está ahí al frente, a cuya escalera estamos atados, y le entrega a la mujer que abanica al guerrero una pequeña tinaja de barro. La mujer vacía en la tinaja todas las hediondas miasmas y porquerías del sotanillo, y a otro aposento sube el basurero tocando la campana con alegre entusiasmo, cargando su cofrecillo de grumos fecales. Allá, al otro lado de la escalera por donde subió el tinajero, veo una pareja que retoza en dulces juegos y cuidos amorosos antes de comenzar el goce. Pues una vieja, parecida a la alcahueta que me ayudó a domeñar las diablas aquellas del sótano, les ofrece bandeja con tortitas de bacalao, y bien cuida que no se apague el candil. Sin mucho pudor, la pareja abandona los juegos y atiende más los cuidos, que ésta ya ha comenzado a gozarse a pata suelta. Justo al lado de tan enardecido aposento, se encuentra ese anciano guerrero molongo a quien le apesta la vida, y tan aborrecido está que ya ni espanta las moscas. Una niñita de nueve abriles le echa fresco mientras él se toca las campanas y atiza la vara. Pero al muy sucio el hueso no se le pone duro, que su vejez por lo visto ya no le permite sazonar la vida. Pues de la oscuridad, justo de ese rincón maldito, ha saldio chirrioso tropel de niñitas, que todas ellas todavía no han alcanzado el flujo, teniendo lampiña la secreta cosa. Y esas niñas al parecer son putas, ¡verdaderas diablejas!; todas comienzan a colocarse en muy impúdicas posturas, siempre en vano, que ni a robustos puñetazos el viejo puede remediar la fuga de los años, el jadeante resoplido de la vida... Luego de vista semejante tristeza, ¿qué podía hacer sino mirar al cielo? ¿Dónde estaban las estrellas? ¿A dónde se había desterrado la luz del mundo? ¡Pero no hay sitio en el orbe, ocasión en la vida, que no merezca consuelo, y se me avivó el tiempo de los hombres en la mortecina luz de estrella solitaria, en la amarillenta estancia de la luna allende nubarrones y relámpagos, ánimo que amansó mi espíritu y conjuró los espantos de aire tan espeso! Así quedé dormido sobre el fuerte brazo de Mitume... ¡Pero vuelve a llamarnos la lucidez! Muchas horas de sueño han pasado, ¡y es que el sol está tan alto!... Las buenas almas de la torre nos echaron tortitas de maíz y bacalao en la rabiosa cesta, y pisamos tantas delicias con un fermento de guanábanas que a poco nos hace saltar los sesos... —¡Mitume, pues aprovecha y pídeles un poco de casabe y tasajo... —De regreso, galán, que el buche lo debemos llevar liviano...— Soltamos la cuerda y seguimos la ruta, no sin antes despedirnos de las viejas cuyas bendiciones protegían nuestras vidas, custodias verdaderas de ciudades tan ocultas. El día alzó su cresta luminosa, y no divisé una sola nube que perturbara el calmo celeste... Y allá, por todos lados, fatigando el horizonte y amenazando playas y bahías, se desata la muy poderosa armada invasora del Obispo Trespalacios. Advierto las maniobras del oscuro prelado; todos los barcos tienen la proa puesta hacia la entrada de la bahía, camino seguro de la invasión. A mi izquierda se escucha el cañoneo de la flota contra el fortín de Isla de Cabras, asediado vigilante de la bahía. Según Mitume, Trespalacios había intentado la captura de este bastión desde que asomó su ominoso poderío allá en el horizonte, tratando así de esquivar el fuego a ras de agua, el cañoneo directo a los cascos. El flanco sur del ejército de Obatal se encuentra en la distante ruta de Dorado, puesto su pecho allí frente al ejército avileño, y es por ello que no puede socorrer a las tropas del pequeño fuerte. Pero la guardia brava no cede en su empeño de hacer demasiado oneroso el paso a la bahía, resistiendo con sangre más que con fuego el incesante cañoneo cruzado del Obispo, pues candela viene lo mismo del litoral de Palo Seco que del bajío frente al Morro... Un deseo feroz de asomarme al borde de la rampa me sorprendió, a lo que Mitume dijo con voz pastosa: —Quieto, leal, que si no te ataré de nuevo a la torre. El halón ese es peligro muy famoso, y muchos dicen que es el canto del manatí...— Sin más me hice el suruma, el sesoshuecos, que tales magias el taciturno Mitume me las explicaría, para buen asombro de mis oídos y maravilla de ustedes, buenos lectores de esta crónica... —Dime qué es el manatí, pues de ese cantío sólo me sé un canto...— Y Mitume, el pobre, avivó la lengua, explicándomelo todo con menos soltura que la mostrada aquí para beneficio del lector, que cuando los prietos hablan el castellano sufre: —*El manatí es una vaca que vive en el mar, pero el agua, mire usted, en vez de ahogarla le ha puesto un lamento en la enjundia... Y ese canto tan bonito como que atrae a los hombres, embelesándolos con la muerte, y al momento se ahogan sin más remedio...*— Apenas comprendí aquellos enigmas de Mitume; pero le pedí que me ayudara a mirar hacia abajo... —*Pues como quieras, pero antes te ato a la torre...*— Hecho el trato, me ató a uno de los mangos de la torre, advirtiéndome que me acercara caminando de rodillas, aconsejándome que no mirara por mucho rato, suplicándome que lo llamara al encontrarme ajeno a mí mismo. —*Y coge aliento después de cada mirada, que ese precipicio emborracha...*— ¡Embustero el negro este! Estoy de rodillas, aventurero de las alturas, y camino a gatas hacia el alero. Ahí, frente a mí, se posa la gaviota, y sin cuidos revolotea justo al borde del abismo, cosa de sorpresa, si no de maravilla, pues bien sé que estos pájaros no se encumbran tan por lo alto, ¡a fe mía! Ahora miraré, con el aliento atragantado y el alma en un hilo, para abajo... ¡A la verdad que estoy sin aliento! ¡Nunca antes me había encontrado en sitio tan alto! ¡A fe mía que estoy como colocado en la luz! Este vientecillo que sopla acá arriba trae tan dulce aroma marino... Sentí un extraño vuelco de mi lucidez, y me retiré del alero. Mitume bebía de una vejiga de chivo inflamada de aguardiente, el muy vicioso... Vuelvo a mirar. Ahora estiro las piernas, y saco al aire la cabeza, probando la brisa contra el rostro, empujado por el viento sobre los hombros. Ahí abajo, pues sí, están las almenas y plazas del Morro, y allá la flota de Trespalacios, como corresponde a lo dispuesto por la historia, y en esto no hay extrañeza. Pero todo eso queda tan distante de mí como la tierra del cielo... ¡No!; pero fíjate que allá abajo está el trajín de los guerreros de Obatal, ese hormigueo incesante sobre plazas y rampas de la fortaleza. Hacia el este se extiende el campamento de los negros, y allende las rutas de abastos por donde vienen carretas vacías de víveres, colmadas de esperanza. Pero lo más extraño de estas cuatro torres es que están edificadas en algún sitio del Morro, aunque vaya usted a saber dónde rayos. Desde aquí, justo desde el engañoso alero, es imposible la visión hacia los cuatro puntos cardinales que son tres, norte y sur... Pero ¿qué digo? ¿Dónde están posadas las malditas torres? ¿Ocupan sitio en este mundo? Si mal no recuerdo la ciudad fortaleza de San Felipe de Morro, las torres tienen que estar edificadas sobre la más alta plazoleta del bastión, y si no, bueno, pues se trata de engaño cruel del mismísimo demonio. Pero... ¿cómo es que no las he visto en mis paseos y vagancias por el ancho bastión de San Felipe tronante? En la guarnición he sido aguador, alcahuete, secretario de capitanía, miliciano, mendigo, cronista, embustero, sastre, cocinero, y jamás he visto las odiosas torres, ¡Dios mío!, que me cago en los calzones... ¿Es que han estado aquí siempre, tan altas como la de Babel, tan monumentales como las agujas de la catedral española de Chartros? Pero a fe mía —la de todo hombre de bien—que nunca antes había visto estos monstruos. Pues será que estas torres son invisibles, ¡y ahí está el truco de tanto engaño! Pero... ¿cómo demonios son invisibles si yo me encuentro pensando todo esto sobre ellas? Aguántate, galán, que estás al borde del delirio, pero también al filo del precipicio. ¡Ni hostia! Lo que ocurre es que el jodido prieto ese me ha dado algún brebaje mágico. ¡Todo es visión! ¡Pues claro! ¡Estos negros bien saben preparar pócimas diabólicas que engendran mundos! Y la prueba de todo esto estaría en lanzarme al abismo. ¡Sólo así despertaría de tanta mentira! Daño no puedo sufrir, pues los sueños mortifican, pero no matan... Cuando ya estaba listo para saltar al vacío, sentí un halón fuerte en la espalda, y pronto fui a tener a los pies del diablo Mitume, quien me dijo: —*¿No te dije que el canto del manatí es muy traidor? No puedes mirar por largo rato...*— Pues sí, el mago tenía razón, sin duda la voluntad sufre embelesos cuando canta el manatí... Y fiero espanto se apoderó de mí. Volví a mi lucidez, reconociendo que ésta a veces engendra monstruosos apetitos, ánimos desmesurados, pues ¿qué certeza tenía yo de que tanta piedra era embeleco, burlona visión? Locura hubiese sido arriesgar mi pellejo por tan viciosos razonamientos. Sólo cuando ya estuve asistido por razón mesurada, volví a husmear para abajo... Esa nube... ¡Qué lenta se desliza hacia el mar! Contemplo la vastedad oceánica, y toda mi voluntad anhela la dulce euforia de la luz, mi aliento acoge la totalidad marina. Pero apenas puedo ver. ¡De nuevo esa nube se ha posado en uno de los aleros inferiores de la torre! Es que quiero gritarles, a ellos, a esos hombres que transitan por el mundo de allá abajo. Quisiera llamar a esa humanidad distraída, incapaz de ver esta oculta ciudad suspendida entre las nubes. Entonces reconozco pensamiento antiguo, y es que la salvación de todos ellos depende de mis gritos y advertencias, de que vean la ciudad celeste. ¡Sólo así ganarán la gran batalla! Sin aquella mirada las huestes de Obatal pronto perderán la libertad ansiada. Y grito hasta que mis sesos están a punto de reventar. Pero es que no oigo mis propios gritos; aunque la garganta me sangre y convulsos se vuelvan mis llantos, no me oirán, así de ajenos están a mis cuidos y advertencias. Ahora me he puesto de rodillas, y levanto los brazos en cruz a ver si me divisan, ¡virgen pura! Pero no hay manera, que todos están más sordos que tapias. ¿Me he vuelto tan invisible como la ciudad?... Si me reviento allá abajo, contra la plazoleta, ¡a fe mía que llamaré la atención de todos! Y cuando miren hacia arriba, para ver de dónde cayó el infeliz, se encontrarán con el recinto celestial... Y todo esto deliraba yo cuando recibí fuerte halón de Mitume...*

---

* A.J.M.:

La ciudad oculta

Es tan sigilosa como el tiempo. Cuando la sentimos posada entre nosotros y el misterio, asume la certeza del espacio. Algunos cínicos señalan que no existe. ¡Son tímidos espíritus que no toleran el riesgo! Jamás la he visto, aunque sé —porque conozco sus peligros— que está ahí. He caminado sus calles; ¡he cultivado una curiosa afición por sus torres infinitas! Desde lo más alto he contemplado el hormigueo incesante de los hombres que no la miran, y me he cansado de gritar. Pero no me hacen caso, o me consideran el loco más reciente, el último profeta, aunque debo admitir, ¡eso sí!, que muchos han mirado y no me han visto. Pero sólo así he logrado probar que soy ciudadano de la ciudad oculta. Todo esto me anima, y hasta brota en mí la juvenil soberbia.

* * *

Por muchos años viví aquel lujo aéreo. Reconozco que disfruté semejante privilegio sin mucho pudor. (A veces sentí que era un intruso en recinto tan sagrado). Un día me levanté para sentir la terrible tentación de no llamar a los hombres, de tan sólo cultivar mi amor a sus calles, jardines y palacios.

* * *

Miré hacia abajo. Sentí mis canas. Y entonces pensé: "Tu soberbia aún no te permite contemplar la verdadera ciudad oculta. (Por primera vez reconocí que esta calle conduce al vacío). Si te fijas bien, verás que los hombres no necesitan tus desaforados gritos; ellos no pueden asombrarse ante su propia esperanza. ¿Para qué extrañarse ante lo que tantas veces han defendido con sus vidas? El trajín de fundar el espacio de la libertad los ha ocupado desde siempre. Por eso viven distraídos de tus gritos, tan ajenos a tus pataletas. ¿No te das cuenta de que tu ciudad es demasiado visible para ellos, los incesantes fundadores del espacio luminoso? Reconoce que no eres tan invisible, vestido con tu chillona camisa de colorines, trepado en esa torre ridícula, haciendo ostentación de tu vejez ingenua".

Cuando desperté ya era de noche, y tenía los sesos a punto de gotearse, así de fuerte era el dolor de pienso que me torturaba. Le pregunté a Mitume si faltaba mucho para llegar a la guarida del supremo Obatal. —*Pues no; llegaremos mañana al mediodía*—. Miré sobre el hombro y vi el palacio colgante de Obatal. Esto me estuvo más que extraño, pues por la tarde —cuando perdí lucidez y conocimiento— el palacio del caudillo estaba muy distante entre las nubes, que entonces estimé dos días más de viaje. Cuando le comenté esto a Mitume se sonrió, y me dijo: —*Pues tuve que cargar contigo, y subiendo lo peor de la cuesta. Toda la tarde viajaste sobre mis hombros. Y ya te lo dije... El canto del manatí te quitó la razón y adormeció tu cuerpo...*— ¡Bastante parejero se ha puesto el prieto este!; empezó taciturno y ya pretende igualarse, hablándome hasta por los codos, ¡más que distraído de mi dignidad plenipotenciaria!... —*A ese cantío del manatí estuve sordo, Mitume; en mis delirios sólo he oído silencio, y usted lo sabe...* —*Las ganas tuyas, y entonces, ¿por qué rayos gritaste a la vez que perdías la tabla, toda noción de ti mismo, galán?...*— Me rejode su sonrisa burlona, su mirada lastimera... —*Pues mire usted Mitume que probaba el hechizo, esta brujería...* —*Sólo veo engaño en tu suspicacia...* —*Bien sabe usted a qué me refiero, Mitume, y ya no se haga el suruma, pues eso me endiabla aún más que tanta falsedad. ¡Grité porque quería que los sordos esos de allá abajo me probaran que estas torres no son invisibles!—* *Todavía estás turulato; el manatí te tiene los sesos encendidos.* —*Pues no, maldito sea, que por eso grité, y no porque oyera el dichoso canto del manatí.* —*¡Ya sé!... Ahora entiendo... Te creo cuando me dices que no oíste el cantío del manatí. Por algo no has visto la ciudad de allá abajo...* —*¡Maldito sea!, que sí la he visto. La ciudad invisible esa que te digo no está allá abajo, sino acá arriba. ¿No lo ves?...* (¿Para qué preguntarle al demonio mismo sobre los engaños a que nos tiene sometidos?)... *Bien sabes que abajo están las plazoletas, rampas y almenas del castillo de San Felipe de Morro. La burla está acá arriba. Estas torres que nos rodean jamás las he visto desde allá abajo, y deben ser encanto del mismísimo Lucifer y todos los alcahuetes que tiene en la tierra, entre ellos tú...*— Mitume, el muy zorro, me contestó con uno de sus frecuentes enigmas, torceduras de ingenio, sin duda, para someter la voluntad ingenua. —*Ellos ven la ciudad de las nubes, y si te parecen distraídos es porque tú no ves la de ellos...*— Mi furia se desató roñosa, y llegué a gritarle mientras le arrebataba un trozo de tasajo con pan, empinándome la vejiga de aguardiente hasta el galillo viejo. —*¡Mientes! ¡Carajo! ¡Mientes! Desde abajo no se ve la jodida ciudad esta...*— Ahora no tiene empacho en reir a carcajadas, pero su risa no enardece aún más mi ánimo, que de nuevo me siento cansado y turulato. Y algo me dice que las palabras de Mitume, esas que está a punto de decir, aclararán el misterio... —*Las torres no son la ciudad invisible. ¿Es que no lo ves? Cuando vivimos abajo no vemos las torres, así de ocupados estamos en la construcción de esa ciudad que tú llamas invisible, pero que es para nosotros la más real...*— Antes muerto que entender tantos enigmas, emblemas tan sutiles. Al menos comprendí que aquellas palabras, bien descifradas, sin duda aclararían el misterio de las torres; pero así dichas, para mí eran clave oscura, hermético emblema que me dejaba a la vera del camino, como fuera del tiempo de ellos, perplejo y penoso de incertidumbre.

Ascendimos toda la noche. Y Mitume, el muy caprichoso, volvióse de nuevo taciturno, y tan enturunado estaba que parecía recién bajado de barco negrero. ¿Por qué no estaba picoreto? Busqué ocasión de reavivarle la lengua, y le pregunté dónde había trabajado antes de la guerra. Pues me dijo que fue capataz en la hacienda Rosas, que según él ésta era la más próspera de toda la vega aledaña al Río Bayamón. Justo a esta condición de esclavo capataz atribuí su fino ingenio, pues siendo gobernador de los suyos algunas nociones de letras y números tiene que haber recibido. Dormimos pocas horas, y la alborada nos sorprendió sólo a unos pasos de la altísima azotea. Poco faltaba para llegar al nido del Supremo cuando el hosco Mitume, silencioso y pensativo durante largo rato, haló violenta y sorpresivamente uno de los ladrillos de la torre, y señalándome las entrañas de la ciudad vociferaba muy airadamente: —*¡Mira tú por qué esta ciudad no es la invisible!*— Al gesto del rabioso siguió la premura del curioso, y cuando husmeé las vísceras del monstruo, más indignación que espanto fue mi asombro. Pues allí estaban todos aquellos cafres repatingados en medio de grandes lujos y placeres, que las zahúrdas de la noche anterior eran los bajos fondos, sótanos y pocilgas dispuestos por la voluntad de Caín. Y en esto el Mitume —quizás temeroso de haber cometido indiscreción— me echó a un lado con furiosa rudeza y encajó en su sitio el sordo y pesado ladrillo. Todavía sonaba en mis oídos aquel vocerío burlón, cuando toda la alta torre volvió a quedar tapiada. Pero corto me puse de aliento al sentir la rabia espesa del Mitume. Y por vez primera en toda aquella larga ruta reconocí el odio en su mirada... A la verdad que un empujón suyo y salto al vacío, pues son sus brazos catapultas... Azotó la torre, vociferándome, como si yo tuviera la culpa de que el mundo fuera un asco: —*¡Ahí viven los generales molongos, y no lo olvides, galán!*...— Estoy en ciudad de locos, ¡a fe mía!, verdadero Pandemónium... Entonces se alejó de prisa, subiendo a la azotea de la torre. Cuando logré convencerme de que su rabia no era contra mi pellejo, sino contra los abusos de Obatal y sus alcahuetes, subí la última cuesta hasta llegar a la atalaya. Tan calmo estaba el día que no divisé una sola nube. Hacia Isla de Cabras, la humareda del cañoneo invasor se hacía más densa, perturbando el calmo azul de cielo y mar. Y también pude divisar, ¡suceso de maravilla!, desde tan magnífica atalaya, las cuatro costas de esta isla de San Juan Bautista de Puerto Rico. Mitume, ya distraído de sus rencores, señaló hacia el litoral de Boca de Cangrejos. Por lo visto allí ocurría muy grande batalla, pues Mitume insistía en que yo fijara la atención en aquellas lejanías. Al fin, luego de que algunas nubes se deslizaran hacia el sur, divisé una línea cañonera, por lo visto fuego pesado de artillería... Y allende aquella escaramuza o batalla —difícil era determinarlo a simple vista tan lejana— pude otear un barco que cañoneaba la boca del mangle de Torrecillas. Y el barco navegó hacia el este, que al parecer iba a reunirse con otros que fondeaban en aquel litoral. Mitume lucía muy conturbado; aquella guerra en la lejanía bien ocupaba sus pensamientos.

Cruzamos la grande azotea de la torre, y seguí sus señas hasta llegar a estrecho puente con barandales que subía al gabinete colgante de Obatal Supremo. Luego de cruzar el puente —más que ajeno a la tentación de mirar hacia abajo— saludé a la guardia personal del caudillo, y Mitume me condujo al interior de aquella habitación aérea. Extraño era que el habitáculo fuera tan luminoso, pues durante toda la ruta del ascenso lo imaginé oscuro, más zahúrda que palacio. Y en cada pared había ojos de buey, escotillas de tan bizarra nave de los aires, surtidores que dispensaban buena luz y suaves vientecillos de pausados giros. Allá, en el alto plafón, se abre un tragaluz, y luego hablaré de los propósitos que cumplía.

Ya muy pronto presenté mis credenciales de embajador ante la corte en pleno de Obatal, aunque el caudillo bien sordo se mostrara al nombre y fama de Juan González, que por lo visto mi presencia le evocaba mundo más distante que presente. Pero semejante olvido no me extrañaba, pues Obatal, reclinado sobre una esterilla, rodeado de sus cortesanas, ya que no cortejas, era el vivo emblema del poder convertido en tiranía, del esfuerzo convertido en abandono. A la verdad que tantos gustos y placeres lo habían engordado mucho, y mostrábase canoso de cabellos y ramplón de gestos. Acostumbrado como estaba a recibir embajadas, me invitó a un trago de aguardiente, presentándome a Sara Josefa y Dámaris, sus cortesanas favoritas, mujeres de pechuga alta, bien dispuestas a matar por su macho, galanas de vestidos y chillonas en los adornos. Y a cada rato le rezongaban al caudillo, ofreciéndole reverencias adobadas con cuidos maternales. También estaba a su lado el efebo Oriki, sirviente más que amante, pues en varias ocasiones fue a buscar frituras, viandas y pescados a un rincón del gabinete, sitio donde una vieja aventaba el fogón. Aunque debo añadir que Obatal lo acariciaba a veces muy tiernamente, completando así la servidumbre del mancebo... Y también está aquí la reina de Africa, flecha de mi corazón, cárcel de mi voluntad, anzuelo de mis sentidos, fin y motivo de todas mis ansias. Bien la reconozco por esa pequeña cicatriz al lado de la boca, lamentable marca del envidioso destino, esfuerzo inútil por desmerecer su cabal belleza. La reina de Africa está muy arrumbada en el fondo del habitáculo, y esto quiere decir, según usos y costumbres de las cortes, que su noble estirpe le concede distinción pero no influencia. Y en esto el corazón me da saltos jubilosos de alegría, pues así mi amor no es contencioso, que al parecer Obatal no pretende a la reina de Africa... Un gesto de Obatal bastó para que Dámaris, Oriki y Sara Josefa se retiraran al rincón de la reina africana, y ésta me miraba más con curiosidad que con ternura, así de sorprendida quedó con mi embajada y galanía. Mientras Obatal me ofrecía ron añejo, atento escuchó la relación de Mitume en torno a la distante escaramuza vista desde la atalaya. Mitume le aseguró que Juan González se encontraba en grande ordalía: —*Le están echando candela por el sur, además del cañoneo cruzado de los tres barcos que fondean en el litoral*—. Obatal se quedó ensimismado al escuchar tan funesta noticia, y yo, muy achongado, retiré el coquito en que esperaba libar de lo fino, pues el caudillo apartó el bocoy de añejo, ron que por lo visto era de la bodega del Obispo Larra, y ello lo digo porque tenía la estampa del angelote, emblema y marca distintiva del aguardiente destilado por el notorio Obispo. —*Ni que fuera manco Juan González, Mitume, que ese fulano es más avieso que valiente. Estará bajo fuego cruzado y tendrá la candela pegada al rabo, pero su maña es grande. Por si un acaso echa un pie y lárgate a socorrerlo con dos pelotones; si muere en esta escaramuza, bien cierto es que perdemos la batalla*—. Así dijo Obatal, aunque su discurso no fue tan galano y primoroso, que he puesto los adornos para darle lustre a la fama de su poder, licencias estas acostumbradas por los más atildados poetas dramáticos de la antigüedad. Pero no considere el lector que Obatal era corto de ingenio y torpe de palabra; tan sólo he bruñido o pulido su discurso, porque buena piedra o madera ofrecieron siempre sus razones. Mitume no quedó muy contento con las órdenes de Obatal, por lo cual advirtió: —*Dos tropas es poca gente para tanto cañoneo. Corremos el peligro de que nos corten el rabo, y entonces no habrá retirada que valga*—. El caudillo montó en cólera; contestó con mucha destemplanza que en aquella guerra mandaba él por sus pelotas, y que Enrico y Juan de Dios necesitaban el resto de los hombres para resistir la expedición que amenazaba Isla de Cabras. Según él la guerra no estaba en Piñones, sino en el fortín que custodia la entrada a la bahía. Pero las destemplanzas de Obatal no intimidaron la serenidad de Mitume, y pronto reconocí que mi guía era el ingenio más sobrio de los revoltosos, después de Obatal el general más diestro en el difícil arte de la guerra. Apechó el Mitume como gallo de casta que era, la lengua feliz y la razón templada: —Si Juan González cae, quedaremos sin artillería aquí en el fuerte...— Bien dicho, sin duda es así, puesto que los negros no tienen la ciencia ni la puntería para causar destrozos en la armada invasora... Obatal, el muy soberbio, selló entonces el destino de su pueblo, con acción muy desquiciada cuyas consecuencias veremos en la relación que haré de la gran guerra. Pues de un salto se puso de pie y derramó ron sobre la cabeza de Mitume, quien aceptó esta humillación con un temple que ya sudaba desquite. —Ahora lárgate de aquí y cumple las órdenes—, le dijo Obatal a su nuevo enemigo; iracundo, pero con la lengua silenciosa, salió Mitume de aquel aposento, su destino bien cifrado en mi crónica, ya movido por la única y fija idea de lograr venganza. Cuando salía mi amigo, Obatal lanzó contra el muro, en bruto arranque de rabia, el tazón de aguardiente que en la mano tenía, y allá quedó escrito en la pared su porvenir, signo harto ominoso y soberbio que provocó rumores y santiguos. El silencio temeroso siguió a la sorpresa, y los más prudentes se escabulleron en aquel instante, dejándole el aposento a bestia tan desaforada. El supremo caudillo enton- ces se recostó en una esterilla, y dándome la espalda, su mirada todavía atenta a la furia inclemente, me ofreció el bocoy de ron añejo, incitándome a que empinara la última gota. Con más prisa que premura me eché el fogoso líquido gaznate abajo, pues no quería molestar los humores fieros de aquel hombre tan terrible. Pero lo que pude evitar con mis solícitos gestos, Dámaris, la cortesana preferida de Obatal, bien desató con valientes y airadas palabras, que no hay nadie como las queridas para domeñar o encender aún más las pataletas de los hombres, siendo ellas las verdaderas dueñas de sus pasiones y apetitos: —La batalla se nos viene encima y tú sigues echado ahí, bebiendo, y soñando con su lejanía...— Pero Obatal no dejó que el discurso se convirtiese en arenga; de un salto se le cuadró a la corteja y echó fuera a todos sus cortesanos, y la vieja del fogón fue la primera en salir mohína y con el rabo puesto entre las patas. Sólo Dámaris salió con dignidad, ninguna rareza en ella, pues de todas las cortesanas notables, incluyendo a mi dulce reina de Africa, flecha cruel de mi corazón, cuido tirano del alma, esta Dámaris era la más noble de continente, la más sutil de ingenio... A fe mía que la reina de Africa me lanza mirada tierna, y la muy tontiloca como que está ajena a la furia de Obatal, ello porque su ánimo sólo tiene un motivo de cuido, y ese soy yo, enamorado galán más esclavo que dueño... Obatal, el muy cafre, volvió a recostarse de espaldas a mí, y con briosos gritos llamó a uno de los guardias bravos que custodiaban la entrada del gabinete. Allá le susurró unas órdenes, empinando el bocoy de añejo sobre el sediento gaznate; su barba chorreante de aguardiente buena seña era de los excesos que debilitan al poder tiránico, ¡a fe mía!, pues el continente descompuesto siempre delata voluntad dispersa. Volvió a ofrecerme el barrilito, y bebí de éste por no ofenderlo; bastante difícil era predecir las rabietas de Obatal borracho... Pues al poco rato aparece uno de los guerreros con el niño en brazos... Sin duda; ¡es el Avilés! Le han puesto, los muy crueles, como un bozal, y ello para que sus maléficos berridos no perturben el aire ni los ánimos. Pero también lo han adornado en demasía con muchos colgalejos, detentes y talismanes, ello porque los negros son gente muy supersticiosa, siempre más atentos a los espíritus celestiales que a los diablos terrenales, causa verdadera de su esclavitud impuesta en el lejano país de África. Y el Obatal acoge en sus brazos a ese niño embutido con humores sulfúreos, protegido éste por más escapularios y collarines que el mismísimo pulgar de la mano poderosa, sus flujos más que nimbados por las caracolas de mar, detentes africanos sin duda. Y en la barriga le han apretado como un cinto gravoso de muñecos y milagritos, magias y talismanes verdaderos... Y entonces hubo sutiles razones entre el cronista y aquel hombre poderoso y solitario, más hijo del miedo que del poder, muy ajeno al rumor de las mundanas ciudades. Obatal amansaba entre sus fuertes molledos al embuchado Avilés, apaciguándole los humores, pues a punto estaba el niño de reventar cinchos y violar los detentes. Tanto miedo tenía que me impuse a este diálogo de curiosos, abandonándome entonces a los delirios de Obatal más en ánimo de vivir que con ganas de conocer: —*Pues por lo visto el nene es como un talismán... ¿No es así Don Obatal? Por eso le ha puesto el bozal, y todos los guindalejos y magias...*— Obatal me aseguró que recibía del niño toda su fuerza, aunque el buey del estanque tampoco era flojo en aquello de insuflarle la enjundia. —*Ese niño está como a punto de reventar. ¿No será más gustoso para los espíritus quitarle el bozal?...*— Ni caso me hizo el Supremo; según él, Avilés perdía fuerza con los berridos. Y por ello prefirió tenerlo así, atosigado de humores y gritos, sapos y centellas. También me aseguraba, y esto sí que era descabellado, que con el bozal el aliento de azufre se quedaba en los ojos del niño... —*Y al mirarlo siento que todo ese vaporizo me llega a las entrañas...*— Y añadió que al fin había podido domeñar la maldad del Avilés, apropiándose de la fuerza del demonio blanco para lograr la libertad de su pueblo. Todo esto me decía como si yo fuera ciego o tonto, incapaz de reconocer su temor ante el niño que tenía en brazos. —*Ya sé que no es castigo de mis dioses...*— Y entonces por qué demonios, prieto ignorante, te nimbas con tantos hierros, detentes, amuletos y trajines... Pero al menos nos acompañábamos en el mudo pavor, atentos más al orgullo que a la verdad, ¡cierto!, pero sin desmerecer hombría. —*¿Cuándo hay batalla? No se habla de otra cosa allá abajo en el campamento. Más que encabritada, la gente está alebrestada, y para esto tengo remedio, y es darle a cada quien una arepa y un coco de agua al día; así tendrán fuerzas suficientes para vencer el miedo, aunque jamás aliento para desaforarse*—. Pero no había manera de traerlo a los juicios prudentes que el mundo exige. Según él, la batalla estaba muy distante, y ésta más era capricho de su voluntad que necesidad de los azarosos tiempos que corrían. —*No le convence lo de la arepa y el coco... ¿Verdad?*— Con esta pregunta quise devolverlo un poco a la sensatez, indicándole que el triunfo de su insurrección dependía del orden más que de la fuerza. ¡Ni modo! Lo de la arepa y el coco era idea de escasa monta, nimiedad apenas. Insistió mucho en la lejanía de la batalla, y entonces me arrepentí de haberle hablado de ésta, motivo de que su ingenio se fatigara en tantos desatinos circulares... Y más se empina el bocoy el muy sucio, que si deja caer al muchacho ese, bien que el diablo reventará las correas y saltará los escapularios... —*Dígame, y ¿cuál será el futuro de nosotros?*— Pues mire usted Don Obatal que ser profeta así porque sí es un tanto difícil, pero figurándome el mañana por lo vivido, a fe mía que ni el sol saldrá. Y no habrá porvenir para su gente, pues usted ha querido restaurar, como a lo ligero, sin mesura ni concierto, como se dice, nada menos que la Edad de Oro. Y ese cuerno de la abundancia pronto se convertirá en chichón del hambre si usted no pone un poco de orden allá abajo, dándole a cada quien un coco y una arepa al día. De eso depende la libertad de su pueblo, se me figura a mí, Don Obatal... Es la única forma de resistir el asedio...— Y nunca me deja acabar los piensos, el prieto parejero este... Me dice que ha visto la batalla, y que ha caminado por ésta, entre los muertos, como si fuera ciudad, espacio perfecto y luminoso, e insiste mucho, el muy gallo, en su paso firme y sereno de hombre curado que bien conoce su destino y oficio... —Pues mire, Don Obatal, nada de eso dudo; si usted ha visitado en sueños la batalla, al menos ya conoce el corral—. Semejante guasa se le escapaba al muy lerdo, y volvía a balbucear tantos otros disparates, obligándome a la compasión y el desvelo que siento por esta pobre gente, anhelantes de esa libertad capturada allá en la lejana Africa a restallidos de pólvora y látigo. —Mire usted, Don Obatal, no se me hunda en piensos tan oscuros. Esa batalla, como quien dice, es sólo el comienzo...— A lo que me contestó: —¡Eso es lo que jode, galán, eso es lo que jode, justamente eso, empezar con la muerte a cuestas, trepada en el hombro, muerta de la risa!...— Quise consolarlo; pero ya me había abandonado a los más dulces afectos y placeres, es decir, los del ingenio alerta y enardecido. Indagué más de la cuenta, echando vinagre en la herida, sal sobre la llaga. Avivé la lucidez casi adormilada de Obatal con punzantes enigmas y senten- cias, parando la oreja para descifrar las palabras del caudillo, que éstas apenas se entendían, y no por ser sutiles, sino por saltar al aire revestidas de sonidos africanos, ¡triste destino el de esta raza que debe gritar su libertad con el bozal puesto, lengua del amo ajena en demasía! Advierto por ello al lector que las palabras de Obatal aquí escritas tienen la veracidad de la traducción, en este caso doblemente infiel, pues tarea más imposible que difícil resulta traducir, a la lengua de Castilla, esta mescolanza con la que el africano sueña lograr apenas la bastedad del decir criollo. El aguardiente ya me tenía la lengua turbada, el ingenio volandero, y espanto tengo hoy, sentado aquí al duro banco del oficio, de las palabras y el trato que entonces prodigué: —Mire usted, Obatal, prieto mío... Que esa Edad del Oro lo anima... Se lo digo... ¡Grandísimo exceso es restaurar esa época!, que ésta no se conocía en el mundo desde las zapatetas que tuvo el diablejo Rengifo frente al Amadís de Galia... —¿Lo sabía usté?...— Obatal me dijo, y con mucha razón, que sin excesos ni peligros no hay libertad que valga... A fe mía que este negro tiene buen ingenio si entiende la libertad como grande desafuero, exceso de la voluntad siempre riesgoso en demasía. Maldita pena es que lucidez tan sutil no esté acompañada de mayor prudencia. Insistía en que aceptar todos los peligros también era abandonarse a los excesos, y aquí su conocimiento no se mostraba tan primoroso, haciendo alardes con aquel non séquito tan berrendo. —Y me siguieron paso a paso, en todo lo dicho y hecho... ¿O tampoco lo sabe?...— Así sonaba su silogesmo: Si ellos me siguieron en todos los excesos, al fin pude abolir el peligro, pues éste sólo existe cuando se arriesga un bien, y la verdad dicha es que en este solar la libertad es imposible, más que exceso; ¿monstruoso capricho, grandísimo disparate!... Pues lo cierto es que esa duda sólo se despeja con lucidez más afilada que la hoja de un sable. A todo esto, muy empeñado estaba en comparar su ciudad dorada con las nubes, mezclando tantos desengaños y amarguras con atrevidos primores del ingenio, grandes enig- mas para el conocimiento... ¡Está loco de remate el Obatal este! Y a ver... —Ahora *dígame, Don Supremo, ¿en qué se parece la ciudad de las altas torres a las nubes fugitivas?— Dígale usted al destino, galán, que ya he descifrado la adivinanza: Tan pronto llegan éstas, aquéllas se esfuman...* — Reíamos tontamente; pero muy justa era aquella perla del ingenio oculto en su silencio, que todo lo dicho por él a mi voz pertenecía, así de turulato me puso el aguardiente... ¿Cómo puedo avivar en esta letra su lengua poderosa?... Allá ha quedado, y sin remedio, tan mudo como el orbe y la necesidad eterna, pues la letra es incapaz de liberar lo sometido, esa cosa puesta ahí por la Divina Providencia, la ciega diosa Fortuna, la lúcida maldad de los hombres. ¡Silencio!... Ahí te veo en el recuerdo, Obatal; ¿por qué no me hablas? Dime al oído lo que mi crónica necesita, tu voz sepulta ya para siempre... Y a ti, buen lector, ¿cómo decirte lo que él me dijo? Sólo al amo la lengua pertenece. Conquistar la voz es matar la letra, zafarse de ese aliento en piedra convertido.* ¡Es tu venganza! ¡Ahí te veo, moviendo los labios, parlanchín impenitente, hablando de lo lindo!... Pero apenas te oigo. Sólo escucho mi voz en tu silencio. ¿También son estos piensos hijos del aguardiente, engañosos recuerdos de viaje tan extraño?... Esas nubes, como las ciudades ocultas, son vagas posaduras del tiempo perfecto en el espacio, y... ¿no será al revés?

Según él, su pueblo no tenía en estas tierras recuerdo de la libertad. Ella es, más que ajena, hija de otra existencia, pues lo mismo que decir: ¡Es la hija de la muerte! Pero nadie lo reconoce así. Sólo él la contempla revestida de oscuridad y silencio... *—¡Amansa ese ingenio, Obatal, que al dolor te está llevando!—* Así era, sin duda... Y él mismo lo dijo: No había fundado ciudad dorada, sino construido puente a los antiguos reinos de Africa. Sólo en aquel lejano país ellos conocieron la libertad, que en estas tierras ni el rabo le habían visto. ¡Sólo les queda el recuerdo de los antiguos reinos, de los antepasados!, y para cruzar el grande océano es necesario morir. *—¡Más que confusas son tus razones! Creo que te escondes detrás de ellas. Justificas tu miedo con esta cháchara cruel que desampara a tu pueblo—.* Se me avivó aún más la indignación, y entonces probé mis tres bemoles cuando le aseguré: *Pues mire Obatal que no ha fundado usted la ciudad dorada, sino Necrópolis, el caserío de los muertos...* — Cuando alerté mi oído a su respuesta, ya estaba achocado de tanto empinar el bocoy, dormido con el embuchado engendro escurrido entre sus brazos... El miedo es otro exceso más. No lo puedo creer, pero así es, el exceso es su única libertad. Más que fundación de reino libre, celebraban aquellos prietos grandísima comunidad de muerte. Sin quererlo, Trespalacios les dará la libertad ansiada. Y es que sus cañones no pueden fallar. Y... ¿qué pensará la Dámaris de tantos desvaríos? ¿Y el Mitume? Ya no escuché ni mis propias palabras, aunque bien sabía lo afanoso que era esculpir en el aire con mi voz ausente. Aquel silencio entre su sueño y mi vigilia era demasiado espeso. Sólo había una voluntad entre

---

* A.J.M.:

Los signos

El pobre Renegado desfallece en su oficio. Se le ha caído la pluma, y ya apenas puede capturar ese "fantasma del recuerdo". La crónica, esa letra ominosa que atrapa la voluntad, convirtiéndola en destino, se le rebela aquí abajo en el papel, traviesa miniatura, telaraña donde se cifra toda su culpa. Bien sabe que este fracaso contiene una semilla inquietante, ese silencio... ¡Algún día tronará la voz liviana de Obatal sobre la espesa lengua del amo!

nosotros.* Justo allí le juré lealtad a aquel hombre, obligado más por compasión que asombro, gravoso riesgo éste para la incierta voluntad, el destino oscuro.

Algo me dice que el niño se ha quitado el bozal. ¿Estará ahí sentado, tan viejo como sonreído, tan burlón como malévolo? ¿Y ese Saturno, allá enjaulado en el estanque? Desfallezco, y sus gemidos asustan la noche de Dios, el silencio del gran orbe. Y torpemente tropieza con las torres este extremoso Polifemo, fuerte hasta el delirio, confundido hasta la pena. ¿Cómo es su rostro?... Pero ocurrió como en los sueños, pues pude contemplar —con poco asombro, sumo terror— que su rostro era sereno y de suma belleza, sus cabellos tan luengos y delicados como los de mujer de grande principalía... Y ahora que recuerdo, pues mire usted que cuando husmeaba a mi reina de Africa con el rabo del ojo, y sí, allí estuvo, noté algo muy extraño, y era que ya no lucía los riquísimos vestidos de reina, aquel plumaje tan vistoso que le otorgó la coronación antigua".

---

* A.J.M.:
Visión del cronista

También el oficio de la letra tiene su utopía. El Renegado teje ese diálogo ideal con la ciudad de las altas torres, disfrazando con una visión lo que es alegoría; pero cuando decide darle voz al fundador de aquel espacio —ese personaje casi ficticio de su "crónica" llamado Obatal Supremo— muy pronto se encuentra con el silencio, ¡esa complicidad de voluntades entre el autor y su mudo compañero!, momento en que la compasión se convierte en patética profecía. Y la voz del amo apenas respeta el silencio del otro, convierte al héroe en fantoche de una duda sólo posible en esos "curiosos de gabinete". ¡Algo tiene de filósofo este cronista! Su escrito anhela el sentido, esa redención de mundo tan opaco.

Capítulo XII

DE LAS COSAS QUE EL CRONISTA GRACIAN VIO DESDE EL GABINETE VOLANTE DEL OBISPO TRESPALACIOS

"Es primor de mi oficio decir las cosas tal y como ocurren, y a fe de esto haré muy justa relación de cómo el excelentísimo Obispo Don José de Trespalacios dio órdenes para el comienzo de la batalla, ya que no santa bendición al más furioso bombardeo que vio el Mar Caribe. Bien raudo subía el mancebo Apolo a reunirse con Zeus bujarrón, cuando el gabinete volante —a fuerza de gritos de la tripulación y chirridos de poleas— penosamente nos elevó por todos los altos aires hasta el remate del mástil, que desde allí celebramos la luz graciosa y límpida del nuevo día, las incesantes corolas del celeste, el delicado vuelo de las gaviotas. —*Ajuste ese catalejo bien templado al aire, Don Pepe, que deseoso estoy de probar las galanías del paisaje.*— *Traba esa lengua, Gracián, y ya no te embuches más rapé nariz arriba, pues necio y tonto, a veces chango, bien te pones con tan delicados placeres.*— *Es que amanecí con la nariz tupida, Don Pepe, y ya me aseguró usted que para el catarro este polvillo de canela es buen remedio, sin falla despeja los sesos...*— *Y te suelta la lengua, bandido, que ya me aturdes con el perico.*— *¿Dónde ha puesto el ojo?, Don Pepe...*— *Ese lo tengo a recato de tu madre, Gracián.*— *Está usted muy quisquilloso hoy, y aplaque esas furias, esa fiera condición, pues en mi lengua no hay equívocos.*— *Pero sí en tus intenciones; te conozco bacalao aunque vengas disfrazao...*— *Pues nada... Entonces dígame qué demonios ve al remate del tubo ese...*— *Prodigios, Gracián, prodigios...*— Trespalacios enfocaba el preciso instrumento hacia las almenas y plazas de San Felipe del Morro; aunque todo el ámbito era luminoso, sus ojos no encontraban descanso; vi en su frenética búsqueda el afán de la victoria, el anhelo de reventar por los aires aquella civitas diaboli. Me invitó a otear. La plazoleta superior del muy distante castillo de San Felipe se acercó y agrandó ante mis ojos: —*Fíjate bien, y dime... ¿no será ese prieto galano el notorio Obatal?*— *Justa fama tiene de gallo de buena casta, Don Pepe, pero a fe mía que sólo veo dos gladiadores entrándose a piñazos.*— *Sin duda el que está muy achulado con las dos cortejas, justo ahí, fíjate, detrás del corral, sentado en el ture, es el Obatal, y el más fuerte de los gladiadores parece ser uno de sus generales, quizás Enrico, a lo mejor Fogón; así los ha descrito mi espía.*— Y la verdad es que los gladiadores bien convertían en arte lo que en otros resulta tosca contención de fuerzas... —*Ave María, Don José, eso de los espías muy guardado lo tenía bajo la solapa. Y dígame, a ver, ¿quién es nuestro espía en el campamento del galano Obatal?...*— Cuando más insistí en indagar las señas de nuestro espía en el campamento enemigo, Don Obispo me contestó con muy sutil enigma; sus intenciones eran que ni siquiera los más allegados a él, como yo, supiéramos la identidad de su embajador secreto: —*Mira tú, Gracián, que en esto de los espías lo aparente siempre es engañoso, y lo evidente en demasía suele ser muy sutil disimulo, porque piensa siempre el enemigo que nuestro ingenio no puede ser tan escaso; pero te digo que* *justo ahí está contenido nuestro dolo, que éste consiste en cultivar el laberinto trazado por la suspicacia—.* Tomó un cachito de rapé canelo en su larga uña y aspiró hasta casi volcarse los ojos, y luego reímos celebrando aquellos pases, delicadas finuras de gabinete. A fe mía que le cambió el semblante; al momento estuvo dispuesto a comentarme las obligaciones de su ministerio, el más perfecto y angustioso, pues contenía los modos de la tierra y las nostalgias del celeste. —*Anoche tuve ruta muy alocada, sueños harto febriles, Gracián, y deliré que me encontraba subiendo por las infinitas escaleras de altísima torre hecha a despropósito, ello porque los peldaños a ningún sitio subían, las rampas rematában en el vacío. Y lo más torturante era aquella escalerilla adosada en espiral a los muros circulares, y tanto se angostaban los peldaños que ya pronto caía al vacío, y bien caí con el aliento estrangulado. Mira tú que entonces desperté en paisaje de cocoteros, y de pronto se apagó la luz solar, fue de noche. Distinguí bajo la luna como una ciudad invertida con todas las torres al revés, sus espirales colgando de la cóncava plataforma del segundo cielo...* —*Maldito sea, Don Pepe, si justo en ese sitio no estuve cuando me reventé los sesos con el povo... Y dígame, como que se veía el otro lado, ¿no es así?...* —*Sí, Gracián, sí, al otro lado de la bahía se alzaba el tronar de los tambores rebeldes y el alto destello de las lumbres, señas ominosas, sin duda, del campamento negro...* —*A mí se me figuró, no sé a usted, pues y que estaba como en la isleta de Cabras, o en paisaje cercano...* —*Justo, Gracián, justo, que por lo visto nuestros delirios y sueños están hermanados...*— Tomó más rapé —pases fieros, benignas intenciones—y entonces me dijo algo que se le asomaba desde el hondón del alma; vi cómo su voz se puso trémula, cómo su rostro se desencajaba de tristeza. Pensé que tantas finuras, los duendecillos traviesos del rapé, habían turbado su entendimiento, inclinándolo a muy blanda melancolía: —*¿Cómo justificar la matanza que se avecina, Gracián, a ver, dime tú cómo se hace la voluntad de Dios en mundo tan espeso? —Pues... ¡qué sé yo, Don Pepe, qué sé yo! Si usted no sabe, cómo pretende que un perla como yo adivine la hechura del mundo, los gustos y caprichos de la Divina Providencia...*— Y espeso, casi pastoso, era su flamígero aliento, por lo que no tardé en advertir justo en el fondo de su melancolía —cuitas de ministerio divino— un tufillo al ron agrio con que solía avivar sus meditaciones, que éste era mezcla de aguardiente quemado y azúcar morena, limón agrio y extracto de canela. Aquel tufillo apenas lo había notado antes de calar frente a la ciudad de los demonios prietos, y pensé que Don Pepe sufría de la tristeza de clérigos, achaque de la voluntad que asalta a los hombres de iglesia al atardecer, sobre todo en estas latitudes, donde las noches seducen sin templanza, con su irreal luz que parece tendida por el mismo demonio, manto selenita de sensuales voces. De un frasco de ron agrio que siempre tenía fermentado en el gabinete volante, me sirvió copa generosa, y sin tardanza los dientes me rechinaron. El solo aroma de aquel brebaje era como para tumbar un caballo, pero quise abandonarme, puesto que la tarde era luminosa, el mar se mostraba tranquilo y las nubes nos acariciaban; sin pena apuré fuerte trago, y pronto me sentí suspendido en aquel ámbito, alucinado por la muy beatífica luz, ya que no turbado por voz tan ominosa. Y Don José trazó allí mismo su batalla contra hombres y diablejos: —*Primero te describiré el segundo cielo, que también se llama la segunda bóveda azul. —A ver, Don Pepe, y ¿qué es eso?...* —*Allí cuelgan los demonios cual legión de murciélagos gigantescos. Y casi siempre están como adormilados, y con los largos rabos colgando de los puentes entre las torres y* *las espirales... —A fe mía que eso más parece tenderete de diablejos que verdadero Pandemónium... —No le des a la manigueta, Gracián, que en seguida te bajo del gabinete, pues bien sabes que estas consideraciones son muy graves. —Sin duda, y perdone mi chanza. Soy todo oídos en lo que toca a tales prodigios. —Pues esos demonios casi siempre sueñan con una ciudad hecha de rubíes, brillantes y esmeraldas... —Sueñan su cielo, Don Pepe, del mismo modo que nosotros soñamos el nuestro... —Claro, pero fíjate ahora cuán mierdosa es esa ciudad. —Me he convertido en grande oreja, a ver... —Te aseguro que el lujo exquisito de la ciudad soñada no son esas piedras preciosas, sino burla cruel... —Todos los caprichos de demonios son crueles... —Ya no interrumpas más este discurso... —Sin más suelte la lengua, que ya recojo la mía... —Sueñan con una ciudad que no esté invertida. ¡Esa es la suprema finura; el anhelo cumplido de los demonios! Sí, una ciudad que no esté al revés, patas arriba, sino bien dispuesta como todas las ciudades humanas, el cielo de dosel y el horizonte a la vista... —Sin duda es esa la ciudad añorada, pues fíjese que ya estarán cansados de colgar patas arriba, el espinazo tieso y el pescuezo duro como un palo... —Esa ciudad de reflejos diáfanos, estancia donde los diablitos vencen la opacidad, bien la anhelan por la ausencia de Dios, por la ausencia del bien, y así como nosotros pretendemos edificar la ciudad angelical, ellos añoran su humanidad perdida... —Ahora es usted quien tuerce la lengua ajena... —¿Cómo dices, Gracián? —No, nada, siga usted, Don Pepe, que lo veo con las musas arriba... —Figúrate tú que se quedan dormidos por años, siglos, y los rabos peludos se van desenrollando hasta que los demonios despiertan al sobresalto, y se encuentran cayendo horriblemente, a través del primer cielo, hacia la tierra... —Grande susto ese, ¿no es verdad Don Pepe?, como el nuestro cuando tropezamos con los abismos dentro de aquella torre de los desvaríos... —Así mismo, así mismo... —Y dígame, ¿es así que toda esa legión viaja de Pandemónium a la ciudad humana? —Pues sí, pero te aseguro que sin las invocaciones diabólicas de los hombres, jamás tendríamos semejantes aguaceros de diablitos... —Así de espesos caen, ¿como la lluvia? —Pues sí, y la causa de esto es fácil de adivinar: A cada invocación humana de la maldad infinita, el aire entre las dos ciudades —la humana y la diabólica— se hace más ralo, por lo que entonces los diablejos caen con mayor facilidad, pesados como piedras... —Imagínese usted que me caiga uno de esos en el cogote... —Déjate de zanganadas, Gracián, que esto es muy serio. —Sin duda, Don José, que ese aguacero de diablos le vuelca el alma al más guapo—.* Entonces le pregunté cómo había ocurrido la posesión demoníaca de San Juan Bautista: *—¿Quién ha llamado legión tan terrorífica? —San Juan se ha convertido en ciudad de muchos demonios por las invocaciones del Niño Avilés ese, el notorio poseso, verdadero Satanás embuchado según mis espías...—* Con muy delicados gestos, finuras y halagos volvimos al convite, a llenar las copas con tan preciado néctar: *—Ha ocurrido así, según mi ciencia, porque los berridos del Avilés, chillidos espantosos, desaforados, mucho aire del primer cielo vaciaron, dejándolo más ralo que aliento de niña. Estos disturbios causados por la voz del berrinchudo también se extendieron hasta las más altas bóvedas... —Algo así como voz que deshollina el segundo y tercer cielo, liberándolos de las espesas suciedades de esas alturas, y... ¿no es así Don Pepe? —Mucho atinas, Gracián, mucho atinas, porque debo decirte que todas las torres y espirales de la civitas diaboli fueron hechas con mierda seca de murciélagos, única materia que los diablos consiguen en tales alturas. Por esta razón el aire de esos cielos siempre está* *como entumecido y malsano... —A ver, y diga cómo bajaron los chillos esos de las alturas, aventando todo el aire de San Juan Bautista... —Así fue, que si ojos tuviéramos para ver semejantes sucesos, no cesaríamos en sustos y cagaletas... Ahora mismo los veo claritos... —Pues sí, y allá han caído sobre la siempre fidelísima ciudad de San Juan Bautista, y esta lluvia de diabólicos follones ha sido la más grande catástrofe ocurrida en estas tierras desde que los demonios luteranos de Drakeo y Cumberlando pusieron ojos sobre sus riquezas...—* Cuando le pregunté si esta ciudad de demonios colgantes era lo mismo que el infierno me dijo: —*El infierno es el taller, no la vivienda de los demonios; en aquél cuidan con grande celo el oficio de martirizar a los condenados, mientras que en Pandemónium viven, holgan y se procrean, ¿te fijas, compio?...—* También le pregunté por la ciudad de Dios, y entonces se puso más picoreto que nunca, revelándome así sus secretos afanes: —*Para llegar a la ciudad de Dios, recinto tan luminoso allá encumbrado en las más altas bóvedas y esferas, hay que cruzar los predios de Satanás, y esta ruta es la noche oscura del alma, dolor necesario que nos conduce al Padre. Pero no confundas la ciudad de Dios con el Paraíso, ni te turbes pensando que es la Iglesia de Cristo aquí en la tierra... —Dios me libre, pero entonces... ¿qué es? —Pues la ciudad de Dios es un espacio perfecto que anhelamos acá abajo en la ciudad humana. Pero ya sabes que nunca lo encontramos. Y mira que es como nostalgia nuestra de un espacio bienaventurado, ciudad beatífica apenas oteada allá, al fondo de calles donde viven el dolor y la miseria. —Filigranas hace en el aire, Don Pepe, primores del ingenio atildados por la lengua—.* Y añadí, a modo de halago, que en la Santa Iglesia de Cristo me parecía ver, al menos, el pórtico de esa ciudad divina. Mientras me servía otro trago de la fiera bebida, brebaje que ya desfalleció todos mis miembros, con cuidado fue acicalando estas muy oscuras razones, recovecos sutiles del ingenio, miniaturas verdaderas del orbe: —*Pues te aseguro que la Iglesia de Cristo vive en la ciudad humana, y esto quiere decir que para alcanzar la ciudad de Dios estamos obligados a peregrinar por la más baja región de los demonios, aquella que toca la materia, y es de buena vocación y mejor ministerio reconocer esto; así nuestros paseos por la civitas diaboli no serán sino la ruta obligada por el humano esfuerzo, cura para toda herejía escrupulante... —Dispensa para avivar o matar la esperanza a sangre y fuego, según sea el caso. —Tampoco está tu lengua muy torpe que digamos, Gracián, que jamás la había escuchado tan lozana. —Homenaje a usted, Don Pepe, gran pico de oro de estos mares...—* Y continuó viajando por selvas de razones, bosques domeñados aparecían ante sus ojos sorprendidos, se amansaba su inquieta lucidez en algún jardín de luz benigna y apacible. —*Debemos bombardear por lo alto, Gracián, pues así destruiremos algunas atalayas de la ciudad diabólica. —Bien dicho, que el cañoneo será como para espantar al mismísimo Satanás, y mucho gozaremos revolcando el panal ese de diablejos... —¡Gracián! ¡Gracián!... —No me grite, Don Pepe, que no soy sordo... —¡Fíjate!, fíjate tú cómo el aire se hace espeso de negrura, y en los oídos ya revolotean tronantes miles de alas mondas... —Ahí, Don Pepe, justo detrás de usted se desata el vuelo... —Ya lo sé, pero no miro, leal compañero... ¡Ah! Pero luego de concluida la batalla debemos colocar escaleras sobre los muros del castillo. —¿Con qué propósito?, Don Pepe... —Mira tú que debemos asegurarle huida al tropel ese de apestosos. Las escaleras son para que los diablos suban a la ciudad invertida, recinto suspendido al revés del mundo. —¿Y esos demonios acaso no vuelan? Es*

110

creencia muy manida que esos diablejos tienen alas, como los murciélagos. —*Los demonios son ciegos, Gracián, y sus alas sólo les sirven para tumbarlos a tierra, pues como en ellos todo es al revés, cuando revolotean no alzan vuelo, sino que caen al piso como muy pesados plomos. —Pues ahora veo la necesidad de ayudarlos a coger las de Villa Diego... Y dígame, ¿qué pito toca Obatal en el cortejo? —Ese prieto por lo visto está dentro del pellejo de Leviatán soberbio, que la batalla es a la vez contra hombres y demonios. por eso mismo te digo que terminado el bombardeo debemos apechar con el más grande exorcismo que jamás se haya visto en estas tierras de América, y con la oración debemos edificar como una grande torre para que los demonios suban a las agujas de la ciudad invertida, y allí enrosquen sus peludos y torcidos rabos por toda la eternidad paciente...* —¿De qué construiremos esas torres? ¿Serán de argamasa? —A mí se me figura, Gracián, que debemos construirlas con tallos de bambú, la caña más dura que crece en estos trópicos. Sólo así el edificio podrá soportar el peso de legión tan grande de diablos. —Y además rezaremos, día y noche, tarde y mañana... ¿no es así? —No lo dudes, hombre; pero también debemos asistir la oración con buena carpintería, que si no los diablejos voluntariosos —verdaderos hijos del mundo— mucho se burlarán de nuestras intenciones. —¿Qué forma tendrán las torres? —Pues anchas bases y angostos remates, sin que por ello sean pirámides, mucho menos agujas, que más bien las concibo como trapezoides para demonios maromeros... —¿Cuántas torres debemos construir para deshollinar toda la ciudad? —No menos de cincuenta con altura de trescientos brazos. —¿Bastará eso para tantas sabandijas? —¡Sin duda!... Mucha maña tengo en este oficio... No lo olvides. —Pero dígame, cómo demonios obligará a todos esos diablos, que hasta en contra de Dios se han rebelado, a subir por tales columpios y trapecios, muy en lo alto hasta las agujas de la ciudad esa que cuelga del plafón de la nuestra... —Semejante rebeldía de los demonios follonudos no es detente contra nuestras oraciones y exorcismos, y pronto huirán con el rabo metido entre las patas a sus escondrijos y madrigueras...—**

---

* A.J.M.:

Civitas diaboli

Caminó las calles de la otra guerra, y allí encontró los horrores y caprichos de nuestra ciudad. Entonces habló de diablejos y trampas gigantescas para despejar el aire; aquel sutil esfuerzo de la fantasía justificaba su sobrio oficio. La guerra también sueña la utopía.

* A.J.M.:

Las torres

Alguien tuvo el buen sentido de señalar lo evidentísimo: Si los demonios son entes espirituales no necesitarán torres para llegar a sus nidos. A lo que otro contestó que la aglomeración de diablejos en el aire siempre crea una masa dudosa, ausente de la vista pero muy pesada, equívoco de la materia que muy bien podría necesitar tan altos andamios. Entonces llamaron a un teólogo, quien aseguró que las torres se caerían "espiritualmente" una vez que comenzara el exorcismo. Y era necesaria la opinión del carpintero: —Suben un elefante a hacer piruetas y maromas allá arriba y esa torre no se cae—. Mal consejo fue la mención del elefante: Reunieron a cien hombres —el equivalente en peso a un elefante pequeño— y los hicieron escalar una de las torres gigantescas entre las rechiflas y el vocerío del populacho. No hubo grandes catástrofes. ¡Aquella pirámide de bambú estaba bien construida de verdad! Los buenos ciudadanos se felicitaron, y celebraron aquella prueba como triunfo verdadero sobre la ignorancia. El único detalle que pronto enturbió la tarde fue que los hombres desaparecieron en las alturas, sí, allá arriba, en el más alto cielo, tal como lo había profetizado el cínico y charlatán físico del pueblo, Don Pedro Iturrioz, quien esa misma tarde sufrió fervorosa conversión. Y Don Pedro caminó de rodillas hasta la iglesia, y olvidándose de

Después de tan majestuosa explicación sobre cómo se purga ciudad endemoniada, Don José quedóse dormido como un bendito, que durante todo el vehemente discurso anterior desfallecía de cansancio, bostezando hasta el galillo, vencido por el enorme sueño que las copas de ron agrio habían desatado. Aproveché entonces la ocasión para otear por el muy poderoso catalejo de Don Obispo. Orienté aquella lupa de los aires hacia la más alta plazoleta del Morro. Y para mucha sorpresa mía, vi una ceremonia en que hombre blanco era condecorado por el mismísimo Obatal, y aquella ocasión parecía ser muy majestuosa, a juzgar por los muchos negros que la observaban desde las almenas. Y el hombre blanco —verdadero renegado de nuestra causa— iba muy paruro, adornado con todas las baratijas y chucherías que suelen usar los negros, que en esto último más que desertor era furioso traidor impenitente. Y bajó la escalinata para abordar un coche a cuatro bestias, muy galana berlina italiana, verdadero gabinete sobre ruedas que había pertenecido al Obispo Larra. A su diestra, y un poco atrás en el paso, como corresponde a las mujeres, camina negra muy hermosa de cuerpo sandunguero y deleitoso, de noble estirpe a pesar de ser africana. Pues por lo visto esta doncella es la consorte —ya que no corteja— del blanco, y ello lo digo porque suben al galano coche entre los vítores de la muchedumbre. ¿No será ese fulano el espía de Trespalacios en el campamento enemigo? A mí se me figura que sí; muy difícil será para los negros descubrir la identidad de ese galán, y ello porque en el oficio de espías, como en la política, las conjeturas más evidentes suelen ser las más engañosas, de manera que en este caso el propio dolo disimula descaro tan valiente.

Luego me eché a dormir la siesta; el rumor de las olas halagaba todos los sentidos hasta el ensueño.

Como a las cuatro horas de haber quedado dormidos, el crepúsculo nos despertó, y bien escuchamos el vuelo de Minerva. —*Nos quedamos como yuca... —Así es, Gracián, y esta es hora de salir los diablillos de sus madrigueras, según dice el cabo Sánchez...*— La negrada ya había encandilado antorchas en su campamento. Trespalacios encendió la lámpara del gabinete, y la caoba volvióse aún más bermeja con luz tan mortecina y amarillosa. Para esta época del año el ocaso es muy fugaz; ya pronto las sombras descenderán sobre toda la estancia. Bajamos a cubierta, turulatos por el chirrido de cuerdas y poleas, temblorosos bajo la lluvia, el azote del viento y los relámpagos. Ya bajo el toldo de campaña tendido en el puente, sobrio de lucidez y agudo de entendimiento, Trespalacios recordó su autoridad, y dio la orden para que empezara el fiero cañoneo pesado contra las líneas del enemigo. Así empezó la más grande batalla que jamás haya visto la historia de estas indias occidentales. —*Oye, Gracián, ve indagando dónde se consigue carey y carrucho en el bajío de esa playa...*—

---

los cien desdichados y el elefante, todo el pueblo lo siguió gritando ¡milagro!, ¡milagro!... Menos el bobo del pueblo: Miró hacia lo más alto, columbrando la altura de torre tan mostrenca, y entonces salió corriendo detrás del populacho histérico, una nueva explicación picándole las orejas, de prisa y corriendo, puesto que reconocía la corta existencia de sus ideas. Llegó a la iglesia y comenzó a dar vueltas por el atrio; ya había olvidado que si cien hombres son el equivalente justo de un elefante, bien pueden desaparecer en el aire.

Capítulo XIII

DONDE SE NARRA LA ENCOMIENDA QUE RECIBIO EL RENEGADO
LUEGO DE ALGUNOS CHISTES Y ASOMBROSA FORTUNA

"Desperté muy extrañado con los contornos, los sesos a reventar de un fuerte dolor de chola, y al fin reconocí que me encontraba en la corte de Obatal. Tanta algarabía, ruidos tan desaforados, bien se debían a vacilón animado por el Supremo. Y Obatal, el muy perla, bellacamente retozaba con Sara Josefa y Oriki, mientras Dámaris, la muy prudente, sin tregua miraba con gravedad y tristura tanto abandono. Pues había frente a nosotros muchas vasijas con variadas frituras de carne, viandas y pescados. En un rincón la vieja de siempre freía arepas de bacalao, y rellenos de plátano con carne de puerco, verdadero veneno para tímidas entrañas. Obatal me pasó un cuero, vejiga de chivo llena de las mieles fermentosas que los negros llaman Mati, o Matí de caña, según el caso del infeliz que las tome. Es una bebida viscosa, y en la color se parece al melao, aunque también puede tener el matiz más verdoso del guarapo. Con la fiereza del ron caña pronto me sentí aturdido, turulato, y fue entonces cuando la vi... Ahí está. Mi reina africana no cesa de mirarme con cuidos delicados, amores encendidos, que esos flechazos tan certeros los lanza entre risillas y rubores pudorosos. Noto que está vestida con poquísimas ropas y discretos adornos; éste es el homenaje que el artificio le rinde a la hermosura verdadera. Puedo imaginar su desnudez, que se me inflama el corazón, y también otros apetitos de querencia tan dulce... Obatal insistía en que follara con una de sus cortejas; pero mi debilidad y turbación era tan grande debido a las yerbas y destilados, que sólo tenía ánimo para conquistar el goce de mi reina chula. Pues aquello se volvió desenfrenada orgía, buen lector, y algunos guerreros molongos se retiraron con graciosas cortesanas al rincón donde el Niño Avilés tenía maléfica estancia; pronto se escucharon ansias y gemidos, susurros y quejidos. Tronaron tambores y hubo baile y alegrías en el salón; corría el Mati y las pipas ya estaban encandiladas. En rincón oscuro vi a dos muy galanas negras que comían la frutilla conocida como panas de pepita, verdadero castigo para la tripa, tanto así que se comen en soledad, pues causan vientos de popa, ofensas graves para el trato cortés. Por lo visto estaban recién salcochadas; la dita estaba llena y el aire diáfano. Mucho me atemoricé cuando vi a las prietas en la comelata aquella de las malditas semillas; aunque las mujeres suelen ser más discretas en sus vientos que los hombres, bien conocido es que tienen menos dominio sobre urgencias y apuros. Obatal me daba fuertes palmadas en el hombro, suficientes para sacarme el bofe por la boca, que con mi debilidad, el afecto de Obatal y las furias del Mati pronto saldría de aquel lugar todo choncho, como dicen los negros cuando se refieren a borracho perdido. A la verdad que tuve ganas de pedirle permiso a Obatal para gozarme a la reina de Africa; pero contuve el ánimo cuando advertí cómo Dámaris husmeaba insidiosamente mis locas ansias. Aquel diálogo de amor entre nuestras miradas veneno era para la intrigante cortesana, sin duda más bruja que mujer, tirana cruel de nuestras voluntades ya sometidas por Cupido. Luego del toque de tambores y la danza del pájaro, rito obligado en estas fiestas de negros, ocurrió muy gracioso suceso que ahora relataré, y ustedes, mis buenos lectores, dirán que lo siguiente es viva fantasía, chiste pensado pero no vivido. Obatal me aseguró al oído que con lo próximo reiría hasta mear, y yo no le creí, pues pensé que era ésta una de sus muchas exageraciones. El supremo caudillo sonó dos palmadas, y la vieja de la fritanga, sin chistar, acercó al centro de la habitación alto y grueso velón encendido. Y aquel velón era pascual, mudo testigo del saqueo a las arcas del Obispo Larra. Las dos negras que comían las panas de pepita se acercaron al centro mismo de la sala, colocándose, una a cada lado, frente a velón tan misterioso. Ya no tardaron las risillas y los soeces comentarios, y bien fijé toda mi atención en aquellos relieves sobre el lomo de la vela, miniaturas ajenas a las altas sombras, a la mortecina luz amarillenta que veló a grita tan infernal. Las dos guapas se voltearon. Se acercó la vieja de la fritanga con larga puya en la mano... Ellas se han puesto de rodillas, ríen hasta reventar mis oídos, y hasta yo me he contagiado con las furiosas risotadas, sus burlones sacrilegios. La vieja toca con esa puya la espalda de una de las dos mujeres. Entonces ocurre lo monstruoso; esta mujer alza su túnica, y dejando el culo al aire suelta ruidoso pedo que por poco apaga la inquieta llama... La vieja tocó levemente a la otra mientras la primera se retiraba. Y la segunda mostró dos orbes, ya que no raja universal. Ya se encandiló mi verga mientras me echaba gaznate abajo animoso trago de Mati, y sopló aquel monumento un pedo hecho a su medida, a la verdad que gigantesco y anchuroso, tanto así que lo pensé suficiente para apagar la luz del mundo. ¡Ay Dios! A fe mía que aquello era justa de pedos, y era la intención de las guapas apagar la vela con sus vientos de popa. Todos tuvimos la suerte de que tales vientos no fueran ofensivos, pues de serlo el salón entero habríase apestado. Bien cierto es que las panas de pepita causan pedos, pero jamás cultivan follones. Estos son insidiosos, silenciosos, veleidosos y apestosos hasta el asco, mientras que aquéllos son risueños, sonoros, diversiones del trasero más que caprichos de la tripa, siempre benignos recreos para la nariz y el humor, que de ellos podemos decir aquello de mucho ruido pero pocas nueces. Pensé que con certeza todos terminaríamos más chonchos que cubas, sobre todo Obatal y yo, tal y como nos ocurrió por la tarde cuando nos reventamos los sesos furiosos a jumazo limpio. Cosa bien curiosa es que los negros no se muestren remilgosos ante estos caprichos y diversiones del culo, pues a fe mía que los indios caribeños consideran groseras porquerías tales suspiros del cuerpo, y hasta piensan que uno de ellos, mal tirado y a destiempo, grandes infortunios y desdichas trae. Pude observar esta graciosa superstición de los indios en la isla de San Vicente. Aquella tarde vi a unos indios que echaban al mar grande piragua. Iban a comenzar largo viaje, ya que pretendían llegar hasta el islote de Vieques, pequeño paraíso muy al este de la isla de San Juan. Me acerqué y les ofrecí mi ayuda, porque estaban pujando de lo lindo, dejando el bofe en tal empeño; pero me rechazaron refunfuñando y haciendo muecas, como siempre, así de hoscos y malcriados son los indios de estas latitudes. Cuando al fin echaron la piragua al mar, el jefe de ellos ordenó que la devolvieran a la arena. Esta irresolución me extrañó mucho; bien notorio es que los indios suelen ser muy testarudos. Indagué con el jefe, a quien reconocí porque llevaba un jumazo de tabaco chupado entre los dientes, signo seguro de principalía entre algunas familias caribes. Me miró con mucho recelo y suspicacia cuando le pregunté por qué demonios habían devuelto la piragua a la arena. Me dijo que así lo hacían porque con el esfuerzo de echar la embarcación sobre la cresta de las olas uno de ellos se había tirado un viento de levante, que así llaman los indios a los pedos. Cuando le dije que aquello me parecía poca razón para desistir de la travesía, montó en furiosa cólera y me gritó que un pedo al zarpar significaba mala suerte durante todo el viaje, y que era muy imprudente comenzar singladura con tan malos auspicios. Se alejó echándome arena en la cara y gritándome hijo de puta. Al otro día observé, escondido detrás de unas rocas, intento similar. ¡Cuánta fue mi sorpresa cuando volvieron a desistir! Tal parecía que alguien había vuelto a tirarse un pedo. Y así pasó al día siguiente, una y otra vez, y llegué a pensar que si no aislaban al de la pedorrea jamás saldrían de la isla. En tono de guasa esto le dije al jefe indio cuando lo vi pescando con chinchorro en la playa. Muy pronto se le hincharon las bolas, y su enojo fue tanto que me invitó a pelear. —¡Quièto, leal!,— así le dije mientras intentaba apaciguarlo, pero ni modo. Como me creyó peninsular dijo que el pedorrero padecía de ventosidad por haberse comido el brazo de un cura español en isla cercana, y aspaventándose la nariz me gritaba que los españoles olían muy mal, y que siempre era preferible la carne de un francés a la de cochino peninsular. Tragué saliva, me di por aludido y me largué, dejándolo a bien con sus pedos y supersticiones. Para que ustedes, buenos lectores, no crean que esta superstición de los pedos es invención mía, relataré otro suceso, y éste fue que unos indios invocaban al diablo, arrebatados con yerbas, y cuando Satanás supremo estaba a punto de sentarse entre ellos, a uno se le zafó un follón, apestando toda la estancia, que todos le cayeron arriba a burrunazos por haberle escandalizado las narices al lucífugo. Según ellos, el follón del culpable había ahuyentado a Satanás, poniéndolo de vuelta a los infiernos, y esto me recuerda al monje hereje Lutero, quien soltaba vientos en compañía de doñas y amigos, ello para repeler algún demonio que entre ellos estuviera, pues bien se dice que Satanás huye desaforado de lo que es esencia de su espíritu apestoso. Este exorcismo del pedo, o más grave aún, del follón, lo hizo el monje diablo en muchas ocasiones, así de conocedor era de los melindres del maligno, todo ello con festiva celebración de los presentes, quienes embrutecidos por la herejía proclamaban la pedorrea como el mejor modo de desterrar del trato humano a los alcahuetes de Belcebubo. Y todo esto hasta aquí dicho pudo comprobarse con grande pedo que hubo en el salón; tal rumor se oyó cuando me levanté de la esterilla todo choncho y tambaleante, y mi deseo y pretensión era besar a la reina de Africa, ya que Obatal me había dado autoridad sobre aquella dulzura. Aseguro que el pedo sonó; no fui yo al levantarme, ni tampoco las mujeres del torneo, por lo que supuse, como último pienso antes de caer redondo, que la vela había sido apagada por pedo del diablo, pues no olvidemos su presencia entre nosotros, encaramado como estaba en el cuerpo inocente del Niño Avilés. Hubo mucho silencio en el salón. Todos husmearon el terror que Obatal anidó en sus ojos, que al pobre le rechinaban los dientes. Pero justo cuando ya caía tambaleándome ante los pies de la amada, oí risotadas en todo aquel ancho ámbito que retumbó en mi lucidez, aturdiéndome el conocimiento por el resto de la endiablada noche.

* * *

Desperté a la mañana siguiente, la garganta seca, el buche florido y los sesos como un timbal. Cuando me levanté, las sienes estuvieron a punto de reventar; pero ya pronto recibí los cuidos chulos de la reina de Africa, quien dulcemente me miró con delicada ternura, casta pasión. Y mi ánimo volvió a desfallecer en aquel momento, tanta fue la emoción que sentí en los brazos de la amada. Estábamos en la plazoleta superior del Morro. Ya recordaba; pero cuando busqué en el aire luminoso la estancia del reino celeste, aquella torre que fue perturbación de mi ingenio y esfuerzo de mi aliento, sólo encontré más luz, vacío que desengañó al espíritu, desencantó los ojos. La ciudad invisible de las altas torres no estaba allí en el candente cielo... Allí, hacia el lado, está esa casucha, tenderete de yaguas y palos de mangle, único salón de toda la gran corte de Obatal. ¿A dónde se han ido las maravillas nocturnas, qué tiempo engañoso acogió los altos corredores asombrosos?... Y todo me pareció visión que engañaba lo vivido, por lo que restregué mis ojos, pensando que estaba dormido y era grande sueño el desengaño... Obatal salió de la tienda de campaña, y ¿viene a saludarme?... El sol estaba alto; reverbera en mis ojos una luz que cegaba... Tuve que hacer de tripas corazones, insuflarle desfachatez a la locura para preguntarle a la reina de Africa —quien sostenía mi cabeza en sus brazos y acariciaba mis cabellos— dónde demonios estaba yo y qué había sido de las altas torres. La reina de Africa sonrió, asegurándome que estábamos en el campamento de Obatal, y que nada sabía ella de las altas torres esas que yo decía... ¡Maldito sea, y ahora todo es al revés, y ya no sé lo que es engaño!... Más airado que confuso, me puse de pie, y escudriñé aquel campamento tan distinto al que conocí... Ahí está Dámaris en las penumbras del tenderete, sonriéndome con malicia, y también está en rincón oscuro el embuchado Avilés, como siempre... Sara Josefa se lava sus muy sedosos cabellos en ancha bacía de barro, y Oriki se solaza fumando maloja mientras uno de los guardias que vi en la torre otea, allá trepado en precaria atalaya hecha con pencas y bambúas, la flota de Trespalacios, el horizonte silencioso y acechante. Caminé por todo el recinto, a mi lado la reina de Africa. ¡Cuánta fue mi alegría cuando vi sobre una almena el buey del estanque aquel donde encontré tantos placeres! Me acerqué, advertí que ya apestaba, y comenzó a hincharse, pudriéndose bajo legión de moscas, zumbante nube posada sobre ojos y cuernos. Le pregunté a la reina si hacía tiempo que aquella carroña estaba allí. Y ella me aseguró que Obatal lo había traído muerto, arrastrándolo desde lugar lejano, cuando regresó del viaje que hizo con su corte. Cuando indagué sobre aquel viaje de Obatal, no supo contestarme, y pronto noté en sus ojos la extrañeza convertida en suspicacia... ¡Ahí está Obatal!; en ese corral hecho de sogas y cabuyas el gallo supremo mide sus fuerzas con fiero Mujamo. Y la plazoleta está llena de los guerreros más leales al caudillo... Justo cuando me acerqué, Obatal detuvo su torneo de puños con Mujamo, lidia mañanera que lo mantenía más fuerte que poderoso. Me llamó, acercándose a las sogas. Cuando nos arrimamos acarició la mejilla de mi reina, y me preguntó si estaba cansado después de tan largo viaje. El ademán encendió mis celos, aunque no la imprudencia, y la pregunta me dejó perplejo, no supe qué contestar, asegurándole que tenía los huesos machacados para no parecer grosero. Muy sonriente me prometió que tan pronto terminara su cambio de puños, galanamente nos traerían suculento desayuno de pescado, ya que no merienda de negros. Volvió al centro del redondel, donde continuó sumido en aquellos afanes de gladiador, y tantos empellones recibí de los alcahuetes allí reunidos, que halé a mi prieta chula fuera del tumulto, invitándola a contemplar el bajío de Isla de Cabras desde la alta almena. ¡Bien encandilado estaba el día!; el sol era furioso disco anaranjado en tan alto cielo, el aire hervía grisáceo de tanta luz, la mar desfallecía sobre los roquedos apenas recogiendo su manto de espuma y algas. ¡Me viré muy rápidamente sin anunciarlo, y miré hacia arriba!... Pero allí no está. La ciudad invisible de las altas torres ha desaparecido... Entonces... ¿a qué sitio si no a las altas torres he viajado con Mitume?... Así se agolpaban más preguntas que respuestas, torbellino apenas amansado por los cuidos de la reina africana. De pronto hubo grande conmoción en el ruedo, y acudí temiendo la mala ojeriza de aquellos negros contra el caudillo, así de suspicaz me tenía la vida cortesana. Pero mis temores de encontrarlo con el bofe en la mano no se cumplieron... Ahí está José Fogón, y debo acercarme para oir tantas noticias. Cae sin aliento, relatando atropelladamente los infortunios de la batalla de Piñones... Aunque apenas pude escuchar detalles por el murmullo de los guerreros, pensé que las noticias eran harto infaustas; el aire diáfano ya olía a muertos y tragedia. Sin cuidos ni aviso miré con el rabo del ojo a la reina de Africa, y allí la sorprendí husmeando mi interés en los sucesos. Me sonrió con timidez; el rubor acudió a sus mejillas. Oí que me llamaban, y al devolverle mi atención al mundo, uno de los guerreros me empujó dentro del corral, que mucho le urgía al caudillo hablar conmigo... Y aquí me encuentro, en el centro de la ciudad, mi cuerpo hostigado por mil ojos, testigo de ese desconsuelo dibujado en el rostro del Caudillo... Me señaló que Juan González había muerto en la batalla de Piñones, y que la infantería de Trespalacios había cortado la ruta de provisiones... ¡Buen fastidio, galán!, que sin el corso blanco Juan González los prietos jamás convertirán el Morro en tronante amenaza, pues de artillería saben tanto como yo de números, conocimiento más necesario que la buena puntería para reventar cascos y hundir velas... Y por un momento me atemorizó el pienso de que Obatal me impusiera a conducir el fuego de artillería; a lo peor el caudillo pensaba que yo, blanco al fin, bien ducho debía estar en matemáticas, ciencia rectora de la destreza artillera, hada madrina del tino certero. Pero no era para este oficio que me reclutó, sino para uno más a tono con mi principalía. Y fue entonces cuando me dio las más infaustas nuevas de la mañana: Mitume se había rebelado contra su autoridad, y a galope tendido se dirigía a reunirse con sus leales de la guardia brava, molletos aguerridos que en Dorado le tenían el pecho puesto al ejército avileño. Obatal me explicó que sin Juan González la batalla sería penosa, pero que sin Mitume y sus fieros guardias bravos, la derrota sería segura. Me echó el brazo por el hombro y me pidió que fuera su embajador ante Mitume. Pues sí, así como lo oyen, que la diosa fortuna y su incesante rueda más que veleidosa se mostraba conmigo. Recordé cómo Obatal había humillado a Mitume allá en las altas torres... Ahora su deseo es hacer paces con el formidable guerrero, pues sin él jamás ganará la guerra. Y tanta roña hay entre estos dos que bien necesitaré el dolo de Macavelo y los negocios de Guicciardino para recomponer la lealtad perdida, ingenio y maña más que valentía para amansar la soberbia... Miré muy de improviso hacia la estancia de las altas torres; pero allí no estaba aquella infinita ciudad invisible que era engaño del mundo. Y el contorno de la guerra se me hizo extraño, más ajeno aún el propósito de la misión secreta, que confundida andaba mi voluntad ya sometida a la ciega fortuna que sobre el orbe impera. Mohíno levanté la mirada, y hubo grande peso y enconada tristeza en mi corazón, cuando Obatal insistió en que la libertad de su pueblo dependía de mis dotes diplomáticas... ¡Maldito sea! ¡Bien engañados están los negros si de mí depende enderezar tantos entuertos! Maldigo la hora en que me disfracé de embajador, ¡achulamiento engañoso ahora burlado!... Ya alejados del vocerío imperante en el ruedo, le pregunté por qué demonios creía que yo era el señalado para amansar el ánimo de Mitume. Con mucha firmeza me aseguró: —*Viajaste con él, fue tu guía, y no hay amistad más sólida que la nacida del peligro*...— Ya no podía postergar más la pregunta, y señalando hacia arriba inquirí la existencia y destino de las altas torres. Pero el Obatal ya iba de regreso a su choza, más esquivo que atento a mi ordalía, demasiado ajeno a mi confusión tan desolada... A fe mía que ya no hay virtud en este rincón del mundo, y del pienso al hecho debo acudir con mucha esperanza, poca certeza...* Me apresuré entre los empellones y gritos de la muchedumbre, siguiéndolo como en sueño hasta el interior de la zahúrda. Allá le explicó a Dámaris lo sucedido. Y no me daba tregua el macho para probar certeza o sufrir desengaño. Salió de aquella choza atildado hasta las cachas, más galano que fiero, con ancho sombrero de paja puesto a lo corso, incontables collares y brazaletes de caracoles protegiendo su continente. Cuando lo vi venir hacia mí tan dispuesto de talante, se me apretó la roseta del fondillo, adivinando en su locura acción estrafalaria. Y así fue; ante todos sus guerreros me ordenó que me quitara la camisa... ¡Maldito sea! A fe mía que me encuentro en el remolino de la historia, mi voluntad ajena y el corazón sobresaltado!... Eso hice, no sin antes sentir grande bochorno bajo las curiosas y sonrientes miradas de aquellos bravos, ya que mi piel es muy pálida y mis molledos harto delicados, como corresponde a testigo de la historia, hombre de gabinete, cronista más curioso que valiente. Obatal ordenó que trajeran coche para su embajador. Me puso el sombrero achulado como si yo fuera su fantoche, y yo sin chistar, que ya pronto me vi adornado con baratijas de pies a cabeza, luciendo más brazaletes que la reina de Saba, más detentes que el escapulario milagroso, convertido en bazar de turco, las pulseras de camándulas y los collares de caracoles engalanándome como guirnalda de feria. Entonces me ató un pañuelo rojo al cuello, y por un instante pensé que me estrangularía, así de suspicaz estaba yo con los caprichos del Supremo. Pero no fue equívoco su gesto, sino más bien grandioso, pues a voz en cuello me advirtió que tantos adornos invocaban la protección de los dioses africanos, desde aquel momento los verdaderos custodios de mi vida. Perplejo quedé cuando vi trocada la misericordia de la Divina Providencia por la magia de tan veleidosos ídolos, aunque bien engañosos ya se me mostraran todos los rostros de la ciega fortuna. Y así me encontré en solemne ceremonia, convertido en títere del destino, sometido por la historia al nuevo papel de héroe, triste ordalía para cronista impertinente. Obatal también me entregó macana

---

*A.J.M.:

La nostalgia

Muchos hombres han visitado la ciudad que presentimos con cada paso, la estancia luminosa que esperamos encontrar a la vuelta de la esquina, consuelo del incesante peregrino. Conocerás a los hombres según la nostalgia que sientan por aquel espacio perfecto, una vez entrevisto allá al fondo de la oscura calle: El cínico pretende estirpar de su cobardía recuerdo tan doloroso. Los escépticos quieren convencerse de que lo visto también pudo ser engañosa pesadilla. Y los hombres de fe vagan por la ciudad humana con la incurable nostalgia de visión tan dócil; desearían contemplar las espirales que calman toda sed posible, aunque no sé si la virtud capital de estos viajeros desconoce la esperanza.

118

tallada que representaría el bastón de su autoridad en mi oscura misión, y pronto los oídos me tronaron con los chistes obscenos de todos los cafres allí presentes. Pero mucho me advirtió que la prudencia no estaba entre los atributos del bastón, y que ésta tendría que ganarla con los grandes desengaños y amarguras del camino. Esto me mosqueó en demasía; Obatal habló como si la embajada fuera más a los infiernos que al campamento de Mitume. Justo cuando me abrazó fuertemente salté de la extrañeza a la emoción, y con un taco en el gaznate escuché los vivas de los guerreros molongos, siempre leales al Supremo. Ya me iba cuando advertí entre la multitud la mirada perpleja de mi reina africana, sus ojos más mohínos que suplicantes, su tristura casi al borde del llanto. Le pedí a Obatal que me dejara llevar como consorte a la reina de Africa, a lo que accedió gustoso, otorgándome la sazón de tan grave encomienda, volviendo placentera la peligrosa ruta de la embajada. Obatal le ordenó en lengua africana que me acompañara, pequeño discurso que supuse adornado con halagos y bendiciones. Y la tímida pero alegre muchacha se me acercó; bien supo que en el porvenir ya no observaría la costumbre de caminar dos o tres pasos detrás de mí. Insuflé el orgullo, ya que no el ánimo, y le ofrecí mi brazo a la linda reina de Africa, y ella lo aceptó con mucho donaire bajo el dosel de vítores de la multitud, buena señal de la natural nobleza que adorna a todas las mujeres de su raza. Entre el clamor de la multitud allí congregada, y digo muchedumbre no con intención de alarde sino con deseo de ser fiel a tan magnífico suceso, bajamos las escalinatas hasta llegar al estribo del coche. Pues la cabina de éste era tan achulada como mis adornos, por lo que me asaltó el pienso de ser víctima de grande broma, chiste cruel, temor que se debía a mi imprudencia de trocar la gravedad del gabinete por el descaro de la historia... ¡Ya cuando me aleje de la fortaleza, al mar echaré tantos adornos que burlan mi dignidad!... Antes de subir al coche la reina y yo, embajadores de principalía en la más grande guerra del Mar Caribe, saludamos a los miles de negros que trepados en las almenas —sus piernas colgando en el vacío, como es costumbre entre ellos— furiosamente clamaban nuestra apoteosis. Y todo el ancho campamento de prietos revoltosos y noveleros convirtió tan grande suceso en solemne acontecimiento, ocasión para los siglos aquí cifrada en esta crónica. Entramos en el coche, y pronto advertí la alegría en los ojos de la reina, gozo más inocente que discreto. Y yo no acababa de acatar los caprichos de la diosa ciega, así exaltado como estaba con tantos honores. ¿Qué demonios hacía yo tan sometido a rumbos novelescos?, que cronista más que fabulista soy... Restalló el látigo en el pescante y salimos de la fortaleza del Morro, cruzando por el puente del pozo, el largo camino de Dorado frente a nosotros allende el mesetón de San Cristóbal. Y cuando ya estuvimos en la brega de la historia, camino al triunfo o la derrota, la extrañeza del contorno se me volvió prisión oscura. Comencé a sudar, pegándome al asiento lo más que pude, sin chistar ni comentario, timorato hasta con la reina de Africa, que no tardé en reconocerme con la mirada fija en las redes del destino... ¿Cómo torcer ahora vida tan desaforada?... ¿Por dónde voy que me reconozco tan ajeno?... Más vale estar muerto que seguir sometido a vida equivocada, voluntad extraña. De un sueño a otro he pasado, y lo que abolió la extrañeza de la noche ahora se convierte en pesadilla... Ni por los clavos de Cristo miro para el lado, que a lo peor la reina de Africa en esqueleto se ha convertido... No miré, aunque sí permití que su voz meliflua, risa cantarina, dulcemente me cautivara para la historia, muerte lenta de todas las ilusiones".

* * *

La batalla y su irrealidad para el historiador

Aquella batalla era una ciudad prematuramente deshabitada. Los recuerdos que conservamos de ella son tan borrosos como los sueños; quizás su brevedad y eterna vigencia la han condenado al más oscuro rincón del tiempo, allí donde la historia tortura la esperanza. Seguir su incierta ruta es cuestionar su existencia; los hombres que trazaron sus calles y levantaron sus edificios —aquellos cronistas siempre inclinados a velar los ojos con la fantasía o el delirio— la abandonaron cuando el dolor venció al asombro; pero también la abrazaron como un juguete delicado que halagaba la mirada de Dios. Algunas veces me asalta el presentimiento de que estoy ante un enorme torneo, dispuesto como ritual cuyos gestos han perdido toda elocuencia. Este vacío que me seduce casi no me permite pensar —o imaginar— el significado de tan equívoca contienda bélica; apenas ciudad, torneo o ritual desgastado por la cobarde memoria, la batalla fue gran gesto de la esperanza. Pero ahí tenemos lo dicho por el Renegado sobre la visión que Obatal tenía de aquella ciudad de las altas torres. Nos perturba ese testimonio equívoco, quizás engendro de la pesadilla, o delirio de la esperanza convertida en ilusión. Para el caudillo negro la restauración del espacio perfecto exige implacablemente la muerte. ¡Quizás fue un rito funerario, o un ritual de iniciación al revés, ruta que le devolvía a todo un pueblo la inocencia perdida! Pero también he concebido la batalla como un largo camino que conduce al silencio del mundo, esa cruel ausencia de Dios que nos deja sin voluntad que aliente la esperanza y amanse el poderío. Suena el rumor del mundo en el recuerdo distraído por el cañoneo, y los hombres se preguntan si tanto esfuerzo vale la honda pena. Me inclino a pensar que la batalla fue algo más humilde, tangible aunque no presente, sospecha que nunca adivinamos. Observamos por un momento este gran mapa bajo la lupa: Aquí están los generales molongos, allá ataca la guardia brava bajo la espesa humarada del cañoneo, señalemos los sutiles avances tácticos del Obispo Trespalacios. Pero resulta curioso que tampoco fue así. Si leemos a través de esa impenitente vanidad de los cronistas, es fácil reconocer que la batalla fue de escasa monta; se entabló al este del campamento de Obatal, entre el mesetón del Morro y los pantanos de Miraflores. Ese es su espacio; pero su tiempo resulta más equívoco, más difícil de precisar: Vagaron los ejércitos durante meses, sin encontrarse para trabar batalla, como dos hombres que evitan la mirada de la compasión o el odio. Cuando trazamos con el lápiz ese extravío delirante surge la imagen del laberinto. Muchas veces he pensado que esa ruta tan antigua es la mejor definición de la batalla. Pero me asalta de nuevo la duda cuando estudio las tácticas empleadas en la contienda. He observado —ya por años, luego de estudiar en noches fatigosas de vigilia la disposición de los ejércitos, bajo esta enorme lupa— que al Obispo Trespalacios le bastaba sólo un día para terminar la batalla. Sólo se necesitaba un furioso cañoneo al flanco más débil del ejército rebelde, a las exiguas tropas de molongos que Obatal había puesto en el promontorio del Morro. ¿Por qué no lo hizo? ¿A qué se debió la paciencia del exorcista guerrero? Si la batalla es el laberinto, Trespalacios se convierte en ese minotauro que contempla —con una mezcla de cansancio e indiferencia— la ruta del extravío humano. Entonces me seduce la idea más equívoca que he tenido sobre la incierta batalla: Trespalacios es remedo del filósofo platónico: Aquella contienda ni siquiera le parecía un pálido reflejo de la esencia bélica. Su actitud contemplativa era altanera paciencia filosófica. Antes de atacar pretendió que la batalla lograra un precario trasunto de guerra; hasta ese momento, aquel trasiego de soldados extraviados y mujeres frenéticas más parecía feria o carnaval que ocasión suprema del oficio guerrero. Cuando la batalla logró fugazmente su definición aproximada, un frente aceptable, la compasión se enajenó de la impaciencia; Trespalacios atacó sin misericordia, y hasta llegó, luego de la victoria, a los excesos de la tortura, el saqueo y el estupro. Atrás ha quedado el filósofo platónico. Trespalacios escuchó la llamada del mundo, y su piedad disfrazada de contemplación, su más benigno ministerio, pronto se convirtió en feroz y tronante auto de fe. En la melancolía del Obispo está la clave de esta guerra: ¿Quiso afirmar las luminosas categorías ideales en el opaco espacio de los hombres, en el espeso páramo del mundo? Pero este Trespalacios no es el pintado por Gracián, quien no desperdicia ocasión para insistir en cómo su señor vive perplejo ante el ejercicio del poder, como un emperador cuyos términos ya han rebasado el esfuerzo de la acción y los rigores del pensamiento. Bien sabe Trespalacios, ese espíritu sutil, que toda aquella algarabía era "inútil disputa, ya que no ordalía de muy dudoso gusto y gracia". Sus presentimientos sobre el desastre cercano se mezclaban con el deseo de conseguir, en el bajío de la costa, buena carne de carey y concha para sus escabeches. Se me hace imposible imaginarlo como un fanático a lo Torquemada, su juicio un hervidero de purezas, su voluntad implacable ante la misericordia y los extravíos. ¿Cómo imaginarlo con la espada ajena a la duda? ¿Cómo llenar de sangre y fuego su lento ministerio terrenal?

Es necesario localizar la batalla, decir en qué consistió, definir su talante; su realidad equívoca rebasa la anécdota, lo histórico, y desesperadamente intenta asir la imposible utopía. Llegamos a Obatal consolados por el verbo, la batalla ha llegado a los límites del mapa, descansa en ese lugar precario, justo al borde del abismo, donde toda explicación provoca ceños, o bien cejas brevemente arqueadas: La batalla de Obatal resultó mucho más vaga, tan imprecisa como el ensueño, aunque menos engañosa que la locura. Sigue ella su propia necesidad implacable, con muchos desvíos, sin ninguna tregua. Allí no existen los frentes, y la batalla se confunde burlonamente con la ciudad, esa esperanza del profeta, esa ilusión del guerrero, delirio de las altas torres, recinto de oro, intimidad y comunión mística colocadas al margen de la historia, lejos de los cañones de Trespalacios. Si no adivinamos esta sutil concepción de Obatal, imposible se nos hará explicar la naturaleza del único frente que tuvo esta batalla extendida sobre mi escritorio. Por lo visto el flanco noreste fue donde se trabó la única escaramuza de aquella fugaz guerra. La infantería de Trespalacios arremetió contra el campamento de Obatal, que en aquel flanco se abría, a modo de abanico, hacia la ciudad de San Juan. En aquel lugar las defensas eran mínimas; la sorprendida infantería del Obispo sólo encontró la precaria resistencia de diez molongos, todos ellos arrebatados en rumbón, ajenos a la batalla, más animados por la hilaridad del humito que por las profecías del caudillo. Al encontrar tan poca resistencia, la infantería mercenaria atravesó aquel laberinto de chozas, perros, carromatos, bateas de fritanga, para toparse con visión desconcertante, y todos aquellos hombres aguerridos huyeron en desbandada, el alma aterrada ya para siempre. ¿Qué vieron aquellos hombres? Los testimonios son contradictorios y febriles: Muchos aseguran que los fieros corsarios de Trespalacios se espantaron cuando apechaban contra una formación de cuña molonga; también se dice que huyeron cuando avanzó hacia ellos un ejército de leprosos; otros señalan que pronto se reconocieron rodeados por el Jardín de los Infortunios, aquella máquina de guerra diseñada por el delirante Baltasar Montañez. Los más fantasiosos confirman la presunción del cronista: La retirada súbita se debió a la presencia de un negrito tan viejo como el mundo, mago solitario que en el centro mismo del campamento hacía llover con una varita de bambú. De este modo, el primer ataque ni siquiera resultó una modesta escaramuza, por lo que muchos colegas insisten en definirlo como algarada, gritería sólo acallada por el espanto. El segundo ataque del Obispo por este flanco encontró una resistencia decidida y feroz, aunque la infantería invasora pudo penetrar muy prontamente la línea defensiva al ocurrir el más inaudito suceso de la batalla: Ante los ojos incrédulos del ejército cristiano, los guerreros molongos trabaron feroz batalla con la guardia brava, y una guerra engendraba otra, convirtiéndose aquel reflejo en laberinto incesante, batalla infinita: La tropa de molongos enfiló machetes y cabalgaduras contra los antiguos aliados, permitiéndole a Trespalacios masacrar su retaguardia. La batalla pronto degeneró en motín, y el Obispo guerrero bien supo aprovechar aquellos odios tribales, capturando el primer bastión rebelde, aquel campamento desolado donde el solitario Obatal todavía imaginaba alguna quimérica batalla. Estas curiosidades convierten la guerra en un torneo de magos estrafalarios. Los hechos son desconcertantes: la infantería invasora retrocede cuando no encuentra resistencia; esos mismos hombres capturan el campamento rebelde al enfrentarse a voluntad tenaz, la de los guardias bravos acaudillados por el gran Mitume. Algunos escépticos me dirán que la traición de los molongos destruyó la defensa. Pero esto resulta improbable cuando vemos el testimonio de otro cronista, quien nos asegura que casi todas las tropas de aquel frente pertenecían a la guardia brava. El escéptico me dirá que las tropas de Mitume sucumbieron al ser sorprendidas por tan inoportuna y vil traición. Insistirá en que la batalla se perdió por el asombro de aquellos hombres traicionados. Pero justo por ello me concede toda la razón, ya que el asombro —reverso de la sorpresa— más pertenece al arte de la magia que a la ciencia bélica. Para comprender aquella batalla debemos meditar sobre los terribles efectos que tiene ese inocente gesto del mago, esa distraída manera de alterar el orden del mundo. Y el caudillo pensaba que sólo era posible revestir la esclavitud con los oropeles de la ilusión. Aquella libertad no fue el esfuerzo por negar ese orden al cual nos somete la naturaleza o la maldad, sino el sutil oficio que disimula nuestra fatal obediencia. Y la ilusión pronto se convierte en febril delirio; desata la engañada conciencia ese espejismo de vastos confines; se achica la voluntad, encogiéndose hasta formar rincón oscuro. El orbe comienza a girar en torno a esa mente desaforada, voluntad que se considera dueña de los límites; la soberbia asoma cual pezuña apestosa. Los frentes de la batalla se dilatan en la imaginación, volviéndose hipotéticos y lejanos. Las noticias que llegan son rumores de alguna provincia lejana, donde la paz y la guerra dependen de esos caprichosos estados del alma, ánimos tan impredecibles en el emperador. Todo queda suspendido en esa voluntad abúlica. La melancolía es dueña de días enteros. Los gestos se vuelven ominosos. Más prudente es desfallecer; así no se corre el riesgo de que alguna leve señal de la mano desate alguna distante catástrofe, inaugure alguna cercana y embarazosa victoria. Obligado a la omnipotencia, el emperador advierte la complicidad de todos los acechantes sucesos. La guerra siempre es gobernada por su buena fortuna: El incesante cañoneo de la armada invasora se convierte en súbdito suyo; la muerte es un largo puente, tendido sobre el océano, hacia la libertad perdida. Cuando la voluntad ha logrado oficiar este truco sobre el indiferente rostro del destino, el emperador se convierte en sumo sacerdote. Sus gestos obedecen a una fe que no necesita cambiar el destino de los hombres. Los designios de ese silencio que nos rodea se vuelven oscuros, desatándose sin piedad; pero ahora le toca fundar el consuelo. Si el ritual resulta inútil, él no tiene culpa; solemnemente vocifera contra la maldad que ha encontrado nido en los hombres. Su vocación más reciente es la profecía... y el laberinto. Finalmente reconoce los contornos de la ruta, aunque en la delirante aventura del caudillo todavía hay algo que no se ajusta a tales definiciones. (El laberinto, como el ajedrez, es un ejercicio para ingenios sutiles, no para voluntades esforzadas). Recordemos que Obatal prefirió la ruta alucinada de la torre espiral. Esa torre es más desconcertante que la escalinata cuyo remate se encumbra en el vacío; aunque estuviera completa, la espiral recordaría, en el momento de mayor definición y grandeza, la patética obediencia del hombre ante la necesidad. La espiral es un esfuerzo que se devora a sí mismo, un riesgo que sólo alcanza confirmar el arrojo. La torre de Obatal no sube al vacío, sino que se encumbra, una y otra vez, hacia la opacidad del orbe, ese páramo donde el hombre no cesa de comenzar la ruta peligrosa. Obatal restauró la Edad de Oro, fundó el espacio perfecto, pero no comprendió, quizás debido a la vanidad, esa traviesa alcahueta de la soberbia, que tal esfuerzo no tiene principio ni fin, es puro tránsito de lo opaco a lo oscuro. Luego del valor, la batalla y esa espesura que se cuela hasta los huesos, el caudillo se abandona a voluntad demasiado ajena; sonríe ante su propio poderío. Su entrega final, ese lento dejarse acorralar por los acontecimientos, se consumó en la muerte, la ansiada cortesana de tantos hombres ya indiferentes al desenlace de la batalla, obedientes al destino que no cesa. Desfalleció la voluntad, tan cansada que apenas oía el ansioso jadeo, tan sumida en el recuerdo de visiones gloriosas que apenas pudo reconocer las paredes de piedra. Por fin se dio cuenta. Estaba en el laberinto. Pensó en la torre; pero ésta ya se había esfumado; en el hueco que dejó el esfuerzo encontró el resoplido del animal. ¿Estaría hambrienta aquella bestia? Escuchó con atención el jadeo del otro. (El animal seguramente era un estrafalario cruce de hombre y toro). ¿Recordó la leyenda del minotauro? Ninguno de los dos se atrevió a la acechanza. Se limitaron a reconocer los más nimios y sutiles cambios en el ritmo del jadeo. Hasta crearon un idioma rudimentario que tomó como base las variaciones del gemido. Y simpatizaron, al fin reconociéndose prisioneros.

Capítulo XIV

DE LAS COSAS QUE EL CRONISTA GRACIAN DESTACA AL DESEMBAR-
CAR CON LA FUERZA EXPEDICIONARIA BAJO EL MANDO DEL OBISPO
TRESPALACIOS

"A la mañana siguiente del más grande cañoneo visto en estas tierras, el Obispo
Trespalacios decidió desembarcar en la playa del promontorio oriental. Aquel sitio
lucía poco defendido, y con pocas deficultades bien se podía establecer allí campamento de mando. Cuando desembarcamos el oleaje fue nuestro único enemigo;
llegó a volcar uno de los botes, y lanzó —con la ayuda de furiosa ráfaga de
barlovento— una de las chalupas contra roca gigantesca, ya que no peñón de Rodas.
A la chalupa se le partió la quilla, y tuvimos que socorrer a los marineros con sogas
y palos. La chalupa de Don Pepe fue la primera en llegar a la playa, ello así porque
el viento era muy favorable al tipo de vela que llevaba, que ésta era de abanico, ideal
para navegar de bolina, y con buen palo por lo demás. Los otros botes fueron
arrimándose al bajío de la rocosa playa. Recibimos algún fuego de artillería,
aunque la verdadera resistencia de los rebeldes se redujo a disparar —muy al
principio del desembarco— unas cuantas tandas de mosquete. Así fue que nuestro
Señor el Obispo Don José de Trespalacios y Verdeja puso pie en la caliente arena. Y
entonces pude ver cómo dos angelotes caricontentos bajaron del cielo, a festejar con
sus trompas y címbalos aquel desembarco del vicario de Cristo en tierra de infieles.
Hubo grande regocijo y vocerío entre la tropa, sonaron mosquetes, huyeron los
nalgudos angelotes y se dieron vivas a Cristo Rey, que caña veníamos tumbando
contra los negros follonudos. Pero Don Pepe, siempre parco en el júbilo, hombre
prudente en el destino, moderó con un gesto aquellas alegrías y procedió a impartir
la bendición a todos los presentes, y ésta también serviría para ahuyentar a no pocos
de los muchos demonios que vivían en el islote de San Juan, hordas verdaderas de
lucífugos, legiones diabólicas aliadas con los muy impíos revoltosos. A la verdad
que nuestro muy excelentísimo Obispo Trespalacios lucía magnífico, paruro hasta
el cansancio, y ahora relataré todos los muy galanos adornos con que festejaba
ocasión tan solemne, honra de su ministerio, halago de su vanidad. Su cabeza iba
adornada con mitra e ínfulas, y éstas se le desordenaron con el muy fuerte viento
que soplaba; pero a fe mía que los angelotes alcahuetes pronto acudieron —
¡asombro de todos!— a domeñar los rebeldes guindalejos, delicadezas y cuidos
acompañados con música celestial de trompas y chirimías, fanfarria digna de tan
santa ceremonia. El amito de seda cárdena con ribetes de algodón contrastaba, sin
escandalizarlo, el pectoral de satén blanco. Y el anillo tenía una esmeralda enquistada en doble espiral de brillantes, joya de corteja más que de vicario. A fe mía que
la casulla era toda en seda color vino, compañero éste del muy delicado amito en los
destellos, testigo de la afición de Don Pepe a los espíritus fluidos más que cronista
del martirio. Y el muy presumido había engalanado los ribetes de la casulla con el
más primoroso hilo de Holanda, sin desatender la dalmática, prenda de algodón

blanco con los más finos encajes, tela para respirar la gravosa tunicela de terciopelo. El báculo, que representaba su dignidad de pastor, lucía un ovillo rematado
en rubíes y brillantes, espira de autoridad, ya que no de compasión.

Y allí quedó en la playa, posando para el asombro de todos, objeto de mi inquieta
pluma, dando órdenes sin cesar, más empaquetado que el Obispo de Roma, cosa
mona de verdad, ¡a fe mía! Sin dislocar la pose, atento a los trazos de mi pluma,
fieramente ordenaba que se construyera tenderete de yaguas, y también dispuso que
se cavara una trinchera defensiva custodiada por diez hombres armados a mosquete. Y vociferaba, sin turbar la quietud de su pose, que se colocara una tropa en lo
alto del promontorio, y allí se construyera, en seguida, magnífica atalaya de
listones trabados a cruceta, bastión de pencas que mirara hacia el flanco noreste del
campamento enemigo. Apresuré aún más la pluma para terminar el retrato,
aunque el tenderete que serviría de tienda de mando ni por asomo estuviera listo,
que Don Pepe ya se impacientaba, cargando lengua y gestos con pataletas y
blasfemias. —A ver, Gracián, ya no incordies más con el retrato ese, que más
parezco momia que Obispo al mando. —No descuide esa pose, Don Pepe, que ya
mismo lo atildo para la inmortalidad—. Y así estuvimos en chanza hasta que nos
llamaron para ocupar la tienda. Se largaron los angelotes soplando trompeticas,
pues ya el aire olía a pólvora. Al mediodía Don Pepe ocupó la tienda de campaña, y
se desnudó al momento, desembarazándose del boato para atender el ministerio.
Entonces lo vestí para la guerra, con sotana negra sólo ornada con crucifijo de
plata, sandalias de cuero crudo, correa bandolera con pistolón ceñido al cinto,
alforja de hombro hecha con piel inglesa, solideo negro de seda para señalar su
autoridad. Ya le habían puesto grandísimo carey en la arena cuando terminé de
colocarle, con esmeros y cuidos, el sombrero de pajilla sobre el solideo, buen
remedio para que no se le cocieran los sesos bajo sol tan candente. Sacó del fajín un
puñal sevillano que siempre llevaba amolado hasta el cabo, y me dijo: —A ver,
Gracián, adobemos esta delicia, que para luego es tarde, el buche anda crujiente y
mañana nos espera grandísimo cañoneo. —Pero ese carey no estará blando para
esta noche... —¡Ya verás que sí! Prepara el fogón para asarlo a la brasa...— No quise
porfiarle; empeñado estaba en servir el carey como plato cumbre del festín que
celebraríamos de noche, fiesta de guasa y galanía por todo lo alto y bajo, que en
aquel desembarco ni una gota de sangre derramó nuestro ejército. —¿Con qué
adobo lo embuchamos? —Dime tú, Gracián, con qué contamos... —Prepararía
ajilimójili, aunque muy escasos andamos de limones. —Bien parca es en limón la
receta del ajilimójili. —No diga eso, Don Pepe; mire que en este plato curtir el ajo y
los pimientos dulces con el limón es cosa buena, sazón de abuela a la verdad... —¿De
dónde lo han traído? Así sabremos la blandura que necesita... Debe estar duro
como el garrote; carey criado en rocas siempre pierde en jugo lo que gana en sabor.
—Cierto es, Don Pepe, ¿cómo le hago? —Hay que cocinarlo en arena; es la única
manera de que esta noche esté a punto de diente... ¿Trajeron langostas? —Carnosas
a reventar por las costuras... —Pues ordena brasa para asarlas de almuerzo, y para la
noche quede el carey al rescoldo—. Y procedimos al adobo y barbacoa del carey:
Cavamos hoyo profundo en la arena, lo menos de cinco brazos. Allí echamos los
carbones encendidos hasta formar fogón. Abrimos el carey con varios cortes largos
de la sevillana, adobándolo con mucho jugo de limón, ají dulce encurtido en
vinagre y zumo de ajo. —Modere ese ajo, Don Pepe, que no pretendemos ganarle la

guerra a Obatal con el mero aliento—. Ni caso me hizo, y siguió embuchando el carey con ajo a mano llena, asegurándome que tal sazón ablandaría en consistencia lo que el limón acentuaría en gusto. —*Está duro en demasía, Gracián; a la verdad que debemos cuidarle el fuego toda la tarde, para que no pierda el poco jugo...* —*Eso se remedia avivando poco la brasa.* —*Justo, Gracián, justo, y ahora lo ponemos en el hoyo*—... Bajamos al hoyo el exquisito manjar; patas arriba y con el vientre cubierto de hojas de plátano amortiguadas, templó el carey su tumba de arena, avivándonos el apetito con jugosas fragancias y chorreante adobo. —*Quizás sea prudente cubrirlo con más hojas de plátano, Don Pepe, para que ablande más...* —*Buena idea, Gracián, pero ya no tenemos más hojas amortiguadas.* —*Ni falta hace que amortigüemos éstas; las que cubren el adobo han pasado por el fuego...* —*Hay que amortiguarlas; si no lo hacemos, el carey saldrá amargo.* —*Más gustoso diría yo...*— Pero no quise porfiar; ¡en los asuntos de cocina Don Pepe era teólogo! —*¡A taparlo, Gracián!*— Lo colocamos sobre cuna de carbones en el fondo del hoyo, con más cuidos que los prodigados a infante; allí iba la ilusión de tantos apetitos, ambrosía verdadera para nuestros paladares educados en el trópico. Cubrimos con más hojas de plátano y volcamos la segunda capa de brasas, verdadero infierno que cayó sobre la barriga del carey. Estos carbones estaban más fieros y rojizos que los de la cuna. —*Los de abajo no tienen que estar tan calientes, Gracián; el mismo carapacho al calentarse sirve de brasa. Eso sí, hinca una caña de bambú hasta esa capa, para que respire*—. Esto hice, mientras los hombres cubrían el foso con arena. —*¿Esas últimas brasas no estarán demasiado calientes? Las vi de color cenizo.* —*No te hagas pelotas, Gracián, que a la tarde te chuparás los dedos.* —*Más bien a la noche...* —*Nueve horas lo menos debe estar para volcarnos los ojos, aunque ya después de las cinco se puede comer.* —*Esperemos hasta la noche, así será primor lo que de suyo es bueno...*—

Para el almuerzo, bien se asaron treinta langostas sobre una barbacoa, fogón hecho con brasas y horquetas de los arbustos encontrados en lo alto del promontorio. Después de aquella comilona, todos quedamos tumbados por el sopor. Trespalacios, quien en los últimos meses había engordado más de la cuenta al fondear estas aguas, pronto se sofocó con el trajín al sol, por lo que colgó hamaca bajo el tenderete y se echó a dormir la siesta. —*Este calor nos tiene hechos unos bodoques.* —*Prudente es que descansemos hasta trabar batalla con hombres y diablejos, pues más adelante no tendremos tregua*—. También preferí la hamaca al catre turco, así de insoportable estaba la solanera. Colgué la cama de los aires y desfallecí en ella con la lengua afuera. —*Si esto sigue así, nos morimos, Don Pepe... Me parece que esta noche paso el carey. Mire usted que el buche lo tengo trepado en el galillo.* —*Es el calor, y ahora cállate para que acuda el sueñito.* —*Ni mierda me quedo aquí, Don Pepe; voy a ventearme por ahí, a bajar la tripa, que si no con todo tino se me ablandarán los sesos.* —*Buena idea; así te mostrarás menos incordio. Vela que la arena del carey no esté muy caliente. Si lo está, ponla a respirar con otra caña de bambú... y ahora desmonta las paredes del tenderete para que pase brisa.* —*Lléveme con calma, Don Obispo... A fe mía estoy como turulato, la mollera blanda y las ganas fofas...*— Satisfechos los antojos de Don Pepe, exploré aquellos desolados parajes del promontorio; desde la atalaya, mirando hacia el oeste, observé el campamento de Obatal el bravo, recorrí con catalejo aquella ciudad de tenderetes y casuchas al lado del bastión de piedra. Bien reconocí que pronto reventaríamos por los aires aquella ilusión de los negros; el mesetón ajeno a todo se mostraba, aquí y allá, con margaritas silvestres y uveros... ¡Cierto es que la crueldad del mundo supera a la del hombre! El bastión de piedra desconoce la muy precaria ilusión que cobija. Pero esa burla en befa se convierte cuando el tiempo de estas rocas borra la guerra, los gritos de la batalla, aquellos muertos, finalmente su memoria, permaneciendo ésta más muda que ciega bajo el viento que no cesa.

Cuando ya caía la tarde, Don José recordó que los toneles de vino de piña se habían quedado en el barco. El recuerdo de aquel brebaje, ya que no pócima, me dio dentera, y traté de disuadirlo: —*Ni falta que nos hace, y la marea anda muy endiablada con barloventos por dondequiera. —¿Con qué bajamos ese carey por el gaznate?, dime...*— Junto a varios hombres tendió vela de chalupa hacia la nave capitana, a la busca del infame néctar, detrás de aquellos toneles que eran su orgullo, galanos espíritus de sus probetas y madraces, alambiques y embudos. Regresó de noche, y allá fuimos bajo la luz de los hachos a desenterrar el carey, puesto que ya era hora de que estuviera bien cocido, con la consistencia de la natilla. A palazo limpio, ansiosos por saber el punto de terneza más que hambrientos, sacamos toda la arena. —*Atice esas brasas, Don Pepe, antes de quitarlas; cuando están así de cenizas, suelen ser engañosas. —Humean mucho para estar calientes. Dame la pala...*— Y él mismo las fue subiendo, volcándolas sobre arena húmeda que trajimos de la playa. Finalmente, bajo la luz mortecina de los hachos, vimos las hojas de plátano, el yacente manjar en el fondo del pozo. —*Gracián, ve y tráeme la cabuya*—. Fui más raudo que veloz, y al momento ya pasábamos cuatro cuerdas bajo el carapacho del carey. Entonces atamos las cuatro puntas a dos varas, y lentamente alzamos aquel jamoncillo del Cairo, verdadero hígado de ganso. Con suma delicadeza lo colocamos sobre la arena fría; sordo sonó el carapacho cuando ya descansó bajo nuestras inquietas miradas. Y por un instante todos nos quedamos como esperando que Don Pepe lo abordara; finalmente el viejo se decidió, sevillana en mano y la lumbre alta. Hurgó con el puñal bajo las hojas de plátano, metió la mano, buscando ávido la terneza del carey: —*¡Maldito sea, Gracián! —¿Se pasmó, Don Pepe?... —Ni por asomo, Gracián, esto es pura nata, flancito de vieja, bizcocho para el diente de una niña...*— Saltamos de alegría, y ya muy pronto corrió el vino de piña y Don Pepe usó la sevillana para rebanar los filetes, separando aquella carne tierna —como de enorme langosta— del duro carapacho, con cortes muy seguros, desechando pellejos y trozos del adobo, puesto que el sabor ya le había penetrado al dulce manjar, casi hasta el tuétano diría yo. Poca carne hubo para la tropa; pero todos quedamos satisfechos, pues completamos la tripa, amansamos el feroz apetito, con plátanos hervidos aderezados con escabeche de cebolla y ajo. Pero Don Pepe nos tenía una sorpresa: —*Y ahora, para celebrar tan grande ocasión de la cristiandad en estas tierras, les tengo el más sabroso halago al paladar... ¡Traigan los dulces!...*— Hubo aplausos y poca chanza, aunque bien conocían los hombres la dureza de aquellas pastas y membrillos del Obispo, hechos de todos los sabores del trópico, desde la guanábana hasta la guayaba, confección que tenía la mala virtud de convertir todo lo blando en duro, las chorreosas y pulposas frutas de estos lares en vil garrote, suela de bota inglesa. Pasé el de papaya, el de mangó, también el de piña y guayaba. Pero la tropa no cesaba de llegar con cajas a la verdad terribles. Finalmente me aventuré con uno que era muy galana cornucopia de sabores: tenía trozos de piña, papaya y naranja agria, estaba veteado con canela y coco, almendra y pasas de Corinto. ¡Extraño oficio era la cocina de Don Pepe: todo lo duro, como el carey, lo hacía blando, mientras que lo tierno, por guiño y burla de sus recetas, no tardaba en asumir la consistencia de la piedra, el espesor de los cueros! Y todas aquellas finuras, verdaderos pecadillos del paladar, bajaban acompañados por muy generosos tragos de vino de piña. Tantos dulces, en la tripa fermentados, pronto nos convirtieron en protegidos de Morfeo, ya que no ahijados de Baco. Y a medianoche estábamos estirados, la panza a reventar y el corazón contento, la inminente batalla tan distante como la muerte. Dormí junto al Obispo bajo el tenderete; me cedió la cama turca, señalándome que después de tantos años en el trópico más cómodo le era dormir en hamaca. Y puedo dar fe de esto último; en su camarote siempre tenía colgada una hamaca, bien fuera de espartillo, o bien de cabuya trenzada. Dormí muy placenteramente; mi sueño sólo era interrumpido por los ruidosos vientos que soplaba el polifemo del Obispo, ¡sobresaltos verdaderos!... Le advertí que no comiera tanto dulce de batata; siempre se quejó de que esa golosina le provocara flato. Pero aquella noche comió con gusto cantidades mostrencas, y el cañoneo empezó antes de hora, suficiente como para mantener barruntosa toda la noche, todo ello muy a pesar de mis continuos e implorantes ruegos''.

128

Capítulo XV

DE LAS COSAS QUE LE SUCEDIERON AL RENEGADO, EMBAJADOR
PLENIPOTENCIARIO DEL SUPREMO OBATAL ANTE EL REINO DEL
CAUDILLO REBELDE MITUME, JUSTO CUANDO IBA A CUMPLIR CON
ESTA DIGNIDAD, Y DE LOS ENREDOS AMOROSOS QUE LO SOMETIE-
RON A LA REINA DE AFRICA

"Restalló el fuete y avivó el galope con el tiro, aquel fantasma del pescante, y la
rumbosa berlina italiana seguía el camino de Dorado, ruta tan llena de baches
como de uveros, lugar abundante en palmeras, sorpresivos roquedales cavernosos
donde las furiosas olas baten sin mesura, pocetas que amansan el océano convir-
tiéndolo en calas y marismas, parajes tan agrestes que la vista nunca alcanza el
horizonte de la costa. Aunque nuestro coche de paseo harto frágil resultaba para
camino de tantos recodos y zanjas, el halago de la brisa marina pronto se convertía
en asombro cuando el paisaje se ensanchaba, el brazo de mar convirtiéndose en
bahía, la cala abriéndose hasta formar ensenada, y tanta luz en mar transformada
sin aviso se recoge en umbrosos bosquecillos de uveros donde recala la marea
desfallecida, en arrecifes custodios de esos bajíos en que a muchas brazadas de la
costa el agua apenas sube a las rodillas. Y estas bellezas del litoral en muchos sitios
disfruté, solitarias y llanas playas para el dulce retozo con la reina de Africa, que ella
y yo, al unísono gritábamos: "¡Pare, cochero!", y al momento saltábamos sobre
gredas hasta chapotear por la orilla del mar, huyéndole a las olas, inquietos bajo la
mirada del cochero husmeador, inclinados a un abandono casi paradisíaco. Y
volvíamos a la berlina, para avistar sin tardanza otro hermoso paraje y pedirle al
cochero que detuviera los caballos. Soltábamos todas las prendas de los pies y
corríamos de nuevo al agua limpidísima, y entonces el juego era quedar muy
absortos en nuestros pies metidos debajo del mar, remover los fondos de arena —esa
lenta arcilla que por momentos enturbió la playa— con los leves movimientos de
nuestros dedos, para sorpresa de aquel paisaje tan ajeno al hombre, dulces motivos
de risillas y donaires, solaz íntimo de anchuroso aliento, tenues olas que mojaban
nuestros muslos cálidos... Justo cuando lo sensual en amoroso se convertía, caímos
de espalda en la húmeda arena; pero entonces sobrevoló el deber de la encomienda,
tonto de mí que perseguí tantas lealtades. Y volvimos a la ruta de la embajada, y
toda aquella tarde luminosa se volvió oscura, tristuras de muerte afligían mi
corazón. Cuando ya caía la tarde y los últimos sangrantes destellos del rubicundo
engalanaban el cielo, entramos a camino que bordeaba muy apacible playa de
blancas arenas y pausadas brisas. Mis ojos buscaron los de la reina africana. Y su
mirada fue un ramillete de flechas que enervaba mi corazón, ya un poco desfallecido ante presencia tan divina. Aquella tarde, ella usaba unas sandalias de cáñamo
teñidas de azul, y muy largo faldón que a los tobillos le llegaba. De la cintura hacia
arriba estaba casi desnuda; sólo lucía brevísimas teteras, atadas en la espalda y
cuello con tiras, coquetería suma que bien inflamaba la querencia. Y tapábale el

cabello un pañolón de colorines atado a la nuca, llevaba muchos collares brujos, diversas chulerías que del cuello le colgaban con grandísimo donaire. También ostentó, ceñida al tobillo, esclava de esparto —signo seguro de sensualidad— y sus brazos tintinaban primorosas pulseras de plata. Cuando le pregunté por la pequeña cicatriz que salía del labio y hacia el pómulo dañaba la perfección de su hermosura, me contestó que tal herida la había sufrido la noche de su reinado, aquella ceremonia del Morro que yo testimonié como cronista. Según lo que me dijo, cuando bajaba por una de las rampas tropezó, cayendo contra el afilado borde de un ladrillo. Entonces su consorte la tomó a socorro, y muy pronto le fue curada la herida, pues Obatal —ya enterado de la belleza suprema de mi reina— puso a los mejores brujos en el oficio de que no se le brotara fea cicatriz, costura áspera de salvaje carne negra... A modo de primor debo añadir que la reina de Africa no reconocía muy bien la furiosa guerra desatada en torno suyo, y muy distante estaba ella de comprender el esfuerzo y significado de la rebelión negra, pues adorno más que protagonista era de la historia, paraje donde el deber se volvía perturbador recuerdo. Este alejamiento del mundo la hacía aún más indefensa, y su precaria realeza encendía en mí dolida ternura. Oteaba la costa aquella niña inquieta, curiosa de tanto asombro, sus grandes ojos almendrados encendiéndose de entusiasmo cuando algún alcatraz bajaba a buscar presa, y la mar me señalaba, posesa de tan inocente emoción. De pronto advertí que seguíamos bordeando una bahía, apacible mar que allá en el horizonte alzaba los palmares de su playa hacia rocoso promontorio. Y fue entonces cuando me sorprendió su estampa sobre las olas. La vi surcar allá donde se aviva el oleaje; aquella tartana de la flota de Trespalacios levantó quilla hacia la playa. Cuando ya casi llegábamos al palmar, la tartana comenzó a cañonearnos. Y aunque estaba cerca la noche, sorprendente fue la puntería de la nave, que por un momento pensé que nos disparaban fuego naranjero, así de cerca caían las balas. La reina saltó a mi lado cuando una de las palmeras fue arrancada de raíz por fiero cañonazo. Ya se encabritaron los caballos, y ahora avanzaban desbocados y feroces, buscando salir de aquella maraña de uveros, palmares y estallidos. Cuando pasamos frente a la nave, alargué el catalejo y pude comprobar que venía armada con falconetes de alcance medio. Pensé que nos habían reventado una de las ruedas traseras, pues el coche dio grande salto por los aires, que cuando azotó el suelo todos mis huesos se dolieron. Buena prueba de que el fuego era de falconete fue la balacera que regaron en tan poco tiempo. Los caballos desbocados —poco sabía yo si el cochero todavía estaba en el pescante— arrastraron el coche por angosto sendero de uveros y matojos. Ya era de noche; apenas podíamos adivinar el camino que tronaban los cascos. Pero los estallidos se hacían cada vez más lejanos, a cada trueno de las ruedas sobre zanjones y recodos. Como los caballos no cedían en su loco empeño de llevarnos a la tierra de quimbambas, y la reinilla mía no cesaba de gritar, amenazando con lanzarse del coche, tuve que inflar pelotas, tratar de subir al pescante, que si el cochero estaba herido yo lo ayudaría a moderar el tiro de las bestias. Abrí la puerta y tanteé el estribo, apoyándome ya cuando el pie no adivinaba engaño. A buen salto de la berlina temí caer bajo las ruedas, pues el pie derecho perdió apoyo cuando intenté saltar y sujetarme al agarradero del pescante. Por fin agarré los bronces de la baca; pero lentamente me escurrí hasta caer de nuevo sobre el estribo cuando mi prieta logra halarme por el brazo; de un salto maromero, casi de espaldas, caí de culo en el asiento de la berlina. Perdí un talismán de dignidad que me había otorgado Obatal, y bien se me reventaron casi todos los collares que me daban poder entre los negros, aunque no tardé en advertir que tantos detentes a lo mejor nos servían de benigna providencia, pues las bestias ya amansaban sus ímpetus feroces... Los caballos se detuvieron, saltamos de la berlina, y cuando le hablo al cochero descubro que no está... Quedó vacío el asiento... Subo a ver si encuentro algún rastro de sangre; quizás fue herido durante el cañoneo... Pero no encontré mancha alguna. Estábamos tan a oscuras que imposible era adivinar, con otro sentido que no fuera el tacto, ese justo perfil de las cosas. Entonces escudriñé con la volandera fantasía: ¡Quizás se cayó en la fuga!, o a lo mejor el miedo lo obligó a lanzarse matorrales abajo cuando sonó el primer cañonazo. Me acerqué a los caballos, y sin tardanza los amansé con pocas palabras y muchos cuidos... Y el paraje tenuemente va adquiriendo borrosa presencia ante nuestros ojos espantados... Bien perdidos estábamos, fuera de la ruta del mundo como ya veremos. En camino tan estrecho era imposible tirar de los caballos sin que se encabritaran... A este lado se encuentra la playa, cerca suena el oleaje. Hacia el sur se extiende grande marisma, más allá adivino los cayos de un mangle. ¿Dónde demonios estamos? Supongo que la certera ruta es hacia la costa, alzando el fuete sobre el lomo rumbo al noroeste... Aquella maldita noche pensé que si seguíamos en esa dirección, tarde o temprano toparíamos con la retaguardia del ejército rebelde acaudillado por Mitume".

* * *

La batalla invisible apenas había comenzado cuando se pactó una extraña tregua. El Minotauro le prometió no perseguirlo por las noches. ¿Por qué tanta compasión en una batalla que es a muerte? Entonces pasaron meses sin que nuestro héroe viera la luz, u oyera los resoplidos de la bestia. La tregua nocturna se había convertido en precaria paz, más inclinada a la ilusión que a la certeza. ¿Fue abolida la batalla? Obatal hasta llegó a soñar que la había ganado. Ya no sonaban los cañones, y los gritos de los hombres desaparecieron de la tierra. Entonces recordó que había enviado embajada al reino rebelde de Mitume; pero las noticias sobre aquella sorpresiva sublevación se volvían lentas, distantes y confusas. En un rincón del laberinto probó los placeres más delicados, dio por terminada la guerra y declaró eterno aquel reino tan fugaz. Pero una noche en que la vigilia lo acorraló sin piedad, quiso adivinar las intenciones del Minotauro: ¿Habrá muerto? Le resultaba incomprensible el fin táctico de aquella larga tregua que en paz se convertía. Una noche se aventuró por fin a husmear algunos corredores: Sólo encontró un asfixiante olor a orines, el más hermético silencio tapió la salida... Hasta que el misterio tropezó con aquel viejo barbudo y cubierto de telarañas. De la sorpresa pasaron a un desvaído grito, lanzado al unísono, sin ganas, obedeciendo al ritual más que al terror. Obatal levantó el bastón para fulminarlo, pero la mirada del miserable lo distraía, al contemplar la indiferencia soltó el arma. Antes de que Obatal hiciera las preguntas, el viejo le aseguró que su nombre ya no importaba, y que por un lamentable accidente había pasado casi toda su vida en el laberinto. Obatal reconoció entonces el resoplido. El Minotauro se convertía ante sus ojos en un viejo malcriado y profético que hablaba en enigmas. —¿Has escuchado mi respiración?— El viejo contestó con una sonrisa: —He muerto muchas veces. En *estas galerías de paredes truncas y destinos asimétricos he reconocido la inmortalidad*—. Obatal estaba exhausto, apenas le prestó atención a tan lentas palabras, consolado por la aclaración de los misteriosos jadeos se quedó dormido. Cuando despertó el viejo ya se había largado. Pensó que aún no estaba despierto, quizás soñaba la fuga de aquel viejo que era su salvación. Al fin se dio cuenta de que no soñaba, y comenzó a escuchar unas voces que lo perseguían por todos los recovecos y pasillos del laberinto. Alguien le decía que la entrada al laberinto es mucho más misteriosa que la salida. Pero no le hizo caso. Ya había domeñado casi todos sus desvaríos, bien acostumbrado estaba a los caprichos de sus ideas circulares. ¿Cómo he llegado hasta aquí? ¿Por qué caí en el laberinto?... Sólo recordó haber nacido. Los otros detalles se volvían burlones y borrosos, se desvanecían en el aire tan pronto se acercaba a ellos a través de una memoria desfallecida por el sueño y el cansancio. Volvió a despertar. Ahora sí que recordó la seductora entrada de su infierno. Se conmovió ante ese consuelo, pero cuando ya decidía huir tropezó con el anciano guasón del día anterior, travieso compañero que le sonreía un tanto burlonamente. El viejo entonces le contó... Sus ojos antiguos todo lo contenían. Le relató los fragores de la distante batalla, misterio tan grande como la ruta que lo sacaría del laberinto. La infantería de Mitume avanzaba sobre los campos de Dorado. Los ojos admirados del viejo no dejaban de contar, lo mismo tonterías que grandes sucesos bélicos, amalgama de anécdotas sin propósito ni mesura. La incertidumbre puede aterrar a algunos hombres, pero Obatal necesita algo más para sentirse ahogado por el miedo. El viejo le describía el paso brioso de Mitume, el señorío de la victoria era del otro. Obatal se exasperó ante las risotadas del viejo. Indagó furioso. Ya estaba a punto de estrangular aquella sombra cuando el adivino le rogó una tregua: —*Y viene con paso victorioso, en la mano trae las bridas de un caballo*...— Volvió a reir. Obatal entonces se reconoció convertido en esqueleto, cabalgando tristemente sobre un corcel enano. Poco le importaron ya las risotadas del viejo adivino. Se recostó contra la húmeda pared; un sudor frío calaba en todos sus huesos.

¿En qué recóndita batalla nos encontramos? ¿Cómo llegó allí? ¿Murió Obatal al comienzo de la guerra? Esa voz tiene razón cuando señala que la entrada al laberinto es el verdadero misterio. ¿Cómo explicar ese equívoco desenlace? ¿Fue ese repentino alejamiento del mundo la causa de la derrota? Ya no sabemos... ¿Nos explica este enigma el delirante ocaso del caudillo? ¡La incesante parábola!... ¿No será ésta la figura de aquel extraño que llevamos adentro? Busca la palabra su justa forma, la eterna anécdota que nos revele el sentido de tanto esfuerzo. Trazar esta escritura también es quedar sometido para siempre. Escribe la parábola y trazarás en tu contorno el laberinto. ¿Nos servirá esa antigua imagen? ¿Por qué esa insistencia en ruta tan desfallecida? Ahora bien, algo hemos descubierto: Trazar esta escritura, entrar al laberinto, son gestos equidistantes, aunque no idénticos. Se saludan a distancia, con alguna timidez, y entonces huyen del recuerdo compartido. En la gravedad de esa entrada al laberinto reside la única certeza. De pronto reconozco la cualidad mecánica del laberinto: es una máquina para causar extravíos. El trazo del dibujo se vuelve demasiado nítido, pero jamás amenazante: ¿Debo desechar el lápiz? ¿Debo abandonar la imagen? El extravío de Obatal, el abandono de su voluntad a una ruta desconocida, apenas pueden cifrarse en la forma del laberinto. ¿Tendré que borrar, recomponer la anécdota, afilar aún más el lápiz, desechar todos los papeles? Y la página en blanco vuelve a invitarme, es el acceso a imagen tan pertinaz. ¿Qué olvidado premio nos oculta esta aventura del penoso lápiz? ¿Se estrecha un poco más esta precaria libertad? ¿Abolirá la muerte esta entrada? ¿Es la salida del laberinto una forma superior de consuelo? ¿Será el premio una decepcionante broma? Aquí, justo en este rincón del papel, el trazo busca una salida a la imagen persistente: Obatal se jugó la precaria libertad por un premio eternamente añorado, y cuyo nombre yace oculto. Pero el caudillo ha sido atrapado, la exigua libertad pronto se convirtió en cruel nostalgia. He aquí el misterio de la parábola: ¿Por qué los hombres entran al laberinto? ¿Adivinan el paraíso para añorar demasiado pronto el esfuerzo, la obediencia? Ahora el trazo del lápiz ha llegado a dibujar la torre. Esta parábola, tan incesante como la idea del laberinto, busca convertirse en anécdota. ¿Insisto en esa nueva advertencia trazada sobre el escritorio? En fin, el viejo adivino tiene razón: la entrada es lo más arriesgado, el gesto indescifrable. La salida es un enigma; pero el enigma casi siempre es un equívoco juego de palabras. Este gabinete, el escritorio, los lápices, esa goma de borrar, los pisapapeles, el sacapuntas, el cenicero, bien que conforman la geografía de la aventura. ¿Reconocía ya, en aquel entonces, la voluntad sometida a la letra?

Capítulo XVI

DE LAS COSAS MARAVILLOSAS QUE SUCEDIERON EN LA PRIMERA
BATALLA TRABADA ENTRE LAS TROPAS INVASORAS DE TRESPALA-
CIOS Y LOS REVOLTOSOS DE OBATAL

"Pues el día era muy propicio para el ataque. Trespalacios quiso otear con
catalejo todo el campo de Morro, y allá fue cargado en litera, hasta la cumbre del
promontorio, por cuatro de los más forzudos hombres que tenía la tropa. Al lado de
la fastuosa litera iba yo, a pie, aunque más alcahuete que peón, dándole palique a
Don Pepe sobre el buen carrucho de concha sacado por los hombres en el bajío del
arrecife. —*Ahí tengo un carrucho troceado, Gracián, y al punto quiero el escabeche
de vinagre y aceite que usaremos para adobarlo...* —*Mejor sería que sacara esa carne
de concha de la vasija, pues no sé si el barro está bien curado. Pero aparte de ello,
Don Pepe, vinagre con cebolla, aceite con ajo, pimienta con laurel, todo está más
que dispuesto para el almuerzo de mediodía, aunque le advierto que ese escabeche
estará a punto de vinagreta, pero no de salsa, porque para lo segundo el tiempo
atilda en primor lo que la receta dispone en sabrosura.* —*Bueno, Graciano, hoy te
levantaste con la lengua convertida en pico de oro, atildada hasta el cabo...* —*Imagínese, Don Pepe, como que voy a narrar la guerra más grande que se ha visto
desde que ocurrió allá, en los tiempos de su bisabuela, la famosa batalla de la golfa
del Leponto...* —*Bien dices, hombre, bien dices*—. Luego de haber transcurrido estas
delicadas sugerencias, sabrosas razones, avistamos el cantil del promontorio. Ya
nos encontrábamos cerca de la cumbre. La tropa cantaba muy festivas canciones, y
el sol, aunque ya bastante alto y de buena luz, misericordioso se mostraba con
nuestros sesos. Don Pepe hizo la seña para que la tropa hincara botas, y justo allí
montaríamos campamento. Y digo que la vista sacudía hasta los sicotes, una de las
más emotivas que vieron mis ojos. Frente a nosotros, allá en la sima del promontorio, se alza el enorme campamento del pueblo negro de Obatal, ciudad fugaz de
tenderetes y carromatos, barbacoas y altas humaredas. Y hacia la diestra tendíamos
la vista, y nos encontramos con la más poderosa escuadra cristiana desde que Don
Juan de Austria capitaneó la invencible armada en el Leponto. A fe mía que me
estremeció todo el ánimo, y me cautivó la lucidez, la certeza de que todo aquello era
ocasión para los siglos, sitio donde el destino trabó las muy férreas voluntades de
Obatal el Bravo y su muy excelentísima dignidad, Don Felipe José de Trespalacios
y Verdeja, Señor de la cristiandad, Vicario de Cristo en estas playas y mundos,
suceso al cielo proclamado por dos angelotes desnudos que al son de trompas
bajaron restallando al viento una banderola. Sobre la litera de Don José se posaron
aquellos emisarios del celeste, cojoncillos al aire y las nalgas flotando, que estos
prodigios anunciaban a carrillo hinchado, con música celestial más solemne que
fanfarriosa, el más sonado acontecimiento que ha visto el Mar de los Caribes, pues
ya estaba próxima a comenzar la fiera batalla de aquellos dos muy temibles
ejércitos, y todo ello a día primero de diciembre del año 1773 de la era de Nuestro

Señor Jesucristo, según estaba bordado en oro allí en la banderola celestial sostenida por tan perfumados y rizados efebos del más límpido aire.

A mediodía, la furiosa canícula aferrada al cogote, se ordenó la formación de ataque. Unos escuchas que habían llegado hasta el límite mismo del campamento de Obatal, nos informaron que el flanco noroeste —extendido justo frente a nuestras tiendas— sólo tenía de defensa algunos prietos realengos y arrebatados. Por ese flanco meteríamos candela, que así lo ordenó el excelentísimo prelado. Dos columnas de cincuenta infantes avanzaron a pecho firme, protegidos por el fuego de cuatro falconetes y dos cañones. Y el tieso cañoneo sembró el pavor en el campamento de Obatal; desde lo alto del promontorio el Obispo y yo oteábamos, alargado el catalejo, aquella fuga desordenada de negros que atrás dejaban pertenencias y carromatos, bateas con fritanga, telas a medio lavar y quincallas volanderas. Corrían hacia el interior de la fortaleza; allí esperaban encontrar seguro refugio, salvar sus vidas de tanta candela y confusión. Don José me señaló lo que ocurría en el puente que da acceso a la fortaleza. Orienté mi catalejo hacia aquel sitio; pude observar cómo los negros peleaban a gritos y empellones, lanzándose al foso unos a otros para alcanzar entrada al fuerte. Y aquello parecía tropel de ratas desesperadas echándose al vacío, mordiéndose en traiciones y deslealtades con tal de salvar sus muy tiznados pellejos. Mientras la negrada huía, nuestro ejército avanzaba con la firmeza de la eterna gloria de Cristo. Adelantaban en formación de cuña cincuenta guardias reales con mosquetes puestos a puntería. Sus muy galanos uniformes azules con casacas de ribetes aterciopelados, eran dulce regalo de nuestro ejército a la tarde luminosa, y mi corazón saltó de orgullo cuando pude contemplar, allá en el fondillo del catalejo, aquella muy ominosa marcha que avanzó según el toque de las cajas. Y los negros tricornios lucían sus rojos crespones de plumilla; las botas relucientes de Don Pedro Carvajal, capitán de aquella tropa, engalanadas iban con ruedos del más pulido cuero inglés. Y este muy valiente soldado de Cristo avanzaba a paso austríaco, su espadín de gavilán marcando la marcha de aquel glorioso ejército. En formación de aletas iba la temida guardia roja, que así se llamaba por las muy lucidas casacas rojas que usaban sus soldados aguerridos. Pude contar hasta veinticinco de estos hombres, a cada lado de la cuña, y aseguro que iban con muy fieras espingardas de tiro largo. Y al mando de estas tropas iban los tenientes de lugar Don Rafael Pérez y Don Juan Martínez Castro; ambos marchaban, como sus hombres, a paso austríaco, con el espadín en vaina por muy galante deferencia al mando supremo de Don Pedro Carvajal. Pero tales obligaciones de protocolo no eran óbice para vistoso achulamiento de los fanfarrones tenientes, quienes iban cual pavos reales con la mano izquierda puesta, a mucho donaire, sobre la empuñadura de espada bamboleante al cinto. Pero aquel momento era de poca gloria para nuestro amadísimo prelado, quien durante todo el solemne desfile no dejó de atender, con espátula y cuchara de madera, las finuras que halagan el paladar. En una dita de higüero mezcló la carne de concha en trozos con finos aceites y vinagres peninsulares. —¿Cómo va ese desfile, Gracián? —Muy florido, Don Pepe, galano en demasía. —¿Verdad que parecen papagayos? Gente vanidosa siempre son los soldados, y a poco de sonar el primer cañonazo contra ellos, tienen descompuesta tal apostura, los calzones cagados y las rodillas temblorosas. —Ese escabeche huele bien, aunque insisto en que tiene más de vinagreta... —Gracián, si no te jodo la paciencia, échale un vistazo de vez en cuando a la *soldadesca de allá abajo, que órdenes tienen de hacer monitos y figuras, pero no de atacar...* —Están buscando líneas por lo que vi... —*Y hacen bien; más de eso es ponerse bajo el tiro de las troneras...* —¿Cuánto ajo le está echando? —*A modo de pizca, dos dientes, para que no se ponga muy furioso el aliento.* —Mucha cebolla... —*Unas cuantas, y perejil picado, sin que se nos olviden los cuatro granos de pimienta molida y el acento de sal*—. Y añadió que aquella salsa era sólo pie para primores aún más sabrosos: —*La puedes engalanar con polvo de clavillo y canela...*— Cuando hice mueca de disgusto, saltándome el buche ante la idea de mezclar tantos vinagres con dulces especias, Don Pepe aclaró: —*Estoy hablando sólo de unas cuantas pizcas, Graciano; todas estas recetas las he probado con los mejores dientes de la curia...* —Ya no empiece a meternos los mochos... —*Nada de eso, y mira que el Obispo de Cartagena prefiere que sus escabeches naden en zumo de limón y naranja, trocillos de huevos cocidos y hasta pimiento verde*—. Como Don Pepe confiaba tanto en mi palabra, me pasó la dita para que probara la sazón. Metí el dedo y probé a punta de lengua. —*Aguanta tres o cuatro ajíes bravos; le falta algo de brillo al sabor*—. Sin tardanza, Don Pepe le ordenó a uno de los mozos de palanquín que le trajera aquel condimento. Siempre cargaba con el ají bravo puesto en conserva de vinagre, provisión más necesaria que los pertrechos.

Pero de pronto ocurrió lo insólito. Los guardias reales y las casacas rojas venían en furiosa desbandada, luego de atravesar el flanco noreste del abandonado campamento de Obatal. ¿Qué mala bestia los había puesto a correr de esa manera? Como Don Pepe siempre era tan lento en levantar su corpulencia, corrí hacia la cuesta para mejor ver lo que pasaba. —*¡Qué diablos pasa?*— Esto le pregunté a Don Pedro Carvajal cuando lo vi con la lengua afuera, corriendo las de Villadiego, seguido por sus tenientes, el rostro descompuesto por el espanto. Y aseguro, ¡a fe mía!, que jamás vi miedo mayor en el continente de hombre alguno. Le pregunté a los soldados por la causa de tan sorpresiva retirada, y sólo podían señalar hacia el campo abierto del Morro, asegurándome con los ojos saltones que los había derrotado un mago. Levanté a vista mi catalejo y vi cosa de asombro, suceso maravilloso para poner tembluscos los sicotes, que ustedes jamás lo creerían si no lo contara yo, si fuera otro y no Gracián, súbdito leal del rey de España y secretario escribano del Obispo Trespalacios. Pues vi que hacia nosotros venía comparsa de diez negros, y estos músicos tocaban tambores a doble cuero, cajas congas que los negros se cuelgan del pescuezo y repiquetean con ambas manos. Los alegres tamborileros formaban círculo en cuyo centro venía alzado en palanquín un negrito de nueve años. —*¡Santa Genoveva!, y qué demonios es esto... ¿Cómo apeamos a este prodigio, Don Pepe?...*— Pero seguí con el catalejo puesto sobre el asombro: El niño traía todo el cuerpo muy adornado con guindalejos de caracoles y collarines de semillas. Y ahora viene lo que es cosa del otro mundo: el negrito llevaba un palito en su mano derecha, y cuando golpeaba el aire con semejante vara mágica, temblaba el suelo y aparecían, sobre las cabezas de los negros, nubes oscurísimas que desataban furiosos aguaceros, truenos y centellas. Arriba me imploraba la voz gorda del Obispo: —*¿Qué diantre ocurre allá abajo, Gracián?*— Me quedé de piedra por un momento, y cuando volví a escuchar la gritería de Don Pepe llamándole marica a todo el que pasaba por el lado de su litera con el rabo metido entre las patas, vestí espanto y también cogí las de Villadiego cuesta arriba, pues con niño que era dueño de rayos y centellas, gobernador de los elementos, bien apañado estaría el guapo que le pusiera el pecho a tan soberano engendro, que nuestros ejércitos sin duda serían derrotados si la Santa Bárbara no volcaba el escapulario. Cuando llegué a donde estaba Don José, la grita del Obispo en pura blasfemia se convertía, y éste furioso se levantaba de la litera, dando órdenes que nadie obedecía, maldiciendo por todo lo alto sin que nadie oyera, así de aterrorizados estaban tenientes de lugar y capitanes de mando con la magia del negrito. —¿Qué demonios hay allá abajo?, Gracián...— Cuando le expliqué con el galillo puesto en la lengua, jadeante de tantas correrías, me gritó: —Y ¿qué coño esperaban? ¿Acaso no estamos en guerra más contra los diablos que contra los hombres?— Como Don Pepe es exorcista mayor, difícil resulta que pierda compostura con tales prodigios, pero la verdad es que yo temblaba de pies a cabeza, el fondillo apretado y todo el tino muy confuso. Casi tumbé a Don Pepe cuando en la confusión fui a recogerle la muleta con que trataba de apoyarse —en esos días lo aquejaba la gota furiosa— y volvieron a ensuciarse todos los santos del cielo. Me preguntó por qué la artillería no reventaba por los aires la comparsa de negros. Fue entonces cuando me percaté de que el silencio de la artillería por buen rato se había sentido. Corrí a los cañones. Y los artilleros estaban cagados, temblorosos hasta la gaguera, tropezando las palabras y los pies en círculos, sin echar carrera por el prurito de ser gobernadores del trueno. Al fin pude sacarlos de su chochez y ordené cañonazos a granel contra la comparsa. —A ver, gente, que quiero ver esos prietos volando por los aires...— Y ahora ya estaba muy cerca, amenazante por lo menos para los oídos el repiquetear de los tambores negros. Sonaron los cañonazos, y de pronto la tierra se les cosió de balas a los burlones negros, al fin la negrada aquella probó la prisa. Para consuelo mío vi que el negrito corría desaforado, con el culillo al aire y la risa de cachete a carrillo, hacia la entrada de la fortaleza, allí donde la chusma negra lo esperaba entre vítores y aplausos. Entonces muy solícito regresé a socorrer a mi prelado, quien estaba rojizo de furia, pues el escabeche había corrido por el piso en la estampida y confusión. Y para colmo uno de los mozos no aparecía, quedándose coja la litera. —Esta batalla ha sido de ellos, ¿no cree, Don Pepe?... —Calla y aplícate, Gracián, que no estoy para bromas...— Tomé el sitio del vil desertor y nos retiramos, promontorio abajo, junto con las tropas en desbandada, hacia la seguridad del campamento playero. Aquella noche hubo juicio e insultos. Frente a la tienda de Don Pepe pasaban todos los oficiales que en la batalla apecharon con el trasero. Don Pepe empezaba por mirarles las hueveras, preguntando si allí tenían algo más que pendejos. Luego de mucha severidad, amansó los ánimos, arengó hasta enardecer la tropa, como corresponde a todo gran capitán, y a modo de castigo le encomendó a tan inquieta soldadesca sacar conchas en el arrecife con la marea baja, porque ya estaba Don Pepe pensando en escabeche de carrucho, consuelo del que había perdido. Aunque así de ecuánime se mostró, no cesaba, el muy melancólico, de lamentar aquella infeliz derrota de sus hombres en la primera batalla de guerra tan famosa: —Estamos apechando contra diablos, Gracián, ya te lo he dicho—.

Capítulo XVII

DE LAS EXTRAÑEZAS QUE LE SUCEDIERON AL RENEGADO EN SU
RUTA HACIA EL CAMPAMENTO DE MITUME

"Amaneció, y el paraje estaba como ausente del mundo, el silencio y la quietud sólo interrumpidos por el batir de las olas y el trinar de los pájaros. La solitaria playa se volvía verdadero paisaje de ensueño, justo cuando las primeras luces de Efebo tocaban con cárdena levedad las rizadas aguas que batían, soberano estruendo de espumas, la blanca falda de arena. Miré a la dulce amada, husmeé su silencio, adivinando querencias e intenciones. ¡Y dormía sueño tan apacible! Sólo podía ser perturbado por el trino de las aves que poblaban el cercano mangle, o el revoloteo de la gaviota caracolera en el bajo cielo. Como no quise turbar su espíritu tan desfallecido en los delicados brazos de Morfeo, del coche me bajé con extremo cuido y sigilo. Entonces pude comprobar que todas las ruedas del rumboso coche se encontraban en buen estado. Saludé a los caballos y les prometí agua fresca, amansándoles la crin y los resabios, aunque no sabía bien cómo cumplir esta promesa, pues hacia el sur, hasta donde alcanzaba la vista, sólo pude otear marismas y ciénagas salitrosas. Un poco más adelante se abría una cala que entraba hacia la maraña del mangle rojo. Mi negra se había despertado, y melindrosa me llamaba. Cuando acudí me preguntó, con suma extrañeza, dónde demonios estábamos. No supe qué contestarle, me perseguía el acuciante presentimiento de que vagábamos perdidos por aquellos andurriales de la costa. Le tranquilicé el ánimo lo mejor que pude, explicándole, con muy flacas razones, que si seguíamos en dirección este pronto llegaríamos al campamento de Mitume. Escuchó aquel discurso con mucha atención, pero sus ojos permanecieron velados por hondo asombro, novedad ajena. Se bajó del coche y me sonrió, grave desconcierto para mí, pues su ánimo pasaba de la más inquieta tristura a la encendida alegría. Cuando le pregunté cuál era el motivo de tan súbito cambio de humores, me dijo con sonrisa cantarina, mirada traviesa, que nos encontrábamos en su tierra, ¡el jardín de Yyaloide! Pero nada de aquello entendí; ella hablaba como si hubiéramos descubierto el sitio de El Dorado, o la muy codiciada fuente de la juventud, tierras de todos los lares, anhelos del mundo. Indagué, aunque sus respuestas fueran oscuras y alucinadas: Me aseguró que Yyaloide quiere decir, en lengua africana, mujer jefe, y esto yo lo interpreté como reina, pues cierto era que mi prieta reinaba en la lejana Africa. También me dijo que aquel vergel era la tierra de las aguas dulces. Cuando me lo repitió no pude sino reírme; a nuestro alrededor sólo había mangles y pantanos, playas donde la sal espesaba el aire. Allá se enfadó mucho conmigo y caminó hacia la playa. Recogía caracoles mientras cantaba dulces lamentos que supuse originarios del Africa. Y después de muchos y achulados requerimientos, ella me sonrió. Dichoso fui al echarle el brazo, asegurándole que la tierra de las aguas dulces me volcaba el sombrero de felicidad, y ello porque así lograríamos mitigar la sed de los caballos, visto ya que nuestro abasto de agua dulce

138

apenas duraría otra jornada más. Quise ponerme en marcha; el sol ya se encandilaba en lo más alto. Nos trepamos en el pescante y partimos hacia ruta desconocida. Salimos del camino de playa, atravesamos un palmar que fatigaba el horizonte allá en las negras arenas extendidas al sur de la cala, sitio donde la marisma se convierte en mangle, paisaje apenas entrevisto en la mañana, asombro verdadero del mediodía. Y nuestros oídos fueron festejados por cientos de trinos cuando pasamos por el mangle; es de todos ciencia que estos parajes de arbustos marinos son refugios de aves pescadoras como la gaviota y el alcatraz, apacible rincón alejado de la humana vista donde miles de pájaros anidan y empollan crías, alimentándose de los gusanos y caracoles de la marisma cercana. El sol estaba tan alto y fiero que fue necesario buscar la sombra y descansar los caballos. Volvimos a estar muy cerca de la playa, pero la solanera nos tenía los sesos blandos. Dejamos el coche bajo la sombra de unos cocoteros y nos adentramos en un bosquecillo de playeras, paraje de buen solaz y mejor sombra. Almorzamos tasajo y bizcochos secos; no desperdiciamos ni las migajas, así de crujiente estaba la tripa. Carne tan salada nos avivó la sed, pero mucho moderamos los pocos tragos de agua dulce que traíamos en la bota. Y dormimos un rato, bajo la buena brisa de mediodía que soplaba del noroeste...

Me desperté; sus ojos me sonreían con malicia, la curiosidad convirtiéndose en solicitud. Jugaba con mi oreja, rizaba mis cabellos cuando me hizo extraño pedido, dulce requerimiento. Pues la muy traviesa quería ponerme dormilona en una oreja, verdadera costumbre de bucaneros y prietas, porque aquéllos las usan para señalar que han dejado en puerto alguna morena, éstas las ponen para alimentar la vanidad ansiosa. Sin titubeos le dije que no; aquella mutilación repugnaría a Dios, y no era de hombres de bien andar achulados con semejantes adornos y baratijas. A esto me contestó que a veces Obatal usaba una argolla en cada oreja, sin desmerecimiento de su hombría y poder sobre los ejércitos. Le dije que todo esto era muy cierto; pero sin tregua añadí que Obatal era negro, y, por consiguiente, hombre de distinta condición, diferentes gustos y observancias. Apenas entendió mis razones, y se hizo la muy dolida. Entonces comencé a flaquear en mi firme propósito de no achularme más, aunque reconocía que con la dormilona aquella y las muchas chucherías que me guindó Obatal como signo de autoridad y magia, bien me convertía en negro paruro, palabra que en la isla de Martinica significa moreno muy galano y flamboyanto. Pero mi prieta no entendía causas ni razones, y empeñada estaba en ejecutar tan salvaje mutilación. Añadí que la pequeña argolla en la oreja no iba con el talante de mi persona, mucho menos con las señas de mi vocación, pues yo era hombre de letras y diplomático, que no guerrero, filibustero o chulo de putas. Todo esto le dije, repitiéndoselo mil veces; pero a fe mía que la muy diabla tenía magia en la voz y terciopelo en las manos, ya que luego de dulzuras, caricias chulas y muy suaves decires, me encontré en severa ordalía. Sacó de bolso maravilloso que llevaba atado a la cintura por debajo de la faldeta —siempre de espaldas, pues siendo hembra de gran recato no quería que yo viera su prenda deliciosa— una aguja larguísima y un pedazo de corcho. Sin mayores ceremonias me saltó arriba, con pierna firme puesta sobre mi pecho. Estiró el lóbulo de mi oreja izquierda sobre el corcho y le metió la aguja con rapidez, mayor destreza. Me raspé más coños que carajos, me cagué en Dios a voz en cuello, maldije los huesos de mi madre y pensé que la furiosa prieta era bruja y diabla, que no mujer de este mundo.

A todo esto ella reía, como si mis dolores espantosos fueran cosa de chacota o gracia. Después de la tortura, la muy traviesa me llenó de besos y caricias. Tanto era el dolor que para mí se nubló la tarde, aunque la luz fuera generosa y las brisas pausadas. Pues no bien terminó mi iniciación, comenzó otra maldita ceremonia, verdadera oportunidad de brujerías, que ahora sí que la diabla se desataba. Corrió a la playa a buscar caracoles, regresando a mí con risillas y travesuras. Todo esto me asustaba, y pensé que la diabla, aquella bruja de la harto lejana Africa, a poco me mataría, dejándome estirado como bunbún sobre la arena, con los pies mirando el cielo. Hizo una pequeña fogata con los caracoles y unas ramitas secas de playeras. A fe mía que calentó la argollita sobre el fuego, y cuando estuvo muy caliente se acercó. Traía el corcho debajo del sobaco, con rápida magia me metió la argollita en la pequeña raja del lóbulo. Volví a gritar otra tanda de coños y carajos, aterrándome la idea de quedar convertido en brujo grande, dueño de mágicos poderes. Pero ella me aseguró que la dormilona era detente, no talismán de brujerías, grande consuelo para mí, pues no quería cuentas con la magia del diablo prieto. Entendí que toda aquella ceremonia había sido como casorio, o al menos seña segura de amor hasta la muerte. Regresamos al coche. Le di de beber a los caballos. El tonel de agua para las bestias ya hacía fondo; el agua estaba muy escasa en el campamento de Obatal, por lo que el caudillo nos había dado tan sólo para una jornada. Salté al pescante y llamé a la prieta, quien más alegre que graciosa vino corriendo a treparse en el coche, deseosa de dormir. Hacer de cochero me molestó mucho. Ya estaba cogiendo muchas ínfulas y libertades, aquella mi negra corteja, pretendiendo privilegios sólo de queridas. Anochecía cuando comencé a maldecir el fuerte dolor en la oreja, aunque mi corazón estuviera inflamado de alegría, y ello porque mi reina de Africa ya me consideraba su leal y amoroso súbdito, ¡oh mansa esclavitud la de estas dulzuras y querencias!"

* * *

La ruta de Obatal es ascendente, y la nostalgia que la sostiene es como el recuerdo de una pesadilla. Esta torre siempre es un grandioso fracaso; su esfuerzo siempre tropieza con los límites del mundo, la precaria condición de los hombres. Pero la torre también es un esfuerzo hacia lo divino y aéreo; su virtud es la frenética precisión con que los hombres intentan escapar de lo subterráneo y demoníaco. Aceptamos el reto porque la nostalgia de la luz no nos da tregua. El ascenso se convierte en obsesión: Hay que organizar el esfuerzo; unos recibirán órdenes; los que dirigen la obra vivirán en lo más alto; los de pena diaria habitarán, con las grandes piedras y el látigo, siempre en el zócalo, sin poder atisbar las vistas espléndidas y lejanías infinitas que la torre prodiga en lo más alto. Según el visionario, la torre también será ciudad de los aires. Allí vivirán los hombres que la edifican, y sus hijos también trabajarán de sol a sol en la magna obra. Las generaciones harán permanente el sueño de alcanzar el aire. Pero estas visiones fundadas en la armonía del trabajo pronto se desvanecieron. Los albañiles, carpinteros y canteros fueron desalojados de las viviendas inferiores de la torre. Sus hogares miserables fueron ocupados por una nueva raza, surgida de la frenética edificación: Eran los capataces, enemigos a muerte de los canteros, carpinteros y alabañiles, resentidos alzacolas de los príncipes, aquellos nobles que sólo conocían la contemplación del mundo desde las alturas. A estos aristócratas ya se les había agotado el entusiasmo visionario de sus antepasados, los primeros arquitectos maestros de obra tan prodigiosa. No estaban enterados de lo que ocurría por debajo de la espiral ciento diez. Sus vidas transcurrían más aburridas que lentas, puesto que las vistas radiantes cada día se mostraban más monótonas, y el horizonte sólo podía divisarse mirando hacia abajo, arriesgándose a sufrir algún molestoso vértigo. La única distracción de aquellos pálidos y débiles príncipes era la clasificación de las nubes de acuerdo a las diez mil categorías inventadas por sus filósofos. Como la población de la torre crecía en forma geométrica respecto de sus habitáculos, los capataces de mayor rango desalojaron a los de las espirales inferiores. Estos sorprendidos capataces entonces tuvieron que irse a vivir junto a los carpinteros, albañiles y canteros. En torno a la deslumbrante torre, crecía un inmenso arrabal que se extendía por cincuenta y tres millas a la redonda. Los de la espiral ochenta y nueve aseguraban que el único paisaje conocido, justo hasta el borde mismo del horizonte, era aquel mar de chozas, puentes de tablas arrancadas a las casuchas, aguas hediondas y niños con las barrigas llenas de lombrices. Las mujeres de los capataces que vivían en la torre comenzaron a protestar. Vociferaban que ellas tenían que sufrir aquel paisaje inmundo durante todo el día. Este abandono se lo recriminaban sin tregua a sus maridos, quienes trabajaban en lo más alto de la torre y conocían un paisaje distinto. De hecho, estos capataces apenas veían el arrabal; ello era así porque el viaje desde la azotea de la torre les tomaba dos días y medio, y siempre llegaban de noche. Pero uno de ellos se detuvo aquella mañana, y contempló el asqueroso paisaje que repugnaba, día tras día, a su mujer. Se indignó: Sin tardanza decidieron defenestrar a los príncipes. Aquella revolución apenas duró tres horas. Los lánguidos aristócratas apenas ofrecieron resistencia, encontrando en la violencia y la muerte un fugaz consuelo para el largo tedio. Los capataces encontraron algunos dibujos de una torre que subía a lo más encumbrado del cielo. Una extraña nostalgia acudió a sus ojos. Ellos, tanto como sus padres y abuelos, sólo conocían el oficio de contar las nubes descubiertas por los príncipes. Aquellos planos alucinaron sus miradas. La construcción de la torre, detenida por tres siglos, fue reiniciada con grandes fiestas, y hasta se lanzaron fuegos artificiales desde la azotea. Los pretiles y arcos inconclusos, que parecían ruinas, cobraron un nuevo significado: ¡Son los pedestales que sostendrán el futuro! La azotea se convirtió en basamento. Como la torre volvió a crecer, los hijos de los capataces inferiores desahuciados hacía siglos ocuparon los sótanos, aquellos habitáculos que apenas conocían la luz. Hubo gran optimismo, se hablaba del continuo progreso de la torre. La intriga volvió a surgir cuando los capataces revolucionarios proclamaron que la torre debía convertirse en aguja, edificación pura sin hombres ni habitaciones. Los capataces inferiores entonces señalaron que aquella aguja no serviría al bien de la sociedad —¿cuál era su propósito?— y que su construcción era reaccionaria, ya que sería terminada en pocos siglos, destruyéndose así la idea del progreso eterno, es decir, el dogma de la torre siempre inconclusa. A este argumento los capataces revolucionarios contestaban con razones tan sutiles que parecían absurdas. Aseguraban, los más convencidos, que los planos originales encontrados establecían, como finalidad suprema de la torre, el lograr una imagen perfecta del progreso. Señalaron que la idea de construir habitáculos era una siniestra herejía formulada por uno de los padres de la torre, sutileza del ingenio que con el correr de los años se convirtió en dogma. ¡La finalidad de la torre no era otra que escalar los cielos! La idea de una torre que le sirviera de habitación al hombre fue perseguida a sangre y fuego. Las disputas entre los capataces revolucionarios y los inferiores provocaron un verdadero laberinto ideológico. Los argumentos más sutiles se volvieron abstrusos y herméticos. El lenguaje se contaminó con la confusión de aquellas interminables disputas que a veces giraban en torno al matiz de una palabra encontrada en los antiguos planos. Aquellos hombres al borde de la idiotez entonces fueron a la guerra. Y sucedió lo insólito: Los canteros, albañiles y carpinteros aprovecharon aquella guerra entre los capataces para desatar la revolución. El gigantesco arrabal en torno a la torre se vació. Los capataces quisieron desesperadamente establecer una tregua, y formar una precaria alianza contra los canteros, albañiles y carpinteros. Pero la confusión del lenguaje hablado no les permitió establecer las condiciones del pacto. No lograron entenderse; sucumbieron ante el avance de los revoltosos. El gran caudillo de la revolución ocupó la torre, junto a sus generales, que formaban legiones. Mientras tanto, el pueblo harapiento y esperanzado, los revoltosos que llegaron de los más lejanos límites del arrabal, lentamente fueron ocupando las casuchas de los que ayer fueron canteros, albañiles y carpinteros. Hacia el vigésimo aniversario de su gloriosa revolución, el supremo caudillo fue asaltado por una idea espantosa. La torre estaba mal construida: Su base tenía que cubrir toda la tierra para que sus espirales ascendentes jamás se convirtieran en aguja, al irse reduciendo progresivamente el diámetro de las plantas sucesivas. Aquel problema de ingeniería se convirtió en obsesión; se ocultó en su gabinete; buscaba, en el lúcido mundo de las matemáticas, el diámetro correcto de aquella base que garantizaría el progreso eterno.*

---

*A.J.M.:

Equívoco

Mientras el supremo caudillo se abandonaba a la radiante visión de una libertad casi perfecta, Mitume hizo avanzar sus ejércitos hacia las invisibles torres verdaderas.

Capítulo XVIII

DE LAS COSAS TERRIBLES Y TELURICAS QUE EL CRONISTA GRACIAN
VIO EN LA SEGUNDA BATALLA DE LA GRAN GUERRA

"La alborada apenas disipaba algunas sombras, festejando con muy tenues luces los caminos, cuando el Obispo Trespalacios se levantó y pidió un tazón de café sazonado con ron prieto. Y en el campamento se desató el trajín; a media mañana serían fusilados tres escuchas nuestros que fueron sorprendidos la noche anterior a punto de convertirse en renegados, negociando traiciones con espías negros. ¡Sólo con la traición era Don Pepe implacable! Pues luego de aquella primera colación de la bebida mágica, Don José se bañó con cota de dormir en las muy indóciles aguas del mar norteño, que no hay costa en toda esta isla tan fiera de vientos y marejadas. Los traidores estaban vendados, y amarrados a unas estacas, allá bajo la sombra del cantil... Trespalacios salió de la playa y los visitó, descalzo y con el pelo aún mojado, el camisón de sueño pegado a su desnudez rotunda. Les ofreció los últimos ritos del cristiano favor; pero los muy mal agradecidos lo vejaron con gritos desaforados y recriminaciones destempladas. Como la salud espiritual de aquellos infelices estaba tan maltrecha, poco importaba la del cuerpo, y fue por ello que Don José ordenó que se plantara la cuadrilla de fusilamiento. Sin más pesares, nos animó de nuevo el rumor de las olas, y volvimos al retozo allá en la playa. Don Pepe se mostraba más que ajeno al infierno de los tres infelices; pero yo no dejaba de husmear la maldita suerte de éstos... —*Ya abandonaron el mundo, ¿no es así?*... —*Bien merecido que lo tienen, aunque a la postre es gran favor que se les hace, Gracián... Espanto grande es la vida, aunque vivir sea la gloria. —Flaco consuelo para el que tiene una pata metida en la tumba, el aliento seducido por la pelona...*— Allá se cuadraron los fusileros, de espaldas a la playa. Viré cabeza hacia el mar, y pronto escuché la grave voz del oficial de mando, orden dada a la muerte: ¡Fuego!... Retumbó en mis oídos la mortífera descarga de mosquetes... Admiramos ese oleaje tan mudo, mojamos los pies en el arenoso sargazo... Ya arrastran por la playa los cadáveres de los tres desertores... Atrás dejaban, sobre la blanca arena, ominoso rastro de sangre. Quise alejar mi atención de aquellas bocas sangrantes abiertas al cielo, aquellos dedos encrespados por el terror... —*Amansa el miedo, Gracián, que hoy nos espera candela grande. Ahora te toca buen baño matutino, y no memento mori*—. El agua estaba muy templada, casi tibia. Don Pepe prodigaba elogios, maravillándose de que estuviera tan cálida en el mes de diciembre... Los ojos de aquellos infelices iban muy abiertos; la mirada muerta lucía sorprendida por algo tan secreto... Pensé en los ojos vendados escapándose hacia una mayor oscuridad, o volcándose muy fugazmente hacia luz más perfecta que la del mundo, aunque esto fuera improbable, siendo aquellos hombres de alma tan débil e impía. ¿Por qué los fusilados siempre tienen esas miradas tan sorprendidas? ¿Es que el grito de fuego los despierta a una luz blanca, donde apenas pueden acostumbrar sus ojos luego de la oscuridad forzada por la venda?...

Don José me aseguró que se había levantado con antojo de comer ostiones. Le dije que estábamos en la mejor estación de aquella fruta marina, y como a mí también me gusta chupar conchas, le prometí ir a raspar con algunos hombres, al peñón del arrecife, tales delicadezas de paladar que nos prodiga el viejo Neptuno... Volvimos al tenderete de yaguas, y Don José se vistió con sotana, listo para la guerra, pistolón al cinto y espadín en la diestra. Todo el ejército ya había comenzado a subir cuesta arriba hacia el promontorio, sitio del campamento cristiano, frente oriental de la batalla. Don Pepe se recostó en la litera de palanquín, quejándose del dolor de gota que venía molestándolo desde el día del desembarco. Se despidió muy acalorado por el trajín de hombres y pertrechos, prometiéndome festín y no guerra si le llevaba buena cesta de ostiones.

Abordé bote de remos con quilla chata, y salí con tres hombres a buscar aquellas frutas del roquedal, halago seguro para el fino paladar del Obispo guerrero. Tuvimos que raspar los ostiones en unas peñas muy alejadas de la playa, que de regreso cogimos mal aire de barlovento, y fue necesario costear la rada durante buen rato buscando corriente, único remedio para aquella ordalía que a poco nos lanza contra el afilado Peñón de Pájaros, alto arrecife donde las Nereidas muestran sus colmillos voraces. De regreso al campamento de la playa, colocamos los ostiones en grande cesto, y luego subimos al sitio de la guerra. Ya sonaban los cañonazos. Don Pepe ordenó la destrucción sin tregua ni misericordia del poblado negro, y para grande sorpresa de todos, vimos cómo salían de las casuchas y tenderetes —que creíamos abandonados— guerreros allí escondidos para emboscar el avance de nuestro ejército. —*Gente ladina, verdad Don Pepe...* —*Bien dices, Gracián, y ahora a perseguirles el rabo antes de que tomen posiciones en el foso...*— Hubo vítores en nuestro campamento cuando aquellos impíos huyeron, bajo fuego feroz de cañones y falconetes, hacia la entrada de la fortaleza. Algunos negros, los de mayor pechuga, ya hincaban rodilla frente al foso, muy achulados con aspavientos y gritos. —*Estos ostiones están buenísimos.* —*Que le aprovechen, pues en la aventura de rasparlos por poco perdemos la vida...* —*Están sabrosos con este limón, pero me haría falta un poco de ají bravo. ¿Puedes bajar y traerlo, Gracián?* —*¡Ya no se ponga más caprichoso que las preñadas!... Iré; pero ya no vuelvo a bajar hasta que termine la guerra. —Trae también el aderezo de ají dulce con vinagre... Es ese pomo que está al lado del membrillo—.* Con las bolas más que sopladas bajé al campamento de la playa, y de pronto me espantó el entierro de los traidores: a palo y pico, entre unos uveros, tres hombres cavaban las fosas. Y ya no quise mirarlos. Tomé el aderezo y de allí me largué con la roseta del culo tiesa, subiendo por el camino de cabras, hacia el promontorio, con el miedo mordiéndome los tobillos. Algún custodio del aire me dijo al oído que no era benigna aquella presencia, por lo que no me volví para saludarlos, aunque bien sabía, según las risotadas que llegaron a mis oídos, lo fácil que fue para ellos adivinar mi espanto. Sentí, en el cogote, que aquellos espíritus burlones me saludaban, pero ya no paré hasta llegar a la litera de Don Pepe. —*Vienes con la lengua afuera, ¿es que has visto al diablo?... —De susto vengo, Don Pepe, pues me pareció ver allá abajo que los traidores se enterraban ellos mismos, digo... a sus propios cuerpos. —Esta guerra te trae con muchos desatinos en la chola, y fíjate, ya olvidaste el aderezo de ají bravo. —Pues ni para Dios que se desplome del cielo vuelvo a bajar, Don Pepe, sépalo bien, que el corazón me da saltos cada vez que me acuerdo de esa brujería... Confórmese con el encurtido, y* *haga amargo ese adobo a fuerza de limón... —Ya cálmate, hombre, que hoy te levantaste con más melindres que mujer en celo... —A la salud de su madre, Don Pepe... —Buena gloria a la tuya también, y ahora póngase Gracián de buen humor comiendo estos ostiones...* — Eso mismo hice para distraerme de tantas señas terribles, que las grandes ostras estaban como para chuparlas sin más aderezo que el hambre. El sol ya estaba muy alto, la mañana ofrecía buena ocasión de batalla. Abrí los ostiones con un pequeño cuchillo que Don José tenía para ese uso, y los aderecé con limón y ají sobre primorosa bandeja de plata. De cada tres que aliñaba engullía dos, aunque siempre guardé para el paladar de Don Pepe los más carnosos. Algunos sirvientes avivaban, allá frente a la tienda de campaña del Obispo, una barbacoa, humeante fogón donde ya chisporroteaban bajo el rocío de sal los camarones y las langostas, generosa cantidad de chillos y dorados. Comimos y bebimos, repantigados allá en lo alto del promontorio, halagado el paladar por los manjares, servido el tacto por las buenas brisas, mientras escalilleros y corsarios peones —aquellos hombres ya conocidos como la flotilla del Gran Caimán— a toque de caja se reunían en formación de vanguardia... Debo dar fe de riquísima salsa de ajo y mahonesa —aderezo de los camarones— que Don Pepe preparó mientras fui por el adobo de ají avinagrado; hasta el día de hoy mi paladar recuerda tan sabroso condimento, sazonado con limón, batido en mortero más con maña que muñeca... Don José de Trespalacios me explicó por qué había colocado a los escalilleros en la vanguardia: *—¡Están más curtidos en batallas fieras que los guardias reales y los vistosos casacas rojas; mira tú que estos últimos son verdaderos maricas de la guerra!—* Con labios tan delicados como sensuales, el prelado chupaba —¡húmeda fruición!— aquellas muy jugosas jaibas de mar. Y nos reíamos del sonido que hacían nuestras lenguas al chupar el baboso labiecillo del ostión, así de bellacas eran nuestras fantasías. Abajo sonaba la guerra: Dio la batalla su primer aviso con una arrolladora carga de infantería apechada por los escalilleros, que éstos bien protegidos iban bajo la incesante candela de nuestros cañones. Y aquel encabritado avance tensó bridas cuando de la fortaleza del Morro salieron dos formidables columnas de caballería molonga. *—Preste acá el catalejo, Don Pepe. Por lo visto estos corsarios aspaventosos han encontrado sus cascos...—* Los caballeros cocolos a la verdad que venían muy engalanados con sus collares, sombreros de paja con vistosos penachos, y toda clase de adornos, guindalejos y chucherías. Acompañando las columnas venían unos tamborileros que repiqueteaban cajas congas de tono muy bajo, potente música que era el terror de nuestros hombres. A la vista de aquella temible caballería, Trespalacios ordenó retirada, gesto muy agradecido por nuestros soldados y corsarios; tanto aquéllos como éstos comenzaron, más que una reculada, fuga en completo orden, de las de fondillos apretados y pies presurosos. *—Mejor los recogemos; ¿verdad Gracián?... Esos prietos vienen tumbando caña, y ya no hay modo de plantar rodilla. —Y es la segunda vez que sólo nos ven el culo. —Tácticas, Gracián, son estas huidas; ventaja llevamos en tropas, pero también en inteligencia... —Yo creía que las pelotas valen más que los sesos cuando de guerras se trata—.* Pude ver con el catalejo cómo las tropas mandingas festejaban, a viva chanza, nuestra prudente fuga. Cubrimos la retaguardia con incesante cañoneo de culebrinas... Sin mayor tardanza, Don José ordenó que se formaran dos columnas de mosquetes. Sólo así resistiríamos la muy inminente embestida de los molongos. Pero estas columnas eran tan sólo flaco remedio temporero: *—Tenemos* *que construir un foso! No podemos ponerle el pecho a caballería tan poderosa sin un foso y una estacada... Ve y grita la orden...*— Esto hice, agitando de lo lindo para que se montara un palenque detrás de la trinchera. En estas operaciones tácticas y menesteres estábamos cuando sucedió lo asombroso: De la fortaleza del Morro salía la misma comparsa de tamborileros que custodió al negrito prodigioso en la batalla anterior. —*¡Parece que lo sacan de nuevo, Don Pepe!... ¡Nos jodimos!...*— Y a fe mía que entonces el negrito venía hacia nosotros más galano que nunca; lo traían sentado en un palanquín, cargado por seis molletos cocolos. El catalejo lo acercaba más de lo prudente a mis ojos sorprendidos; logré ver el fausto de su cuello, y lucía collarines de piedras azul verdosa como la turquesa, guindalejos de medallas nacarinas... Sus bracitos estaban muy adornados con brazaletes de caparazón de carey, y también pulseras de semillas brujas. En sus tobillos traía esclavas de caracoles, en las sienes vendas rumbosas que proclamaban su autoridad sobre los elementos. —*¡Viene más adornado que ayer!, sin duda con mayores potencias en la varita... —Es un diablo verdadero ese negrito, quizás follón de la jerarquía del mismísimo Leviatán—*. Pero el negrito allá en el fondo de mi catalejo lucía muy confuso, su ánimo descompuesto y lánguido, como si bien aterrado estuviera por el tronar de la caballería molonga y el toque terrible de los tambores congos. —*¡Hay que cañonearlo!...*— Y así lo ordenó Don Pepe, vociferándole a los artilleros que afinaran el tino. —*¡Lo quiero ver volando por los aires! ¿Me oyeron?...*— Pero sólo Dios podía con aquel mago y sus odiosas potencias. El palanquín del niño prodigioso avanzó, hacia el centro mismo del campo de batalla, como protegido por invisible armadura. Nuestras balas caían alrededor de la comparsa; milagro del demonio era que no la dispersaran. Noté que los cargadores del palanquín tenían los ojos idos, impávidos se mostraban ante el estruendo a su alrededor, parecían arrebatados por los extravíos de esas yerbas mágicas que los negros usan para volcarse fuera de este mundo. El negrito alzó su vara, y en ese mismo instante todos los corceles de la columna molonga se encabritaron, así de magnífica lucía la fuerza del mago. —*Ya viene con el palito, Don Pepe, que está a punto de hacer filigranas en el aire, dibujar alguna catástrofe en el cielo...*— El ruido de los tambores congos llegó al estruendo, echamos dos pasos atrás, nuestros corazones cristianos llenándose de pavor... —*¡Viene a tumbarnos las cabezas!... Estoy cagao, Don Pepe...*— Husmeé a Trespalacios, y no fue difícil advertir que el semblante del exorcista mayor también se descomponía. —*¡Saque la de Caravaca, Don Pepe, y diga oración de exorcismo, que si no estaremos muy invitados a los infiernos!...*— Pero Don José ya había bajado todos los santos del cielo con las principales oraciones apestosas a los demonios, benignas invocaciones que convertían a los más puros vasallos de la gloria en guerreros del Señor. Cuando el palito del negro bajó, pensé que justo entonces se acabaría el mundo. A través del catalejo vi grande extrañeza, asombro que coincidió con los primeros rumores subterráneos, amago de temblor en las entrañas del orbe... Aquella cercanía prodigada por el anteojo, me permitió otear la cara de espanto, ya que no semblante de pavor, que puso el negrito mágico cuando su brujería desató el más furioso temblor de tierra que ha conocido esta isla de San Juan Bautista. La ladera frente a nosotros se abrió de cuajo mientras don José vociferaba orden y disciplina. Los pesados cañones cayeron patas arriba. Una de las distantes garitas del Morro se desplomaba contra los roquedos de Punta Tiburón. Lo único que se sostenía firme era el palanquín del mago, las piernas de aquellos seis forzudos cargadores que parecían muertos dispensados de la tumba. —*¡Ordena fuego de culebrina, Gracián! —¡Los hombres están pasmados, tiesos como palos!...*— Los corceles de los molongos seguían encabritados, y el desorden no tardó en llegar a las columnas de tan aguerrida caballería. Una de las murallas del Morro se hendió, y hasta acá llegaron los gritos de los negros que se lanzaban de las almenas al vacío para escapar a muerte segura. Ya fue cediendo aquella convulsión de la tierra cuando el mar comenzó jaleo monstruoso, vaivén que nos aterró hasta el aliento, bien cortándonos el ánimo. Pues el mar se retiró bastante, formando grande ola, mareta enorme que causó fiera confusión y gritos de temporal entre los barcos de la armada invasora. Corrí hasta el borde del acantilado, sacando aliento de donde no tenía, desoyendo las advertencias del Obispo Trespalacios y los gritos de sus alcahuetes, acción imprudente la mía que más se debió a mi oficio de cronista que a mis cojones. Justo cuando iba para allá, advertí que terrible trinchera, lo menos de diez palmos, se había abierto frente al sitio donde antes estuvieron nuestras columnas de infantería. Muy tambaleante llegué al precipicio del promontorio; quise ver desde allí la retirada del mar, y todo aquello me colmó de pavor tan desaforado que hoy apenas puedo narrarlo. A fe mía que hacia el noreste de la flota se levantó altísima muralla de mar, lo menos de cuatro plantas de altura, dos veces el tamaño de las casas de esta ciudad de San Juan Bautista. Allí estaban, frente a mí, los grandes farallones, cantiles y precipicios de la mar oceánica, páramo de grises rocas donde saltaban peces moribundos. Paisaje tan desolado me causó repeluzno, y hasta pensé que aquel lugar era el verdadero escondrijo de los demonios. Vi las pardas arenas de la playa convertirse en cantiles de piedra negra, terrazas de filosos roquedos; y allí se retorcían pulpos lastimeros, tiburones, delfines, barracudas, bancos completos de peces dorados. Y mucho me extrañó la ausencia de plantas marinas en aquellos sitios, pues sabido es que debajo de la mar oceánica forman horizontes los muy galanos jardines colgantes. Pero esta curiosidad quedó satisfecha cuando ola tan enorme comenzó a desenrollarse hacia la playa. Sobre su lomo venía cabalgando un bote de remos, con cuatro hombres despavoridos, y pronto reconocí aquellos infelices que me acompañaron a raspar ostiones allá en el bajío. Seguramente salían de nuevo a capturar langostas para la mesa del Obispo cuando se toparon con semejante infierno marino. Venía el bote todo cubierto de sargazos y plantas acuáticas, los hombres lucharon inútilmente contra la madeja que los apresaba, y hasta pude oir sus gritos asordinados por tan espesa medusa. Alrededor del bote, galopando sobre la ola gigantesca, venían malangas de mar, corales rojos y blancos, estrellas, erizos, conchas, más corales, de los que tienen forma de sesos humanos, careyes, algas y calamares alucinados. Aquella ola por el mismísimo Satanás desatada había arrancado de raíz toda la vida que engendran los mares, y ahora la azotaba con furia contra el mondo acantilado. Quedé como absorto ante suceso tan monstruoso, y casi no pude correr cuando se alzó sobre mí aquella pared de agua, ya que no capricho tronante de Neptuno fiero. Quise huir; pero sentí que el miedo me tenía plomados los pies, cautiva la voluntad. Me volví, arrastré lo mejor que pude mis tullidas piernas. Oí los gritos y las órdenes de Trespalacios, quien era cargado a toda carrera sobre la confusión y el vocerío. Por encima de mi cogote, ahora casi alrededor de mis orejas, truena el mar furioso, ensordecedor aullido de Leviatán desatado. Y Don José de Trespalacios iba frente a mí, a distancia de sesenta y tres palmos, bamboleándose y dando brincos en el asiento de la litera. Me gritaba que me alejara del acantilado cuando me azotó rudo golpe en la nuca. La lucidez salió de mí, más rauda que el aliento del guerrero cuando muerde el seco polvo del campo de batalla. Y ya no supe nada más".

Capítulo XIX

DE LOS AMORIOS DEL RENEGADO CON LA REINA DE AFRICA, Y DE LAS MUCHAS OCURRENCIAS QUE HUBO ENTRE ELLOS

"Muy a fe mía que sin el mar nuestro amor hubiese desfallecido. Era el océano testigo solitario de nuestro extravío. Sus ánimos apacibles y fieros reflejaban nuestra loca pasión, todo el dolor y gozo de aquella ruta demasiado ajena al tiempo; pero era tan mudo ese ir y venir de las olas, su estruendo perenne apenas se apiadaba de mi voluntad irresoluta. En aquellos parajes marinos el pasado se desvanecía; sólo gobernaba el presente. Pero el paisaje también era ruta melancólica: camino donde mis deberes diplomáticos se convertían en nostalgia, viaje que nos conducía a ciudad incierta, oscuro porvenir. Yyaloide era tierra sólo de mis ojos...

El mar estaba sucio, y pensamos que muy cerca nos encontraríamos con estuario o desembocadura de río, única esperanza de mitigar la sed de los caballos. Llegamos a una cala de boca cerrada. Aquella pequeña bahía estaba custodiada por unos escollos donde pensamos encontrar conchas de muy buena especie. Sin mayor tardanza, le dije a la prieta que me esperara en lo que yo cruzaba a nado hasta los escollos. Protestó airada la muy chula, insistiendo en venir conmigo, pues según ella, diestra era en zambullidas y pesca de mariscos. Afirmé mi autoridad gritándole fuerte regaño, y le advertí que era a mí, en condición de varón, a quien le tocaba la tarea de conseguir abastos. También le dije que no era propio de reinas ponerse en cueros y zambullirse a sacar conchas. Ella se enfureció hasta desatar zapatetas, lanzándome arena mientras me insultaba en lengua africana. Llegué a los escollos después de veinte brazadas y más. Y mucho fue el desencanto cuando encontré una sola concha en el bajío cerca de las rocas; volví a zambullirme, y al sacarla, algún ánimo recobré dándome cuenta de que era —¡eso sí!— de tamaño monstruoso, carnosa en demasía, ¡sabroso manjar para la fuerza viril! Como el sol estaba en el más alto cielo, y yo no quería tostar mi lucidez, nadé a la orilla, la concha atada al calzón, siempre evitando la alfombra de erizos en el zócalo del escollo. Pues ¡cuánta fue mi sorpresa cuando encontré a la prieta asando cangrejos! Chisporroteaba la barbacoa y la muy diabla se reía de lo lindo, a su lado una sarta lo menos de diez cangrejos. Seguía burlándose de mí, que toda la percudida gracia era porque yo había puesto pica en Flandes, al conseguir sólo la triste concha gigantesca. Tanto me infló el coraje que acabé gritándole, muy desaforado, que aquellos prodigios eran trucos de maga, y que sólo con la ayuda del demonio ella pudo conseguir tantos cangrejos... Al rato ya estábamos comiendo la blanda carne, chupando carapachos. Saboreamos aquel manjar, gaznate abajo, con tres sorbos de agua, así de escaso estaba el precioso líquido. Para colmar la sorpresa con el susto la prieta hizo una fogata de humo espeso, usando leña muy nueva picada del mangle rojo. Hizo dos altas horquetas con palo indio, espetándole una varita a las pesadas tiras de carrucho. Colocó en lo alto de las horquetas la carne de concha ensartada, lista ya para ahumarse a lo bucano. Mientras se ocupaba en tantos menesteres, yo le cuidaba la sabrosa parte con discretos fisgoneos, y hasta descubrí que los pelos de su monte venusino eran muy ralos, acaracolillados en demasía. Admito que mi verga se puso dura como un hueso, aunque mucho me sucedía esto siempre que estaba con ella, así de inflamado era mi deseo. Y advertí que aún no me la había gozado, pues como ella era reina, mis actos parecían vasallos de las finuras cortesanas, que no dueños de los furiosos apetitos. Me aseguró que con el alto humo espeso de la fogata el carrucho quedaría blando, nata para el diente, potencia para la verga. Cuando vi aquellos trozos dando vueltas sobre las horquetas, cocinándose sin prisa en tan cálido humo, muy negras visiones tuve que me perturbaron, y todas ellas trataban sobre el desenlace de aquella revuelta negra en la que yo era embajador, que de pronto me sobresaltó el corazón aquel recuerdo de la encomienda. Allí, en aquella tierra, el amor era goce y olvido... Cada vez que la prieta se alzaba para bregar con la varita, atildando horquetas y volteando la carne, el corazón me latía con furia, pretendí olvidar los graves asuntos de estado anejos a mi dignidad... Y en estas ocasiones se le abre la faldeta, y sus prendas pulposas se muestran a mi vista y a la del aire... Así despejé, con tan dulce retozo, aquellos pensamientos ominosos que convertían la fogata en oscuro emblema del porvenir... Pero tantas señas no pueden dañarme, con sus visiones terribles, la dicha del presente... Dejamos que el carrucho se bucanara y corrimos a tomar baño en la cala, nuestros cuerpos desnudos y la vergüenza limpia de toda culpa, como corresponde al hombre inocente que aún no ha sido envilecido por la soberbia de la ciudad política. Y en el agua comenzó el juego, la celebración cariñosa de nuestros cuerpos. Pero con aquellos cuidos comenzaron mis vergüenzas, y la más grande fue que la verga se me puso dura, alerta y deseosa a ras de agua, verdadera sierpe marina. Ya no quise salir del agua; por honesto bochorno me negaba. La diabla prieta corrió a la playa, y cuando vio venir hacia ella aquel hombre pegado a verga enhiesta, empezó a reír sin mesura ni respeto. Esto me infló los cojones, y bien que la amenacé con dejarla en aquel paraje si no amansaba su burla. Con prisa me vestí, y era tanto el bochorno que me largué a los cocales, a bajar cocos; el agua dulce se agotaba y no sabíamos cuántas jornadas más duraría nuestro viaje. Toda la tarde estuve subiendo palmas y bajando cocos. La diabla prieta, muy mohína por mi regaño, los recogía después de que azotaban sordamente sobre la arena, echándolos en un saco de esparto que por fortuna teníamos. Desde el penacho de la palma pude otear un camino al otro lado de la cala, vereda que serpea hacia el promontorio... ¡Esto me alegró hasta el sombrero!... Seguramente nuestra ruta conduzca a ese camino, paraje que nos promete buena fortuna. Y llamé a la prieta, quien subió la otra palma como grácil pantera, tanto donaire tenían los movimientos de aquel cuerpo casi desnudo. Le grité que desde el promontorio podríamos otear el campamento de Mitume, y seguir la ruta de la embajada. Pero entonces padecí confusión grande de la voluntad: El pensamiento de abandonar mi extravío en la tierra de Yyaloide me causó tristeza... A la vez que siento la urgencia de cumplir con mis deberes diplomáticos, también me hala la dulce tentación de permanecer junto a la negrita, que ella, su tierra y reino son jardín del olvido, ya que no paraíso fuera del tiempo...

Cuando el temprano crepúsculo casi tocaba la mar encendida de furiosos ópalos, volteamos la concha bucanada, avivando la fogata para que la espesa sal en el aire del anochecer curara aún más aquel manjar a punto de diente. Picamos algunos trozos, los más achicharrados, y guardamos para la jornada los que todavía estaban un poco frescos, listos para el adobo de sal, la cura de tonel. Bebimos de los cocos hasta saciarnos, pensando que a la mañana siguiente el agua estaría aún más escasa. Colocamos la carne bucanada en bocoy lleno de sal. Noté que los caballos estaban cansados; al tantearlos apenas se mostraban inquietos, no obstante el descanso de todo el día... De no encontrar río o manantial los dos caballos morirán de sed... El airecillo nocturno soplaba suave; mucho me dolía aquella oreja mutilada por la dulce diabla. Pensé que los ríos de aire helado que soplaba la mar me mordían la oreja. Le quité el bocado a los caballos, levantándoles el tiro. Así sería más soportable la sed y el cansancio... Tanto me dolía la oreja que temí sufrir llaga, buba o divieso. Estaba febril, todo el cuerpo me ardía. Entonces me asaltó el temor de haber caído en fiebre de insolación... Mi piel es muy delicada para correrías a la intemperie... Recordé con arrepentimiento que justo cuando el sol estaba encumbrado nadé a los escollos, trepándome a las peñas para dar las zambullidas... Mañana estaremos en el promontorio... Algo me dice que el campamento de Mitume está cerca, quizás detrás de aquel peñón que sale hacia el mar... Pero en aquella oscuridad imposible era divisar a grande distancia... Mi negra amable entonces me ayudó a subir al coche, y allí en la litera me prodigó muchos remedios, que uno de estos fue grande maravilla de su muy antiguo arte de curación. Pues me dio a fumar unas yerbitas que llevaba en el morral. Tuvo que enseñarme a usar aquella pipa que parecía flauta, pues a cada rato se me apagaba el humito. Me advirtió que cuando la yerba mágica hiciera mucho humo, chupara hasta llenar el canuto, pero sin aspirar gaznate abajo, siempre tapando con el dedo aquel extremo opuesto a la embocadura. Ya a punto de reventar cachetes, era necesario que quitara el dedo súbitamente, a la vez que aspiraba con furia, que así, y sólo de este modo, el humito acariciaría mis entrañas... No sólo me curé de la insolación, sino que también la verga se animó contenta. Mi negra entonces se puso en actitud de goce furioso. Retozamos por largo rato, y ya luego procedimos a quejas aún más dulces. Mi muy tierna etíope de clavo y canela... Me hablaba con delicados gemidos y caricias; aquella noche desperté a gozo tan intenso, que temí morir cuando el tiempo borrara tanto extravío''.

* * *

La torre fue su obsesión; pero la aguja ya había atravesado los cielos; sólo permanecían, ante sus ojos alucinados, la insistencia del aire, las nubes que transcurren lentas, incapaces de repetirse, los sigilosos pasos del universo hacia la música. Vacío, fugacidad y silencio: eran las tres gracias desoladoras que poblaban sus días y sus noches, el sueño y la vigilia; la cordura y el desvarío, demonios que sobre él se posaban en forma de sabios leprosos o ángeles sin alas. Entonces meditó sobre la libertad. También pensó en la precariedad de los hombres. Paso a paso se dijo al oído cosas terribles o angelicales. Pero el pensamiento más asombroso también fue el más modesto: ..."y la libertad es otra región; para viajar a ella debemos fundar máquina prodigiosa..." Este pensamiento inmediatamente fue traducido al mundo de las posibilidades técnicas y matemáticas: —*Debemos encontrar el diámetro correcto para esa base que garantiza la libertad perfecta*—. Después de noches interminables en que la fatiga descendió sobre su frente como murciélago blanco de ojos luminosos, su débil lucidez produjo este concepto: "La torre tendrá

como base la plataforma del aire... Quiero decir... que su aguja será la misma que ya
conocemos, pero vista desde arriba; de este modo su ascensión será hacia abajo. La
torre que garantiza la inmortalidad debe estar, según mis cálculos, al revés, o sea,
invertida, quiero decir: deberá observar la geometría de una pirámide solamente
soñada por aquellos dioses..."
Muy al principio la idea de una torre invertida fue considerada visionaria por los
arquitectos, tildada de soberana tontería por los maestros de obra. Se le pidieron
cálculos matemáticos, planos que explicaran cómo vencer la fuerza de gravedad. A
sus espaldas se reían, con gestos señalaban la locura del caudillo. Obatal sólo
conocía el poder: De dos bastonazos mató al burlón más cercano a él... Con gran
escepticismo, y refunfuñando por lo bajo, todos los rebeldes maestros de obra
comenzaron a dirigir la edificación gigantesca. No logró convencerlos; pero trabajaban como furiosos. Con la construcción de la aguja no hubo contratiempos. (Se
trataba de andar lo ya caminado). Tampoco fueron azarosos los cien primeros pies
de "la invertida". Pero una vez que la aguja se fue abriendo en dos inmensos arcos,
comenzaron las dificultades: Los andamios de apoyo, proyectados desde la aguja,
no soportaban el peso de los gigantescos aleros que se extendían al vacío. Muchos
albañiles perdieron sus vidas al caer desde aquellas alturas abismales; tenían que
trabajar acostados sobre el aire, colgando de vértigos y sogas. Se descubrió que todo
estaba invertido. Los andamios que se usaron en la vieja torre no se podían usar en
ésta, ya que no tenían apoyo en tierra. La aguja se caería si se usaba como soporte de
aquellos enormes andamios. Tampoco era posible apoyarlos en los aleros, ya que
éstos eran justamente lo que se construía. A los arquitectos también se les reveló que
la invertida provocaba en los albañiles un extraño delirio; éste consistía en gritar,
como desaforados, un pensamiento aterrador. Sufrían convulsiones espantosas,
proferían oscuras maldiciones. Aquellas palabras que bulbuceaban resultaron
ininteligibles al principio; pero pronto alguien descubrió su sentido. Los hombres
gritaban que Dios los castigaría por construirle un techo al mundo, justo para
ocultar el cielo. Además del mareo que los empujaba al abismo, los pobres albañiles
padecían el dolor de aquel pecado cósmico.*
Abrumado por estas dificultades, Obatal cayó en una profunda melancolía. Usó
todos los consuelos de la carne y el pensamiento; pero su alma no lograba aquella
paz que sólo llegaría con el triunfo sobre la gravedad y la muerte. Hasta que un día
su más leal consejero le habló de un niño mago que hacía prodigios con una varita.
Obatal ordenó que se lo trajeran. Aquel huérfano de mirada esquiva y hablar
gangoso le juró lealtad al supremo caudillo, antes de proceder a una muestra de su
poderío: Con dos golpecitos dados en el aire provocó un terremoto, con cuatro
marcados sobre la tierra desató la furia del huracán. Hubo rumores entre los
cortesanos. El caudillo quedó más preocupado que sorprendido. Le ordenó a sus

---

*A.J.M.:
Profecía de la ciudad futura

¡Algún día se construirá una torre para abolir el nacimiento! No se buscará la inmortalidad, sino el
consuelo de no ser. Será como borrar la existencia, ocultarse de la mirada de Dios sin el truco de construirle
techo al mundo, sin tapiar la luz del día y los astros. Esa torre no tendrá que ser gigantesca. La ruta que
seguirá su arquitecto es la del espacio íntimo. Más que una máquina, la torre será el palacio de ese soberbio
peregrino.

más forzudos y fieles guardias que custodiaran al niño día y noche, y, sobre todo, que no lo dejaran hablar con nadie. También dio órdenes inequívocas de matarlo en caso de que mostrara alguna inclinación a la rebeldía. Llamó a su mitólogo preferido y le ordenó que tejiera una leyenda en torno al siguiente motivo: "El niño prodigioso recibe su magia del poder supremo de Obatal, y es descendencia y encarnación directa del caudillo, hijo de sus facultades y ánimos". De este modo, el miedo amansó la melancolía. El caudillo temía demasiado aquella varita tan literalmente mágica. Pensó que la leyenda del mitólogo sería inútil ante poder tan magnífico... Los hombres y las mujeres del campamento habían visto los prodigios del niño mucho antes de que éste viniera a la torre... Nadie creerá que el niño recibió su magia de Obatal... La segunda parte de la leyenda —aquella que trata de la descendencia y encarnación— provocaría menos escepticismo; fue por ello que Obatal llamó al mitólogo y le pidió que recalcara esta segunda parte, atenuara la divulgación de la primera. Un día hubo en la torre un colapso enorme de mampostería. Sólo entonces recordó Obatal la construcción... Trescientos albañiles que trabajaban en los andamios de sogas colgantes cayeron al vacío. Obatal ordenó que le trajeran al niño mago, quien se encontraba encerrado en uno de los calabozos inferiores. Le pidió al niño que lo ayudara a construir la torre. El muchachito sonó contento su voz gangosa, dio cuatro golpes en el suelo con el palito... Toda la torre se estremeció de arriba abajo; se oyó un bramido subterráneo que heló la sangre de cortesanos y alcahuetes. Obatal se aferró al trono, aterrado ante semejante virtuosismo.

El niño fue llevado en palanquín a la región de las construcciones aéreas. Sin más consejero que su magia, él mismo dirigía el diseño y construcción de aquellos aleros inmensos proyectados al vacío. La obra comenzó a progresar, se inventó un nuevo sistema de andamios a base de hilos finísimos —ahora los albañiles parecían suspendidos del aire— y las gaviotas ya pudieron caminar sobre aquella primera plataforma aérea que se extendía por una milla en el aire luminoso. Aquellas dos alas gigantescas que salían del cénit de la vieja aguja formaban el zócalo de la torre invertida, o el techo del mundo, como el lector prefiera. Obatal se convirtió en el más ferviente admirador del niño prodigioso. Para no vulnerar su propio poder, le ordenó a los sacerdotes que le dieran a él la dignidad de Dios Supremo, otorgándole al niño el cargo de gobernante deidad de las lluvias, los terremotos, las tormentas, la gravedad y la muerte. También ordenó que se estableciera un culto a los poderes de aquel salvador supremo.

Capítulo XX

DE LOS SUCESOS QUE HUBO EN EL CAMPAMENTO DE GUERRA DEL
OBISPO TRESPALACIOS, LUEGO DE QUE EL MAR SE RETIRARA ARRA-
SANDO HOMBRES Y PERTRECHOS

"Cuando desperté, la ola gigante que arropó el campamento ya se había retirado, que Dios los guarde a todos ustedes de los estragos de semejante capricho desatado por Neptuno fiero. A mi alrededor había más gritos que confusiones, y cuando aclaré mi lucidez aturdida pude ver el motivo de tan grande desasosiego. Hasta donde desfallecía la vista, todo el campamento guerrero de nuestro excelentísimo Obispo Trespalacios había sido arrasado por las muy rebeldes aguas. Los cañones todos estaban volcados, hundidos en el fango que las aguas dejaron tras su paso. A fe y asombro mío quedé muy embelesado con esta catástrofe marina; todo aquel campo del Morro estaba cubierto por la más disparatada fauna de los mares: Los pulpos se ahogaban en el aire todavía salitroso, dejando abiertas al cielo sus patas flácidas en convulsiones y espasmós. El manatí arrastraba sorprendido su penosa fealdad, apoyándose en las dos aletas que le sirven de patas, alzando las tetas que le adornan el pecho, aunque debo decir que este animal no sufrió tanta ordalía, pues algunas veces, como la foca, bien se amaña en tierra. Los tiburones daban magnífi-cos coletazos mientras saltaban por los aires, y los hombres de Trespalacios que ya se habían repuesto de la sorpresa seguían órdenes y vociferaban advertencias. Aquellos valientes allí trataban de abrirle la boca a un tiburón que había mordido la pierna de un soldado, que esto sí es tener mala pata. El pez furioso mordíale la pierna buscando asidero para su vida agonizante. Y al tiempo que uno de los hombres lo halaba por la nariz hasta reventar molledo, otro le cruzaba un palo adentro de la terrible dentadura, a ver si soltaba presa el muy demonio. Pero aquel tiburón fue más diabólico que testarudo. Era necesario evitar —y esto se lo dije yo— que el tiburón muriera, pues con la última dentada ya no abriría más la boca, así de mucho se tensan las mandíbulas de estos monstruos cuando mueren. —*¡Pujen más, que después de muerto no hay Dios que le saque el bocado! —¡Ya cállate, Gracián!, ¿qué sabes tú de estos oficios? —Ordalía parecida la vi en la isla de Santo Domingo, Don Pepe... —Mete mano en la tarea y olvídate de Santo Domingo, verdadero paraíso de tus embustes...—* Don José llegó para sumar la misericordia divina a los esfuerzos de socorro, y los gritos del infeliz eran tan desaforados que llegaban al cielo. También pude ver cómo la víctima botaba sangre por la nariz; sus maldiciones espantosas reventaban venas, desorbitaban ojos. Trespalacios pidió un machete, y le asestó al tiburón tremendo tajo en el lomo. Como el animal no soltó coletazo, bien reconocimos con temor que estaba muerto. —*Sacar esa pata vale veinte pares de cojones, Don Pepe... —Ya lo creo, Gracián, lo más prudente es dejarla adentro...—* Y el Obispo Trespalacios descargó sobre la pierna del desdichado furioso tajo. Pero el hueso no partió, y descar-gó de nuevo con toda su fuerza la navaja reluciente, que esta vez oímos el chasquido claro del hueso, partiéndose a la vez que chorro de sangre nos bañó cuerpos y caras, borbotón tremendo, verdadero surtidor de fontana. El hombre ya desfallecido, aunque no muerto, fue cargado para recibir los muy delicados cuidos de nuestros médicos, o después quizás la sepultura. El Obispo dio órdenes de que le cortaran la cabeza al tiburón, siendo ésta buen condimento de sopas, y bucanaran en tasajos la carne. —*Esta carne no la podemos comer fresca...*— La muerte con mandíbula cerrada había tensado las carnes del animal, perdiendo éstas toda su terneza. —*Buena cecina hace el tiburón; servida con vianda y plátano le vuelca los ojos a cualquiera. ¿No es así, Don Pepe?...* —*Mal sazonas esta desgracia con tu apetito.* —*No se moleste. Fíjese que aunque tenía mucho de dónde cortar, pocas opciones se le presentaron para escoger. Lo más misericordioso para ese infeliz fue restarle la pierna. La gangrena es inevitable en estos casos, como usted sabe. En Santo Domingo...* —*Abrevia el embuste, que debemos cosechar en este jardín marino...*— Como no encontramos más tiburones empecinados, nos dedicamos a recoger langostas por saco. También había montones de almejas, rareza verdadera que en estas latitudes hubiera tantas y tan grandes. Sentí mala peste en los sobacos; era que la enjundia del infeliz comenzaba a oler. Me quité la camisa empapada de sangre y formé con ella, luego de estirar bien algunos nudos, bolso de brazo en que eché peces dorados y moribundos que saltaban ahogados de aire sobre todo el campo de Morro, y asombroso suceso era ver cientos de pargos, chillos, chapines, capitanes y otros grandes peces buscando la vida sobre tan desolado promontorio. Trespalacios ordenó que volvieran a plantar falconetes y cañones en la periferia del campamento, y los limpiaran de tanta miasma, pues encontramos sus cámaras muy embutidas con sargazos, algas, fango y arena, ostrones y morenas, jueyes y toda especie de animalejos marinos. También ordenó fusilazo contra los negros que se acercaron —lo mismo que nosotros— a recoger aquella muy abundante cosecha marina. Súbitamente capturamos un pez capitán que casi saltó a nuestras manos. Don José me aseguró que sería el plato de la cena, bien asado a la barbacoa con aderezo de limón y cebollas, plato de robusto aroma, sazón delicada. —*También le untaremos un poco de esta mostaza Pomerry...* —*Fruto de algún saqueo en tierras francesas, sin duda...*— Me enseñó el tarro de mostaza que llevaba en el zurrón, asegurándome que se lo había comprado a un contrabandista de Martinica. —*Todavía huele a bodega, Gracián.* —*A mí más me sabe a saqueo...*— Pasaron cuatro hombres arrastrando el cadáver de un ahogado. Trespalacios ordenó que todos los cadáveres fueran enterrados inmediatamente, para así evitar plaga y atenuar la fiera peste que inundaría toda la estancia tan pronto comenzaran a pudrirse los mariscos y peces muertos. Alrededor nuestro todo era trajín e incesante grita: Unos hombres vuelven a montar las casetas de campaña, otros se dedican a secar municiones, algunos levantan cobertizos de pencas y palos de guayabo, los de más allá se desnudan para secar sus ropas empapadas, los de más acá se dedican a comer ostiones en torno a pequeñas fogatas que alivian la humedad de aquel campo de batalla en pantano convertido. Don José volvió a ordenar descarga contra los negros que nos robaban aquella cornucopia marina. —*Mientras menos tengan para calentar el buche, menos durará el sitio...*— Llegamos a donde agonizaba un pulpo gigante, y antes de que yo comentara los estertores de tan penoso animal, el Obispo Trespalacios le había cortado la cabeza con su afilado espadín, y con esmero troceaba sus tentáculos para preparar escabeche, aderezo sabroso de vinagres, aceites, pimientos, hojas de laurel y generosas cantidades de ajos y cebollas. Ordenó que lavaran los trozos en agua dulce, antes de ponerlos en tonel de vinagre añejo. Al acercarnos al cantil del promontorio sobre la playa, avistamos que nuestras chalupas y yolas se habían estrellado contra las rocas, destrozándose y regando sobre el vaivén del mar todavía encrespado y tormentoso, confusión de tablas rotas y quillas inundadas. El tenderete de yaguas, donde dormimos las primeras noches después del desembarco, era furiosa ruina de estacas y crucetas, flor de escombros abierta a lo largo de la playa desolada. Ordenamos la reconstrucción del campamento de playa, algunos hombres fueron a los barcos de la flota por nuevos botes y víveres. Cuando hicimos inventario de vituallas fue necesario establecer la pérdida de todas las galletas y bizcochos secos. Sólo se salvaron las cecinas de carey y manatí que preparamos en el fondeo, aunque urgente era pasarlos de nuevo por alguna curación de humo y sal, tanta humedad habían chupado del aire tempestuoso. Don José escogió las horquetas de guayabo que se usarían para los tenderetes, y él mismo colgó a curar los tasajos. —¿Viste la altura de aquel muro de agua? —Pues mire que no. Me tronó en los oídos el azote contra el promontorio, eso sí. Y me venía pisando los talones ese soplo a cachete lleno de Neptuno furioso. Pero fíjese que le tenía puesto el culo, ya que no la espalda, al monstruo desatado, y ya sólo sentí el cocotazo de agua y el asombro de encontrarme cabalgando sobre el torrente. También me mordía el miedo, en aquellos breves instantes antes de perder la lucidez, de ser arrastrado por el marullo en retirada hacia el precipicio del farallón, y allí reventarme contra rocas filosas y monstruos marinos de ojos saltones... —¡Pensamientos breves para tanto apuro! —Toda la lucidez se agolpa en el momento de morir... —Pues fíjate, Gracián, que la torre de mar que se echó sobre nosotros tenía más de cien palmos de altura. Encontré refugio en esa alta colina...— Y hacia aquel mismo monte nos dirigimos cuando el crepúsculo acallaba toda la tierra, tendiendo gravedad sobre la muerte circundante. De vez en cuando se oía el alto coletazo de algún pez que despertaba al asombro del aire y la muerte. Allá en la enramada trinaban algunos pajarillos, burlones custodios ajenos a tanta desolación vivida. Don José quería explorar aquel bosquecillo, a ver si encontraba una yola que vio volar por los aires, mejor dicho, galopando sobre la ola gigantesca con tres infelices a bordo y una melena de sargazos. Al fin encontramos el bote, allí encallado sobre la copa de un roble indiano. Uno de los hombres habíase espetado en la rama de un paricá, árbol vecino de fronda forzuda y afilada. Trespalacios llamó a un capitán de las casacas rojas y le ordenó que devolviera aquel bote a la mar. —También queme ese árbol, dejando el cadáver por lo alto de la enramada. Así se llevará la brisa lo que sería ofensa de nuestras narices... —¿Qué son esas lechugas dispersas por todo el campo? —Son algas, Gracián, que tan pronto apriete el calor habrá tufillo como para poner patas arriba a un caballo... —¿Tanto así? —También olerán peces y mariscos, verdadera tormenta de pestes desatará esta pudrición de los frutos marinos. Hagamos fogata. El humo sirve para bien despejar el contorno—. Justo al lado unos soldados construían los cuarteles del Obispo guerrero. La noche era de un calor rabioso; jamás había visto tan encendido el trópico... Y tal como nos dijo el sabio caudillo, toda la estancia comenzó a despedir nauseabundo olor a muerte; la escasa brisa de pronto enardecía aún más el pudridero, hostigando con latigazos nuestras narices ya rendidas. Muchos hombres buscaron los matorrales para desembuchar la tripa, tanto asco provocaba aquella peste desatada hasta el más alto cielo, y sonaban

156

las arcadas de los muy remilgosos por todos lados. Trespalacios y yo nos atamos pañolones sobre la nariz para atenuar aquella tortura, y también socorrimos el aire con abanicos de mano. —*¿Cómo ha podido ese negrito alterar tanto la naturaleza? Derrota segura sufriremos...* —*No olvides que se trata de Satanás colérico, Gracián. Bien sabes que el demonio gobierna la naturaleza, pero no el alma. Sólo lograremos vencer a ese follonudo si nos dedicamos por algunos días a la oración, también a las abstinencias y los ayunos moderados*—. Aquellos santos propósitos los proclamó a la vez que rechupaba almejas y ostiones sacados del zurrón. —*Pero Don Pepe... ¿Será el mismísimo Satanás quien nos tiene tan·derrotados? ¿No será demonio menor el dueño de tantos trucos marinos?* —*Quizás Leviatán esté rondando la batalla, aunque la peste delata más la presencia de Belcebubo.* —*¿Quién es ese fulano de los infiernos?* —*Las artes de Satanás siempre son las mismas, pues su naturaleza maldita jamás cambia; pero sus embajadores y alcahuetes son legiones, suman ejércitos, todos ellos con algún oficio particular. Este Belcebubo, sin duda, está revoloteando el espeso aire de la batalla; parte mayor de la peste se debe a los pedos que este diablo suelta sobre el mundo. Mira tú que los otros diablos siempre le tienen cruel chacota por este apestoso padecimiento de flato.* —*Pues a fe mía que el Belcebubo ha estado por aquí, y bien revuelta tiene la tripa ese alcahuete del negrito*—.

Capítulo XXI

DE LOS MUY BUCOLICOS VACILONES QUE HUBO ENTRE EL RENE-
GADO Y LA REINA DE AFRICA, Y DE LOS PARAJES ASOMBROSOS QUE
ENCONTRARON EN SU RUTA POR LA TIERRA DE YYALOIDE

"Al amanecer levantamos campamento. Retiré las horquetas y pusimos los
bártulos en la baca, tomando ruta segura hacia el promontorio. Y allá llegamos a
media mañana. El saludo que nos ofrecía el altísimo Apolo fue aliciente para
nuestros amoríos, incitamento a delicado juego de caricias y querencias. Soltamos
todas las prendas, quedándonos en cueros, deseosos de ir a baño matutino en
aquella playa de blancas arenas bajo la sombra de acantilado. A lo lejos de la
apacible orilla, el mar era demasiado azul para esfumarse en el celeste; el fondo de la
cala cercana se traslucía bajo el color esmeralda de las aguas. Mi dulce etíope —que
así la llamo por su color tan oscuro y la esbeltez y nobleza de su cuerpo, siendo la
mujer del reino de Abisinia famosa por estos galanos atributos en todas las tierras
del orbe— encontró caracol sagrado, señal segura de que pronto toparíamos con
agua fresca, según lo que su brujería e ingenio adivinaban en aquella joya de
Neptuno. Decidimos subir de nuevo a lo alto del promontorio, la inquietud
aferrada a los pies, otear con el catalejo las playas cercanas, buscar la ría que el
sonido del caracol le prometió a mi bruja chula. Nos calzamos las alpargatas,
subimos la vereda que serpea toda la halda hasta la cumbre del promontorio. Luego
de vestirnos y engullir a mediodía una tira de carrucho bucanado, agua de coco y
galletas, animosos estuvimos para la exploración. Los caballos ya estaban cercanos
a desfallecer. Aquel alto promontorio a la verdad era yunque donde Apolo fiero
asestaba sus mejores golpes. Y no había cocoteros que prodigaran sombra, por lo
que sólo se nos ocurrió arrimar los caballos a un bosquecillo de playeras. Caminamos hasta llegar al cantil ponentino del cabo, atalaya segura para otear toda la mar
bravía. Entonces avistamos los marullos que venían a tronar contra el roquedal al
fondo del despeñadero. Pero aquellas aguas tronantes se amansaban en una ensenada de muy ancha boca, casi bahía. A nuestros pies se abrió todo un nuevo paisaje,
apenas sospechado ayer cuando el promontorio era el fin mismo de la tierra. A lo
lejos pude divisar un archipiélago de islotes, y entre éstos un caño que conducía a
península toda sembrada de cocoteros. De pronto la etíope comenzó a señalarme
algo allá abajo, en la garganta de la ensenada. Escudriñé la costa con el anteojo
hasta que al fin vi lo que tanto ansiábamos. Una pequeña ría desembocaba en el
centro de la rada. Y saltamos de contento, abrazándonos en retozos, disputándonos
el paso entre arbustos y playeras como niños que han encontrado tesoro, o árbol
repleto de frutas asombrosas, jaleo por las primicias a la verdad delicioso. Y
llegamos a la ría con los primeros vaporizos de la candente tarde. Toda la ruta por el
camino de la playa fue arduo en exceso, debido a los muchos baches que encontramos y el cansancio de los animales. Hubo ocasión en que perdimos vereda entre
unos uveros, y fue por no seguir el consejo de la prieta: en el cruce de tres rutas me

158

pidió que siguiera el camino más cercano a la playa, pero no le hice caso, perdién-
donos entre bancos de arena, pastizales y rocas que impedían el paso de los caballos
y la berlina; cada vez que una de las ruedas chocaba con piedra, atascándose en el
arenal, mi corazón desfallecía, pues temí que se partiera la lanza del tiro, dirección
firme de las bestias. Me asaltó el temor de jamás poder salir de aquel lugar. Y
aseguro que a todo esto la muy diabla de mi prieta se reía a carcajadas, burlándose
de mis esfuerzos. En cosas de brújula y orientaciones la etíope es el más agudo
ingenio que jamás he visto, verdadera bruja de los caminos. Media tarde estuvimos
vagando por aquel bosquecillo cruzado por cientos de veredas que conducían al
mismo sitio. De pronto salimos a playa de arrecifes, muy sucia, la arena toda
enmarañada de sargazos. Allí retozamos en las turbias aguas, mojándonos hasta los
muslos, que también perseguí a la diabla por toda la orilla, acariciándole nalgas y
tetas mientras esquivaba sus bochornos. Después de tantos vacilones, salimos del
recóndito cocal, ¡justo cuando la prieta asumió el pescante!, que pocos esfuerzos le
costó conducir los caballos fuera de aquel extravío. Y todo ello fue causa de mucha
rabia y gran disgusto, pues humillante es para el varón ser conducido por hembra,
aunque ésta sea bruja asombrosa. Luego de algunos contratiempos y muchas
aventuras, llegamos a la ría, sitio donde la marejada entraba muy baja, tanto así que
caminamos por banco de arena que a pocos pasos nos condujo a la desembocadura.
Allí encontramos un puente abandonado, cuyo andén estaba cubierto de matojos y
bejucos, al parecer ruina de alguna ruta ya perdida para la memoria. Al otro lado
del puente, el oleaje batía débil allá afuera en el arrecife, donde las corrientes del
lento río cansado tropiezan con la majestad de la mar oceánica, formando pequeños
marullos que apenas alcanzan las playas del estuario, encuentro de aguas grises y
pardas, ocasión de asombro para peces y guijarros. Exploramos la selva de cocoteros que bordeaba la ría, siempre probando el agua para conocer de su dulzura. Y
de pronto vimos, río arriba, una tartana amarrada a pequeño desembarcadero.
Todas las velas estaban raídas, y sobre cubierta había mucha confusión y señas
claras de contienda. Bajamos al camarote, para allí encontrar los esqueletos apuña-
lados, los crueles espadines todavía victororiosos entre costillas rotas y chalecos
carcomidos por las ratas del mangle. La diableja no reculó ante compañía tan
grotesca, y, por el contrario, ansiosa rebuscaba en un cofre ya saqueado, mostrán-
dome algunas monedas españolas y francesas. Parecían mozos de contrabando
aquellos infelices, que por los visto fueron abordados de noche para meterles
cañona, quitándoles la vida para robarles los tesoros. La prieta, que escudriñaba
muy frenética, con menos remilgos que una rata, me llamó para que viera un saco
de espartillo. Toqué aquellas hojas que embuchaban el talego, y me parecieron de
tabaco; pero pronto la etíope me aclaró que eran de una planta llamada maloja,
cáñamo de propiedades muy benéficas para la salud que sólo crecía allí en su reino,
el jardín de Yyaloide, tierra de dioses benignos. Cuando le pregunté por qué
demonios aquellos esqueletos contrabandeaban la maloja, me aseguró que el
humo de aquella yerba era bueno para el dolor de huesos y chancros, pero también
usado para volcar los sesos con borracheras y delirios. Y me hablaba de un plantío
silvestre que ella vio en la jornada del día pasado. Como a mí me intrigan tanto
estas jodederas de plantas, brebajes y jumazos, le pedí que me llevara al sitio donde
crecía aquella yerba mágica, pues si aquellos dos piratas la consideraban parte de su
tesoro, a mí al menos me inquietaba la fantasía. Pero antes de volver río abajo

llenamos un tonel y dos cubos de agua, pensando que tal cantidad bastaría hasta llegar al campamento de Mitume, destino que suponíamos muy cerca. Pues llegué al plantío donde crecía la maloja, y la verdad sea dicha que no me asombró aquella basta planta parecida a la malanga de arroyo, bejucón gigante de hoja como una sombrilla, que alzaba hasta un palmo sobre mi cabeza. La etíope me invitó a mascar la hoja. Y esto hice. Luego tragué el jugo amargo que soltaba, y vi a la prieta hacer lo mismo entre muecas y gestos que me hicieron reir sin contención, porque de cualquier cosa que decíamos o veíamos nos cagábamos de risa. Esta primera gracia de la mascadura de maloja mucho se parece al encanto de fumar humito. Eso me dijo la prieta, y me eché a reir como un tonto cuando veo salir esas palabras de su boca. Y todo nos parece gracioso, hasta el sonido de la brisa al pasar por las altas pencas de los cocoteros. A fe y maravilla mía repito que tan ancha felicidad, euforio tan desatado, mucho se parece a los extravíos que prodiga el jumazo prieto del humito, arrebato soberano que vacila hasta los huesos. Y así regresamos a nuestro coche con el agua para los caballos y la maloja para nuestro ánimo. Cosa de asombro que debo narrar fue que no sentimos cansancio en la caminata de regreso a la berlina. Se me hizo liviano como una pluma el tonel que llevaba puesto en el hombro, y por lo visto la etíope podía cargar no dos, sino cuatro cubos de semejante peso. Durante todo el largo camino sentí la boca adormecida, y también un extraño frescor en el buche, tal me pareció que había mascado brizna de menta. Después de darle agua a las bestias nos sentamos en la arena a comer cecina de res, algunas galletas, pisando el bocado con agua de coco, el apetito siempre voraz y el ánimo contento. También contamos la moneda sonante descubierta en la tartana de los piratas. Fue poca la plata que sacamos de aquel tesoro; lo que los asaltantes dejaron alguien ya lo había saqueado, dichoso caminante que se nos adelantó en el hallazgo de la nave misteriosa. Pero que tantas manos hurgaran en la misma olla apenas nos ocupó; teníamos la prieta y yo una ancha felicidad suspendida sobre las codicias y apetitos de los hombres. Apenas comimos; una de las muchas virtudes de la maloja es que quita el hambre. Un hombre que la pruebe caminará hasta treinta horas sin probar bocado. Entonces nos asaltaron las ganas, —quizás por la ausencia misma de apetito— furiosos deseos bellacos de fornicar a pata suelta, incitación traviesa de la maloja querida. Ya muy de prisa nos desnudamos, y a la sombra de los uveros nos ofrecimos las muy dulces caricias y cuidos que son seña del buen amor; allí, entre besos y muy delicados jadeos, pensé que nunca antes me había sentido tan cerca de otro ser, yo, que me extasiaba en el perfume de su cuerpo, ébano de buena especie endulzado con clavo y canela. Y el trino de los pajarillos de río acompañó nuestros quejidos y decires de amor.

Al atardecer, luego de bañarnos en la playa, subimos al coche para seguir la ruta del oeste. Atravesamos una península donde la vegetación era muy escasa; sólo había, aquí y allá, yerbajos y plantíos silvestres de maloja. De repente nos topamos con una gola, y allí vimos puente parecido al de la ría que dejamos atrás. El brazo de mar que entraba por tan estrecha embocadura era larguísimo, y los acantilados que el puente unía, justo sobre la garganta tronante, aparentaban lo menos quinientos palmos de altura. El mar en el acantilado enfurecido se amansaba al entrar como largo brazo tierra adentro, quizás por extensión hasta de media legua. Debajo del puente tronaron los fieros marullos que buscaban entrar, azotando roquedos y levantando alto rocío de agua salada, hacia la dulce bahía menina de Yyaloide, adorno apacible del jardín marino. Pero bien sabía yo que tanta furia espumosa en la garganta, tanta ˙ quietud en las aguas que se adentran en el vergel, con vil engaño se disfrazan; estos brazos de mar son pródigos en corrientes que no avisan su fiereza, sino que empujan sigilosamente hacia las cuevas marinas del acantilado, sitios donde la voluntad ya nada remedia, cementerios marinos donde yacen, casi justo a ras de agua, los ojos descreídos del imprudente marinero. La garganta entre los precipicios es muy angosta, por lo que el puente frente a nosotros apenas tiene largura de cincuenta palmos. Como ya caía la tarde, y el muy dolido crepúsculo de estas tierras nos invitaba a contemplación serena más que a trajín molesto, decidimos montar campamento en la arena de la mansa bahía, a esta orilla de acá, por supuesto. Bajamos por el sitio donde el acantilado muestra pendiente generosa, y de frente vislumbro bosque de cocoteros, ¿allende los caminos?... rodeando el brazo de mar hacia el sur y el oeste, pantanos y marismas. Sólo es posible seguir la ruta ponentina cruzando por el puente. Más de treinta palmos de precipicio tuvimos que descender para encontrarnos en la arena. Arriba quedó la berlina... Mi dulce prieta corría hacia la orilla del bajío gritando: ¡Mato! ¡Mato! ¡Mato!...''.

* * *

Aquel niño vivía asombrado ante la magia de sus manos. No alcanzaba a reconocer la terrible seriedad de sus poderes. Y esta inocencia lo convirtió en un niño catastrófico. Por la mañana, antes de subir a la torre para cumplir sus encomiendas de arquitecto, ordenaba que lo llevaran a las más encumbradas almenas de la fortaleza del Morro. Allí jugaba con las tranquilas aguas de la bahía: Formaba torres de marea y sargazos, hacía saltar los peces sobre las mansas olas, convertía la ensenada en un páramo de acantilados grises a la vez que evaporaba el mar y esculpía nubes. Luego contemplaba su obra con la satisfacción de un niño idiota. Se quedó absorto ante aquella magia gigantesca y febril que su voluntad ordenó. Oyó los desvaídos vítores de los negros que observaban con distante frialdad desde las almenas inferiores. Aquellos caprichos de su magia se convirtieron en la razón de su vida. Sin ellos no podía existir. Ya era la víctima obsesa de sus delirantes juegos. Su voz se transformó en silbido de flauta, sus gestos se volvieron sugerentes y etéreos; llegó a tener el cenizo cutis de los antiguos príncipes que una vez habitaron las más altas espirales de la torre. Aquellas imágenes transcurrían lentas por sus ojos apenas infantiles. Era la fascinación del tiempo líquido lo que cautivó a su mirada. Convertía la torre de agua en una colosal joya del más delicado cristal, y entonces la derretía mientras contemplaba embelesado la irisación de la luz. Pero esos incesantes juegos de tiempo y espacio fueron minando su poder: Los ojos se le hundieron; los dientes se volvieron negruzca hilera de chancros y gusanos. Sus manos de anciano apenas podían sostener aquella varita asombrosa, instrumento único de su magia. Cuando llegaba a la azotea de la torre, luego de sus divertimientos mañaneros, sus esclavos siempre lo encontraban roncando sobre los mullidos almohadones de la litera. Entonces apenas podía caminar hacia el lugar de las construcciones. Llegó al sitio de los andamios colgantes y las nervaduras espetadas en el aire; su mirada lucía tan desfallecida que los capataces se apiadaron, permitiéndole largos descansos y siestas enervantes. Rendía pocas horas de trabajo; sus construcciones ya no mostraban la magnificencia de otras épocas. Los capataces desesperaban; se quejaron ante Obatal de los caprichos del niño prodigioso. Todo lo construía al revés; las sucesivas plazoletas de la torre invertida se iban reduciendo en diámetro; señalaron aquellos sabios que los antojos del niño acabarían peligrosamente en la edificación de una aguja altísima.

El supremo caudillo no se atrevía a regañarlo. Se limitó a enviarle un dibujo de la torre que él soñaba. Cuando el niño recibió aquel extraño garabato, todos sus huesos temblaron. Era la voluntad de Obatal. Pero el demiurgo de los ojos tristes apenas le hizo caso a los deseos del poder. Soltó el dibujo al viento, y con la varita lo convirtió en un lagarto alado que daba vueltas en el aire como un trompo. En aquel gesto inútil agotó todas sus facultades: Por la tarde casi no pudo completar dos metros de torre. Fue llevado por sus leales esclavos al barrio de los brujos. Esos resentidos, que siempre envidiaron y temieron su magia, ahora intentaban devolvérsela con nauseabundos brebajes y ceremonias ridículas. Hicieron correr el rumor de que el niño había perdido los poderes y pronto moriría. Aquella noticia sigilosa desesperó a Obatal. Pensó que su poder descansaba sobre los hombros del niño prematuramente viejo. Si éste muere, sus fieros y leales molongos jamás podrán vencer en dos frentes: la batalla con el ejército de Trespalacios reclamará los hombres necesarios para derrotar a Mitume en la llanura de Dorado... Por la noche tuvo horribles pesadillas. Sus médicos le pusieron hojas de malagueta en las sienes para calmar visiones y delirios.

Muy temprano en la mañana Obatal miró hacia la isleta frente al Morro. El sol apenas había salido; pero el niño mago ya asombraba con sus prodigios aéreos. Los ojos del caudillo se nublaron de alegría. Su alma sólo atendía el gozo de ver cómo el mago levantaba de cuajo toda la isleta de Cabras. Algunos barcos de la flota de Trespalacios sucumbieron en el gigantesco remolino, aquella invertida espiral de agua que se formó cuando la masa de tierra, rocas, cocoteros, corales y arenas escurridizas se elevó por los cielos. La marea raspó el fondo del mar cuando las aguas se retiraron de la costa, para ir a llenar aquel acantilado de piedras grises y peces saltarines, desierto marino que ocupó el sitio de la isleta. Las risotadas de Obatal llegaron a la histeria: —¡No ha perdido sus poderes! ¡El muy canalla todavía nos asombra!— Así gritaba, a voz en cuello, mientras corría con su guardia personal hacia las altas almenas donde oficiaba el niño de los prodigios. Al llegar arriba su asombro se convirtió en cauteloso silencio. Vio cómo aquella isla de los aires era plantada sobre la plataforma de la torre invertida. Aquel remolino de palmeras volantes y peñascos convertidos en balas por la fuerza del huracán, comenzó a bajar, muy lentamente, sobre los andamios colgantes y los arcos truncos del edificio descendente. Los trabajadores de la construcción se lanzaban al vacío, o eran arrastrados por el furioso torbellino de arrecifes y algas. Algunos decidieron colgarse de los débiles andamios; otros preferían cabalgar sobre aquel encabritado caballo de espumas y sargazos que tronaba sobre sus cabezas.

Obatal quiso reir; pero sus labios sólo lograron dibujar una patética mueca. Mientras el supremo caudillo mostraba tan penosa irresolución, el mago reía a carcajadas, tanto que sus dientes se desgranaron como semillas. Y sus cabellos encanecían al tiempo que los pellejos pegados al hueso se convirtieron en polvo. El arquitecto prodigioso se encogía, por lo que fue necesario quitarle todos los ropajes y dejarlo desnudo. Ya casi parecía un homúnculo cuando devolvió la isla volante, con ademán demasiado lento, a las aguas aún maravilladas. Y la columna de mar que levantó la nueva catástrofe inundó las más altas plazoletas del Morro, depositó pulpos y tiburones sobre las troneras de los muros inferiores. Obatal se retiró perturbado por ominosas visiones, víctima de terribles augurios. Y detrás de él venía el más poderoso. Sus ojos diminutos mostraban el terror de quien ha visitado el infierno, la piadosa sabiduría del viejo que anhela la muerte. Como sus piernas eran tan débiles que apenas podían sostener el cuerpo, sus pajes lo ayudaban a caminar aguantándole los brazos alzados. Aquel pequeño renacuajo de hombre fue puesto sobre los mullidos almohadones de la litera, y de nuevo cargado en palanquín a lo más alto de la torre. Allí fue recibido entre señales de cautelosa veneración, insultos desaforados y nerviosos vítores. Lo condujeron, como a un niño que empieza a dar sus primeros pasos, hacia las vertiginosas cumbres donde se levantan las nervaduras de argamasa, las arcadas invertidas que cuelgan sobre el abismo. Pero el homúnculo repugnante de piel polvorienta y escamosa apenas pudo alzar la varita que su voluntad prodigiosa gobernaba. Apenas tuvo aliento para limpiar la plataforma aérea de aquel revoltijo confuso de algas, peces muertos con ojos aterrados, palmeras de raíces volteadas al cielo y pulpos agonizantes. Por lo demás, los trabajadores presintieron que la construcción aérea había terminado: Los arcos, las nervaduras y los andamios quedarían como ruinas del futuro. Y fue entonces cuando más lo adoraron aquellos albañiles, carpinteros y canteros que comenzaban el éxodo febril hacia las espirales de la vieja torre. Sobre la plataforma aérea quedaron los restos de la utopía: mazos, martillos, sierras, moldes, clavos y serruchos formaban un laberinto de ilusiones desgastadas por la tenue brisa del tiempo. Aquel éxodo se convertía en procesión. Bastaba mirar los ojillos sabios del homúnculo para reconocer una voluntad purificada de todo residuo de soberbia.

Obatal se encontró en una nueva batalla. Sus escuchas le rendían informes, a todas horas, sobre el lento y ceremonioso paso de la procesión. También le advirtieron que Mitume había logrado penetrar las líneas sureñas del campamento. Como en una pesadilla, recordó haber despachado un embajador plenipotenciario a negociar la paz con Mitume. Llamó a sus más leales hombres y les dio órdenes equívocas y enigmáticas. Enmudeció de rabia cuando los guerreros le pidieron que fuera más explícito. Se retiraron sin adivinar qué hacer. No sabían si dispersar la procesión o negociar una tregua con el nuevo dios.*

---

*A.J.M.:

El nuevo rostro

¿Por qué no asumió la difícil decisión? No estaba muy convencido de la naturaleza del homúnculo. Recordó un mito de su tierra; éste hablaba de un demonio menor que con argucias y poderes mágicos había suplantado al dios benigno. Este cuento ancestral se convirtió en el motivo recurrente de su febril obsesión. Debido a esa cautela casi infantil que los poderosos asumen ante lo sobrenatural, Obatal puso su destino en las manos de tan confusos guerreros. Algo muy terrible se cernía sobre él; prefirió abandonarse a la diosa fortuna.

Se consoló con este pensamiento mientras organizaba sus ejércitos para enfrentarse al rebelde Mitume: —*Más vale no imitar a los demonios; sólo así evitaremos que toda la tierra sucumba ante el caos*—. Pero no había modo de convertir aquella meditación en una orden... "Los guerreros que envié muy bien pueden trabar a Mitume en una escaramuza imprudente, actitud a la verdad ajena a los mejores modos de la diplomacia...".

Así pensó mientras comenzaba aquel gesto inútil contra la diosa ciega que lo había seducido. Y volvió a recordar las palabras de sus sacerdotes: —*El rostro de ese niño es como el de los ancianos que conocieron la ciudad invisible de los antepasados*—.

Capítulo XXII

DE LAS COSAS FELICES QUE OCURRIERON EN EL CAMPAMENTO DE
TRESPALACIOS CUANDO ESTE HIZO MONTAR EL PROSTIBULO ITINE-
RANTE DEL CUBANO JUAN DE PIJA, QUE ESTO LO HIZO PARA SANI-
DAD Y SOLAZ DE LOS SOLDADOS, QUIENES HABIAN ESTADO EN
ABSTINENCIA DE MUJER POR MUCHOS MESES

"Ocurrió que una nave llena de putas navegaba al norte de San Juan, y ésta fue
intervenida por nuestra muy cristiana flota. Aquel navío, mancebía itinerante que
visitaba los muchos puertos del Mar Caribe, iba hacia la muy fidelísima plaza de
Cartagena de Indias. Su dueño y mapriolo, el muy notorio cafre cubano Juan de
Pija, pidió audiencia con nuestro amadísimo pastor, Don José de Trespalacios, y
ello con el propósito de pagar rescate y así continuar viaje. Pero Don José tuvo muy
ingeniosa idea, pedirle como rescate el oficio de sus mujeres y las alegrías de su
circo. Después de muchas protestas y aspavientos, el rumboso africano parejero,
chulo de los de sombrero encintado, aretes en ambas orejas y cotorra al hombro,
aceptó la solicitud del Obispo, accediendo a desembarcar con sus mujeres por tres
noches, y así satisfacer las viejas hambres de nuestra tropa. —¿Está santificado este
oficio? —El ejército de Cristo necesita hombres fuertes, y de tanto darle a la
majuana nuestros hombres están sin yema. —Hasta ciegos, diría yo, consecuencia
segura de halar tanto con la mano. —Más vale tenerles satisfecho el diablillo de la
lujuria, que si no de idiotas y locos será nuestro ejército. —Quizás de tuertos...—
Y así Trespalacios mandó a construir una casucha de yaguas con dos pisos y
cuatro aposentos, que a las estancias de arriba se llegaba subiendo por sendas
escaleras de mano. Aquella casa de mancebía fue construida en media tarde, y hubo
grande alborozo entre las tropas cuando se levantaron las primeras crucetas y se
tendieron las yaguas nuevas que servirían de paredes y techos. Puedo asegurar que
jamás había visto a una cuadrilla de hombres trabajar con tanto ahínco. Aquel
ambiente de feria se volvió frenético cuando desembarcaron de una chalupa a
media vela las siete putas, y todas ellas vestían faldones de colorines, lucían
exagerados afeites y collares de camándulas. Hubo vítores, silbidos y aplausos
cuando aquellas mujeres de muy dudosa condición subieron de la playa al campamento. Mientras tanto, ya había muy gigantesca fila de lascivos frente a la casa de
Venus, ya que no zahúrda de Asmodeo. Y nuestro queridísimo prelado quiso
escudriñarle la ciruela a cada una de aquellas mujeres, así de preocupado estaba por
la general salud de su amada grey, no fuera a pasar que el remedio resultara más
dañino que la propia enfermedad. —Más vale ponerles el ojo... ¿no es así, Gracián?
—Mire usted que si no, Don José, pronto tendremos plaga donde antes había peste,
que esas damiselas a lo peor sufren de chancros indios. —Vela tú las bubas; yo me
encargo de las llagas—. Se sentó en una silla de tijera, y yo a su lado permanecí de
pie, santísimo tribunal de la inquisición venérea. Hizo, el muy diablo, que cada
una de las mujeres se abriera de coño sobre un banquillo que a tal propósito hizo

colocar bajo el toldo de su tienda. Aquellas mujercillas sonrieron muy lasciva-
mente cuando nos dejaron ver el entrecejo de sus jaibas. Y, una de ellas, la más sucia
de todas, soltó risillas mientras le guiñaba a Don José, porque la coquetería de
semejantes mujeres no mostró el pudor debido a tan dulce pastor de almas, así de
toscas eran de gestos y modales. Como no hubo seña del mal francés en las doñas,
Don José dio órdenes para que se procediera con los preparativos. Además de la casa
de mancebía, a buen cuido se levantó una carpa, tienda para el circo de Juan de Pija,
chulo de las putas pero también maromero célebre en todo el ancho Caribe por el
tamaño y potencia de su miembro, notorio por las acrobacias que éste le permitía en
la cópula, dueño único de la verdadera pija de Polifemo, ya que no columna de
Simón el Mago. En lo que tales preparativos se convertían en ocupaciones, Don
José ordenó colocar, frente a la casa de los placeres, unas muy grandes bandejas
atiborradas de condones; estas muy sabias medidas de sanidad eran necesarias para
mantener robusto nuestro ejército, ya que la más furiosa batalla que ha conocido
este Mar Caribe se avecinaba con los tremores celestes del huracán. A mí me tocó
comprobar la calidad de aquellos condones, y los aprobé sin reserva alguna, ya que
eran de tripa de cordero, los más resistentes a la furia del loco amor. Es de muy
general conocimiento que con la tripa de la oveja se hizo el primer condón,
hallazgo de un físico francés del pueblo de Condoum, que este buen médico puso la
ciencia y un tripero del lugar el oficio. Pero debo añadir que a tono de disputas los
ingleses reclaman para su orgullo a este grande benefactor de la humanidad,
asegurándonos que fue coronel de la Guardia Real, higienista de cámara, yo no sé si
del rey o de la reina. Y más que padecida es la opinión de que esta funda de pijas le
quita mucho sabor, voluptuosidad al culeo, y por ello algunos hombres llegan a
desinflar la polla, otros, por el doble apretón una vez abierto el coño, apenas
pueden soltar la cría.

Allá en la ladera norte, hacia el mar, se construía el circo de las travesuras, toldo
pintado con paisajes galantes de las acrobacias amorosas, ocasión para miradas
ávidas, ya que no lascivas. Y el negro Juan de Pija se pavonea muy achulado, que a
pesar de la sierpe que le corre por el calzón hasta la media, por lo visto de marica
perdido son sus consuelos. ¡A todos asombraba el galano; bastón de marfil con
empuñadura de plata era su mayor adorno! Tanto frenesí se desató en el campamento que hasta amago de motín hubo en la fila deseosa de mancebía, justo cuando
se conoció que las mujeres aún no habían asumido sus empleos.

Trespalacios me invitó a suave colina que hizo talar, sitio donde celebramos muy
sabroso festín de frutas marinas; pero a la verdad este placer de mesa fue poco
consuelo para mi ánimo bellaco. Y saltó mi gusto, ya que no el carajo, cuando me
ordenó que velara las fiestas del campamento mientras él hacía retiro e intentaba
ayunas, siendo aquella retirada del mundo purgación por el culto rendido al
Asmodeo, diablo mayor de la lujuria.* —*Alguien debe permanecer en oración*

---

*A.J.M.:

El retiro

El afán de expiar culpas no lo alejó del mundanal ruido. Tampoco era el deseo de hablar con Dios; su
espíritu ya no encontraba alivio en tan terribles silencios. Se retiró para sostener con su mirada la extrañeza
del mundo. De esa quietud depende la luz del orbe y el ritmo de los mares, la oscuridad del cielo y la
suprema victoria de la muerte. Era como un peregrino que entra a una magnífica ciudad abandonada, y allí
asume el trono vacío: La corona se le cae de lado, sostiene el cetro tembloroso. Pero a pesar de la desfallecida

cuando los demonios están tan cerca. —Así es, Don Pepe, y alguien debe pastorear el pecado para que no se convierta en libertinaje. —A ti te toca, Gracián, y ahora déjame solo, que el alma me pesa demasiado—. Lucía muy exhausto; su mirada vagó sobre la mar, ajena a los obscenos oficios del mundo, alejada del griterío que subía del campamento, sumida en el desenlace de aquella batalla que parecía eterna. *—Ya no tenga más cuitas, Don José. El ejército negro de Dorado parece que viene en retirada, o quizás hay jaleo entre ellos... Los avileños le han metido buena candela a esos prietos allá en el llano. Quizás la caballería molonga socorra al ejército en desbandada... Pero no crea; en todo esto hay tufillo de guerra entre hermanos. —Mejor que mandemos dos escuchas al sitio ese donde la caballería de Obatal se encontrará con el ejército negro de Dorado. —Mire usted, Don Pepe, que es muy raro todo esto. Obatal casi ha vaciado la guarnición... Y las fuerzas que han salido no son de apoyo, sino de combate, que los he visto cabalgar con todos los hierros a cuestas... Pero... ¿A quién van a combatir?... —Buenas señas hay, ya lo veo, pero todavía no atacaré. Es necesario esperar hasta que el dibujo se convierta en diseño. —¡Cómo es eso? —Pues atacar cuando regresen hartos de batalla, vengan victoriosos o vencidos, es sólo prudente acción, no cobardía. Si no es segura esa guerra que dices hay entre ellos, y todos los informes de los escuchas han sido confusos sobre el particular, pronto nos encontraríamos atrapados entre los muros del Morro y una carga de caballería molonga...—* Y así habló por largo rato, dibujando, con una varita de guayabo, sutiles mapas tácticos sobre la tierra arenosa. Frente a nosotros surgía una oscura y magnífica batalla de cargas asombrosas y cuñas simétricas, emboscadas circulares y frentes diamantinos... Y aquel dibujo llegó a ser tan extenso que el Obispo se encontró rodeado por la batalla en miniatura, ¡aquella guerra menina!... Se quedó inmóvil para no perturbar silencio arenoso tan elocuente, abriendo los brazos en cruz para explicarme unas tácticas singularísimas que mi ingenio era incapaz de entender. *—Ya entiendo, Don Pepe, y ahora sálgase de esa batalla, que el dibujo le ha quedado primoroso—*. Y dio un pequeño salto; tampoco él quería borrar con sus sandalias las preciosas estrías que remedaban taraceas, las estacadas que imitaban damasquinos, así de perfecta y sutil se hizo la batalla dispuesta sobre la arena.*

Cuando regresé al campamento la casa de mancebas estaba en pleno oficio, pues todas las ligaduras de cáñamo y guayabo le sonaban, y parecía como asolada por grande terremoto, así de frenético era el loco amor que en ella se prodigaba. Este movimiento de yaguas y pencas hacía más ansiosa la espera de los hombres, y éstos daban vítores cada vez que una de las mancebas llamaba a otro fulano, que entre guiños y obscenos temblores de su nalgatorio la muy pecadora corría la cortina del aposento, dejando pasar al más agraciado de los bellacos.

---

mirada la ciudad es suya; engalanada con el silencio de siglos se rinde a sus pies.

*A.J.M.:

Conjeturas platónicas

Sólo en la imaginación del generalísimo la guerra muestra su perfil más sereno y majestuoso. La otra batalla, la que se realiza en el campo ensordecedor, entre gritos y miembros sangrantes en la polvareda, es una pobrísima e histérica imitación de la real, aquel dibujo que permaneció para siempre fuera de los libros de historia, tan eterno como la perfección del ajedrez.

Bajo la maldita carpa, el negro Juan hacía toda suerte de maromas, como la de sostener en el aire, con su colosal pija de muchos palmos, el peso de robusta mujer en goce. Estas extrañas acrobacias merecían aplausos y vítores, tantos que el Juan de Verga cada vez se ponía más riesgoso. En una ocasión, luego del furor y las exclamaciones de asombro, los dichos soeces todavía sonándole en los oídos, el mago de la pija intentó la suprema voltereta, y ésta fue que perruno clavó hasta los güevos a una de las dos mujeres —los brazos de la puta puestos al aire, nada de su cuerpo tocando el piso— mientras con fuerte pierna sostenía por los cielos a la otra, cual columpio de Príapu, candelabro de nalgas y coños que a todos nos puso lascivos. Y a pesar de mis intentos por amansar la turba, allá corrieron en desorden hacia la casa de Venus, quitándome yo del medio no fuera que conmigo se desquitaran, y como todos quisieron gozar a la vez, el muy precario habitáculo se caía, flojo que estaba de tantos culeos. Furiosamente desató la mansión del loco amor un cimbreante rechinar, antes de venirse abajo con grande estrépito, para general bochorno de los escasos caballeros que en aquel sitio nos encontrábamos, ocasión festiva, más de guasa que de pecado, para las legiones del sensual Asmodeo''.

* * *

Darle a las armas el fundamento de la razón política no es tarea para guerreros. Luego de extensas e intrincadas disputas, decidieron atacar la procesión que bajaba desde lo más alto de la torre. Pero esta tímida interpretación que le dieron a la oscura orden del caudillo les dejó un fondo de terror en el ánimo. Reconocieron que la destrucción del niño prodigio significaría un agotamiento de la fuerza mágica del pueblo negro. Al fin quisieron creer, luego de muy tortuosas razones, aquel rumor que hablaba de una supuesta coalición entre el niño mago y Mitume.*

Desde el amanecer comenzaron a subir, por las rampas en espiral, incesantes pelotones de la caballería molonga. Mientras aquel estruendo retumbó por los laberínticos arcos y garitas de las anchas espirales, el sosiego de un cántico avanzaba desde la altísima aguja, desde los andamios universales de la torre invertida. Aquellas voluntades ciegas, imprecisas, tan mudas como la existencia, gravitaban hacia un encuentro fatal. La diosa fortuna andaba suelta. Obatal había renunciado a una orden inequívoca. Su voluntad se convirtió en la sorpresa que el ciego azar encontraría al salir de aquel laberinto de intenciones veladas. Pero el aire, la torre, no entendían estas fuerzas que animaban tan ciegamente a los hombres. Los muros se mostraron impasibles, volcados hacia un tiempo extraño a tanta grita y esfuerzo, su naturaleza íntima nunca adivinada por nuestra ceguera. Del tiempo sólo puedo presentir su crueldad, ese silencio que engulle los gritos de la batalla, esa sordera

---

*A.J.M.:

Adivinanza

Un caudillo también sabe adivinar los miedos de sus hombres. Obatal no quería que el poder del niño prodigioso pasara a Mitume. Prefirió crear un enigma, y confiar en la comprensión que siempre tuvo de aquellos hombres leales. Además, se trataba de destruir la única esperanza de libertad que tenía su pueblo, y sobre esta íntima mezquindad ningún negro, por más soberbio que fuera, podía ser explícito. Este fondo tenebroso de su voluntad, inclinación capaz de urdir la destrucción de los suyos, necesitaba el engaño de aquel dilema.

ante los gemidos de los niños masacrados. Y los guerreros que cabalgaron rampa arriba, la duda bien puesta en el alma, fueron incapaces de descubrir la finalidad de aquellos arcos, reconocer la precisa, matemática y silenciosa mirada de aquel engendro pródigo en confusión. Ya no tuvieron oportunidad de preguntarse por el sentido del estruendo; frente al silencio de la torre el alma sólo evocó la duda sembrada en ellos por el poder. Así fue: la demencial turba animada por los tambores pronto se encontraría con los dedicados cánticos del niño perplejo.

La procesión tropezó con la voz agitada de un escucha. Aquel hombre de ojos velados por el temor habló de una inclemente cabalgata que ya tronaba en los oídos. Los capataces ordenaron que la litera del niño mago pasara, de hombro en hombro, de mano en mano, hacia la cola de aquella enorme procesión que serpenteaba por la espiral, enroscándose en las inconclusas arcadas de la torre, siempre portadora de noticias infaustas. El rumor pasaba de boca en boca, por fin alcanzó los distraídos pensamientos del niño prodigioso, llegó a tener la alucinada urgencia del temor, el fugaz aleteo de cada sucesiva visión de la muerte. Ese desasosiego de la multitud ha inquietado la frágil vejez del niño. Al fin pregunta por la causa de tanto alboroto. Algunos le dicen que un ejército de ángeles negros y corceles alados escala la antigua torre. Otros le aseguran que centauros de tres ojos intentan echar la procesión baranda abajo. La gran multitud le grita que se trata de un tropel de ciegos albinos que cabalgan sobre potros enanos. Aquellas versiones contrarias, pesadillas del terror y el olvido, pronto se convirtieron en laberinto aéreo. Entonces acudió a su más antigua sabiduría. Sus frágiles muñecas se aferran a los travesaños del palanquín. Pero llegan noticias de atrocidades que agotan la fantasía. El paso implacable de la caballería desalojaba la frenética espiral: En la vanguardia de la procesión se agolpan lentas olas de espadas y hombres, caballos y cabezas, miembros sangrantes y espuelas de fría plata. Los enardecidos guerreros lanzan a los atónitos fieles baranda abajo. (Como la torre se alzaba en espiral, aquellos desdichados iban a estrellarse contra las rampas inferiores). Los rumores se desaforaron aún más, convirtiéndose en alaridos y atropellos. El pavor del niño se extiende; su mirada, atenta al ominoso vaivén del palanquín, busca en el silencio del aire la clave de tanta confusión. Y su búsqueda fue tan febril como el sufrimiento de sus fieles, que aún bajo el silbido de los machetes proclamaban su nombre con temblor y veneración. Entonces su aliento se colmó de una fuerza insospechada; por primera vez el espeso frío del odio inundaba su corazón. Entonces las mujeres comenzaron a implorarle dando golpecitos sobre los travesaños del palanquín, o alzando a sus infantes; sólo así el lento espacio del laberinto se volvió luminoso. Al fin adivina la verdad. Y su conciencia se la repite, una y otra vez; él no confía en la realidad de ese consuelo por fin encontrado. Pero tanta verdad pronto desfalleció. Intenta avivarla en la memoria; recordó haberla oído, por vez primera, cuando se dedicaba a cultivar sus caprichos. En aquel distante pasado —un día quiso volcar en el aire, por breves momentos, todo el mar de la tierra— escuchó una conversación entre dos sirvientes. Hablaban de una rebelión que el caudillo Mitume había lanzado contra el poder de Obatal. Se reafirma en esa verdad que le resulta distante, poco diáfana, pero que, al menos, es la única posible en el torbellino de terror tan desatado: "¡La caballería que ataca es la del traidor Mitume! ¡La caballería que ataca es la del traidor Mitume!" Y así dibujó por horas aquel pensamiento circular, hasta que tan incierta visión lo obligó al gesto. Piensa en sus fieles peregrinos, en aquellas mujeres de ojos suplicantes. Pero la lealtad al caudillo puede más que esos halagos a su misericordia. Entonces se volvió creyente, clamando por un poderío superior a su magia. Hasta que le sangraron las uñas apretó sus manos aferradas. Un bramido terrestre sorprendió de pavor el fiero deleite de los molongos. La torre tembló; se oyó un golpe tan definitivo que los capitanes de Obatal pronto conocieron el arrepentimiento. Y la utopía se hendió hacia adentro, siguiendo la falaz geometría de la espiral. Al descubierto quedó el esqueleto formado por habitáculos vacíos, pasillos solitarios, grandes recintos interiores cuyo único propósito era sostener el silencio. Algunas arcadas se sostuvieron tambaleantes, para luego caer al abismo que no cesa. Los claustros interiores se hundieron en el aire, poco antes de descubrir la soledad junto a las escaleras de caracol, junto a las nervaduras convertidas en sueño allá en el revoloteo de los murciélagos enloquecidos.

Capítulo XXIII

DE LAS ALEGRIAS Y TRISTURAS QUE HUBO ENTRE EL RENEGADO Y LA REINA DE AFRICA A CAUSA DE UNA VACA DE MAR

"Como ya era de noche encendimos lumbres de hojas secas, bien atadas con fuertes cabuyas a palos de guayacán. A pocos pasos sonaba la marea del brazo de mar; alguna cueva marina desató aquella bandada de murciélagos que revoloteó chillando sobre nuestros cogotes. Decidimos acercarnos a la playa; mi dulce etíope quería saludar a Mato, manatí amaestrado que la prieta conocía desde su infancia. Me aseguró que aquel manatí siempre había nadado en aquellas aguas. Alumbramos toda la rada; pero los cánticos de mi reina no cautivaron la voluntad del esquivo animal. Y esto no era extraño, pues pocos hechizos debe tener la voz de una sirena para otra; sepan los lectores que tan raro delfín dio origen a la fantasía de tales mujeres con cola de pez, ello por las tetas que comparten con la hembra humana. Como el Mato aquel no acudía, regresamos a la arena; luego encendí fogata y comimos cecina de carrucho con pan, tomamos agua de los cocos que ya escaseaban. Aquella primera noche en la rada hablamos sobre el manatí y sus rarezas. Mi chula se enfadó mucho cuando le dije que el manatí era el más feo de los peces, que a fe mía jamás he visto animal de agua con tantas fealdades y extravagancias. Una de las rarezas es que tiene en la frente —parecida ésta a la del buey, aunque tenga el hocico más sumido y los belfos más barbudos— una piedra de mucho valor, codiciada por sus propiedades curativas, buen remedio para el dolor del buche y el entumecimiento de ijadas. Ella jamás había visto semejante piedra. Ya impaciente, le contesté que aquel carbunclo lo tenía bajo la piel, y no a vista de todos. También le aseguré que algunas leyendas convertían aquel pedrusco en diamante, peñón tan grande y de tanto brillo como para amasar inmensa fortuna, gozar de vivir ocioso por el resto de vida. Nada de ello me creía la etíope, asegurándome, una y otra vez, que jamás había visto tales rubíes. Salté de rodillas y me di palmada en la frente, gritándole que la maldita piedra no la tenía puesta como farola de coche, sino colocada con ardid bajo su cuero peludo. Ya no supo qué contestarme al verme tan airado; quedó muy triste y confusa, sumida en la melancolía que tanto aqueja a los negros. Después de comer la cecina que nos quedaba del día anterior, quise despejarle las cuitas, y la invité a mojar los pies en el manso oleaje. Apenas se divisaban los acantilados de la gola. Allá arriba estaba el coche solitario; pero apenas podíamos ver a distancia de dos o tres pasos, así de cerrada está la noche tan oscura... Le pregunté por aquel rey de Africa que había sido su consorte en la muy galana restauración de los reinos africanos, suceso para los siglos que yo testimonié con ingenio y pluma, siendo el único blanco admitido al fuerte de San Felipe de Morro para tan memorable ceremonia. Con mucha tristura me dijo que aquel joven se había suicidado, despeñándose por el precipicio de Punta Tiburones, y su cuerpo ya no se vio más al azotar contra el filoso roquedal, pues la marea estaba tan alta, las olas tronaron tan furiosas, que el infeliz pronto fue engullido por Neptuno fiero. ¿Por qué se quitó la vida? Según ella, aquel rey fue siempre de condición tímida y melancólica. Pertenecía a la tribu africana de los Ibos, y es conocimiento de todos cuán inclinados a la nostalgia y melancolía son los hijos de esta raza tan levantisca, gente jamás resignada a la esclavitud, pueblo siempre anhelante de libertad, tanto así que ven la muerte como alivio de las cadenas. Se distrajo por un instante, asegurándome que había oído el chapaleo de Mato; añadió que el rey quiso matarse para lograr la libertad ansiada; es creencia de los Ibos que en la muerte hacen travesía de regreso a las tierras de Africa. Como mi dulce corazón de canela se puso tan triste, intenté avivarle el ánimo con un cuento que me parecía gracioso. Pues resulta que en la isla de San Vicente a un dueño de hacienda le tocó domeñar una cuadrilla de esclavos Ibos. Aquellos rebeldes le rendían muy poco en el ingenio, ello porque siempre estaban suspirando las desdichas de su esclavitud, añorando ver las tierras mágicas de sus antepasados, suicidándose muchos de ellos con tal de volver a lo que consideraban el paraíso. Muy contrariado el señor del ingenio perdió la paciencia, y los castigó muy duramente. Los hizo trabajar de sol a sol; les recortó a unos pocos plátanos hervidos la ración del día. Esto causó que los Ibos decidieran suicidarse todos, y una noche se escaparon de las barracas, se dirigieron, bien provistos de sogas, a un bosque que había cerca, que allí era donde pensaban colgarse por el pescuezo. Al amanecer el amo notó la fuga de sus esclavos. Le preguntó por el paradero de los cimarrones a su leal capataz negro, quien le contó los planes de los prófugos, en todo momento haciéndole votos de lealtad, asegurándole que si no se apresuraba perdería todos los esclavos. El amo, hombre de temperamento colérico, lo mandó a matar. Poco oído le puso a las protestas y maldiciones del alcahuete, aquel guiñapo que entre súplicas no se cansaba de repetir que él no había participado en tan vil sedición. Furioso hasta las cachas, el señor les ordenó a los pocos esclavos leales que desmontaran el ingenio, pusieran en carretas los cobertizos y los calderones de mieles. Llamó al negro más fiel y le preguntó dónde demonios pensaban colgarse los Ibos. Cuando estuvo enterado del lugar, reunió a sus capacetes blancos. Les ordenó que montaran en las carretas. Saltó a uno de los pescantes y puyó los bueyes con furia, cañaveral adentro hacia los montes. Llegó al lugar donde estaban agrupados los negros, y nada hizo para disuadirlos de aquel modo terrible de conseguir la libertad. No les gritó. Tampoco mandó a sus capataces a que les dieran escarmiento. Algunos negros ya se habían colgado. Esto lo llenó de cólera; pero bien disimuló su ánimo, no formando algarada. Procedió a echar una soga sobre la rama de un fuerte árbol de yagrumo. Hizo un lazo y se lo probó en el pescuezo, a la vez que le ordenaba a sus capataces que hicieran lo mismo. Entonces los negros comenzaron a murmurar; uno de ellos se atrevió a preguntarle qué demonios hacía. El amo respondió, con voz serena, que esperaría a que todos ellos se colgaran para él ahorcarse también, y así viajar juntos al Africa. También irían los capataces, no faltaba más, y como trajo todas las máquinas del ingenio, en tierras de Africa los esclavizaría de nuevo, jodiéndoles la vida como nunca, haciéndoles trabajar los siete días de la semana. Los prietos quedaron como mudos. Consideraron a viva voz las muy nefastas consecuencias que desataría sobre sus pellejos aquella acción del amo. Todos desfilaron en dirección a la hacienda, y ya no volvieron a considerar el suicidio como medio de alcanzar la libertad, ello porque bien sabían que el amo les seguiría hasta el mismísimo infierno si fuera preciso. Y se convencieron de que era mejor estar machacados aquí que rejodidos en Africa. Me estiré a reir; pero en los ojos claros y brillantes de la etíope, luceros de la noche, aquellas carcajadas eran cuchillos al corazón, burla cruel de tristuras y dolorosos recuerdos. Pronto me avergoncé de mi tonta frivolidad, pues cierto era que tomaba a chacota los dolores y esperanzas de los negros, que no hay sobre la faz de la tierra seres de más oscuro destino. Regresamos en silencio al sitio de la fogata. Me recosté sobre mi alforja mientras escuchaba los dulces cánticos de la prieta, suaves invocaciones a los dioses tutelares del jardín. ¡Bonita era mi negra, flor del trópico, reina de toda Africa y gobernadora del pequeño vergel de Yyaloide!... Caminó hacia la orilla de la rada. Se arrodilló. Las tenues olas le bañaban los pies; su cántico era el más deleitoso lamento que jamás he oído. Y me pareció que con voz tan melosa quería traer a la orilla el manatí, pues entre las muchas palabras en lengua de Africa —todas para mí incomprensibles— pude distinguir la de Mato, que así se llamaba aquel monstruo marino que saltaba las olas de la pequeña bahía. Quedé atento, sumido en sabroso embeleso. Pero el encantamiento se quebró cuando sonaron centellas en el alto cielo. Al amanecer tendría que levantar cobertizo para resguardarnos del sol y la lluvia; no había en todo aquel paraje un cocotero que nos ofreciera algo de sombra.

Al otro día me desperté temprano, con los primeros aleteos de las grullas sobre el mangle. No quise perturbar su sueño, así de apacible y galano lucía a la vista. Subí al acantilado de la gola, y allí quedé atento a la furia de las aguas cuando entraban por el roquedal, garganta adentro, hacia las blancas arenas del brazo marino. La gola era estrecha entre los dos acantilados, profunda en aquel precipicio que remataba en los roquedos, sobre el torbellino de espumas, traidoras corrientes marinas, olas de incansable fiereza. El puente que unía los dos cantiles estaba destartalado, verdadera ruina de los aires... ¿Cómo demonios cruzaré al otro extremo?... Caminé sobre el puente; rechinaron tablones y travesaños; un polvillo negro descendió al abismo, miasma de polilla vieja mezclada con excrementos de murciélagos... ¿Cómo cruzar con el coche?... Me dirigí hacia unos cocoteros para distraer tan perturbadoras cuitas, ocupándome en lograr abundante haz de pencas y saco lleno de cocos. Cuando bajé a la arena, la doña chula ya lucía desperezada; avivó un fuego con la poca leña que quedó de la noche anterior. Calentamos a la brasa algunos pedazos de cecina, y bebimos de los cocos que recogí de madrugada. A media mañana até el cobertizo que nos defendería del rabioso sol de la tarde. Enterramos las horquetas y les apreté, con cabuya de cáñamo, el haz de pencas y yaguas. Tanto ardía la canícula que le di mi sombrero de embajador a la etíope, quien no tardó en ponerle gacha una de las alas, atándole a la coronilla una cinta de colorines con dos lengüetas. Y puedo asegurar que mi dulce reina de Abisinia muy parura y rumbosa se veía con aquella pava. Una vez hecho el tenderete, decidimos explorar un mogote que se veía a lo lejos; nos pareció casi seguro que desde allí podríamos divisar el campamento de Mitume. Subimos a la gola. Ocupé el pescante mientras la diablilla mía se acomodó, cual descalza odalisca, en la muy galana y lujosa litera, y a bien digo: ¡estos son los cuidos que un hombre enamorado siempre está dispuesto a ofrecer! Pues mi corazón se atoró en el galillo viejo cuando el coche comenzó a rodar sobre el puente: cimbreó el andén, chirriaron crucetas y cuñas, cayó al torbellino de olas la baranda de este lado, revoloteó bandada de murciélagos sobre el crespo rocío y el estrépito, ominosa visión que ya fue dueña de mi aliento. Atrás caía el puente mientras sonaba el látigo, las tablas saltaron a cada tumbo de los cascos, atorándose las ruedas en maderos rotos que se hundían en el vacío, pavoroso tronar para las bestias ya enloquecidas. Sólo cuando saltó la berlina al otro borde quise amansarle el terror a los caballos... Apenas miro de reojo, y las ruedas posteriores aún no están seguras en la banda acá, cuando medio puente se desploma al hondón de la gola embravecida... Como la prieta no dijo ni pío, pensé que los dioses benignos que la protegían fueron los ángeles del socorro. Una vez sobre la tierra firme del acantilado, descendimos hasta llegar a la ruta del mogote.

Todo aquel paraje era desértico, apenas había sombra; los bosques escaseaban, y sólo vimos, aquí y allá, pequeños arbustos espinosos, matas de cacto que a veces tenían la altura de grandes árboles como el guayacán y el roble. Ya que el mogote quedaba al sur de aquel desierto, pronto abandonamos la ruta de la playa y seguimos en dirección a una tierra aún más estéril. No es que prefiriera la ruta de la costa; a fe mía que ésta también era de asco en aquel paraje. Por todas partes el mar alzaba roquedos, escollos, tendía arrecifes, enmarañaba bajíos de sargazos, cavando cuevas salitrosas donde entraron murciélagos y pájaros descomunales. Y allende las cuevas, grandes rocas formaban laberintos, pudrideros de algas y peces muertos... Más nos adentramos en el camino del mogote. Aquella suave colina que saltaba de la llanura me pareció, ya a lo lejos, capricho de voluntad equívoca. ¡Extraño engendro del orbe era semejante atalaya!... Aseguro que al llegar a la sima encontramos mucha vegetación; ello contrastaba grandemente con el desierto que habíamos cruzado. Otra extrañeza a la vista fue que a la cumbre subía un camino en forma de espiral; este sendero había sido abierto y talado muy recientemente, puesto que la tierra estaba aún rojiza, escasa en matojos, arbustos, briznas o insectos. Senda tan rara me pareció engaño tendido allí por Satanás. La vegetación de helechos, bucayos y malangas que descendía por la pendiente nunca invadió el camino... Salté del pescante y fuí a consultar aquellas locuras con la reina africana, pues siendo ella gobernadora del vergel, bien que me podría explicar tantos paisajes caprichosos. A la verdad que ya no supe si aquellos sitios eran reales, o monstruos que mi ingenio creó; a fe mía que sol tan inclemente golpeaba furioso sobre mi cabeza, y era capaz de incendiar en locas alucinaciones la lucidez de cualquier hombre... Me acerco a la ventanilla de la litera; mi diablilla de caramelo ha corrido el visillo. Cuando abro la portezuela del coche, la encuentro muy gravosa de melancolía. Está echada sobre el asiento; su mirada luce una tristeza tan antigua que es como si todo el dolor de su pueblo se hubiera agolpado de repente en sus ojos. Le pregunto por todos aquellos signos que nos muestra el sendero... Sin más se echó a llorar, por lo que tuve que consolarla con más ternuras que caricias. Tantos decires del aire me traían con un moscón detrás de la oreja, suspicaz en extremo, pues nunca había visto tan grande debilidad o miedo en mi valiente bruja, la reina de Africa, dueña y señora del muy ancho jardín de Yyaloide.

Pero aquellos temores que mi ánimo cultivaba pronto se disiparon cuando ella cesó de llorar. Entonces sonrió, asegurándome que aún permanecíamos bajo la protección de los benignos espíritus de su tierra. Le pregunté por las extrañezas del mogote; me aseguró que nuestro viaje pronto llegaría a su fin. Esto me conmovió; pude advertir en su voz el presentimiento de que nuestro amor era más fugaz que la ilusión; sospeché en sus decires el desconsuelo de saber que sólo aquella tierra de Yyaloide era capaz de sostener el dulce deseo, y que el final de nuestra jornada también sería el muy infeliz término de tan locos amoríos. Pero quise despejar estas tristuras; era necesario que subiera a la cima del mogote, a otear los anchos valles de la costa, que allá, al otro lado del vergel, se encontraba sin duda el campamento de Mitume, destino y ocasión de mis graves y solemnes encomiendas diplomáticas. Soné el látigo sobre el tiro, y el chasquido aéreo muy siniestro retumbó por todo aquel paraje solitario. La berlina comenzó a subir sin grandes apuros; la espiral se abría al bajo cielo, a la estancia de valles y montes lejanos. Llegamos a la cima justo cuando el sol alcanzó su furor más alto. Un suave viento marino nos acarició, soplo tan apacible que por un instante quedamos suspensos. Entonces escalamos la más alta cumbre, atravesando un bosque de helechos, lianas, yagrumos, cojobos y bucayos. Ante nosotros surgía el vasto paisaje de la gran batalla. Y todo mi exaltado ánimo ya quedó atento a las magníficas distancias que prodigaba la más alta luz. La prieta me señaló algo que había llamado su atención. Escudriñé con mi catalejo todo el aire y sus distantes comarcas, hasta que al fin topé con la maravilla que cautivó a la reina de Yyaloide. Hacia el noreste, y a distancia de media jornada, pude divisar la marcha del ejército de Mitume. Y logré otear al muy garboso caudillo, quien llevaba la mano puesta a la cintura, dándole poca brida y corta espuela al muy grácil corcel de paso fino, adorno a la verdad paruro de aquella primerísima columna de su ejército. Allá iba con sus hercúleos brazos alegremente vistosos, cubiertos con brazaletes y talismanes; su barba hincó ferozmente el aire, signo tan grave de sabiduría como preñado de arrojo. Alzado hacia atrás sobre la monta, penacho al aire y el ala del sombrero gacha a lo galán, su airoso continente era emblema de los primores y la fortaleza de su raza. Pero el dolor acompañó al asombro, pues hacia el norte alcancé a ver cómo el fiero ejército molongo de Obatal cruzaba el puente del gran caño, y para acá viene tronando la vega, cabalgando a trabar batalla con los guerreros de Mitume... Buen fuego le espera al caudillo rebelde, a mi leal compañero, guía firme del más extraño viaje que ha conocido mi lucidez, ahora inalcanzable destino de mi fallida diplomacia... ¿Fue mi extravío por tierras de Yyaloide tan culpable como la caprichosa fortuna? Y mi locura de luz desfalleció cuando vi aquella búsqueda tan vecina a la catástrofe, choque de magníficas voluntades, una inclinada a contemplar las ciudades invisibles, la otra esforzada en la construcción de la frágil libertad. Aquel mogote, atalaya antes tan luminosa, pronto se convertía en oscuro calvario. Y bien que me eché a llorar sin consuelo, así de triste fue el fracaso de mi misión, la culpa de mi conciencia harto extraviada... ¡Todo se agolpa! El orden del mundo lo hace inevitable: ¡Estallará la guerra entre libertadores tan magníficos!, y quiero gritar para detenerlos, estúpido intento de mi conciencia por amansar su fiero martirio. Alargué el catalejo... Resulta claro que Obatal pretende evitar la invasión de la isla grande. Su ejército tiende posiciones a este lado del caño... La táctica de Obatal es impedir un segundo frente, sabe que si Mitume lo cerca con otro asedio su suerte estará echada... Tomando en cuenta ese lento paso que marca Mitume, la batalla sonará al amanecer, cuando las grullas levanten vuelo sobre los pantanos... Pero ese Mitume, el muy diablo, también desplaza a sus hombres hacia la boca del caño norteño, hacia la bahía... Sin duda pretende cortarle la retaguardia al ejército de Obatal... ¿Cómo se llama ese ataque?... Creo que le llaman de cuña... ¿O será de pinzas?... ¡Ya lo veo!... Mitume quiere echarle los perros por ahí, a lo largo de los canales que bordean la isla grande. Hacia el sur, moviéndose entre mogotes y cocoteros, veo las primeras columnas del ejército avileño... Pero aquel ejército no persiguió la retaguardia de Mitume. Los amos esperaban pacientemente la carroña. Mi corazón no supo escoger entre el odio y la tristeza... Todo está perdido... La grandeza de los hombres siempre es perseguida por la rabiosa soberbia, esa maldita perra alcahueta de la fortuna. Y tanto nos ladra que ya sólo miramos de reojo. Entonces me espantó la posibilidad de jamás alcanzar el campamento de Mitume... Si el ejército avileño decide atacar la retaguardia del rebelde, para siempre quedaré en esta tierra de Yyaloide... Esto se lo grité tres veces a la reina de Africa, aquella dulce bruja de mi extravío. Pero poco me contestó. Subió mohína al coche y corrió el visillo de la litera. Salté al pescante, y furioso sonó el chasquido del látigo. Más hacia la costa, a distancia de un disparo de arcabuz, vi la encrucijada donde nuestro viaje se extravió... Parece que hemos vagado en círculos... No pude entender cómo habíamos estado tantísimo tiempo en la tierra de Yyaloide, pues el cruce quedaba a corta distancia del mogote. Se me ocurrió que las plantas mágicas de aquellas tierras habían dilatado el tiempo en mi lucidez... Hace ya muchas noches, y después de aquel bombardeo de la chalupa, los caballos espantados siguieron la ruta del mar hacia el jardín de Yyaloide. Pero también pude ver el otro sendero, el que no conduce a las dulzuras del olvido, sino a los rigores de la guerra y la diplomacia... A través de ese cocal rumoroso, se abre el ancho camino que con certeza me llevaría al campamento de Mitume... Allá estuvo aquel campamento, en una de esas vegas que pronto se convertirán en páramos de sangre y pólvora... Sólo me queda el consuelo de esa mirada... ¿Adivinó ella mis graves pensamientos?... Su fina piel de ébano me hace olvidar tantos cuidos que martirizan la conciencia... Justo es decir que la tierra de Yyaloide fue capricho de la diosa fortuna, y no flaqueza de mi voluntad... Haber llegado a este vergel fue odiosa burla del destino... Fue el espanto de los caballos aquella noche del bombardeo lo que nos condujo al olvido. Y así fui aplacando las torturas de la conciencia, aliviando las heridas del muy dolido aliento.

A media tarde regresamos a la rada del brazo de mar. El sol estaba tan fiero que prontamente nos refugiamos bajo el cobertizo. Encendimos fogata y asamos unas cocolías. Aquellos cangrejitos los descubrimos en el bajío, justo cuando uno me mordió el dedo grande del pie, que ya entonces ensartamos la bandada entera después de capturarlos con tarraya. Fue entonces que la dulce etíope quiso galopar sobre el lomo de la sirena... Recuerdo que durante la comida la prieta me aseguró que si llamaba a Mato, éste vendría cabalgando sobre las tenues olas de la rada. Cuando le pregunté por qué demonios decía aquello con tanta certeza, señaló hacia el mar, y añadió que con aguas tan tranquilas Mato acostumbraba colarse por la gola a la pequeña bahía... Entonces caminó tan grácil como hermosa hacia la orilla. Bajo la tela de colorines que le llegaba a los tobillos, adiviné el suave temblor de sus rotundas y finas nalgas, y era que debajo de aquel faldón atado a la cintura cimbreante, imaginé las muy apetecibles desnudeces que tanto animaban mis cuidos, mi ternura delicada de caricias apacibles. Como siempre iba descalza, sus pies tenían el delicado brillo cremoso de las arenas. Se quitó el breve paño que le cubría las tetas, soltándose coquetamente las tiras atadas tras la nuca. Llegó al agua y se soltó el nudo del faldón, quedándose como Dios la echó al mundo, todo ello para maravilla y deleite mío. Salté a mis pies, que pronto la verga se corrió calzón abajo. Se quedó en cueros la muy diabla; la única prenda que lucía era el sombrero de pajilla con ala ancha, ya verdadero tenderete de cintas y abalorios. En mis oídos sonó el dulce tintineo de los brazaletes que adornaban sus molledos y muñecas... Mojó sus pies en el llano bajío, miró hacia acá, y sus ojos brillaron al sonreir más con ternura que con malicia —¡así reconocí su candor!—, gesto más dulce que la amapola roja puesta tras la oreja, justo bajo el ala del sombrero. Con aquella voz de niña asombrada por la noche del universo gritó... ¡Mato!... ¡Mato!... ¡Mato!... ¡Mato!... Se baja para batir el agua con sus manos; al parecer esa es seña que el manatí obedece... Se inclinó, y entonces pude apreciar toda la belleza de mi chula, todos los encantos de su grande hermosura, y ello porque al hincar el aire con el culo, abriéndolo un poco, pude atisbar atento su muy dulce y secreta cosa, ambrosía para mis deseos, meloso cofrecillo donde bien guardaba ella todas mis ansias. Ya casi quedé tieso de tanto estirar el cuello; pero adiviné algo más de su vanidad, aquellas tetas que se reflejaban en las límpidas y verdosas aguas de la rada... Voy al retozo alegre; con la lengua le cosquilleo la nuca mientras con la mano le acaricio las nalgas, hurgándole también por lo atrevido, achulamientos todos de amantes solitarios... Estábamos en tales retozos y grajeos cuando de repente ella gritó... ¡Mato!, ¡Mato!... Ya no era invocación, sino presencia de manatí celoso. ¡Allí estaba el manatí de tantos mares y decires! Corrí a la orilla, alzando bien la pata no fuera que el monstruo aquel estuviera hambriento... ¡Allí está! ¡Al fin nos ha visitado esa vaca triste de hocicos barbudos!... Frente a nosotros estaba Mato; de fealdad más lenta que solemne, alzó sus belfos de monstruo melancólico. La dulce etíope lloraba por el encuentro con tan viejo amigo, prodigándole más besos que caricias... —¡No te hará daño?...— Aun a distancia su enormidad me lucía más de ballena que de sirena. Temí que su fortaleza, o un súbito aleteo, mucho daño le hicieran a mi maga chula. Pero pronto pude apreciar lo amaestrado que estaba el monstruo, así de cariñoso se mostró con la gobernadora de Africa... Y entonces ocurrió que la etíope saltó sobre su lomo, agarrándose de los cortos pies del animal; alzó el manatí su pecho sin tumbar a mi sabrosa prieta. Fue en aquel momento cuando noté que el animal era hembra, ¡con más pechos que las mismísimas nereidas!... Cayó lentamente de lado, con más gracia que pesadez, zambullendo su grande morro de buey, aupándose entonces hasta mostrar de nuevo la testa mientras nadaba hacia el sitio más hondo de la rada. Le grité nueve veces que se bajara, cagándome más en Dios que en sus huesos, pero la muy diableja poco caso me hacía. Por lo visto aquella cabalgata marina ya era costumbre de prieta linda; una y otra vez me gritó que tantos brincos sobre el lomo de Mato nunca eran peligrosos. Corrí por toda la orilla de la rada mientras la hechicera me saludaba agitando el sombrero, allá en el aire luminoso, riendo de lo lindo, con más cosquillas que gracia, la muy guasona. Bien advertí que el Mato la llevaría de una orilla a otra de la rada. Y mi melosa hembra cantaba muy triste cántico en lengua de Abisinia, evocación tan mansa que pronto mis ojos se llenaron de lágrimas; tantos prodigios agolpados más parecían visión que experiencia, y todo el ánimo se me volcó harto confuso, quedando turulata mi lucidez, verdadero amasijo de tristezas y alegrías, pues al tiempo que vi a la negra cabalgar sobre las olas, se me enterneció el gaznate ante la delicadeza de aquel recóndito mundo de Yyaloide, a la verdad que mágico jardín bajo la hechicera voluntad de mi bruja de corazón benigno. Tropecé cuando corría hacia la otra playa, y esta vez sí que la vi de frente... Hacia acá viene, sobre el monstruo marino, domando con galanía la extrañeza del mundo, niña ajena al miedo, tan frágil en su desnudez, dispuesta a ese abandono sobre el torbellino salado que levanta el morro del animal. Su piel canela resplandece húmeda bajo el radiante sol que nubla mi vista, y el duro cuero gris de la vaca de mar se oscurece al mojarse, brillando plateado cuando salta al límpido aire salitroso. Cuando el pez se zambulle, al fondo no lleva su preciosa carga, permaneciendo mi bruja siempre a ras de mar, vestida con traje de espuma, sus ojos de amazona marina nublados por el deleite de las olas bajo los muslos. Allá en el fondo del catalejo pude atisbar el rostro más placentero que jamás haya visto, y hasta diría, sin miedo a la equivocación, que el ataraxio de que hablaban los antiguos pendejada era al lado de semejante gozo. Ya cerca de la orilla el manatí se volteó, lanzándola con suavidad sobre las blandas arenas. Entonces el Mato travieso comenzó a chapalear para refrescarle el rostro a la bruja, quien al ver mi semblante más mohíno que curioso, me llamó, convirtiendo el asombro en ternura, halándome hacia sus labios, chupándome de lo lindo con feroces besos toda la cara, evidente arrebato zalamero era lo que tenía la gobernadora. Y allí nos abrazamos en la orilla, empujados por el travieso oleaje de la rada, sonriente ella y asqueado yo por los retozos de animal tan tierno y feo, monstruo juguetón que nos aspaventeaba sargazo a modo de chacota... Llora de alborozo mi negra, colmando de besos la dura piel del animal, hablándole en la extraña lengua de Yyaloide mientras lo acaricia con abrazos y palmaditas... Y lo despidió con un beso allí en la frente, justo en la parte donde algunos de estos animales tienen carbunclos muy mostrencos... Mato se alejó, y la reina de Africa lo saludaba haciendo sonar en el callado aire del atardecer los muchos brazaletes y esclavas que cubrían sus brazos. Aquel sonido fue algo más que música celeste, y ya no tardó en anegar mi frágil lucidez, y como la más galana prieta tenía uno de sus brazos alrededor de mi cintura, del mundo me despedí con achulamiento, posé mi cansada conciencia sobre su salado hombro de espuma y algas.

Luego de tantos retozos y caricias, caminamos hacia el cobertizo, que éste quedaba al otro lado de la bahía menina. Tronó el alto cielo y corrimos a lo largo de la orilla, escuchando el triste canto del manatí, viendo sus saltos y piruetas en el agua, maromas que nos ofrecía a manera de gracia y halago. Cayeron las centellas, el cielo se nubló. Sordamente sonaron sobre la arena las lluvias pertinaces, por lo que durante el resto de aquel atardecer nos abandonamos a muchas caricias y no menos amoríos. Escuchamos el torrencial aguacero tendido sobre las pencas del cobertizo, verdadero soplo de agua y viento, rabieta feroz del veleidoso dios Juracán, antiguo custodio de estas islas caribes... Sus ojos son el término de toda nostalgia; la mirada que le ofrezco es casi una reverencia... Perfecta luce su belleza, ese asombro de mis humildes cuidos... ¿Qué tiene de eterno este amor?... Allá están las rocas, hundidas en el silencio... El ajeno y cansado vaivén de las olas siempre alcanza nuestra alegría... Después de la lluvia llegó la quietud, y ésta fue turbación para nuestros ánimos; todo quedó tan sosegado que la noche ocupó sigilosamente el rumor perfecto de la mar, esa cruel ausencia de Dios.

Y durante la noche asomó la codicia; donde hubo armonía surgió la discordia, que ya no hubo tregua con el mundo, pues el pez volvió al mar y el hombre pobló de tristeza y desolación el páramo de su alma. Ella estaba dormida bajo luna llena; toda la rada se iluminó con luz azulosa, destemplanza del alto cielo, mirada tendida sobre la inquietud humana. Las pencas del cobertizo fueron acariciadas por suave brisa que al girar sobre la gola, pronto se convirtió en viento tardo y salitroso.

Comencé a llamarlo, pero no venía... Entonces me escondí detrás de una roca; allí disfracé mi voz, imité el cántico meloso de la dulce etíope. Y como no venía miré bajo el cobertizo; no quise alterar el sueño de la amada. Su inocente lejanía me hizo dudar; pero entonces me alejé hacia el otro lado de la ensenada... Así no se entera. Esta ponzoña quedará oculta a sus ojos delicados... Llegué a la otra orilla y volví a llamarlo, saltó mi corazón ansioso cuando hubo rumor en el oleaje. Me deslicé dentro del agua, hasta las rodillas... Tanteo el bajío, arrancando algas y madejas de sargazos... Escudriño casi al tiento un pulpo moribundo lanzado a la playa, viscosa medusa que estremeció mis piernas. Las inquietas cocolías me muerden los pies, el lento sargazo lame ciegamente al extraño aquel que perturbó el vergel de Yyaloide. Perseguido por las sombras, el salitre mordiéndome la lengua, me arrastro por la arena hacia el norte de la ensenada; allá, cerca de unas rocas que quedaban a distancia de cien pasos de la gola, adiviné el sitio más hondo del brazo de mar... Llego al sitio; miro la otra orilla. La amada duerme bajo pencas y matas de pachulí. Y quise que del cielo se borrara aquella luz delatora; pero la luna también alumbró, con su luz añil, un navío que en el mar se deslizaba cual lento sueño. Subí a las rocas, y entonces lo divisé muy claro. A través del grande hueco de la gola oteo el bergantín; y allí permanece ceñido por las tenebrosas paredes del acantilado... Tengo más sueño que sed... La cercana presencia del barco turbó mi ánimo... Es imposible —a menos que sea truco del demonio— que permanezca tanto tiempo ahí, ante mi vista, entre esos dos cantiles, cavernas de murciélagos y pájaros tenebrosos, rocas donde el feroz oleaje se convierte en rocío, espesura del aire nocturno, ámbito de nefastos presentimientos. Y volví a llamarlo, el cansancio me vencía, la dura roca ya halagaba mi cuerpo; desfallecí soñando que el roquedal se convertía en mullido diván de terciopelo y plumas. Allí me quedé dormido, mirando con ojos ya velados por la sed y el cansancio mi culpable reflejo en el manso hondón de la ensenada... Aquel barco, allá en la distancia, ha encallado... o quizás echó anclas... Así se oscureció mi intranquila lucidez, y hubo tregua en mi conciencia mientras adormilado repetía, una y otra vez, el nombre del manatí. Volvió a tronar el firmamento; una presencia terrible volcó la noche hacia el delirio; aquel aire espeso ya no pudo sostener más la muy inclemente seña del odioso crimen... El furioso graznido retumba en mi sueño, hace que mi cabeza salte a la oscuridad. Allá arriba, bajo la sombra de viento tan gris, revolotea con sus alas rotas, y su gritería de pajarraco herido parece queja salida del infierno. Cayó y cayó, ya no recuerdo con qué precisa lentitud, ni cuántas veces me miró temeroso desde el alto cielo, con esos ojos demasiado muertos... Salto a la arena, corro a la orilla... El frágil oleaje lo había lanzado a la playa... Aquí está, con el pescuezo roto y los ojos desorbitados; entre mis pies lamidos por la salada espuma yace la inocencia. Lo tomé en mis manos; el terror volvió a sofocar mi aliento cuando vi aquella soga atada al cogote roto del alcatraz. La halé; pero la cuerda quedó rota, ligera, casi desplumada... Me recuesto en la arena; el sueño y la sed vuelven a vencerme. En la duermevela, con más desasosiego que sustos, pensé en el terror que había descendido a mis manos. Quise correr, alejarme de aquel crimen; pero la sed era tan grande que me nublaba los ojos, el sueño tan pesado me secó la garganta... Vuelvo a llamarlo, y en mi desesperación y culpa casi se me escapa el aullido... ¡Mato!... ¡Mato!... Desperté con mis propios gritos. El alcatraz se escapó de entre mis manos. Recordé que en el sueño más doloroso alguien halaba de la soga para devolverlo al mar... Veo en el suelo el rastro del alcatraz. Y lo sigo por toda la playa, gateando hasta donde las olas borraron tan ominosas estrías marcadas en la húmeda arena. Miro hacia la gola. El navío se había esfumado, y me torturó el loco pensamiento de que la gola fuera el gaznate partido del alcatraz, pues si así era, sin duda yo estaba en el buche del pájaro muerto. Desesperado corrí hasta adentrarme en las aguas de la ensenada... ¡Debo llegar a la gola, salir de las entrañas del pájaro roto! Pero las olas enfurecidas me lanzaron a la playa, levantándome por los aires hasta azotarme contra la arena. Me levanté penosamente; pero apenas nado unos pies cuando la mar bravía vuelve a tirarme de espaldas contra el maldito sargazo... Es imposible que ese alcatraz llegara a mis manos... Delirios son de la vigilia, monstruos del sueño, burlonas tareas de la culpa... Pero bien sabía que estaba muerto, con el pescuezo roto y una cuerda atada al sangriento plumaje. Volví a despertar, y entonces vi una lucecilla en el centro mismo de la rada... ¿Es el diamante de Mato lo que así relumbra? Saqué el puñal y corrí hacia el bajío. Cuando ya no toqué fondo, me zambullí, pero casi me ahogo por la torpeza de ponerme el puñal en la boca, así de sometido a la temeridad y al desconcierto me tenía la codicia. Y las olas se aferraron a mi cuello cual pulpo gigante. La lucidez extraviada se burló de mis esfuerzos, desatando los carbunclos por toda la bahía, poblando de lucecillas brillantes el recinto aquel de mi locura. Ya no supe cuál de ellas agarrar, que la codicia engaña desaforando el objeto de los afanes. Al ver tantos brillantes traídos por las olas comencé a reir convulsamente, siempre alucinado en la insensatez de creerme favorecido por lo que destruía. Pero muy pronto advertí que las lucecillas de los diamantes formaban cerco a mi alrededor, y como tenía tan presos los brazos no pude nadar, ahogándome con los ojos sometidos a pecado tan delirante. Luché hasta desfallecer, sin tregua del maldito anhelo, aspaventeando con los brazos las luces engañosas. Entonces desperté, y me encontraba acostado sobre el sargazo seco, muy distante de la orilla. Ya no era necesario llamarlo, fingir engañosamente la voz, disfrazarme con la piel del cordero. Saltó la zorra, y tres vueltas le dio a la inocencia: Allí estaba tendido frente a mí sobre la arena mojada. Su cuerpo penoso apenas tenía aliento, y oí el jadeante silbido que salía de sus pesados belfos... ¡Aún no ha muerto!... Saqué el puñal y furiosamente se lo clavé en la frente. El manatí comenzó a dar coletazos, aupándose con sus aletas mientras lanzaba bramidos furibundos. Me aferré a su cuello, halándolo hacia mí mientras hincaba mis botas en sus dos grandes tetas. Hundiéndole el puñal en la frente, agarrado a su gaznate grueso y fatigoso, tropecé con sus ojos, aquella dolida mirada que aún hoy me interroga. Saltó hacia el lado, intenté agarrar de nuevo el mango del puñal. Pero no hubo en mí eco de su quejido, y le revolví la navaja adentro hasta probar la enjundia. Se le encresparon los pelos de la barba, y éstos llegaron a hincarme el rostro en aquel torbellino de coletazos que desató el animal, única defensa suya contra mi mano cruel. Intentó saltar hacia atrás; pero aquella contorsión sólo logró rajarle más el pellejo contra la tosudez de mi puñal. Saqué la navaja, haciéndola saltar del hueso donde estaba metida. Y con la misma torcedura del puñal, aquella insensata cólera reluciente en el aire nocturno, le asesté la definitiva, un tajo que le sacó la enjundia belfos afuera. Lanzó un bramido desde lo más hondo de sus entrañas, pero seguí abrazado al convulso cuerpo, clavándole el puñal en los espinazos del costillar, casi hasta el desfallecimiento, que en una de aquellas feroces puñaladas tuve el infortunio de herirme la rodilla con la cola del tajo. Sentí que su aliento se apagaba, y de su costado y boca salieron chorros de sangre a borbotones. Aquel sangrazo era dulce ambrosía para mi cara, bálsamo para mis molledos y hombros enfurecidos. Con los ojos cerrados y el aliento jadeante, abrazándome a sus quejidos con brazos y piernas, galopando sobre sus tetas moribundas, bien que sentí la dulzura de matarlo. Los fatigosos sarrillos que soplaban sus belfos barbudos fueron apagándose, convirtiéndose en postreros estertores, hasta que al fin cesaron en bramido feroz, a la verdad terrible relincho de la muerte. Entonces quedé con él trepado, casi asfixiándome, y tuve que quitármelo de encima echándome a rodar sobre su vientre. Le hurgué la frente con el puñal. Salté hasta arrodillarme, hundiendo toda mi fuerza sobre la navaja, tanteando aquel carbunclo precioso de mis afanes. Apreté su morro entre mis muslos; sus ojos aún me herían con aquella inocencia insoportable. Crucé varios tajos feroces en el duro cuero hasta llegar a la grasa. La etíope se aferró a mi brazo, pero la brutalidad me dio para tirarla con sopetón; el brillo de aquel diamante alucinaba mis ojos hasta la crueldad. El unto apestoso y amarillento embadurnó mis dedos hasta el asco. Solté el puñal y le metí la uña a la herida; sentí algo muy duro que me pareció el brillante. Más hurgué, las ansias fatigándome el aliento hasta el delirio. Ya no oía sus gritos y lamentos. La dulce prieta golpeó mi cabeza una y otra vez, ya casi exhausta entre llantos y esfuerzos. Quiso agarrarme por el cuello, estrangularme hasta que soltara a su Mato. Pero la bestia agazapada ya gobernó mi voluntad, y golpeé a la reina de Yyaloide, dándole azotes una y otra vez en todo el cuerpo. Con un fuerte codazo en las costillas le quité las ganas de sujetarme; tanta bestialidad apenas me distrajo del grande empeño de hurgar la herida de sangre y unto. Por fin lo saqué, y alto resplandeció ante mis ojos... En la lejanía oigo esa voz desgarrada que se aferra a mi cuello. Sentí aquel fuerte folpe en la cabeza justo cuando su resplandor me pareció más hechizante. Un gran mareo nubló mis ojos, que cuando me viré casi no pude ver la piedra que la etíope alzó de nuevo, entre sollozos y gemidos, sobre mi cabeza ensangrentada. Caí pesadamente sobre el grueso lomo del manatí, y toda la ensenada se volcó en mi lucidez. Solté la piedra que le había arrebatado, y ésta se incrustó en la húmeda arena, allá lejos de nuestra rabiosa lucha. Oí los sollozos de la negra. Algo infinitamente grave retumbaba en mi oído, así de íntima fue mi certeza de su cercano desconsuelo. Y vi cómo la piedra del manatí perdió todo su brillo, volviéndose tan negra como el carbón. Entonces recordé los muchos carbunclos de manatí que había visto en el puerto de La Habana, atiborrando por miles aquellas canastas que llegaron al cielo... Le pregunto a una negra de mirada hostil, dueña de todos los cestos, y me contestó que eran piedras de manatí, buen remedio para el dolor de ijada...

Estaba dormida; volteó la cabeza hacia los lados, como si alguna horrenda pesadilla la torturara. Muchas veces le grité, pero muy en vano. La prieta no despertaba. Era día de luz benigna, que jamás he vuelto a ver mañana tan dulce y luminosa. Algún maligno espíritu se había apoderado de su sueño. Sus ojos me parecían muertos; no hubo manera de que aquellos párpados dejaran entrar la luz. Finalmente me desperezo. Bajé de la roca a la orilla de la ensenada... Allí baño mis pies en el agua fría de la marea baja y le grito a la etíope. Desde esta orilla alcanzo a ver que la negra aún no ha despertado. Recordé los demonios que poblaron mi ánimo durante la noche. Se avivó en mi despejada lucidez todo el delirante esfuerzo por lograr que Mato se acercara a la orilla. Mientras caminaba hacia el cobertizo,

180

me prometí regresar a la pequeña bahía... Algún día tendré la confianza de Mato.
Lo alimentaré de mi propia mano y cabalgaré sobre el oleaje, allá montado en su
lomo... Despejé algunas inquietantes voces y lancé a la arena mi puñal. Advertí
una pequeña cortadura en la rodilla... ¡Quizás fue al subir por los roquedos!...
Despojándome de tantas pasiones y señas, quise tener a mi lado aquella única
alegría de mi vida, Johari, la más linda prieta de todo el reino de Abisinia. Me había
dicho su nombre la noche anterior, justo cuando gozamos del dulce tálamo que
siguió a la lluvia. ¡Johari era el nombre de toda mi felicidad!... Entonces quise
olvidar aquella roca sobre el hondón de la laguna, aguas tranquilas donde quedó
reflejada, ya para siempre, mi feroz codicia. Y no miré hacia el lado, muy a pesar del
dulce anticipo, que a pocos pasos estaba mi hermosa prieta, allí acurrucada bajo el
cobertizo de pencas y pachulí. Pude reconocer el precio de mis pasiones; no hay
malvado afán que no altere un poco el universo de Yyaloide. Vagué por toda la
bahía menina, huyéndole a mirada tan severa... Pero la etíope Johari ya solloza al
lado del manatí, y es que éste ha quedado muy fuera del agua, muerto sobre la
caliente arena. Acaricia su lomo mientras dice esos mágicos decires africanos, y
también canta las muy afligidas coplas. Me acerqué mohíno, y cuando Johari
advirtió mi presencia, comenzó a llorar y lanzarme furiosos epítetos en lengua
africana, insultos que ya no pude entender.* Entonces hizo ademán de negros que
yo no veía desde mis años de San Vicente, y fue que muy dolida me echó arena en el
rostro a la vez que se alejaba. Y volvió a lanzarme los manotazos de arena, justo
mientras yo miraba embelesado, con grande cuido, la frente de Mato, que en ésta no
vi herida alguna, allí en la parte de su cabeza donde crecía el enorme carbunclo. No
comprendí cómo aquel monstruo había podido caminar tanto fuera del agua, sin
que nadie lo llamara... A fe digo que murió en arenal seco, a distancia de muchos
pasos de la orilla. Le abrí los labios, pero su ánimo ya no tenía aliento... De pronto
advierto la ausencia. Corro hacia unas playeras que están a poca distancia del
cobertizo, y sólo veo su equívoco celaje que desaparece en la espesura de los cocoteros. Regresé a la playa y decidí enterrar a Mato. Para amansar el candente sol, me
puse el sombrero de paja que por muchos días usó Johari, y con manos y uñas
comencé a cavar la fosa donde echaría los restos del leal manatí. Pero no me
abandonó el empecinado deseo de saber la verdad sobre las piedras que los manatíes
cargan en la frente. Abrí una herida con el machete que llevaba en el pescante de la
carroza. Hurgué en el unto amarillento, secando la sangraza hasta encontrar una de
esas piedras que se usan como buen remedio para el dolor de cintura... Toda la
mañana estuve en el afán de enterrar a Mato. Con mis manos entumecidas lo
arrastré hasta la profunda fosa y lo dejé caer, empujándolo con el resto de mis
fuerzas, que cuando cayó sonó ese golpe seco y sordo que todavía retumba en mi
memoria. Ya casi agotado, eché arena sobre su cuerpo, una y otra vez, con mis
manos tan culpables y vacías, pensando circularmente que la maldita piedra no

*A.J.M.:

Adivinanza

Es posible que le dijera: "El demonio imitó mi voz, y lo hizo salir del agua. Y el fiel Mato estaba muy
confuso y triste, que al verme dormida pensó que me había muerto. Y él no entendió el engaño del diablo
malo, pues aquella voz era disfraz de ese demonio que se amaña en la maleza y es buen imitador de voces".
Algo así debió gritarle la muy simplona...

tenía valor alguno. Cuando terminé ya no pude resistir el sueño... Desperté quemado por el sol, y ya padecía los mareos de la insolación, esos engañosos colores que se adueñan de la lucidez. Advertí la perfecta hermosura de la tarde; pero luz tan diáfana demasiado ajena se mostró a mis sentimientos, que la corazonada de haber perdido a Johari, ya para siempre, inquietó de enconados pesares mi triste ánimo. Y la busqué por toda aquella tierra de Yyaloide, y mis ojos conocieron el llanto, mi garganta el seco gemido que ya no cesa. La diabla de clavo y canela se esfumó en el misterio del vergel. Inquieto erré siguiendo su recuerdo, a pie y en carroza, a través de tupidas playeras, remontando sin desfallecer los enormes acantilados de la costa. A fe mía que por muchas jornadas mi corazón vagó en pena; su dolor era demasiado fiero para encontrar alivio en las noches estrelladas de la magnífica tierra de Yyaloide, reino de mi dulce y ya por siempre perdida Johari''.

* * *

Ahora hablaré del arquitecto, de ese leal compañero del caudillo allá en las entrañas del laberinto. Su oficio no ha sido la torre, sino esa oculta ciudad fundada en la ilusión. Los viejos artesanos que construyeron aquella Jerusalén celeste también tejieron el mito extravagante. Casi todos ellos aseguraban que el arquitecto invisible —aquel maestrito que les lanzaba los más delicados diseños desde una torrecilla levantada en la última calle de la morería— era el leproso más lastimero de la tierra. De ahí que cuando corrían a recoger las piedras recubiertas de planos visionarios —éstos eran los diseños para la edificación de la ciudad de Dios— sintieran el ominoso cosquilleo en toda la piel. Pero aquellos temores pronto se disiparon. La última generación de canteros, albañiles y orfebres no le prestaba oído a los ancestrales rumores. Ellos se dedicaban a sus labores con una fría perfección que convirtió la última calle aérea —la llamada de los cristales— en asombro y tristeza del universo. Este amor al oficio los llevó a no escuchar leyendas que consideraban embustes de viejos artesanos, consuelo de los sordos cuyas manos temblorosas ya no podían ilustrar un laminado en oro, o pulir una delicada taracea. Hacía años que se construía la Jerusalén eterna, y ninguno de los delicados artífices que cultivaron sus prodigios padeció de aquellas manchas color ceniza que tanto aterraban a los viejos artesanos. De este modo, los más jóvenes volvieron a considerar que los cuentos sobre la lepra del maestrito de la torrecilla sólo eran rutas del recuerdo, visiones de ojos nublados que una vez conocieron la delicadeza del cincel. La ciudad por ellos construida era aún más perfecta que la de los ancianos, aunque careciera de la magnífica ironía que animó las construcciones más cercanas a la laguna, la certeza de que tantos prodigios que halagaban la vista y enloquecían la más febril imaginación, eran creados por una ruina humana, el grave maestrito de la antigua torrecilla, dueño y soberano de la podredumbre y el esplendor. Pero los más viejos artífices también recordaron al maestro leproso antes de que contrajera la enfermedad: Le cuentan a los jóvenes escépticos cómo el arquitecto de ojos verdes y suave cutis hacía maquetas de caracoles, camándulas y carapachos de crustáceos. Narran, con entusiasmo casi infantil, aquellos días distantes en que el hermoso genio de las manos delicadas buscó el perfecto equilibrio de un caparazón de cangrejo sobre una concha venusina. Y siempre lograba que la· torpe rodela del crustáceo quedara como suspendida en el aire, portento de aquellas finas manos que intuían las más sensibles ecuaciones de la forma y el espacio. También relatan —con la mirada casi llorosa por la dolida memoria— cómo el genial arquitecto se volvió huraño y esquivo, justo cuando finalizó la construcción de los laberintos aéreos de cristal, allá entre las cuatro agujas de malaquita que señalaban el centro de Nueva Jerusalén. Entonces se encerró en la primera de las muchas torres que luego habilitó como gabinetes de dibujo. Todos los días bajaba, a la calle pavimentada con conchas venusinas, un cesto donde los capataces de obra sabían colocar los alimentos preferidos del maestro. No se sabe con seguridad cómo comenzó el rumor de su enfermedad, aunque los más polémicos ancianos aseguran que tuvo su origen en la nota que una mañana bajó dentro de la cesta. Aquella nota ordenó que sólo colocaran en el cesto frutas y comidas tiernas, ya que "el cangrejo se había quedado sin palancas". No sé si aquel decir enigmático originó o confirmó la leyenda del maestrito leproso, ahora bien, no dudemos la interpretación de la mayoría: "El arquitecto se ha quedado sin quijada, pues la lepra le ha carcomido casi todo el rostro. Pide alimentos blandos porque para comer sólo tiene una larga e inquieta lengua de lagartija".

Capítulo XXIV

DEL DIARIO SECRETO DEL OBISPO DON JOSE DE TRESPALACIOS Y
VERDEJA, A 9 DE DICIEMBRE DEL AÑO 1773 DEL NACIMIENTO DE
NUESTRO SEÑOR JESUCRISTO Y EN OCASION DE LA MAS GRANDE
BATALLA QUE HA CONOCIDO EL MAR DE LOS CARIBES

"No cesa de llover en este perdido rincón del universo. El mar bravío azota esos roquedales con furia jamás vista, y tal parece que su monótono estruendo de salitre y sargazos es advertencia del destino contra tantas furiosas voluntades. El rumor de la batalla se vuelve lejano; su ya precaria realidad es como una senda nunca recorrida, admiración de nuestro ánimo, ruta engañosa que nos aleja del cercano dolor, que ya pronto llegará la huesuda batalla, cabalgando triunfante sobre el páramo, y algún chasquido de mosquete, o el grito de alguna casaca borrosa, convertirán en pesadilla este sueño dolido de la razón. Y observamos ese grande movimiento de tropas negras, sin poder adivinar la estrategia que anima las alocadas tácticas de Obatal. Pero sin reparos ya le hemos abierto camino por todo el islote de San Juan, facilitándole su infeliz carrera hacia los caños, pues allá trabará contienda, según nuestros espías, con algún negro capitán rebelde dispuesto a la traición. Por esto hemos decidido no buscar batalla. Ya está tendida la trampa donde caerá el negro infausto, aunque sin mayor empeño que el de moderar su soberbia bien que nos puede voltear la tortilla. Si decide volverse contra nosotros en vez de arremeter contra los suyos, ahora mismo nos tendría —debido al corredor que le hemos abierto hacia los canales— cogidos con las dos tenazas del ataque de pinzas, temblorosos entre ambos frentes, con la espalda al mar, listo nuestro ejército para las fauces de Neptuno fiero. Pero bien que adivino la soberbia de este Obatal, y seguirá apechando hacia el puente de los mangles, allende Miraflores, hasta medir su poder con el arrojo del caudillo rebelde... Todo plano de batalla mucho se oscurece ante la ignorancia que tenemos de los designios de Obatal; sus tácticas son muy caprichosas, y apenas nos llegan los mensajes de nuestro espía, ese soberano tonto que al parecer ha sido descubierto, su voluntad quizás hechizada por las malévolas artes que conocen los mandingas.*

---

*A.J.M.:

El espía

Su misión era descubrir el dolo dispuesto tan sigilosamente por el enemigo. Pero desde el principio tropezó con una dificultad insalvable: Algo había en los negros que su inteligencia apenas podía comprender. Reconoce que ese elemento misterioso es lo más importante; en este caso la táctica no se desprende de una estrategia, sino de unas artes que dependen más de la magia que de los sueños... ¿Cómo explicarle al obispo que la fuerza del caudillo se puede ausentar justo en medio de la batalla, y que sólo así el ejército negro sufriría derrota segura? ¿Cómo afirmar que la potencia del gallo Obatal depende de las señales del cielo y los caprichos de la tierra? El desenlace de la batalla quizás dependa de la lenta caída de una hoja en algún remoto paraje del jardín de Yyaloide. Ya no pudo alejarse de tantos misterios. Se abandonó al hechizo de aquella vida mágica. Y se lo tragó el mundo que una vez quiso destruir, aunque su sacrificio fuera en vano... Cada hora que pasaba entre ellos entendía menos aquel silencio de donde brota la fuerza del músculo y la agudeza del ingenio. Mucho menos podía comprender el sentido de tantos adornos y chulerías. Ese vanidoso entusiasmo con el propio ser lo ha dejado perplejo.

Como es tan persistente la lluvia, y el frío se cuela hasta los huesos, he decidido preparar muy sabroso ajiaco con trozos de cerdo, cecina de res, plátanos, yuca, yautías amarillas y grande cantidad de tocinos adobados con ají picante. Hace un rato hendí dos calabazas y pelé unos plátanos, que del resto de la sazón y el tardo hervor se encargará mi diligente secretario, el solícito y bullanguero Gracián. Estas comidas pesadas son muy buenas para atemperar la lujuria en días tormentosos. El apetito carnal —que siempre se anima con el mucho frío— muy tranquilo queda cuando hacia las tripas inferiores baja este suculento sopón, efecto tan sedante que muchos lo comparan con el de dormidera. Así advierto que los hombres santos deben mantenerse en sopor cuando los asalta el diablo pinchudo de Asmodeo, alcahuete favorito de la lujuria, y no deben comer, en estos días de estricta vigilia, vinagretas ni frutos de la mar, pues de todos es conocido cómo estas fantasías de Neptuno mucho encienden las pasiones carnales. Y si te asaltara muy furioso el apetito de tener goce con hembra, es de santos varones hacer saltar canicas, que una majuana a tiempo bien que atempera el ánimo y amansa el cuerpo. Pero todo lo antes dicho es para hombres de furias moderadas; hay algunos de condición tan lujuriosa que sólo pueden zafarse de Asmodeo con el auxilio de sutiles exorcismos. Recuerdo aquel mozo que conocí en los años de latines: Cuando estaba de talante lujurioso teníamos que achocarlo con un tablón, y sólo así ya no fantaseaba con mujeres en la oscuridad de la noche. A cada rato el testarudo Asmodeo se le metía en la celda, con grande maña y no menos diligencia; afán tan grande tenía el diablo con el alma del pobre mancebo que pensamos en la presencia de Belcebubo, el demonio más mañoso de los infiernos, verdadero azote de la humanidad toda. El prior bien que nos señaló cómo este maldito diablo saltarín se agarra de las partes del cuerpo que pretende tentar, y entonces el desear mujer se convierte en tortura y dolor que sólo se alivian con el goce. Este mismísimo diablo fue el incesante martirio de San Antonio del desierto, anciano y casto varón de feroces apetitos que pronto se convertían en terríficos monstruos, dueños bromistas de la voluntad y crueles atormentadores del espíritu. Pero no caigamos por ello en los escrúpulos, manías propias de luteranos. Bien recuerdo el caso del padre Teodoro, aquel sabio que adornaba los claustros de la Universidad de Salamanca. Se cuenta que este cura era muy propenso a los escrúpulos del demonio luterano, hasta que un triste día enloqueció de lujuria y se fue a joder con unas mancebas, allá en cantina de mal vivir a orillas del río. Y con gusto y esmero se abandonó a los placeres del vino, el baile y la carne, que durante toda la noche consoló los ardores venéreos de todas las hembras allí presentes, pero con tan mala fortuna que a la taberna llegaron sus discípulos del magisterio de cánones. El saludo burlón de los alumnos siguió a la vergüenza propia, volviendo el lastimoso monje Teodoro a sus casillas. Entonces el orgullo hizo más ardiente su infierno; Teodoro se ahogó lanzándose al río con grande piedra guindada al cuello, escapulario infausto que poco lo ayudó a saltarse los pinchos de Satanás en el Averno. ¡Dolorosa alma aquella que cometió el más grande pecado —el negador de vida— por el afán de remediar su orgullo! De este modo aseguro que no está mal ayudar al cuerpo a descargar la enjundia, pues si el puño no juega a dados, la misma presión de la vejiga hará que salga la simiente por la noche, justo mientras dormimos. Y el goce que se deriva de esta necesaria secreción del cuerpo es muy santo, que a nadie se le ocurre condenar el gusto de orinar a vejiga llena, o el de defecar a calzón quitado. Pero advierto que no doy licencia para abusar de vuestros santos cuerpos, los únicos albergues del Espíritu Santo; sólo es santurrona y buena la paja de los que han sufrido los rigores de la mucha abstinencia sensual''.

De las muy infelices cosas que el cronista Gracián cuenta sobre el ánimo de la soldadesca cristiana

"Cuando el muy rumboso negro Juan de Dios se largó con su circo y el magnífico tropel de mançebas, el ánimo de nuestras tropas decayó mucho, al punto de que los otrora disciplinados guerreros ahora vagan —noche y día, por todo el campamento— con una desesperada melancolía prendida a los ojos. Ya no cesa de llover, y hay muchas peleas entre las tropas regulares y los escalilleros reclutados por el Obispo. Todo es grande inquietud en este campamento. El rabo mondo de Satanás ha marcado huella allá en el fangal. Muchos conciben la batalla como un infierno del cual no saldrán jamás. Y se desafora la fantasía ahí bajo los uveros, entre las fogatas que marcan el silencio de la noche. Muchos dicen que el nene de los grandes prodigios telúricos es el diablo de Africa; pero este resulta escaso consuelo, pues la tradición nos asegura que el demonio africano no es tan sólo mucho más prieto que el europeo, sino también mil veces más feroz y ponzoñoso. Casi todos aseguran que los armamentos de la batalla serán el terremoto y la tormenta, las marejadas y la horrible trompa de Neptuno. Esa batalla que parece ser tan magnífica como el oscuro destino que obliga a los cómicos del gran teatro del mundo, se reviste con el muy siniestro ropaje de su vaguedad y lejanía... Un tercer grupo de alucinados asegura que sobre el mesetón del Morro se restaurará, con soplo de grandes trompetas y aleteos de ángeles enormes, el más furioso torneo que conocerán los siglos, la disputa de los magos asombrosos, ¡el lucífugo Satanás contra el macho cabrío que bajará de los cielos!... Y aseguro que el mañoso Obispo Trespalacios retrasa el comienzo del ataque, como si le quisiera añadir sal y vinagre a la tortura de los hombres, esta larga espera que alucina los espíritus. Según él, nuestro flanco sur quedaría muy abierto a un ataque de pinzas, opción de ese ejército molongo que persigue a los rebeldes de Mitume. Allá vive retirado Don José en una tienda de pencas y yaguas que le construimos en el sitio más alto del promontorio. Bajo luz temblorosa de candil escribe en su diario esas muy graves y sutiles razones teológicas, y es que nuestro pastor y caudillo también tiene talante de solitario filósofo, ahí justo en la adivinación de los laberintos trazados por Dios. De vez en cuando —quizás gesto gratuito de su poder— da órdenes para la ejecución de un desertor. Y es que a causa de la melancolía y los demonios que revolotean sobre la batalla, hay muchos desertores en estos días aciagos. Las ejecuciones son a garrote vil, excepto para aquellos que incitan a fuga o revuelta. Estos últimos traidores son colgados por las pelotas hasta que el miembro viril se desgaja del cuerpo, para entonces quedar suspendido con sus compañeras allá en lo alto de la ominosa y bamboleante cuerda. Pero no todo es severidad en Pandemónium: También sazonamos muy sabrosos manjares, allá en el grande fogón de piedra que Don José mandó a levantar bajo un cobertizo frente a su tienda. Hace dos semanas preparamos un sopón de calamares embutidos con harina de plátano, delicia afamada por el paladar de los oficiales. Para hoy —día de mucha lluvia y altas ventoleras— tenemos un ajiaco guarnecido con todas las frutas de la mar y de los campos. Más que caldo suculento, será feliz cornucopia de la abundancia de estas tierras donde la semilla es de muy fácil cultivo. A esta hora busco guayo para rayar fécula de plátanos, pues el Obispo se ha empeñado en espesar con bollitos la augusta sopa... ¡Que ya se despeje el aire de tantos demonios! Eso sí, en los días recientes han menguado las deserciones, para felicidad de nuestro pastor solitario. Ahora podremos dedicarnos a los sabrosos placeres del fogón, a esa cocina que es lenta y esmerada confección de los más exquisitos manjares del trópico''.

Capítulo XXV

DE COMO EL RENEGADO LLEGO AL CAMPAMENTO DE MITUME Y DE
LAS RAZONES QUE HUBO ENTRE ELLOS

"Con las primeras luces del alba llegué al campamento de Mitume. Mis ojos eran dolidos espejos de traiciones que perseguían mi lucidez. Un vértigo frío se apoderó de mis piernas ya hundidas en el fango. Volví a caer, una y otra vez, casi ajeno al contorno de las lloviznas y los gritos. Al despejar la mirada, advertí los lentos humos de las lumbres apagadas, cadáveres de aquellos distantes torbellinos que cautivaron mis ojos en la noche lluviosa. En las casuchas de yaguas que surgían a mi alrededor, oí voces acalladas por truenos y relámpagos, borrosos rumores de cuerpos cansados por el lodazal y la certeza de la inminente batalla... Azota de nuevo la lluvia, sopla la tormenta allá en los penachos de los cocoteros, mis piernas se resisten a obedecer la voluntad, esa enloquecida compañera que por tantos días y noches ha conocido la desesperación que la ausencia de la amada tiende sobre los caminos arenosos, las playas solitarias, aquellas palmas gráciles al viento. A través de sus ojos ya por siempre perdidos, todo se ausenta. Dañó para mi alma todo lo que vive y muere, que hasta las rocas se muestran ceñudas, enemigas de mi aliento dolido. Desde entonces no ha dejado de llover sobre las playas desiertas de Yyaloide... A lo lejos, por el lodazal sombreado de altos cocoteros, venía una carreta que se bamboleaba en el hondo fango. Levanté el brazo para pedir socorro, pues temí que se me escapara la vida. Mis ojos volvieron a nublarse cuando sentí de nuevo aquel sabor a polvo. Entonces recordé que el coche se hundió en las malditas arenas, me hirió el relincho ominoso de las bestias encabritadas, sonó el incesante y torpe furor de la lluvia... Vuelven a patear inútilmente, alzando sus relinchos hacia la tempestad indiferente. El pozo oscuro de mi alma ciega insiste en recordar los ojos inquietos y desorbitados de las bestias, esa ingenua y penosa mirada que torpemente busca el dolor a ras del suelo... Oye el chasquido de sus tendones fracturados por el esfuerzo... ¡Tendré que matar esos caballos!, a menos que huya, ya siempre perseguido hasta la tumba por el galope... Ahí veo cómo las ijadas revientan en pellejos sanguíneos, cortadas las venas y lacerados los músculos por el roce de los tensos cinchos. Bajo la lluvia que casi los convierte en fantasmas, la capa que me eché sobre el cogote formándome joroba en aquella soledad, disparé fogonazo de mosquete hacia la masa de sangrientos relinchos y huesos rotos... Por muchos días anduve perdido, cruzando ciénagas donde el sol siempre batía, cercado por nubes de mosquitos, despertado por sigilosas arañas de agua. Salía de pantanos para adentrarme en la maleza, voluntades todas que cruelmente anudaban mis pies, que cuando soñaba haber salido de tantas ordalías, me encontré en ancho páramo donde la marisma levanta su vaho de muerte. Y a lo largo de aquella ruta tan desolada, me perseguía la carroza de la vanidad, mordiéndome los talones, que todo su antiguo esplendor, ahora convertido en ruinas, era arrastrado por esqueletos equinos de ojos vacíos y dientes rechinantes. Y ya no cesó aquella lluvia implacable que convirtió los días en noches sin tregua, martirio que los dioses vigilantes de la mágica tierra hundían pesadamente sobre mi nuca.

Desperté, encontrándome atado a las barandas de la carreta... Por todas partes me rodean los gritos de los guardias bravos; el campamento es un hervidero de órdenes y maldiciones. De vez en cuando oigo rudos golpes contra las tablas de la carreta. Y los destemplados azotes son seguidos por chistes y risotadas. Pero no quiero mirar esa comparsa de diablos que me sigue. Merecido tengo que gocen martirizando mi ya notorio cautiverio. Sólo tengo ánimo para llorar sin lágrimas, para sufrir la culpa en silencio, acatar humildemente el castigo espeso que acecha sin tregua por todos lados... Como el camino era de muchos baches, en todos los huesos sentí los duros rigores de la ordalía. Atado iba de pies y manos. Con tanta crueldad fueron apretadas las sogas que ya tenía sangrantes los tobillos y muñecas. El dolor ardió en carne viva, y mientras más halaba las cortas cuerdas, retorciendo brazos y piernas para librarme de aquel martirio, más hirientes se volvían los nudos de las ataduras. Cada hoyo en el sendero era un brinco que azotaba contra mi cogote, que las ijadas ya ni las sentía de tanto apaleo... Esa casucha parece ser el cuartel de Mitume. Dos guardias bravos, verdaderos demonios de crueldad, me sueltan las ataduras, empujándome a patadas fuera del carromato. Caí al fango, volvió a embadurnarse todo mi cuerpo de miasmas y porquerías. A lo lejos sonaron las risotadas de los diablos. Lentamente levanté la vista. Ante mí se abre angosto callejón de tiendas desbaratadas. Por fin he llegado a mi destino, al sitio de la encomienda. ¡Es el campamento de Mitume, sin duda! Por todos lados humean las fogatas, y los guerreros se acurrucan en torno a éstas, huyéndole al frío de las lluvias que no cesan. Volvió el vendaval. La tormenta de rayos y truenos no se alejaba de tierra tan maldita, de aquel recinto donde el sol abandonó el extravío humano... Estoy descalzo. Esos demonios me han quitado las botas, dejándome desamparado en este pudridero; ya no siento los tobillos sangrantes, así de sigilosa se ha colado la humedad. ¿Dónde me recogieron?... Fue allá, en los límites del campamento, en la oscura senda donde la vanidad tropieza con el mundo... Y me arrastran de nuevo por el fango, pero no veo sus rostros. Sólo recuerdo el laberinto de casuchas, el tronar de la lluvia, los distantes relinchos de los caballos, el acre olor de las humaredas presentidas en cada rincón del infierno. Allí me abandonaron, frente al cuartel de Mitume, bajo el toldo destartalado, de cara a las goteras que por fin me despiertan... Lo primero que vi fueron las pencas, y a través de los rotos aquel cielo terrible y plomizo. Alcancé a ver sus botas cuando desaparecieron en el interior de la casucha... ¿Será ésta la tienda del supremo? ¿He llegado a tiempo para aliviar un poco el terrible olvido?... Quise escapar, pero pronto reconocí la inutilidad de aquel gesto. ¿Cómo salta el hombre fuera de la culpa?... Arrastraría la apestosa carroña hasta el último puerto del mundo... Quise acatar con humildad aquella mirada tan implacable... Seguro es que el dulce guía me recibirá de buen talante. Y la dignidad de embajador bien que disimula el secreto pecado. Limpié, con los jirones de mi camisa raída, los collares de autoridad que Obatal me había otorgado como seña de la embajada... Esos gritos del guerrero, los empujones y patadas de las viejas salidas del aire me custodiaron hasta el centro de la casucha. De nuevo repiquetearon en mi frente las goteras, sonaban los travesaños del cobertizo, aullando el viento allá en el bajío de las malangas. Quise levantarme, pero mordí, más de una vez, el suelo de polvo húmedo oliente a excremento de murciélagos. Poco a poco fue despejándose la lucidez, hasta que distinguí el chirrido de la hamaca donde se mecía Mitume, catre de los aires adornado con plumas de pájaros lucífugos. A este lado del cuartucho vi la mesa de mapas, capricho de algún lejano saqueo. El tintero sin pluma lucía patético, demasiado ajeno al contorno del terror... Es justo allí, sobre el pequeño escritorio, donde más goteras caen. Reconozco su advertencia, tiemblo ante la seña y abrazo el castigo... Ahí yace mi oficio abandonado, que la sordera del mundo ya me cautiva para siempre. La mirada del caudillo luce más esquiva que indiferente. ¿Es su timidez un modo del reproche?... El gran sombrero de ala anchísima, galana prenda tejida con espartillo, cae sobre su ojo izquierdo, chorrean hacia los fuertes brazos de mi antiguo guía las incesantes goteras que se escurren por los travesaños del techo. Fuma de una larga pipa, y el aroma del tabaco maduro es el único consuelo de zahúrda tan apestosa...

Su pregunta traspasó mi terror, dejándome más perplejo que sorprendido, aunque muy pronto temí ser pasado por las armas, culpable de un crimen ajeno a mi pecado. Insistí, casi gritando, cayendo en el pozo oscuro del pavor, que mi misión secreta no era de espionaje, sino de muy sutil diplomacia. Le aseguré que fui enviado por Obatal a negociar una tregua, pues necesario era para la libertad negra unir los dos grandes ejércitos de los caudillos supremos. Me erguí hasta quedar de rodillas, negándole una y otra vez que Obatal me hubiese enviado como espía, protestándole otras inquisiciones injustas, jurándole que mi demora más se debió al extravío por la tierra de Yyaloide que a maña secreta. Mi espanto fue chiste para el cruel Mitume; lanzó grande carcajada que debió oírse allá lejos, a lo largo de las calles solitarias de San Juan Bautista. Pero aquella risotada no era sólo de burla; algo de alegría amable advertí en el ademán del caudillo. Se bajó de la hamaca y me dijo: —*Me alegra que hayas escuchado la canción del manatí. Ya no te abandonará. Pero si vienes en misión de paz, ¿por qué el demonio de Obatal nos ha cercado con sus ejércitos?*— Todo aquello me sonó extraño. Por lo visto había regresado a la espesura del mundo y el tiempo... Casi no pude descifrar el sentido de aquellas palabras, mucho menos precisar los sentimientos de Mitume. La confusión me seducía... Mitume volvió a recostarse en la hamaca, y siguió dibujando bocanadas hacia el cielo del cobertizo. De nuevo me cercaba la extrañeza que muchas veces sentí cuando intenté conocer a los negros. Me pareció que sus razones eran el reverso de mis temores, así de confuso quedé al escuchar aquellas palabras sobre el manatí. Sólo recordé las pocas palabras de Mitume durante el ascenso a la gran torre... Y también el otro extravío, la pesadilla con el dichoso Mato, el monstruo aquel de la tierra de Yyaloide... Aquí estoy sentado en esta silla de tijera; descanso mis huesos mientras una negra sonriente me cura las heridas de muñecas y tobillos, apretándome las compresas de albahaca y pazote con hilo de cáñamo seco, remedio ardiente pero seguro son estos extractos absorbidos por los porosos vegetales... Ya no me atrevo a cruzar mi mirada con la suya... Hubo largo silencio entre nosotros, pues yo no sabía qué decir, cómo aliviar la espera. Esa era la inquietud que se apoderaba de nuestra compañía. Ya se oye el rumor... Los ejércitos de Obatal se acercan quemando hasta las raíces, y se desata por el campo un triunfal galope, huesuda mano que despliega esa arrogante banderola tan atenta a nuestra humillación... Mitume salió de la casucha; me ordenó que lo siguiera. Salí al fango ya medio cojo; apenas alcanzaba los firmes pasos del caudillo. Las compresas se hundieron en el lodo; temí que la ponzoña febril se me colara por la sangre, convirtiendo en rigores de muerte las heridas... Por fin hemos llegado a los límites del campamento. A distancia de cien palmos veo las tiendas del otro ejército, esa ciudad ominosa y acechante, hormigueo de la muerte alerta... —¿Es ésta la paz de Obatal?— me preguntó Mitume con una rabia inclinada a la tristeza. Allí me dejó frente a la catástrofe, sumido en aquel fracaso del mundo que mi vanidad asumía... ¿Cómo explicar este sentimiento que me acusa tan insensatamente? ¿Puede el íntimo pecado desaforar de este modo el guiño burlón del mundo?... Muy pronto la razón convirtió en sonrisa mis cuidos; pero ya no pude acallar la secreta voz que me llamaba desde allá... Entre los dos campamentos pude contar hasta cien crucetas colocadas en fila, que de aquellos altísimos postes colgaban los cadáveres hinchados y malolientes de los guerreros ya pedidos por la furia vengativa de Obatal. Mitume me gritó al alejarse: —Los ahorcaron hace dos noches. Eran los que defendían el puente del caño. Fueron sorprendidos la primera tarde de las grandes lluvias—. Aquel dolor no me resultaba ajeno; el borroso y soberano espejo de la culpa siempre alcanza algún recuerdo íntimo, signo gracioso y lastimero de nuestra propia muerte. Pero aún no lo comprendo del todo, y llegué a oir los gritos de los recién capturados... A distancia de cincuenta palmos, entre risotadas y groseras rechiflas, un guerrero era colgado por la verga, que no hay bestia más caprichosa que la crueldad de los hombres. Con paso lento, bajo nubarrones y altos relámpagos, se acercó la batalla infame, dolor demasiado terreno que apenó mi conciencia hasta anhelar la muerte".

* * *

Ya hacía mucho tiempo que los artesanos estaban ociosos. Se reunieron en torno a la torre del maestrito leproso y levantaron al cielo plegarias y lamentaciones. La visión de una inconclusa ciudad celestial llenaba de repugnancia el ansioso ánimo de aquellos fieles. No se les ocurrió pensar que el arquitecto gafo había muerto, así de fuerte era la pasión por fundar la Jerusalén celestial. Pero esta increíble omisión del pensamiento les mantuvo viva la fe. El muro de los lamentos —así se conocía una de las paredes de la torre— también se convirtió en lugar de profecías y disputas. La multitud de ociosos finalmente parió un visionario. Aquel joven de larga melena y ojos alucinados se trepó en una carretilla de cantero, y logró aplacar la impaciente multitud. Aunque no era tan viejo como para recordar las exquisitas edificaciones del puerto y el gran canal, habló con propiedad sobre una tradición que le pertenecía, y estimuló en los venerables canteros la nostalgia de aquella época en que el cristal aún no había desplazado la dignidad de la piedra y el cincel. Habló sobre el pasado glorioso de la ciudad y su arquitecto; provocó en la multitud una muda ansiedad sobre el porvenir. Entonces quiso extirpar del alma aquel terrible anhelo que era como una pesadilla venenosa. Proclamó que el arquitecto gafo había muerto; era el fin de la ciudad celestial... Sólo los más ancianos canteros se alegraron; así descansarían de una inquietud que mal le sentaba a la vejez. Pero el joven de la melena larga y los ojos alucinados fue conducido, entre gritos y empujones, hasta el muro de los lamentos. Allí fue apedreado hasta morir, ante las miradas iracundas e impasibles de los sopladores de cristal. Los canteros gesticulaban débiles maldiciones; así disimularon la tristeza íntima que les carcomía la esperanza. De nuevo pensaban que lo más digno era seguir esperando; aquella muerte que les mortificaba la conciencia era un vacilante acto de fe. Pero los meses ociosos envalentonaron a estos viejos gruñones. Esta vez fueron ellos los que proclamaron la muerte del gran arquitecto. A nadie sorprendió que no fueran llevados al muro de los lamentos, entre gritos y maldiciones... Simplemente se convirtieron en los sacerdotes de una secta herética tolerada por todos; sobrevivieron como consecuencia de un escepticismo general. Pero entonces ocurrió que el silencio cruel llegó a tener un fin milagroso. ¡Habló la torre! Un papel echado al aire descendió en lento vuelo; parecía una paloma extraviada, allá en la luz de la tarde que sorprendía la precaria voluntad de los hombres... El papel estaba vacío; aquellos dibujos, que para los ignorantes siempre fueron croquis de estrellas o garabatos laberínticos, habían desaparecido. La voluntad del arquitecto gafo necesitaba exégesis. Los canteros alteraron un tanto la doctrina que hasta entonces habían sostenido: El maestrito leproso no había muerto; el papel vacío sólo era una clara señal para que se detuviera la edificación de la ciudad celeste. Pero la multitud parió un feroz demagogo de ojos alucinados y cabellos cortos. Aquel hijo de la verdad acusó de herejía a los canteros. Cuando habló sobre el enigmático emblema del papel en blanco, los viejos venerables, que aún recordaban con ternura los días del cincel y la piedra, eran conducidos en carromatos a la temida barranca. La discreta sonrisa de los viejos despeñados sólo era perturbada por una voz chillona y universal: ¡*Ya no necesitamos a los canteros! ¡El papel vacío es el plano de la ciudad etérea, de la visión celeste que sólo tolera la fina transparencia del cristal!*

* * *

Algo me dice que ya llegaron al recinto de jade y malaquita. Esa jauría ha caído sobre los esplendorosos edificios como un torrente incontenible de codicia. Es fácil suponer lo que harán al reconocerse alucinados, justo ahí, ante ese mundo prodigioso donde la luz es polícroma y los claustros huelen a ámbar. Pero tardarán en llegar a los edificios donde los más endurecidos canteros no lograron contener las lágrimas luego de concluida la obra. Por ahora no perturbarán el silencio de ese sueño mudo formado por columnas solemnes, cúpulas sensuales, leves agujas que con sus gráciles filigranas hincan las nubes lentas. Aunque les aseguro que hace algunos días escuché el eco enloquecido de una pedrada. Cuando miré pude notar que la espiral de ojo de tigre estaba rota... Los pedazos yacían sobre las tejas del desagüe. Aún así, las piedras tejidas en delicados encajes irisaban tiernamente la luz que anima toda la estancia. Pero ya están cerca. El embeleso será prohibido por largos días. En las noches sólo quedará el consuelo de la memoria, y el penoso afán del recuerdo apenas alcanzará los lejanos resplandores que asombraron la fuga. Esa música infernal de panderos, metales y flautas chillonas me persigue sin tregua, y muchas veces he querido esperarlos, con la certeza de morir, con ese grave reproche que ellos jamás entenderían velándome los ojos. La magnífica ciudad del silencio es ultrajada. Cuando detienen sus comparsas y ruidos infernales, los espío con una curiosidad malsana. Alcanzo a ver cómo defecan en las piletas de malaquita, a la vez que copulan a grandes gritos sobre los bancos de cristal azul que adornan las plazas. Todas esas violaciones del silencio y la soledad entristecen mis desvaríos. Pero ya he dicho que mi curiosidad es malsana.

Capítulo XXVI

DE LAS ORDALIAS Y VISIONES QUE PADECIO EL RENEGADO EN EL CAMPAMENTO DE MITUME

"Muy cansados andaban mis ojos después de buscarla durante todo el día; pero aquel campamento me ocultó su esbelta figura, y llegué a pensar que en el aire había desaparecido la flor de Abisinia, aquella gracia del reino de Saba. Así anduve cual loco frenético por todo el recinto donde los hombres esperaban la guerra con el terror prendido a los ojos. Las heridas que sufrí en los tobillos durante el endiablado cautiverio se infectaron, por lo que fue necesario someterme a muchos cuidos y curas, y pasé días en que fui susto para mí mismo, que mis pies parecían dos matas de plátanos, así de recubiertas estaban mis llagas con los muy aromáticos vendajes de pazote y malagueta. Aquel dolor hijo de su ausencia, aquel hueco feroz en el sitio del alma, era atormentado por el encono de mis costras purulentas. Y su lejanía se volvió martirio de mis chancros, sal y vinagre para mis tormentos. Las lluvias no cesaban, y durante largos días vagué por el estercolero con la mirada fija en todas las negras del solar, pues veía en todas ellas inquietantes parecidos con la amada, equívocas y fugaces señas de su mágica gracia; pero tales mujeres no eran sino muy pálidos reflejos de su belleza, que jamás hubo mujer tan galana de continente en toda la negrada, ello así porque era la muy magnífica gobernadora de la tierra de Yyaloide, noble descendiente de la reina de Saba. Hubo tardes en que mi desesperación llegó al llanto, y tan grande fue mi dolor que entre gemidos y zapatetas comencé a llamarla a viva voz, teniéndome la gente por lunático, sobre todo las sensuales mujeres que engalanan las noches de Mitume... Aquí estoy, frente a la tienda del caudillo supremo; todas ellas se ríen de mi perdida mirada, y el mundo me da vueltas, y oigo mis lamentos confundirse con las risas de las diablas que bajo el toldo cuchichean...

Cuando desperté estaba en la tienda de Mitume; allí recibí los cuidos de una negra que mascaba tabaco y escupía enormes salivazos. El gran caudillo se acercó, ofreciéndome un trago de lagrimita. Aquel fuerte trago casi quemó mi garganta; pero tales gentilezas de los negros no se pueden rechazar sin encender la cólera de su gran orgullo. Recordé mis desvaríos de la tarde anterior, que cuando miré hacia la entrada del cobertizo vi las odaliscas de Mitume, y allende, hasta los cocoteros que bordean el caño, se tendía furioso vendaval con lluvias y centellas. La negra de pañolón atado al cogote y mirada de bruja levantó los brazos, y habló en lengua de prietos; sus exclamaciones llenaron de alarma mi corazón, pues a cada rato la veía señalar hacia mis tobillos... Trato de levantarme, pero con espanto noto que mis piernas están como entumecidas, insensibles como garrote, tanto así que apenas las siento por debajo de las rodillas... Con la ayuda de mis brazos y el empeño de mi voluntad volví a echar el tronco hacia el frente; tan violento fue el pujo que casi rodé fuera del catre de pencas donde yacía mi dolido desconsuelo. Y cosas muy tristes vi, que jamás mi vida se había encontrado tan sujeta a la penuria y la desesperación... La curandera me ha quitado los vendajes, y veo en mis tobillos muy apestoso hervidero de pus y gusanos. Llevándose las manos a la cabeza, la bruja le señala a Mitume el estado penoso de mi continente, a la verdad carroña ya más hija de la fosa que de la cuna... La vieja comenzó a extraer de mis llagas aquellos gusanos que pretendían convertirme en esqueleto prematuro. Mitume se acercó, asegurándome que moriría si no me cercenaban pronto la pierna izquierda. Tanto fue mi terror que me aferré al supremo caudillo, antiguo compañero de ruta, y lloré hasta rebasar los temblores. Pero sus palabras fueron tan sabias... Esas heridas purulentas irán subiendo cual chancro malévolo hasta encender de fiebre y humores malignos todo mi cuerpo; muchas veces vi, cuando era aguador en el hospicio de San José, las furiosas pataletas y convulsiones de los gangrenosos... Y por la noche se hizo la purga. Bajo la luz de cinco lumbres me ataron de pies y brazos a unas estacas, y esto fue así para que no se me ocurriera esquivar el machete que sanearía la pierna. La curandera me hizo tomar hasta la borra del fermento de lagrimita. Con tales palos pretendían atolondrarme de cuerpo y alma, porque sólo con el descuido que la borrachera causa en la lucidez se aliviaría el rabioso dolor de aquella quirurgia. También me dieron a mascar hojita de belladona; ésta es mascadura parecida a la del opio, bocado que tiene la virtud de adormecer el entendimiento y postergar el dolor. La anciana me colocó por toda la pierna grandes hojas de plátano olorosas a mejorana y pazote... Pero estos remedios no son sino bobos engaños que el dolor vencerá; seguramente no hay dolor más furioso que el tajo hecho por el filo de un machete... A la medianoche Mitume se acercó, y me agarré a sus fuertes brazos mientras masticaba la buena mascadura de belladona. Oí voces, y ya entreví de refilón la sombra del cirujano, ese grande prieto con espadín afilado, carnicero más que físico, molleto que me dobla en fuerza y justicia... Temblorosa mi pierna fue colocada sobre gordo tocón de madera, y ya ni la sentía, así de ajena la quise al dolor, cuando oí el silbido que me cerró los ojos, tajo que pronto se confundió con el chasquido del hueso al partirse. Solté el bocado, alcanzando con aquel grito los confines del mundo. Ya cuando creía que todo terminaba, de nuevo oí el silbido. No tuve fuerzas para gritar... ¡El muy cabrón falló el primer machetazo! Hundí la cabeza entre los brazos poderosos de mi leal Mitume, a la vez que hería mis muñecas con las furiosas convulsiones de dolor; por un momento quise reventar las ataduras que tan sujeto me tenían. Un latigazo de ardor me subió desde la pantorrilla, y entonces me cagué al tensar el vientre, que así pretendí tirarle raya a la comezón de dolor, último gesto inútil antes de perder el conocimiento.

Cuando desperté con un dolor que me hizo anhelar la muerte, a unas fiebres que poblaban de monstruos burlones mi razón, su voz tierna y sabia me contó un sueño que tuvo, visión caprichosa donde su ejército atacaba la retaguardia de Obatal, navegando allá por los muy lentos canales que orillan la isleta de Miraflores. La flota de góndolas y chalupas hechas con el palo del mangle rojo, se deslizaba por los laberintos lacustres, y todos los navíos iban engalanados con música de conchas y guirnaldas de bejuquillo y caracoles. Y ello tenía que ser así, ya que todas las góndolas llevaban la dignidad de alguna reina de Africa, y la más vistosa iba engalanada con la belleza de mi etíope, espina ausente y fiera, hueco ya insaciable de mi ansioso cuido, delicada flor sorprendida por la torpeza humana. Aquella procesión marina iba acompañada por los suaves lamentos del caracol; tanta era la tristeza de aquel mundo frágil que los guerreros hincharon su corazón con esa loca valentía, pues les tocaba el destino de defender la libertad de Africa. Recuerdo que grité: —¡Mato! ¡Mato! ¡Mato!— Justo al lado de la chalupa más galana, iba el manatí, su canto de espuma cabalgando sobre el lomo del mundo, y todo el ancho canal se adornó con sus amables piruetas. Pero Mitume me habló con voz distante y rabiosa; su visión era aquel puente por donde había cruzado el ejército de Obatal. La captura del puente significaría el aniquilamiento de los molongos, puesto que ya no tendrían ruta de escape. Y a todo esto, yo exaltaba nuestra sutil visión con gritos y llantos. Llegué a pensar que la procesión era como las bodas de Venecia con el mar Adriático, y Mitume me juró que las más vistosas chalupas tenían hasta cuatro balcones, terrazas con barandales trepadas unas sobre las otras, imagen de ciudad flotante, recinto lacustre que transcurre sigiloso por las apacibles aguas del caño. Pasión más grande no hubo en sus ojos. Surgen los pausados ritmos del baile y el tambor; la música que enloqueció al manatí era aletargada por los melosos cantos de los remeros, esos profetas de los reinos, ancianos que hincan las varas en el cieno hasta tocar el árbol rojo. Y Mitume llegó a cantar todas esas galanías, entre gordos decires africanos y leves toques a medio puño en el tamborcillo. Pero él no había visto a la reina de Yyaloide... Y hasta el manatí pronto desapareció de aquel rumor triunfal que acompañaba al desfile. En el puente, los caballos de los molongos se encontraron con el vacío, y ya no tardaron en ahogarse con ojos terribles en el fondo de los confusos canales, víctimas del laberinto lacustre trazado por Mitume. Así fue que nació la pesadilla de Obatal: De un sueño brotó la procesión de reinas frágiles que no podían perecer en las aguas. Vi a los hombres sostener el lujo de las chalupas como una ilusión necesaria... Insistí muchas veces, en que engañara a los molongos con chalupas y yolas escondidas bajo las espesas frondas del mangle rojo. Pero Mitume se resistió. No fue así que aparecieron en su sueño. Entonces entendí que sólo la delicada flor encendería el ánimo de los guerreros. La batalla se volvió lacustre: Trinaron los pajarillos, y la brisa pobló de susurros el follaje de los cayos. Ya borrado el delirio, fuimos al mapa rústico, encontramos el lugar de Miraflores, y allí oteamos el laberinto de canales. Todos ellos conducían, como una estrella, al pequeño puente; única ruta de escape para los molongos.

Por muchos días sentí, más que el dolor, la pierna ausente. Pero la anciana bruja me hizo una muleta, pata tiesa, horcón de guayabo que ató con cabuyas. Todas las tardes, al anochecer, la prieta me cambiaba las compresas de pazote y hojas de plátano, solitario vendaje de mi colosal herida, adornos de mi pata vegetal. Todos los días escuché el lamento de los caracoles que llamaban a batalla. Por las noches oía los alucinados ojos de Mitume. Me describía la construcción de aquellas góndolas que una noche navegaron hasta su lucidez''.

Capítulo XXVII

DE LOS SUCESOS QUE EL CRONISTA GRACIAN VIO EN LA GRAN BATA-
LLA ENTRE LOS MOLONGOS ACAUDILLADOS POR OBATAL Y LAS
TROPAS DEL REBELDE MITUME, GRANDE OCASION QUE SONO EN
LOS CAÑOS QUE DIVIDEN A MIRAFLORES DE SAN JUAN, Y SIENDO
AQUEL CRONISTA ESCUCHA EN UNA EXPEDICION ORDENADA POR
EL OBISPO TRESPALACIOS

"A lento remar zarpamos de noche hacia los canales al sur de la ciudad; para ello tuvimos que llegar —cruzando las muy desoladas y silenciosas calles de San Juan—hasta unos mangles rojos que bordean el canal de la gran bahía, y que se encuentran al oeste del puente que une la isla de San Juan con la de Puerto Rico, sitio que también se conoce como el bajío de Miraflores. El bote de remos se hacía diminuto para el tropel de curiosos que llevamos. Era nuestra misión echar soga en uno de los cayos, y allí establecer puesto de observación para otear la inminente batalla entre las tropas de Mitume y los molongos de Obatal. Con nosotros venía un pelotón de casacas azules, gente bien armada con mosquetes y bayonetas. El remero era Juan Cristóforo, principal navegante de las embarcaciones de poco calado que tantas veces usó el Obispo Trespalacios en sus correrías. También se arrimó a la comparsa Don Ruperto Sánchez, carpintero de buen oficio y mala lengua perteneciente a la servidumbre de Don José, y lo destaco sin ánimo de postergar a Don Rafael Berlinguer, principal espía y husmeador del muy secreto mando del Obispo Trespalacios. La noche lucía muy afortunada de luz, pues hizo luna llena, y nuestro silencio sólo era perturbado por las lambidas de las quietas aguas contra la proa. Por momentos sentimos una feroz corriente que nos alejaba de ruta, pero el diestro Don Juan pronto corrigió aquel desvío con seguro manejo de quilla y remos. Al fin llegamos al islote de mangle rojo marcado en el mapa por Berlinguer. Echamos sogas en las raíces aéreas del mangle, y procedimos a fondear con el remo hasta encontrar el sitio más venturoso para adentrarnos en la espesura. Por suerte nos dimos cuenta de que el mangle rodeaba, a modo de corona, un banco de arena. En aquel terreno firme colocaríamos nuestras máquinas de observación, ya que no embelecos de espías brujos. Fue bendición del cielo que la noche estuviera tan despejada de sombras, pródiga de luz. Y al batir el agua era fácil adivinar dónde comenzaba el banco, ello porque las aguas de este canal, como las de tantos otros en esta isla, son criaderos de luciérnagas marinas, y al agitarlas resplandecen cual cucubanos de verdosa brillantez. Como el celeste no estaba tan oscuro a causa de la luna llena, las luciérnagas marinas no brillaron tanto, aunque sí despedían suficiente luz como para establecer los contornos del banco de arena. Y tan pronto nos agarramos de los arbustos del mangle rojo e hincamos nuestras botas en las raíces, verdaderas sierpes de mar hundidas en el agua, una bandada de pájaros nocturnos levantó vuelo, escapándose del cayo, y no supe si eran gaviotas, alcatraces o murciélagos, que ya no pude seguirles el aleteo con la mirada, ello así porque intenté encontrarle centro a mis piernas sobre tan traidora madeja de troncos húmedos, precario estribo, maromas y riesgos sobre aquel islote de culebras, ya que no combate contra muy gigantesca medusa del trópico.

Al amanecer, cuando el dulce Apolo aún no prodigaba su más cálido aliento, hicimos de tripas corazones y comenzamos a construir una atalaya. Don Ruperto escogió muy fuertes troncos de mangle para la trabazón de crucetas que elevaría la tarima a una altura de siete palmos. Y todo ello fue tensado con cabuyas de cáñamo y bejuquillo. La escalera de mano salió de muy rústica hechura, más dispuesta para maromeros que para espías, los escalones siendo trozos de mangle atados con soga de moño suelto. Lo más dificultoso —mil veces maldije la curiosidad de Don Pepe— fue tenderle piso a la tarima, y ello porque los débiles horcones que servían de base cedieron más de una vez con el peso del gordo Berlinguer. Pero este contratiempo lo vencimos afirmando las junturas con cuerdas atadas a palos, hundiendo estos en la arena a hondón de cinco palmos, y yo diría que hasta más. Entonces montamos sobre la tarima grande asombro, por mi madre, y aseguro que era un catalejo con forma de chimenea. Aquel monstruo mecánico se alzó cual jirafa por encima de la fronda del cayo, y cuando encontraba el blanco sobre el follaje torcía el pescuezo en agudo ángulo, truco prodigioso que nos permitía ver el jaleo en los otros canales sin necesidad de delatar nuestra presencia. A la verdad que semejante máquina concebida por el ingenio del Obispo Trespalacios era más que útil para el espionaje, emblema de ese oficio, pues con ella podíamos ver sin ser vistos. Y esta maravilla se llama perescopio, aunque para nosotros no tuviera este nombre de sabios, sino galano apodo de jodones, y la conocíamos por la jirafa, justo por su costumbre de sacar el pescuezo sobre la enramada. Para aquellos curiosos que se aventuren a construir una tengo las especificaciones: Pues su ciencia está en colocar dos lentes calibrados en la parte superior del cañón de la chimenea, y en la garganta se debe colocar uno que esté pulido a espesor de un octavo, sin olvidar que en la salida del embudo hay que enquistar otro con un quinto de grosor al menos. Como podemos advertir, la máquina es un engendro óptico, cámara bruja para multiplicar siempre invertidos los ecos de luz. En la boca inferior del cañón se colocará un lente de aumento para enfocar la luz en dos mirillas; esta imperfecta técnica tiene la desventaja de invertir la imagen, ponerla al revés, patas arriba, por lo que usar esta máquina es como espiar las curiosidades de un mundo puesto de cabeza. Otro capricho de la jirafa es que deforma la imagen hacia los extremos, acercándola derretida a nuestros ojos, mientras que el centro del foco aparece con una lejanía que es como puerta al otro mundo.

A media mañana oímos música de chirimías. Engalanamos nuestros ojos con los ecos de luz que la máquina prodigaba, oteando en las vísceras de la jirafa los caños circundantes. El canal era fiesta de luces y asombros, ya que no visión sujeta a perfiles vacilantes, que toda la lenta procesión se volvía comparsa, justo cuando los contornos se derretían en colores nunca vistos. Y la música se acercó con paso tan solemne que nuestro ánimo se colmó de sobresalto, temblorosa anticipación del terror. Pero quiso la bulla saltarse el espanto; todos queríamos usar el maquinón al mismo tiempo, alzar pescuezo sobre las frondas. Hubo acres disputas por el privilegio de otear, aunque fuera a través de los intestinos de la jirafa, la destrucción del ejército molongo de Obatal; aquel ataque a la retaguardia atraparía el ejército del caudillo negro, ya que sólo había una ruta de escape, y ésta era un puente a distancia de cien palmos de donde nosotros estábamos, que desde el banco de arena podíamos avistar cómo el pequeño puente recibía fuego de arcabuces y falconetes. Cuando comenzaron a sonar los tambores, apretamos parches sobre nuestros oídos, y ello porque sumarle música a las imágenes deformes e invertidas de la jirafa era como para reventar por las costuras el entendimiento. Algunos de nuestros alcahuetes se internaron en el follaje del cayo para otear con sus propios ojos, y no con los de la máquina, aquel suceso tan singular que parecía más séquito de carnestolendas que batalla... Hacia mí se deslizan góndolas tan anchas como barcazas, chalupas engalanadas con guirnaldillas de amapolas y jazmines olorosos, que entre los distantes tambores que animan la procesión, se acercan princesas nubienses de miradas perplejas. Al ritmo de la música de flautas, caracoles y congos se hundían las varas en el cieno del canal, y muy lentos transcurrían los dilatados navíos. De pronto se acercó al lente un rostro bellísimo; hubo desconcierto en mi alma; aquel cutis nubiense era tan delicado que el leve toque del aire resultaba ofensa muda. Ya no pude entender cómo aquella belleza irreal había transitado tan fugazmente por el ojo mágico, deslizándose hacia el silencio y el olvido inevitable. Dejé la máquina por un momento, pues como todos los paisajes avistados eran tan prodigiosos, apareciendo siempre patas al aire, mi mollera ya estaba exaltada y calenturienta. —Cógela, Berlinguer.— Y éste tomó la máquina, informándome más con gritos que razones la grande confusión reinante en las huestes de Obatal. Un solitario pelotón de caballería montaba la resistencia de todo un ejército, y estos guerreros tan pechugones intentaban llegar hasta el puente, para allí rescatar la ruta de escape, aunque —¡dicho por Berlinguer!— había fuego feroz de falconete sobre la ribera del caño por donde los molongos cabalgaban desesperados. Uno de ellos, quizás el más huevón, había sido alcanzado por fogonazo de mosquete, y voló el infeliz sobre el pescuezo del corcel al fondo blando de las tranquilas aguas. Volví a la jirafa, rogándole a Berlinguer mientras lo empujaba que me diera ocasión... Uno de los navíos tiene tres terrazas con barandales, y cada una de las superiores es más pequeña que la inferior, por lo que esa extraña embarcación más parece torre marina que nave de guerra. En la primera terraza los negros montan bailongo al son y toque de tambor y chirimías, y una escalera conduce a una terraza superior, cuyos balaustres y largos barandales están recubiertos con delicados tejidos de paja teñida. Y ahí —¡justo!— parece que hay fumadero furibundo: negras y prietos bailan con los ojos volcados en éxtasis y las partes al aire, ademanes alegres y achulados movimientos, comparsa ofrecida al demonio Asmodeo, galán de la lujuria... Para mí que esta torre lacustre es como la yola del dios Baco, y lo digo porque en cada rincón se ha desatado la orgía y la borrachera, ya que no monstruosa exaltación del ánimo... Sentí plomizos mareos como los que tuve en la ruta del povo; ya que Berlinguer me tocaba el hombro, solté la máquina de los infiernos, reculando a puro traspiés y balbuceo. Pues el jodido Berlinguer está frenético, y su narración furiosa de la distante batalla llegó a mí como disparo al corazón, rudo y destemplado torbellino de visiones. Recosté mi dolido cuerpo sobre la blanda arena, y escuché el persistente lamer de la marea contra las raíces del mangle. Los molongos ya habían llegado al puente, y defendían la salida de su ejército hasta con los dientes temblorosos... Forcejeamos Berlinguer y yo, que por fin, cuando le establecí mi jerarquía como Secretario de Trespalacios, le soltó el gaznate a la jirafa... Ahí veo cómo algunos guardias bravos de Mitume se aferran a los baranda-

198

les del puente con los bemoles y las manos. Pero los fieros molongos, más como divertimiento que contienda, hacen saltar a machetazos los miembros inermes sobre el barandal, ocasión de carnicería ya que no de guerra. Y tuve ganas de gritar hasta partir el galillo, así de grande era la rabia de mi indignación, cuando avisté a un molongo que encabritaba su caballo, justo para que azotara con furiosas coces las manos de un infeliz guardia bravo que intentó asirse del puente. Mientras esto ocupaba a hombre tan fiero, ya que no hijo del mismísimo Satanás, otro redobló el entusiasmo con que hacía saltar por los aires —chasquidos de huesos rotos hirieron mis oídos cautelosos— las manos y los brazos de aquéllos que a muy duras penas habían aferrado sus cuerpos —blanda manteca para los inquietos machetes— a los travesaños inferiores del barandal... Desde la ribera esos malditos molongos empujan con larguísimas varas las chalupas y góndolas, los costados de las frágiles pero muy amplias barcazas donde vienen tocando chirimías y cantando las nubienses, mujeres de incomparable belleza que tanto adornan —con sus vestidos de colorines, collares de camándulas y espartillos— esa batalla que es carnaval del infierno, ya que no pesadilla del mismísimo Lucifer. Como las barcazas se vuelcan hacia arriba en mi máquina de espionaje, grande desconcierto acude a mi ánimo ya confuso, y llego a pensar —debido a esa serenidad en la mirada que muestran las princesas nubienses al hundirse en las verdosas aguas del caño— que en vez de sufrir naufragio en laberinto tan hediondo, hacia el celeste se vuelcan cual gaviotas desatadas al vuelo por cruel acechanza del hombre... Así transcurrió mañana tan asombrosa, que por la tarde sucedieron prodigios que retan la voluntad de los más descabellados urdidores de fantasías. Nuestros alcahuetes se saltaron el follaje y vinieron a reunirse en el centro del banco de arena. Traían el rabo escondido entre las patas por los fogonazos de artillería ligera que sonaban en el canal. Husmeando la transparencia del mágico lente alcancé a ver —allá en las aguas norteñas del caño, donde la corriente abre hacia la bahía— una barcaza de corceles encabritados que se deslizaba bajo el fuego de los molongos. Muchos tenían las patas sobre la borda, y los negros lejanos y vociferantes intentaban salvarlos de caer al agua. A cada lado de la barcaza venían hombres en bateas; con cuerdas tensadas a la borda, esas pequeñas embarcaciones de flotar errátil intentaron mantener en equilibrio y rumbo seguro aquel Pandemonio de guerreros y bestias, canoa de Caronto más que balsa de los equinos feroces. Y fue entonces que se me reveló el muy soberano poder del navío de las tres terrazas: En la barandilla superior se derretía —por engañoso capricho del lente mágico, hacia el fondo del canal— la figura de hombre blanco, fantoche de barba rala y muleta de horcón, capitán de Necrópolis que vociferaba órdenes bajo un cobertizo de pencas levantado en el puente de la extraña embarcación, esperpento que convidaba a fogonazo en la otra pierna. Y se apoyaba en la pata de palo a pequeños brincos, sin desatender el frenético vocerío de los negros que intentaban conservar en curso y equilibrio la barcaza, siempre ajeno aquel aparecido al tronar de la batalla, más inclinado a íntima pendencia que a ruido mundanal... Mis sesos vuelven a calentarse hasta soltar humo por las orejas, y maldigo mil veces las entretelas de mi madre si ese garabato de los infiernos no es el espía que Trespalacios plantó en la ciudad de los negros... Sentí los ojos chupados por las vísceras de la jirafa, y la realidad de la batalla se convirtió en disparate allá en algún recoveco del perescopio, sueño caprichoso de pesadilla, desatino del orbe tembloroso. Le soplé enjundia a mi ánimo y volví a mirar... Mírenlo ustedes cuán fiero se muestra de talante ese loco de mis visiones, que por ratos trepa el muñón en el barandal, y con la muleta da golpetazos en el soberao para atildar sus órdenes. ¿Cómo puede ser espía este energúmeno de las guerras?... Pero la grande fiereza que mostró en la capitanía nunca estuvo ajena al donaire, y a su alrededor tenía corte de muy hermosas princesas nubienses, hembras chulísimas todas con los mismos adornos paruros y las mismas faldetas de colorines, mujeres de un mismo tocado, que por un momento pensé en capricho del perescopio, obsesión circular de los lentes alocados, ojos enamorados más que febriles de la jirafa. De sopetón comenzó a entrar bajo el foco del lente una figura harto distendida y alargada. Llegué a pensar que el calentón de mi chola derretía una de las embarcaciones, aunque pronto reconocí que semejante portento era muy rudimentaria gabarra que apechó hacia la orilla, mascándole los flancos a la barcaza de corceles. De pronto se avivó la imagen, cayendo en límpido foco, y ya advertí que se trataba de fiera tropa de guerreros con machetes por lo alto... A mí se me figura que deben ser los jinetes de los inquietos caballos de la barcaza... Susto me llevé cuando de súbito se dilató, por una esquina del ojo mágico, un ingenioso invento, que aquel embeleco era como puente flotante, y pensé que en las batallas marinas de los siglos venideros semejante máquina sería de gran uso y provecho. Consistía —para los que pretenden construirlo— de unos tablones con anchura de tres cuartos, clavadas estas alfarjías sobre seis barcas sin quillas ni esquineros... Esas barcas, ¡carajo Berlinguer!, bien que mantienen el equilibrio del puentón; ahora esa maldita máquina de cruzar aguas es traída hasta la barcaza de los caballos y, a la vez, empujada por los negros de las bateas hacia la ribera del caño, ¡proeza militar comparable a las locuras del cartaginense Haníbalo!... ¡Mírenlo! ¡Mírenlo! ¡Ahí está el cojo de los mil demonios, el galillo puesto en el buche y los cojones guindados de las barbas... Bailando la muleta como si fuera trompo, el blanco dirigía la operación desde la terraza. A la verdad que aquel fulano era como alucinación puesta en los ojos del mismísimo diablo; susto era verlo arremeter a muletazos contra la baranda de la balconeta, y allí vociferar órdenes que le tensaban el fondillo hasta al gobernador de los infiernos. Apenas alcancé a oir su vocerío, pero sí lo ví moverse con el penoso vaivén guasón de los cojos, el muñón de su pierna ausente más envuelto que pastel, recubierto con hojas de plátano y cruzado por cabuyones de bejuquillo... A este galán le hicieron saltar la pata en fecha reciente, ¡a fe mía!, que el tajo todavía es flor de sangraza... Mírenlo ahí con más achulamientos que negro de goleta, su ancho sombrero de paja puesto a banderas con paños de colorines atados a la corona. Me temo que este espía de Don Pepe se saltó el buen juicio hace rato, enturbiándose los sesos más de la cuenta, que tantas chucherías de negro sólo delatan locura más que furiosa... Exprimía el corazón ver cómo las princesas nubienses que acompañaban al blanco delirante, muy temerosas y sobresaltadas se encontraron; todas ellas se habían congregado en el centro de la terraza, bajo el cobertizo; allí lloraban y gemían prodigándose dulces cuidos, consuelos y caricias... La música de tambores y chirimías más ensordecedora se ha hecho, justo ahora que algunos jinetes brincan del gabarrón a la barcaza y montan las bestias... Ocurrió lo que temí: uno de los jinetes fue lanzado a las aguas del canal, que el caballo fiero reventó bridas y escupió el bocao. Atento a esta ordalía, el cojo de la muleta vociferó que aseguraran el pontón de barcas a la ribera del caño, tensando cuerdas con las raíces del mangle... Y esto sí que lo oigo con claridad, pues la barcaza de las tres balconetas se halla justo al frente de nuestro cayo... Berlinguer, a palmotazo limpio sobre el hombro, más histérico que asombrado, el galillo colgándole de los labios después de loca carrera, me aseguró que canal arriba se acercaba un cortejo muy lujoso, y por lo visto era del caudillo Mitume, galán de mil cojones que pronto entraría a batalla... Pero estas cosas que ocurren canal arriba poco me interesan, que aún no han llegado al foco de mi lente mágico: Dos fuertes negros amansan la furia de los caballos, tensando sin tregua las cuerdas que sujetan las bestias a la barcaza. Y estos esfuerzos suenan bajo templado fuego de arcabuces y falconetes, por lo que el canal ya se tiñe de sangre y maldiciones fulminadas. Allá, en el puente, los molongos llevan la mejor parte en la madeja de cuerpos atada con el silbido de los machetes... Ya oigo el paso de la muleta allá en la más alta terraza, ese sordo tumbao del cojo sobre las ruinas del mundo. Miembros picados de un solo machetazo caen al agua, o allá siguen colgando de las crucetas del puente. Y la grita feroz de los hombres heridos ya no cesa de mezclarse con los cánticos y bailes de las chalanas carnavalescas, jolgorios frenéticos al son de tambores y chirimías. Por fin los guerreros han montado los corceles y sueltan bridas, gobernando el paso sobre la borda para alcanzar la máquina del atracadero, aquel pontón de maravilla... Y en la orilla ya aparecieron guardias bravos que le ponían el pecho a los molongos, respondiendo al fuego con suicidas cargas de machetes donde muchos caían cual racimos. Buena fortuna para las tropas del gran Mitume fue que la principal caballería de molongos permaneciera en lucha sobre el puente. Aquellos mañosos jinetes no se ocupaban de otro remedio que no fuera asegurar la ruta de escape, salvación única en caso de que las tropas de Obatal fueran asediadas. Y esto le dio buena ventaja a los hombres de Mitume que intentaban desembarcar en el canal, ello porque no encontraron sobre sus cabezas el tronar de los cascos, sino el más benévolo chasquido del mosquete, aguaje más que amago de una infantería dispersa y en loca desbandada. Pero ya cuando iban a cruzar el puente de barcas, restalló zafándose una de las cuerdas que ataban la máquina de desembarco a la cenagosa orilla del canal, a la madeja de raíces del mangle silencioso. Entonces pude ver la gran destreza de los negros en el uso de las bridas; galanas piruetas dibujaron en el aire entumecido con tal de no caer a las aguas, y todo ello fue bonito alarde del equilibrio que un jinete puede conservar sobre su corcel... Ese caballo se encabrita, alzando patas y crin furiosa sobre las lentas aguas del caño. Pero este jinete traza en el aire la más bella figura, y tensando la embocadura sin partir la brida, amansa el peso del corcel hacia el lado —saltito de esguince— para posar los nerviosos cascos sobre el pontón inquieto y bamboleante... Al agua se lanzaron los hombres que sostenían el equilibrio de la barcaza desde las bateas. Y nadaron hasta la orilla, afirmando estacas, apretando las sogas que aseguraban con firmeza los extremos del pontón. A tales oficios más guerreros se lanzaron bajo el fuego molongo, defendidos de los machetazos del enemigo por seis valientes que apecharon hasta el alto pastizal de la ribera. Por fin quedó firme y tendido el desembarcadero, y a galope corto la pequeña punta de lanza de la caballería invadió la retaguardia de Obatal. Y considerando aquel asombroso invento del puente alargado sobre barcas, supuse que el resto de la caballería estaba al llegar, quizás navegando ya en las más amplias barcazas, canal abajo desde la desembocadura que abre a la bahía de San Juan. Cuando los molongos que trajinaban ferozmente en el puente notaron esos once jinetes enemigos que hincan espuelas maleza arriba, sin mayores cuidos tendieron galope al sitio del desembarco, dándole tregua a la doliente tropa moribunda de Mitume. Pues allí se formó tumulto, fue grande la Troya en el sitio de los caballos, que por lo alto sonaron los machetes mientras restallaban fogonazos de arcabuz a la altura del cinto, buen bruñido para las hebillas y enormes tajos para los corceles, confusión soberana donde reinó grita de hombres y bestias, relinchos y maldiciones que llegaron al bajo cielo. Y los alaridos pronto llegaron a relinchar, puesto que los tajos silbantes tendidos en el aire para los hombres mucho más alcanzaban a las bestias... En esa última terraza inquieto suena el paso del cojo, muñón que se encaja lo mismo en los balaustres que en el dolor del mundo... Pero ahí abajo, en la primera balconeta del ominoso capitán, hay danza frenética, toque feroz de tambores, bailongo de impúdicas posturas que anima la valentía de los guerreros, y es que la negrada cree espantar la muerte con tantos oficios lujuriosos... ¡Ay, Dios!, que mi lente alcanza figura distendida allá en el fondo norte del canal, ¡sorpresa que pronto se convertirá en asombro!... La máquina estira esa larguísima embarcación que parece góndola. Ocupan las vísceras del perescopio máscaras terroríficas de pellejo estirado, diablitos puestos en la proa de la nave a manera de detentes, chifles larguísimos que al más bravío paran de cascos. Esos demonios burlones son los escapularios del Mitume, ese prieto paruro que ya aparece... Era él, y jamás había visto nave tan galana, verdadero bazar turco de las aguas. Toda ella lucía adornos de colores más chillones que achulados; en poco se parecía esta góndola a las de Venecia, que aquéllas son siempre negras, graves y sombrías cual ataúdes. Hacia la parte de atrás se levantaba un cobertizo de pencas, lo más parco en adornos que lucía embarcación tan jacarandosa... El gondolero, ese molletón que ya llena dilatado el foco de la lentilla, lleva la chola rapada, y en sus fuertes brazos y desnudos pechos luce collares, brazaletes, escapularios, detentes y chucherías hechas con pulidas piedras marinas, guindalejos todos de quincallería humana. Ahí, justo desde el tope del cobertizo a la proa adornada, han alargado los diablejos, guirnalda de figurillas hechas con barro y espartillo... Pensé que los muñecos eran maleficios más que imágenes, magias que Mitume usaría para ablandar las fuerzas y voluntades de sus enemigos. Saludó a su pueblo, y en todas las embarcaciones del canal hubo jolgorio desaforado, terremoto de vivas y fogonazos al aire que extrañamente transcurrió cual susurro por la fronda del mangle, aliento de los espíritus más que de los hombres... Ese fuerte viento acude al paso del caudillo, avivándole la fuerza y limitándole la estampa, bruñido del cuerpo que desata a la persona. ¿Qué fuerza hay que no conozca a la gracia? ¿Qué gracia hay que el asombro no reconozca?... Lucía cuatro pistolones fijados al cinto de cuero, dos para cada potencia, sobrándole además para empuñar machete y espada también apretados por el fajín. Vociferó órdenes para que acercaran su caballo, alazán traído en barcaza, al puentón de desembarco, gesto a la verdad más guapo que poderoso, pues los bríos del corcel eran premura de algunos y fracaso de todos, que a coces recibió aquella bestia el pronto oficio de los alcahuetes... ¡Maldito sea este miserable oficio de cronista! Véanlo ahí al muy gallo, con los pantalones tan ceñidos que el miembro luce estrangulado, achulamiento notorio en todos los caudillos prietos, en éste apretada justicia a su fama, porque advierto que el nombre de Mitume, según la ciencia de Don Pepe, quiere decir en la jerga africana "el gallo que se goza a todas las gallinas", ni más ni menos. En esta raza el fulano del hueso más largo y duro es capitán de tropa, ya que no macho cabrío del poder, y aquí lo que no otorgó naturaleza la autoridad jamás prestaría... De su bota izquierda cuelgan no las campanas, sino cinturón lleno de cuchillos y dagas, herramientas lo mismo para el degüello que para el terror. Saluda al cojo magnífico quitándose el sombrerón de ala anchísima, tejido éste con pajilla crema y engalanado con penachera roja y cintas azules. Bajo esta pava, trae atado a la cabeza pelona pañuelo a la usanza corsa, esto es, el nudo corriéndole cogote abajo hacia la nuca y las puntas sueltas al aire. Y el cojo ese de los demonios casi baila sobre la pata ausente, trepando muñón en el barandal de la balconeta al tiempo que saluda festivo. Ya mismo voy a reventar por los ojos si no abandono la jirafa; esos tambores a punto de grande desmayo me tienen. Las princesas nubienses saludan al caudillo, festejando la llegada del papote chulo. Entonces allá salió fuera del cobertizo, tan guapa como celosa, la hembra de Mitume, prieta hermosa como jamás yo he visto una, mujer de belleza tan exquisita que ninguna de las famosas damas europeas que conocí en mis correrías, la aventaja en sabrosos encantos, Venusa del trópico esta Dafnia de mis deseos. Pues Mitume volvió a saludar, e hizo sonar al aire —achulamiento feliz— todos los brazaletes que adornaban sus molledos. Saltó al caballo, aupó el paso corto del corcel hacia el puentón y muy saleroso cabalgó a la ribera. Así, cuando su caballo plantó cascos sobre la húmeda y blanda tierra, se completó la invasión del sitio de Obatal. Los molongos estaban atrapados; ya se oía su galope tendido en retirada".

* * *

Una vez purificada la religión, sólo queda inculcar la creencia. Pero una ciudad de cristal —extravagancia sin el rigor de las calles y la solidez de los muros— muy pronto se convierte en precario acto de fe. Abandonaron la idea de la ciudad y adoptaron la concepción novedosa del "edificio continuo". Este edificio, último capricho del arquitecto oculto, fue concebido como un gigantesco panal con habitáculos de vidrio verde. Pero esto era sólo una interpretación dudosa. Los dibujos del leproso se hacían progresivamente más abstrusos y sugerentes. Se convirtieron en verdaderos enigmas que requerían cuidadosas exégesis. Como siempre, poco tardaban —después de descender lentamente por los aires desde lo alto de la torre— en provocar agrias disputas, exaltadas contiendas. La arquitectura del maestrito gafo jamás fue tan sutil y peligrosa. Cada gesto de su arte era interpretado de mil maneras, engendraba cientos de herejías. Una de éstas era la preconizada por los discípulos del buen olvido. Esta secta, que incitaba a la construcción de un panal infinito, proponía una arquitectura sin planos ni maquetas. Cada uno de los constructors diseñaría a su gusto, según su honesta habilidad y voluntad, las distintas agujas, cúpulas, bóvedas y pórticos que formarían la obra gigantesca. Como vemos, se trataba de exaltar lo horrible, levantándole un monumento riguroso al desorden, la locura, la excentricidad desaforada, el genio y la idiotez. Y así se hizo: uno de los profetas de turno proclamó —al son de panderetas y furiosos sermones— la muerte del arquitecto gafo.

Entonces comenzó a crecer, sin concierto ni medida, lo que muchos llamaron la ciudad del olvido. Se usó como zócalo del edificio continuo aquel delicado panal de verdes burbujas cristalinas, postrera visión del arquitecto gafo. (Ya cerca de la ciudad de Dios, el hombre prefiere cultivar la oscura esperanza). Esto no era incongruente con el espíritu de semejante secta; el umbral de la Jerusalén celeste serviría de pórtico a la ciudad de Satanás. De las garitas que prontamente surgieron sobre las burbujas verdosas, comenzaron a colgar escaleras en espiral, desatando bóvedas que al estrecharse cerraban todo paso y aliento. Alguien quiso colocar, sobre las agujas invertidas, dos cuernos de unicornio hechos con argamasa gris y enchapados de vidrios toscos y chillones. Algún caprichoso se empeñó en construir dos gigantescos alerones proyectados sobre el vacío. (Aquel edificio no podía carecer de la posibilidad del vuelo). Ya no era necesario ser cantero o albañil para colaborar en la creación del monstruo. Bastaba con superar al vecino en insensatez y brutalidad. Los caprichos de los ociosos —éstos lograron inmenso poder al dedicarse a la fabricación de materiales baratos de construcción —eran realizados, al instante, por un vocinglero tumulto de esclavos hambrientos, medio desnudos y sudorosos, ralea burlona sin recuerdos de las finuras que sus antepasados cultivaron en la yema de los dedos. Las matronas —así se llamaban las frívolas mujeres de los fabricantes de materiales baratos— se distinguían por su delirante buen gusto. Sobre un panal inconcluso de garitas ciegas mandaron a construir un pórtico en forma de vagina. A su lado se erigió una torre monga cuyo remate apenas se mantenía erecto. El día en que se develó aquel último *capricci*, hubo risotadas entre las matronas, nerviosas miradas laterales y risillas entre sus hijas casaderas.

* * *

Los he visto. Invaden los sitios sagrados sin un asomo de temor. Defecan sin vergüenza en el primer rincón hallado, orinan en las pailas bautismales; las escalinatas que una vez alzaron las íntimas plegarias de los fieles hoy son lugares de estupro y lujuria desaforada. Pero Dios sigue en silencio. Su recinto ha sido violado, pero no hay mudanza en ese modo tan enigmático de ocultarse frente al desconsuelo de nuestra espera. En ocasiones he logrado espiar cómo surge de entre ellos un hombre santo que los insta a la moderación y el decoro. Pero casi siempre ese bendito es apedreado, o cruelmente devorado por la jauría famélica que siempre acompaña a la multitud. Debo añadir que todo ello lo he visto a riesgo de mi vida, ya que es costumbre de los bárbaros enviar escuchas a merodear la ciudad en busca de nuevos habitáculos. Mi sueño es liviano; pero vivo temeroso de que me sorprendan en algún oscuro rincón de la noche perenne. Esta vigilia que no cesa se ha convertido en un modo sutil de tortura; algunas veces añoro los años en que la ciudad estuvo desierta. Pero no se equivoquen. Aquellos años también fueron de terror. Fue necesario que los otros emigraran a los montes. Allá se construiría la ciudad de Dios. Por muchos años me oculté en las alcantarillas. Así contraje esta horrible enfermedad que ha carcomido mi cuerpo. De ese modo, logré huir de los furiosos reclutadores que a látigo y fuego empujaban a niños y ancianos hacia la ciudad celestial. Y recuerdo que una noche, casi de madrugada, uno de ellos me vio correr; iba yo encorvado bajo la amplia capa que cubre mis úlceras, arrebujado en la oscuridad sólo interrumpida por mis ojos lastimeros. Pero ya entonces me sabía todos los atrechos y pasadizos. Así fue que llegué a la torre imperfecta. De la alcantarilla me colé hasta su sótano. Subí por unas escaleras húmedas de peldaños resbalosos, hasta que en un taller repleto de dibujos extraños me encontré conmigo mismo; espejo y retrato de mi imagen fueron aquellos ojos tan sorprendidos. De la sorpresa pasamos a un silencio algo embarazoso. Superado el terror que mi presencia le produjo, conversamos hasta el cansancio sobre aquel hecho magnífico que fue nuestro encuentro. Su curiosidad era inagotable. Ya no quiso salir de la torre. Mi compañía era, para sus ojos azules y cristalinos, un modo entusiasta de la sabiduría infinita. Comíamos de una abundante cesta de blandas frutas y panes con miel, meriendas que él subía desde la calle por medio de una soga. Siempre le intrigó mi resistencia a peregrinar hacia los montes donde se levantaría la ciudad de Dios. Como éramos una misma persona, mis confesiones eran para él un esfuerzo inagotable de introspección. Muchas veces lloró, y entre lágrimas y gemidos me abrazó con su tersa piel, llegando a besar mis llagas. Siempre me resistí a estas muestras excesivas de su compasión, puesto que su hermosura —tan perfecta como la mía cuando aún no había probado los mordiscos de las ratas ni el vaho del excremento— era consuelo del mundo, mirada angélica que mis ojos apenas podían soportar. Comenzó la tortura de los días espantosos, las noches febriles, y no cesaba de preguntarme sobre la idea que yo tenía de Dios. Intenté tranquilizarlo lo mejor que pude, asegurándole que mi Dios era el suyo: —¡Dios habita de la misma manera en nosotros! ¡Su ciudad esplendorosa es nuestra infinita miseria!— Pero su tristeza irremediable fue tanta que quiso morir. Ya no comió más. Los clamores que venían de la calle, aquellos gritos burlones que reclamaban su atención siempre a la misma hora, se hicieron más enardecidos, amenazando con formar tumulto e invadir la torrecilla. Entonces le tocaba a él —a pesar de sus incesantes fiebres y delirios— amansar mi terror, asegurándome que jamás se atreverían a subir. Las furiosas fiebres, los prolongados ayunos a los que no estaba acostumbrado fueron minando su fortaleza, hasta que una mañana murió, sometido penosamente por las mismas convulsiones que sufrí al comienzo de mi enfermedad. Después de muchos años solitarios, me encontré con su hermosura solemne, allí muerta entre mis brazos. Y le ofrecí todo el cuidado debido a los muertos. Lo enterré en el sótano, con el cieno más limpio que pude rescatar de las aguas pestilentes. Por muchas noches recé a su lado, puesto que su muerte era la mía, y su salvación era mi esperanza. Entonces decidí esconderme en la torre, aunque a cada rato venciera la vergüenza de mi poca fe recordando sus palabras: —Ellos jamás se atreverán a subir—. Después de curiosear por muchos días el extraño gabinete, la gritería de la calle volvió a ocupar todos mis cuidos. ¿Qué hago para aplacar esa jauría? Recordé que a cada clamor bajo su ventana, él lanzaba hacia abajo uno de aquellos extraños dibujos que cubrían las paredes de su habitación. Pero ya no había más... ¡Cesó de dibujar cuando se enfermó! Tuve que lanzar aquellos últimos dibujos que encontré desechados por los rincones. Luego aplaqué mi temor lanzando papeles en blanco ventana abajo, hasta que por fin pude imitar, con penosa torpeza, aquellos raros dibujos que recordaba de manera tan imprecisa. Así viví en el espanto, hombre de poca fe que soy, hasta que un día el cielo se oscureció del todo, muy de repente, sin aviso, como un silencio que ha descendido ya para siempre.

Capítulo XXVIII

DE LOS FORMIDABLES SUCESOS QUE EL RENEGADO VIO EN LA GRAN
BATALLA ENTRE EL EJERCITO DE OBATAL Y EL DE MITUME, Y DEL
TORNEO QUE CELEBRARON ESOS CAUDILLOS

"Poco exagero —¡quizás en nada engaño!— cuando digo que el ataque a la retaguardia de Obatal ha sido la más sutil táctica en la muy larga historia de las guerras y los ejércitos, ello así porque con pocos navíos logramos dispersar, por los canales aledaños a Miraflores, el asedio de aquel demonio, justo al tiempo que cortábamos a puro casco su ruta de escape. Esta grande victoria colmó de nuevas esperanzas mi corazón, porque ya pronto lograríamos invadir los escondrijos del' Morro y rescatar a la dulce reina de las tierras de Yyaloide, mujer que fue razón de tan lejana guerra donde fui capitán, y esto último quiere decir dueño y señor de vidas bizarras, ánimos templados por el fuego carcomido de sangre y maldiciones... Y luego de otear el desembarco de su ejército, Mitume me ordenó permanecer allí en mi rumbosa barcaza de tres balcones, señalándome que mi pierna necesitaba cuido, pues las cataplasmas que curaban mi muñón tenían que ser volteadas prontamente en pasta de malagueta. Como yo tenía escondido en la alforja más que potente catalejo, desde el barandal de la terraza podía avistar toda la batalla, magnífico suceso que se acercaba con los rumores y truenos de las tormentas oídas de paso. El amanecer también trajo a mi curandera, que entre las sombras tardías la vi aparecer en una chalupa, allá entre los recodos del caño. La muy bruja comenzó a a tildar sus oficios, y al poco rato me colocó el dolido muñón sobre una silla de tijera. A todo esto, mi dulce corte de princesas nubienses prodigaba halagos y finuras más de la cuenta, tanto así que por momentos ya no extrañé su mirada, aquella sonrisa tan ausente, voz más dulce que el trinar del ruiseñor... Aseguro que el día estaba muy jodido para trabar guerra. Hubo oscuros nubarrones durante toda la madrugada; por momentos la estancia se volvía vaga en sus contornos, y la lluvia persistente impedía el rápido trasiego de hombres y pertrechos. Pude otear con mi catalejo cómo los molongos, entre rayos y centellas, aguaceros que convertían el campo de batalla en lodazal, bien se aprestaron a formar dos columnas de caballería. Los ejércitos se tantearon durante toda la mañana, convirtiendo los amagos en aguajes, reagrupándose cada vez con más dolo para así no delatar sus tácticas. Mitume amenazaba con un ataque desde el sur, invasión de la vanguardia molonga por todo lo ancho de las vegas. Pero también sonaban sus corceles acá en el caño, gesto que hacía temblar la retaguardia del Supremo Obatal, ya que las señas eran tan ominosas como claras. ¡El ejército molongo bien pillado estaba entre dos frentes! Aún así, lentamente fue conformándose la batalla, que sólo cuando las escaramuzas bajo la lluvia se convirtieron en grita oscura allá en el horizonte gris, adiviné los oficios de Marte fiero. Sonaban los relinchos, y sordamente retumbaron los resbalones de los corceles entrevistos en la lluvia. El lodazal obligaba a lentas tácticas que al poco rato ya se esfumaban en el estruendo de las lluvias. Los ejércitos buscaban un paso hacia la guerra. Algo advertí en el puente del caño, y fue que Mitume lo había dejado casi sin defensa... Si Obatal lograra romper el cerco con un ataque de cuña, la ruta de escape volvería a quedar abierta... Pero ya no tuve ocasión de avisarle a mi jefe; allá se encontraba perdido entre el aguacero y los truenos, buscando un ejército que por momentos parecía quimera, disponiendo la más grande ocasión que ha conocido la historia de los reinos africanos.

Allá tronó el primer encuentro de los altos machetes, y mi catalejo buscó algo más que sombras perdidas en la lluvia. Silbaron de nuevo las navajas furiosas, que el fango ya se mostró sanguinolento, reguerete de vísceras y miembros, trofeos de la batalla incierta, mudos testigos de tan desaforada gritería. Al parecer Mitume había encontrado impenetrable la línea de molongos. Los guerreros de Obatal habían hincado hasta el tacón de las botas. Saltó al catalejo esta imagen de la guerra: un molongo de cabeza rapada y collarines asestó filoso machetazo a uno de los nuestros, que la chola de éste vuela por los aires y cae sordamente en el fango. Entonces el tambaleante tronco sin sesos siguió peleando, y de la furia que se puso de sombrero al verse sin cabeza, le asestó al contrario machetazo fallido pero tremendo, tajo tan bruto que al alcanzar el pescuezo del otro corcel, por el fango lo echó cual fontana de sangre ardiente.

Sólo entonces vino lo bueno; el aguacero ya se había convertido en llovizna, ocasión de bayúo en aquella batalla: Los dos caudillos tropezaron, bien trazando figuras y achulamientos en torno al miedo del otro. Obatal se había puesto todos los guindalejos, y llegó con el mismísimo demonio amarrado a las espaldas. Atado a los hombros traía un alforjón, talega de esparto seco muy embuchada con el Niño Avilés. Dentro de aquella bolsa el infante lucífugo parecía más envuelto que preso, que el bozal apretado también lucía hecho con espartillo. Y el niño diablo brincaba muy bruscamente, ello debido a ese alto galope del brioso zaino de Obatal, aquel caballo de guerra cuya alzada era asombro de todos. Los gritos y lamentos de Avilés en tósigos sulfúreos se convertían bajo el bozal, vaho espeso que alentaba la fiereza del caudillo. Amarrado a la cabeza, el infante traía un gorro tejido con caracoles, conchas marinas llamadas cachitos... Pero Obatal no quiso entrar al torneo protegido por este talismán diabólico. Antes de sonar machetes con Mitume, se lo entregó al más leal de sus hombres. Al parecer no quiso abusar de los favores de un diablo que le corría por el lomo.

Lo que trajo Mitume también fue sabroso, bizarría galana por todo lo alto, tanto así que más parecía papagayo que guerrero. De su cabeza recién rapada se alzó al aire la coleta de un pañuelo atado al modo corsario. También pude advertir —gracias al muy potente alcance de mi catalejo, real ojo mágico— que Mitume traía los brazos y molledos adornados con brazaletes y esclavas, chulerías de tantos colores que bien parecía vestido para alegre comparsa, que no para muy feroz torneo. Su corcel azabache era de paso corto, ventaja que sorprendió a Obatal, pues el caballo de éste era de galope, animal demasiado brioso para el combate de estribo.

El primer machetazo sonó por todo el sitio de la batalla, y de entre las brumas y los aguaceros surgió el asombro de los ejércitos. Allá por lo alto aquellos machetes mordieron con sus filosas navajas, estallido metálico que se me trepó cual frío de muerte espinazo arriba. Ante el susto, los dos caballos hicieron aguaje de tender al aire las patas, alzar relincho y soltar la crin, pero los fuertes brazos de los titanes amansaron el mostrenco pavor de las bestias. Entonces volvieron a cruzar navajazos, esta vez tan colosales que el aire tembló al ser cortado por el silbido. Voltearon bridas y cabalgaron a todo galope, cada quien apechando la embestida furiosa del otro. Sonaron por lo alto los metales, hubo sonoro rumor entre los guerreros presentes cuando el espadín de Obatal voló por los aires para clavarse en el fango. Pero aquella ordalía no rindió su ánimo, y el caudillo supremo, bien aprovechándose del galope largo de su corcel, tendió carrera hacia el sitio donde quedó espetada, aún vibrante, su magnífica arma. Y el machete de Mitume venía cruzándole a silbidos furiosos el aire de la espalda, aunque Obatal pudo evitar el tajo definitivo, descolgándose por las ijadas de la monta, de lado a lado, columpiando su peso sobre los estribos, ardides galanos que no alcanzaron esquivar un tajo enorme que le voló el ruedo de la bota izquierda, machetazo que si bien cortó cuero sin dificultad, el aliento habría raspado hasta la enjundia. Casi cabalgando bajo la cincha del corcel, Obatal logró sacar del fango el espadín inquieto. Su tropa sonó algarabía, festejando aquel ademán del caudillo que lo devolvía al torneo. El Jefe dio larga y parura vuelta frente a sus tropas, buscando vítores y piropos antes de regresar al ruedo. Hincaron espuelas hasta lograr galope tendido, y justo entonces arreció la lluvia, que por momentos se convertían en fantasmas del aire aquellos demonios vociferantes. Justo en el instante del encuentro, el diestro Mitume puso freno, buscando esguince, y ya se salió del medio haciendo saltar a su caballo, con pasitos cortos hacia el lado, pirueta que confundió al supremo mandinga. Obatal lanzó un tajo tan desmedido que a poco estuvo de irse de bruces al fango, fantoche de tino ausente y postura tambaleante. Ya en dos ocasiones nuestro caudillo había logrado colocar su bestia tras el trasero del feroz Obatal, astucia digna de Uliso, ya que no bravura sólo comparable a la de Aquileo furioso. El machete largo de Mitume mostraba sangre. Al parecer Obatal estaba herido: Tendí mi catalejo sobre la espalda del Caudillo. Algún tajo lo había alcanzado, la sangre era de él, su camisola lucía cual bandera de hilachas. Sin más tardanza, Obatal buscó remedio en el demonio rabioso: La alforja diabólica le cuidaría las espaldas, sus hombros apretarían a reventar las costuras del embuchado. Aquel talismán que antes no quiso llevar al torneo ahora era necesario para derrotar a Mitume. Un lento rumor se desató entre las tropas. Cundió el pavor cuando los negros vieron al demonio trepado en el hombro del Supremo... Pero Mitume no amansó su diestro oficio. Tan pronto afirmó bridas, volvió a lanzar su maromero corcel sobre la pista ya ensangrentada del feroz contendiente. Hocico a hocico se encontraron los corceles, justo cuando Obatal casi se paró en el estribo y buscó cruzar tajos con su rival. Voló la espuma que los caballos sacaban del bocao despavorido, salpicando los rostros iracundos, aquellas muecas que se convertían en insultos, labios que se movían al son de las navajas chispeantes. Allá viraron bridas en dirección opuesta; ambos guerreros buscaron ánimo en una vuelta aspaventosa por el ruedo. Volvieron a la carga, cruzándose más de diez machetazos por el aire, todos ellos contados al unísono, a viva voz, por la tropa de los dos ejércitos. Cuando ya volvió a desfallecer la fuerza en los brazos poderosos, se retiraron a paso breve, buscando aire a pechuga llena, dando resoplidos para componer aliento. Entonces fue que el destino mostró pezuña en la contienda: el corcel de Mitume tropezó en el fango, y mi caudillo saltó de bruces al suelo por encima de la crin. Como Obatal le había dado la espalda a su contendiente, no vio esta caída, pero ya muy pronto los hombres llamaron su atención con gritos y aspavientos. Entonces, sin más contemplaciones, apenas

208

volteándole bridas a la monta, tendió galope a todo dar, encorvándose sobre el
pescuezo, cabalgando a lo bajito, afeitando con su machete el ras del suelo. Y atildó
semejante fiereza con un grito enorme que era como para apretarle fondillos al más
bravío. El ejército de Mitume hizo amago de socorro, pero su valiente caudillo
marcó en el aire pronta señal de rechazo a tal ventaja. Plantó firmemente el tacón en
el fango; así esperaría a la bestia que con el demonio al hombro venía apestando tan
bajo aire. ¡Aquél era su torneo, también su horror! Casi alzado a medio estribo
estaba Mitume cuando sonó a su alrededor aquel surcido de tajos, figura de machete
diestro que le costó prisión en la espesa lluvia. Mitume ya alzó la monta, y entonces
cabalgaba casi de tumbos sobre un costado del corcel, bien perseguido por filigrana
de tajos que entumecía el aliento de todos los presentes. Su pierna derecha alcanzó
el estribo, pero pasar la otra por encima de la grupa era suerte de maromero. Al
quedar suelta en el aire, Obatal la buscó cruzando tajos más con furia que con tino.
Pero el nuestro se puso a salvo, y de regreso volteó los caprichos de la diosa fortuna,
pues con fino manejo de bridas logró colocarse tras Obatal. Entonces fue que el
talismán diabólico del Avilés ganó el torneo. En varios lances de la persecución
tuvo nuestro caudillo oportunidad de quebrarle a tajos el espinazo, pero la superstición más que el miedo se apoderó de su machete. Un corte bien tendido a la espalda
de Obatal significaba medirse con el lucífugo enemigo, apechar con los chillidos y
rebuznos infernales que reventarían el bozal del niño diablo. Muchas veces contuvo
la estocada, y no le asestó el machetazo final al demonio que su contendiente
llevaba casi sentado en el hombro, follón de burlón diablejo sonriente y saltarín.
Aquella irresolución fue tiempo que Obatal ganó, ocasión para reponerse. Tensó
estribos y volteó bridas al tiempo que iniciaba un grito descomunal. Fue alargando
el vocerío todo el tramo del galope, siempre dibujando figuras con el machete por
lo bajito de la cincha, casi a ras de fango. Cuando llegó a estar frente a su contrario,
lanzó el más gigantesco de los tajos que mis ojos han visto. Aunque aquel enorme
machetazo no alcanzó a Mitume, el torneo ya se había perdido. Obatal rabioso
decapitó al caballo. Aquel pescuezo quedó por un momento suspendido en el aire,
la crin se sacudía un sangrazo que brotó cual chorro de muerte. El lastimero corcel
dio tres pasos y dos tumbos antes de encontrarse ciego, sin cabeza, ya listo para
retumbar sobre el sordo fango. Y Mitume también buscó a tientas, su cara ya
costrosa de barro y sangre. La cabeza del animal aún rodaba por el lodo cuando se
escuchó la gritería que la tropa de Obatal levantó al cielo. Se despolomó el caballo
con pataleo furioso, rociando sangre el manojo de venas a distancia de muchos
palmos. Al caer, el corcel decapitado pilló la pierna de Mitume. Sobre el cogote de
nuestro caudillo silbaron furiosas estocadas de espadín, que Obatal no cejaba en su
empeño de arrebatarle el ánimo a tan digno contendiente. Hubo amago de nuestras
tropas; muchos hombres tensaron bridas con temor, justo a la vez que Mitume
lograba zafarse para correr a campo abierto. Nuestro jefe volvió a dibujar agitadas
señas en el aire, evitando así que lo socorrieran. Bien reconoció que un movimiento
de sus tropas en aquel momento comprometía el desenlace de la batalla. Tras él
Obatal cabalgaba a galope corto, cruzando el aire con tajos iracundos entre risotadas y burlas. Pero Mitume los esquivó todos, siempre con los pies al frente y el ojo
izquierdo trepado en la oreja. De pronto capturó con el rabo del ojo la curva que
dibujó el machete al ventear ominoso fresquillo sobre su espalda. Se lanzó de bruces
mientras el filo de machete tan inquieto pasaba casi afeitándole los tocones de la

nuca. Cuando Obatal se acercaba demasiado, el ágil Mitume le saltaba frente al corcel, allá cayendo al otro lado del esguince, que entonces la monta del Supremo se encabritó, y pidió bridas de galope para saltarse aquel fantasma que salía de la lluvia y el espanto, no sin que antes el burlado jinete se pasara el espadín a la mano izquierda para así tajear inútilmente la esquiva sombra. Juro que también vi cómo en uno de aquellos saltos por el lodo, maromas dignas de diablejo, tropezó con la grupa del caballo, que al caer por poco es fulminado nuestro caudillo por los duros cascos tendidos al galope. De nuestro lado se elevó un gran alarido; ya nos vimos sin jefe ni victoria. Y al tiempo que esquivaba los tajos, corría a pujos hacia el sitio donde se congregaron los más feroces y leales guerreros de su ejército. Los corceles de aquellos campeones pateaban, y mascaban el freno al verlo venir tan despavorido bajo el silbar del machete. Con un tajo descomunal que cortó en dos el aguacero, cañina que Obatal lanzó mientras cabalgaba sobre un solo estribo —siendo este estilo de montar el arma más fiera de la caballería molonga—, cayó tieso nuestro héroe, y todos lo dimos por muerto cuando mordió tan duramente el blando lodazal. Al cielo alzamos muchos alaridos y largos lamentos. Entonces fue que su más leal guerrero, el magnífico Suazo, tendió galope para socorrerlo. Obatal voceó desaforadas maldiciones, bestiales alaridos mientras hacía relumbrar en el aire, sobre la espesa sombra del cuerpo inerte, tan fiera navaja, ya que no machete del mismísimo Aquileo. Junto a la carrera de Suazo se colocó Ogote, que este guerrero lidiaría con el furioso Obatal mientras Suazo rescataba a Mitume. Y así fue: Ogote apechó bravío y cruzó machete con el Supremo. El tajo fue de refilón; temblor feroz tiene que haberse corrido por el mango hasta los pies de nuestro lidiador, pues los machetes restallaron al encontrarse y luego vibraron el aire por larguísimo rato. A todo esto, la diosa fortuna ya nos había acariciado con grande sorpresa, alivio para nuestros ojos, y fue que cuando Suazo estuvo cerca, Mitume dio salto ágil, voltereta en la lluvia, y se trepó en las ancas del caballo. ¡La caída de nuestro héroe fue simulada!, hábil dolo para sacarse de encima los mostrencos tajos del otro, aunque debo añadir, fiel cronista que soy, que alcancé a ver, con la lupa de los aires, corto tajo en la espalda de Mitume... Suazo largó bridas con el jefe agarrado a la cintura; hubo feliz vocerío, mucho contentamiento entre nuestras tropas. Asediado por lucha sin tregua, Ogote ya no podía lidiar más con los fuertes brazos del enloquecido Obatal. Al voltear bridas no tuvo el cuido de ponerse al otro lado del machete, en la banda ciega de la destreza enemiga, y tan grande torpeza lo hizo tropezar con un furioso machetazo que abrió relincho supremo de dolor, fontana de sangre sobre el pescuezo del animal. Justo en aquel momento, el valiente Ogote se desplomó con su monta en hondón de lodo espeso, charco que no tardó en volverse cárdeno. Pudo zafarse prontamente del peso del caballo, y despavorido comenzó a correr hacia nuestras líneas. Obatal acortó el galope de su caballo, para así otear la fuga de Mitume, distrayéndose por un instante de los apuros de Ogote. Echó bridas e hincó espuelas, que su soberbia pretendía alcanzar el corcel de Suazo. Pero fue inútil. Nuestro Mitume ya estaba a salvo. Tres pasos eché atrás cuando vi que Obatal furioso se acercó muy temerariamente a nuestro ejército. Hizo cabriolas frente a los hombres aguerridos; al parecer estaba con la moña por lo alto, y reíase a carcajadas, alzando la grupa hacia nosotros, como afollándonos los pedos de la bestia. Noté que la alforja donde traía al mudo y embuchado Avilés estaba muy llena de lodo, tanto así que apenas se le veía el rostro al niño luciferino. Volteó entonces las bridas, tensó galope triunfal hacia el ejército molongo. De frente se encontró Obatal con un Ogote jadeante que por fin se acercaba a nuestros hombres, sus compañeros que lo animaban con gritos y júbilos, últimas exhortaciones para que el valiente se salvara del fiero metal supremo. Y sus ojos despertaban aterrados por momentos, sin que ello le restara pesadez al desfallecimiento de su voluntad, al tambaleante caminar plomizo de sus rodillas, al denso vahído de sus párpados celestes. Ya cuando vio venir hacia él aquel monstruo de crueldad, en vez de plantarse, hincar tacones, buscar esguince engañoso, echó a correr en dirección contraria a la que venía. Sin fuerza llegaron nuestros gritos a sus oídos. El cansancio y el terror nublaron su entendimiento, perdiéndolo ya para siempre. ¡Corría aterrado hacia la línea molonga! Entonces hubo altos lamentos entre nosotros; bien sabíamos que Ogote pagaría con la suya la vida de Mitume. Apretó los brazos sobre la cabeza en muy inútil gesto. Obatal cabalgaba a paso corto, justo a su lado, sonriente, midiendo el tajo, esperando el momento propicio para asestarle el golpe de gracia. Ogote dejó caer sus brazos. El cansancio pudo más que el terror. Y el tajo sonó como de abajo, describiendo lento arco que dejó de silbar cuando mordió la nuca del infeliz. La cabeza brincó al aire, girando en la lluvia mientras rociaba asombro y sangre sobre las botas del Supremo. El tronco de cuerpo tan ciego se llevó los brazos arriba, como si quisiera proteger una cabeza que ya no estaba allí, sino espetada en la punta del machete de Obatal, que éste la había pinchado al vuelo entre los feroces vítores de los molongos y el aterrado asombro de nuestro ejército.

Obatal hizo la señal lanzando al aire la cabeza del desdichado. Sobre nosotros bajaba la furia de los molongos. Ya pronto sonaría la batalla. Cientos de jinetes avivaban las bridas con gritos descomunales, tropel furioso que hacia acá venía. Los machetes de los nuestros se levantaron más con timidez que fuerza, desfallecidos por el ánimo traidor a que nos obligaba el presentimiento de la cercana muerte. Pero sacaron aliento a puro cojón, y allá apecharon tronando cascos, con el herido Mitume al frente sobre bestia veloz, capitán supremo de la tropa, jinete que echó con monta prestada, la de Suazo nada menos, que éste cabalgaba, justo al lado de nuestro caudillo, zaino árabe de fina estampa. El ataque de los molongos era de cuña. Por lo visto, la guardia personal del Supremo formó la punta de lanza. Y dentro de la cuña venía, más paruro y aspaventoso que un pavo real, protegida su autoridad por tan formidable coraza, Obatal el Magnífico, arquitecto de ciudad tan desolada... Chocaron los machetes. Mitume intentó cruzar de nuevo su espadín con el de Obatal; pero aquella masa deforme de guerreros mutilados y corceles heridos no le permitía siquiera ver la estampa de su cruel enemigo. Entonces se soltó el pavor, que a mí ya me carcomía los sicotes. El resto del ejército molongo echó bridas hacia el caño. Para acá venían templando el vuelo del orbe aquellos furiosos. Vi dos columnas de la caballería molonga avanzar hacia el sitio donde la cuña capitaneada por Mujamo, bien intentaba abrirle paso al Supremo. Advertí con grande desazón que nuestra columna no le plantaba cascos al avance enemigo, quebrando ya de una vez la insolente punta de lanza. Allí iba sereno, solemne entre el ruido infernal de los machetes centelleantes, ajeno a los relinchos lastimeros y los gritos quejumbrosos. Mitume quiso romper el cerco, y allá acercarse hasta la muerte de su enemigo, pues sentía en la mismísima punta del machete el aliento silenciado del más terrible. Pero entre él y aquella figura que cruzaba ante sus ojos como llevada por la mano de los dioses infernales, pronto se levantó túmulo de cuerpos rotos y vísceras derramadas. Tanta muerte apenas perturbaba el distraído mirar de aquel lucífugo. Y ante el empuje tronante de la cuña nuestro ejército se hendió en dos bandas. Mitume furioso les gritaba a sus hombres que dieran más candela allí, donde él contuvo, casi solo, con Suazo y dos guerreros más afincados a la diestra, el avance de la incontenible tormenta, que el ataque desatado por Mujamo y Enrico, bien parecía torbellino de tajos, sangre, bridas picadas y manos sangrantes hundidas en el lodo. Mitume lo vio pasar; allá en el centro de la formación iba el Supremo, su mano derecha colocada en el muslo a la vez que sostenía con finura las bridas, estampa cierta de aquel hombre protegido por el aire espeso que una súbita bandada de murciélagos hizo descender. Cuando vi que venían hacia el puente, bajé a la balconeta inferior, y a todo pujo comencé a empujar la barcaza canal abajo, hincando el cieno con el gran palo de la góndola de Mitume. En aquel afán me ayudaron las odaliscas, así de aterradas las vi ante el avance de la fiera. El galope tendido ya estaba casi encima de nosotros. ¡Y los vi pasar por el puente a toda carrera! Para sorpresa de todos, el Supremo caudillo dejaba atrás el grueso de su formidable ejército. Obatal abandonó la batalla, dejando sin jefatura a la más grande caballería que ha conocido el Nuevo Mundo. Los vi pasar como un tropel de diablos; hicieron temblar las pesadas vigas del puente, entumecieron todo el aire del caño. A fe mía que iban muy galanos, sin duda derechito al carnaval de los infiernos. Alargué el catalejo. Ahí va el notorio Enrico, y lleva colgado del cuello grandísimo lagarto que luce milagritos en las patas. Y el sombrero de Mujamo lleva una cinta roja que restalla al viento. Todos los hombres que defendían el puente se echaron al agua, nadaron hacia mi barcaza. Aquellos que probaron sus pelotas terminaron convertidos en tasajal de los aires, triturados en trozos muy grotescos, así maltratados sin tregua por la voraz inquietud de los más diestros machetes molongos. Para acá venía nadando aquel infeliz que en el puente del cañal dejó uno de sus brazos. Chapaleaba con el restante, y sus alaridos llenaron de espanto a mis mujeres. ¡Maldito sea! Allá subieron las odaliscas a la balconeta superior, unas chillando, las otras gritando, pandemonio de jaibas como jamás había visto. Apoyé el muñón en la baranda y le alargué la muleta... Allí sentí sobre la nuca aquellos ojos tan feroces. Entre vísceras derramadas, cabezas que todavía rodaban, miembros cercenados que adornaron el puente cual guirnaldas, Obatal me miró con una fijeza casi delirante. Solté la muleta. Aquel infeliz gritó, hundiéndose en las aguas del canal... A su lado estaban Mujamo y Enrico. Me arrastré por la barcaza. Por fin alcancé mi pistolón. Me asomé por el barandal y saludé torpemente a mi antiguo caudillo, la sonrisa mordiéndome las muelas y el aliento casi soplado hacia la tumba. Pero antes de insuflarme las campanas, llevándome el pistolón a la boca para no probar tortura, ya se habían ido. El puente quedó desierto. A lo lejos tronó la batalla''.

Capítulo XXIX

DE LOS SUCESOS QUE SIGUIERON AL TORNEO ENTRE LOS DOS CAU-
DILLOS, TODO ELLO NARRADO POR EL CRONISTA GRACIAN

" ¡Vi aquella insólita retirada de Obatal!; a paso diabólico atronó por el puente con su guardia de campo. Había abandonado a su ejército en el momento triunfal. Aquellos hombres tan aguerridos no comprendían, así de perplejas y desamparadas sonaron sus voces suplicantes. Pero el caudillo no los oyó, y allá tendió galope por el páramo norteño del canal, apechando la cuesta de Miraflores con la mirada ya fija en los infiernos. Al fin encontró refugio para su inquietud en aquel laberinto de piedra, tras él sonó el portón de San Felipe del Morro; sus hombres confundieron tan cruel asombro con los susurros de la muerte acechante: Así comenzó Mitume su gran marcha victoriosa...

A distancia de catalejo, escondiéndonos en los mangles y las espesuras de cañas y marismas, Berlinguer y yo espiábamos la apoteosis de Mitume, lograda sólo en ocasión de la repentina fuga del magnífico caudillo, porque sin lugar a dudas aquella acción tan caprichosa y delirante decidió la batalla; con su jefe fiel al mando, la fiereza molonga habría aniquilado ese engañoso ejército triunfante, allí sobre la ahora desierta llanura de fango y lluvia. Y Mitume cabalgó muy galano entre dos princesas nubienses que lo solazaban con abanicos y pencas, que otras cortejas marcaban el paso del triunfante caudillo con menina lluvia de amapolas, canarios y jazmines olorosos. El caudillo a la verdad que muy parejero venía de talante, la cabeza echada atrás y el pecho desnudo adornado con chucherías. Su mano derecha descansó rumbosamente en la cintura, y sujetaba las bridas con distraída delicadeza el muy presumido. Pero tanta gloria era más que penosa. ¡Había sido lograda porque Obatal sólo reclamó venganza, humillación de su rival en vez de triunfo! Detrás de Mitume venía aquel renegado, cojo de los infiernos que fue capitán en la invasión desatada allá en los caños. El día soplaba caluroso. Brisas tan escasas apenas podían dispersar ese vaho apestoso que levantan las marismas y los mangles. Pero continuamos observando desde nuestro soleado escondite, entre cañas y matojos, con el agua hasta las rodillas, aquel ejército furioso que calcinaba la yerba a su paso... Frente a nosotros pasa ese oscuro renegado, sin dudas el espía de que tanto se jacta Don José... Por lo visto la causa de los negros le ha templado la mollera con desvaríos. ¡Fue él quien dirigió el furioso ataque marino que cercó al ejército de Obatal! Iba echado el muy diablejo en una litera de pencas cargada por cuatro mozos... A su lado se recuesta esa negra bellísima, pero ni caso le hace, y su mirada está como perdida en el hondón de los infiernos. Pues la litera tiene un dosel de yaguas secas, cobertizo puesto ahí muy a lo culo de res, corto remedio para atemperar el fiero sol. Detrás de los jefes y sus consortes, allá viene el ejército de guardias bravos, también el pueblo peregrinante que suele acompañar a los victoriosos, esas ciudades inquietas que el desamparo desató por toda la estancia de esta isla de San Juan Bautista. Una confusa negrada de niños, viejos de mirada desfallecida, mujeres que escupen robustos salivazos, se arremolina en torno a los carretones repletos de verduras y pescados. Ahí veo grande algarabía y empellones, justo cuando el guardia bravo que custodia tan precaria cornucopia reparte, con la punta voraz del machete, esos frutos de la tierra prometida. Muchos se cortan las manos, alcanzando a empujones esa crueldad que mueve a risotadas el ánimo de los otros guerreros. Relumbra el machete ensangrentado sobre los dedos pedigüeños, se mancha el lomo del pescado, tornándose cárdena la inocente cáscara del fruto... Así fue que el ejército de Mitume asoló la vega, ocasión en que ya tembló la esperanza... Vuelvo a esa inquietante litera; atildo el catalejo, más atento al pavor que cautivado por el asombro... Su rostro está como muy demacrado, y luce barba hirsuta, tan rala como montón de prieta, verdadero adorno de Polifemo melancólico. Y su cabello luce prematuramente cano; su ausente mirada le muerde el rabo a la nostalgia... ¡Es un rabioso mono lo que corre tras esas nalgas rotundas, y justo al tiempo que ella alza los brazos al cielo, virando un poco la cabeza, el fiero animal muestra con mayor destemplanza sus babosos colmillos dorados!... Su muñón, envuelto con hojas de plátano, está enganchado en una horqueta, invención trabada con cabuyas a los travesaños de la litera... Como aquella marcha se desató por todos los rumbos, más de una vez temimos que nos descubrieran en espionaje, y en varias ocasiones tuvimos que correr entre cañales y marismas. Pero no todo fue desconsuelo en tanta fuga: Topamos con doncellas que alzaban sus faldellines para orinar, allá escondidas entre las cañas, la inocencia siempre alegre y las nalgas puestas al aire. También husmeamos algunas parejas que en furores abandonaron la caravana, gente achulada que entre juncos y guayabos echó patas al viento para culearse el rato.

Finalmente nos pintamos de allí con más prisa que el de los pies alados, y les puedo asegurar que tal reculada nuestra fue azarosa en demasía, pues tuvimos que correr por pantanos y vadear marismas, recibir en la cara y los brazos el látigo de los juncos y las filosas cortaduras de las cañas. Cuando por fin llegamos a nuestro campamento, vimos a Don José repatingado en el tenderete, ocupado en confeccionar plátanos maduros puestos en almíbar de clavo y miel, canela y ron. Allí estaba muy echado en la hamaca de su bohío, y nos recibió con ojos alucinados, que su justo ingenio pronto hizo relación de sucesos extraordinarios: —¡Los avileños vienen quemando el pasto tras la polvareda levantada por Mitume!— Ello fue grande sorpresa para nosotros; como habíamos estado en tierras bajas, no logramos ver el avance de las tropas avileñas. Sin más tardanza, Berlinguer y yo pusimos la vista detrás del catalejo. Nuestros ojos cansados volvieron a sobresaltarse. Un ejército de doscientos hombres, o quizás hasta más, ya había cruzado el puente del caño —allí por donde escapó Obatal— y sostenía escaramuzas con la retaguardia de Mitume. —Por acá han ocurrido cosas muy extrañas—, dijo Don José mientras nos servía en coquitos aquel rico manjar: —Obatal pasó por el bajío de Miraflores, apechando hacia acá, ayer al atardecer. Y venía rodeado al menos por veinte hombres de su guardia personal, el Niño Avilés chillándole en las espaldas, perturbando con sus correrías hasta el más alto cielo. No tronamos contra ellos. Consideramos, según juicio prudente, que la fortaleza de San Felipe del Morro se convertiría para ellos en muy infeliz cárcel, trampa cruel y funesta. Porque debo decirles que este hombre diabólico tiene alguna extraña manía con esa magnífica fortaleza, y es como si las gruesas paredes que vieron el reinado de Felipe II, representaran para él una ciudad cuyos paseos y calles avivan la soberbia, y se me *figura que ese ámbito de piedra es para él reino desgajado de la tierra, allá suspendido sobre las nubes...* No, ¡qué va!... *¡Entraron tronando por el puente de los escudos, y ya pronto se perdieron en los corredores pétreos del infierno!* —Cójalo con calma, Don José, que ya tiene el ahoguillo, así de maléfica ha sido esa visión. Ya atempere la voz; bien conocemos lo que nos pretende describir con tan grandes maromas de la palabra... —¡Cuando no vimos llegar el resto del ejército, hubo alegría en nuestros corazones! Bien sabíamos, Gracián, que Obatal estaba perdido—.

Al atardecer empezaron a sonar los tambores de Obatal. El cárdeno fulgor del crepúsculo allá se apagaba entre las palmeras y los bucayos que amansan la bravía costa. Al rato de aquel ominoso toque de tambores, bramido que sobrecogió al estrellado cielo, llegaron las primeras columnas de Mitume. Y como ya sólo adivinábamos por el oído, poblamos de fantasmas la imaginación, convirtiendo aquel mar de antorchas en gritos y rumores, relinchos y órdenes, voces todas lo mismo de hombres que de diablos. Trespalacios estaba seguro de que Mitume no contaría para el asalto con más de doscientos hombres. A lo lejos, las lumbres del ejército avileño perseguían tanta locura. Llegó el silencio, se acallaron los cueros, sonó en lo bajo la marejada y por lo alto la fronda: El primero que saltó, apenas fue visión, engendro más del burlón ingenio que de los ojos. El jinete convertido en llamarada brincó al vacío, allá atado a brioso corcel que la luna revistió con fría plata. ¡Son los famosos dogones! ¿Y mis ojos, merecían columbrar el bajo infierno? Aquellos leales probaban su obediencia al caudillo realizando proezas descabelladas, sacrificios insólitos. Esta vez la frenética maroma era saltarse la almena luego de cabalgar rampa arriba, probar el viento marino por los aires antes de hundirse en los marullos y roquedos de Punta Tiburones. Aquel oscuro vacío de la noche y el mar los invitaba... Con fuerte custodia de mosqueteros y escuchas, Trespalacios y yo nos acercamos a uno de los farallones del mesetón. Desde el alto y tenebroso cantil, contemplamos aquella odiosa sumisión a la voluntad de Obatal. Los dogones venían envueltos en pecherines y hombreras de paja, y aquel peto les llegaba a los tobillos, así de enorme sería la candela y el humo levantados al frío de la noche por semejantes antorchas humanas, jinetes delirantes que cabalgaban hacia lento salto de muerte... Cuatro hombres rodeaban la litera del caudillo. Avivé las cercanías con el catalejo: Allá fumaba maloja en cachimba, agrupando con su mano inquieta las muchas cortesanas que consolaron su soledad. La favorita era hembra parura en demasía, galana polla con tocado en sierpes y grande collar de borlas plateadas. Bastaba un gesto del caudillo, para que el dogón con los ojos fijos en la muerte escuchara aquel torbellino de fuego que reventaría sus oídos... Un paje se le había acercado con la antorcha encendida. Acercó la inquieta flama al frágil peto empapado en fermentos de malagueta y paletaria. En la pequeña corte de Obatal hubo más gritos que exclamaciones... Ahí veo a ese nene que luce corona de jazmines, collarines de brujo mayor. Tal homúnculo, niño con rostro de viejo, camina entre

---

*A.J.M.:

El reino aéreo

Es lento el paso del hombre hacia el reino de los cielos. Siempre confunde la estadía de la piedra con el vuelo del ave, o la pezuña hundida en la maleza con el manso transcurrir del arroyo. ¡Qué ausente permanece la obediencia!

las putas del Señor, bien apoyándose en bastón de bambú, sus piernas tan contrahe-
chas que parecen tirabuzones... Y el largo relincho inundó la noche, que la pericia
suprema del jinete molongo era conducir la despavorida bestia rampa arriba por el
sendero de antorchas hasta probar la caída. Pues vi que uno de los jinetes no lograba
la proeza, y como iba atado al corcel —lo mismo que los otros— no pudo saltar
cuando la monta de flamígera crin procuró desbocarse por una de las troneras.
Según pude ver, cuando el caballo azotó con sus patas delanteras el declive de la
muralla, escurriéndose al vacío, el jinete procuraba un salto de grupa ya casi
encima del borde, buen remedio para que el caballo cabalgara por los aires hasta
morder en el bajío, allá donde espera el sargazo, esa astuta cola de Leviatán
lucífugo. Pero pocos fueron los que alcanzaron dibujar en el aire ese arco prodigioso, caída tan mejestuosa a las aguas tronantes. Casi todos cayeron pesadamente
sobre el roquedal, azotando el filoso espinazo con sus montas de patas inquietas,
dejando sobre el oleaje aquellas vísceras sorprendidas, huesos rotos que desgarra-
ron músculos y reventaron cinchas. Aquella sangraza aún perseguía los distraídos
ojos del caudillo. Don José no se cansaba de repetir: —¡Dios Mío! ¡Dios mío!
¡Concédeme la fuerza para bregar con el mismísimo Satanás!— Otro guerrero
probó algo más que la desdicha, pues ocurrió que al lanzarse en cabalgata fiera su
caballo perdió el tablón de la rampa, y allí mismo se desbocó hacia la almena.
Aquel jinete se volvió antorcha humana, ya que no llamarada de huesos crepitan-
tes, sombrío destello que mortificó ya para siempre mi lucidez, fantasma de mis
noches y temblor de mis días. ¡En la corte de Satanás no hay quien se ocupe de los
dolores del mundo!... El jinete trata de soltarse, la crin del corcel vive encendida,
lamiendo con su relincho ardiente esos ojos desorbitados que a poco están de
saltarse las cuencas... Obatal permanecía distante, ya más hijo de los infiernos que
gobernador de la soberbia. Sólo el niño viejo gimió penosamente una exclamación,
jadeo cenizo que pronto fue ahogado por los gritos de los guerreros que intentaban
detener el caballo. Y vi, muy inerte sobre la bestia despavorida, el cuerpo del
lastimoso guerrero dogón, que justo cuando pasó frente a mí, pude reconocer su
piel achicharrada, advertí la hinchazón de tronco y miembros, destino seguro de los
que mueren a fuego rápido, con el ardor enorme bien alimentado por el aire
sulfuroso y los vapores coléricos. El corcel buscó su única escapatoria en una de las
troneras. Hacia allá saltaba cuando de pronto empezó a llover, con grandes ráfagas
y centellas, sólo allí a la orilla del abismo, en la garganta misma de las almenas
silenciosas. Y justo entonces, la llamarada que envolvía al caballo se apagó, que el
pobre animal relinchaba furiosamente al filo del muro, ajeno en su dolor anchísimo a los muchos alcahuetes que se acercaron a resguardar, bajo el ya tendido
aguacero, corriendo con anchos paraguas de pencas y pajilla, las impávidas miradas del tedio y la locura... El niño viejo vuelve a tocar el suelo con su bastón...
Entonces recordé... Es el diablejo mayor, maldición de nuestras tropas, oscuro
maleficio que aflige a toda la isla de San Juan Bautista, y a fe mía que nuestros
ejércitos nada pueden contra él, que sólo Dios es capaz de amansar con sus
potencias a este gobernador de los elementos... Escampa. Me suena el vientecillo
cerca del cogote. Algún lucífugo enorme aletea por lo alto, enturbiando el aire con
sus alas mondas. Satanás recorre la noche, se aviva el azufre del aire apestoso... El
niño antiguo yacía muerto, a la diestra de su amo Obatal, recostado de esa sombra
que entornó los ojos hacia la inmensa ausencia. Allá en el hondón de la noche se

oyó el gemido de un infante, y a mí me sonó, en el galillo viejo, aquel berrido que ya chillaba por toda la tierra. Sin mayor ni pronto aviso, Don José me cayó arriba, y fijé el asombro en el crucifijo de Trespalacios que bajaba hacia mi frente, tardo gesto que sólo entendí al salir de soplo tan maléfico. Pues Don José me gritó al oído, para que Satanás lo escuchara allá abajo en mi tripero: —¡*Vade retro, Satana!*...— Pues este exorcismo quiere decir en castellano: *Aléjate, Satanás follonudo*. Y entonces comprendí que estuve sujetado por diablejos; de pronto me subió un buche y sentí ganas de arrojar, así de asqueado quedó mi gaznate por sabor tan azufroso. Volvió a plantarme el crucifijo en la frente mientras me agarraba por el pescuezo, y gritó: —*Vade retro, Avileo Satana*—. A lo que traduzco: —*Echate pá atrás, Avilés satánico*—. Pues no tardaron aquellos chillidos de infante en salir de mi posesa garganta, y puedo asegurarles que al momento una fuerza asombrosa, grave y enconada abrió mis mandíbulas, para que saliera del fondo de mi boca un vaho nauseabundo y apestoso, follón de diablitos pinchudos que saltaron ante mis ojos''.

* * *

Entre los más jóvenes constructores surgió una sutil herejía. Se trataba de considerar el espacio un feroz enemigo, que sólo sería derrotado por medio de los más delirantes sueños de la razón. Según aquella intrincada teología, la vida del hombre apenas se justifica como un esfuerzo por llenar todo el vacío de lo creado. Los papeles en blanco que lanzó ventana afuera el temeroso arquitecto, pronto se convirtieron en la provocación de un Dios iracundo. La ciudad del olvido se volvió demasiado compacta. En esta última variante de la monstruosidad, los constructores —albañiles, canteros, sopladores y carpinteros— se tapiaban ellos mismos en las oscuras entrañas del edificio continuo. Así convirtieron aquella torre desconcertante en una enorme colmena de tumbas. Algunos aceptaron el martirio con una serenidad silenciosa, la mayoría se consoló con una sonora soledad hecha de gemidos y lamentaciones. Muchos enloquecieron, arrepentidos de acto tan imprudente. La noche poblada de antorchas que iluminaban la construcción, temblaba ante tantos alaridos y rumores. Los infelices lograron respirar por algunos días; abrieron angostos orificios en la argamasa seca y sacaron unos canutos. Aquellos ojos en la oscuridad, suplicantes y rojizos, parecían los de un animal fatalmente atrapado. Y las voces asordinadas por la tapia se convirtieron en eco incesante y subterráneo. Tantas maldiciones ya parecían un lenguaje sin consuelo. También lograron sacar sus manos encrespadas, rompieron a golpes las quebradizas paredes y los pisos vidriosos. Pero el ansiado silencio llegaba implacable. Se apagó la música del desconsuelo, la mano crespa cae pesadamente sobre la torre, flor tronchada de los aires espesos. Convencidos de que Dios seguía retándolos con aquel espacio sin tregua, decidieron tapiar, con una gigantesca burbuja de cristal negro, la torre del arquitecto gafo. Cien sopladores comenzaron labor tan necesaria; el espacio creado por el Dios silencioso mantuvo en incesante desvelo a los muy miserables. Pensaron que con tantos papeles vacíos —el arquitecto no cesaba de lanzarlos ventana afuera— tendrían dolor para doscientos tres años. Era necesario destruir aquella presencia que los obligaba al fracaso perenne. No daban abasto. El espacio se había convertido en una maldición universal. Fue por ello que el oscuro cristal siguió inflándose; era una maléfica burbuja que pretendía fatigar la luz. Cavaron una trinchera alrededor de la torre; allí volcaron grandes carretillas de vidrio virgen. Día y noche los hombres soplaron. Muchos murieron atosigados con el azufre y el azogue. Otros tuvieron que ser relevados a los pocos días; la visión de cúpula tan monstruosa llenaba de honda melancolía sus corazones. Mientras tanto, el edificio continuo no cesaba en su feroz empeño de colmarlo todo. Entonces fue que uno de los principales canteros, Juan Paulino, logró un capricho prodigioso. En uno de los alerones logró adosar sus pies a la argamasa. Luego se lanzó al vacío, quedando suspendido de la torre como una enorme gota de tiempo. A las tres horas determinaron su muerte. Luego de seis meses, su esqueleto colgaba con la calavera dormida, justo allá, a la brisa de la luz y el alto cielo. Y era una mueca del esfuerzo humano, para los hombres que miraron hacia arriba, en soleadas tardes, vencidos por el tedio que gritaba a lo largo y ancho de la monstruosa construcción, aquel extravío de piedra sin principio ni final, laberinto aéreo donde aun el silencio era confusión. Pasaron los días circulares; el esqueleto fue borrado por la impasible erosión del aire.

* * *

Todo se ha oscurecido. Mis dibujos, tan livianos como el aire, vuelan hacia la noche que lo asfixia todo. Ya no distingo la noche del día; la mañana es una tarde sin el consuelo del crepúsculo cercano. ¡Oh, Dios mío! Vivo tan cautivo en el silencio; mi oscuridad es tu ausencia. Algún vergonzoso pecado he cometido. Sólo así se explica esta ceguera. Y el silencio, ese entumecido silencio... Añoro el revoloteo que perturba el aire... Pero esta mudez también resulta una forma de tu vacío. Y ya no me atrevo mirar por la ventana; sólo tuya es la voluntad del mundo. Siento ese susurro tan cercano, pero el burlón rumor apenas se convierte en voz. He aterrado tus ojos, fabricante que soy de la soberbia. Hijo de luz tan oscura, sólo merezco las tinieblas. Escucho mi silencio transcurrir entre llagas y sordas maldiciones. Pero no me atrevo a gritar; temo ofenderte. Vivo en tu amor; pero mi alma está tan seca que sólo sirve para fingir el lamento. Quisiera que mi añoranza se convirtiera en deseo; pero sé que entonces tu aliento se volvería esquivo. Tu luz, generosidad tan mezquina. Eres la ausencia que resopla sobre mi nuca, ese jadeo sumido en mi dolor, el silencio del aire y los bramidos de la montaña. Me alejo de ti, ¡mis deseos tan envejecidos por la noche universal! Ese resoplido que acompaña a mi dolor... Oigo su pesado aliento marino cosquillearme el hombro, acariciar mi nuca. Es él, pero no miro. Y lo siento detrás de mí, como una vez sentí tu presencia. Aquí, en el fondo del mar, no pretendo resolver el equívoco. Sólo practico la paciencia y el temblor. Esos jadeantes resoplidos vuelven a enfermar mis razones. He podido sentirte sólo a través del pavor que él me causa. ¿En cuál de las muchas serpientes marinas te has convertido? Y el lamento apenas se estremece... Allá, en el hondón de la noche marina, viven sus ojos lastimeros, ese dolor estrellado, bramido del universal espanto. Allá en el fondo está la roca gris. Un paso más y la muerte encuentra humillación, obediencia demasiado generosa. Sólo tú conoces la abolición del miedo. Mientras tanto, acá de la muerte, prefiero no mirarle el rostro. ¡Bien sé que está asomado a la ventana! Toda la estancia se ha apestado con su aliento. Pero prefiero no mirar sus cuencas celestes, allá pobladas de paisajes enormes donde brilla la burla. Tal vez tropiece contigo, y entonces mi alma será dura piedra, toda mi fe en tu rostro apacible se convertirá en fallida ilusión. Aleja de mí tantos decires, aviva en mí la esperanza, amansa fe tan desquiciada.

Capítulo XXX

DE LOS SUCESOS QUE EL RENEGADO TESTIMONIO LUEGO DEL FEROZ ASALTO DE MITUME AL BASTION DE LA SOLEDAD

"Pocos acontecimientos tan tristes han visto mis ojos. Luego de la derrota de aquel fiero ejército molongo, siguió el asedio y asalto de la última morada de mi antiguo caudillo. Antes del ataque, muchas mujeres, niños y ancianos se descolgaron por los altos muros. Abandonaban a Obatal, justo como éste había abandonado a su ejército. Mitume, el más benévolo, ordenó que se respetaran las vidas de todos los desertores. Y yo me adelanté, con un hacho, entre la grita de la multitud y los diablejos, hacia el foso seco a donde saltaban los que se escurrían muralla abajo. Al pie del alto muro interrogué todas las caras, busqué ansiosamente la mirada. Sonaron cerca las amonestaciones de nuestros hombres; entre las sombras huidizas que se fugaban al tocar el suelo, anhelé el rostro delicado, aquel júbilo que fuera la tierra de Yyaloide. La etíope había abandonado mi afán, también mis más tiernos cuidos. Detuve al mujerío, siempre buscando el perfil de las ocasiones felices. Pero ya no hubo presencia que consolara mi ánimo. ¡Aquel cangrejo furioso carcomía mi aliento! Me eché al pie de la oscura muralla, clavé el hacho a mi diestra. Los tambores incesantes de Mitume anunciaron la inminente batalla. La luna llena despejó el aire, para que así descendieran los demonios. Sobre mi cogote sentí la gravosa mirada, que poco aliento tuve para mirar muralla arriba. Me alcanzó la sombra de Obatal, husmeador aéreo de mi tristeza. Adiviné sus ojos serenos como la muerte. De su boca brotaron diablejos que martirizaban mi lucidez. Mi voluntad descendió prontamente al hondón de los infiernos. Apreté más que nunca los ojos cerrados, y allá advertí que de las orejas de Obatal salían serpientes muy flacas. A medida que apretaron su cuello hasta la muerte, se volvieron gordísimas, tanto así que llenaban el cielo. Ya colmado el aire sentí, pegada a mi nariz, la piel húmeda y pegajosa de Dios. Sentí que mi grito sordo se convertía en espesa flor de espanto. ¡Imposible que fuera tan desaforado! ¡Ni siquiera yo lo escuché! Volví a mirar sus ojos, y no pude sostener aquella mirada que era como la ausencia tendida sobre la faz del mundo.

Ya casi resonaban las trompéticas del dulce efebo sobre las sombras veloces de la noche, cuando alguien zarandeó.mi hombro. Era el fiero Mitume. A mi alrededor se había desatado febril actividad. Los que ya alcanzaron la almena, pedían a gritos unas sogas, asegurando a la vez escaleras y tensando cuerdas. El hormigueo de hombres subía muralla arriba, allá pisaban escalones de cabuya, acá resbalaron en el lamoso borde de la piedra. —¡No hubo batalla! Nos acercamos sin recibir un solo cañonazo. Por lo visto todos están muertos.— Aquellas palabras del taciturno Mitume devolvieron a la memoria las muy espantosas visiones. Pero ya era hora de abandonarnos a la historia, y no a sus pesadillas. Custodiados por los más aguerridos y leales guardias bravos, entramos a.la fortaleza. De las almenas recibíamos los saludos, vítores y exclamaciones del populacho que había vuelto a la fortaleza tan

pronto se conoció la victoria de Mitume. Los guardias bravos restallaron la pólvora
en troneras, patios y rampas, avivando así el delirio de los triunfantes. ¡Obatal
había caído!, y el nuevo señor de la cárcel de sueños ordenó que se buscara tan
enorme serpiente. Allá bajamos por la rampa de los cañones, fuimos al encuentro
con la última corte de Obatal. Era un frágil cobertizo de pencas que casi no se
sostenía en pie. Ominosamente sopló la ventolera; aquel desquiciamiento de la
alborada ululó hacia la bahía. Nos acercamos con una cautela poco cobarde; los
hombres aún recordaban las proezas de Obatal con el machete. La cortesana Konya
—quien fue deleite de mi pija en aquella peregrinación por los más recónditos
sótanos de la torre mágica— estaba al lado del caudillo, allí sentada en el suelo con
su tocado de sierpes y gran collarín de achulamientos, que asombro de muchos fue
la plata que tenía puesta por el pescuezo. Hurgaba los dedos de sus pies, alzándolos
sobre el talón a la vez que abrazaba, con sus brazos tintineantes de esclavas y
brazaletes, las dos piernas unidas, los muy abundosos y sensuales muslos. Al fondo
reconocí otra negra, por lo visto nana y bruja del diablejo Avilés. Aquella sacerdotisa todavía azufrosa nos miraba con mucho temor; quizás pensó que la mataríamos
allí mismo y en aquel instante. Konya alzó la vista, notamos que sus ojos estaban en
el vacilón del yerbero humito. A su lado yacía una larga pipa con las yerbas a medio
quemar. A los pies del Obatal descalzo, tendido en el más largo sueño, estaba el
negrito de los milagros telúricos, que según nuestros hombres, aquel niño, él solo
con su varita, había sembrado pavor en la grande batalla entre el ejército de
Trespalacios y los molongos. Tenía la cabeza muy grande, casi como un marimbo,
y sus pellejos cenizos estaban como pegados a la frágil osambre. Sus pies eran
enormes, ¡como demasiado ajenos al tamaño de los miembros! La piel grisácea se
había pegado a la calavera como un cuero rugoso. Su cabello cano a la verdad era
prodigio prematuro, pues el negrito allí desnudo nunca llegó a la hombría. La
muerte le había sujetado los ojos abiertos, allá metidos en las cuencas azulosas. Al
cerrarle los ojos me di cuenta del lujo de su tocado desprendido. ¡Sin duda Obatal lo
consideraba el sagrado brujo del poder, hechicero burlón que sostuvo la torre
mágica con su varita! Mientras los hombres venían y traían, cargando órdenes y
llevándose exclamaciones, Mitume permaneció en silencio, allá frente a la precaria
tienda... Entonces recordé la subida a la torre... Aquellos hombres pasaron gritando, halaban con sogas uno de los corceles achicharrados en el último delirio. El
pecherín del molongo, aquel peto de paja chamuscada, largamente sonó al ser
arrastrado por los guerreros. Todo su peso de muerte retumbó por el ancho ámbito
de piedra... El silencio de Mitume ya resultaba ceremonial. Así señaló su noble acto,
que por lo visto la muerte del antiguo caudillo lo obligaba a honrar pacientemente.
Tantos cuidos a la memoria del enemigo a la verdad que me sorprendieron, y ya no
supe si se debían más al miedo que al respeto. Al acercarme advertí la presencia del
Avilés al fondo de la tienda. Todavía estaba sulfúreo, pero lo tomé en mis brazos
valientes, dándoselo a Mitume con más deferencia que espanto. El vaporizo me
hostigaba el aliento, mordiéndome las narices más de la cuenta, y ya no sabía bien si
el tufillo era algo menos que los follones de Leviatán. Pues el Mitume, ni tardo ni
perezoso, ya curado de los temores avileños, se lo colgó de la espalda, y el nene no
lloró, buena fortuna para tan achulada señal de poder supremo, que en toda la
guarnición sonaron pitos y vítores, exclamaciones jubilosas del pueblo y los
guerreros. Noté que el bocado del Avilés —más bozal que mordaza— se había caído,

pero como en aquel instante el diablejo no estaba atosigado a reventar costuras, pocas advertencias le hice al nuevo jefe. Rareza fue que el lucífugo no estuviera berreando sus gritos prodigiosos. Y vi en sus ojos una serenidad inquietante, asombrosa calma sostenida a pesar de los muchos guardias bravos que gozosos se arremolinaron en torno a Mitume, haciendo restallar allí, en la madrugada, la pólvora inquieta de sus arcabuces. El nene aquel tenía mirada·de hielo; y si perturbadores eran sus gritos desaforados, mucho más aterrador era su silencio. Entre palmadas y abrazos de los más leales, Mitume saludó a la negrada. La luz de los hachos reverbera trémula en el interior de la tienda... Por fin me atreví a mirarlo... Ahí yace el gran Obatal, su mirada oscurecida por el velo de los muy pesados párpados, la muerte... De su boca demasiado abierta salía aquel borbotón de sangre.. El gran pistolón con campana de mosquete, achulamiento que llevó colgado del cuello en sus días de poderío, silencioso yace sobre el pecho inmóvil. Y aseguro para los siglos que tal arma, máquina imperturbable que le quitó la vida con mortífero soplo, fue bañada por el sangrazo del caudillo, bien honrada al recibir la última caricia del supremo aliento. Al colocar la boca del pistolón sobre la lengua, disparando al cielo del paladar para fogonearse así tan furiosamente su exaltada lucidez, Obatal tuvo visión postrera: Allá, a lo lejos, sería fundada gran ciudad lacustre que secaría los pantanos. Y ese poblado sería otra pesadilla de la muy veleidosa libertad... Todo esto me lo contó la cortesana Konya, a fe mía, y también me relató que Obatal estuvo buen rato con el pistolón en la boca, así, sin dispararlo, como esperando que se avivara en el espeso aire aquella visión que animó su último aliento. Que me lo coman los perros si aquella prodigiosa idea de la ciudad lacustre no fue desatada por las yerbas brujas, aunque bien advierto que Obatal fue siempre musarañero de torres y ciudades fantásticas, porque también les toca a los poderosos inmortalizar sus hechos y obras con grandes edificios y monumentos, cautivar en la opresiva morada ese precario aliento de los hombres. Entonces recuerdo haber recorrido junto a él espacios imprecisos, paisajes que nunca supe si existieron fuera o dentro de mi lucidez. Allí mismo y entonces se me reveló el secreto de aquel hombre tan traicionado por mi placer efímero, por aquella torpe locura en el reino de la etíope. ¡Maldito sea! ¡Sólo al hombre le toca la fugaz ilusión de husmear lo perfecto! Nuestras vidas contemplaron sus rutas paralelas dentro de aquel edificio, casa donde el engaño es martirio de la esperanza. Y con este discurso rindo mi envío a Obatal, quien fue dueño magnífico y señor de las más aguerridas tropas negras que vieron los ojos del jodido orbe, y me refiero a los molongos, dignísimos hijos de Obataló y Ogún.

No la veía ni por asomo, por ningún lado se me apareció la alegría. Algunas veces confundía sus nalgas con las de alguna prieta que pasaba por mi lado. Muchas veces acudí a miradas y sonrisas, sólo para probar el desengaño, y como ya sólo me quedó una pata, más parecía fantoche o espantapájaros que enamorado en busca de su prenda... ¡Qué extravíos siento en la mollera, y con frecuencia el cogote se me pone calenturiento! A veces olvido el nombre de la ciudad que habito, y todos se ríen de mi persistente e involuntaria pedorrea, que por lo visto algún diablejo follonudo se me ha repatingado en la tripa. ¡Qué jodida coquetería la de tantas prietas! Pero mi ánimo más recuerda sus diabluras, donaires graciosos que aviva-ron aún más su belleza. Aquella noche le fue cantada una ceremonia de santos y tamboras al anciano niño muerto que los negros consideraban dotado de facultades. Pero anduve perdido en la multitud, obseso por su mirada, cautivo por su amarga ausencia. A todo esto, el bullicio de la negrada destempló aún más mi desasosiego, torturando las ansias circulares de tan perplejo ánimo. ¡Aquella mirada! ¡Era dulce venablo que deseó mi dolido corazón, benévola herida que hubiese curado mi destemplanza! ¡Y encima cojo!... Muy paruro se paseaba Mitume por la ceremonia de santos, como un pavo real tendía el galope corto, aterrando a todos con los chillidos del embuchado Avilés, aquel diablejo sin bozal que llevó sobre sus espaldas, lucífugo demasiado embutido en las costuras de la alforja negra. Allá bailaban los negros, al toque de tamboras se desató la ceremonia de santos, oficio en torno al muy adornado cuerpo del pellejudo niño mago. Pues el negrito era cadáver de mucha galanía, y digo esto porque aquel angelito —así llaman los negros al niño muerto— tenía amapolas en las sienes, señal segura de su inocencia catastrófica, comienzo tan sólo de otros aderezos, tales como guirnaldas de margaritas, girasoles guindados al cuello, lirios de río puestos en trenza sobre la coronilla. Alrededor del santito se desató alegre bullanga, esto porque los negros confían en que el niño irá al paraíso de los africanos, cruzará el ancho mar oceánico hasta recalar en la tierra de los monstruos, pues en Africa y otras islas cercanas hay animales extrañísimos, aún desconocidos en Uropa y las Indias, y éstos son el hepopótamo, que es como ballena de los pantanos, el jirafo, una especie de caballo con cuello más largo que una palma, también el cocodrelo, lagartijo del tamaño de un hombre, y yo diría que hasta más. A fe mía no sé si aquel niño llegó a tierras de Africa, así tan anciano como estaba, todo curtido por la vida, lagañoso de maldad, sufrimiento y poderío. Alrededor del niño los negros jugaban, cantaban y bailaban, siempre bien al son de las palmadas. También libaron brebajes muy enloquecedores, fumaron yerbas mágicas, la fiesta completándose con la preparación de esos alimentos venusinos que llaman afrodisiocos. A todo ello, yo más cojo que el de las marianas, el muñón trepado en la horqueta y el ojo del cronista nunca quieto''.

Capítulo XXXI

DE LAS EXTRAÑEZAS QUE EL CRONISTA GRACIAN VIO EN LA APOTEOSIS VICTORIOSA DE MITUME, Y DE LAS FIESTAS Y TORNEOS QUE EN EL CAMPO DEL MORRO SE CELEBRARON PARA HONRAR TAN MEMORABLE SUCESO

"Don José me despertó al amanecer; lucía muy fatigoso, inquieto de tan grande sobresalto, perseguido por la rabiosa premura. Los tambores sonaban tan cercanos que por un momento temí alguna fiera emboscada... —*¡Gracián, Gracián!, por lo visto se alistan para el ataque. He dispuesto los preparativos de batalla, los escalilleros ya han bajado al roquedal para asegurarse los sitios ventajosos*—. Así me dijo Don José de Trespalacios, mi prudente pero inquieto pastor, aquella alborada en que las primeras fulguraciones de Apolo escasamente acallaban las luminarias de los hachos enloquecidos allá en la oscuridad, allá en la fortaleza que cobijaba al espanto tembloroso. Advertí que Don José daba traspiés sobre la tabla, casi ausente su acostumbrada compostura. Bajamos a unos toldos de campaña que habían sido levantados con pencas, y estando allí, justo cuando ya asomaba el día, se desató lluvia torrencial, que ya estábamos en pleno diciembre, y lo que el invierno del trópico no da en nieves bien prodiga en lluvias. Nos guarecimos justo en el centro de aquel precario cobertizo que colaba el agua a grandes chorros. Los tambores ya no cesaron de sonar. De la fortaleza envilecida por la magia salía un denso humo; al parecer éste se desató cuando la bendita agua de lluvia apagó los hachos que el mismísimo Satanás había encendido con su aliento. Por unos momentos escampaba, y Trespalacios aprovechó la tregua de los cielos para asar en barbacoa un filetón de chillo que los hombres pescaron el día anterior. Con las muelas Don Pepe atemperaba la inquietud... Aderezamos el sabroso manjar con untura de ajos, pasándolo gaznate abajo bien acompañado de casabe y guarapillo. Ya estaba el valor plantado para recibir la embestida de los negros cuando de nuevo se desataron maravillas ante nuestros ojos. De la muy soberana fortaleza del Morro salía grande torre de locuras, procesión aérea colmada de feroces portentos... A la cabeza vienen esos guerreros de la guardia brava, vestidos rumbosamente con muchas chulerías, bien guarecidos por sombrerones de anchísimas alas. Estos galanes custodian un tropel de inquietos caballos sin rumbo, bestias que traen atados al cincho los molongos muertos en el asalto. Y los otrora guerreros feroces ahora son mantenidos erectos por unas horquetas atadas a las grupas de los caballos, arneses que sostienen esos cuerpos hinchados por la muerte. Pero los corceles se mueven muy desorientados, chocan entre sí, confundidos por peso tan impasible... Los guardias bravos del pecador Mitume —¡de nuevo anduvo muy loco el ingenio!— mantenían en unida cabalgata a guerreros tan fantasmales, a los impávidos jinetes que probaron su pericia para cabalgar el aire de la muerte, aún intentando amansar los bríos demasiado ajenos de las bestias. ¡La sordera del caballo es ahora el espeso silencio del jinete!... Pero aquel oficio de guiar la muerte era más que imposible para los cautelosos guardias bravos de Mitume tan fantasioso: Los molongos, desfallecidos por el sueño perdurable, recorren el laberinto extraño, ese inocente desconcierto de los caballos... ¡Trazan los corceles un paso lento que conduce a tropiezos y relinchos!... Insisten los leales guerreros, muy a pesar de las temerosas miradas laterales, en mantener cercado ese silencioso curso del laberinto delirante, lamentos tan sordos... Y el círculo que apretaban en torno a los jinetes tiesos cada vez era más dilatado y errátil... Hacia acá vienen cabalgando, sus hombros yertos amarrados a las horquetas con cabuya de espartillo. Se agrandan desde aquí, desde esta caseta de campaña —el roquedal de Punta Tiburones tronándome en los oídos—, los sobresaltos que avivan el falso ojo del catalejo, esa aérea comparsa de burlas traída por la procesión. La gran torre de bambú era cargada por cuatro guerreros totalmente desnudos. Y alrededor de ésta iba gran comparsa de danzarinas que culeaban baile de lascivas intenciones. Tanta impúdica desnudez, convulsa la sostenían aquellos fuertes cafres que tronaban los cueros... Con furia cruel los tamborileros azotan esos congos de ceremonia cargados por los negritos. ¡A mí se me figura brujo ese fulano!, negro de plumaje atado a las medias calzas que suena el maraco por los aires azufrosos, fumador de grandísima breva, y ya empina el muy diablo esa vejiga hinchada del ron que a chorros le corre por el pecho... Sus lentos ojos se volcaron hacia las cuencas, y aseguro que caía en el trance, aquel sitio de quimbambas tan visitado por los de su raza, asidero de los muchos que mezclaban el toque de yerbas con el robusto trago de fermentos. Todos los gritos, también el baile, tantos trances furiosos animados por la música bien se debían a muy asombrosa visión que alcanzó mi inquieta mirada: Allá, en lo alto de la torre trabada por vigas y crucetas, está en velorio, ese cuerpo de pies enormes, el negrito muerto de pelo canoso y descanso maldito, cabezón de tez demasiado arrugada, prodigio engalanado con los más bellos lirios... Una corona de margaritas que no quiero ver le aprieta las sienes, ese sueño tardo y gravoso de la desesperanza... ¡Tanta candidez de la flor burla la vejez ceniza y prematura! ¡Sopla el viento sobre las florecillas, se apesta el aliento de Leviatán seguro! La mortaja que traía fue hecha con tosca tela de saco, pero tal descuido apenas perturbó el donaire de aquella muerte, aunque la gravedad pronto le mordiera el rabo a la frágil ilusión: El pequeño cadáver venía como recostado en la aguja de la torre, allá atado en su mortaja a un tablón cubierto con una esterilla de bambú. Estaba casi erguido el arrugado cadáver de los pies enormes, el negrito parecía transido, quizás de cielo y luz, pero su paso amenazante era hacia nosotros, y como que caminaba en el aire. Bajé el catalejo, que ya me entraron cagaletas. Once pasos eché hacia atrás, mis ojos nublados por la imagen poderosa, el miedo carcomiéndome las uñas. ¡Aléjate, muerte burlona!... Ese nene muerto es el negrito de mala sombra, el mago follonudo que tanto asoló nuestros ejércitos, desatando con el gesto de su varita la furia de la tierra, el bramido de la mar, toda la ira de los elementos que hacen flotar el mundo. Aquel niño era el diablejo de la mano poderosa, residió en la oscura fortaleza como alcahuete de Obatal, ¡fue murciélago allí concebido en el pecho polvoriento de Satanás! —¡Don José, diga usted si tales portentos del aire no son bellacas fantasías!— Pero a mi alrededor hay silencio, que ya tengo el mono trepado en la pluma... ¿Eran tales ensueños caprichos del mundo?... Esa imagen es muy maléfica, pero me atrae como si fuera invitación benigna. Y por eso pensaría en la amiga muerte, pues los que han logrado verla la llaman donairosa, dama que cautiva sólo con la mirada... Y el vendaval arremolinó otra corona allá por lo alto de la procesión aérea, se cimbrearon crucetas y vigas en la odiosa torre, amansándose las ráfagas, calmándose la lluvia según crecía la mirada ubicua y feroz del cabezón maldito. Ya volaron los cocoteros arrancados por la furia desatada en el bajo cielo, se levantaban las raíces de los más grandes árboles, las frondas desgajadas sirven para espesar aún más el aire enloquecido... Temo que la mano poderosa del negrito tome por asalto la mansión del Dios benigno, manchando con sus artes el silencio amoroso... Esos pies inmensos, tan malignos en vida, demasiado burlones se muestran en el oscuro hondón de la muerte. Y es que el horror ya no puede cercarnos más. Don José me miró con el talante descompuesto, siempre conocedor de las regiones azufrosas: —*Estate quieto, Gracián, ahí mismo, aunque el miedo se te imponga, mira que todo el aire está entumecido de diablejos—*.

Me quedé más muerto que tieso, temblando de pies a cabeza, pero sin las pelotas para perturbar aún más el aire... —*Ni un gesto, Gracián, que apenas puedes parpadear*...— Allí quedé preso en aire tan entumecido, aferrado a esa libertad de la mirada, a la curiosidad enorme del catalejo. Un poderoso ejército de ángeles quizás amansó el vendaval, pues de repente hubo sosiego en toda la estancia, aunque las advertencias de Don Pepe no cesaran: —*No te muevas todavía, que también sabe de trucos este aire traidor*...— Volví a quedarme más plantado que estaca, escuché en las altas frondas los últimos giros pausados del vendaval... ¡Ay, bendito! Detrás de la torre del niño anciano, viene otra Babel aún más terrífica, falange de guerreros bien acorazados, trepados unos encima de los otros para formar catedral de miedo. Pero no era espira como la que trazan en el aire los maromeros, sino dura, más que fibrosa, madeja de miembros armados con filosos machetes, picas y algunos arcabuces, éstos colocados con mucha simetría, y aquel laberinto aéreo de cuerpos, confusión y asombro de los aires, parecía monstruo entre mecánico y carnoso, engendro de mil brazos y una sola voluntad, capricho infernal, ya que no sutil invento del propio demonio dueño del compás. —*¡No muevas la bota, Gracián, que todos ellos son espejismos del infierno más que residentes del mundo!*— Pero aún así, de nosotros salió un vaho de terror, hediondo humor que nos oprimía el pecho a la vez que apestaba el aire. Don José, siempre a tiempo para evitar el desastre, se percató del miedo de las tropas regulares que formaban vanguardia, y ya sin más titubeos ordenó que los escallilleros trabaran cuña al frente del batallón capitaneado por Don Pedro Iturrioz. Y maldito sea, ¿por qué yo tenía que estar tan tieso mientras los otros apresuraban el paso?... ¿Es que el aire a mi alrededor está más entumecido que en otros sitios?... —*Cierra los ojos, Graciano, y ya záfate de tantas visiones. —Mucho me gustaría, Don Pepe, pero para acá vienen asustando hasta los sicotes*...— La torre de Belcebubo venía arrastrándose hacia nosotros, cada vez más ancha y alta, sin tregua ni mesura perturbó a la posadura del orbe tal capricho de los malísimos infiernos... Pues esos escallilleros, los muy bribones, gentuza de todo rumbo y ralea, van al encuentro de la máquina infernal con la serenidad de hombres curtidos en peores visiones. Allá, detrás de la torre de diablos, viene el gran Mitume, bien protegido por una cuña de guerreros montados a pelo sobre alazanos. Entonces afloró ante los catalejos la gran maldad de Mitume, pues cometió gran villanía contra su enemigo muerto, así de innobles son los negros, verdadera cafrería de este ancho mundo americano. Aseguro, por los huesos de mi madre, que había atado el cuerpo sanguinolento y ya inflado de Obatal a las ancas de su corcel. Aquel diablo humillaba así la memoria de su antiguo dueño y señor... —*Ya puedes moverte Gracián, que el aire antes apestoso ya está socorrido y exorcisado...* —*Bien dicho, Don José, y a fe mía que ya siento todos los miembros, antes entumecidos, muy ligeros y livianos, más dispuestos a baile que a batalla...*— Ya arrastra por todo el campo, ahí, frente a nosotros, esa muy pestífera carroña. Los hombres que le forman cuña de desfile, falange de paseo, todos traen pañolones atados a las narices, ¡así de espesa es la peste de alma tan cruel! Así se pasea Mitume, con soberana compostura y grande garbo, que la monta va demasiado serena, apenas perturbada por aquel peso tan gravoso. Y entonces fue que hubo gran grito de indignación entre los escalilleros; aun aquella gentuza comprendía el buen trato debido al honor del enemigo derrotado. Aquel cuerpo, tan deforme e inerte, ya lucía muy enfangado, oprobio que se añadió a la injuria de ser paseado por todo el lodazal tendido de lluvias. ¡Ya clamaba sangre honrosa el furor de nuestros hombres! Mitume, como para burlarse de tantas protestas y reclamos, se abrió paso entre su guardia, hendiendo furiosamente el yunque de la cuña, y allá comenzó a galopar en círculos frente a nosotros. Don José de Trespalacios tuvo que abandonar su sitio de observación, ausentarse de la capitanía para moderar los ímpetus de nuestros soldados, amansar el exaltado ánimo de los escalilleros, que éstos pedían a gritos el comienzo de la batalla, muy sin estrategia ni concierto, así de indignados estaban con aquel acto brutal de Mitume. —*Atájelos ahí de cascos, Don Pepe, que si no lo hace vamos en desbandada, y a esa capital de los infiernos sólo se puede entrar con más detentes que astucia...*— Allá fue tan molesto como incómodo: el aire húmedo le había avivado la reuma, por lo que bajó al campo de batalla bamboleándose en el trono. Mientras tanto, observé a través del catalejo el vil arrastre de Obatal... Ahí va a galope tendido el diablo de Mitume, con pañuelo en banda atado a la cabeza, su espadín hiriendo a grandes tajos el aire sorprendido. Mientras los gritos del feroz Mitume resuenan por todo el ámbito, haciendo temblar el campo de batalla, la guasona comparsa lleva al delirio su música terrible, tronando los tambores, acercando acá esas torres monstruosas que al cielo se alzan como maldición incesante para mis huesos. De pronto vi que algunos guardias bravos, los más alcahuetes de Mitume, dejaron la falange que conservaban con muy insólita compostura militar, y allá cabalgaron hasta un árbol de bucay, porque cierto es que en la sombra los esperaba un Mitume infernal y sonriente... De la fortaleza sale, a pie, pero con una sola pata, ese renegado que se me figura la estampa de la miseria y la traición. Pedorrero, con la lucidez harto calenturienta, por allá camina guindando de la muleta el muy traidor, arrastrándose en el lodazal de su alma, distraído en su maldad· de los furores del diablo mundo. ¡Esa pierna que le falta me gustaría escondérsela al muy sucio, o colgársela al cuello para que todos vieran cuán ausente está de su querencia! Al cinto trae ese pistolón que bien merecería su sien, pero obligado está a la cobardía el demasiado ruin... Miren que ya sé por qué demonios se tambalea: A cuestas trae al Niño Avilés, que por lo visto Mitume pretende ceremonia de muchos diablos, aquelarro presidido por los gritos y desafueros del demonio infante. Para acá viene tambaleándose, y el Avilés pretende subírsele al hombro, con esos chillidos buenos para asustar al mismísimo Satano, que furores de Belcebubo en celo son estas voces universales del niño, o quizás pataleos por vivir tan embuchado en esa alforja, cárcel de su alma prieta, desconsuelo de su maldad famélica, razón de que ahora le muerda el cogote al cojo, carcomiéndole rabioso la nuca, y bien se dice que este diablo necesita menos mordaza que bozal. Atronando las nubes del octavo cielo, suben los chillidos, y acá, en este perdido rincón del universo, burlonamente se desatan sobre todo el campo lluvias y centellas. Su rostro venía desencajado, aquellos ojos tan ausentes del mundo estaban en trance... Bien sabe ese cojo de los rigores de la pérdida, aunque su lucidez vague adormecida por el ron y el tabaco, ajena a la estadía, muy pendiente a los humores apestosos que ya se cuelan al recinto de los tósigos, el alma luciferina, corral de murciélagos y negruzca mierda seca...* Poca compasión, mucha lástima sentí por tan sonado espía, por lo visto el único emisario de Trespalacios al corazón de la locura... Tuve que rescatar mi catalejo de aquella visión, orientar la lupa de los aires hacia otros portentos: El cuerpo de Obatal era atado por los güevos a una de las altísimas ramas, allá en lo alto del árbol. Mitume dio órdenes de que con sogas lo sujetaran por el momento, puesto al aire para luego desgajarle el vergajo... Entonces volvió el clamor de los escalilleros, y a la verdad que nunca supe la causa en ellos de indignación tan justa, pues semejantes bribones, en los desafueros de su piratería, cruelmente inventaron aquel castigo tan infame, sometiendo siempre a las autoridades a este capricho, y con la víctima viva nada menos, que hasta ahí no llegaba la crueldad de Mitume. Advierto que tal infamia no es hija de mi fantasía; recuerdo haberla visto en el famoso asalto de Puerto Antiguo, allá en la costa occidental de la Guayana, cuando por aquellos lares estaba en adurriales y correrías, que no sólo lo tolerado por la pluma ha sido testimoniado por mis ojos... Un gesto de Mitume bastó para que el cuerpo de Obatal cayera, allí guindando cruelmente por la tira larga. Pateó de nuevo el aire, y a modo de desafío colgó sobre sus espaldas al Niño Avilés, que allá dejó al cojo muy liviano, casi a punto de borrarse a las sínsoras del infierno. Toda la fuerza de Mitume residía en los cojoncillos del demonio nene, justo ahora que Obatal, desgajado de su miembro hasta las entrañas, bien colgaba demasiado inerte. ¡Así de crueles son las supersticiones de estos negros malditos! Hubo gran clamor entre la delirante comparsa, a la vez que los diablos prietos se descolgaban traviesamente con cuerdas muralla abajo".

***

Ya no sabían qué más hacer. A su alrededor se alzaba el edificio que era como una metáfora burlona del universo. También habían terminado de tapiar, con la

---

*A.J.M.:
Apócrifos son los sueños
(De un manuscrito del Renegado descubierto en la cámara secreta de la muy santa ciudad de Nueva Venecia.)
   "Y entré a una ciudad jamás visitada por la esperanza. Porque la única certeza de tanta locura era su cercano fin, tan pronto el turbio manto de Dios cubriera la maldita estancia. Arrastrando aquel dolor busqué el rostro benigno, esa oscura promesa hecha al hombre, también las frondas apacibles de Yyaloide; pero mi ánimo quedaría alejado, ya para siempre, de aquella mirada tan dulce. Caí de bruces frente al muy poderoso, hincando con el hocico aquel fango, la materia. Mi dolido recuerdo ya no supo zafarse de la burlona risa; pero mi lucidez distante fue reconciliándose con el aire gravoso, ello porque la carga horrible que arrastré hasta la ciudad era dolor preciado por los murciélagos que sobre mí volaban con su ceguera luminosa. Entonces entendí quién era el patroncito del universo".

enorme burbuja negra, el habitáculo del arquitecto gafo. La memoria pronto fue desterrada. La monstruosa edificación se convertía en un enigma: Los niños nacidos en los distantes rincones de la colmena preguntaban sin cesar. Todos compartían la extrañeza ante aquel edificio, paisaje lunar de cuyos cráteres brotaban, cual juncos carcomidos por el viento, los esqueletos de los antiguos constructores. Y el silencio inicial de los mayores fue perturbado por un mito... Según la explicación de los orígenes, la torre casi infinita fue construida a imagen y semejanza del universo. La repugnancia que los hombres sintieron ante el vacío los llevó a un pensamiento desmesurado: Era necesario colmar el silencio de Dios con la perturbadora presencia de aquella hidra, vencer el espacio opresivo con algún monstruo viscoso hecho de piedra y argamasa, de ladrillos con terminaciones de mampostería. La esencia de la fábula era el crecimiento desmedido y eterno de una maldad que siempre se regenera. Los niños preguntaron entonces si habían nacido en las entrañas de alguna serpiente acuática, ello porque la descripción de aquel universo tenía cierto sabor marino. El narrador aceptaba sin reparos aquella imagen que tan rápidamente acudía a la mente de los niños, hablaba del universo como un mar de oscuridad, ¡su voz pletórica de entusiasmo! El edificio absoluto entonces se convertía en una culebra acuática que se arrastraba por toda la extensión de la gran noche. Pero tan concretas imágenes de la gran edificación adolecían de un grave defecto: no explicaban la razón para que se detuviera la obra, tampoco la causa de que los actuales habitáculos estuvieran dispuestos a manera de campamentos de refugiados hacía siglos, allá entre los andamios de la vieja construcción. Podemos decir —sin temor a equivocarnos— que las preguntas de los niños convirtieron el mito en teología. Toda la explicación sufrió entonces sutiles alteraciones. El sabor marino de las antiguas fábulas fue substituido por una razón estéril y abstracta. Ya no se trataba de un pólipo de agua dulce, sino de una complicadísima ecuación matemática que enfriaba la fantasía de los niños. Según estos sabios, la construcción fue detenida porque los arquitectos presintieron —la ecuación expresaba esta corazonada— la peligrosa formación de un arco periférico astral que volcaría todo el edificio hacia el gran abismo. Desde entonces, los hombres caminaron sobre el andamiaje con delicado sigilo, puesto que un paso distraído podía derrumbar la metáfora del universo. Esta explicación resultaba demasiado inverosímil: bien sabían los niños, por experiencia propia, que el edificio eterno aguantaba tanto las locas correrías de las maldades como los tambaleantes saltos de la rayuela. La razón para aquellas moradas temporeras que ya habían durado siglos —allá por lo alto, entre esos andamiajes hundidos y la armagasa endurecida que en la fuga atrapó alguna pala olvidada— se fundamentó en un hecho que la tradición consideraba insólito: la invasión de los habitáculos inferiores por unos bárbaros que apenas se cuestionaban el propósito del edificio absoluto. Aquella amenaza los obligó a refugiarse en las cornisas más cercanas a los andamios nuevos. El edificio se convirtió en una sutil imagen de la fuga. Pero nada de lo expuesto convenció a los niños. Se preguntaban cómo era posible que un edificio criado en forma de hidra no fuera un pulpo, o un calamar ciego flotando en la gran noche. Para ellos la imagen acuática era lo que mejor definía al monstruo, aunque los historiadores insistieran en la validez de la fórmula matemática y la historicidad de la gran invasión. Se intentaba aniquilar la molestosa imaginación de los jóvenes, substituirla sin demora por la fría sinrazón; pretendían borrar los bramidos de Leviatán y sembrar en el corazón de los hombres el poderío de la historia.

***

Cuando ya no me escuchó, emigré hacia él. Su ausencia en mí fue más dolorosa que la oscuridad. Las incesantes plegarias retumbaban por el silencio, volvían a mí transidas de desamparo. Entonces decidí buscar al otro, aunque el olor a sargazos ya no delatara su presencia, aunque su silencio fuera ruta de paisajes que ya entristecerían mi alma para siempre. Abandoné la oscura torre, quise olvidar los dibujos aéreos. Bajé al sótano y comencé mi peregrinación por las apestosas entrañas de la ciudad invadida. Luego de sentir que me extraviaba en la íntima eternidad de aquel laberinto, comencé a vislumbrar la cercanía del otro. Quise hablarle, acogerlo en mi soledad. Fui tolerante con sus añoranzas y deseos. También me acostumbré a su idea más obsesiva: al contemplar una y otra vez la ciudad celestial, allá en el fondo de mi otro ser, ya no me repugnó su soberbia, más me entristeció su fracaso. ¡Así de ausente quedó el Dios benigno!, mi alma gemía cuando la noche oscura ya fue incapaz de oir mis plegarias. Toda mi inocencia quedó borrada la noche en que recordé aquel gafo que una mañana subió a la torre, su cuerpo lastimoso arrebu-jado en trapos y terribles olores, su lengüilla inquieta mofándose del diseño de La Magnífica a la vez que ofrecía —sin que nadie se lo pidiera— las respuestas más tristes para mi visión. Pero aquello pertenece al pasado, y con ello quiero decir que le atañe a la vida, a los débiles sentimientos que nos hacen desfallecer cuando estamos cerca de la visión terrífica. Allá en la oscuridad ha surgido un rayo de luz, y no cesa de volverse cada vez más brillante. Hacia claridad tan serena quiero dirigir los pasos de mi ruinoso cuerpo. ¿Quién ha puesto aquí esta escalera en espiral? Alguien sopla a mi oído: mi vida toda, aun ese muerto que es el pasado, se reconoce víctima de la enorme burla. Pero el anhelo de la visión me arrastra escalones arriba, convirtiéndome en gusano que ansía la luz. Temo colocarme en el borde mismo del tiempo. ¡Más intensa quiero la luz, hasta perder toda noción de mi extrañeza!... Quedé flotando, sereno de gozo, ausente de mis sentidos, suspenso en la naciente visión. Sentí lo aéreo, salto a la luz, aunque por momentos me acometiera el oscuro presentimiento de que caía al fondo de la escalera, al abismo de la ciudad, sitio de ratas gigantescas y aguas pestilentes. Tanta fue la embriaguez que ya sólo hubo claridad. Ya sé que frente a mí se alza la ciudad celestial... La luz es demasiado intensa... ¡Es lo mismo que la noche del sepulcro!... Pero muy pronto despejo esos delirios... Bien sé que su belleza rebasa los más sutiles dibujos de mi oficio: Jamás mi alma pudo pecar tanto; mis dedos nunca trazaron con tanta ligereza. ¡Es la arquitectura que brota del tedio divino! Siempre añoré ver el supremo dominio de la luz. ¿Dónde acabará tanta claridad! ¿Dónde comienza el contorno de la salva-ción? Mi alma estaba sumida en estos dolores cuando tropecé con alguien. De aquí en adelante el asombro matará la embriaguez, la vida desterrará los sueños.

Capítulo XXXII

DE LOS SUCESOS QUE EL CRONISTA GRACIAN VIO EN LA BATALLA DE LOS PRODIGIOS

"La batalla comenzó con grande clamor, pues la furia de los escalilleros contra los muchos desmanes que había cometido Mitume, bien desató el vendaval ante nuestros ojos, que al cielo y los siglos se elevó aquella grita ensordecedora, para que aún la posteridad comprobara en el eco retumbante aquel extravío soberano. Allá se lanzaron los furiosos al ruedo de la matanza, sin que Don José diera la orden, y temí que la batalla se convirtiera en tumulto, motín más que guerra, ocasión de segura derrota, puesto que no hay ejército victorioso sin el arte de la estrategia... Ahí los escalilleros han decidido atacar, como si fuera fortaleza y no engendro de Satanás, la lenta torre humana, uno de los monumentos de esa ciudad convertida en batalla. Y por lo visto ya tenían muy dispuesto el plan de asalto a la torre, por lo que sin mayor tardanza echaron cuerdas, tensaron lazos y nudos, alrededor de los brazos y las piernas que, cual tejido diabólico, asombrosamente formaban el muro de tan caprichosa fortaleza. Avivaron la captura con gritos y pujos, la torre intentaba zafarse, como un gigantesco animal herido, y serpenteaba por toda su altura una onda de espanto que hacía tambalear sus cimientos, desgarrando, aquí y allá, la costura de tantas piernas y brazos ahora fatalmente presos por las cuerdas y el pavor. Corrí hacia unos cocoteros, allá cerca de donde capturaban el monstruo de las cien cabezas. Por lo bajito de la torre había desenfrenada pelea a machetazos, reyerta entre los hombres que formaban el basamento de la torre y los escalilleros que tendían las sogas. Digo hombres pero debería decir monstruos, pues las piernas de otros hombres aparecían debajo de ellos, a la altura del pescuezo, y tan claro se veía cómo aquéllas no pertenecían a éstos que era como testimoniar un acto de circo, gigantesco truco al cual se le han descubierto las costuras. Y aseguro que por momentos el asombro se convertía en visión, la madeja de cuerpos trenzaba lo terrífico: aparecían las cabezas trepadas sobre piernas enormes que parecían zancos, surgían enanos con cabezas adosadas entre las dos piernas, gigantes con dos cholas, una de las cuales quedó enquistada en la cintura. Arriba, en el cielo de la torre, había un guerrero que gritaba órdenes, para así mantener implacable tan portentosa máquina de muerte. Muchos de los nuestros cayeron abatidos por los furiosos machetes que blandía aquella hidra del demonio. Muchas veces se soltaron las cuerdas que sujetaban al monstruo, los escalilleros se vociferaban ánimo cuando volvían a tensar los nudos, aunque los más, ante los alaridos aterradores del monstruo, echaron talones atrás hacia la retaguardia. Justo entonces los guardias bravos tendieron galope, para así perseguir hasta nuestra estacada la fuga vociferante de tantos miedosos.

Don José fue cargado en vilo hasta la litera, allí puesto entre cojines y visillos, que para no perderlo en el fragor lo traíamos protegido por fuerte falange, dos anillos de valientes con fusiles puestos a bayoneta calada. Era la intención de nuestro caudillo trazar una batalla rigurosa; tal y como ésta se presentaba entonces, no había victoria cierta para nosotros, ni derrota segura para los valientes de Mitume: Los guardias azules de la Orden Virreinal de Indias a paso garboso entraban en batalla, alrededor de la litera de Don José vi estallidos de bala, se desataron fogonazos de fusil. Don José vociferó órdenes prudentes, el galillo puesto en los cojones y la voluntad templada por el entendimiento: —*A ver, maricas de mierda, a hincar botas, y que no sucumba el baile... ¡Asalten esa torre con las malditas escaleras! ¿Para qué rayos las quieren?*— Entonces fue que me interné, soplándole ánimo a los güevos, en el meollo de aquel caos que pasaba por guerra. Allá tendían las escaleras contra la torre humana, como si ésta fuera bastión de piedra, ya que no fortaleza de diabólica costumbre... Acá suena la comparsa que custodia a la gran torre de bambú, ese altar donde tiesa descansa la carroña del negrito, y la festiva procesión demasiado ajena va —con su íntima ruta de canto y danza— a los relinchantes caballos a su alrededor, al silbido de los afilados machetes, a los gritos de tantos hombres despanzurrados por las bayonetas y los fogonazos. Harto extraña era la alegría de tantas mujeres puestas en trance de yerbas y ritmo de congas, mientras en contorno los caballos derramaban tiras larguísimas de mondongo y tripero. Acá en el hondo fango resbalan hombres y bestias, allá se confunden los gritos y relinchos, centauros del aire son tantas dolientes voces confundidas. En aquel desorden de humo y muerte, las bayonetas de nuestro regimiento azul siempre se mantuvieron ocupadas, pero también ya no cesaron de silbar los machetes de los guardias bravos, ni los gritos descomunales de Mitume se apagaron. Aquel galopante diablejo con el satánico Avilés a cuestas era el terror de nuestro ejército, que su espadín furioso no dejaba títere con cabeza, miembro pegado al tronco. Aquella poderosa navaja ya notoria en todo el campo, a mí me cortó la serenidad en la garganta... En este rincón de la batalla hay grande furor, por ahí avanza nuestro regimiento de pabellón, las bayonetas firmes y las rodillas temblorosas. Entre fogonazos y alaridos, las bayonetas trazaban su ruta de muerte, diezmaban la procesión que custodió el paso del niño mágico. Los tamborileros y sacerdotes fueron destripados, una y otra vez, por nuestros hombres aguerridos, y ya en el remate gozosamente los pillaban contra el fango a punta de bayoneta. Las prietas desnudas fueron capturadas, y acá violadas, que con estos ojos que se comerán la tierra, vi cómo nuestros hombres se gozaban aquellas brujas en hamacas suspendidas de larguísimas varas de bambú, convirtiendo las camillas de la batalla en tálamos bullangueros... Y los muy diablos se acurrucan con las negras, gozándolas a calzón quitao mientras ruge la batalla, que para darles oportunidad a todos los bellacos, unos forman falange de bayoneta alrededor de la hamaca mientras otros la sostienen con plante muy ceñudo. Así fue que hubo burdel itinerante en tan extrañísima batalla, ya que no verdadera cornucopia de prodigios. Al quedar la torre del niño anciano abandonada en el centro de aquel infierno, el capitán Carvajal lanzó un ataque de los azules para echarla al suelo y quemarla, no sin antes recibir airadas protestas de los hombres bajo sus órdenes, y tuvo que plantárseles para contener el motín. ¿A qué se debía tanta bulla y rebelión? No olvidemos que el negrito allá tieso en lo alto de la torre fue quien alteró mucho los modos de la naturaleza, también el curso de los astros en la primera batalla de la guerra. Aquellos hombres temían que la magia del negrito tuviera ahora, justo después de la muerte, más íntimo trato con Satanás, peores caprichos catastróficos. Esta odiosa

232

rebelión, más hija de la cobardía que de la prudencia, dio oportunidad a la caballería negra para organizarse, para defender torre tan sagrada. Por allá Mitume les vociferó que custodiaran el cadáver del negrito, pues el saldo de la batalla dependía de los poderes milagrosos. Los guardias bravos tronaban contra los hombres de Carvajal. Muchos corceles se encabritaron contra las bayonetas, bestias infelices pronto desentrañadas, y cuando fui para allá recibí en plena cara un borbotón de sangre, tropecé en el viscoso tripero, que ya subía el mal olor de tanto mondongo pisado y vaciado. Pero la furia de los jinetes negros se empecinaba sobre las bayonetas. Me alejé de aquel azote de Marte lo más rápido que pude, pero cuánta no sería mi sorpresa al encontrarme ante muy insólita ocasión. Resulta que unos guardias bravos, diligentes y pausados los muy diablejos, echaban ron de barril sobre los molongos muertos, aquellos jinetes tan tiesos todavía atados a sus corceles. A fe digo que pretendían convertirlos en galopantes antorchas, pues a diestra bamboleaban hachos encendidos, que ya pronto las llamas acercarían a los inertes monifatos. Esas maldiciones llameantes serán lanzadas sobre nuestro muy piadoso ejército; pero no hay nada humano o maléfico que la voluntad de Dios no pueda detener a través del buen oficio de su santo varón aquí en el mundo, Don José de Trespalacios y Verdeja, santo pastor de la amadísima grey. Así digo ahora, así medité entonces... Y frente a mí, como un espectro, aquel infeliz que espió para nosotros en el campamento de Obatal... Va tropezando por aquí, donde más suena el fragor de la batalla, sus ojos puestos en un mundo íntimo, distraída de nuestra catástrofe va su mirada. ¡Algún paisaje benigno o terrible estará conociendo! Ni el estallido· de la pólvora, ni los alaridos de los hombres cegados por la sangre, perturban su cansado y ruinoso paseo".

De un manuscrito apócrifo del Renegado, descubierto en la cámara secreta de la muy santa ciudad de Nueva Venecia

"Me sentí muy cerca de sus ojos, pegado a su piel, cuando desperté ante ciudad fantástica, y todo aquel recinto fue construido para confundir la voluntad, ya que no para extraviar el paseo. Todo se agolpó en mis ojos cual bruto asalto, ello porque no podía adivinar el sentido de ciudad donde el paseo es irresistible. Así afirmo que mi ánimo quiso distraerse de los cuidos del intelecto, éste quedó absorto en la visión, negándole al espíritu su leve e inútil cháchara de razones. Sólo la voluntad fue sacudida, tampoco el alma fue cómplice de la borrachera, aquel extravío cuyo sentido al fin se reveló, pues el emblema fue descifrado sin los auxilios de la razón, su terrorífico signo apenas causándome temor. Sólo permanecía en mí la confusión de no sentir, la perplejidad de no pensar ante aquellos prodigios de la ciudad. Aquel sentido más que evidente era la sustancia del misterio.

Allá se levanta la torre en espiral, trenza de esqueletos humanos. Con gran arte fue trabado el montículo de muerte, ya que no túmulo de la vida frágil. ¡Es el modo del viento desgastar la dura roca de la montaña, hacerse vanidoso en su inmortalidad! Por acá viene alegre comparsa, y va hacia el desierto, ese páramo candente que rodea la ciudad , esa presencia que se cuela por las calles calcinadas. Allá, en lo alto de la bullanguera procesión, el esqueleto de la etíope salta la torre de bambú, cabalga sobre el dolor del mundo, siempre amansando el lomo de su Mato confuso. ¡Cuán grato fue al hombre ese jardín que ahora se muestra tan cauteloso! ¡Los primeros mares del mundo ya conocen la vigilia, esperan alguna presencia terrible, el chapaleo de un animal demasiado ajeno! ¿Allí residía la inocencia? ¿Dónde asomó su pezuña la maldad? La disputa está vigente, y entonces recordé cómo el niño mágico de Obatal, esa carroña allá trepada en lo alto de la torre, fue amigo de las olas, gobernador de los montes y las nubes, sus caprichos siempre convirtiéndose en naturaleza de voluntad enloquecida. Acá suena todavía la disputa, tan antigua como el hombre, tan persistente como el misterio que nos rodea. ¿No se esconde el poderío allá en la semilla de la inocencia? ¿No es la fuerza una forma del asombro?... Unos viven con los ojos volcados hacia adentro, los otros intentan ocultarme el impasible rostro de los cielos. Estos desconfían de aquéllos, tildándolos de seres demasiado peligrosos para la convivencia. Mientras tanto, los de la mirada ajena al mundo vagan por las calles, distraídos de su paso incierto por la ciudad eterna. Traté de ser juez, y logré escuchar todos sus argumentos; era costumbre entre ellos ventear el antiguo litigio ante los forasteros extraviados que entraban a la ciudad. Los que veneran el poderío me señalan que las altas edificaciones pretenden lograr el olvido, y los habitáculos que imitan la inmensidad nos cobijan, cerrándonos en universo razonable, consolándonos de la tristeza del vivir y el desamparo del morir. Los entusiastas del asombro, apenas implorantes, altaneramente pretendieron que el hombre viviera siempre al filo del terror, inclinado hacia el abismo vertiginoso. Escapé del dilema con estas enigmáticas palabras. (¡Hice lo mejor que pude para atemperar tantos gritos y protestas!): —*No hay edificio que nos haga olvidar el rostro cruel.*— Ambos ejércitos entendieron mis palabras como la razón definitiva de sus argumentos: Los inclinados al asombro persiguieron cruelmente a los partidarios del poderío, esos mansos hombres y mujeres piadosas que caían en todas las calles, allá fulminados por la cruel espada, acá tendidos por las inquietas picas. Intenté salir de la ciudad odiosa, pero no pude. La disputa eterna desencadenaría siempre la matanza. Los hombres siempre buscarían un profeta que avivara, con sus enigmas, la fe en un Dios terrible o ausente. Por fin logré huir. En el camino me encontré con un Obispo que traían en litera. Aquel gobernante lucía una máscara de oro. Al quitársela, su rostro de cenizas es borrado por el viento. La pregunta me perseguía implacable por todos los caminos. Se acercaron los peces voladores que morderían todo mi cuerpo. Grité hasta la locura, pero nadie me escucha. A mi alrededor se desata toda mi culpa, aunque ya no sienta las muertes provocadas por mi sentencia. Volví a correr, pero caí en el fango. Sentí que a cuestas traía el poder burlón del universo. Ahí va la etíope, sujetada y gozada por unos diablos que corren con una hamaca".

***

Hoy me toca recorrer la ruta del pecado. Una vez despejada la luz celestial, todo se agolpa en ese tropezón imprudente, y la vida ya no tolera los engaños de la imaginación... ¡Entonces sólo quedan los gemidos del arquitecto burlado! ¿Por qué se anidan así, en la voluntad amorosa, los tristes engaños del deseo? ¿Por qué el dolor asume la vocación del arquitecto? Todas las rutas se han convertido en silencio, y debo evocar el instante justo del engaño, el gesto que sembró el dolor. Un día quise conocer las dos ciudades, y tracé un dibujo peligroso: allí estaban los dos recintos: Uno fue concebido según la añoranza del paseo. Y era el más antiguo, primer encuentro del hombre con su propia mirada. ¡Qué torpe resultó entonces la vanidad! ¿Por qué entenderlo así? ¿De dónde brotó esa idea de la soledad? ¿Es que no pude reconocer que la vanidad me impedía la mirada? Ciego, sin tacto y sin luz llegué a pensar: ¡Esta ciudad es recinto de sombras! ¡Quería la luz!, yo, enamorado de la muerte... ¿Por qué confundir el espacio con la soledad? Así de ajeno estuve al amor, así de encarcelado quedé por la voz vanidosa. Aquella ciudad tan mía me pareció solitaria. Tan absorto quedé en mi reflejo, que ya no reconocí mis bienes... ¿Por qué confundir su luz apacible con las sombras? Ese afán maldito me decía: es el recinto de la seguridad, allí donde tu espíritu valiente sólo encuentra melancolía: es el recinto donde tu alma anhela el riesgo: tú, tan inclinado a la gloria, te mereces la otra ciudad. Yo, tan dueño del pecado, no conocía el amor; sólo la vanidad gobernaba mis anhelos. ¿Por qué pretender tanto goce y dolor? Estaba muerto. No sentía. La muerte se basta a sí misma, es el destino de Narciso. Sólo la vida reclama la entrega. ¿Por qué esa alegría en la inquietud? El verdadero peregrino añora ese espacio habilitado. Sólo el tedio confunde la inquietud con la peregrinación. ¿Por qué confundir el gozo con el goce, la felicidad con alegrías y placeres tan engañosos?... "¡Esta ciudad es el reverso de la utopía!" "¡Aquí gobierna la necesidad!" "¡Mi alma quedó segura, pero también un poco muerta!". Así me repetí hasta el cansancio, la voluntad demasiado confundida, el intelecto una madeja de justificaciones. Entonces caminé hasta la otra ciudad, buscando el cuido del tiempo, anhelando el riesgo. No me bastó con sembrar el dolor en la ciudad conocida, cultivé mi páramo en la ilusión ajena: También me dijo la vanidad que el otro recinto guardaba el secreto del orbe. Allá comprendí el rostro benigno de la naturaleza; pero nacer al mundo, reconciliar el espanto y la vida, ya no sembrar la desconfianza en el cielo, en los árboles, la lluvia y el mar, es ruta de dolor donde el alma quisiera vencer el miedo. Pero entonces confundí la embriaguez con la felicidad: ¡Era la ciudad de las espiras, el recinto de los zigurats y las torres que traspasan el cielo para bañarse en tibia luz! ¡Al fin encontré la utopía, y allí residía la muerte, esa antigua compañera! ¡Tiempo tan corto obliga a la embriaguez! Sus ojos sueñan con esos barcos imposibles de tamaño celestial... Y el alma añora tantos puertos engañosos... Aquí cerca está el mar, ¿ese recinto de la soberbia! ¿Será posible burlar el tiempo? La embriaguez también puede reconciliar el miedo y la carcajada: Junto a la muerte próxima, la esperanza de cualquier sonrisa. Acostumbrado a no sentir, cultivé la vanidad amorosa; el anhelo vergonzoso y secreto jamás me abandonó en la embriaguez de sus ojos. Entonces quise aturdirme con el asombro y terror de sus calles desoladas. Y esta ciudad engendró otras, porque el engaño engendra la ilusión, y ésta quedará demasiado desnuda ante el dolor, será precaria flor pisoteada por la soberbia. ¿Por qué no entender que el llamado es a la vida, y no a la muerte? Esas ciudades, allá en el límpido azul, procrean otras ciudades luminosas. Así se repite el engaño; matando la ilusión, de un espejo a otro camina la muerte arrastrando su terca vanidad. Al atardecer escuchaba al tiempo. ¿Pueden tantas ciudades burlar su paso inexorable? Una tristeza cautivaba el ánimo; entonces comprendí que mi ciudad era más precaria que la rosa. Me encuentro con el otro, y pregunto: ¿Por qué no mira la ciudad? Cultiva su mirada en el mar, burla el tiempo, vive plantado en la añoranza. En el hondón de su anhelo habita aquel espacio que amansa toda soberbia, que destierra el soplo de la muerte y el miedo. Pero el peregrino no cesa de confundir la inquietud con el camino. La noche apenas puede abolir... Las estrellas peregrinan a nuestros ojos. Las torres y los zigurats navegan en el mar de la alta luna, la ciudad sueña puertos donde arriban barcos celestiales.

Capítulo XXXIII

DE LOS SUCESOS QUE EL CRONISTA GRACIAN TESTIMONIO EN LA BATALLA DE LOS PRODIGIOS

"Puedo asegurar, la pluma temblándome y la memoria doliente, que la torre humana fue asaltada con picas; así era más fácil tensar las cuerdas con que pretendíamos sujetar la furia de aquel monstruo formado de negros. Nuestros hombres más aguerridos se arriesgaban a cruzarle por el frente, evitando con diestros esguinces el laberinto de machetazos que trazaba la máquina infernal. Aquellos tajos no pudieron detener la actividad inquieta de nuestras lanzas, y a poco de retar el engendro, nuestros hombres ya estaban vaciándoles los ojos a tantos negros trenzados para formar la torre. Y las afiladas puyas seguro blanco encontraban en miradas tan sorprendidas. Los muy infelices no tenían manera segura de evitar nuestra furia, pues como sus cuerpos estaban tan entreverados y sus cabezas tan rígidas por el peso de los otros, harto difícil se les hacía esquivar nuestras certeras picas. Una vez que reventamos los ojos de los negros que formaban el basamento, la torre quedó a la deriva, tan ciega como tambaleante, presa fácil de las sogas que tensábamos para capturarla. Los negros más fuertes —los que sostenían hidra tan repugnante— en gritos y gemidos se vieron, dando pasos en el dolor y la oscuridad mientras los maromeros de más arriba pretendían recobrar, a bamboleos, el fugado equilibrio. Volvió a retorcerse de dolor y rabia la hidra, subiendo por sus entrañas un estremecimiento definitivo, buen presagio de la muerte. Allá, en la aguja, fue alcanzado por una piedra el capitán de máquina tan infernal, el cómitro que con sus gritos le marcaba paso y dirección al monstruo. Acá se desplomó la torre, quedó herido de muerte el monstruo, convirtiéndose en túmulo, pues sólo quedó de aquellos valientes un pequeño montículo de vísceras regadas, huesos rotos y alaridos ya apagados en el aire. Para bien sujetar la maldad, cruzamos trece sogas sobre el túmulo, anudándolas después a estacas hincadas en tierra hasta el ñame. Cualquier movimiento del monstruo herido era cercenado por los machetes de nuestros hombres, siempre bravíos pero cuidando distancia, así de mucho les había durado el pavor de cruzar tajos con semejante criatura de mil miembros y una sola voluntad. Ya domado aquel pavor por la quietud de la torre herida, se abalanzaron los escallilleros más con goce que furia sobre los cuerpos inermes, afanándose en el correr de la sangre, cebándose en el seco chasquido de los huesos al partirse. Como había tantos furiosos entretenidos en semejante crueldad, Don José consideró necesario acercarse allá en su litera, gritar órdenes y lanzar advertencias. —¡Ya no pierdan más tiempo, a joder a otro sitio, que la caballería de los prietos se nos viene encima!— Y dicho por él, hecho por los guardias bravos: Hacia acá tronaron los corceles, Mitume arremetió contra la litera de Don José, con tanta furia que de un machetazo voló uno de los pilares del dosel, rajó en hilachas el muy fino satén que servía de cortinaje en tan rumboso vehículo. Aquel tajo fue tan

descomunal que decapitó a uno de los seis esclavos mosquitios que cargaban al
Obispo, poniendo en fuga a los otros cinco, que contundente sonó el palanquín
por todo el campo de batalla al caer gravoso, allí, abandonado por los muy
cobardes. —¡Qué coño esperas, Gracián, ven a socorrerme!— Don José, tan tardo
como ballena varada, buen tocino sería para la navaja del caudillo tan pronto éste
volteara bridas. —¿Qué rayos es esto? ¡Quítame esto de encima, Gracián!— Y era
que la cabeza del desdichado mosquitio le había caído en el faldón de la sotana
luego de girar siete veces en el aire. —¡Vamos, Don José, no sea tan remilgoso y
mantenga la chola baja, que ya oigo al prieto que viene con el grito puesto en la
gloria!— Con una pica que le arrebaté a uno de los lanceros, logré quitarle del
frente a mi buen pastor la ensangrentada cabeza de ojos todavía sorprendidos. La
empujé con la punta del lanzón, y allá rodó por todo el campo... Sólo tuve tiempo
para saltar a la litera y ponerme las manos sobre la coronilla, que el machete de
Mitume ya estaba sobre nosotros. La litera no resistió el peso y se hundió en el
fango, y ahora éramos dos los puestos a la intemperie, sin tregua ni remedio. Pero a
buen socorro llegaron unos escalilleros que ahuyentarían a Mitume antes de que se
cebara con nosotros, y cuando ya se alejó aquel demonio —bien espantado por las
picas y los gritos de nuestros hombres— pude advertir, con el rabo de ojo, mayores
prodigios: La torre del niño anciano fue atacada con suma fiereza por los nuestros,
quienes lanzaban antorchas encendidas hacia el alto pináculo. Se desataba por todo
el campo una morosa carga de caballería, la de los molongos muertos atados a los
corceles, allá más tiesos que palos, erguidos solemnemente con horquetas y amarrados a fuerza de cabuyas. Mientras socorríamos a Don José —quien pidió ser llevado
a una colina donde pudiera recobrar el aliento perdido en el susto— oí los muy
desaforados gritos de Mitume fiero, aquel demonio que cabalgó las calles de la
batalla blandiendo el machete por lo más alto, trazando una ruta universal de
locura más que de rabia. Y debo añadir que tantos esguinces del caballo, vueltas de
bridas, súbitas puestas de freno, obedecían al desasosiego del demonio que llevaba a
cuestas, intranquilidad de quien ya no conoce descanso, inquietud oscura del muy
torturado por la vida.
   Don José era abanicado, acá bajo las palmeras, por muy anciano negro que había
desertado el campamento de Mitume, prudencia ésta que lo salvó del más fiero
asalto que ha conocido el Mar Caribe. Era que muchos negros y negras ya habían
abandonado la frágil pero diabólica rebelión, regresaban mohínos y asustados al
orden por Dios dispuesto. Y estos leales, ya que no renegados, ayudaban detrás de
nuestras líneas, mantenían liviano el relevo de abastos y municiones que nos
llegaban de la flota... Destruir la torre del niño anciano significaba para Don José
ganar la batalla. —Gracián, ve y diles que ya lo bajen a pedradas...— Pero aquella
orden, quizás un poco distraída de su propia importancia, más era un gesto de tedio
que un requerimiento de la voluntad: Señaló gravosamente, su lentitud se convirtió en tregua para mi irresolución, todo su afán era chupar hasta el deleite aquella
pulposa guanábana. Sin desocuparse de goce tan modesto, volvió a señalarme que
todo el furor del enemigo brotaba de torre tan maldita. Entonces fue que su
distracción se me volvió perturbante. Sus ojos estaban como alucinados, temí que
las supersticiones y sulfurosas diabluras de los negros se hubieran alojado en su
cristianísimo ministerio. Olvidando la orden que me había dado, llamó a un
capitán que traía la casaca toda verdinegra, apestosa a vísceras, el ruedo de las botas

chorreoso de sangre, que por lo visto acababa de despanzar a un guardia bravo...
—*Acérquense, y si no lo bajan a pedradas y lanzazos, a mollero arrastran esa torre
fuera del campo, que ella es la lamparilla de Satanás... Eso sí, la arrastran a campo
abierto, la dejan por allá en los infiernos, para que no apeste más la estancia. Y allí
mismo la convierten en fogata fiera, y sin tardanza, que los diablitos no deben saltar
al aire...*— El capitán, hombre bucanero pero de gráciles modales, venteó su
tricornio, la sonrisa siempre detrás de las muelas, y saludó hasta el piso mientras
besaba el anillo de Don José, curioso gesto de salón que enmendaba un poco la
crueldad de la batalla. Por mi parte, más que nada me extrañó la insistencia de Don
José en quemar la torre, pues el negrito anciano ya no desataba los furores de los
elementos. ¿Qué demonios quiso decir con aquello de que era la lamparilla de
Satanás? Para mí que la batalla traía a Don Pepe con los sesos blanditos, a menos
que nos estuviera advirtiendo de algún gravoso secreto de la cámara teológica,
revelándonos que Satanás azufroso ya está ciego de tanta oscuridad padecida en el
hondón de las regiones infernales. Pude ver, desde la colina del Obispo, aquel
combate entre los guardias bravos y los escalilleros, tumulto vociferante más que
batalla, que unos defendían el talismán negro a machetazo limpio mientras los
otros no cejaban en sus ganas de arrebatarles el mayor trofeo. —*Oiga, Don José, y
¿qué demonios es eso de la lamparilla de Satanás? —Se trata de la farola con que
Satanás alumbra su paso por el mundo.*— Sin duda aquella torre era remedio
precario para ceguera tan tupida... Ya afloran a mis ojos las lágrimas. Es que los
hombres alzan al cielo las picas adornadas con vísceras, tripero convertido en
guirnalda, fracaso de la razón universal. A mayor dolor los machetes de los guardias
bravos se ocupan de ese rincón del miedo, sembrando de cuerpos mutilados y
sangrantes el campo de batalla. Es seña del extravío satánico que tantos hombres
ahí maten por una carroña, ¡que es como premiar con la muerte tanto esfuerzo!
Entonces ocurrió lo más extraño de la batalla, y fue que cuando los escalilleros
lograron al fin prenderle fuego a la torre de bambú, los guardias bravos rocia-
ron más aguardiente sobre los jinetes molongos muertos, y después avivaron llamas
con los hachos puestos a las miradas impasibles. Espantaron los corceles hacia
nosotros, y para acá venían aquellos cadáveres arropados con las llamas del
infierno, verdaderas antorchas humanas tendidas al galope por Mitume... Truenan
por toda la estancia nocturna, se oye el furor de la batalla bajo esas hordas del
lucífugo, resplandores desatados por tan raudos demonios cautivan mis ojos. Ahí
lo veo, y mi aliento queda dolido... Es la penosa distracción del alma, la atención
del terror que hacia acá galopa, ¡ese baldado que pasea la batalla como si se tratara
de ciudad magnífica!"

De un manuscrito apócrifo del Renegado, descubierto en la cámara secreta de la muy santa ciudad de Nueva Venecia

"Ya no pude recordar el sitio único. Y lo que fue carnaval de muerte, muy pronto
se convirtió en pesadilla, donde reinaban el extravío y la extrañeza. Mis traiciones
han sido tantas que ya no tengo sitio donde la mirada pueda descansar sin el dolor
de la culpa; toda esta ciudad de muerte ha sido desatada por mis infames desvaríos

en la tierra de Yyaloide. Alguien me dice al oído que la ciudad ha vuelto a ser habitada. ¡Han llegado los profetas! Muchos advierten, otros señalan signos tan oscuros que ya no cabe la esperanza. Ellos hablan de esta ciudad que me rodea, de aquella incesante disputa, tan antigua como la memoria de los hombres, tan implacable como el tiempo de los astros. Otros quieren ir al encuentro de los que le han devuelto la vida a la ciudad. Aseguran que la salvación está en buscar a los que traen la abundancia y el terror. Esos peregrinos tan notorios descendieron de lo más alto, seguramente han tenido que atravesar la ciudad de jade y malaquita. Vienen en carromatos tan repletos que las paradas no cesan, entonces descargan los cuerpos sin aliento, desalojan aun los cadáveres queridos, víctimas todas de los muchos empellones y atropellos. (Entre tantos peregrinos, los habitantes de la ciudad baja —la más cercana al puerto, la más atenta al mar— son considerados verdaderos bárbaros.) Por ahí pasa la etíope. Su presencia, casi volcada al aire, se ausenta de mí entre los restallidos de mosquete y el inclemente martilleo de los cañones. La batalla se agolpa ante mis ojos. Las callejuelas de la ciudad maldita se angostaron sobre mí hasta casi ahogarme. Ella atraviesa mis espacios, no ligera, sino dichosa. Su cabello relucía cruel adorno de otro mundo, recuerdo de otro paisaje; pero ahí está, ¡a fe mía que aseguro la sensualidad de su talante! Mordí el fango, y volví a morderlo; y apenas podía reconocer la mirada los peligros que me acechaban. De repente oí un brioso galope que terminó en relincho, aquí, justo al lado mío. La voz de Mitume a mordiscos se trepó en mis oídos, con grande insistencia me torturó, cuando miré hacia arriba ya no la pude alcanzar. ¡Tan alto estaba en su brioso caballo!, mi mulata yace ahí partida sobre el fango, rota por algún corcel terco y feroz. ¡Su mano de caudillo enorme es tan alta como el cielo! Volví a caer, lo oí alejarse entre las calles pobladas de nichos, habitáculos de la burlona muerte, ya que no hornos donde se cuece la harina lastimera de mis huesos. Apenas pude ver. Frente a mí logré distinguir la figura de un Obispo que se internaba en el furor de la ciudad, allí sentado en muy galana y lujosa litera. Aquel prelado gritó órdenes destempladas, era uno de los jefes de la guerra. Y la etíope sigue la caravana, se arrima a la peregrinación. Ella camina tan deleitosa, aquí junto a las carretas atestadas de dolor y exilio. Y mi desesperación fue que allí permanecí, en el fango estoy y en la muerte pronto quedaré. Quise visitar la ciudad del olvido, y ahora descubro que todo es imposible, menos ese torturante recuerdo de ella... Ya todos peregrinan hacia la ciudad humana, yo permanezco aquí, tendido en el fango, carcomido por la lluvia, traspasado por el ardor del fuego y los gritos de tantos hombres, esos infelices que han derramado sus entrañas con los ojos alucinados de terror. Y por todos lados busca los pies esa pólvora viva, silbido ciego que hace huir a los hombres. Entonces intento agarrar la muleta rota; pero ya es tarde para apoyarme y seguir la caravana, el lagartijo me sube por el hombro, no puedo alcanzar esa peregrinación que le devuelve vida a la única ciudad posible. Todo esto pensé al morir demasiado ciego, mis ojos nublados por el fango y la lluvia, mi dolida memoria añorando las fugaces visiones de su piel olorosa a clavo y canela''.

Capítulo XXXIV

DE LOS OTROS SUCESOS VISTOS POR GRACIAN EN LA GRAN BATALLA

"Ya se oscurece el orbe; la batalla ha tocado el maligno fondo. Aquella torre humana, ya que no atalaya feroz, ahora es túmulo de huesos sangrozos y vísceras derramadas... El desgarro final del prodigio se logró atando algunas patas muertas de la hidra a tres briosos caballos, que al encabritarse éstos con el azote del látigo, se desgajó la madeja de cuerpos, separándose muchos miembros de su tronco, y por ahí, regados y lastimeros, quedan los brazos que todavía aprietan machetes, dagas éstas sorprendidas por la rauda muerte. A todo esto, Don José de Trespalacios movíase en litera hacia el flanco noreste de la batalla. Y yo corría tras él, evitando con esguinces y tropezones el fuego cruzado de los muchos mosquetes que intentaban derribar la carga de los molongos muertos. Aquellas antorchas humanas —¡a fe mía que yo lo vi!— trazaron un gesto que decidió la batalla, pero también la suerte de la cristiana civilización asentada en esta isla. Esos difuntos que visten apestosos oropeles de fuego —reales jinetes del apocalipso, ya que no enviados de Satanás— se vuelven contra los amos, hacia atrás desatan ahora el galope, y persiguen con sus llameantes maldiciones al ejército de Mitume... Y hubo tan grande pavor entre los negros —fiel prueba del alma supersticiosa de este pueblo— que ya huyeron todos los guardias bravos a galope tendido sobre el páramo, doloroso fin de aquella ciudad de muerte, ya que no necrópolis lucífuga. Negros y negras de todas las pintas corren prudentes hacia la bahía, allá presurosos, acá despavoridos, sus cabezas siempre guarnecidas con cestas de frutas y escudillas de fritanga, que aun en el infierno el hambre se aferra al buche. Se desató tal confusión que muchos de los nuestros pasaron de la guerra al libertinaje, y allá en los lindes de horizonte tan infernal, bajo la sombra de las murallas, comenzaron a masacrar a los muchos negros que se descolgaban cual sabandijas veloces. Algunos cocolos se precipitaron a la muerte con los ojos cerrados, otros corrían harto despavoridos, huyéndole a la más extraña aparición que han conocido los tiempos. A todo esto, Don José de Trespalacios enrojeció de cólera su semblante; tantas muertes le parecían ociosas, regodeo de la batalla más que necesidad de la guerra. Se bajó de la litera, hundió sus botas en el fango, a la vez que vociferaba órdenes para que se detuviera la matanza. —*Ahora nos toca atemperar a Caín, mi querido Gracián.*— Tantas vidas de negros... Bien sé que para Don José significaban algo más que la mitad el valor de las haciendas; eran ellos el zócalo de esa ciudad silenciosa y dócil en el corazón de la locura, paciente estancia del esfuerzo... —*Ya ganamos, ahora nos toca perdonar...*— Pero esta generosidad del muy excelentísimo prelado también tenía buen sentido político; prudente razón de estado era conservar las vidas de los negros, basamento de la riqueza que la corona ha fomentado en estas tierras del trópico. Ahora bien, volvamos al vocerío, que los anteriores motivos bien enjuiciados serán por la historia. Pues bien, aquí estamos, y la torre de bambú que llevaba la carroña del niño mágico yace hundida en el fango. Todo el páramo, otrora recinto de gritos y fugas, era una catástrofe íntima. Allí y entonces sentí el dolor que recorre nuestro humano esfuerzo, reconocí el fracaso persistente de la esperanza, advertí la pezuña hundida tan burlonamente en el cieno. Aquel talismán de lo negros —¡el niño mágico, gobernador de la naturaleza!— allí estaba tirado, abandono verdadero de la fe, triunfo de la superstición. Y sus piernitas estaban torcidas más de la cuenta, más parecía fantoche que diablo... Sus ojos lucen carcomidos por el fango, su boca es cofrecillo de gusanos, ya que no pozo de maldiciones acalladas, blasfemias demasiado penosas para el aire. ¡Por ahí está!, bien sé que deambula en un coche destartalado, aquel hombre de nuestra raza que fue hereje y traidor, el notorio confidente de Leviatán. Allá se cayó al querer bajarse del coche, que su muleta falló el estribo... Yace por acá —¡prefiero cerrar los ojos!—, bien tendido sobre la horqueta espetada en el lodo; de lado tropezó con la prisión de los infiernos, ya no se mueve, guindado está de la muleta, el horcón impasible bajo el sobaco sostiene ese cuerpo tan ruinoso. Era el triste trofeo de la causa de Satanás, de aquel delirio desatado que le mordió los sesos. Sus ojos se posaban en el vacío, aquella mirada ya no era de este mundo, pero tampoco de las visiones que torturaron su alma por encanto y maleficio del Satanás negro. Así fue El Renegado tan misterioso en la muerte como en la vida. Y ya no supe dónde estaba cifrada su traición, cuál fue el motivo de manotazo tan severo de la Providencia... Toda la tranquilidad que acompaña a los muertos era violada por gritos y blasfemias, y nuestros hombres cebaron sus picas y machetes, regodeándose en las carnes temblorosas de aquellos desdichados ahora tan desnudos de soberbia y rebelión. Sin más tardanza, Don José llamó a sus capitanes, les vociferó —entre muy santas maldiciones— que ya no continuaran con la masacre, que escondieran para siempre la pezuña de Satanás. Pero la continencia nuestra fue el desafuero de Mitume. Allá lanzó carrera por región extraña el caudillo inquieto; lo vi cuando le apechaba a contienda con aquellos molongos arropados por el fuego, cortando a machetazos las altísimas llamas iba el muy loco, envuelto en la confusión de los corceles encabritados por el calor y la candela... Los molongos llameantes son su cárcel; tantos corceles y monifatos no lo dejan libre; su machete apenas se abre paso entre la burla de ese infierno que galopa... Advierto la mirada que acompañó sus últimos alientos: Aquel torbellino flamígero era el fracaso de la mala soberbia, el triunfo de la fe y razón cristianas sobre Satanás, verdadero ocaso de todas las intenciones de violar el orden por Dios dispuesto. Cuando ya no tuvo escapatoria alguna —las llamas se pegan tosudamente a sus rumbosas vestimentas, el ala de su ancho sombrero es corona ardiente— comenzó a lamentar su soledad, que allá en el páramo era la única voz que gemía, y a veces avivaba su dolor con grandes gritos, vociferando maldiciones que a más compasión nos llamaban, género monstruoso del infierno fue aquel galope suyo ante nuestro asombro... Pero por más que suelte bridas, la cárcel de los muertos aún lo sujeta... Al fin pudo zafarse con un tajo enorme que abrió fontana en el pescuezo del más recalcitrante caballo; sonó chisposa la llama al probar la sangre, humazo se le desató al caudillo cuando el chorro lo alcanzaba... Nuestros hombres pusieron en alerta vigilancia sus armas temblorosas, muchos creyeron que tantos gritos eran anuncio de nueva batalla, ya que no tronar de ejército bajado del cielo. Pero Don José trajo serenidad a donde había grande pavor. Y lo vi dibujar en el aire suaves gestos que nos devolvieron la confianza en Cristo... Saltóse el ruedo, al fin pudo desembarazarse de los molongos amortajados de miradas impasibles... Ahí cruza al centro de la batalla, galopa hacia ese oscuro sitio donde la guerra se convierte en ciudad ruinosa. Al aire lanza esos gemidos tan desaforados, más dolientes de alma que de galillo, discurso verdadero desde las pailas infernales. Allá va lento, a paso corto, sobre el campo florecido de vísceras malolientes, picas abandonadas, cuerpos mutilados y hundidos en el lodo, mosquetes apuntados silenciosamente hacia el cárdeno crepúsculo... En una de tantas vueltas, nos lanzó, con lo poco que le quedaba de fuerzas, el filoso espadín, tajo aéreo a fe mía del mismísimo Aquiles. Acá reculamos más de la cuenta, sazonando el temor con el revuelo, pues aparte del miedo a recibir en mitad de pecho filo tan famoso, buen cuido era para nuestras almas alejarnos del aire sulfúreo, abombado sí por todos los aspavientos del diablo Mitume. Como esto era así, y no de otra manera, Don José ordenó que no se tocara el espadín vibrante; miedo y asombro de todo un ejército fue aquel navajón espetado en el mudo lodazal. Prudente orden fue ésta, pues aquél era el machete del demonio malo, ocasión para que Don José rumbeara un exorcismo. —*Echele agua de jagua, Don José.* —*Más vale que te calles, que si no este caldito de almácigo no cobra facultades...*— Me quité de la cháchara para que el almácigo bajara los custodios del aire... Por allá sigue dando vueltas el demonio, despedida a esa ciudad que quiso fundar es su paseo, galano trote sobre las ruinas del engaño. Y acá, cerca de un uvero, ya en tan último aliento de vida, abre el freno y alarga el galope, mostrando señorío sobre la quemazón, ajeno a las llamas y al mundo. Vuelve la tropa de molongos, y tres vuelcos me dio el corazón cuando noté que los corceles llameantes volvían a rodearlo, que encontraban apacible su muy terrífica compañía, tanto así que formaron tropa satánica, comparsa que a todos nos pareció voluntad convenida. Digo esto porque hubo momento en que se dispersaron, pero ya pronto volvieron a cercar el inevitable destino de Mitume: Allá lo persiguieron hasta un árbol donde el infeliz haría una ofrenda... Colgó en la más alta rama del uvero aquella alforja donde embuchado venía el mudo Niño Avilés. Acá se estremecieron mis entrañas, con aquel gesto nos dejaba de burlona herencia al mismísimo demonio. Ya pronto fue arropado por las llamas de los diablejos molongos. Por allá fue conducido al grande acantilado de Punta Tiburones, y en tan alta peña bien que lo obligaron a desbocarse, aunque, en verdad, ¿fue este oficio más arte de diablos que desafuero de su propia voluntad? Yo no lo sé. Sólo recuerdo lo que vi... aquel infierno de las aguas, la baja nube de humo que lo envolvió al desaparecer en la mar oceánica, el olor azufroso que cubrió todo el litoral... Tantas señas hablan de feroces disputas con demonios, que quizás vivió arrepentido de su maléfica maña justo al cruzar los aires, poco antes de reventarse contra los marullos y el roquedal filoso. Allá corrí y me asomé al bajío... Ahí veo que saltan los peces en el hervidero sulfúreo, se desata la humareda por todo el roquedal, sitio donde las aguas tempestuosas se convierten en altos vaporizos, espiras de humos salitrosos... Hasta las mejillas anaranjadas del rubicundo Apolo que desciende a su nocturno lecho, son empañadas por la humareda, verdadero soplo de Satanás, ya que no vanas glorias del bravío Mitume... Hubo tan alegre algarabía entre nuestros hombres que Don José pidió palanquín, buscó ocasión de arenga, pues necesario fue cumplir profecías y hacer advertencias".

Ultimo manuscrito apócrifo del Renegado

"Aquí estoy, sin más consuelo que ese viento marino que sopla sobre el páramo sembrado de silencios. Ya no hay ruta que me lleve al olvido; allá está la berlina inmóvil, y los caballos parecen tan inquietos, a patadas relinchan sin tregua. Se ocultan las calles donde espera el descanso, la muerte que amansa al miedo. ¡Ahí está ese coche, tan mudo en su fijeza! ¿Quién viene por ahí a fundar ciudad? Oigo el rumor de voces, los zaguanes se llenan de espectros. ¡De nuevo acecha la ilusión!... Pero el intento de fundar la esperanza fue muy fallido, ¡quizás hasta aterré la crueldad del orbe!... Más esquivo que la luz permanece mi Dios, esa seña benigna en algún cruce del camino... Y sólo tuve ocasión de fundar la muerte, así de oculto permaneció tu Dios. Quedé sometido a este silencio que habita mi calavera, prisionero de este soplo oscuro que se escapa por las cuencas vacías, burla del aire que inútilmente intenta abrazar mi esqueleto. Llegar a la ciudad de Dios fue quedar así, justo como estoy, colgado sobre la muleta, la osambre demasiado abierta a la brisa marina y al vuelo errátil de las gaviotas. Pero mi ruta quizás no fue tan dolorosa; mi ansia única era habitar la ciudad que ella abolió con su ausencia, ¡aquel recinto tan preso en mi codicia! ¿Fue éste mi infierno terrenal? Quizás traicioné todo lo querido en la ciudad humana. También recuerdo haber visto, sin gran sufrimiento, el fracaso de los que intentaron fundar la ciudad del sol. De aquellas pasiones sólo he quedado yo, en el centro de este campo cubierto de cañones rotos, mosquetes a medio disparar, esas picas ensangrentadas, hombres perseguidos por el estruendo, muertos aún sorprendidos por el vacío. Aquí estamos todos los culpables, y aun aquellos que nos combatían, bien que reafirmaron el esfuerzo por fundar la esperanza... A veces la estancia se vuelve luminosa; pero la luz es burla de tanta tragedia... Mi oficio, mi castigo, es un largo tedio que no conmueve las entrañas de la tierra, ni siquiera evita que aquí y allá surjan las nuevas briznas, los malditos yerbajos que las lluvias y los vientos renueven. Quiero ofrecer esta mortalidad precaria; la ciudad humana es un esfuerzo siempre inconcluso... Y los acompañaré, aunque considere inútil todo intento. Habilitar la morada del hombre, amansar con cuido tan amoroso el espacio que nos toca en el vacío, es el único Dios que reconozco. A él me entrego, tan puro como el amor que anidé en la tierra de Yyaloide. Aquí y ahora me atormenta la íntima culpa, el dolor de haber oteado, desde las alturas, la caída de la muy alta torre que fundó Obatal. ¡Ya no seas tan severo con la memoria! Piensa que la destrucción de Babel es profecía cifrada en el tejido del tiempo. Apacigua el rabioso dolor, reconoce —¡ya no seas tan vanidoso!— que aun con tu embajada el desenlace habría sido el mismo, pues la ciudad humana es intento más precario que la flor... Sólo maldigo la ciudad divina; fue su ensueño lo que me llevó al extravío, ausentándome ya para siempre de lo más querido. Todo esto medito aquí, sobre este páramo doloroso donde mi calavera se desgasta, abierta al salitre y la erosión del tiempo. Por las noches desciende, desde lo más alto, la fría luz de las estrellas, ese camino plateado de la luna... Es entonces cuando más solo me encuentro. Recordaré sus ojos cantarinos, los labios luminosos... Su piel canela, ese recuerdo de tantas noches en que su mirada se mostró perpleja, es tortura que no cesa, ¡inquietud de muertos es la memoria!... A algo menos que la ciudad celestial se debió tu traición. ¡También la

culpa imagina su utopía! ¡Allá fuiste con la codicia escondida bajo el sombrero!...
Así trazo mis laberintos inclementes, siempre alejado de sus cuidos y dulces querencias... Torturas de mis noches, consuelo de mis largos días al sol, son estas rutas del
fracaso. Porque donde ya no florece la codicia, donde no asoma la soberbia, no hay
razón para tantos infortunios. Pero esa insaciable inclinación al fracaso, oficio de
los hombres, también es soberana de la muerte. Y son tantas e inevitables las rutas
de su capricho. Miren que la fundación de la ciudad humana es un esfuerzo por
domeñar el fracaso, un modo de trazarle paseo a su soberanía, para que así no
sorprenda más nuestra condición precaria. Y ahí se funda el anhelo de vencer
destino tan adverso, la guerra contra el extravío que nos esclaviza, esa vaga peregrinación por esta estancia donde sopla el viento, páramo donde yacen los trofeos de la
lucha contra lo creado, morada del silencio, confusión de los que vivieron la
creencia en la única ciudad posible, ensueño de los irónicos arquitectos".

***

Estos barcos celestiales nada traen a la ciudad. Son un caserío irreal que navega
todos los mares, allá buscando su mejor definición en el horizonte, siempre ajenos a
su estancia precisa en el tiempo. Los he visto arribar tan silenciosos, siempre
dispuestos a sobresaltar la mañana con sus altos mástiles, ese bosque de palos
brillosos y velas fantasmales que inundan los cielos. Desde que arribaron por vez
primera nuestra vigilia no logra descanso; es que nos asalta el temor de que lleguen
sigilosos durante la noche, a descargar algo terrible en el puerto. Subimos a las más
altas peñas del enorme acantilado que defiende nuestra ciudad, ese leal conocedor
de los helados vendavales y las más altas mareas. Allí permanecemos toda la noche,
mirando sin tregua los caminos de la luna en el mar, reconociendo las señales que
nos anuncian tan vagamente su cercanía. Y entonces ocurre que en algún momento
indefinido de nuestra vigilia —cuando los ojos desfallecen, en ese olvido instantá-
neo del sueño involuntario— aparecen esos universales veleros que tocan puertos
aún distantes del ensueño. Hemos llegado a pensar que los navíos infinitos forman
una ciudad extraviada, recinto que navega lentamente los mares, siempre anhelando alguna presencia demasiado esquiva. Sus pitos braman una canción dolorosa, se nos llena de espanto la vigilia, sólo entonces pensamos en la naturaleza de la
flota: ¿Son mensajeros benignos? Algo nos repite que el extravío de la ciudad
flotante es engendro de su propia maldad. Mi amada repite, hasta el cansancio, que
nunca ha visto henchirse las velas que enloquecen, allá por lo alto, esa sutil
posadura de las naves. Me asegura que el lento transcurrir de los barcos es un
aliento demasiado oscuro. Pero ello me parece disparatado... Se me ocurre que en
navíos de tantas velas el viento se despliega anchurosamente entre el bosque de
mástiles, perdiendo materialidad en los callados resquicios, escapando hacia su
propia ausencia. Hemos llegado a pensar que los barcos jamás salieron de puerto
alguno; sólo la bahía de nuestra ciudad, con su anchísima ensenada de contornos
imprecisos, es capaz de sostener ese espanto. Una noche de luna llena bajamos al
muelle; desde allí, siempre ocultos, espiamos los cascos de las naves. Miramos hacia
arriba; sólo vimos esa fría soledad que asciende tan penosamente por la proa.

Adivinamos que no existía tripulación. Tanta presencia en el silencio se nos hizo insoportable, desviamos las miradas... Adosadas al casco cuelgan esas hileras verticales de pequeños habitáculos. Son miles los diminutos caseríos colgados del monstruo. Esas ventanillas se mueven al viento, azotan día y noche: El vaivén es lento; el ruido opaco de los golpes ya no cesa de inquietarnos, es una pequeña maldición sembrada en el aire. Allá en lo alto se desquició la escala del engendro: Como el bergantín era tan enorme, se nos hacía casi imposible precisar el tamaño de los habitáculos colgantes, aunque presentimos que las casas fueron construidas para jamás ser habitadas. De nuevo la misma ausencia... Pero sólo nos perturba la equívoca naturaleza de las mercaderías... Los palos que forman esa selva de mástiles no tienen fin; son tal altos que las velas más pequeñas se confunden con las nubes. El cielo se descuelga en cientos de sábanas tendidas al sol... Llegamos a un bergantín que atracado en el muelle se extendía mar afuera hasta la línea del horizonte. Tenía más de veinte mástiles, era capaz de ocultar el sol. Su casco negro es bajísimo, tendido casi a ras de agua; ello le da una elegante esbeltez que remata en espolón de cristal. Cada uno de los mástiles tiene más de dieciséis velas. Apenas pude contar aquéllas arropadas por las más altas nubes. Suspendido del aire denso se deslizaba un enorme globo alargado, presencia sigilosa entre los veleros. Nos ocultamos detrás de un navío... Esa nave de los aires vuela entre los mástiles; demasiado ajena a su ruta azarosa, aparece allá al lado de la proa, desaparece acá con su monumental silencio detrás de la fragata. El globo es impulsado por esas aspas tan silenciosas; quietas de aire, carcomidas por nuestras miradas, transcurren burlonamente en el calmo aliento de los navíos. Todo el azul celeste apenas se perturba ante presencia tan impasible. Más detalles nos ocupan: En el vientre de aquel prodigio de los aires reconocimos los habitáculos colgantes del primer barco. Esas habitaciones están colgadas en hileras verticales; sin pudor descienden al vacío. Pensamos que eran camarotes; tenían sus paredes adornadas con cientos de escotillas. Se nos hace difícil determinar el tamaño de las colmenas; más que nada es la distancia lo que las vuelve diminutas. En el lomo de la ciudad aérea, en el techo del globo burlón, se alzan las chimeneas, y las calderas bullen ese denso humo que ennegrece el aire, sorpresa de las nubes claras en estancia donde sólo cabe el espanto. ¡Aquel humo era la única seña de trajín humano que lográbamos observar en la flota! Ella insistió en que el globo era la nave que dirigía las otras. Desde muy arriba nos vigilaba constantemente, sin tregua ni clemencia. Cerré los ojos; pero la tristeza ya no ofrece descanso, en el pecho se ha hundido para siempre, terca aun en la oscuridad de la mirada. Esa presencia allá en los aires, mirar tan pertinaz, mancha la tierra, hace menos habitable la estancia toda.

Capítulo XXXV

DE LOS SUCESOS QUE GRACIAN TESTIMONIO CUANDO LA GUERRA SE CONVERTIA EN CARAVANA

"Nuestro excelentísimo Don José de Trespalacios tuvo ocasión feliz aquella noche, pues desterrar los demonios que plomizos caen en el recinto humano, es siempre asunto de mucha rumba en su ministerio. Me señaló el árbol donde Mitume había colgado al Avilés, y dijo: —*Es hora de echar afuera todos los demonios. ¿No es así?* —*¡Usted lo ha dicho!* —*¡Desterrad la superstición y el miedo; sólo así podrán acoger al niño Dios!* —*Perla de su ingenio es tal sentencia, y ahora, pues a ponerle pechuga a los vahos sulfúreos...* —*¡Fundad el espacio benigno, matad la semilla mala del extravío!* —*Buen pico de oro le ha dejado la victoria, Don Pepe...* — Así me tuvo buen rato, en arenga a mí sólo dirigida, y yo apruebo que te aplaude sus aspavientos y decires, aunque bien advirtiera sus canillas temblorosas. Tantas promesas al buen Dios me traían con la sonrisa en las muelas; a la vez que curaba la superstición, Don José halagaba la ignorancia. Allá se montó en una carreta y organizó procesión de feligreses beatos, gente tímida en asuntos de diablos, que aún los veo sobrecogidos de miedo tras el paso triunfal de Don José. ¡Iban a conocer al demonio los muy crédulos!, su rogativa bien custodiada por las antorchas. A la luz de tantas candelas advertí el pavor de los feligreses cuando se acercaron al árbol maldito. Me mantuve periférico, tres pasos atrás, como corresponde a los cronistas salerosos... Quise estar tan ajeno a las cosas del diablo, que me entretuve por acá, en la comparsita de los guasones: Detrás de oficios tan solemnes había grande bulla y fiesta, ¡que la batalla había terminado! Nuestros soldados celebraban con aguardiente la victoria. Y alcancé a ver, entre la muchedumbre, las prietas desnudas que fueron solaz de la soldadesca durante el feroz torneo de Marte... Ellas tropiezan con la mirada demasiado ida de este mundo, el gesto sumido en grande dolor, ordalía sin fin son sus humillaciones, tanto así que mi lástima se convierte en compasión, y las otrora diablejas ahora son cuido de mi templanza. Miren ustedes que esos sucios las maltratan, formándoles cerco las vejan en demasía. Ellos convierten toda mi ternura en burla y escarnio, pero no tengo riñones para arremeter contra tantos, y obligado estoy de nuevo al oficio de cronista. Ahí se ríen los escalilleros emborrachados, las empujan al pasar, tocándoles las sabrosas partes cuando ya no les harta el oprobio. Tanta fue la burla que una de las etíopes se colgó de un árbol, aconsejada por la desesperación la pobre; pero ni siquiera la muerte valió para mayor respeto; la gentuza miserable que había formado el ejército de Cristo le colocó muchas maldades en todo el cuerpo, los sorprendí haciéndole gestos miserables alrededor de las otrora pudendas partes, necrofilia lujuriosa que lastimó mi vergüenza. Pero cómo iba yo a remediar tantos gustos de diablejos, que la fuerza de los molledos sólo me sobra para escribir estas líneas, para contarle a la posteridad los horrores del mundo. Y dale que dale le corrían la caña por los muy secretos orificios, como señalando a fuerza de burlas que esas partes son en las negras verdaderos trapiches de molienda. Hacia el sur, allá en la hondonada del mesetón del Morro, vi las celebraciones de los avileños, caravanas que volvían a la ciudad de San Juan entonando cánticos de júbilo, justo a la vez que los capataces hacíanles cerco a los negros que temerosos se rendían a la santa crueldad de los amos. Mientras todo ello sucedía —nunca había visto tantos gestos y caminos en el humano tránsito— Don José acudía presuroso a la purificación de la ciudad, y era que el exorcismo del Avilés sacaría a los demonios de entre nosotros, pues siendo Satanás como el capitán de ellos, su fuga los obligaba a muy rauda correría. Su Excelencia me pidió agua bendita... —¡*Qué voy a tener, Don Pepe! Cuando vaya de exorcismos más vale que se ocupe de los hierros...*— Pero buen remedio encontró sin mayores blasfemias, y al poco rato ya estaba bendiciendo cabezas con rocío de aguardiente. Bajó al fango, mandó a que retiraran la carreta, como haciéndose el guapo ante los furores de Leviatánico. Le pidió a la muchedumbre que se echara para atrás, aconsejándole que formara círculo en torno al árbol. —*Vela que no se pasen de raya, Gracián. —Monaguillo de exorcismos soy, no guardia, que a poco de verlos apechar me salgo del medio...*— Como yo era su alcahuete en aquel oficio, me explicó la rumba del círculo, asegurándome que así lo había dispuesto para que Satanás no se saltara el redondel. —*Cuéntele eso a otro; si Satanás vale para algo, de la risa estará tieso con tan débiles remedios. —Pórtate con juicio, y baja la voz, que ya pronto te encontrarás con el lomo corrido de palos, pues si no te cojo en vela, para castigos el sueño te servirá. Y ya no incordies más la paciencia...*— Volvió a bendecir el ruedo de la gente que más cerca del árbol se encontraba, ordenó que apagáramos los hachos. —¿*Por qué demonios hace eso? ¿No ve que la gente está muy asustada? ¿Qué pretende? Es como soltarle la jauría del pavor al miedo. —Poco sabes de estos oficios, mucho menos del ministerio que los fundamenta, y si algo te tiembla, agárrate al faldón de la sotana*—. Desatendí tales insultos, me corría por los güevos el que me tratara como a niño, y aquí está su explicación para apagar la candela: —*Esto es así porque todos los demonios son lucífugos, y al ver tanta luz se ahuyentan más de la cuenta, zafándose al aire para apestar ya por siempre la estancia. Recuerda, Gracián, son como los gongolones... Hay que pisarlos en mazo, recogerlos sin que aspavienten mucho. Mira tú que Satanás, por ejemplo, jamás se saltará el cuerpecillo del Avilés si ve mucha luz. Preferirá retorcerse de rabia y dolor antes de tostarse en la candela...*—. Los feligreses siguieron estas órdenes muy al pie de la letra, quizás más por temor que por convencimiento, y ya quedaron todos en grande silencio y devota oración. Cuando todo estaba así, muy quedo, algún soldado socarrón ventoseó muy sonoro pedo. —*Oye, oye, ven acá, ¿quién anda por ahí? ¿Qué tienes en la tripa, por Dios, Gracián! —¡Yo no fui! Sepa que a lo mejor fue el Belcebubo ese de quien usted habla tanto como notorio pedorrero, y dése cuenta que estoy, con este ajetreo de diablos, más alerta que travieso...*— Convencido de mi inocencia, quiso Don Pepe acabar con la cháchara del viento sigiloso; grave de voz y feroz de gestos hizo solemnes advertencias, de modo que tan santa ceremonia no terminara en chiste y relajo. La oscuridad era insoportable; a fe mía que podíamos oir el resoplido de Satanás, aliento de animal acorralado, ya que no silbido quejumbroso de la ausencia. Volvió a sonar viento en la muchedumbre, y éste sí que fue de peste soberana, por lo que se abombó todo el exorcismo. Fue tal el fuetazo en la nariz que

248

cauteloso me puse con el chiste, satánico se me figuró al instante el dueño de semejante humor. De repente advertí que estas cosas de diablos son traicioneras; allí me encontraba en un oficio peligroso, metido en la olla con una caterva de los pinchudos, y ya no cesaron de temblarme los sicotes, también se me subió el calor a la punta de las orejas. Trespalacios montó en cólera, advirtió que las ventosidades eran del demonio; enjundia satánica en verdad era aquel olor a huevo podrido, fumón de azufre, verdadero hálito de los burlones... Don José volvió a treparse en la carreta, y entre solemnes latines y maldiciones castellanas habló de las malas costumbres infernales, asegurándonos que los demonios, al ser expulsados, sueltan esos airecillos coléricos para espantar al exorcista. Para mayor asco, esta arenga de Trespalacios me lució socorrida de macavelismo, o sea, que en vez de sacar del corazón devoto el error y la superstición, maíz le echaba a los pollos, avivaba más de la cuenta el extravío, inflaba el miedo, entumecía de frío la esperanza. Bien justo era sacar demonios, pero poblar el aire con los pinchudos mal consejo fue para la convivencia. Conocido es que Satanás abomba el aire para delatar presencia; pero en boca de vox populio esta verdad es semilla de herejías, ocasión de blasfemias que al poco rato han enturbiado las brisas. Cuando el revuelo se calmó, vi que un niño con cara de tonto —¡quizás el culpable Gratitud!— salía del cerco; riéndose de lo lindo iba el muy follonudo, mirando atrás con el ojo medio turnio, la mirada lumínica y burlona como pocas. A fe mía que aquel diablillo fue el pedorrero... Hacia acá mira con ese ojo nervioso, la lengua inquieta y la complicidad jocosa...

Don José terminó de bendecir nuestras almas pecadoras —así se trató de negarle al lucífugo cualquier posible habitáculo— y me pidió que le encendiera un hacho. —Sabe, Don José, para mí que Satanás ya se saltó el ruedo. Por ahí lo vi con más guasa que miedo, y no dejan de temblarme los callos... —Mal dices, ahora lo verás, y aprieta los riñones, aflójate el cinturón, que si no, corres riesgo de cagaletas... —Ya lo vi, Don Pepe, ya lo vi, burloncillo y fresco iba por ahí el muy pinchudo...— Tomé la primera antorcha que tuve a la mano, jacho de espartillo que una beata blandía al aire como si la lumbre apagada también fuera detente. Le puse candela del velón que Don Pepe traía, y a poco ya apechábamos caverna adentro: La oscuridad nos rodeó hasta llegar al árbol, entonces allí se convirtió en penumbra. Pronto comencé a sentir frío helado, tortura de los miembros, que aún no sé si aquella falta de calor más se debía a los nortes de diciembre que a su presencia... Allá hay algo de luz, cunita de lumbre, que en esto hubo sorpresa, pues por lo visto alguna pista de claridad necesita el lucífugo para moverse. Alcé el jacho para aluzar las ramas... Ahí está el apestoso, amordazado y metido en alforja de saco carcomida por gongolones, gusanera que bien entumece el airecillo alrededor de mis bigotes. Y ya no quiero que se espese tanto mi aliento con esos gusanillos trenzados en inquietud, demasiado sorprendidos ahora por la luz... Oiga el resoplido de ese animal de ojos chicos, engendro sulfuroso que se encuentra en rincón oscuro... —Acércate más, Gracián. —Ya me cautiva, Don José, ya me cautiva. Quiero verle hasta los bigotes del trasero... —Sujétate bien al tiro de mi sotana, que si no, estás perdido, pues por lo visto buena miel eres para el vaho de los demonios...— Ese soplillo de su incesante tormento me persigue, y ahí, frente a mi olfato, más que ofendido veo al Enemigo... Miren que no se asusta con los latines, sólo suda más apestoso, y Don José dale que dale a las invocaciones y letanías de solemnidad... El ahoguillo ahora se convierte en silbido, y es que Don José va presuroso con las oraciones, que al parecer veneno puesto en la lengua es el latín para Doña Satana... El griego es también cosa de espanto entre demonios, pero Don José nunca lo usaría ociosamente, ya que remedio seguro es de último socorro... Aquí estoy a punto de cagarme el saco, y Don José pretende acercarse más... Ya ladeo la cabeza y retiro las narices, mirando bien de reojo... Algo de griego ha dicho; por lo oído ya hemos entrado en peligro... Ahí están esos ojos dulzones, ¡truco cochino del Satanazo!, porque hasta en esta suerte de engaños muestra el demonio su crueldad... De reojo le veo las marcas del bozal, cicatriz curada con azufre sin duda. Y la mordaza tan ceñida habíale hecho crecer muchísimo el pelo, desatándole bozo en la sien y en la frente, sombra de barba aún sin haber llegado a la hombría, todo ello por el exceso de enjundia atosigada. Ya tuve tanto frío que busqué rincón del Averno para aliviar la vejiga, no sin antes pedirle permiso a nuestro santísimo Don Trespalacios, pues cuando se trata de exorcismos, o cualquier oficio mayor, un alivio inoportuno de entrañas puede hacer rechinar los colmillos de Lucifer. Pensé que tanto frío se debía a la fecha, ya que rondábamos el 24 de diciembre, aunque es de gente letrada saber que las pailas infernales no son calientes, sino frías como el hielo puesto eternamente en el gorro del mundo. Tantos oficios y decires, pensamientos y tonterías, silbidos más que nerviosos, ajeno me tenían al temblor de las uñas, que hasta me había meado la punta de los zapatos''.

***

Tardaron en volver. Sin aquella presencia terrible nuestras noches se inclinaban al tedio. Entonces comenzamos a escuchar voces, murmullos que perseguían nuestro paseo por la ciudad. Eran voces que apenas perturbaban el silencio del magnífico recinto; pero la ausencia fue desterrada de las torres y las calles, de las escalinatas y los puentes aéreos. Una presencia fugaz recorría aquel espacio que había sido nuestro, ruta ancha del precario tiempo... Ella no se perturbó. Sólo noté que a veces su mirada se volvía más distante, su tristeza más apacible. En nosotros crecía el presentimiento de un largo viaje. Miré las torres como si la semilla del exilio ya estuviera sembrada en mi oculto anhelo... Muy pronto la ciudad fue ocupada por ellos. Una noche decidimos abandonarla para siempre. Buscamos refugio en la parte más alta de la ciudad. Desde allá arriba observaríamos la ciudad flotante que era objeto de nuestra nostalgia. La luna llena nos trajo el bramido doloroso de las sirenas. Huimos del zigurat que nos sirvió de escondite, corrimos montaña arriba hacia el farallón más alto. Su posadura nos quitó el aliento, llegamos a sentir, allá tendida, la inmensidad de Dios. La peregrinación de los barcos había concluido. Ella me aseguró que el penoso exilio terminaba así... ¡Por fin encontraron puerto seguro en la noche del destierro! También reconocimos que la flota había engendrado un nuevo navío. Los gigantescos barcos que espiamos la vez pasada flotaban lentos bajo su sombra. Al casco traía adosado un enorme molino de agua que lo impulsaba a surcar todos los mares. La inmensa rueda tardaba muchísimo en completar un giro; la travesía era tan lenta como una pesadilla de la que no podemos despertar. Pero aún así, la más delirante de sus maravillas fue el barrio gótico que llevaba a bordo. Los cinco mástiles de trescientos pies estaban atados a las agujas de las tres torres. (De los pináculos salían aquellos gruesos hilos colgantes, largos tenderetes que remataban en los banderines de los mástiles). Al pie de la torre más alta —ésta parecía una catedral gótica— divisé un edificio con techo a dos agujas. Sus escasos ventanales eran el gesto de la desolación, la ausencia del consuelo. Parecía deshabitado, tenía justo una tercera parte de la altura de los mástiles. Adosadas a este gran edificio, vi dos casas pequeñas, oscuras estancias de una sola ventana, habitaciones de una puerta única y amenazante. Por momentos pensé que era un castillo... Esas altísimas almenas conducen nuestras miradas hasta otra torre gótica. ¡Tanto artificio y ni una sola presencia! Las extrañas edificaciones esquivaron la mirada, visitábamos el barrio de la soledad sin límites. Aquella arquitectura desamparó aún ·más lo precario. En ella sólo prevalecían el silencio y la ausencia. Esta torre central que ahora me ocupa allá se alza sobre un plinto cuadrado y ciego. Como el plinto es más estrecho que la torre alzada sobre su tope, una cornisa sobresale en la unión de las dos estructuras. Allí tejen las incesantes arañas, en la sombra que desciende sobre el delgado plinto se encoge nuestro aliento. Esa arquitectura es un laberinto de maldiciones, el mapa de la única blasfemia. Alzándose sobre la superficie octagonal de la torre, se divisan unas pequeñas garitas que parecen campanarios sordos. Cada una de las cuatro fachadas principales del octágono muestra tres huecos que apenas son ventanas. Más arriba pude divisar —cuando las nubes no los ocultaban— unos arcos de mitra que contenían dos ventanas ciegas. Ella me señaló que las ventanas fueron hechas para mirar hacia el interior de la torre; era difícil imaginar que alguien viviera en tan aborrecible casa de Dios. Sobre estos arcos mitrales divisé dos ventanas más; éstas no se repetían en las fachadas contiguas, donde el arquitecto irónico ordenó la colocación de un tragaluz solitario que allá por lo alto remataba la pared lisa... Trepado sobre este octágono hay otro, pero más pequeño, adornado con cien vitrales chillones. Hay una mofa cruel en la inocencia de esos colores que adornan el artificio de la separación, la pesadilla de la ausencia. Los vidrios suben impúdicamente hacia las cornisas donde cuelgan esos banderines de emblemas herméticos. Aún más alto, ya entre las nubes, alcanzo ese campanil tapiado con rejillas de madera. El aire que allá sopla es tan ralo que apenas perturba el silencio de tanto exilio. Por encima del pavor, ahí está el celeste tranquilo, acá se alza la aguja de la gran catedral. La inquietud nunca encontró un mapa tan preciso... Esta otra afiladísima aguja también parece de madera, pero la torre que la sostiene es de mortero, sin duda... ¿Por qué mi indignación ante la mezcla de materiales? ¿Tanto escándalo habita en el oficio del arquitecto irónico? Aquella ciudad tan desterrada, maldición sin rumbo, apestaba el aire de todos los mares. ¡Pero que no se me olvide el último signo! Sobre el pináculo de la aguja ondeaba, al ralo viento, un banderín que tenía pintado este emblema: aún recuerdo aquel círculo con un punto en el centro. Todo esto entristeció más de la cuenta a la amada, por la noche escuché sus callados sollozos. Pero su inquietud apenas pudo distraerme. Observé hasta el amanecer las ventanas de la ciudad flotante. Ya no sé cuál fue el motivo para esperar tan pacientemente la luz que delatara alguna presencia divina o humana. Pero el habitáculo no podía sostener la vida, tampoco la muerte. Sólo es capaz del asombro irónico. Aunque la separación fuera el signo de aquel barco, comprendí su invitación al viaje. Algo me dijo que semejante engendro de los mares me perseguiría siempre, puesto que mis ojos ya no se desprendieron de su estancia burlona. Cuando la mirada quedó sumida en el sueño, infinitas veces, como en un espejo enloquecido, se repitió la visión... Por la mañana lució risueña. Molesto le pregunté por el motivo de tanto júbilo. Respondió que había soñado con el navío, me contó de los magníficos regalos que nos traía aquel emisario.

Capítulo XXXVI

DE LAS COSAS QUE EL CRONISTA GRACIAN VIO EN EL EXORCISMO
DEL AVILES

"Aquel engendro empezó a chillar, ello así porque Don José le rezaba la oración del Credo, justo cuando lo bajó de las ramas, allá trepado en una escalera que me hizo traerle. A esta oración, que es como el basamento de nuestras creencias cristianas, añadió la más sencilla y santa de todas, y me refiero al Padre Nuestro. Mire usted que el jacho me bailaba en las manos tembluscas, al mirar temerosamente el semblante de aquél a quien llamaban el niño de todos los demonios... Ahí casi le tengo puesta la antorcha en el hocico, que Don José ya lo ha desamordazado. Se me figura que en las mejillas tiene como marcas, heridas hechas por el bozal que le apretaron los negros. Está más flaco que una arenca el nene ese, también muy peludo, que por lo visto los negros apenas creían en alimentarlo, mucho menos en acicalarlo. ¡Qué bárbaros! Quizás lo tuvieron en ayunas todo este tiempo, y con el gaznate apretao para que el apetito no le bajara al buche. Miren que tiene los ojos hundidos en las cuencas huesudas, las mejillas chupadas, todo el semblante demacrado. Los labios tienen más llagas que color, fueron lacerados en demasía por el cruel bozal que le pusieron. Nadie me creerá que la chola se le agigantó, quizás por la grande cantidad de agua que los demonios suelen llevar en los sesos... Pero aparte de su infeliz semblante, el Avilés parecía aliviado de la infame carga que llevó por tanto tiempo. A pesar de su muy notable fondo de tristeza, los ojos de aquel niño eran los de cualquier cristiano... Trespalacios le pasea el agua bendita por las mejillas, y trata de amansarlo con una nueva letanía en la lengua del Romano. Yo no sabía qué pensar, para mí que aquel niño era más desamparo de los hombres que demonio. Aquel baño de agua bendita, ya que no bautismo bueno del mismísimo Cristo, le devolvió a los labios la sonrisa, primor que los infantes suelen otorgarle a las huestes angélicas. En torno a mí hubo revoloteo de alas, no sé si de ángeles o demonios, y un viento frío nos arropó hasta los huesos. —¿Qué rayos fue eso, Don Pepe! —Ni te muevas, que están venteando sobre tu cogote. —Soy estatua, y ya dígame cuando levanten vuelo... —Sin más cuidos, ya puedes moverte, ahora búscame una comadrona y cinco soldados de infantería. Hay que presentárselo a la muchedumbre. —Ya guarde el muchacho ese, no lo ventee más; mire que la gente está muy asustadiza. Póngalo a leche y cremitas para que se le vaya ese semblante de loco, y lo verá más inquieto y pichón que el peor de los traviesos. —Simplón que eres, Gracián. —No tengo regusto por estos menesteres de diablos; en ello no soy como usted, verdadero entusiasta de los pinchudos...— Pero pronto me di cuenta de cuán destemplados fueron mis decires, por lo que intenté traerlos a la mesura, darles la discreción que merecían. Don José me advirtió con voz pausada y compuesta: —Mira que el único modo de acabar con la superstición del pueblo es presentarlo sin más secreto. Sólo así echaremos fuera la última brizna de miedo. Hasta tú, que tanto halagabas con tus temores el oficio del Avilés, al verlo te has *dado cuenta de que fue más víctima de hombres que de diablos—*. Sabía que le sobraba razón; pero aún así me resultó extraña la actitud de Don José. ¿Creyó alguna vez en la naturaleza diabólica del niño? A mi modo de ver, Don Obispo tenía muy secreto pacto con aquellas cosas de diablejos, y justo este oficio era lo que le permitía actitud tan serena ante los desafueros demoníacos. Pensé todo esto a la vez que oía los suaves gemidos del Avilés. Entonces entendí que sus desaforados chillidos más se debían a la mordaza que al aliento propio de los azufrosos. A todo ello Don José atildó con este decir: —*Dentro de tres días será Navidad. Hay que inculcarle al pueblo que la liberación de Avilés es el nacimiento de Cristo—*. —*Pura blasfemia, Don José, segura herejía...*— Llegó la comadrona; enseguida le puso pezón al infante. A mí se me inflamó el amor cuando le vi el pecho a mujer tan hermosa, criollita sin duda bien de monte adentro. Buenos riñones tuvo aquella muchacha para darle teta al mismísimo diablo, que no recuerdo cómo la muy valiente apareció, en mi memoria de cronista quizás bajada del cielo por los oficios de Don Pepe... Y por acá viene la comparsita de los bullangueros, esos soldados también le echan el ojillo lujurioso, adivinando las buenas carnes de mujer tan pechugona. Llegamos al sitio donde estaba la muchedumbre... Hay muchos soldados borrachitos en ese sitio, varios ya vomitan la tripa gorda al pie de hicacos y palmas. Acá, a este lado, está la celebración de los avileños en toda su guasa y esplendor. Vi a muchas familias bañarse en la playa de Bajamar, tal como si fuera noche de San Juan, y aquello me pareció baño votivo, agradecimiento santo al patrón de la ciudad que una vez abandonaron con tantísimo dolor. También están ahí esos niños que juegan con los cañones abandonados, caterva de diablejos, títeres andrajosos, por lo visto huérfanos, víctimas sin duda de las muchas batallas que los avileños libraron por Cristo y la libertad. Pero permítame apuntar tantos desafueros juveniles en este rincón de la crónica, para luego atildar con Don Pepe el remedio a esta principalísima locura: Esas voluntades, sin la mesura de sus familias, están inflamadas de odio, entumecidas por travesuras muy grotescas, que los he visto reunir vísceras, miembros malolientes y cabezas cercenadas, allá quemar a sal, en altísimas fogatas —al son del baile y la cháchara jubilosa— todos esos despojos que son los trofeos de la guerra... En el centro del barullo, allá en la grande celebración, había fuegos de buscapiés, música alegre de organillo y pícolo. Entonces pasó por mi lado una familia que llenó de santo regocijo y piadosa admiración mi oficio de cronista. Véanlos por ahí, que mi cristiano arte ya los tiene sujetos en la puntilla de la pluma: Era una pareja de edad media con dos niños que apenas habían alcanzado la mocedad. El padre vestía una casaca verde desgastada por el tiempo y las vicisitudes del exilio. Véanlo ahí; rostro de tan severa dignidad jamás he visto, el respeto ya me obliga más que la compasión, así de vivo es el asombro. Al parecer había perdido el tricornio en alguna adversidad, adornó su cabeza con una pava campesina bien engalanada, cintilla azul ciñe la copa y un manojo de milagritos socorre el ala, signo seguro este último adorno de las muchas ordalías que merecieron detente o escapulario. Ahí viene su esposa, vestida con galanía, pues del regreso a la ciudad se trata, y en ella la devoción y severidad conviértase en hermosura... La bella criolla de tez morena, lunar sobre el fino labio, viste de faldón largo y parasol raído. Tanta coquetería en la sombrilla a mal no se la tengo, que la doña ya pretende ensayar su oficio, y muchos soldados, toda la chusma, suspiran con su paso... Era su falda un prodigio de volantes, cascada de fruslerías... ¡Tantos diablejos!, mucho menos me encogen el corazón que el paso de una doña tan galana de vanidad... Como hay tanto lodo todavía fresco, verla ensuciar su lindo traje es algo lastimoso, aunque primores sean sus remedios: mírenla que atenta viene por ahí a todas nuestras miradas, y no tarda en subirse el faldón para mostrarnos sus pies descalzos, gesto que a poca vergüenza tiene. Pero el más grave castigo es esa rumba que lleva en las caderas, cimbreo del talle fino, ¡a fe mía, que ya entiendo por qué su marido lleva tantos detentes y escapularios defendiéndole el sombrero!... Fíjense que adorna su bello perfil, su esquiva mirada, con altísimo tocado de rizos la muy diabla; no se me figura que hombre tan severo pueda vivir tranquilo con semejante doña, y ahora más lo compadezco, ¡que sé por qué botó el tricornio! ¡Buena rumba que trae!, la pueden ver, y todas sus chulas mañas —¡magnífico resplandor!— bien contrastan con la sordidez del campo bullicioso. —*Así tratan, Gracián, asi pintan.. —Y las mujeres, ¡qué ricas son!...*— Ya sólo tengo cuidos para el señor de la tribu, ¡Dios mío!... Los niños —la nena más que el nene— venían muy graciosos de afeites, con sus semblantes empolvados y sus labios marcaditos a tinte rojo, —¡Virgen pura, sin duda buenos oficios de la madre!— en fin, emperifollados, como los infantes de los más galanos salones de Francia. Pero a todo ello, ofrecí más tolerancia que moral, compadeciéndome, eso sí, más de él que de ella. Ahora bien, honraré la memoria, recuerdo que cuando pasaron les otorgué saludo muy respetuoso. Con todas sus vanidades y dolores —¡el esposo, el pobre, fulano sufrido!— esta familia a honra representaba la reciedumbre de la raza criolla, gente azarosa, sí, pero destinada a custodiar la cristiana fe en estas inhóspitas tierras. Magnífica visión fue verlos en la tenue luz amarilla de la mañana, allá cuando el mundo aún no había despertado de sus placeres con Mnemosina. Y la tibia luz veló con sutiles tonos rosados el cutis de la espléndida dama. Los ojos de él lucían el sabio cansancio de los que han conocido, por mucho tiempo, el rincón oscuro del exilio. Su casaca de verde desvaído apenas logró asentarse en mi memoria, en mis ojos, allá cuando el azul del ancho mar frente a mí, me incitaba a meditar en el largo camino sin rumbo a que los obligó la mano caprichosa del destino. Pero no hay dolor que no cultive añoranza. Y ellos anhelaron el paseo, la ciudad, la lenta fundación de lo que siendo familiar siempre nos asombra".

***

Aunque el futuro se mostrara tan incierto como el significado de aquellos navíos celestiales, presentí que los sueños resultarían proféticos. Ella adivinaba los tesoros que traerían los barcos. Cuando describía carga tan ausente, trazaba en el aire un laberinto de entusiasmos y temores. Muchas veces me aseguró que las naves —ciudades posadas a lo largo del tiempo— sólo eran emisarios de la esperanza. Entonces sus ojos se encendían de júbilo al describir el cargamento de flores gigantescas, la frágil colección de conchas y caracoles, la enorme cornucopia de frutas traídas desde las zonas templadas... Aquellos paisajes nos servían de consuelo. Sólo así soportamos el silencio de las ciudades flotantes; hasta que un día el llanto asomó a sus profecías. Me contó esta visión: Las naves traen una rala humanidad que ha vagado por todos los mares desde el comienzo del mundo. Esos extraños ocuparán nuestra ciudad. Vienen a morir aquí como esos animales que peregrinan a un encuentro con la muerte, muy lejos de la morada, avergonzados de su propio fallecimiento, en parajes cuya extrañeza es comienzo y término del viaje. Comprendí que nuestra morada se convertiría en refugio. Aquella raza de eternos exilados ausentaría de nuestro recinto el cuido que el silencio prodiga. Quise consolarla, asegurándole que el sentido de una ciudad sólo se cumple al ser habitada; es con la risa de los niños y los gemidos del amor y de la muerte que las ciudades se hacen eternas. Pero también reconocí que el desasosiego perseguiría ya para siempre nuestro amor peregrino. Y la visión fue cumpliéndose; cruel e implacable se desataba la invasión. Comenzamos a escuchar voces. Todo el recinto nos perseguía con un tropel de gritos y susurros. Algunas veces los rumores se convertían en gemidos; pero casi siempre eran los alaridos nuestra maldición, pues no cejaban en su empeño de sembrar la locura, y sólo eran burlados cuando nuestra fuga los llevaba a enredarse en las altísimas espiras de los zigurats, soledad donde se desvanecían en rabioso cansancio. Nuestra morada se convertía en la ciudad del vagar perpetuo. La ruta escogida por el exilio no encontraba liberación, tampoco salida. Aquella ciudad fundada por nuestro anhelo se convertía en trampa; el paseo era un incesante extravío. Entonces añoramos las ciudades flotantes que un día sorprendieron nuestro asombro. Esos navíos silenciosos se convierten en la ruta única hacia la morada. Mensajeros del extravío antes, ahora son, luego de desatar la inquietud sobre nuestra estancia, los custodios del paseo añorado, y ya no hubo duda sobre la naturaleza de su invitación. Volvimos a ellos, recorrimos todo el puerto hasta encontrarlo. Ahí está. Magnífico y apacible, ese navío de las altas torres se dilata llegando al horizonte, allá donde los más lejanos barrios de la ciudad flotante se borran en la bruma y las antiguas tormentas. Buscamos la esperanza en la torre ciega. Para ella nunca hubo día, y la noche era compañera tan fiel que casi no podía distinguirla. Aunque era la más pequeña de las tres torres que custodiaban el silencio del navío, su fachada parecía tapia inexorable, carcelera del aliento divino. ¿Tan precaria era la vida que habitaba en ella? ¿Tan ociosa era la luz para el silencio? Aquella torre era la morada invertida; sus paredes subían hacia los arcos mitrales que pervierten la luz, convirtiéndola en claridad tan rabiosa que nuestra mirada apenas puede divisar el pináculo, ese sitio único donde la aguja se estrecha sin más consuelo que su propia estancia en el vacío. Entonces advertí sus paredes escamosas, llenas de persianas que jamás dejaron pasar la luz. Esa morada tan virgen para la vida es una blasfemia, su estadía fatiga a los ángeles... Quise contemplar las otras torres; pero aquel edificio de aliento tan contenido me perseguía, maldiciendo nuestra esperanza, ausentando de la tierra de promisión mirada, pues ese espacio esculpido quizás por el demonio nada sabe de la fértil sabana, ni ha visto la anchura del mar, ni conoce el íntimo silencio de los desiertos. Sólo la anchurosa mirada cultiva la esperanza. Quizás esos desesperados gemidos que vagan por nuestra ciudad una vez habitaron la torre ciega, tropezando sin cesar con las paredes impasibles, volcándose siempre a lo largo del tiempo, dando tumbos en el soplo de un Dios ausente. Pero ahí también habita el silencio. Torre tan ciega y muda nada sabe del amor. Su incesante tránsito fue nuestro único consuelo. De las tres torres que navegaron sobre el más ancho de los navíos, sólo ésta parecía abocada a un curso ajeno, allá marcado por una voluntad ciega, transido por el destierro sin rendición. ¡Apenas soporté aquella idea! Pero entonces reconocí que no me revelarían siquiera su verdad humana, y ya no temí suponer que la torre era el cementerio del barrio gótico, tumba de los aires que tortura a la vida.

Intenté la vida incierta de las torres. Con mi catalejo tendí la mirada sobre aquel amasijo de ventanales, ojos de buey, agujas, arcos ojivales y severos rosetones. Algo me decía que él estaba cerca, y no quise que fuera arquitecto del vacío. También clamé, en el silencio de tan absurda oración, por su rostro benévolo; pero no recuerdo si fue el miedo o la fe lo que me hizo callar la palabra. ¡Qué lejos quedaban las torres, apenas capaces de señalar hacia ese otro páramo que es el cielo! Decidí subir al barco. Los lamentos que poblaban nuestra ciudad nos obligaron a emprender aquel viaje inmóvil... Es que la mera estadía de la nave resulta cifra y suma de todos los rincones del universo. Se agolpó en mí una distancia tan ancha como su silencio.

CAPITULO XXXVII

DE LOS SUCESOS QUE EL CRONISTA GRACIAN TESTIMONIO EN LA
CARAVANA DE LOS AVILEÑOS, VERDADERA CIUDAD ERRANTE

"Levanta su manto de tibia luz la alborada, acá se trepa Don José en la carreta de bueyes que le sirve de púlpito. —*Siguen llegando.* —*Así es, y pronto valdría que me diera un paseo por ahí, para así avivar con saludos y vítores esta congregación de la fe.* —*Hágase acompañar por un buen pelotón, que hasta donde mi vista alcanza, lo que veo es una jauría hambrienta.* —*Ve y ordena que me preparen el trono...* —*Paseo tan triunfal no es bueno para la vanidad.* —*Ante la ausencia de gobierno, Gracián, vístase Cristo de rey, asuma su ministro el garrote de Caín, pues si no, esa bestia agazapada en el pecado apestará toda la tierra, lanzará tres chillidos al aire...* —*Quizás hasta cinco serán los bramidos; pero mire que no le toca a usted organizar gobierno...* —*Sólo la fe salva cuando el extravío es dueño de la ciudad.* —*Bien dicho, pero ¿también asumirá el estado después del exorcismo general?* —*No lo dudes. De no hacerlo, pronto habrá guerra entre los caudillos avileños, botín para sus ambiciones verán en el estado... Cada quien velará el descuido del otro para saltarle al pescuezo...*— También salta sin aviso la soberbia; allá por lo alto, con tantas caravanas a la vista, Don José convirtió la tarima de la carreta en monte de tentaciones. —*Ya no me digas mayores verdades, Gracián, que bien podrías callarte todo el dolor de mi oscuro ministerio.*— Al decirme esto, me echó el brazo; pidiéndome que le aliviara el oficio más con chistes que con advertencias, volvió a ponerme el gorro de bufón. Algunos soldados duermen por ahí la borrachera de anoche. Allá, en las muy frías radas de Punta Tiburones, los más valientes se dan el chapuzón mañanero.

Hubo grande barullo cuando Don José, nuestro amadísimo pastor, fue cargado en trono por toda la anchura del campo de Morro. Allá tocó frentes e hizo cruces, avivando con saludos el vocerío de los feligreses. Así cautivó, con tan mansos oficios, a los cientos de peregrinos que habían llegado durante la noche. A Dios gracias ya había cesado el exilio que desató el Avilés. Familias enteras de avileños llegaban, con algunos víveres y pocas pertenencias, al sitio que era altar del milagro, que allí mismo —¡a vista de todos!— se desterraría la presencia del Enemigo y sus hordas infernales... Por todos lados hay grande bullicio, tránsito de hombres y bestias. Mientras los niños juegan revolcándose por las bajas arenas del litoral, los hombres entierran la carroña que aún queda por ahí desde el día de la batalla. ¡Abran fosas con palas enormes, espeten el hierro en tan blanda arena, no se olviden de ponerle fuego a tanta osamenta apestosa, ahí mismo donde el diablo de la guerra dio tres brincos! ¡Así evitaremos grande plaga, según la sabiduría de nuestro amadísimo pastor! Pero... ¿Quién se encarga de aliviar el aire? Por ahí va Don Pepe el presuroso, bendiciendo coronillas y santiguando vientres, imán de muy alegre tropel de niños y mujeres que corren tras el trono... Algunas mujeres tejían al lado de las carretas atiborradas de muebles y cachivaches; ¡era tan claro que las familias querían devolverle los viejos y queridos trastos— recuerdos de pasadas alegrías— a la buena morada que una vez abandonaron!... Acá los hombres montan grandes disputas sobre la calidad de las sogas que usaron para atar sus posesiones; a la vez que retozan y se hieren el amor propio, a muñeca y molledo tensan las anchas lonas sobre los más finos muebles, que por lo visto esta llovizna mañanera pronto será aguacero... Otros traían rumores, y el que más curiosidad despertara, miel era para los noveleros. Se dijo que Don José entraría a la ciudad de San Juan custodiado a espadín por la Virgen de la Monserrate; a fe de todos los allí presentes, nuestro amadísimo pastor iría despojando los demonios con exorcismos y rogativas; era de este modo que se crearía espacio santo para los peregrinos. También aseguro que se formaron puestos de frituras, allí donde el gentío acudía a montar chácharas, a libar por lo fino colaciones de piña y aguardiente. Aquellos sitios de fritanga eran atendidos por los avileños de más baja estofa, y ya muy pronto lograron mala reputación. Como las mujeres que sirven en estas tabernas traen fama de vida aireada, las doñas de buen vivir mantienen a sus hijos y maridos alejados, que casi todos los que vienen aquí, a zahúrdas tan gozosas, son escallilleros o soldados, también mozos de cuadra y cocheros, a gran número chulos, cronistas y pillastres. Estas bodeguitas —en una, ahora mismo, bien que curo el oficio— están hechas, ¡déjenme ver!, a fuerza de palos de mangle rojo trabados con crucetas de yaguas, remedios más de tenderos que de arquitectos. Miren acá que en su interior hay rústicos bancos y mesas de uso común, sitios a donde acuden las moscas y glotones, que mientras éstos engullen, las muy volanderas saltan bajo el plafón, y a fe mía que sin ellas no hay paladar en los tasajos, arenques, tampoco sabor en los jureles fritos, en los sancochos de pescado y tortuga, donaires todos más para el olfato que para el gusto. Tales incitaciones felices me tienen rumorosa la tripa, apestosos los contornos... Muy curioso era que a pesar de la rusticidad de aquellas comunidades que fundaron en los mogotes, estos recios criollos cargaran con los muebles que una vez fueron adorno de sus galanas viviendas. Para mí que esos muebles son emblemas para la esperanza de volver a la buena morada; aseguro que el viento, las lluvias, el sereno salitroso y la brisa norteña apenas pueden maltratar ese anhelo de habitación, borrar el brillo de vida tan apacible en el recuerdo. De la añoranza regresemos al extravío. Y ahora haré muy fiel relación del destierro de Satanás, aquel grande bellaco que nos arrebató la estancia. Después de aquella general bendición, el Obispo Don José de Trespalacios subió a la carreta que le servía de púlpito, acción en que también lo encontró el comienzo de esta crónica, que es de buenos cronistas relatar lo acontecido antes de contar lo que es y será, siempre mostrando los caprichos del gesto, la inquietud repetida del temeroso corazón. A fe mía aquí establezco que Don José tomó en brazos al Avilés liviano, y dijo palabras muy parecidas a éstas que siguen. Al lector le pido que ponga bien el oído, pues de memoria reconstruyo toda la frescura de aquel sermón conocido desde entonces como "el mañanero", trino sutil del Espíritu Santo, diana de la razón de estado, melosa arenga que se confundía con el suave vaivén de las olas y la muy nerviosa alegría de los pajarillos. Y tronó mientras alzaba en brazos al muy lloroso nene Avilés: "Cuando Satanás estuvo en él, bien que habitó nuestra amadísima ciudad, y confundió nuestra razón, pues fue su estadía causa verdadera de nuestro exilio. A fe nuestra en Dios proclamo, con esta muy benigna corte de ángeles sirviéndome de coro, que tú, Niño Avilés, ya no eres fiel lacayo del apestoso negador de toda luz en esta Santa Plaza de San Juan Bautista, pues la sangre de Cristo y sus ejércitos lo ha desterrado, nos ha liberado de su muy odiosa y malévola presencia. ¡Que brille la buena vida ciudadana en este ámbito cristiano, sitio que el mismísimo Lucifer exiló de nuestros afanes y esperanzas! Así volveremos a Cristo, a la ruta del amor cristiano que dará buenos frutos una vez purifiquemos las calles, plazas, los zaguanes y casas de nuestra amada ciudad, ello porque Satanás no estuvo solo en sus correrías y bellacadas, sino que trajo a muchos diablejos, y estos malditos se esconden a veces en los sitios más extraños, tales como calderos, escupideras, bacías, palanganas, y también hasta en bolsos y alforjas." Así continuó en las frases largas, hablando de los escondites y cuevas de diablos mientras le devolvía el Avilés a la comadrona, que ésta lo arropó en mantas hasta el cogote, llevándolo enseguida, pero no de prisa, al palacio Obispal, siempre en custodia de cinco casacas azules.

El pueblo lucía muy cansado y pesaroso. Más que alegría por haberse cumplido el despojo del Avilés, aquellos temerosos peregrinos sentían grande incertidumbre, desasosiego que les subía por la piel hasta el galillo. Apenas hubo grita de júbilo en el pueblo; cuando Don José terminó de explicar cómo hasta el ojo del culo era buena morada de diablos, todos los que allí estábamos sentimos hormigueo en las uñas, calor en las orejas... Ahí llegó una loca, ¡Dios mío!, esa mujer que dice tener un diablo en la jaiba. —¿No será al revés, Don Pepe, que el diablo tiene una doña pegada al pincho? —Amánsate, Gracián, que en este oficio serás muy monaguillo.— Como daba tantos gritos, blasfemando a muy viva y destemplada voz, fue traída hasta Don Obispo en una hamaca. La vi pasar, lanzaba la loca alaridos terríficos, que al parecer lo tenía alojado en el hondón del alma, travieso pinchudo que la torturaba más con la desesperación del espíritu que con el dolor del cuerpo. Como la diabla se retorcía muy convulsa y calenturienta, hubo mucho temor en el pueblo avileño, rumores se desataron sobre el motivo de tan insólito suceso... Por ahí se dice que Satanás todavía anda suelto. La triste posesa yace tendida bajo el toldo de Don José, y yo ni me acerco. —Echa pa acá, Gracián, para que veas esto... —Ni por asomo, que con diablas no quiero cuentas...— Pero la curiosidad, como siempre, pudo más que la prudencia: Don José le abre las patas tiesas, ahí le rocía con agua bendita las muy pudendas partes. Como había tantos curiosos que se atropellaban para ver salir al lucífugo, nuestro amadísimo pastor le ordenó a los soldados que hicieran cerco en torno a él y la diabla. ¡Sólo de este modo se puede contener tan ansiosa muchedumbre! Restallaron los gritos, más notable se hacía que el populacho aún necesitaba los dulces cuidos de Cristo, así de poseso por el pavor se mostró en este exorcismo. —Fíjate en esto, y aprieta el buche para que no te salte el asco. —Algo me asustan sanas, ¡qué no me harán posesas!...— Miré a Don José; vi en su rostro una sonrisa benévola, gesto y cifra de su grande resignación cristiana. Ya me inclino para husmear bajo la falda. ¡Cuánto fue mi horror!... Es que la diabla tiene ahí el más grande chancro venéreo que jamás he visto en mujer alguna, y esto es porque se le pudrió adentro, en el hondón, la leche del diablo cojuelo, según me cuenta Don José mientras manda a buscar cirujano."

* * *

Aquella invitación al viaje nubló su apacible mirada. Algunas veces me atrajo al fondo último de su tristeza, allí donde las profecías eran paisajes ajenos al mundo. Mi voz se volvió extraña. Algo en mí le habló de una tierra prometida donde la esperanza era tregua arrebatada al espanto. Los extravíos de la vanidad quisieron convencerla: Surgió la promesa arcádica, se encendió el brillo de sus ojos. Recorrimos la costa donde las algas nos hablaron de la tristeza íntima del arenal, donde los caracoles incrustados en las rocas se resistían a nuestras manos con estúpida perseverancia. Pero su delicada hermosura sólo conocía el asentimiento: Me habló de los regalos del mar y del horizonte, apenas existía sombra alguna de muerte. Llegué a pensar que la arcadia era la promesa traída por la nave celestial. Pero algo me aseguró que todos los prodigios del cielo son equívocos... Un aliento sonoro de murciélagos se ausentó de mí, allá cuando ella me apretó la mano y miró hacia el pináculo de la ciudad flotante. Aún está allí... Es el único habitante del barrio gótico, por lo visto el gran almirante de aquellas travesías universales... Muy al principio lo consideramos un engendro de nuestra delirante imaginación; pero a medida que las voces, susurros y gemidos se hacían más persistentes, hasta acorralarnos en el promontorio norte de la ciudad, su presencia se convirtió en salvación, puesto que el miedo a los forasteros ya nos había expulsado de la morada... Nos saluda desde esa torre que es como el puente del navío; pero no sabemos si el llamado es saludo o despedida. Sólo adivinaríamos sus intenciones paseando el asombro sobre las dolidas señas de la gran torre, vigía de la ceguera: La altísima aguja revela toda su oscuridad en esas dos pequeñas ventanas, ojos tendidos hacia el tedio divino... Bajo el balcón donde nos saluda, diviso dos gigantescos ojos de buey, allá cubiertos por el musgo y las telarañas... Estos huecos oscuros que jamás han alcanzado la claridad lucen una falsa cornisa; a ella queda aferrado mi aliento, siento el extravío de la conciencia, la ligereza de los sentidos... ¡Tantos son los caprichos del Dios oculto!... Esa torre es un monumento a su imprevista melancolía... Los gritos desatados al atardecer nos obligaron a remar hasta el gran navío. Subimos a cubierta en una enorme cesta que allí nos esperaba; tanto tardamos en llegar que cuando corrimos hacia la gran torre, ya había oscurecido, bajo nuestros pies vagaban sin rumbo las mil antorchas de la ciudad ocupada. La vastedad de cubierta se convirtió en el más perverso de los laberintos. Allá nos acurrucamos bajo el balcón de la torre. Aquí desfallecimos de cansancio, se hicieron más inquietantes las preguntas.

Por vez primera vimos en toda su extensión el bosque de velas que llegaba al horizonte. A la gran noche se alzaban, infinitos y graves, aquellos fantasmas del viento. Quizás aquel navío era el exilio que su ausencia desata, y su travesía consiste en recuperar la estancia, equívoco de invitación o despedida... Todo esto pensé sin que estuviera ausente de mí su tristeza... Ella se ha tendido a escuchar el débil revoloteo de los banderines que adornan los mástiles... La ciudad que nos perseguía ha cesado; su distante irrealidad ya se anida en la memoria. Sin torturas, nuestro asentimiento a la suprema voluntad fue como el azote que da el pajarillo cuando confunde el aire con el cristal, asombro que no cesa con el dolor, puesto que el hombre es la más ciega de las criaturas que sucumbieron a la tentación del espacio.

Allá veo luces en los más altos ventanales de la torre... Me pareció reconocer al único habitante; pero nuestra mirada se distrae en el vuelo indeciso de las gaviotas que intentan posarse sobre la altísima aguja. Pensé que las luces venían de sus aposentos. Cuando vuelvo la mirada, él ya está en el balcón. Me saludó con aquel rostro tan sereno, brisa que me tendió hacia ella, y nunca estuve tan ausente de mí mismo, y tuve miedo de quedar allí distraído para siempre en la invitación. Pero ella no comparte mi incertidumbre. Sus ojos han quedado sumidos en el vuelo de las gaviotas y los banderines. Alguien baja por la gran escalera interior de la torre... Volví a llamarla; pero todo permaneció acallado en mi voz. Alguien me dijo que el frágil universo depende de mi silencio. Esos pasos tan sigilosos son capaces de quebrar toda la estancia. Sentí ese ancho aliento de compasión y terror. Me repugnó la idea de que él fuera el capitán de esa gran nave que sólo ha conocido el puerto de la nostalgia.

Capítulo XXXVIII

DE LOS PRODIGIOS QUE EL CRONISTA GRACIAN VIO EN EL DESPOJO
DE LA IGLESIA DE SAN JOSE

—*¡Hay que hacer inventario de demonios!*— Esto me indicó Don José mientras gobernaba, desde lo alto de su carreta, aquella larga procesión de piadosos, gente rumorosa que con muy santo temor entraba a la más grande madriguera de diablos que jamás haya existido, que en esto se convirtió la otrora fidelísima ciudad de San Juan Bautista. —*Y todos nuestros oficios de poco servirán para contener la furia irredenta de los diablos; también necesitamos la buena gracia divina.*— Así me dijo señalando hacia la santa rogativa que pronto entonará los cánticos que ofenden a Satanás y Belcebú... —*Es lo que yo digo, Don José... Mire que usted se ha echado todo este exorcismo sobre los hombros, sin más monaguillo que yo, un lego en materia de diablos... Al menos invoque una pequeña legión de ángeles, por aquello de que con el mazo dando y a Dios rogando.* —*Buenos hierros traigo, más detentes que la mano poderosa.* —*Sin duda; pero a mal no nos vendrían unos cuantos espadines luminosos.*—

La procesión comenzó a moverse muy lentamente; había llovido, y el fango atascó varias carretas, que no era para menos con todo aquel montón de muebles, baúles con losa y frágil porcelana, joyeros, vajillas de sonante plata, en fin, todo lo necesario para fundar la esperanza de una buena vida, convivencia que desahuciara, ya para siempre, aquella legión de malos demonios que un día cayeron del cielo tan pesados como piedras. Aprovecho esta dilación para describir los utensilios que trae Don Pepe: Pues miren que no dejó en sacristía ni los clavos de Cristo. Ahí lleva una guirnalda de milagritos, buenos detentes éstos para diablos menores, sobre todo la notoria escobita de la Monserrate, furiosa enemiga, según Don Pepe, de un demonio que llaman Belial. También trae una mano poderosa, bien atildada en las uñas con angelitos. Un escapulario con la Virgen del Carmen completa sus herramientas menores, pero miren aquí que Don Pepe trae atado al dedo pulgar el soberanísimo hierro mayor, y me refiero a una pequeña cruz de Caravaca cuyos poderes son como para hacerle rechinar los dientes al mismísimo príncipe de todos los follonudos, a ese que llaman el muy lucífugo Satanás. También lleva, entre sus armas mayores, una grandísima cruz de plata traída del Perú; es muy común noticia que las hechas con este precioso metal son las más temidas por Lucifer, a fe todo esto de lo dicho por viajeros que han conocido el Perú, recinto verdadero de diablos mayores, lugar donde Satanás tiene grande castillo.

Allá cuando subíamos la cuesta que conduce a la primera iglesia de la ciudad —me refiero a la que fue santificada con el nombre de San José, muy dichoso padre de Nuestro Señor Jesucristo— sentimos un fuerte olor a mierda, peste que con saña verdadera nos castigó las narices. —*¿A qué se debe el fuetazo? ¡Por Dios! ¿Es que* *también nos toca curarle la tripa al diablo?* —Caprichos son de Lucifer. Aguanta el aliento y ve a conseguirme un espejo de gran tamaño. —¡Un espejo! ¿Se puede saber para qué rayos necesita un espejo? Más le valdría un tapón... —¡Ya cállate!, y largate de aquí a buscar lo dicho, que poca teología necesita el monaguillo para hacerse útil...— Pero yo sé para qué demonio lo quiere. Una vez me lo dijo, aunque ya no se acuerde el muy chocho. Ese espejo es para amansarle los pedos a Belcebubo, el más pedorrero de los jerarcas del infierno, y es que al parecer este diablo mayor está por ahí, jodiendo la pita y apestando el aire... Por allá fui voceando aquel pedido de Don José, entre piadosos feligreses y títeres bromistas, con los oídos siempre sordos a las ansiosas preguntas de aquéllos, la atención bien ajena a la odiosa chanza de éstos. —¡Mera, Gracián, canto de alcahuete, pa qué lo quieres, si bien sabes que por cara tienes un culo!— Y aquí voy distraído de tantos cafres, siempre atento entre la muchedumbre a los carretones más atestados... Por fin conseguí que una familia me prestara un espejo grandísimo, no sin antes pujar grande esfuerzo por sacarlo de entre los muchos cachivaches. Cuando se lo llevé, Don Pepe se puso muy contento, asegurándome que era justo del tamaño que necesitaba para exorcisar a Belcebubo, quien con toda seguridad hizo de la iglesia San José su casa, a la cañona, arrellanándose a mantel puesto y pies subidos. Cuando le pregunté cómo haría para desahuciar con el espejo a tan recalcitrante demonio, me dijo: —Tenemos la tarea de que este maldito lucífugo se vea en el espejo, y esto quiere decir que vea su culo pedorrero, pues éste, y no otro, es su verdadero rostro. —¡Diantre!, Don Pepe, por allá donde estuve algún títere cabrón me dijo eso mismo. —¿Qué demontres! —Pues que yo y que tengo la cara mofletuda como un culo. —Más te vale la seriedad, Gracián, que esto no es juego. Muchos monaguillos de exorcistas han muerto por coger su oficio a broma. Estirados quedan, sin aviso, la chalina azufrosa y los ojos sorprendidos. Es que los diablos son gente seria, ¿no lo sabías?... —Ya no lo dudo, siga usted con su discurso, que compuestito oigo tan graves razones. —Fíjate tú, ¡te lo aseguro!, que este diablo come mierda y por aliento tiene pedos hediondos, por lo que siempre, no importa el lugar donde esté, hay esta mismísima peste que sufrimos ahora. —¡Vaya!, este exorcismo sí que será un cagaero, seguro que terminaremos bien embarrados.

Pues cuando llegamos a la iglesia de San José, advertimos que la puerta estaba de par en par. —Ave María, Don Pepe, este diablo sí que entró como Pedro por su casa, que por lo visto es de los más pechugones. —Grandísimo jerarca de los infiernos debe ser para mostrarse tan aspaventoso...— Según me confió Don José, aquel afrontamiento era muy claro signo de que demoniazo enorme vivía en la iglesia, puesto que los demonios alcahuetes, o sea, los de menor rango y clase en el infierno, suelen entrar a los sitios por rendijas, persianas y resquicios. Nos bajamos de la carreta cargando aquel grande espejo que pronto sería espanto y trampa de Belcebubo... Alrededor de mis orejas suena un vientecillo. Ya me sopla alguien por encima del cogote, que sin duda el aire está bien entumecido de diablos... Pero... ¿Cuáles son los signos en el alto cielo? Bajo aquella tarde luminosa que no parecía cobijar demonio alguno, caminamos hacia la puerta de recinto tan sagrado. Los feligreses se mantuvieron a prudente distancia de nosotros, allá sumidos en muy piadosas oraciones, pues de nuestras vidas dependían las de ellos, que es de general conocimiento cuán peligrosas para la salud son estas reyertas con demonios. De este modo, nuestros buenos oficios para hacer exorcismos de diablos y alimañas seme-

264

jantes, bien restaurarán los dulces paseos por la ciudad abolida. Y aseguro que tan pronto rebasamos el umbral, hubo revoloteo de murciélagos y largos chillidos en todo el ámbito de la iglesia. —¡Quieto Gracián! Tranquilo... —Estoy temblando... —Aférrate al espejo y cierra los ojos, que voy con la de Caravaca. —¿Tan grandes son que ya se han saltado los milagritos! —¡También la mano poderosa!— Ahí oigo el fresquillo, el mondo revoloteo de la pajarera de Satanás, y hacia nosotros viene esa maldita bandada de ratas voladoras, aves lucífugas que son escándalo y repugnancia de la creación. Me hormiguean las uñas puestas al aire, pero con más fuerza agarro el espejo... Mírenlo ahí; con el rabillo del ojo, sin mirar para arriba, alcanzo la figura de Don Pepe, exorcista mayor que al plafón alza la de Caravaca, y ya los contornos se vuelven más livianos, bien que desvió el vuelo de todos aquellos bichos menores que atacarnos querían. Sobre nosotros sopló la repugnante brisa que atrás dejaron alas tan mondas. Un pelillo de murciélago se me alojó en la nariz. Resoplé tres veces. A mi lado Don José sostenía aún la de Caravaca. Fue entonces que empezamos a escuchar muy fatigosos gemidos. —Ahí está, este es el grande, Gracián, firme ahí, no te muevas... —También cierro los ojos, ¿no es verdad?... pues por si acaso... —Cuidado no vayas a tropezar con una losa...— Ya se me acerca Don Pepe y me dice al oído: —No se te ocurra mirar. Este es uno de los más grandes, y no sólo lo digo por la pedorrea y los gemidos... ¡Debe ser Belcebubo! ¡Gran suerte hemos tenido!... Estoy atildando la de Caravaca, y también le bajaré con la mano poderosa. —¡Por Dios! Demasiada afición muestra por estos asuntos. Tal parece que caza cangrejos, y no diablos... —¿Sabes el por qué de los gemidos? —Lego soy en estos menesteres, y a mucha honra lo tengo. —Sólo los grandes jerarcas de los infiernos producen estos sonidos tan humanos, ello para confundirnos y provocar en nuestros ánimos misericordia y compasión...— No bien terminó este discurso, un viento que venía del altar nos acechó, a lo que gritó Don José: —¡Maldita sea su estampa! ¡Se está cagando en el tabernáculo! ¡Adelántate con el espejo, respira hondo y no aventees la nariz!— Allá fui, con tan grande pavor que grité: —¡El que se va a cagar soy yo! —Pues aprieta el fondillo sin atropellar el paso, que voy al lado tuyo.— Cerré los ojos... Bien cerca escuché las oraciones de Don José en latín del bueno, que a estos demonios hay que bajarles con lengua tan antigua y solemne, pues si se usa el castellano vulgaris siguen con sus bachatas y jodiendas, y hasta de burla expelen más ruidosos pedos, ya que no apestosísimos follones. La peste era tal que Don José pidió a voces un incensario, que esta orden se la dio a unos soldados que nos habían acompañado hasta la puerta de la iglesia. —¡Estoy atosigao! Con los ojos cerrados, las narices chupadas y el miedo mordiéndome las orejas, ya pronto se me reventará el aliento. —Aguanta un poco más, y alza bien por lo alto ese espejo... —¡Desfallezco!— Por mi mente pasaron muy terribles visiones, y la peor de todas ellas fue que yo llevaría por siempre, bien hasta el final de los tiempos, en aquel espejo maldito, el culo soberano de Belcebubo... Aquí estoy arropado de escalofríos, el espejo se hace carga muy gravosa, al parecer el retrato del único rostro de Belcebubo lo vuelve tan pesado como el anus mundi... Pero mi espíritu recibió santo remedio cuando olí, a narices llenas, aquel incienso de sándalo que Don José esparcía por todo el ámbito sagrado. Entonces Don José me ordenó que abriera los ojos, y cuando así lo hice, ante mí encontré un reguero de mierda seca que no pude saber si era de murciélagos o demonios. —¡Sin cuido, Gracián, que es de hombres y no de diablos! ¡Mira quién va por ahí!...— ¡Cuánto fue mi asombro al ver a Don José persiguiendo por toda la iglesia, con la notoria cruz de Caravaca muy en lo alto, al mismísimo Belcebubo, que éste —¡el muy engañoso!— había cobrado talante humano y parecía loco frenético en plena fuga! Aquel demonio tenía barba hirsuta y pelo desgreñado, sus ojos echaban relámpagos y candela de rabia y odio, que jamás vi un rostro tan afeado por la maldad y la ira... Ese sucio va descalzo y desnudo de la cintura arriba, repiquetea con los pies ruido que nos provoca dentera, allá cuando salta sobre las lozas, acá cuando cae de bruces sobre el frío mármol del altar. Y ese ruido es que tiene muy largas las uñas de los pies y las manos, por lo que resulta más gavilán que hombre, más bestia que demonio. Allá vi cómo se retorcía de dolor al caer, Don José siempre acercándole el hierro de Caravaca; también blasfemó con muy soeces palabras, se cagó en Dios, en la Virgen del Carmen y todos los muertos, que esta destemplanza no la puse en duda, pues el muy cochino dejaba tras de sí bien espeso fumón de pedos. Al fin Don José lo persiguió, a fuerza de rocearle agua bendita, hasta una de las puertas laterales; pero aseguro que tan magistral despojo pudo lograrlo no sin antes echar mano de todas sus mañas, y a fe mía hubo larga retahila de Vade Retro Satanás y otros detentes, chulerías oficiosas en la lengua del Romano. Se me antojó que Don José se equivocaba, que aquel diablo no era Belcebubo sino Satanás. Después rectifiqué este error cuando Trespalacios me aclaró que Satanás, Belcebubo y Lucifer son en realidad un mismo diablazo, ya que los tres son lucífugos y forman en las tinieblas perpetuas pues como una trinidad de grande mando y jerarquía".

Del muy santo y secreto diario del Obispo Don Felipe José de Trespalacios y Verdeja

"Habilitar este páramo para la convivencia es la muy santa encomienda de la fe. De este modo, mi vida se ha vuelto hazaña y obra, pues la vocación contemplativa jamás traería a los hombres el consuelo que tanto añoran. Así me aventuro, con íntimo miedo y temblor, a la tarea de crear un nuevo espacio luminoso, recinto donde el peregrino ya no vague más, dulce plaza de un Cristo que nos devolverá el paseo, ámbito del comercio y la ordenada vida buena, fuente donde se alivia la sed del desterrado, esperanza para la noche oscura que es el exilio. A fe nuestra que la hazaña estará siempre en la memoria de los hombres, y es que se trata de fundar la Civitas Dei, ciudad ligera que trepada allá en las nubes es construida con la espesa maldad de los hombres. Esta ciudad de Dios está extendida a lo largo de la humana, aunque también aseguro que se oculta mucho a nuestra vista. Eso es así por esa neblina de maldad que se anida en la voluntad de los hombres, verdadero manto de oscuridad que oculta muy impíamente esta luz que hoy contemplo desde el mesetón del Morro.

¡Hagamos liviano el aire! No hay más sentido que el fundado por el hombre desde la vida buena que nos enseñó Cristo, pues olvidar sus bienaventuranzas es desatar, sobre toda la humana estancia, la desolación y el extravío. ¡Voy camino a ti! ¡Oh desdichada ciudad de San Juan Bautista, antigua madriguera de muy feroces voluntades, habitáculo de la fe restaurada, redimida carcelera de la esperanza!... Ante mí, sobre muy graciosa y despejada nube, se alza el luminoso recinto que mi profecía alienta. Ahora es mi oficio construir, con esta arcilla que tan penosamente carga mi litera, esa ciudad suspendida allá en las nubes. Y moldearé al hombre, como se hace con un muñeco; sólo así no se le hará incómodo el recinto de Dios, aliviaré sus ansias creándole un espacio que no tolere el extravío. Esta es mi ruta, esta es mi esperanza, que la tierra prometida donde se construirá la ciudad celestial es afán incesante. A fe mía que este anhelo nunca debe alcanzar su espacio definitivo; fijar la esperanza en murado recinto es matarla, que esto hacen las utopías de aquellos impíos tratadistas como Campanella, Tomás de Moro y Bacón. ¡Que mis esfuerzos nunca se vuelvan soberbios, sólo soy muy humano testigo de la fe en Cristo, alfarero del más humilde barro! Así entiendo que la ciudad es ruta, y en ella transcurre el tiempo que el hombre obra en el espacio, muy verdadera definición ésta de la historia política. Como la esperanza no cesa de buscar el sitio de la tierra prometida, el profeta —quien advierte sobre las muchas ciudades falsas que los demonios mágicos edifican para confundir el humano anhelo— nunca llega a ver la ciudad de Dios, y así Moisés se quedó sin pisar la tierra de promisión, devolviéndose al exilio y la muerte. Pero a fe digo que no consiste mi profecía en proclamar la ciudad de Dios como muy beatífico espacio, sitio donde no quepa la humana maldad ni el divino silencio. Sólo quiero abolir el extravío que el destierro engendra, esa locura muy cruel que llena de dolor y desasosiego el débil aliento humano. ¡Mi ciudad será el intento de fundar el cielo a la manera de los hombres! Aquí, en esta tierra y en esta época, intentaremos habilitar un espacio que nos mitigue un poco la nostalgia del ámbito luminoso, recinto beatífico donde nuestro miedo quede abolido. ¡Así somos inmortales! En esta santísima esperanza ciframos el humano esfuerzo; pretendemos que el hombre se reconozca en un aire despejado de las espesas neblinas que ahora cubren toda la estancia, y al reconocerse satisfaga el anhelo de Dios, y ya no olvide más el rostro del silencio."*

---

*A.J.M.:

El Profeta

Luego de guiar a los hijos a través del desierto, su íntimo destino fue acatar la viscosa mirada del silencio. Entonces decidió morir antes de que su gente llegara a la tierra prometida, exilándose para siempre de la esperanza, reconociendo en aquel vacío su fe precaria. Y así fue que en el desvelo de lentas noches, en la soledad tenebrosa de su tienda, teniendo como única compañía el miedo a su propio abismo, anheló la ingenua ilusión que le había inculcado a su pueblo durante el gran éxodo: "Espero que la tierra prometida sea lo que tanto profeticé, pues mi alma sólo tiene la visión de un páramo doloroso..." Aceptó aquella angustia, pidió para su nación; sólo la fe sería capaz de convertir en benigno jardín la tierra calcinada.

Capítulo XXXIX

DE LOS SUCESOS ASOMBROSOS QUE EL CRONISTA GRACIAN VIO EN EL SANTO DESPOJO DE LA CIUDAD DE SAN JUAN BAUTISTA

"Después de aquel muy grande despojo que Trespalacios hizo en la iglesia de San José, la procesión bajaba a paso firme por la cuesta del Santo Cristo de la Salud, y allá se desató de repente mucha algarabía entre las mujeres que entonaban las plegarias. Estos sobresaltos ya son costumbre del atardecer, que con la súbita caída de la noche el alma se llena de muchos demonios, algunos reales, otros fingidos, pues no hay momento más propicio para inquietar la moral culpable que en el crepúsculo, verdadero recuerdo de la muerte, advertencia para nuestra humana vanidad. Pero también hubo buena causa para toda aquella gritería, y fue que en el páramo de Bajamar, frente a la iglesia del Santo José, unas mujeres vieron a muy infeliz lacayo de Satanás, que esta vez se trataba de un demonio malo que se había apoderado del alma de un pobre loco conocido en toda la ciudad de San Juan por el nombre de Agripino. Don José apechó conmigo hacia donde ocurría toda aquella bulla, y cuando estuvo frente al desdichado me aseguró: —¡Es el muy jodido diablo de Asmodeo, príncipe de la lujuria y encantador de virgos! —Pues mire que este diablazo tiene más galanura que el otro, aquel apestoso de los infiernos... —Pero no es para descuidarnos... Fíjate que con él estar alertas sería poco, ello por las muchas mañas que tiene: Suele causar en las mujeres grandes trastornos de las pudendas partes, que hay casos de repentinos y copiosos flujos del menstruo, hediondos pedos venéreos, muy furiosos ataques de himeneo en que las mujeres invitan al mismísimo Satanás a pujar un canelo. —¡Diache!, variados son los oficios de este demonio...— Todo ello me interesó rápidamente, pues el anterior despojo fue tan a lo romano, con todos sus latines y vistosas solemnidades, que mucho oficio poca curiosidad sentí en la erradicación de Belcebubo. Pero con este Asmodeo mire usted que es distinto, ello porque cuando se trata de husmear venéreas no hay cristiano que no se ponga de muy bellaco talante... Ahí, frente a nosotros, al lado de unos uveros, está el loco greñudo, esperando con la mirada bisoja los buenos oficios... A fe mía que cuando lo vi se me aflojaron las ganas de participar en el sagrado exorcismo... Ello así porque ese infeliz lleva colgando de la verga una perraza, que por lo visto tuvo placer con ella, y ésta, la muy cabrona, le tensó el virgo tan fuertemente que lo ha capturado, poniéndolo en la infeliz condición —¡triste bochorno!— de llevar entre las piernas una diabla, furia que le ha regado con mala sangre de monstruo canino los cojones, casí arrancándole el miembro... —Estoy a punto de volcar el buche, Don José... —Dame el agua bendita, mira de reojo.— Al momento Don José ya estaba trazando círculos mágicos en torno al penoso Agripino. —¿No grita el infeliz? —Al parecer le tiene el galillo tieso, truco común en Asmodeo. ¡Pero fíjate cómo chilla con esos ojos tan bizcos!... Como ves, este diablo tiene la mala costumbre de convertirse en perra, y ya lo verás en muy lascivos gemidos...— No bien acababa de decirme esto cuando la perra se volteó en el aire, azotó al pobre Agripino contra la arena, que ello causó mucha risa entre todos los allí presentes, aunque yo sentía tan grande dolor en la verga como el infeliz aquél, a fe mía que la maldita diabla ya casi le había arrancado el duro hueso. Y allí recordé con tristeza cuando Agripino era razón de chacota en toda la ciudad debido a que siempre llevaba tras de sí muchos perros y perras, por lo que los niños gritábanle que tenía el culo cagado, burla que le sentaba muy mal, que entonces los corría con un palo o les tiraba piedras... Mucho me entristece ver ahora al bueno de Agripino en semejante ordalía, a todos es muy visible su gran sufrimiento, harto difícil se me hace pensar que es demonio. Tropecé con Don Pepe, quien ya había dejado de santificar con agua bendita y ahora afilaba un largo espadín. Y esto le protesté: —*Es imposible que este tonto de Dios albergue a un príncipe de Satanás. —Ingenuo eres si piensas que el muy canalla de Lucifer escoge, para manifestarse entre nosotros, apariencias que nos pondrían en alerta y sobresalto. Es costumbre de su grandísimo ingenio tomar continente humano en locos y necios, también graciosos, pues ellos nos llevan a engañosa y fácil compasión. —¿También prefiere a los graciosos? —No lo dudes, los simplones son miel para sus mañas...*— Dicho esto se acercó a Agripino machete en mano. Me temblaban hasta las muelas, traté de detenerlo con sentidas súplicas, pues lo que pensaba hacer me parecía gesto descabellado que no honraba su santidad. Y cuando en esto estaba, noté de reojo... Pues que la perra esa ahí se culea sobre Agripino —¡Ay, bendito sea!— como si lo estuviera gozando. Y esta bellaquería me repugna mucho, que ya tengo la tripa asomándose al gaznate, miren ahí que en la turnia mirada de Agripino se ve la dolida súplica... Allá corrí para quitarle de encima aquella diabla con mis propias manos. La agarré por detrás mientras Don José me gritaba... —*¡Retírate, Gracián, maldito sea! ¿Es que te has vuelto loco?...*— El me dice eso, y también blasfema, asegurándome que es muy peligroso para mi alma y general salud el contacto con esta diableja. Pero miren ustedes que ya no la puedo soltar, echa humo por las orejas paradas y yo soy uno de sus favoritos, que bien hago en zafarme ahora, ya para siempre, de semejante engendro... Entonces sentí, bajo mis tensos hombros, que la perra se gozaba al triste de Agripino, quien mucho se retorcía en la arena, bien cagándose en Dios más de lo debido. También oí, con estos oídos que se comerán la tierra, los gemidos y jadeos que lanzan las doñas cuando son gozadas y están a punto de echar leche... ¡Por Dios!, que esto me vuelca el alma de susto, al fin comprendo que esta perra es la mismísima hija de Satanás... Decía palabras muy obscenas aquella diabla convertida en mujer, que es costumbre y desafuero de putas gritar estas gracias cuando están en el goce, y hasta pedirle al hombre cochinadas tales como eructar, soplar pedos y ponerle tapón al culo. Pues en esto estaba cuando la perra viró la cabeza, mirándome la muy socarrona, que entonces me volteé de espanto en la arena cuando reconocí que su mirada es turnia y su ojo me guiña... Allá oigo, mientras aquí me revuelco con grandes dolores en el ánimo, que Don José mata —una y otra vez, tanto con filo como con punta— al demonio de Asmodeo, y esa puta diabla chilla bajo el espadín como lechona arrastrada al matadero... Al levantarme advertí que Don José se encontraba frente a la perra descuartizada; tenía el espadín ensangrentado, la sotana estaba teñida por los malos humores de Satanás. —*Otro diablo menos, Don Pepe.*— Pero no estaba para fiestas el exorcista mayor. Señalándome los restos de Lucifer repetía: —*¡Qué triste es el mundo, Gracián! ¡Qué triste es el mundo! Más nos valdría esfumarnos...*— Como vi que el desdichado Agripino tenía la cabeza cercenada, le pregunté a Don Pepe si había fallado el tino, y esto fue lo que contestó: —*Tan pronto le piqué la cabeza al Asmodeo cayó también la del inocente Agripino, prueba de que su alma ya no era suya, que ésta estaba tan en consorcio con Satanás que hacía con la de éste una, maldita e indivisible*—.

Ya vencido el inquieto terror, me fui dando cuenta del airecillo en los contornos. Ya no había broma que valiera para despejar el miedo. A mayor gracia, más me temblarían los cordales."

Del muy santo y secreto diario del Obispo Don José de Trespalacios y Verdeja, pastor bueno de su amada grey

"Este mi santo oficio es de muy dura soledad; sólo aquel que haya visto ante sí lo sublime y aterrador del vacío reconoce la necesidad de mi esfuerzo. Sin la ciudad política los hombres serían menos que bestias, ello porque el libertinaje los devolvería a la naturaleza, estancia donde fundarían la discordia y restaurarían la edad de bronce, época aquella en que los hombres prevalecieron por la fuerza. Todo esto he visto entre esos avileños que durante meses intentaron fundar colonias libres en los montes. Fue la pretensión de ellos fundar muy arcádica ciudad, sueño éste de perfecta armonía del hombre con la naturaleza; pero aseguro que no he visto gente más desconfiada, facinerosa y cruel que estos malditos peregrinos. De este modo, entiendo que para poder convivir los hombres tienen que fundar el artificio del estado, verdadera máquina que hace posible el sano tránsito del comercio, la provechosa distribución del trabajo y la muy férrea vigilancia del general orden. Hoy me toca esta muy gravísima encomienda del espíritu, que todo ello sea para dulce provecho de la amada grey. Pero a fe mía que también me ha tocado consolar el miedo que los hombres le tienen a la muerte. Además de organizar la esperanza debo cuidar de la fe necesaria para ordenar el sentido de la vida. Digo que los hombres necesitan administrar su incesante peregrinación hacia la nostalgia que tienen del bien, pues toda la ruta humana está tan llena de errores que los hombres siempre reclaman al profeta que les advierta, también al gobernante que los devuelva al camino correcto. Y este es el cuido que la esperanza necesita para que al final de los tiempos se revele el Dios escondido, creador verdadero de la divinidad que consuela a los hombres. Pues del silencio de este Dios oculto es que surge mi segundo ministerio. Y aseguro que este Dios no juzga, que sólo aquel fundado por la añoranza del hombre sabe del tiempo, conoce la historia. Mi fe está en su rostro impasible; pero a los hombres tengo que hablarles del Dios Padre y de su apacible hijo. El poderío está ausente de su voluntad; pero acá, en el reino de la materia, tengo que librar guerras contra los que pretenden desvirtuar el miedo al poder de Dios Padre, corromper el amor a la perfección humana de Nuestro Señor Jesucristo, desmerecer el respeto a la autoridad del Espíritu Santo. Esta trinidad no es sino la humana forma que para el hombre ha cobrado ese Dios silencioso que habita en las más altas esferas. Pero el rostro de este Dios mata, ante el muy cruel abismo de su silencio no hay hombre que pueda sostener la mirada. Y es por todo ello que también debo organizar la esperanza que el hombre tiene en los cielos, es decir, la buena fe en Cristo. Sin esta fe, los hombres no reconocerían en el prójimo nada que fuera digno de existir, y todo el esfuerzo humano entonces estaría obligado a grandes barbaries y matanzas. Una vez que el hombre atisba el rostro del Dios escondido, entonces la tarea más noble es comenzar una ruta donde ya no se sienta el silencio de su aliento contenido, fundar en su seno una raíz más benigna. Este es el más grave secreto de mis dos ministerios, verdadero esfuerzo por organizar la ingenua esperanza del género humano. Son estas sutilezas las que llenan de soledad mi alma.

Ayer maté a machetazos un demonio que estaba en contacto carnal con un tonto, y ahora me ocupa devolver las buenas costumbres venéreas a estos hombres que ya no conocen el pudor, pues aseguro que como muchas mujeres perdieron sus maridos en la guerra, quedándose sin el sustento, la prostitución se ha convertido en modo obligado de vida entre ellas. Pero también las hay que se entregan al desaforado oficio por volver a disfrutar de los gustos sensuales que perdieron con el marido, que las he visto culearse en muy furioso goce debajo de las carretas, a la sombra de palmeras y uveros, entre los matorrales y sobre las arenas calientes de las solitarias playas. Todo ello crea un relajamiento general del pudor, y por las noches hasta los matrimonios de sacramento tienen el placer venéreo en sitios donde es imposible guardar modestia, por lo que es común suceso oir por las noches los rumores y gemidos del amor, fuente verdadera de pensamientos lujuriosos para los jóvenes que están en edad de requerir y satisfacer el deseo que conserva a la humana especie. Así ocurre que muchas jovencitas casaderas están hoy de preñez sin haber recibido santo matrimonio, que es abominable cuando muchas veces abandonan los recién nacidos, o los matan con maleficios y brebajes cuando todavía están en el vientre. Aunque hice despojo en aquel infeliz que tenía placer carnal con la hijita de Asmodeo, todavía anda suelto por ahí el demonio de la lujuria, y aseguro que echar fuera los demonios es soltarlos sobre la comunidad, desatarlos sobre la humana estancia, grande ironía de este oficio nuestro de exorcistas. También anda suelto por ahí Satanás, quien fue el primero en contemplar el rostro del Dios oculto''.*

---

*A.J.M.:

Los demonios

Anidamos esos seres nocturnos que nos asaltan y siembran el miedo a la vida. ''El aire está poblado de espíritus'', repite el vulgo. Este miedo a zafarse del oscuro asombro de la naturaleza es el íntimo deseo de permanecer esclavos. Es por ello que Trespalacios los despoja de los demonios, aunque bien sabe que las fuerzas oscuras andan sueltas por toda la estancia, aunque reconoce que anidamos esos seres nocturnos que nos asaltan y siembran el miedo a la vida.

Capítulo XL

DONDE SE CUENTAN LOS SUCESOS QUE EL CRONISTA GRACIAN TES-
TIMONIO EN EL SANTO DESPOJO DE LA CIUDAD DE SAN JUAN
BAUTISTA

"Hoy día, 23 de diciembre de 1773, empieza la víspera de feliz ocasión para la muy
cristiana causa de los peregrinos que regresan a la ciudad. Por todos lados —a viva
voz y en cháchara, por lo bajito y en murmullos sabrosos— se comenta que en la
solemne misa de gallo, a medianoche de mañana, el venerado Obispo Don Pepe
Trespalacios bautizará al Niño Avilés, dándole bañito santo, para ya desembara-
zarlo por siempre del unto diabólico que lleva pegado a la piel. A modo de anticipo
de tan grande fiesta de la Natividad, Don José ha dispuesto que se ponga en capilla
uno de los más preciados tesoros de esta comunidad en Cristo. Pues me refiero nada
menos que a la uña del Espíritu Santo, muy preciado trofeo que el Obispo
Trespalacios capturó en una reyerta con el demonio Asmodeo. Resulta que Don
José encontró esta muy valiosa reliquia en el buche de la perra lujuriosa que tentó
al bellaco Agripino. Reconociéndola al instante como la uña que el Espíritu Santo
perdió en sus correrías por estas tierras supersticiosas, bailó de alegría dando tres
pasitos cortos, la mandó a colocar en una urna de cristal a la vista de todos, y allá fue
arrastrada por un carretón de bueyes indios, custodiada por cinco soldados severos.
Todo ello es de maravilla, pues en esta caravana ya hay ruta secundaria, y me refiero
a la muy obligada procesión, acudir en rogativa a ver esta uña del Espíritu Santo.
De este modo, acampan a la vera del camino muchos beatos deseosos de ver el
prodigio, gente devota que espera con ojos inquietos y lengua vivaz el paso de la
rumbosa carreta. Alrededor de ésta, todo se ha vuelto muy ruidoso y confuso, y es
que unas mujeres de vivir gozoso —aprovechando la curiosidad de la gente por ver
la urna— han montado fritanga en las cercanías, allí fríen bacalaos mientras asan
batatas, adoban pastelillos de cocolía y amansan arepas de arroz, despachando a
todo galillo tantos manjares, que miel son estas doñas para los peregrinos hambrientos, ya que no blasfemas de la uña poderosa... También acá se montan los
tenderetes, y el espadín ya le hace saltar la tapita a los cocos de agua —¡consuelo de
los sedientos!— mientras las vírgenes cuidan la suya, pues en tanta bulla todo
peligra, más peleas que santiguos hay en estos sitios donde el prójimo se ha vuelto
ocasión de grave desconfianza. ¡Esto es Belén! Los huérfanos hambrientos que
acompañan la caravana —hijos de los valientes avileños que murieron en batalla—
se han convertido en caterva de diablillos, y acá piden lo que allá se les niega, por
ahí roban hoy lo que ayer necesitaron, siempre halándoles las casacas a los soldados, pedigüeños de vellones y tareas, que los más honestos le cargan mosquetes y
espingardas a la tropa, a veces por un mendrugo, nunca por menos de un ochavo.
Mire usted que ayer retraté esta estampa: Pues vi a un follón de mozalbete arrebatarle arepa de maíz a un niño bien que contemplaba —junto a su padre, con los labios
caídos— la uña del Santo Espíritu, y allá se escurre el diablejo entre faldas y botas,

revolcándose bajo carretas y yuntas. Pero el padre, ¡miren allá!, logra alcanzarlo en el arenal, y ya le sopla los cachetes a bofetadas, salta la arepa al lodo y el bobito de acá llora a berrinche templado su desconsuelo. Pero brinca otro títere al ruedo, y éste pretende llevarle a ese señor, ¡cuidado ahí,!, el reloj de cadena... Allá lo corre con el bastón en alto, gritándole mil maldiciones, que ya lo alcanza en el arenal —¡tanta gritería demasiado ajena al interés de todos!— propinándole dos bastonazos en la coronilla, y a mayor goce furioso le hunde tres, cuatro, ocho, trece veces nueve la punta de hierro en el casco, abriéndole la chola en bandas y derramándole los sesos, ¡a fe mía que toda la arena ya se ha vuelto rojiza!... Mírenlo ahí desfallecido de tanto goce, convertido en asesino sin saberlo, aunque ya muy inquieto mire para todos lados, aunque allá huya entre los peregrinos, perdiéndose en la caravana para siempre, saltándose la culpa sin más dolor que un vago remordimiento... Aquél recobró el reloj perdiendo el alma. Yo pierdo la fe en mi oficio, pues qué redime la pluma cuando el mundo anda tan loco... Ahí yace el niño harapiento, media chola puesta acá y la otra mitad regada entre los uveros... Como me dice el buen filósofo de Don Pepe, pues y que esta inquietud, ¡tanta brutalidad!, resultan de la desconfianza que se anida en los hombres cuando son devueltos a la naturaleza y la necesidad. Y el más pacífico de los hombres conviértase en salvaje animal que cuida el sustento de sus cachorros, con tan grandísima saña que ya es susto hasta para sí mismo... A lo que voy es que el paso de la uña magnífica ha desatado mucho desasosiego y grande algarabía entre los peregrinos, aunque doy fe de cómo es tenida por objeto santo de gran veneración, verdadero motivo de piadosa devoción entre nuestro muy católico pueblo.

Como hay tantos demonios sueltos por toda la ciudad —¡habitantes del aire son los diablos!— Don José ha hecho construir, en todas las calles, unas trampas altísimas para confundir y atrapar a los más mostrencos. Estas son como torres de bambú con muchas crucetas trabadas; allá en la alzadura tienen veinte y tres pies hasta el tope, y desde lejos parecen pirámides tejidas para colar el aire. Aunque, a decir verdad, no les veo propósito muy evidente —¡qué sé yo de estos asuntos diabólicos!— Don José me asegura que son las mejores trampas para cazar demonios. Según él, los diablos —lo mismo que los murciélagos— vuelan por lo bajito, amañándose así para contrarrestar su ceguera. Pues al pasar así en raudo vuelo —casi a ras del piso, raspando con las uñas de sus alas los adoquines— la sorpresa de chocar con algo pronto se vuelve incrédulo asombro, y a la desesperación llegan cuando no pueden zafarse, por más que revoloteen dentro del breve espacio. Cierran sus ojos chicos y chillan hasta el séptimo cielo los muy follonudos... Vuelve a enredársele el ala izquierda en el estribo de la torre, y allá arriba la uña de la pata coja apenas puede zafarse de la cruceta, ahí se queda pillado el hijo de Satanás hasta el final de los tiempos, imposibilitado para cometer más fechorías... Dice Don José que estas trampas tienen algo más que renombre, pues a buen uso limpiaron los aires entumecidos de Villa Remedios, en Cuba, durante un exorcismo allí practicado hace más de un siglo. Nuestro pastor ya le dio órdenes a un pelotón de casacas azules para quemar las trampas de números pares, pero sólo durante la medianoche del quinto día después de colocadas, no sin antes perfumar en veinte pasos a la redonda el bajo aire, siempre con menjurje de azahar y malagueta, humillo de belladona mezclado con esencia de pazote y zumo de mejorana, sin olvidar tres volteos de escapularios unidos a siete aleluyas. Y más vale que tal receta la sigan al pie de la letra, pues bien sé que una oración dicha al revés, o exorcismo mal ejecutado, mayor rebeldía trae a los demonios, y allá chillan con más furor su desconsuelo a la vez que afollan todo el aire con viles pestilencias.

También ocurre aquí, en tan maldita estancia, que el demonio Asmodeo ha dejado una estela de lujuria en toda nuestra amada grey, que puedo dar fe y testimonio —ante cualquier autoridad o altar— de que anda en contubernios y sociedad con Carón, diablo patrono de coches y barcazas. Ocurre que las putas llegadas con los escalilleros han fundado burdeles en varios coches de la caravana; los muy indecentes actos ocurren tras los visillos de las portezuelas, y yo —más en ánimo de cronista que de ligón— por los resquicios de las ventanillas he mirado, a fe mía que ayer se me desfalleció el aliento cuando vi a tres mujeres culear sus nalgotas alrededor de un caballero que se halaba un goce, raro gusto y placer que aquel hombre pagó con plata sonante. Hay un coche que es de grande y notoria infamia, pues en él se celebran orgías muy furiosas, festines en que los bujarrones cometen sus actos viles, y hasta se comenta por ahí, ¡yo no sé!, que la mapriola de este burdel oculta la identidad de un misterioso parroquiano muy aficionado a esos goces, al parecer hombre de gran valía si no estuviera sujeto a tal debilidad, por lo que todo el mundo pretende adivinar quién vive tras el disfraz, algunos rumores asegurando que se trata de un respetadísimo caudillo avileño. También he oído decir que los actos de sodomía son perpretados en niños huérfanos que venden sus cuerpos para poder comer. ¡Oh infamia de la guerra que cual viento cruel arrastró techumbre y cobijo, dejándolos más en el desamparo que en la intemperie! Allá en el caño de Miraflores se desliza una barcaza oscura, recinto del diablo Carón, y en la más oculta terraza corre el aguardiente y salta el mujerío, bajo la luna de enero habrá bailes y muy secretas orgías, desenfrenos donde ya veo la santa hostia introducida en el hondón de las peludas jaibas, en el pecado de las diablas saltarinas que allí sirven de anfitrionas... El otro día alguien encontró, justo al lado de un atracadero, el cuerpo roto a machetazos de una niña, y ya se vocea el rumor de que fue picada así en frenética orgía, oscuro oficio presidido por el mismísimo Satanás, quien esa noche estaba allí —¡bien arrebujado con su capa berrenda!— como invitado de Carón. Así debió ser, pues este crimen no es de Asmodeo ni Caronte, a la máxima jerarquía de los infiernos pertenece, abochorna aun el más oscuro rincón... ¡El alto aire de Miraflores ya es amasijo de lucífugos!... Tengo los sesos rumorosos, como que un diablejo se me ha metido por la oreja izquierda... y paso de la crónica a la profecía sin mayores enfados... ¡Extraño que se ha puesto también el bajo aliento!''...

Del muy santo y secreto diario del Obispo Don José de Trespalacios y Verdeja

"Las ciudades suspendidas en el aire —todas ellas flotan sobre nubes que transitan mi inquieta mirada— son espacios que el hombre crea desde la indigencia del exilio. En ellas vive suelta y liviana la esperanza; mi oficio es hacerla grávida, tan pesada que al fin logre posarse sobre un espacio. De este modo, fundar el estado es organizar la esperanza en el tiempo. Pero esta gravedad —¡que es justo el peso de las pasiones humanas!— no puede volverse rígida negación de la esperanza; cuando esto ocurre asoma la pezuña, se desquicia la tarea, la serpiente marina pesadamente da un coletazo en el hondo cieno, el hombre ha querido fundar ciudad perfecta, ha pretendido alcanzar en este mundo el recinto celestial. Sólo la ciudad humana nos interesa —¡aquiétese la maldita cola!—, pues el recinto en el tiempo, acá posado en la historia, mejor cultiva la esperanza. A muchos sabios se les ha ocurrido pensar que la ciudad debe ser como una máquina, afirmando que en ella las pasiones humanas deben ser sometidas a grande reglamento y dominio. Ello no tiene sentido, puesto que el espacio creado para el hombre debe ser como un traje hecho a buena medida, que no coraza ferrosa que impida el humano albedrío. También sé de otra ciudad que no tiene centro; en ella está negada la gravedad que surge de las pasiones humanas, condición sin la cual el estado sería chacota de todos los demonios. Esta ciudad de Pandemónium convierte en creación humana el grande caos que hay en la muy corrupta naturaleza. Y aseguro que si fuera a describir estas tres ciudades que ante mí se levantan, allá tendidas sobre nubes majestuosas, tendría que usar las siguientes imágenes, estos mapas sutiles: La primera es como rígido jardín engañoso, sitio donde la pretensión mecánica lleva a la muy cruel poda de las humanas pasiones e ilusiones. La ciudad que considero esperanza de mi esfuerzo es como un bosque, que en éste se recuerda el orden del jardín a la vez que bien florece la exuberancia de árboles y arbustos, todo ello fiel imagen de ese modo de libertad que es el humano albedrío. Por último, asegurar puedo que la ciudad pretendida por los rebeldes es una selva, que en ésta no hay certeza ni orden, por lo cual el hombre vive muy perdido, esclavo de sus más oscuros apetitos. ¡Sólo mi ciudad vive en la historia, y su aliento es la esperanza organizada en un espacio! Y así digo que lo muy contrario a la ciudad es el exilio, pero, ¡a fe mía!, que éste también tiende a crear una ciudad en las nubes. En el exilio el espacio se hace muy reducido, pues el vagar no es sino la negación continua de un sitio único. De este angosto espacio surge un camino entreverado que se convierte en ruta, y luego en calle. Pero el paseo no brota, ello porque nos encontramos en la ciudad de Dios, donde el hombre descubre que la íntima vía hacia el amado no tiene fin. Esta ciudad crece de manera vertiginosa, como un torbellino que ya muy pronto ocupa todo el espacio de los cielos colgantes sobre el páramo del hombre. ¡Peligrosa ciudad!... En este recinto el hombre vive extraviado, envuelto en el frío del mármol, confuso en los íntimos anhelos que lo distancian del Dios amado: Y así toda vía mística es un modo de ir desconociendo a Dios según se afirma la esperanza oscura de vivir en él. Esta ciudad que colma los cielos y oculta el sol y la luna contiene tres recintos, que son como barrios de ella, y estas tres visiones son muy parecidas a las que describí anteriormente: Una es como un rígido parterre, que ella es la ciudad de la teología, recinto donde los hombres pretenden encontrar un camino seguro hacia Dios. ¡Insensatos son los que han construido esas paredes! ¿No ven que Dios es todo riesgo, oscuridad y aventura suprema de la vida? Esta ciudad es la maldición de la ortodoxia, habitáculo de los fariseos e hipócritas, que en ella se poda todo aliento espontáneo hacia la contemplación de Dios. Esta ortodoxia no es la verdadera, ello así porque no está fundamentada en la fe, sino plantada muy impíamente sobre el poderío del gobierno de Cristo aquí en la tierra. Y a modo de bosque está la ciudad humana; ésta es la verdadera Jerusalén celestial. En ella el hombre sigue la ruta hacia Dios a través de la humana esperanza, dulce conjunción de la nostalgia de Dios y la fe en el hombre. Pero todavía hay otra; es la ciudad de la selva, la más infeliz de las tres, porque en ella nos hundimos en el extravío, todo permanece invertido y confuso, nadie encuentra el camino; el anhelo del hombre, ¡todo su sueño!, es ocultarse de su propia estadía en el mundo, buscar rincón donde ya no lo alcance la mirada de Dios. Harto difícil es afirmar como única la ciudad de Dios o la del hombre. Pero he aquí que todo lo humano es albedrío, voluntad y esfuerzo, porque el hombre siempre puede escoger entre muy oscuros caminos, adivinando el signo allí donde quizás menos le place a Dios...

Todas estas visiones tuve hoy tarde; a la medianoche de mañana me tocará, en la misa de gallo, bautizar al Avilés, traerlo a la vida en el Cristo de las gentes. Pero tiemblo ante el significado del gesto. Mi voluntad desfallece ante una acción que presiento terrible. Todo el albedrío se me confunde cuando salta ante mis ojos el equívoco... Tantos fantasmas son los compañeros de la ruta; ya pronto nos sorprenderá la luz de la ciudad humana, ¡y la umbrosa selva será negada por esos muros dorados!.... Ya no habrá más desasosiego y extravío. El hombre volverá al sitio único".*

---

*A.J.M.:

El Profeta II

Es muy posible que muera sin ver la tierra prometida; esa es la maldición que ha caído sobre el profeta... En la oscuridad de la tienda, entre sombras que se convierten en presentimientos ominosos, la luz que sale del centro mismo de la ciudad prometida alcanza su conciencia dolida. Piensa que conducir al pueblo a través del desierto no es tanto advertir sobre el futuro, sino adivinar el más remoto pasado. Porque vagar por el páramo silencioso que recuerda al rostro divino es sufrir la nostalgia del sitio único... Cuando llegó a la ciudad que levanta a los cielos luz tan irreal —ese resplandor que guió su paso incierto en tantas noches— su alma acogió un miedo imprevisto, y tanta fue la angustia que el profeta quiso morir, al parecer la tierra prometida ocultaba un secreto terrible. Se adelantó, y dejando a su pueblo en la entrada de la ciudad, comenzó a caminar las calles, poseído por la inquietud, atormentándolo el íntimo presentimiento de su fracaso. Entonces entró a una pequeña plaza, allí encontró esa gran piedra que colma el angosto espacio, silencio que rebasa la copa de los árboles. Cayó de rodillas, y no pudo mirarla más, mientras decía en voz baja, como si fuera un secreto de Dios a su oído: "El sitio único es la piedra cansada, y los hombres ya no cesarán de preguntar"...

Capítulo XLI

DONDE EL CRONISTA GRACIAN NARRA EL SANTO DESPOJO DE LA
CIUDAD DE SAN JUAN

"Hoy día, víspera de Navidad, Don José de Trespalacios y Verdeja ha decidido echar de nuestra dolida estancia al demonio Esmón, quien es caudillo y general de los que faltan a la palabra. Cuando el día aún era rubicundo infante que apenas saltaba las olas de Punta Tiburones y el roquedal del Morro, Don José dio órdenes de que se detuviera la caravana, y fueron muchos los emisarios despachados para que esto sucediera, pues la mitad de la procesión ya había entrado en las calles de la ciudad. Pidió su coche. Me ordenó que lo acompañara; esto fue grande alegría para mí, ello porque supuse que Don José me invitaría a la comida liviana que alegra sus maitines. Nos alejamos un poco de la caravana, subimos a una colina desde la cual se divisaba todo el litoral. Don Pepe pretendía otear así los confines de su poder. La tibia luz de la mañana nos acogió muy placenteramente, cuando allá nos echamos bajo unos almendros, y los negritos cafres —aquellos graciosos pajes de cámara de Don José— nos halagaron la vista y el paladar con muy sabrosos platos, que estas delicias eran confeccionadas por una prieta gorda de pañolón a la cabeza, ahí bajo ese cobertizo de pencas... Ahora nos traen las arepitas de arroz, los surullos de maíz no faltan, ese pescado frito en adobo de cebolla y ajo ya desata su aroma, el guarapillo atildado con aguardiente bien que aviva el apetito, este blando casabe puesto para el unte de cocolías se deshace en la boca, y las tortas de plátano llamadas tostones están ya tendidas, que estos pastelitos rellenos de dorados acaban de llegar por aquí, allá las batatas bien volteadas en anafre pronto serán deleite, aquellos trozos de ñame hervido para aderezar en mojo de tomatillo y ajíes bravos, ¡pues que no se queden atrás!, y los cangrejitos asados ya no pueden faltar, miren aquí estos ostiones con limón para afinar el gusto, y allá humea la colación del generoso café, remedio para espantar el pesado sueño que sigue a este apetito tan voraz... Mi paladar me distraía mucho de las razones y decires de Don José, y a cada rato daba yo golpes bajísimos de vista a los gustosos manjares que llegaban a nuestra mesa de campaña. Pero a fe mía que entre las arepitas que despertaron el apetito y los buñuelos que endulzaron nuestro aliento, oí estas razones, dolidos lamentos de Don Pepe, que entonces entendí su invitación... ¡Pretendía que yo le sirviera de paño de lágrimas, muro de los lamentos!... —*José Díaz quiere tener el mando de la caravana, asumir el gobierno civil tan pronto lleguemos al ayuntamiento y concluyamos el exorcismo... ¿Me oíste?* —*Pues claro, Don Pepe, ¿no se lo advertí?* —*Ya lo sé, pero fíjate tú que le tenía la palabra bien empeñada a todos los caudillos avileños...* —*Unjú...* —*No se puede confiar en esa gentuza; a la primera te tienen el navajón atravesado en el galillo...* —*Justo...* —¿*Qué hago, Gracián?...*— Mientras probaba unos calamares rebozados en harina de yuca y fritos en manteca de puerco, le pregunté al dignísimo prelado por las señas y ejecutorias de aquel José Díaz, pues nunca había oído hablar de semejante fulano... —*Mira tú que este cabrón de José*

Díaz es un caudillo avileño que logró renombre en la batalla. Por lo visto era un pobre diablo, ahora se encuentra con los humos trepados en la cabeza, halagado por la admiración de la gentuza esa que vive en el rabo de la caravana. Quiere, al parecer, grande bulla... —Páseme esos bacalaos fritos.., —*El otro día me visitó con tres de sus alcahuetes, y me amenazó con desligar a su gente de la caravana y fundar colonia rebelde en la campiña de La Vega...* —¿Queda guarapo?... —*¡Este follón está faltando a la palabra de todos los caudillos avileños; ellos aceptaron sin respingos el gobierno de Dios, hasta tanto volviera la vida a su curso y se pudiera establecer gobierno civil... Pero eso fue cuando necesitaban mi ayuda para acabar con Obatal. ¡Tú bien lo sabes! ¡Maldito sea... eso fue lo que acordamos! Y ahora se guilla de esas promesas con mil falacias y argucias...* —¡Cójalo con calma, Don Pepe, y diga, este Carlos Díaz... —Pepe, Pepe Díaz... —¿Cómo? —¿Es que te has levantado idiota?, ¡que se llama Pepe Díaz el fulano, y no Carlos Díaz como estabas diciendo! —¿Dije Carlos Díaz? Pues no me di cuenta... —Ya lo sé, y deja de embutirte el buche, que ya muy pronto sentirás la tripa rumorosa... —Todo esto me sabe a nueva guerra, Don José... Así se lo digo... Páseme esa arepita que ha quedado ahí tan solitaria... —Nuevas disputas alargarán nuestro exilio...— *Al momento de llevarme a la boca aquella tierna y sabrosa arepa de yautía blanca, quise indagar sobre la lealtad de la tropa, condición necesaria para aplastar la muy villana sedición.* —Más vale que se asegure la lealtad de los escalilleros; sobre todo lo demás, asegúrese el apoyo de esos hombres.— *Así le adelanté el consejo que me había pedido al invitarme a tan sabroso convite... Don José interrumpió su discurso para dar órdenes sobre la misa de gallo* —¡solemne acontecimiento!—*, que en ella sería bautizado el nene Avilés, quien entonces nacería a nuestra fe envuelto en la misma sabanita de Nuestro Señor Jesucristo...* —¿Esos arenques?... ¿Son para la cena? —No, hombre, come los que quieras... Con buen apetito amaneciste hoy. —Es que ayer me salté las comidas, yendo de aquí para allá en sus asuntos y correrías...— *Aquellos arenques habían arribado en goleta la tarde anterior; Don Pepe los hizo traer desde la isla de Buenaventura.* —Esto sabe mejor con casabe... Páseme acá esa torta... sí, la bien rebolluda. —Hay que aplastarlo como a demonio menor, como a sabandija al muy hijo de puta, pues quiere aventar el avispero... ¿Para qué?... —¿Cómo es, Don Pepe? ¿Para qué de qué cosa? —Para que estos pobres infelices sigan vagando en el exilio y la locura. —Eso mismo... —Sí, claro.— *Me pareció que Don José evitaba hablar sobre lo más importante, la cantidad de tropas con que contaba para aplastar la revuelta. Justo cuando me ofrecía unos jueyes en salmorejo* —la más reciente ya que no la última galanía de la prieta— *insistí en aquel asunto de gran seriedad y necesidad para la conservación del reino y la razón de estado.* —Lo más jodido es que por lo visto el tal Pepe Díaz ha conseguido la lealtad de los escalilleros... —Pues entonces nos jodimos, Don Pepe, nos jodimos.— *Sonó incrédulo:* —¿Tú crees? —¡Olvídese! —*Pero fíjate que los otros caudillos avileños me apoyan... Pero no es prudente confiar en todos ellos, y además, sólo podrían garantizarme ese apoyo, también el buen orden entre sus gentes, si arresto al tal Pepe Díaz, y no antes... Buen respaldo éste, además de necesario, pero no suficiente...* —Unjú... —¡Ya no te distraigas más, atiende lo que te digo, que por lo visto hoy amaneciste con la chola en el carajo... Y no sigas comiendo... ¡Vas a reventar! —Tranquilo, serénese, que soy todo orejas. Si me ve distraído, no es que lo esté... *Muchas veces desvío la mirada para mejor concentrarme. Y ahora, dígame con*

quién más cuenta además de mí...— Ya iba a decirme cuando me miró de reojo.
—No te quieras pasar de listo conmigo... *—En la vida, Don José, en la vida...*
—Pues cuento con la lealtad de la guarnición, también con la rabia que espero
desatar entre los peregrinos, haciéndoles ver que una sedición sólo atenta contra la
feliz tranquilidad y paz de la familia.— Esto último lo consideré de grande importancia; era muy notable el apego que los exilados avileños sentían por la familia,
ello por la ausencia de estado, allá aferrándose en los montes a las más estrechas
relaciones de sangre, hasta formar clanes verdaderos que desatan pendencias feroces
entre sí. Luego de libar un cafeíllo sazonado con melao *—...¡estás libando fino,*
Gracián, estás libando fino!—, gustoso a clavo y canela, ¡verdadero néctar de los
dioses!, decidimos bajar a la playa de Punta Tiburones, para allí continuar con
nuestros muy sutiles pensamientos, justo a la vez que tomaríamos el salutífero sol
del mediodía. A tales caprichos, pronta ejecución, y Don José pidió literas, fuimos
bajados a la playa que está en la ruta del arenal norte, entre muy fuerte custodia de
infantería y caballería, ello a causa de la revuelta que sobre nosotros se agigantaba.
A media tarde, después de tomar baño de asiento en las muy turbulentas aguas de
aquella costa, nos acercaron un almuerzo liviano, que éste consistió en arroz con
mariscos hecho sobre fogón de leña, escabeche de concha troceada y sambumbia de
piña... Al atardecer contemplamos ese crepúsculo que en estas partes de las Indias
suele ser de imponderable belleza, decidimos la muy pronta muerte de Pepe Díaz.
—A garrote vil, Don Pepe, a garrote vil... *—Más nos convendría que apareciese a la*
vera del camino, allá ahorcado y con el pescuezo hecho un garabato...— Una vez
oscureció, subimos al promontorio para reunirnos con la multitud. A todo esto,
Don José daba órdenes para que las tropas de asalto rodearan la cola de la
caravana... Había mucho trajín de tropas cuando decidí buscar solaz para la carne
en uno de los coches de Asmodeo, que al parecer los muchos mariscos que engullí
en la mesa de gobierno me habían puesto la verga muy inquieta y cantarina, estado
éste frecuente en hombres de mi condición, pues el celibato suele engendrar sueños
más feroces que monstruosos''.

Del muy santo y secreto diario del Obispo Don José de Trespalacios y Verdeja

"Pues ahora resulta que un tal Pepe Díaz —vecino de los avileños cuando éstos
fundaron colonias en los mogotes cercanos al sitio llamado La Vega— maléfica-
mente reta al gobierno de Dios encarnado en mi ministerio, todo ello con grande
felonía e impiedad, que así pretende acabar con lo que ha sido consuelo en el exilio,
y me refiero al santísimo amparo en Cristo de la amada grey. También he recibido
noticias de que cuenta con el apoyo de importantes familias avileñas; es que todos
ellos pretenden formar colonias libres, ajenas al muy santo y político gobierno de
Cristo, única y verdadera lealtad de la Corona de España en estas tierras. Así
pretenden, así ocurre porque es muy antigua costumbre en esta isla que los
pobladores de monte adentro, ¡esos criollos tan duchos en la jaibería!, acojan a toda
especie y ralea de bandoleros y sediciosos en el seno de sus familias. A mi memoria
acude el caso del bandido llamado Palomo, tan notorio en los tiempos de la

Secretaría de Prats. Aquel bandolero anduvo tanto por los montes que nació leyenda de que se había tornado verde, ello a causa de haber convivido mucho con hojas, plantas, arbustos, malangas, árboles, malezas y helechos. Se le reconocía gran fiereza; según contaban, era poco menos que una bestia cuando se trataba de robar gallinas, torcerles el pescuezo con los dientes y beber de su sangre a la vez que comía la carne sin la debida cocción, sin el acostumbrado adobo de sal y pimienta. También era hombre de fieros apetitos sensuales, y toda la comarca bajo su terror juraba que había forzado a muchas mujeres, aumentando su fama según crecía la leyenda de su verga descomunal, inquieto bicharraco este a la verdad más deseado que temido. Puedo decir que este Pepe Díaz es uno de esos bandoleros, que la gente de montaña adentro nunca le niega su hacienda y protección a los que retan el poder del estado, esto porque entre ellos lo más importante es la familia y sus arrimados. De la misma manera, el Palomo cometió muchos bandolerismos por aquellos campos, con la protección de la parentela que por allí tenía regada. Y si a esto le añadimos los muchos vástagos carnales y falsos que su fama engendró —¡las doñas casquivanas le atribuían al furor de Palomo lo que a sus apetitos se debía!— podemos decir que semejante Atila de los campos tenía detrás de cada goce más celos de hembra que cuernos de marido. Pues de todo ello hablo con grande dolor; ¡sólo cuando la familia y sus querencias son atenuadas surge el Estado necesario! Buenas razones son éstas para acabar con el demonio de Pepe Díaz, que si no, pues entonces habrá grande surgimiento de colonias libres por toda la estancia, para desventaja de la seguridad que es pretensión de todo estado. Y añado que debemos extirpar de los hombres la idea de un regreso a la inocente naturaleza, puesto que aquélla es la nostalgia del Paraíso Terrenal, ya que no tan sólo del Edén. Digo que esta añoranza del pasado perfecto y el porvenir utópico es materia muy inservible para ordenar la esperanza según el buen uso del arte político, ello así porque en el fondo de esa armonía añorada está el deseo de abolir la necesidad, consolar la muerte, pretender la felicidad, asuntos todos que nada incumben al esfuerzo del estado. Y así el pensamiento utópico es la nostalgia arcádica más la experiencia del pecado original, la historia y el estado secular. La utopía es la abolición del pecado primero, la negación de la historia, sin la máxima pretensión —debido a la experiencia del hombre vivida en el tiempo— de liberarnos por completo de ese feroz Caín agazapado cual Leviatán en la máquina del estado. Quede claro así que no cejaremos en nuestra tarea de constituir la vida del estado, aunque sea por encima de las costumbres criollas. Porque no olvidemos que cuando los primeros españoles llegaron a estos mundos, creyeron haberse topado con el Jardín del Edén, y de ello fue que surgieron todas estas confusiones, ya que los pobladores quisieron hacer suyo el modo de vida de los indios, tan solazados encontraron a éstos, allí en comunión con la naturaleza bajo la fronda de los árboles, siempre echados en esos catres de los aires que llamaban hamacas. Aquel encuentro aviva en el poblador la vagancia, desata el poco ánimo, convirtiendo al esforzado en abúlico, al emprendedor en impenitente musarañero. Allá tejieron la pava para que el calor de los trópicos no les tostara tanto la chola, y trepáronse en la hamaca con el jumazo de tabaco puesto al labio, las patas bien repatingadas y el ánimo contento. No se daban cuenta de la perdición oculta en aquella vida del indígena, en existir tan sometido a la precariedad. Porque esa armonía con la naturaleza bien que escondía la ignorancia, el miedo y la miseria. A la verdad que el vivir de aquellos indios era de una carestía atroz; pero aún así se creían bendecidos por sus dioses cuando pescaban abundantemente en los ríos, cuando tomaban frutas deleitosas de los árboles y tenían goce venéreo en la maleza, que el pudor y el trabajo aún no eran conocidos en aquel Paraíso. Del espíritu de aquellos hombres poco sabemos; quizás tengamos alguna medida de su ingenio en la leyenda de que sus perros eran mudos, es decir, que los pobres canes desaprendieron de los indios un instinto, convirtiéndose en áfonos al imitar la abulia del amo. ¡Desterrar el ladrido del perro bien que fue el más sutil invento de aquella cultura! Todo era así, ¡a fe mía!, y el mundo no era extraño para ellos, aunque sí muy terrible: Soplaba el viento de tormenta y allá se lo atribuían a un dios malévolo que llamaban huracán; sólo entonces se saltaban la hamaca, corriendo a la tormentera sin llamar al perro, que éste permanecía tendido para luego volar por los altos aires. Amainaba la tormenta y salían de sus escondites más mohínos que temerosos, pues aun para el miedo necesitaban las ganas. Se treparon de nuevo a las hamacas, encendieron el cigarro, atildándose más la pava para que el rocío de las frondas no les apagara el jumazo. Al rato sonó un golpe seco en el duro barro del batey. Y el jíbaro ni miró, bien sabía que el mudo perro azotaba al caer desde lo alto de la fronda. ¡Epria ahí!, pero... ¿Quién está en esa hamaca? ¡No es el indio! Bien vale llamarse ya el criollo, o jíbaro a secas, cruce de la mala hacienda española y aquellos engendros de la vagancia que fueron los indios. ¿Qué ocurrió? ¡Pues que llegó la historia a Boríkén! Los españoles, más adictos a la espada que al comercio, sojuzgaron cruelmente aquellas almas dormilonas. Ya no eran fuerzas ocultas en la madre naturaleza el origen de sus desdichas; la crueldad del mundo y el miedo cobraban rostro humano; la historia nacía en estas tierras. Fueron arrancados más de la flora que de la fauna, puestos de pie en la historia a fuerza de palos y ensañamientos. Aquello de la historia nunca le sentó al indio. Fiel a su vagancia, prefirió borrarse del mundo. ¡Y así hizo! Se esfumó en el aire, víctima sumisa de la crueldad de los pobladores; pero ¡sin duda que quiso vengarse! Convertido en lo que siempre añoró, ¡ser aliento puro!, montó dos horquetas en el ánimo del criollo, y allí tendió la hamaca. ¿Qué les había pasado? Pues que cuando el primer español cruel tendió sobre ellos el duro látigo, la vida les supo amarga. Ya no comprendían nada. Del asombro en sus ojos pasaron a la desesperación de sus corazones; ello porque otros hombres los trataban muy duramente, y les daban golpizas en el lomo. Muy pronto se sintieron extrañados de otros hombres, ajenos al mundo, por primera vez vieron la maldad. Los dioses ya no les servían para explicar aquel rostro tan terrible del mundo todo... Los dioses se desterraron. Quedaron deshabitados los recintos sagrados de la Sierra de Luquillo. Perdida la inocencia, sin dioses, apestados de las ganas de vivir, quisieron borrarse del mundo, suicidarse antes que tener historia. ¡Los dioses se fueron allá en las canoas! Menos soportaron el destierro de lo divino que la crueldad de los españoles. Buscaron a sus dioses. Miraron hasta debajo de la hamaca. Quisieron morir, ¡pues claro!... Nacían a la historia, y ésta era un páramo demasiado solitario. La historia era el destierro de tantos dioses... Los ánimos benignos de la naturaleza se volvieron distantes, luego se escondieron. De ellos sólo quedó un vago recuerdo... ¡Aquellos indios derrotados decidieron vengarse! Miraron al español con la mirada caída, enturunados, blasfemando por lo bajito. Y la venganza fue: ¡espetar dos horcones y tender la hamaca! ¡Dejaron una nostalgia en los ojos de esos jíbaros! Miren ahí a ese criollo tendido en el aire: El gallo búlico da tres vueltas en torno a la hamaca, buscando que el criollo novelero lo convierta en flaca ganancia allá en el ruedo. ¡Ya no se espanta ni las moscas el muy vago! Cuando se le avivó el apetito venéreo, allá buscó a la prieta, quitándole la mujer al hombre que trajo para remedio de su pereza. De los indios heredó la creencia de que las mujeres nacieron para el trabajo; de los españoles cobró fe en un honor que siempre reside en la saya, cintura abajo en la prenda recata. Del gusto por la espada más que por la hacienda —herencia del peninsular— nació su afición al machete, ¡miren ustedes que este jíbaro nuestro en todo fue la unión del hambre con las ganas de comer! Ahí está, tendido en la hamaca y sonriéndole a los angelitos con todas las mellas de su boca pestilente. Veo el espadín recostado del árbol, ¡más listo para la sangre que para el cultivo! Novelero aunque no curioso —justo como los indios— siempre vivirá husmeando yerbas y mezclando pócimas. A dos carrillos bebe aguardiente, y siempre va arrebatado por ahí, con los sesos blanditos de tanto chupar el jugo del tabaco. La prieta sigue a su lado, pero bajo la hamaca, donde antes estaba el perro mudo. Raya que raya la yuca para tender el casabe, ese pan que por vago se resiste a subir. Aquellos indios tan noveleros que en su inocencia convirtieron a los españoles más en objeto de asombro que motivo de espanto, ¡bien que viven en ellos! Tienen los sesos siempre al borde de la exaltación estos criollos, muy a pesar de las pavas que usan, que por lo visto el cogote nunca deja de hervir en la calor del trópico. Al menor asomo de pendencia, allá acuden con rabia. Avivan la oreja, en el silencio de los montes, a la jugada de gallos o a la traición de la mujer. Así es que atildan la vagancia con la novelería, que el otro gran vicio de esta raza, ¡el maldito compadrazgo!, lo dejaremos para el próximo tratado, pues ya debo acicalarme para la misa de gallo."

Fragmento de un testimonio anónimo de aquella época, donde se habla de los desafueros de Pepe Díaz

"Allá quedó la tragedia en la vieja Europa, que en estos lares lo cómico bien que supera lo catastrófico. Como la naturaleza es tan abundante, estos criollos se conforman con sobrevivir de los pocos alimentos que cultivan. La tierra nunca los obligó al comercio, tampoco a la fabricación. Si alguna inquietud hay en el criollo, le pertenece al negro que trajo para socorrerle la vagancia. Apenas inventa, aunque es muy dado a topar con un conocimiento rudimentario de la flora, siempre descubriendo en las plantas propiedades más embriagantes que útiles. Aseguro que todo ello hace que el hombre de estas tierras intente restaurar tiempos muy lejanos. Querer la edad de oro, exaltar de nuevo la arcadia en esta naturaleza magnífica y exuberante, es desatenderse de la maldad, no encarar la extrañeza del mundo, sobre todo, es resentir el estado.* Y es que estos criollos no toleran gobierno, ¡ese triste

---

* Nota del Editor: Sorprende la similitud entre este fragmento y el primer tratado de Trespalacios sobre los criollos. Sin duda, quien lo escribió era partidiario de la política del Obispo. Al parecer, en aquellos exilados se perfiló una clara división en cuanto al modo de la sociedad a implantarse. Suponemos que el tal Pepe Díaz representó un sistema autárquico auxiliado por el contrabando, una anarquía rural ajena a un estado fuerte. Trespalacios representa el partido que favorecía la restauración del estado como árbitro de la hacienda y el comercio, como fundamento de la seguridad y el orden.

remedio y resultado de aquel mazo de Caín! Pero no conozco gente que más se mate entre sí, que siempre tienen la navaja dispuesta a lo peor. Todos estos vicios encarna el tal Pepe Díaz. En nuestras manos y voluntad estará el aniquilamiento de ese follón que pretende destruir el estado, único instrumento de convivencia. ¡En él existe aquella añoranza!, la de fundar comunidades libres allá en los montes, ciudades arcádicas rodeadas de escasos cultivos y mucho contrabando, donde la familia y el compadrazgo valen más que la ciudadanía. Miren ustedes que al no poder restaurar aquella ciudad engañosa que es objeto de su traición, ese demonio hunde a esa gente en el vil estado de la barbarie y la necesidad. Y así es que este Pepe Díaz es capaz de asolar estas tierras, alejándonos del esfuerzo político para caer de nuevo en la guerra, destruyendo el intento por ordenar la seguridad y hacienda de los hombres. Este demonio no quiere que fundemos el estado; protege así al Caín que vive muy agazapado en el corazón de la humanidad toda. Por todo ello aseguramos que este Pepe Díaz le dirá adiós a sus locuras, mucho antes de que se tambalee el edificio del muy político gobierno."

Capítulo XLII

DONDE SE CUENTAN LAS COSAS QUE GRACIAN VIO EN LA MISA DE GALLO QUE EL OBISPO TRESPALACIOS OFICIO EN LA MUY SANTA CATEDRAL DE SAN JUAN BAUTISTA

"Como la caravana aún no había sido desatada, el exilio permanecía aferrado a los ojos, aquella rala humanidad pasaba con grande extravío por todo el recinto endemoniado de la ciudad. Era nochebuena; había grandes festejos frente a la Catedral; los piadosos fieles asistían a la misa de gallo, ese oficio mediante el cual Jesucristo es traído al mundo. Allá en el atrio, acá en la escalinata, la procesión se ha vuelto lenta, hay muchos tenderetes de frituras y aguardiente. La inquieta humanidad va y viene, alcanza el umbral de la santa iglesia y vuelve hacia acá; hombres, niños y mujeres entran al sagrado recinto comiendo trozos de puerco asado, morcillas, arepas, guineos hervidos y arenques. Nada de ello es blasfemia, pues la misa será de júbilo. Ya luego contaré los actos profanos que vi en la iglesia, y éstos sí fueron inspirados por las burlas del demonio Leviatán.

Cuando entré al muy sagrado ámbito, me envolvió humo espeso, aromática nube de incienso. Don José había ordenado que se regara por todo el ámbito aquel perfume de sándalo, siempre espesándolo más en los rincones; sólo así desterraríamos a los pinchudos, pues de todos es conocido que el benigno aroma de aquella madera es suma peste, ya que no veneno de los aires, para Belcebú y toda su caterva de alcahuetes... Por fin pude ver, luego de empujones, tropiezos y más maldiciones, al infante que arrastró tantos demonios a esta estancia, y me refiero al Niño Avilés. Entre la nube espesa y el enervante olor, alcancé a verlo, que allá está dormido con el gorro puesto, en un moisés colocado frente al tabernáculo del altar mayor... Se oyen silbidos que retumban en la altísima bóveda, sigue inquieta la muchedumbre, producen todo tipo de ruidos estos facinerosos que aún no conocen el sosiego, llaman a gritos para que empiece la misa, como si este recinto fuera más un ruedo de gallos que casa del Señor. Quise vagar por aquella iglesia convertida en zahúrda... Ahí, a pocos pasos del confesionario, hay mucho revuelo y bulla. Es que un grupo de niños hostiga a un leproso que vive su miseria en el atrio de la Catedral; ese desdichado se llama Baltasar Montañez, y la fama dice que en su juventud fue gran capitán y héroe del pueblo africano. Su tez morena, carcomida por la muy horrible enfermedad, sólo puede expresar con el asombro la rabia sentida cuando los niños lanzan tantos desperdicios, aquellas piedras y estos palitos, ahí gritándole, con palabras demasiado ofensivas a Dios, que se regrese al atrio, sitio a donde lo obliga su condición de pordiosero. ¿Es que este pueblo ha enloquecido? ¿A dónde se ha fugado, ya para siempre, la compasión? Y el otrora poderoso sólo gime maldiciones bajo el anchísimo sombrero, siempre recogiendo con su pasito tumbao esa larga capa que oculta su ruina. ¡Oh soberbia! ¡Oh vanidad! ¡Vuestras galas engañosas son tan frágiles consejeras del humano esfuerzo! Más adelante, justo aquí, alzo el pescuezo para husmear este círculo de hombres que se solazan con la desvergüenza de grandísima puta. Esa hija de Esmón ha tenido la osadía, ya que no el descaro, de levantar sus faldas y bajar la saya, rumbeándose de lo lindo la sandunguera para que todos los bellacos tengan ocasión de celebrar sus carnes, jolgorio, risa y abandono que ya dejo atrás para no abochornarme más de mi humana condición. ¡Tantos desvaríos me estremecen el alma, y el espacio de esta crónica alcanza los límites de la imaginación pecaminosa, de la materia oscura y la nostalgia de Dios, que trono erigido en el aire es su ámbito, justo para que allí se siente la mujerzuela o la Inmaculada Concepción! Casi cierro los ojos, no quiero mirar tanta locura desatada a mi alrededor. Cauteloso voy por la senda pecaminosa, adivinando, aquí y allá, sobre las baldosas frías, el inquieto rabo de Lucifer. Aquí tropiezo con este borracho que devuelve el verdor de sus tripas contra una columna... El olor del incienso, la peste del vómito, aquel hedor que subía de la muchedumbre me pusieron turulato, casi al borde del vahído. Allá comenzó la misa: Había mucha histeria, algunas mujeres se desmayaron a causa del calor, de la humareda que casi asfixiaba; aseguro que todo lo allí desatado daba vértigo, y doy por caso la muy sutil espiral teológica que Don José dibujó en el aire entumecido, justo cuando proclamó —a viva voz, en sermón delirante— que Avilés nacía a la vida en Cristo a la vez que el hijo de Dios era encarnado en aquel otrora hijo de Lucifer. Al escuchar esto, di tres pasos atrás, cinco esguinces de hombro marqué a la derecha, por si acaso ya venteaban las alas mondas de Satanás en espacio tan estrecho. Hubo en aquel momento mucha gritería, y unos beatos coléricos que allí rezaban por todo lo alto hasta se atrevieron a gritar: ¡Hereje! ¡Hereje! ¡Hereje! Pero estos ignorantes de la ciencia que trata de Dios, fueron echados del recinto sagrado, mantenidos bajo custodia por mostrarse sediciosos. Trespalacios alzó al Niño Avilés luego de consagrar la hostia, y entonces se formó el revuelo, hubo mujeres que corrieron altar arriba con la intención de tocar al Avilés, pues lo consideraban mágico talismán. Los guardias tuvieron que intervenir para contener el furor de aquellas mujeres. Más de una recibió culatazo o empujón. Semejante locura sólo podía ser contenida por medios tan firmes. Pero lo más desaforado ocurrió cuando algunas doñas quisieron acercar sus infantes al altar, para que éstos recibieran los latines y bendiciones que despojaron al Niño Avilés de toda presencia malévola. Aquellas piadosas oraciones en la lengua del romano las consideraban encanta-mientos de brujas, tal es la superstición popular y su ignorancia para estas cosas de la litúrgica. Los berrinches de aquellos niños le tronaban la cabeza al más guapo, que todo aquel ámbito sagrado más parecía casa del desvarío que morada de Dios. Cuando el gran delirio se calmó, Don José invitó a santa rogativa por toda la ciudad. Oí muchos cánticos de alegría, ¡había nacido el niño Dios! Pero Don Obispo hizo advertencia de que la procesión sería a oscuras; era su intención sorprender demonio, que como éstos son lucífugos buscan refugio tan pronto ven, a distancia, a través de sus ojos nublos y viscosos, las luces de los hachos o las trémulas plegarias de los cirios. Así comenzamos aquella rogativa desde el atrio de la Catedral, con toque de tambores tan severos como para ahuyentar al mismísimo Satanás. Vi cómo el Niño Avilés fue puesto bajo palio, que aquella grande deferen-cia me pareció exagerada para quien fue demonio, y de los grandes. Don José vestía mitra y casulla verde, pues al otro día se celebraría la fiesta de la Natividad, tan llena de esperanza para el humano género. Nuestro pastor iba al frente de la procesión, incensario en mano, llamando por sus nombres, como si fuera heraldo, a los diablos que aún quedaban ocultos en callejones, zaguanes y portales de la ciudad endemoniada. Todo aquel boato era para aterrar a los más recalcitrantes alcahuetes de Satanás. Don José también describía al demonio y los pecados que éste encarnaba; pero la multitud que lo seguía prestaba más atención al Niño Avilés —verdadero talismán y detente de toda la ciudad— que a sus muy sutiles conocimientos sobre la jerarquía y los oficios de los eternos moradores del Overno."

Del santo y secreto diario del Obispo Don Felipe José de Trespalacios y Verdeja

"El Niño Avilés, otrora maldición de toda la estancia, ha nacido a la vida en Cristo, y su salvación es la nuestra, pues sólo la fe en un Mesías puede despejar nuestra ciudad de la caterva de horribles demonios. Así aseguro que su redención será hacer menos espeso el aire, aliviar nuestro aliento de los malsanos humores que hoy atosigan la ciudad e impiden que se desate la caravana. Este Niño Avilés ha conocido el exilio, estuvo a punto de perecer bajo gentiles, verdadera profecía ésta, ello porque sólo aquél que ha conocido el extravío puede señalar hacia la tierra prometida, devolviéndonos la vida desde los halagos de la muerte. Pero nada de lo dicho es herejía; no reconozco a Dios en el Avilés, sino a la incesante profecía de la salvación entregada por Dios a los hombres, allá cuando por medio de la cruz y pasión de su hijo convirtió el amor en historia.

Es cierto que de ahora en adelante la purgación de la ciudad se volverá muy azarosa, pues los diablos serán todos de naturaleza mixta. Estos demonios son muy lucífugos; de ahí mi prohibición de hachos, candiles y otras luces en los exorcismos y rogativas. Ya he sentido el olor azufroso que sus cuerpos despiden cuando hay mucha oscuridad en todo el recinto, ello así porque con poca luz se atreven a transitar entre nosotros, algunas veces cobrando humano talante en sus correrías por el bajo ámbito. Sólo entonces pueden ser expulsados; lejos de sus escondites y madrigueras los demonios se debilitan, así de grande es la nostalgia que sienten por las tinieblas. Por eso digo que mientras menos luz haya en nuestra ciudad, más perfecto será nuestro exorcismo, pues los diablos no sentirán nostalgia por su condición oscura, y se volverán andariegos y descuidados, feliz ocasión ésta para afinar latines y atensar las cabuyas de nuestras trampas. También he mandado a colocar, en los sitios más oscuros, barriles de aguardiente, y esto como segura tentación para los diablos, que ellos son muy dados a las borracheras y otros excesos que les hacen perder sus agudas facultades, convirtiéndolos en presas fáciles de nuestras oraciones y cánticos. Por ahora el demonio más buscado es aquél que tiene el nombre más común, y se llama Pepe Díaz, verdadero sedicioso que pretende desatar la caravana para llevarse a hombres, mujeres y niños a los montes, para allí asentar colonias libres, soberbio intento éste de fundar la ciudad arcádica. Allá, en lo alto del monte, este diablo piensa fundar la bullanga de la pereza, de la lascivia y el baile, halagando así los humores que los peregrinos tienen en abundancia para el retozo y la bachata. Aseguro que este Pepe Díaz es demonio de más de una cara; a la vez que es Esmón —por haber faltado a su palabra y a la de todos los caudillos avileños— también es Astarot, por ser tan infame oportunista y logrero, aunque nada le falte del llamado Boraz, verdadero príncipe de la envidia, esta vez celoso del poder que Dios me ha dado para conducir a la amadísima grey. Muy pronto sus diabólicos designios encontrarán severo castigo, y a Dios ruego que sus humores también se deban a Auristel, gobernador de jugadores y blasfemos, ya que mis espías buscan a este Pepe Díaz por los tugurios, zahúrdas y tabernas que han proliferado en nuestra desdichada peregrinación.

Como este Pepe Díaz es del monte, seguramente se pasa el día arrellanao en una hamaca, blasfemando y bebiendo en alguna fonda, y si no fuera por el auxilio de la parentela que sin duda tiene en la caravana y la complicidad de sus compadres, mis hombres ya lo habrían traído ante la muy divina justicia. Estos peregrinos le deben más lealtad a la familia que al estado; por ello esconden al sedicioso, protegen a los facinerosos sin pena ni remordimiento. Esta condición también les llega de los indios que habitaron las Antillas. Aquellos seres tan inconstantes, tan indolentes, bien que fundaban extensa parentela en sus correrías por todo el ancho Caribe. Y donde no dejaban a la india preñada, extendiendo así por islas y comarcas el parentesco, pactaban compadrazgo con otras familias, ensanchando de este modo la protección debida a ellos y a sus vástagos. Se cuenta que los indios sólo eran leales a estos pactos, y si uno de ellos iba de correrías por las islas, allá llevaba más recados que oficios, asegurándose de cumplir aquéllos con puntualidad, ¡a cada doliente el milagro del pariente! Las indias sabían estas costumbres de sus maridos, y cuando éstos convertían la correría en fuga, allá iban ellas a buscarlos en piraguas, un muchacho en cada brazo y el menor colgado al cuello, siempre blasfemando a los cuatro vientos cuando se topaban con el culpable en alguna rada o aldea. Muchas no se aventuraban a zarpar, y pacientemente esperaban —semanas enteras, en algún promontorio o península— el paso del marido, y cuando allá oteaban la piragua delincuente, ponían a las crías a chillar para mejor lograr la compasión del impío, y si de ello no salía nada, ya pronto abrían el galillo a los ocho vientos.

La manía de fundar ciudad arcádica se origina en la muy perezosa naturaleza de los habitantes de esta isla, que por años la plaza fuerte de San Juan Bautista ha sido adormidera de la voluntad, sitio donde los extranjeros quedan presos por los encantos de la flor de loto. Así ocurre que muchas de las tropas acuarteladas en esta plaza no tienen conducta militar; todos los días ocurren deserciones, soldados que se van al monte a probar la vida indígena, y allá se amancebaban en casuchas de yaguas con prietas esclavas o libertas. Estas mujeres les cocinan las viandas que allí abundan, mientras ellos se solazan en las brisas que prodiga el benigno aire. Cuando se aburren de tanto mecerse en las hamacas que atan a bucayos, caobos o palmeras, tienen placer venéreo con sus doñas, y como la industria es tan escasa en ellos y el tedio de las tardes tan largo y enervante, siempre terminan el atardecer trepando de nuevo sus potras, verdaderos hijos de Asmodeo que son. Tan exaltados ánimos sensuales se observan lo mismo en la hembra que en el varón; de ahí que nazcan tantos niños en los montes, aunque los muy impíos no muestren cuido alguno por su prole, y sigan fornicando a calzón puesto, comiendo y peando en sus hamacas mientras las mujeres desgranan el maíz, sacan la yautía y la mandioca. Mientras tanto, los hijos crecen casi salvajes; sin mesura ni pudor viven desnudos hasta la pubertad, y como crecen tan cercanos a la naturaleza y los animales, muchas veces tienen sus primeros contactos venéreos con éstos, que es común ocasión ver a los mozalbetes montunos fornicar con gallinas y vacas. Las mozas crecen con mucha lascivia en la pájara y no menos rumba en la saya; tan coquetas son que los bestias de padres muchas veces las montan, unión de la que salen seguros engendros, causa verdadera de que en esta isla haya infinidad de taras que retrasan la inteligencia y el ingenio. Si a esto le añadimos todas las miasmas y enfermedades, chancros y hediondeces que varones y hembras llevan en sus partes como castigo por su lujuria, fácil es imaginar la caterva de idiotas, locos, pendencieros, bizcos y tontos que habitan los montes de Asmodeo. Y así digo que estos hombres conciben como arcadia verdadera tener machete, perro, buey y mujer, aunque nunca única, porque es muy de ellos tener varias cortejas desparramadas por los campos, que a veces no han llegado a la cuarta década de vida y ya tienen tres, visitándolas a todas en un solo día, levantándose con ésta a desayunar café amargo con casabe, visitando aquélla hacia el mediodía, para allí almorzar yautías y malangas con cecina o bacalao, siempre tomando la veredita del atardecer para visitar la más rumbosa, con la que follan o bailan hasta la amanezca al son del cuatro o el catre. Imagínense el desgaste sufrido por estos hombres al satisfacer los apetitos de tantas mujeres, causa de que a los treinta años ya estén apestados de la vida, maduros para el sepulcro, el ingenio chato y el hueso flojo. Si no tuvieran un clima tan benigno, si les tocara el rigor de algún invierno, la quinta década de vida bien que los encontraría arropaditos en la tumba. Día sábado fiesta segura, y cuando la pareja está encendida por los oficios de Asmodeo, el macho arranca con la hembra para aquel matorral, y allá levanta falda y zagalejo, trepándola con tal furia que los gritos y las protestas de la mujer se oyen en toda la comarca; pero no piensen que tantos melindres son por pudor, que más se deben al cuidado de la flor que llevan en el cabello o al fastidio de enfangar los volantes del sayal, así de casquivanas son las mujeres de los montes. Al otro día es domingo, que el día del Señor está destinado al juego de gallos por la mañana, siguiéndole por la tarde la borrachera, la riña a machetazos, también esas polémicas zánganas a la vera del camino que a veces duran hasta el anochecer. Toda esta vida licenciosa e insana es lo que quiere el tal Pepe Díaz para mi querida grey. Así pretende añangotarnos a todos a la vera del tiempo, pues justo eso es la nostalgia de la naturaleza, ya que la ciudad arcádica está hecha sólo de espacio. El tiempo no puede transcurrir por sus calles; el campesino sólo sabe del paso de éste al reconocer las épocas de las lluvias y la estación de la cosecha. De este modo la pereza surge de ese aliento de la naturaleza, pues siendo el tiempo de ésta más lento en la percepción de los hombres, bien que adormece la voluntad para el trabajo. Aún así la ciudad arcádica no es tan nefasta al humano género como la utópica; en ésta transcurre un tiempo que no modifica su espacio, la historia permanece suspendida allí, es como si los conflictos se esfumaran, ya no hubiera alicientes para sostener la esperanza. La ciudad llamada utópica es como diabólica máquina donde la esperanza se ha murado en un espacio perfecto. Y aseguro que los utópicos son verdaderos demonios de la soberbia. A Dios gracias que a nadie se le ha montado encima la manía de negar la tierra prometida''.

Capítulo XLIII

DONDE SE CUENTAN LAS MARAVILLAS QUE GRACIAN VIO EN EL RECINTO DE LOS DEMONIOS MIXTOS

"Ahora me corresponde hablar sobre Belial, quien es demonio regidor de muchos vicios. Este grande follón gobierna a los adivinos, brujos y curanderos. Como capitán de esta gentuza ha sido fundador de muchos antros donde se practican tan malas artes. En las tartanas que han formado campamento en el recinto sur de la ciudad, sitio también conocido como Punta Cangrejos, Belial ha puesto residencia, muy arrellanado gobierna a sus anchas. Puedo asegurar que siempre hay largas filas en las zahúrdas de aquel sitio; por más que Don José ha tratado de acabar con estas prácticas y oficios, el apetito de la gente por ellas parece insaciable. Es muy conocido que la buena esperanza lleva a muchos infelices a la consulta de adivinas, al trato con brujos de cualquier especie, todo ello verdadera perversión de la supersticiosa fe en Cristo. Y esto lo saben las adivinas, quienes no practican sus malos oficios los domingos, reconociendo así que sus artes son del demonio Belial y ofenden a Dios.

Aquella mañana quise conocer este mundo de Belial; me levanté temprano, con la fresca, para ir allá y consultar a una adivina que tenía grande fama en el arte de ablandar virgos, que es de todos conocido cómo Belial es confidente de Asmodeo. Cuando subí a la carreta, me encontré con una vieja greñuda; sin dientes ni vergüenza se mostraba la muy zafia, allá le gritaba suciedades a la negra que era su asistenta. Mientras regañaba a esta secretaria, pidiéndole unos caracoles que se usarían en la adivinación, tuve oportunidad de tender la vista, justo así, con mucho recato, apenas virando el pescuezo, más con el baile de los ojos que con la mirada oblicua... Por todos lados hay ditas llenas de agua, maleficio éste de varios usos, que el primero es alejar a los malos espíritus; pero también las usa la pitonisa para fijar visiones, anticipar lo que el porvenir oculta... La vieja regresó; con aspavientos y señas, casi sin cruzar palabra, me advirtió que era necesario dejar mi pistolón y espadín al lado de la rueda izquierda posterior de la carreta, pues es costumbre en estos antros no permitir armas blancas o de fuego, la honra del oficio requiere que no se confunda la ira con la maldad. Al fin nos sentamos en unas banquetas rústicas, hundimos la mirada en el agua turbia de la dita. Como no aparecía nada, me advirtió que no cruzara las manos ni los pies, tales gestos ahuyentarían las visiones... ¡Maldita vieja, tantos cuidos para tan escasas artes!... Allí permanecí más tieso que un palo, la mirada inquieta y la punta de las orejas bien calientes. Ya estaba harto de tantos melindres; aquella adivina era la alcahueta más incordia de Belial, verdadera plaga que éste echó al mundo... Tampoco me pregunta por lo que espero encontrar en sus facultades, ni ha indagado sobre mis sueños y pesadillas... Allá puso sus manos sobre la mesa y cerró lentamente los párpados... De repente abrió los ojos, fijó la mirada en el agua de la dita. Entonces comenzó a relatarme su visión en una voz muy ronca que no era la suya. Mucho espanto sentí; pensé que aquella voz era la del mismísimo Belial... Ese tufillo a yerbabuena que me salta a las narices seña es de algún espíritu vaporizo... Pues la bruja me aseguró que veía a una doncella de cabellos negrísimos como azabache, y dentro de la dita vivía cual muñeca atormentada por furores de himeneo... Quiero mirar, pero la vieja me dice que husmear a destiempo la mataría... Bambolea tres veces la chola, como para fijar, según ella, la visión temblorosa ahí en el agua... Ni para Dios asomo el rabillo del ojo, que no quiero tener a esa muñequita persiguiéndome los sueños... Según la adivina, era bellísima, también hermosa, movía los labios como llamando a alguien, pero su voz apenas se oía. Le dije a la bruja que se dejara de tonterías y cambiara la voz, pues pensé que todo era truco, más bobo artificio que arte diabólico. Pero cuando dijo esto la voz se hizo aún más ronca, y lejos de insistir en mi deseo por temor a contrariar los malísimos humores de aquel follonudo Belial, tartamudeando indagué por la naturaleza de la visión. La voz de Belial me dijo que la doncella pedía mis cuidos amorosos... Quiero a ese, el de la cara mofletuda y los bigotes de punta al ojo... Mala sangre me corrió por la pupila, me tembló el párpado izquierdo, quise despejar la visión pensando que a la bruja le bastaba mirarme para saber mis señas... Quiero a ese galán tan chulo, al de los cabellos grifos a mitad de frente... ¡Santo Dios!, que la muñequita esa hasta me adivinó la abuela cocola... Cinco veces me pasé las manos por la cara, como frotándome a ver si se borraba en el aire la muñequita, pensando que semejante gesto me haría saltar fuera de su visión... Pero en vano... Aguzó la voz, que entonces chillaba... Quiero a ese machote, al del lunar a mitad de nalga... Esa fue la seña que me heló los sicotes... Era pura adivinación de la vieja —o del Belial, o de la diabla aquella en el fondo de la dita— darme seña tan íntima, marca tan certera y postergada. ¡Insistía la voz en que yo era el gusto de su furor venéreo! Como hacía algún tiempo que tenía en ayunas al muñeco, de pronto se me corrió la sangre al hueso, la dureza me puso el calzón tan inquieto que temí reventar la horqueta. Ya sabía yo que por algún lado Asmodeo se asomaría, ese príncipe verdadero del mundo, gobernador de los lujuriosos. Belial me preguntaba si yo había soñado con tan dulce hembra. Titubeé al contestarle; no recordaba haber tenido sueño o fantasía con la deliciosa doncella... Aunque quizás deba confesarle que debido a la muy larga abstinencia de mis tarolas —¡justo desde que rompí el amancebamiento!— noche tras siesta siempre sueño con alguna mujer que me ofrece sus tibios encantos... Allá le dije que sí para seguirle la corriente. Sólo entonces me invitó a mirar dentro de la dita. Allí, en el agua límpida y quieta cual cristal, quedó fija la muñequita, y ésta me ofrecía la visión, ya que no el gusto, de sus muy rotundas nalgas, ahí puesta en cuatro y alzando la nies, y me refiero a ese sitio donde el ano de la mujer se amohína ante la jaiba, así llamado porque ni es culo ni es coño. ¡Aquéllos eran los encantos ofrecidos por la diabla chula!, que el muy sucio de Belial me los describía con mucha parsimonia y gravedad, como más anunciando entierro que dulce cabalgata por el jardín de las delicias. A todo esto, me advirtió que oía quejas y gemidos, verdadero aviso de que la visión terminaría... Y así fue: Belial se escapó a su apestoso rincón en el infierno, borrándose la olorosa fruta que pretendí chupar, dejándome a la vieja pellejúa que con voz chillona y aliento de cloaca era burla y reverso de mi querida muñeca. Como a mi entender la vieja había estado ausente de la visión —ella era sólo mensajera de diablos— pretendí que me revelara el modo de alcanzar sus adivinanzas. Pero no me entendió; me dijo que sólo recordaba el llanto de una mujer que llamó con insistencia, furiosa que aún en su fuga pedía tener trato venéreo conmigo. Ya le dije, muy impaciente, que justo eso era la revelación de Belial, y que ahora yo quería tener en carne y hueso a la muñequita... Pero ella no entendió a qué me refería; haciéndose la tonta, o padeciendo de súbito borrón de memoria, me contaba vagos recuerdos, reconocía señas demasiado fumosas de la visión que pasó por ella. Entonces le narré los primores que me había revelado aquella voz traviesa, le descubrí cómo ella había caído en posesión, imitándole el bamboleo de cabeza y la voz gorda. ¡Pero no se le movió ni un pelo! Me dijo sonriendo que la voz ronca seguramente pertenecía a un espíritu gracioso y retozón que era como la plaga de los adivinos, gnomo llamado Asmoel. Este duende o diablillo al parecer se dedicaba a fingir la voz grave de los diablos mayores, también gozaba confundiendo las visiones de los adivinos. Y yo, que tuve la pija alzada durante el discurso del demonio, ahora estaba flojo, falto de potencia y gusto. Como la adivina estaba muy confusa con lo revelado a través de sus facultades, llamó a la prieta, quien era ducha en otros oficios. La negra vino con un montón de caracoles, que éstos son, según los adivinos, muy buenos para otear el futuro... ¿Qué pretende la vieja esta? ¿Cautivo soy ya de algún hechizo?... La vieja echó a correr los caracoles sobre la mesa, escudriñó, con sus ojos de alimaña, el dibujo que hicieron al desparramarse... Me asegura que todas mis cuitas son de amoríos, acá echa discurso sobre la gran ciencia de los caracoles para adivinar los caprichos del amor... Vuelve a echarlos, frunce el ceño... Esto no me gusta nada, a fe mía, que por lo visto la visión de la hembra furiosa se ha desvanecido por completo... Pero al rato la vieja volvió a sus discursos, asegurándome que una mujer de pájara caliente me esperaba... ¿Será la muñequita?... Me aconsejó que consultara la ciencia del brujo; al parecer yo necesitaba graves consejos y recetas que su ciencia desconocía.

Como la visión de aquella dama tan encendida en amores era manía, ya que no furor del lascivo ingenio, a paso rápido me apresuré a la consulta del brujo, que éste tenía su gabinete de mago en una tartana puesta a cuatro zocos en la cuesta de Tetúan. Aquel mago quería revelarnos toda su ciencia en el mero ornato de su rostro, que lo tenía más recargado que bazar árabe, luciendo quevedos, perilla, bigotes de punta al ojo y una cachimba de tallo larguísimo que le llegaba al bajo vientre. Cuando le dije que venía por facultad de la vieja adivina, hizo muecas sin atreverse a comentario, indagó sobre mis sueños, justo a la vez que me reclinaba en un diván y requería, lo mismo que la vieja, pago adelantado por sus conocimientos. Se entiende esta prisa de brujos y adivinos en adelantarse los chavos, ya que como sus artes tratan con objetos casi siempre inasequibles, grande es la tentación de no pagarles cuando el conjuro resulta afollonado. Pues una vez puse los nueve céntimos en la hucha, el brujo me dibujó tres pases sobre la coronilla, remedio inicial, según su ciencia, para extraer los malos espíritus y humores del cuerpo. Aquel brujo de estampa también marcó cinco santiguos, frotándome con las manos en cruz la barriga, que el muy rumboso más parecía aspa de molino que grave rama del docto árbol. Y grande antipatía provocó en mí por los muchos aspavientos y adornos, pues los más sabios hombres que he conocido son modestos en el talante, parcos en chulerías. Entonces se me ocurrió feliz travesura, contarle la visión que tuve por los buenos oficios de Belial como sueño propio que torturaba mis noches e inquietaba mi vigilia. Con esto pensé que confundiría su ingenio, mostraría la vanidad de su ciencia, ya que ésta me parecía de poco ruido y menos nueces. Le hablé de aquella mujer que en mis sueños ofrecíame la nies. Me preguntó si tenía aquella visión toda las noches. Para joder sus ínfulas le dije que sí, añadiendo, con la sonrisa en las muelas, que lo más grave de todo era el deseo furioso que me producía con sus guiños traseros, disponiéndome a cualquier locura con tal de gozármela, o a matarme si el destino fuera contrario a los dulces cuidos que deseo prodigarle... Con estos embustes le tengo el ingenio tibio, muy confuso el talante, que ya chupa de la cachimba más de la cuenta, apestados tiene los contornos con ese humo dulzón a tabaco y mojito de belladona... Pero apenas pude lograr que perdiera compostura, tampoco incitar su hueca sabiduría, mucho menos conmover su indiferencia atroz hacia mis cuitas. Pues sin mayores empachos declaró insuficiente su oficio, aprovechando mis exageraciones para recomendarme remedios sólo parciales. Como su ciencia era de Paco Tillas más que de Hipócrates, me recetó baño de palangana; al parecer éste sería remedio santo para mis dolencias de amor. Consistía aquella ablución en lavar las muy dolidas partes en agua fortificada con zumos de mejorana, ruda, salvia, albahaca playera y flor de moriviví. Para mayor cura, me recetó tres baños corridos sin secarme el cuerpo. Por último, me recomendó, siempre con muy buenos augurios, visitar a la hechicera que él tenía de vecina, que por lo visto entre ellos manejaban consorcio, ya que no diabólico contubernio... A cada paso en el laberinto de Belial, más se aleja la muñequita de la nies alzada... Ya me iba cuando aquel Don Farfullas me detuvo, pidiéndome treinta monedas cobrizas por la receta de pinga. Me le encabrité, manoteándole el tufo, parándolo de cascos con protestas y aspavientos, señalándole que ya le había pagado. El muy zorro amansó sus reclamos, bájome el precio a diez monedas y me sacó cuenta, asegurándome que los primeros chavos sólo cubrían los pases y santiguos, que la receta, su mejor ciencia, era consulta y pago aparte. Ya le pagué cinco, poco me refunfuñó; sonriendo y encogiéndose de hombros como para probar que su intención no era villana, se despidió, y apostó el gorro a que la hechicera me conseguiría las joyas de aquella Salomé de mis sueños. —¡Vaya por las lociones de la hechicera y pronto estará gozando a pata suelta!— Dije por lo bajito: —Tu madre, so cabrón, que ya llevo gastada en esta muñeca de los aires más de diez veces el precio de veinte putas...—

Me largué con tanta furia que por poco olvido mis armas; aquel ladrón también me había pedido que las dejara afuera, quizás temiendo —lo mismo que la vieja— que la indignación se convirtiera en violenta ira. Cuando volví por las armas, el muy fresco salió muy solícito a entregármelas, que estos ladrones cuanto más hijos de puta son, más zalameros se muestran.

Pues ya me iba con la muñecona convertida en ganas cuando de nuevo me picó la curiosidad, y allá me dirigí al tenderete de la hechicera. La botica de Belial quedaba en el barranco de la capilla del Santo Cristo de la Salud, y a fe mía que allí colocaron la venta de aguas espirituales con el propósito impío de confundir la salud de Cristo con las malas potencias de Belial. Aquella curiosa, o hechicera, pues a cualquiera de estos dos nombres responden las hijas de Don Belial, era mujer rumbosa, hembra parura de muchos collares y más esclavas. Cuando le conté de mis cuitas y le enseñé la receta del brujo, quiso alterar los remedios de éste, me aseguró que sólo necesitaba la poción llamada "Agua ven a mí", menjurje fortificado con propiedades milagrosas en el encantamiento de virgos. Volvió a desfallecer mi interés en tales remedios, la muñequita cada vez se me figuraba más cautiva en los enredos de la brujería amatoria, que si bien la conseguiría algún día, ya no estaba seguro de que mi goce sería sabroso. Ya me sabía más a medicina que a mujer, tantas pociones y mejunjes de plantas la convertían más en hija de la insulsa Flora que en alumna de Venus gozadora. Un frasco de aquel remedio valía tres bronces, y por este precio más no podía pedir, puesto que el menjurje tenía zumos de albahaca morada, hierbaluisa, manosanta, pazote, poleo, cogollos de sabuco y flores de todas clases... —¿Qué demonios hago con esto? —Se da tres baños corridos de asiento, siempre aguando la esencia para que le rinda...— Estaba en aquella consulta cuando oí terribles gritos en el barrio de Belial, fiera conmoción que a poco estuvo de vaciarme la tripa. Aquellas voces eran chillidos de fiera; más que dolencia humana me parecieron aullidos de Asmodeo, alcahueterías de Belial y toda su trulla. La bullanga era porque traían a una loca calle abajo, y esto me lo aseguró un negrito zalamero que festejaba con risotadas el penoso trance a la vez que robaba a diestra y siniestra los bolsillos, bien hurgando a fondo, de lo lindo, las alforjas. Indagué sobre la naturaleza de la locura que padecía aquella doña, y cuando me dijeron que era ataque de himeneo, furor de tota bien templado, corrí a husmear, pensando que era cosa de maravilla ver cumplido el deseo sin haber probado el hechizo. Alcé el pescuezo, a ver si ahí en parihuelas me traen la muñeca... A fe mía que debo ser nieto de Belial, alma favorita de Asmodeo... Pero si todos se han callado, ¿o es que andan mudos por algún hechizo? Ya no hay ruidos, tampoco silencio, pues los gestos son atronadores... Cuando me acerqué al círculo que le habían hecho, fue bajada de los muchos hombros, que antes la había visto venir en volandas, sobre la cabeza de graciosos y plañideras... Aquí indago, acá me aseguran que el único remedio santo para esa mujer es un baño de orines. Los que la acompañan, su parentela, traen las ditas repletas, esencia fluida de sus vejigas, extrañísima cura para mal tan asombroso... Pero Asmodeo no cejaba en sus deseos feroces; tampoco yo desfallecía en mi curiosidad malsana... Quise acercarme a ver la posesa; pero había tal gentío que sólo pude tener noticias sobre su procedencia. Unas viejas que la acompañaban me aseguraron que la loca vivía en los barrios altos de la caravana, cerca de Punta Tiburones, en el rabo de aquella serpiente que se movía a través de la ciudad de San Juan Bautista. Al fin pude acercarme... Ahí, en el centro del ruedo, la adivina que cuidó mis afanes nocturnos da pases y ordena remedios. Alguien me asegura que la loca misma pidió los orines de la parentela, y la adivina reafirmó aquel extraño deseo, proclamó que sólo cumpliéndose la voluntad de la furiosa los demonios se amansarían. Allá, detrás de las tartanas y los carromatos, se oyen los chorros hombrunos colmar las ditas. Todo es chanza y gritería, muchos celebran lo que pocos lloran. Y la vieja santigua ditas en el centro del redondel, conduce el oficio con más maña que gravedad... Ditas van y ditas vienen, ¡allá se congrega el aquelarre de las meonas!, círculo de diablas que bajo el árbol patrón de los lujuriosos, el bucayo, alegremente se añangotan, entre chistes y risillas, a cumplir con el ritual de Asmodeo, que ya ligo los desafueros burlones al colocarse el tiesto bajo la saya... Entonces aseguro, muy a fe mía, que el gentío diabólico comenzó a echarle los orines por todo el cuerpo, y de la piel enloquecida saltaba fumoncillo muy tenue, cada vez se encendían más los chillidos de alma tan posesa, la adivina rezaba por lo bajito con los ojos cerrados, allá invocaba, en lengua de brujos, al diablazo Belial. Allá empujé, alzando más el cuello, para así tener más de frente, ver algo más que los humitos azufrosos despedidos por su piel al contacto con los orines... ¡He llegado al centro de la bulla! ¡Ahí está la loca! ¡Es la muñequita de mis faenas nocturnas, aquella hija de Belial que se me presentó en el cristal de la dita... Ahí la veo muy desnuda, los cabellos más rufos que azabaches, los ojos bizcos hasta el mareo y la piel rojiza de salpullido... En el polvo se retuerce como animaleja en celo, atormentada más por la ausencia de goce que por el mordisco rabioso de Asmodeo. ¡El espanto ha vencido la sorpresa! ¡Qué dolor para mis ansias ver reducidas al asco esas delicias que mis buenos cuidos una vez solicitaron!... Corrí de aquel paroxismo sin mirar atrás, a pocos pasos del recinto de Belial volqué la tripa, así de asqueroso resultó el cumplimiento de mi lascivia loca. Aquella noche recé mucho, me arropé con tres sábanas benditas, cerré los ojos y lloroso me encomendé a San Rafael, mi benigno arcángel de la guarda, pues verdad era que el viento alto soplaba por todo el recinto, que con los apestosos oficios de Belial y Asmodeo desatados por la ciudad el sosiego sólo vendría con la gracia de Dios. —*Allá, por lo alto de la ciudad, el aire luce muy espeso. Mira tú, Gracián, que la noche se ha vuelto pegajosa, como la piel de esa serpiente que se arrastra por las calles silenciosas...*—

Del diario secreto del Obispo Don José de Trespalacios y Verdeja

"En el recinto hay muchos adivinos, brujos y hechiceros; estos discípulos de Belial se lucran con la buena esperanza de esa caravana que aún no desata su exilio. Quienes más atienden el porvenir de estos desdichados son las adivinas, diablas verdaderas, pues pretenden conocer la oscura voluntad de la Divina Providencia. Así traen falso sosiego —con sus lecturas de cartas, cristales y aguas—a esta raza de exilados, gente que no encuentra la paz de la tierra prometida. Todas estas magias que pretenden seducir la dulce Providencia surgen de la precaria esperanza que sostiene al difícil tránsito, ese lento paso de la caravana a través de la otra ciudad. Si la esperanza fuera luminosa, estas oscuras profecías de Belial no existirían, los hombres tendrían fe en la voluntad divina.

Otros de esta especie y oficio son los brujos, y éstos son los demonios que tienen tanta maña sobre el pasado como sobre el porvenir. Estos follones pretenden purgar los tormentos de las pesadillas y las incertidumbres de los sueños. Dicen —citando los muy malditos libros de los poetas paganos— que los sueños son de bruñido marfil o cuerno pulido. Según las malas artes de estos sacristanes de Belial, los sueños de marfil engañan la lucidez de los hombres, anunciando cosas que no pasarán, reviviendo sucesos que nunca ocurrieron. A fe mía que la avenida cuya puerta es la de marfil conduce a los pecados que los hombres han cometido, tormentos de sus conciencias, que los asesinos del buen sueño necesitan más de un cura que de un brujo. Aquéllos que tienen sueños de cuerno pulimentado más necesitan profetas que adivinos, pues éstos confunden el conocimiento que tenemos de nosotros mismos, adormecen la voluntad necesaria para construir el porvenir, desatando bajas brumas y tempestades sobre el camino de la tierra prometida.

Y esto nos lleva a los hechiceros, auténticos secretarios de Belial. Por medio de talismanes, encantos y toda suerte de recetas pretenden fortalecer y amañar la voluntad de los hombres para el porvenir. Pero yo digo que la destruyen, ello porque las víctimas terminan dependiendo más de estos hechizos que del propio ingenio, esfuerzo y tesón, virtudes todas que son honra de los arquitectos del porvenir, ya que no adornos de los fundadores del pasado.

Estos hechiceros son los más ruidosos hijos de Belial. Se pasan todo el día vociferando sus pomadas, perfumes, aguas para conquistar amores y otros menjunjes. Muchas veces los he visto atarles campanillas a sus mulas y caballos, para así alertar al pueblo sobre su paso, convidarlo a la compra de tantos talismanes. También los he visto con vocingleros fotutos que usan para asegurarles oídos a sus pregones, como si así quisieran atar la voluntad pueblerina a sus malas artes. Hay mucha mofa en todo esto, pues aquéllos que compran los talismanes y potencias pretenden cautivar el albedrío de alguien, sin darse cuenta que es el de ellos el muy domeñado.

Las artes de estos adivinos pretenden consolar la ausencia de esperanza, esa duda de que... "los Alpes estén ahí". De este modo, Julio César, verdadero caudillo, conocedor de hombres, se imaginaba que los dioses —todos ellos falsos— estaban muy ocultos, y que aquel silencio avivaría la voluntad de encontrarlos. Muchas veces tiene que haber puesto en duda la existencia de aquellas montañas que se alzaban allende el desfiladero de ventiscas y caballos encabritados, la entumecida oscuridad rodeándolos sin tregua. El miedo, ese reconocimiento de nuestra fragilidad ante la inminente y ciega materia... A cada paso en la oscuridad, aquel precipicio acechante y el corto relincho en el vacío... El próximo paso es el más arriesgado, ¡sin duda!; pero una oscura fe, esa virtud vecina de la esperanza, los sostenía, y en el corazón no anidaban abismos ni farallones, afirmaban la certidumbre de esa gran piedra bajo los cascos, aún cuando no vieran ni a un pie de distancia. ¡Los Alpes sí están ahí! El ejército no transcurre en la mera oscuridad, allá flotando en el vacío de la noche... ¡Así son los verdaderos profetas! Si aquel impío pagano sostuvo la fe en los dioses y la esperanza en su empresa, qué no habremos de prodigarle nosotros a esa caravana de exilados que con tantos desvaríos buscan la tierra prometida. En época de malos profetas hay que fundar la verdadera esperanza, aquella que no está lejos de la certidumbre de Dios.* Sólo así venceremos a esos brujos, adivinos y hechiceros que suelen convencer de sus falsos poderes a los muy crédulos, todo ello por medio de trucos ingeniosos y ardides fantásticos.

Pero esto no nos debe ocultar algo que es verdad de profetas y caudillos. Como los hombres sueñan, así también sueña ese oscuro esfuerzo humano que llamamos la Historia. Sólo el profeta puede soñar las pesadillas del tiempo convertido en esperanza o extravío. Estas visiones le dan fama de vate; pero aseguro que esta

---

*A.J.M.:

El profeta III

En el Diario Epistolar de César para Lucio Mamilio Turrino, César dice: "A quienes sufren es preciso hablarles de sí mismos; a los de mente lúcida, alabarles el mundo que abandonan. No hay dignidad alguna en abandonar un mundo despreciable, y quienes mueren suelen temer que la vida acaso no haya valido los esfuerzos que les ha costado. Personalmente, jamás me faltan motivos para alabarla."

La oscura fe de Trespalacios ya no podía llevarle consuelo cristiano al moribundo. Todo su ministerio tendía a fortalecer la esperanza en el reino de este mundo, a organizar el intento de acabar con el exilio y curar el desvarío. Pero... ¿era él capaz de convencer a alguien, no ya a un moribundo, del valor de ese esfuerzo?

misteriosa facultad de adivinar el porvenir por los desvaríos del pasado, no es tan hermética, es más conocimiento que magia, es tan sólo la capacidad de cuidar con graves meditaciones la empresa de los hombres y el esfuerzo que ella reclama. Así aseguro que estas visiones proféticas son como pesadillas de la historia, ¡tanto confunden!, y son ocasiones oportunas para que el profeta descifre sabiamente esa opacidad del humano esfuerzo contenido en el tiempo. Pues ahora relataré una de estas extrañas pesadillas. Anoche mismo soñé que el Niño Avilés crecía mucho hasta hacerse hombre; pero a medida que crecía sus miembros se achicaban, encogiéndose hasta desaparecer, quedando el pobre muy tullido, imposibilitado de caminar o coger cosas, pues era hombre que sólo tenía tronco. Esta pesadilla tan extraña me ha perseguido el sueño durante varias noches. Una mañana me levanté, oí afuera de mi tartana el pregón de una bruja que pretendía esclarecer sueños y pesadillas. La llamé para que me descifrara aquel enigma que perseguía mis noches, más en ánimo de guasa que de consulta, con la intención de montar luego burla sabrosa con mi secretario Gracián. Después de haberle contado mi pesadilla a la maldita bruja, me dijo con la solemnidad de un Te Deum: "Pues el Niño Avilés terminará atado a su propio cuerpo, que nadie lo maniatará o atará con cabuya o soga." La ciencia de aquella bruja me pareció bazofia, pues la interpretación de mi pesadilla fue contar de nuevo lo que yo le había dicho, resumiendo a vivos rasgos la naturaleza de aquel engendro nocturno de mi lucidez. Pero fue entonces que le dije al bueno de Gracián: —*Esta pesadilla sólo indica que el demonio dueño del Avilés —verdadero follón que desató todo este exilio y extravío— se ha chupado, encogiéndose hacia su vacío interior, borrándose en el aire, así imposibilitado para repetir su mal... —Ya solamente se le ven los ojitos lastimeros, ¿verdad, Don Pepe?—*

Pues a fe mía que mientras escribía todo esto afolloné el aire, solté muchos flatos, que ahora el gabinete huele a sudor de Leviatán, hociqueta de Belcebú, sicotes de Satanás por lo menos. Es que me preparé de cena unos garbanzos fritos con longaniza, y al parecer estaban muy duros. Imposible que fuera el pulpo que freí en ajo. Estaba muy fresco, que uno de los hombres lo fisgó antes del primer sol en el arrecife de Peña Pájaros."

Capítulo XLIV

DONDE SE CUENTAN LOS DESAFUEROS DEL DEMONIO BORAZ

"Mucha gente se arremolinaba en aquel sitio. ¡Allá sentí fuerte olor a cabello quemado! Olvidé mis correrías y me adentré en el barrio, lugar donde las tartanas, carretas y carromatos formaban un círculo a manera de claustro... Pero aquel recinto también era plaza mayor de demonios, ello así porque en el centro de la muchedumbre se alzaban las pirámides de bambú trenzado, seguras trampas para capturar la hedionda familia de Belcebú. A fe mía que no eran demonios los que allí quemaban, sino unos pobres desdichados que a galillo roto se retorcían cuando las llamas de la viva hoguera lamían sus carnes tiznadas... Ahí están en ese grito que casi llega al silencio, pues el oído ya no oye lo que el corazón apenas alcanza, tanto dolor no cabe en la imaginación, mucho menos en humano continente... A la vez que los infelices sufrían aquel indecible tormento, el populacho les lanzaba frutos podridos, que al parecer era muy grave la herejía o falta que habían cometido. Poco tardé en enterarme del gravísimo pecado de los tres desgraciados, pues junto a las hogueras un niño heraldo recitaba, a muy viva voz, las fechorías de aquellos truhanes. Según el heraldo, los tres demonios que allí quemaban eran de las huestes de Boraz, el príncipe de la envidia y gobernador de los que la profesan. Como mi curiosidad no quedó satisfecha con las noticias del heraldo, le pregunté a un anciano tullido y ciego que miraba para lejos si él conocía los pecados de aquellos infelices que maldecían su propia suerte. Estaba recostado contra la rueda de una tartana, por lo visto no tenía más posesión que su muleta, me dijo que sólo contaría el pecado de los tres bribones si compartía con él mi almuerzo. No me opuse a esta condición; sería gracia para mi alma compartir el pan con hombre tan desvalido. Nos retiramos a un paraje donde había abundancia de uveros, y me refiero al farallón de Bajamar, sitio de las más recientes fortificaciones de la plaza de San Juan Bautista. Allí nos sentamos bajo un almendro y troceamos cecina, chorizo y casabe. Aquel ciego sólo conocía del más lejano horizonte de la estancia humana, por ello parecía estar mirando siempre para muy lejos, su mirada allá perdida en la memoria: —*Los desmanes del demonio Boraz han sido muchos, mi querido benefactor; donde hay carestía surge la envidia, y esta caravana bien que arrastra mucha miseria, que he visto cómo los huérfanos son capaces de robarle el bocado lo mismo a una vieja enferma que a un infante de cuna. Pues mire usted que allá vivía en el barrio alto de la caravana, en aquel rincón que serpea hacia la puerta de San Juan, un hombre que al parecer había rescatado del exilio y extravío la felicidad de su familia y la integridad de sus posesiones. Decíase que no había familia más honesta en toda la caravana. Aquel bendito matrimonio estaba adornado con una pareja de niños, verdaderos primores del buen amor de sus padres, gran bendición de Dios. Pero lo que más atrajo la mirada de Boraz fue la belleza de la esposa, quizás también los muchos bienes que traía el carromato en que viajaban. ¡Aseguro que la belleza de la mujer era asombro digno de los ángeles!, y no exagero. Sus cabellos rubios y sedosos eran muy envidiados por las mujeres de aquel barrio. Sus ojos verdes parecían fino cristal, el cutis aventajaba en suavidad la tersura de cualquier rosa. De sus encantos ocultos no hablaré; piense que para el esposo era grande felicidad nocturna ir al dulce tálamo con tan hermosa mujer, probar los mejores frutos de huerto tan florido...—*

Todo aquello me resultaba bien extraño; con ceguera tan tupida el viejo no sólo era incapaz de ver los ocultos encantos de aquella Venus, sino que también la belleza del rostro era invención de su floripondia fantasía. Cuando indagué el viejo me pidió que no lo interrumpiera, que ya pronto me contaría cómo perdió la vista. Obedecí, bien advirtiendo lo orgulloso que estaba de sus facultades narradoras, y le di una longaniza envuelta en casabe, pues aquel mendigo tenía más hambre que el perro de un ciego. Así continuó: —*Había otro motivo para que se despertara el apetito del demonio Boraz, y era el muy galano moblaje que fue adorno de la mansión que un día abandonaron. El esposo sacaba a la intemperie aquellos muebles hechos con finas maderas y tallados en terminaciones exquisitas. Para todo aquel barrio de la caravana era envidia ver cómo aquella digna familia gozaba la vida buena, los placeres de la gracia y la cortesía, allá en el salón que tenía por techo la fronda de los almendros y la brisa de las palmeras. Aquella vanidad del esposo fue suficiente para que Boraz mostrara sus babosos colmillos.—* Como a cada rato el ciego me pedía comida, o empezaba discursos y extremas alabanzas, le advertí que si no hacía pronto el cuento de los tres truhanes, daba por terminado nuestro acuerdo, asegurándole que no habría más cecina hasta tanto me relatara las sabrosas maldades de Boraz. —*Si está hambriento, usted dígamelo, pero no haga prolijo el arte de narrar con tal de contentar más el diente.—* Ante esto el ciego se enfadó mucho, me dijo indignado que no era su intención acortar el hambre con tan largo cuento, añadiendo que él había sido estudiante de cánones y retórica, por lo cual los primores de la lengua se le daban naturales... *como el nadar al pez, como el vuelo al ave, como el silencio al mudo...* Al fin pude callarlo, pararle en seco el amplificatio cabrón con que pretendía bajarme, dándole a comer unos arenques que me había regalado el bueno de Don José. Y así amansó el discurso: —*¡Qué bellos eran los muebles! Puedo decir que jamás los había visto de hechura tan fina. A fe mía que los bancos, la mesa, aquella vitrina y el aparador fueron hechos con caoba roja. El sofá era de guamá, estaba vestido con forro de terciopelo. La arquimesa...* —¿*La arqui qué?* —¡*La arquimesa!, la arquimesa..* —Y ¿*qué es eso?* —*Pues un arca.* —*Sigo a oscuras* —*Es un mueble con tablero de mesa y varios compartimientos.* —*Ah bueno... Ahora entiendo...* —*Pues la arquimesa parecía de caoba pálida, lo mismo el barqueño y las sillas. Todo aquel lujo era vanidosa invitación a los desmanes de Boraz... Una noche en que yo velaba el sueño de tan bella mujer, advertí que uno de los niños lloraba, por lo visto tenía calentura... Al rato se prendió un candil bajo el toldo de la carreta; pronto se dibujó en la amarillenta claridad, cual sombra de la hermosura, el cuerpo desnudo de la mujer...* —*Oiga, galán, a la verdad que la doña era la niña de sus ojos.* —¡*Ya pagué!...*—
Ladeó la cabeza; buscaba con los ojos muertos mis palabras, trazando en el más cercano aire un gesto inútil; acató aquellos sonidos sin rostro que habían hurgado su conciencia quisquillosa. Amansó la íntima culpa; bien reconocí el dolor oculto en tan sensual regodeo.. —*Oí cuando le dijo al esposo que buscara algún remedio; el niño ya sufría de convulsiones y pataletas. El marido caminó calle arriba, allá fue*

en busca de algún medicamento; ¡quizá pensó encontrarlo en una de las boticas que los corsos de la caravana han abierto en sus tartanas de la calle Sol! Mucho rato pasó antes de que oyera el primer grito. Me levanté lo más rápido que pude, traté de acercarme al carromato, tuve la certeza de que algo horrible ocurría. Pero de la oscuridad salió la sombra con que tropecé, caí de espaldas al fango. Al levantarme recibí duro golpe en el lomo, y cuando iba a defenderme con la muleta, me golpearon la chola, allá solté fuera de mi conciencia toda memoria y lucidez, quedando más tendido que muerto... Cuando desperté oí unos quejidos lastimosos que llenaron mi ánimo de sobresalto. Apoyándome en la muleta, cercado por horrendas visiones, me levanté, traté de socorrer a quien así gritaba. Pero di algunos traspiés cuando me alcanzó el terror: Di tres vueltas a la redonda, en íntimo círculo, sin atreverme al socorro o a la fuga, que la conciencia y el cuerpo allí trabaron grande disputa. Un resplandor de llamarada me carcomía las orejas, sentí el calor de la fogata subirme por la espalda cogote arriba. Temblando, sin más remedio que el horror, permanecí tieso, sin poder moverme. Abajo reconocí unas huellas que llegaban a la punta de mis botas. ¡Los demonios me habían arrastrado a la otra banda de la carreta! Aquel descubrimiento avivó mi curiosidad, distrajo el terror entumecido. Entonces me viré, allí ardían los muebles de la familia, en la baja oscuridad saltaban a chispazos las pavesas... Por encima de la grande llama, en el resplandor que cautivó todo mi espanto, vi cruzar de la noche al silencio tantos insectos, ¡testigos nocturnos demasiado sordos! Salí del embeleso; me encontré en una soledad voluntariosa, demasiado terca en su cruel indiferencia: Todo el vecindario dormía a pesar del crepitar estruendoso de la fogata, muy ajeno siempre a los gritos ya casi amordazados en la penumbra de la carreta. ¡Así de crueles son los oficios de este demonio Boraz! Salté al interior del carretón que se había convertido en zahúrda de diablos, ya obligado más por el amor que por el miedo. ¡Cuánto fue mi nuevo horror cuando encontré a mis pies el cuerpo apuñaleado del niño! ¡Y estos ojos que ya no ven quisieron perder también la memoria! Más de veinte puñaladas cruzaron su cuerpo. Habíanle cortado el miembro; y lo embutieron salvajemente en su boca. ¡Que la luz del recuerdo se vaya así como se fue la de mis ojos! Di tres pasos, encontré el cuerpo mutilado de la niña. Sus piernas y bracitos habían sido cercenados, allá fueron colgados de las crucetas del toldo cual diabólicos trofeos... Con la muleta empecé a dar palos en la penumbra, pero alguien me agarró de repente. Era verdadero diablazo aquel truhán que me maniataba, sentí su piel pegajosa, sufrí su aliento azufroso, pronto lo reconocí, era uno de los escalilleros que el Obispo trajo a esta isla. Me tumbó contra unas talegas, volvió a estar con los otros demonios, quienes se turnaban para gozarse aquella mujer que fue luz de mis ojos: Ella hacía ruido muy extraño con la garganta; pero aquel gargajeo tan lastimoso sólo provocaba la chacota de los diablos. Al oírme cuando pedí socorro, acá vinieron y la emprendieron a bofetadas, apretándome una mordaza hasta casi quebrarme la quijada. Allí quedé muy tieso, imposibilitado para socorrer a la muy desdichada. Alcancé a ver, en la amarillenta luz del candelero que uno de los tres demonios sostenía, los actos brutales de lujuria, las humillaciones más horrendas, que ya mis ojos no merecían la luz después de ver lo inconcebible. Pero más dolidos quedaron los ojos del alma cuando oí que la mujer se gozaba tan ruda violación, y no sé si fingió gusto para así salvar la vida. Sólo recuerdo aquellos gemidos, quejas más de placer que de dolor. Cerré los ojos y lloré, quise taparme los oídos, que ahora *era más grande la desdicha de tan honrada mujer. ¿Nunca supo que con tales halagos no lograría salvar su vida? De poco remedio fue aquel sacrificio de la honra. Entonces más dolor quisieron provocarle, para que ya no hubiera rastro de amor en sus actos, y allá le violaron el anillo, afanándose en cumplir todo lo que fue perversión de la Sodoma. Una vez que hartaron su lujuria, cuando aún sonaban los chillidos de la infeliz en sus oídos, quisieron convertir las humillaciones en tormentos, que entonces le raparon la cabeza, le mutilaron los senos con sus inquietos machetes, acá cortándole las nalgas a navajazos, siempre revolviéndole el puñal candente en el hondón de su sangrante sexo. Ya quedaron más borrachos de sangre que de placer, en ellos se cobijó el odio más frío, la negación que más merece castigo eterno. Aquella orgía sangrienta se convirtió en recinto del único pecado. La venganza de aquellos hombres era contra lo creado, más hija de la soberbia que engendro de la lujuria. ¡Allí pretendieron no sentir, jamás anidar la compasión en sus corazones! Era pretensión de frialdad lo oculto en sus almas, idea maléfica más que apetito voraz fue pecado tan horrible. Pero Dios no me concedió la sordera, hoy sufro el recuerdo de aquellos gritos que nunca despertaron a los vecinos de la caravana. ¡Así tapó el demonio Boraz los oídos del prójimo! Tampoco conseguí que Dios me amansara los muy locos pensamientos. Más lástima que dolor sentí al contemplar los horribles suplicios de la mujer; allí pensé que sus atormentadores hubiesen sido más misericordiosos de ella no haber mostrado tanto goce en lo que fue deshonra de su esposo: ¡Así de mezquinos somos los hombres! ¡Tan cobarde es la ruta suspicaz de estos celos?... Allí la dejaron sin sentido, el dolor le nubló la lucidez. Se bajaron de la carreta; yéndose con la imaginación satisfecha desaparecieron en el aire; me asaltó el repeluzno al sentir aquel largo chorro de sangre que salía de sus partes vergonzosas. Oí que los hombres discutían abajo... Traté de arrastrarme hasta el candelero, para romper las ataduras con la llama; pero uno de ellos regresó, y me echó en la cara el líquido de aquel frasco terrible. El humo brotó de mis ojos, aquel ardor blancuzco anegó la vista, ya salté fuera de la carreta, dos veces me retorcí en el aire antes de morder el fango, bien sabiendo que jamás volvería a mirarla... Se esfumó la claridad de mis ojos; quien ha contemplado tanta maldad no merece ver, pues vista tan culpable daña aun el horizonte más lejano. Perdí el sentido, cuando desperté ya todo estaba tan oscuro como ahora. Oí al esposo cuando llegó, allí encontró su casa desolada; y es costumbre del exilio encontrar la morada llena de ladrones y pretendientes, que así le sucedió al héroe de la antigüedad llamado Odiseo. Entonces oí aquel llanto desgarrador, allá seguido por un fogonazo de mosquete, pues aquel infeliz no quiso que su esposa despertara al suplicio de la vergüenza, al tormento de los más terribles dolores. ¿Así limpió su honor con aquel acto de misericordia? Ajeno a esta gran ironía de su desgracia, se fue a vagar por toda la extensión y locura de la caravana, aquella ciudad errante que serpeaba su extravío por el recinto de San Juan, laberinto verdadero por donde se mueve lentamente ese afán pecaminoso de los hombres, furiosa corriente marina que los aleja de la tierra prometida.*

Después de una larga noche de pesadillas que parecían burlones recuerdos de mis ojos, fui despertado a la oscuridad por unos soldados de infantería, gente que investigaba el horrendo crimen. Según me cuentan, el marido volvióse loco, allá vagó por las dos ciudades, al cabo de muchos días de locura se ahorcó de ese árbol que está allí sobre el farallón de Bajamar. Cuentan que su alma va errabunda en quejas y suspiros, por acá vive en eterno desasosiego, ya que no encuentra esposa ni morada. Yo sé que él habita todo el espacio de esa ciudad luminosa que está suspendida de aquella nube más cercana al horizonte. Allá, en ciudad tan invertida, vive con sus dos hijitos, sueña con quien fue la luz de mis ojos—.

Del muy santo y secreto diario del Obispo Don José de Trespalacios y Verdeja

"Mis ojos —estos alientos confundidos que sólo veían la oscuridad del exilio y la separación— ahora alcanzan lo terrible, esa muy leve paloma que vuela sobre toda la estancia desolada, esa esperanza tan esquiva y caprichosa. De su vuelo tan presente siempre queda la ausencia. Y los hombres cargan sus bienes en esos lentos carromatos, habilitan su espacio. Pero más calmoso que todo ello es el pasado. Ya que el suelo donde vivimos por tantos lustros se ha hundido en raudo abismo, ¿cuál es nuestra pisada? ¿De dónde surgirá la reciedumbre? ¿Qué techo nos cobija? Sólo nos cubre una cruel intemperie; y solamente hay pasado, pues el presente resulta tan ajeno, ¡el porvenir se muestra tan incierto! Pienso en ella, en esa esperanza, siempre tan leve y nosotros tan pesados. Ya atontados por el mucho vagar, apenas presentimos esa celeste paloma que vuela sobre nosotros, trayéndonos el consuelo frágil de la ciudad soñada por nuestra torpeza. ¡Ese peregrino no lleva bienes; es que sus ojos ya no presienten el susurro de aquel vuelo! ¡Ay del caminante cuyos bienes son demasiado livianos, demasiado ausentes! La esperanza está en esas cosas nuestras que nos rodean, allí vive perpleja ante el porvenir, acá se muere un poco de extrañeza. Pero tantos bienes apenas consuelan, ya lo sé... Cuando la nostalgia de la vieja ciudad los asalta, veo cómo se aferran al pasado, y entonces pretenden convertirse en sal o pesada piedra. Atrás no deben mirar, pues sucumbir a esa tentación es matar la esperanza. ¿Por qué abandonas la ciudad terrena? Aquella ciudad no vivía desde el asombro; y todo recinto que no levanta sobre su horizonte un zigurat, o una torrecilla de cristal, está abocada a desaparecer en la pesadilla del tiempo. Sólo el asombro es eterno. Los hombres que viven el silencio de Dios, la nostalgia de lo eterno, sin él no pueden vivir. Sin el asombro, en el lugar del paseo habrá extravío... ¿El amor es un asombro compartido? Por ahí asoma su pezuña la vanidad, allá se ríe a carcajadas la soberbia. ¿Sin el asombro ese paseo se convierte en vagar, lo habilitado se vuelve hábito, el recuerdo se hace olvido? ¿Toda ciudad necesita lo monstruoso? Cuando pienso que mi soledad es la causa de tantos monstruos del ingenio y el corazón, contemplo la caravana allá en la lejanía. Difícil me resulta entonces el consuelo. ¿Vagan hacia algo más que la pobreza? ¿Cómo asombrar sus ojos aterrados?

* * *

Ayer ordené la quema en pira de tres envidiosos, hijos verdaderos del demonio Boraz, regidor de los que celan los bienes ajenos. Y digo que toda esta ciudad errante es muy propensa a seguir las malas artes de este demonio, ello así por la grande carestía que hay en todos sus anchos confines, páramo casi irreal que se mueve a través de la ciudad de San Juan Bautista. Como no hay siquiera qué comer, se desata el fiero Boraz, primo de Belcebú y Satanás, docto en el oficio de engendrar la más grave de las pasiones que atentan contra el cristiano estado. Esta muy grave pasión consiste en codiciar la abundancia y seguridad del otro. Sólo la justicia de los hombres, al eliminar la carestía, puede acabar con todos los pecados que engendra este demonio. La justicia divina, que está siempre oculta y opaca, no llega a traspasar con su mirada esas nubes de luz fulgurosa, apenas alcanza la necesidad e indigencia de la vida humana.

Todo este reino de Boraz se oculta en la ciudad errante, esa caravana que lentamente transcurre a través de la ciudad de Dios; y es que la plaza fuerte de San Juan Bautista se ha convertido en Nueva Jerusalén, así de ajena se muestra, en su tiempo silencioso, a un encuentro con la humanidad ansiosa y bullanguera que pasa por sus calles. De este modo, la ciudad peregrina envidia a esa ciudad quieta que no la acoge con su rostro impasible, con su tiempo perfecto. Debemos habilitar esta Nueva Jerusalén; la inmóvil ciudad de Dios tiene que ser despertada al trajín de los hombres, pues su silencio engendra el furor de Boraz. Toda ella yace dormida y cruel ante el desamparo. Su recinto aún no ha cobijado alma alguna; y esta muy escuálida humanidad vaga en el abandono, arrastra la intemperie que conoció en los montes. Y como esto es así, y no de otra manera, hay una añoranza terca que se convierte en celo y bien desata el torcido rabo de Boraz. La nostalgia del encuentro con el espacio único donde ya no hay más extravío —verdadero recinto habilitado, dulce morada— es lo que desata ese deseo de ocupar el espacio del otro, esas ansias de lograr la abundancia y seguridad del prójimo. A veces pienso que esta ciudad que atravesamos, recinto sin perturbaciones, no es sino una pesadilla engendrada por nuestros anhelos, y como ocurre en los sueños, toda ella se nos muestra tan impasible y silenciosa. ¿No será esta ciudad celestial algún pecado terrible que el maléfico de Boraz ha sembrado en nuestra lucidez nocturna? ¿No es ella un bien que codiciamos en nuestra cercanía tan ajena? ¿No es su serenidad como la manzana de Tántalo, suplicio de nuestras noches, esfuerzo incesante de nuestros días? Pues esta grande carencia desatada por todas las injusticias, nunca es tocada por la mirada de Dios, del mismo modo que nuestro vagar no recibe el buen cuido de la ciudad de San Juan Bautista. Y así la caravana tiene que lograr esa justicia que le posibilite continuar en su paso lento; la muy justa y venerable Nueva Jerusalén nada sabe de los ruidos que transcurren a través de su sorda mirada."*

* * *

---

*A.J.M.:

El profeta IV

Con sus más leales soldados se adelantó hasta un monte desde el cual se divisaba la ciudad presentida. Por largo rato lloró con la cabeza baja. También lloraron aquellos rudos hombres que lo acompañaban. A lo largo del bosque circundante, en las vegas de los ríos venerables y en las cañadas apacibles, se extendía aquel llanto jubiloso. Al fin, al fin habían llegado; y la ciudad era tan magnífica que su luz cegaba; sus calles serenas casi no parecían hechas para el tránsito humano. Esos edificios tan delicados más parecen caprichos de orfebre que monumentos al sudor de los hombres.

Volvió a la caravana; le habló a su pueblo describiéndole lo contemplado. Un rumor de alegría se sintió a todo lo ancho de la ciudad errante. El profeta señaló hacia aquella ciudad tan soñada por el largo extravío de su pueblo. ¡Hubo canciones tan alegres!

Caía el crepúsculo cuando llegaron a los límites de la ciudad. Desvió la mirada hacia el pueblo. Aquella miseria arrastrada por desiertos y montes contrastaba cruelmente con el silencio perfecto del recinto que pronto haría suyo. Volvió a señalar hacia adelante; pero le perturbó el silencio de su pueblo; las canciones

"Anoche tuve muy grandiosa visión, y ésta fue una ciudad lacustre que sobre el porvenir se alzaba.

La ciudad lacustre es un recinto precario. Fue fundada por hombres que no distinguían entre la ciudad y el asombro. Así era la eternidad que ellos reclamaban para tan grande quimera. Por eso trazaron sobre los mangles aquellas angostas calles de agua que llamaron canales, y en esta magnífica invención casaron la ciudad con el más fiel emblema del tiempo. Era la ciudad que resumía todas las otras; al fin el humano ingenio concibió el espacio flotante, la ciudad navío.

¡Qué ciudad más asombrosa! Fundada del agua al aire, dibujaba en el horizonte toda la gracia del riesgo. Aquel prodigio de torres, zigurats, agujas y arcos gigantescos, también intentaba seducir el más alto aire, pues el reflejo invertido de los pináculos y las nubes ya descansaba trémulo en la muy enamorada laguna. La vi tan alta que apenas pude adivinar su justa estancia; entonces supe por qué aquella ciudad flotante era magnífica tentación para el humano género. Su incesante despedida era como una invitación al supremo riesgo; la belleza de su instante fugaz era su entrega insegura a la marea, muy errático vuelo de gaviotas, esa danza justo al borde del abismo.

Y aquella ciudad que es suma de todas las emprendidas por el hombre se llama Venecia, ciudad lacustre fundada frente al mar Adriático. Sin esta ciudad de Venecia la humana condición sería más pobre, pues este primor de Italia fue fundado en el límite del delirio. Una ciudad amenazada por las aguas es incesante recuerdo de la muerte. Pero Venecia es, toda ella, vida tan furiosa. ¿Qué de lo humano está ausente de su frágil singladura? Hasta es posible que algún día se hunda, dicen los sabios; pero todo ello es mucha cautela ante una ciudad que navegando tan cercana a la muerte no puede sino alcanzar la belleza de ese misterio que es la vida.

Pero aquella ciudad lacustre que se me presentó en la visión no fue Venecia. Mi ciudad flotante se volcaba toda ella sobre la grande laguna donde crece el mangle rojo. En las noches de luna llena vive invertida en el fondo de su propia imagen enamorada.

Aquella tan grande vanidad convirtió mi asombro en dulce espanto".

habían cesado. Sólo se oía el trajín de carromatos y tartanas, el rechinar de las pesadas ruedas que movían su ciudad.

Le encomendó a unos escuchas encontrar la gran plaza donde acamparían la primera noche. Pero regresaron sin haber descubierto aquel lugar único adivinado por el profeta, sitio donde se aboliría el extravío. Entonces dio órdenes para que su pueblo acampara a lo largo de las fastuosas avenidas hechas de jade y malaquita. Cuando ya todos dormían, volvió a llorar. Pero no pensó que todo aquel recinto era un sueño de su miserable ciudad. Su dolor fue aún mayor; en el desvelo pensó que su caravana era pesadilla de aquella Nueva Jerusalén.

Capítulo XLV

DONDE SE CUENTAN LOS SUCESOS QUE GRACIAN VIO EN EL DESPOJO DEL DEMONIO RENFAS, TAMBIEN LLAMADO DIABLO COJUELO

"Luego de consolar al ciego que con tanto dolor me contó los desmanes de Boraz, quise encontrarme con Don José, pues mi alma quedó muy inquieta, que ya tuve al mono de la desconfianza sentado en el hombro, y miré a todos lados presintiendo en cada hombre algún crimen, adivinando en cada destino un gesto ceñudo del mundo. ¿A dónde conduce esta caravana que arrastra tales locuras?... Tomé ruta por la calle Cruz; según lo oído, Don Pepe había asentado campamento en la plaza contigua a la Iglesia del Santo José. Allá pasé por el sitio donde unos soldados castigaban a los hijos de Belial, y aquello parecía feria de castigos: Las adivinas estaban metidas en canastas enormes; sólo les veíamos aquellos ojos que se asomaban a las burlas del vil populacho... Esas canastas tienen cuatro agujeros que dan a pequeñas jaulas donde inquietamente tropiezan las ratas famélicas... Ahí sufre la víctima esa dolorosa incertidumbre, resulta muy difícil adivinar por cuál agujero saltará el mordisco gris. ¡Primoroso castigo para la manía de adivinar! Y por acá, más adelante, me encuentro con esos infelices que son atados a yeguas cerreras... Como todos ellos tenían talante muy rumboso, brujos me parecieron los que así padecían su justo castigo. Aquellos secretarios de Belial fueron obligados a cabalgar sobre bestias tan indómitas, y allá iban bamboleándose, borrachos de brebajes y hechizos... Antes de salir zumbando por las calles, ¡cual fantoches verdaderos de las potrancas inquietas!, son vendados y forzados a beber esas aguas potentes que les enturbian la lucidez... Según me contaron unas doñas que allí estaban, estos hijos predilectos de Belial muchas veces probaban la locura; las alucinaciones y manías causadas por brebajes tan fieros se alojaban en sus mentes para no salir jamás... Y así cabalgaban perseguidos por fantasmas inexistentes, verdaderas almas al garete. Aquí, en este rincón, los hechiceros son atados a esos carricoches que los arrastran por todas las calles de la ciudad, la lucidez se les nubla en desmayos cuando golpean sus muy diabólicas cholas contra el duro barro... Así fue que los hechiceros perdieron su voluntad por haber querido someter la ajena.

Seguí cuesta arriba hasta llegar a la calle San Sebastián, recinto de zahúrdas y tabernas, sitio de tajos y pendencias. Por fin llegué al campamento de Don José, y éste, al verme, me recibió con más abrazos que saludos. Grande fue mi alegría al verlo, pues desde que oficiamos los exorcismos de Belcebú y Asmodeo, poco nos habíamos visto. Me invitó a comer en su tienda; habíase construido una cabaña con suelo de palmas, setos de yaguas y techumbre de matojos. Mostraba con grande orgullo aquel su palacio obispal, hizo traer un ajiaco con boyas de plátano y cecina con panas hervidas, festín que resultó misericordioso para mis tripas crujientes. —¿Por dónde has estado? —Ahí paseándome entre tantos diablos, Don Pepe, que esta ciudad necesita los oficios de una legión de ángeles. —Ya estamos a punto de liberarla para siempre... —Echele las mayores bendiciones al diablo de Boraz,

304

*follón de diablo que me dejó los pelos en punta. —Más me preocupa Leviatán...
Bueno, y ahora ponte duro, Gracián, que esta tarde atacaremos el castillo de Renfás.
—¿Dónde queda sitio tan fantástico? —Renfás gobierna en la Puerta de Tierra; allí
tiene recinto, y es muy notorio cómo la caravana, cuando llega al bajío que mira
hacia Miraflores, se vuelve bosque de hamacas, ya que no palacio de la pereza. Esta
tarde iré a desalojar a ese gobernador de los perezosos, follón que adormece la
voluntad de nuestra amadísima ciudad.*— Todo ello fue para mí feliz invitación; se
me figuraba extraño atacar un castillo hecho de bostezos y hamacas, pensé que
semejante exorcismo iría más suave que guineo en boca de vieja. Don José ordenó
que le prepararan su litera, allá agrupó un pelotón de soldados de infantería.
Partimos a media tarde con un poco de llovizna; para fortuna nuestra el barro de la
calle San Sebastián habíase endurecido mucho con el sol mañanero, por lo que
atravesamos el fangal que suele haber en dicha calle. A la diestra y siniestra de
nuestro paso veíamos signos de Renfás, por ello presentimos que su plaza fuerte
estaba cerca. Como íbamos trepados en litera abierta, fácil nos resultaba ver las
muchas hamacas tendidas en callejones y zaguanes. Hasta los recién nacidos eran
educados en la pereza, allí tendidos como estaban en sus hamaquitas llamadas
coyes. Y muchas veces aquellos diablos de la pereza les gritaban obscenidades a los
cuatro cocolos que nos cargaban... Alrededor nuestro ahora se desatan voces de
chacota y retozo, vergüenza para mi raza, pues esos zafios que así gritan ¡alcahuetes!, ¡alcahuetes!, ¡mera alcahuete!, no son dignos del sudor de nuestros buenos y
leales grifos, que la gente más hacendosa de esta tierra son los negros y los mulatos.
Cuando le señalé a Don Pepe el poco gusto que los peregrinos mostraban por el
trabajo, me replicó con estas sutiles razones: —*Estas malditas costumbres de la
pereza las han traído de los montes donde pretendieron fundar la ciudad arcádica,
recinto donde se adormecen los buenos oficios y se embrutece el ingenio. En los
montes el trabajo les resultó muy benigno, que es muy fácil vivir de la tierra tan
fecunda que prodiga esta isla. Te aseguro que en Puerto Rico siempre hay fruta
disponible con qué aplacar la sed o mitigar el hambre. Por eso ha recibido el
nombre de Puerto Rico. Por todo ello te aseguro que es muy importante para mi
razón de gobierno capturar a Esmón, quien no es otro que el notorio Pepe Díaz.
Este follón pretende avivar en estos criollos el sueño de la ciudad arcádica, verdadero brebaje que les fortalece la flojera, matándoles la voluntad, haciéndolos
indolentes, iracundos y tediosos...*— Todo esto me dijo Don José, a quien observé
con mucho esmero mientras pronunciaba su discurso. Las campañas en el trópico,
aquellos largos almuerzos guarnecidos con yautías y malangas, las siestas bajo la
brisa de los cocoteros, todas las penas y los gustos de estos mares, habían atenuado
mucho sus facciones, quitándole a los ojos la crueldad del inquisidor, convirtiendo
su sonrisa irónica en risotada bonachona. La mirada, aunque no apacible, mostraba esa resignación sólo dable en quien ha bregado con la muy guasona arcilla
humana de estas latitudes. Y su gordura delataba algo de la indolencia que con
tanto ahínco pretendía erradicar de la amada grey. De tanto caminar, el peso de su
ministerio ya le había encorvado el lomo, separándole las piernas delgadas más de
la cuenta, que con lo escurrido que era de nalgas y lo corto de su talle, parecía
siempre trepado en zancos. Y mi rostro ya va pareciéndose al suyo, ese semblante
rotundo aunque sin mofletes, que más bien tengo los pómulos altos, y la nariz
miren que es de galán... Estos pensamientos me distrajeron de lo que ocurría a

nuestro paso; al parecer, por el bullicio de la gente que se arremolinaba en torno a nuestra litera, ya estábamos cerca del grande castillo de Renfás. Oí el pregón de un heraldo que precedía nuestra comitiva, y que anunciaba, con un fotuto, los castigos que recibirían aquellos hijos del diablo cojuelo... Ya a pocos pasos encontramos ese bosque de hamacas donde los hijos de Renfás duermen la siesta del tedio. Esos viciosos de la pereza han tendido sus camas del aire por todo el ancho cocal, acá tensan la cabuya alrededor del duro tronco de la palmera, allá aprietan el nudo por debajo de la cuerda vecina, y así todos viven suspendidos en el bajo aire, las combas qué forman sus lomos se mecen casi a ras de suelo... Como los soldados les cayeron arriba dando golpes con varas de guayabo, el alboroto se desató en aquel sitio, y los más huían despavoridos creyendo que ya era el final de los tiempos, así de confusos andaban sus sentidos por la modorra que el pesado sueño les había traído. Don José observaba tan grande confusión con traviesa sonrisa dibujada en los labios; el pueblo se había unido a su exorcismo lanzando frutas podridas, zarabandeando de pura chacota a los más dormilones. Pero quede claro que no le resto gravedad al asunto; sólo reconocí en la sonrisa de Don Pepe que aquel diablo de la pereza no era de los peores, niño de pecho parecía al lado de Boraz, Asmodeo y Belial. Los perezosos que no lograron escapar por los caños y mangles que abundan hacia el este de aquel sitio, fueron capturados y traídos ante la justicia divina de Don José, quien ya disponía inventos para el justo castigo que merecían. Aquellos serían obligados a permanecer añagotados por muchos días y noches. Luego de una buena tanda de palos que los despertó de la modorra, éstos fueron atados a sus hamacas, también colgados de las palmeras con una sola cuerda, suplicio que convertía la otrora dulce hamaca en saco feroz que ahuyentaba el sueño y quebraba huesos. Don José sentenció castigos muy severos contra los que se encontraban fumando maloja, yerba favorita del diablo que enciende visiones y confunde la voluntad. Como casi todos los que no huyeron eran viciosos de la yerba —así de borrachos estaban con el humito de la maloja cuando el heraldo anunció nuestro ataque— Don Pepe ordenó que fueran acostados en catres de pencas sostenidos en el bajo aire por cuatro altísimas horquetas. Pero esta vez aquellos tediosos no tenían sus largas cachimbas de barro para chupar y abandonarse al humito de la risa y el vacilón; tendrían que soportar, durante muy largos días, el fiero sol de estos trópicos, la resolana que ciega, pues al estar atados no podían voltearse allá arriba, en el alto suplicio del camastro aéreo. Nuestro amadísimo pastor insistió en que las camas de suplicio fueran levantadas en el lugar más soleado del cocal, por lo que era fácil suponer que los viciosos morirían a los pocos días de recibir los ardientes rigores del sol y las frías inclemencias de la noche.

Cuando nos bajamos de la litera para confundirnos con el pueblo que aclamaba el buen gobierno de Don Pepe, oí que una mujer protestaba contra aquellos castigos. Por lo visto la mujer era esposa o corteja de algún vicioso. La rabiosa mujer voceaba a los cuatro vientos que si aquél era el castigo por la pereza, qué rigor quedaría entonces para los que prostituían a las niñas huérfanas de la caravana. El amoroso pastor, siempre atento a las tribulaciones de la amada grey, ordenó que le trajeran a la mujer que así protestaba. Cuando Don José indagó sobre la razón de su reclamo, la doña le aseguró que cerca de donde estábamos había un prostíbulo de nenas huérfanas. Según otra mujer que allí estaba, las huérfanas eran secuestradas por oficiales de la soldadesca, allí obligadas a cometer actos de sodomía con hombres de la tropa. Tanta ira hubo en Don José cuando recibió aquellas noticias que al instante tiró báculo y mitra, despojándose del boato pidió que lo llevaran al sitio donde Asmodeo gobernaba tan fieramente. Pensé que el exorcista mayor estrangularía con sus propias manos al recalcitrante Asmodeo, así de iracundo lo vi con aquel diablo que tan renuente se mostró a largarse de nuestra ciudad. Subimos la cuesta del sitio llamado Playita, seguidos de una muchedumbre rabiosa armada con piedras y palos. La mujer que nos había dado noticias sobre los nuevos desmanes de Asmodeo, nos guió a la casa donde se cometía el muy vil acto contra la natura, que el pecado de los hijos de Renfás era pecata a la minuta justo al lado de aquel nuevo capricho de la lujuria. La tropa tumbaba la puerta del caserón. —*Incesante es nuestro oficio, Gracián.* —*Es que los diablejos descubren nuevos modos de burlar nuestro arte mayor de exorcistas, manifestándose de mil maneras mientras nuestro oficio permanece idéntico...* —*Razón tienes, Gracián, razón de sobra tienes, que a nosotros nos falta en variedad lo que en maña nos sobra...*— Quedó el polvo del interior allí flotando en la claridad que entró de súbito. Sólo hay silencio y oscuridad. —*Prenda el hacho, Don Pepe...* —*Ya voy... ¿No escuchas lamentos?...*— Esas pobres criaturas gimen llorosas en un rincón del cuarto. Se atropellan en chillidos cual ratas sorprendidas... Están desnudas, tan sucias que parecen tiznadas por los vaporizos sulfúreos de Asmodeo. Alrededor de sus piececillos temblorosos, esa basura de cáscaras y frutas podridas, el olor a vómitos resecos y semen derramado. No han llegado a la edad del trato venéreo, tienen las pájaras mondas, sólo algunas ensayan el tetamen. Aquí y ahora vamos a recular, que por ahí, en la penumbra, viene una hacia acá, diablaza que por lo visto pretende montar palique con Don Pepe. Tan pronto entra a la claridad, ahí empieza a recitar una cháchara en lengua muy antigua. —*Gracián...* —*¿Qué es?* —*Tiemblas de pies a cabeza...* —*Hasta los sesos...* —*Eso que habla es la llamada lengua burlona, mezcla de latín y griego, jerigonza predilecta del más grande y pesado de todos los demonios, el gigantesco Leviatán. ¡Este es el grande, Gracián, éste es el grande!* —*Pues a tanto entusiasmo, échele usted el lazo, que yo cojo por donde vine...*— Ahí atrás está Don Pepe, y ya casi tiene al Leviatánico ese en el confesionario, que con el rabo del ojo alcanzo a ver... Don José se acerca a la niña diabla, bien trazando a cada paso un círculo de agua bendita. Le habla en latín, pero ella no parece entender, siempre repite con esa voz chillona la misma letanía...

A Don José le estuvo muy curioso que el esquivo de Leviatán se mostrara tan ligero de tamaño en el cuerpecillo de la niña, el continente de este diablo siempre fue de gran corpulencia, su peso rebasaba las veinte arrobas según los últimos cálculos de Don Pepe, número logrado sólo después de establecer el peso específico de su estela azufrosa. Entonces le dije a Don José, aún de espaldas a la niña que no quise mirar en el silencio oscuro: —*La multitud ha huido calle abajo, sólo nos queda la compañía de la tropa... Mire usted que es propio de estos demonios confundir nuestro oficio con apariencias que reclaman compasión.*—

Del muy santo y secreto diario del excelentísimo Don José de Trespalacios y Verdeja

"Esta tarde saqué de nuestra añorada ciudad al demonio de Renfás, gobernador grande de la pereza y padre de los tediosos. Mucho se ha repetido que la naturaleza perezosa de los habitantes de esta isla se debe al calor; pero a fe mía que los húmedos vaporizos no son causa segura de aquella condición. La razón más reciente para que los peregrinos avileños sean tan perezosos es que vivieron en los montes sin la preocupación del sustento, así de abundante en frutos es la tierra de esta isla, verdadera cornucopia que aviva las muy engañosas esperanzas de fundar ciudad arcádica. Pero la ciudad de San Juan Bautista, que es la máquina del estado, tiene naturaleza muy dura, y solamente a través del esfuerzo, del trabajo persistente y el buen ingenio, se conquista su espacio, tan resistente él que si estos avileños siguen hundidos en sus malas costumbres montaraces, seguro es que morirán de hambre. ¡Es tan notorio que el contacto con la blanda naturaleza ha vuelto floja la voluntad de nuestros criollos! Un viajero francés que estuvo en el Perú me contó lo siguiente al pasar por nuestra plaza: "En Perú los naturales son hoscos, tan inalcanzables como los altos picos de la cordillera de los Andes. Y como en aquellos sitios cuesta tanto cultivar el sustento, hay mucha tristeza entre los indios, que arrancarle algún fruto a riscos y precipicios tan inclementes es asunto más que grave. Es por ello que los indios de aquella altiplanicie mascan un yerbajo que se llama coca, sin él no podrían soportar los rigores del clima, tampoco el cansancio que causa el cultivo de los terrenos empinados. Pero mire usted, a fe mía, que al llegar aquí, a esta isla de San Juan Bautista, he encontrado clima muy benigno; aunque la extensión de la isla está en zona tórrida, las brisas que soplan desde Africa hacen muy placentera la estadía en sus montes y sabanas. A diferencia de los habitantes de la meseta peruana, los criollos de esta isla son muy alegres y retozones, no hay traza de hosquedad en ellos, son hospitalarios con el forastero y generosos con el vecino. Pero esta vida tan abundante más se debe a la fertilidad de la tierra que a la restauración de la edad de oro, aunque pueda dar fe que para los nativos de esta isla el sustento no es grande ocupación ni cuido, que los he visto tomar almuerzo y merienda de los muchos árboles frutales que abundan, sin más preocupación que alargar la mano y comer golosamente." Lo dicho por este viajero es muy cierto; en todo el santo orbe no hay gente más fiestera y perezosa que los criollos de esta isla de San Juan Bautista. A fe mía que este pecado de la pereza es muy fecundo en desatar sobre el mundo enormes males, que el principal de ellos es el tedio, condición muy nefasta de los que aborrecen el tiempo. Y estos aborrecidos se inclinan mucho a la lujuria, así cría Asmodeo los hijos que Renfás engendra. También es inclinación de los tediosos el mucho juego y la ira súbita. Estos dos males que también engendra Renfás son como los gemelos de la constelación de vicios que fecunda la pereza, terrible caja de Pandora, ya que no cornucopia del desvarío. No debemos olvidar que igualmente el tedio causa un general desprecio por la vida, ya que para el tedioso sobra su propia existencia o la del otro, de ahí que haya tantos asesinos y suicidas entre las hordas de aborrecidos que Renfás amamanta. Para estos pecadores el tiempo propio o el ajeno es la mayor tortura, y de este modo la vida pierde sentido, pues no hay razón para vivir el lento paso del cuerpo hacia la tumba. Es muy sabido que en esta isla los viejos se ahorcan mucho; cuando llegan a la vejez, estos criollos son muy propensos a contiendas rudas con el diablazo de la melancolía, compadre leal del follonudo Renfás. Y no es de extrañar que por estos lares haya tanto viejo hastiado con el duro oficio de vivir; ello obedece a que tan pronto pierden dureza en el hueso, agilidad para el baile y maña en el juego, la vida se vuelve nada para estos

308

hombres de juventud y madurez tan bullanguera. Triste condición ésta de los que no saben apreciar los beneficios del otoño y el invierno, estaciones ventajosas para la meditación y la lectura, que la vejez es el estado más propio para lograr la ansiada sabiduría. Para estos hijos del baile y el retozo, la pérdida de los apetitos no es grande bendición —como lo es para todos los sabios que en el mundo han sido— sino la más terrible maldición, pues al fin tendrán que enfrentarse a los rigores del tiempo, condición que olvidaron cuando estaban distraídos con sus naipes y jaranas.

Esta tarde, después del exorcismo de Renfás, me encontré con un demonio que se parecía a Leviatán. Aquel diablo traía muy confuso talante, presentándose ante mí con el aspecto de una niña que hablaba mezcla de latín y griego. Casi estoy en la certeza de que el muy esquivo y caprichoso Leviatán así quiso engañarme, es muy de diablos confundir la idea y el semblante que tenemos de ellos. Este Leviatán es muy mañoso, y sin auda el más peligroso de los muchos demonios que andan sueltos, ya que es gran gobernador de los que profesan la soberbia. A veces pienso que la visión de la ciudad impasible que nos rodea es engañosa, ¡y señalo al terrible Leviatán como gran mago causante de este prodigio! ¿Por qué continúa el exilio, Dios mío? ¿Es que no hemos llegado al recinto que nos prometió la fe? ¿Es que esta ciudad representa el frío rostro de nuestra propia soberbia? ¿Por qué nos ha recibido con muros tan ajenos? ¿Por qué no deshacer el nudo que nos ata al exilio? Quizás Leviatán ha colocado ante nosotros un espejismo de duro cristal, y es por esto que no podemos alcanzar entrada al sosiego que la ciudad oculta tan ferozmente. Se me ocurre que hemos entrado a una máquina de ilusiones creada por el muy perverso ingenio de Leviatán, ese burlón tramoyista de este gran teatro que nos rodea. Esta ciudad que yace tan perversamente es como una utopía; ella está fuera del tiempo histórico que ató a mi caravana. ¡Está tan cercana!; pero su recinto como que ha quedado suspendido ahí de esa alta nube... Quizás aquella niña diabólica que amarré a una estaca era el espíritu del llamado Campanella, hereje famoso de la época en que Carlos V era rey de España. Este Campanella quiso construir una ciudad perfecta, tan hija de la soberbia que la llamaría Ciudad del Sol. Esa ciudad que está ahí, espejismo de mi gente, es tan cruel y distante como la luz del mismísimo sol, toda ella permanece en su tiempo sordo, alejada de nuestro espacio lleno de miserias; es tortura que persigue nuestras noches y esquiva nuestros días. Si es ciudad de espejos, ¿quién de nosotros reconocería su rostro en ella?* Todos estos desvaríos asaltan mis desvelos, he perdido el buen sueño de la conciencia. ¿Cuánto no daría por desalojar de esta tierra prometida al más poderoso? A veces siento su grande revoleteo sobre mí; cuando al fin reúno mis detentes, ya es sombra que ha encontrado refugio en algún rincón de la estancia. ¡Es el más grande muñeco!, fue hecho por el artificio, no por la naturaleza, y su talante es más de máquina que de

---

*A.J.M.:

El profeta V

Trespalacios indaga sobre el gobernador de la soberbia. ¿Dónde estará ese autómata que ha traído desvelo a sus noches? ¿Cómo desalojar a este demonio tan sutil? Hecho de burdos metales y tuercas rechinantes es capaz de gobernar la esperanza de los hombres. Aferrado a la ciudad impide que Trespalacios encuentre espacio para desatar la caravana. El gran exorcista ha encontrado su más dura prueba; pero la soledad aún no lo ha vuelto vanidoso...

vida engendrada por Dios o demonio. Así puedo asegurar que Leviatán lleva grande corona, espada a la diestra, y no hay maldad más fiera que la de este engendro mitad hombre y mitad demonio. Su tamaño también es cosa de asombro, y aseguro por mi fe en Cristo que sus alas extendidas cubren todo el espacio de esta ciudad, y me atrevería a decir que hasta muchísimo más. Con obstinación he buscado a este grande aunque no torpe follón. ¡Por ahí está!... Esquivo se muestra siempre, tan cercano y distante como esta ciudad que es burlón espejismo de nuestro destierro. Pero lo más asombroso es que el gigante Leviatán, este muñeco que anda suelto a la vez que no desata nuestro exilio, es creación humana, y es muy sabido que fue moldeado en arcilla y luego remachado en hierro por un rabino de la judería de Praga llamado Judá León. Desde entonces Leviatán, que también responde al nombre mágico de Golem, es gobernador de la soberbia, así destronando al propio Satanás, pues ni siquiera el pecado luciferino tuvo tantas pretensiones, jamás padeció la locura de querer fabricar hombres mecánicos a imagen y semejanza de Dios. De esta gran soberbia es que Leviatán saca ínfulas para crear la ciudad perfecta, que ésta es, como él, una máquina donde se mata para siempre la esperanza.''

Capítulo XLVI

DE LAS COSAS QUE GRACIAN VIO EN LAS ZAHURDAS DE AURISTEL

"Nunca lo había visto tan enfurecido con un demonio. Según su grave teología, aquella niña que encontramos en el palacio de los sodomitas era el demonio Leviatán, enorme caudillo de los que profesan la soberbia. Como la nena echaba espuma por las muelas y hablaba lengua de diablos que era mixtura de latín y griego, Don José ordenó que la ataran a una estaca frente a su tienda y le construyeran cobertizo de matojos, pues era su intención interrogarla durante muchos días y no menos noches. Aseguro que durante una semana, bajo la luz de los hachos, nuestro pastor habló en latines con aquel demonio capturado. La caravana ya dormía cuando Don José se sentó en una silla de tijera y alumbró con un candil el rostro de la soberbia. Entonces comenzaba a repetir, en el silencio de la noche, aquellas letanías en latín que le ponían los pelos de punta al más guapo. Nunca supe si eran oraciones para expulsar diablos o desvaríos de su cansada mente; para mí era grande preocupación la melancolía que invadió su ánimo, que muchas veces le sorprendí hablando solo, el gesto estrafalario y la mirada calenturienta de extravío. Cogió por costumbre caminar la playa en el crepúsculo, siempre seguido por un perro sarnoso llamado Plutón, su única alegría por lo visto en aquellas cuitas, animal que un día adoptó para consolar su soledad. Yo lo seguía a distancia de trece pasos, como él me había pedido, contento con aquella distancia, pues los malos humores de Don Pepe mi lomo casi siempre los cobraba. ¿Qué habría sido de nuestra infeliz gente sin su lucidez y mando?... También se abandonaba, sin motivo aparente, a largos ataques de llanto, a fiebres nocturnas que encendían en su razón visiones de grande espanto. Hasta dejó de comer, que ello sí que era asunto grave; a la verdad que no había hombre más glotón en toda la caravana.

Bajaba por la cuesta de la calle San Justo cuando divisé al buen ciego que me relató los desmanes de Boraz. Iba guiado por uno de aquellos niños haraposos y sucios que eran como la escoria de la caravana. Al acercarme miré la taza de las monedas, noté que el muchacho era capaz de mucha malicia: con un pañito de saco que había puesto en el fondo del tazón evitaba que las monedas sonaran. Tanta rabia me dio que le entré a palos, lo corrí calle arriba, su alma tenía que ser muy negra para robarle a un pobre ciego. Como éste se alteró tanto con la algarabía que formé con el muchacho, lo hice tocar el fondo de la taza; al reconocer el truco para robarle las monedas también se cagó en los muertos del mozalbete. El ciego me invitó al barrio de Auristel, calle donde abundaban las tabernas y zahúrdas, verdadero recinto de jugadores y blasfemos. Me aseguró que tenía la lengua seca y el bolsillo roto, fino modo aquél de invitarme a que le pagara un trago de ron, que ya me había parecido, desde el otro encuentro, ciego muy dado al cacheteo, sobre todo de los espíritus afines que le soltaban la lengua y le encendían el desvarío. Entramos a una de aquellas cuevas de Auristel, apoyamos los codos en uno de los toneles vacíos que servían de mesas. Atildé la pose, intentaba parecer galano, repatingándome con la mano al cinto, fingiendo tener más pelotas que nadie. Una puta rumbosa que allí servía entre abrazos y chinos, al momento nos meneó el sayal, ya no tardó en traernos lo apetecido, dos palos de ron con un plato de bacalaos fritos. El sitio era, por lo visto, uno de los más concurridos por la gentuza aquella que el Obispo Trespalacios trajo para sofocar la sedición negra. Bien que vi lugar de rameras con faldas ceñidas, negros vistosos de argolla en la oreja y cabezas mondas, corsarios paruros con grandes chambergos adornados con plumas y cintas, terribles escalilleros con muy alertas cotorras trepadas en la percha del hombro, en fin, gente galana y facinerosa de estos muy feroces trópicos. Ya anochecía cuando vimos entrar a un fulano que al parecer era de distinción entre la gentuza. Venía acompañado por dos matones que empujaban a diestra y siniestra, haciéndole paso y sitio a quien presumía de gran señor. El dueño de la taberna mandó a desalojar una mesa donde un glotón embutía sus tripas con pan de mandioca, butifarras asadas, morcillas de arroz y arenques. Aquel hombre fornido montó en cólera, protestó ante el tendero, según él apenas había comenzado su cena. Tanta fue su imprudente altanería que unos truhanes compinches del tendero se burlaron de su ira, lanzando al piso las tiras de butifarras y los pedazos de morcilla. Gestos tan furiosos me hicieron cerrar las piernas, dejé de rumbear la mano al cinto, justo para que nadie fuera a pensar que también yo andaba encabritado... Como el glotón era tan gordo, apenas podía recoger aquellas sus tentaciones, y los mozalbetes hambrientos que allí brillaban botas y hebillas, fiesta hicieron de la cornucopia derramada. Aquel infeliz se puso tan sanguíneo y trémulo que tuvo un rapto de apoplejía, sin que las convulsiones atenuaran las risotadas de gentuza tan inclemente. El gordiflón se retiró dando traspiés hacia la puerta; se agarraba el cuello, parecía tener buche que lo ahogaba, ya pude verle las orejas rojizas. Llegó a la puerta justo cuando arqueó enorme vómito guarnecido con sangre, abundante cuerno derramado fueron sus tripas al lanzar aquel chorro donde los arenques precedían las morcillas, que las butifarras asadas bien huían de casabe tan sangrozo... El anillo del trasero se me apretó tres pujos, el jodido ciego ese no deja de preguntarme qué diablos ocurre... Quisiera borrarme en la pared, desvanecerme en el aire, jamás pensé que esta taberna sería rinconcito de tantos diablejos... Ya estoy más encogido que tieso, si alguien me mira excremento seré... Allá cayó muerto el gordiflón. Me sonó su caída en el tacón de las botas, todo el soberao de la taberna se estremeció. Quise acallar al ciego, le conté todo a la oreja, para que, ¡coño!, no armara más bulla, para así pasar, ¡carijo!, más desapercibidos... El tendero, único hombre de algún decoro en aquel lugar, a duras penas lo arrastró a la calle, llamó a dos guardias que pasaban por allí, pidiéndoles parihuelas por si acaso el glotón aún tenía aliento. Por acá, dentro de la taberna, dejaron de sonar las risotadas y rechiflas; con el fondillo pegado al asiento noté que se animaba juego de cartas en uno de los toneles arrinconados allá en el fondo. Todo el mundo alzó el pescuezo en torno a los jugadores; del trágico suceso antes narrado ya no había ni recuerdo, que el único vestigio era un poco de aserrín en el sitio donde aquel glotón iracundo había vaciado el verdor de sus tripas. Pues el ciego iba por idéntico camino, estaba más borracho que tapón de caneca. A cada rato despertaba de su estupor, decía sandeces y hablaba en voz alta para bochorno mío, después de cada discurso caía redondo sobre el tonel a dormir sus delirios. Me acerqué al juego de la baraja, pude ver que el personaje tan galano y de ínfulas que entró a la taberna era uno de los dos jugadores... Ahí lo veo. Acá, en la oscuridad, bien se distingue bajo el quinqué colgado de la viga, en esa humareda amarillosa tan localizada sobre el tonel de juego, como flotando en el aire de polvillos volanderos y moscas, su ancho sombrero de paja adornado con plumas y cintas, merecido adorno del parche en el ojo, que aparentemente, por el estoque que lleva al cinto, es hombre de duelos y pendencias. También trae ese bastón africano tallado con muchas caritas y chulerías... El títere que fue sanguijuela de mi amigo ciego le sirve de alcahuete, ahí le trae ron o ponche, según su gusto, también aventándole las moscas posadas en el ala del sombrerón. Una de las putas se acerca al juego, por lo visto sacerdotisa de Auristel, ¡diableja que auxilia la misa negra oficiada por el demoniazo de los tahúres!... Más me parece corteja del rumboso y siniestro paruro, éste le ciñe la cintura con el brazo a la manera del papote chulo... ¡Que no se despierte el ciego! ¡Mire usted que esa gente ahí en el juego ha llegado como a su mejor definición!, nadie debe perturbarles tal armonía en el pecado de Auristel... como la luz era tan escasa en aquel rincón de la taberna —el bajo quinqué apenas alumbraba las cartas— los jugadores pidieron luz de candelabro. Entonces se iluminaron los rostros con la inquieta luz ocre de ocho velas. Pero el candelabro dio mucho calor, acá el tendero le dio moneda a dos rapaces para que abanicaran de cerca a los jugadores. Allá se distrajo la mano izquierda del paruro sobre las nalgas de la puta, pero bien concentra en la partida, atildando los ojos en la adivinanza del ardid ajeno. El otro jugador, quien no era de oficio tan solemne, invitaba a tragos y festejaba la ventaja que tenía en aquella mano... Hacia la medianoche hubo grande conmoción en la taberna, uno de los alcahuetes del paruro le había trasteado el culo a una de las dudosas damas allí presentes. En nada perdonó el galano, apenas entendió aquel gesto travieso como consecuencia del largo tedio del juego, y la emprendió a bastonazos contra el infeliz, más desquitándose de la mala suerte que defendiendo honor tan incierto. Luego de recibir un surcido de palos, el bellaquito se fue con el rabo entre las patas, demasiado miedoso me pareció aquel ayudante castigado, aparentemente acataba alguna fama terrible del paruro... Muy furioso por lo sucedido, se cagó en Dios más de una vez, mandó a buscar escupidera, ya es de todos conocido que los ataques de cólera bien nos hinchan la vejiga. Volvió a su juego cuidadoso; el otro ya empezó a perder por estarse despeinando con dos mujeres, diablejas que lo distraían con besos y caricias, siempre llenándole el vaso de ron más de la cuenta. Un hombre que estaba al otro lado de la mesa de juego interrumpió muy ferozmente la partida, por el reclamo que hizo fue fácil adivinar que era secundón del jugador borracho. Traía por el cogote al pillastre que le servía los tragos al paruro. Gritaba que el muchacho había ligado las cartas durante toda la noche, mientras hacía de copero, y que las señales eran dichas cada vez que el mozalbete le preguntaba al tuerto el trago que apetecía. El galano tardó en levantarse, empujó violentamente a quien así decía. Como era hombre tan bravo y fuerte, allá fue empujando al otro hasta que lo tumbó al piso. El jugador burlado dejó caer su cabeza sobre los naipes, así de borracho estaba, graciosa ocasión aquella en que un secundón tomaba el juego más a pecho que su propio amo. El guapo entonces cometió la grosería de agarrarse las campanas frente a todos los que allí estábamos. Acentuó aún más el gesto, alzóse el bollo de nuevo para ofrecérselo entre risotadas al secundón que protestó la partida. Toda la chusma de la taberna celebraba aquel gesto tan zafio del paruro, aquello de cogerse las bolas y ofrecérselas a otro hombre era grande señal de hombría entre semejante ralea. Tan grave insulto siempre está a flor de gesto entre los criollos que viven en los montes; jamás he visto varones que se rasquen más los güevos que los de esta isla. El paruro le pidió a sus alcahuetes que levantaran al infeliz que tuvo la osadía de llamarle tramposo. Caminó hacia el centro de la taberna, sacó el estoque... Ahí comienza a dibujar figuras en torno al imprudente tembloroso. Con la punta del estoque suelta las trabillas del sayal, y una de las putas se ha quedado en cueros, ¡a la verdad que es ocasión burlona!, resuenan las risotadas y rechiflas por toda la taberna. Da vueltas como un loco este galán, que además de malevo parece mariposa, acá luciendo su habilidad con el estoque, allá amenazando con herir al secundón, y cuando está a punto de puyarlo desvía la punta, hace una gracia, le hinca el culo a esa puta, ensártale el sombrero a uno de los hombres, cruelmente le vació el ojo a un rapaz. Hizo esto y hubo grande silencio en la taberna, nadie le rió aquella crueldad tan gratuita. Pero él reía a carcajadas mientras oíamos los gritos del muchacho. Entonces me viré, le pregunté a un mirón la identidad de aquel demonio con talante de chulo aspaventoso. Aquel fulano no quiso revelarme el nombre del diablo que tan bien mezclaba la crueldad con la estupidez, violento paruro que ahora pavoneaba su destreza por toda la zahúrda. Se mostró tan esquivo que pude adivinar mucho miedo en su renuencia... Después de hacer muchas poses y revelar con grosera ostentación su bizarría, el paruro cayó en una silla, ordenó ron para todos a la vez que manoseaba las jaibas de dos putas grifas que allí se encontraban. Hubo largo silencio en la taberna, todos los presentes tenían mosca detrás de la oreja por las extravagancias y locuras del galano. Sus hombres empujaron hasta la puerta al temerario que protestó la partida, asegurar puedo que jamás en mi vida había visto ser tan aterrado. Como la taberna era abandonada por muchos que temían las locuras del papagayo, decidí levantar a mi amigo el ciego y salir zumbando de aquella pocilga tan apestosa. Ya me sentía como preso, fuerza extraña me retenía en el gabinete de Auristel... Le pedí candil al tendero, en la oscuridad busqué al buen ciego que había pasado la tormenta en los brazos de Morfeo, ya que no sumido en la copa del mismísimo Baco. Ya lo tuve agarrado por el hombro cuando oí un grito que venía de la puerta. Uno de los alcahuetes del paruro entraba con tremendo tajo en la cara, que nunca vi hombre tan retorcido de dolor, tampoco cristiano que se cagara más en Dios y todos los santos... Pero ahí entra el humillado secundón, y viene blandiendo sangre en el filo del machete, ya se le ve el regusto en los ojos brillantes... Quedé con mucho lastre en las piernas, mi cuerpo de plomo ya no se movía cuando dejé caer al ciego. El humillado le dijo al fanfarrón: —¡Si tú tienes estoque, charlatán, yo tengo machete; levántate, ven, jode ahora!— A lo que el papagayo respondió comparando la cara del furioso con un perro que acababa de entrar a la taberna. Poca risería y retozo hubo entre las putas y los alcahuetes que allí quedaban; pero el paruro ya no dejó de reírse, parecía poseído por las carcajadas suyas y las rechiflas de los otros... Ahí entonces vino el tajo, las putas se echaron al suelo, el silbido bastó para volcarme el estómago. Como estaba tan poseído por el diablo de la risa, no tuvo tiempo para defenderse. Su cabeza saltó por el aire todavía con la pava puesta, a fe mía que cuando rebotó sobre el tonel con golpe sordo aún reía a mandíbula batiente. El humillado retrocedió más por asombro que por miedo. El tronco del galano tuvo fuerzas para levantarse, fue como a recoger la cabeza, y luego de que gesto tan imposible le sorprendiera, un momento quedó de pie cual fontana de sangre, ya que no surtidor de malísimos

314

humores. El chorro de sangre que brotaba a borbotones llegó hasta el humillado, quien pronto vio la sangre de su víctima mezclarse con la suya, justo al recibir sendas estoqueadas de los alcahuetes del fastrén. Y el cuerpo sin cabeza dio algunos pasos vacilantes, cayó muy plomizo al entablado. El tendero salió pidiendo el auxilio de los guardias, las putas saltaron las ventanas mientras los hombres del paruro escapaban por la puerta de atrás corriendo callejón abajo. Por un momento fui testigo solitario de tan hediondo panorama, las quejas del humillado eran desconsuelo para mis oídos, no pude moverme para socorrerlo, así de asquerosos me parecían los tajos que cobró en la pendencia. No sé cuánto tiempo estuve ajeno a mi plena lucidez; cuando llegaron los guardias, con el tendero y un alcahuete lloroso del fanfarrón, me desperté a unos rostros amarillentos que más parecían diablos llameantes que cristianos de buena ley... Uno de los guardias toma el candelabro de ocho velas que alumbró la partida, allá se inclina sobre la cabeza degollada del charlatán... El otro guardia, quien capturó al mozalbete lloroso que había huido calle arriba, mandó al tendero a que buscara socorro y parihuela, pues el quejoso del piso se revolcaba en los últimos estertores. Pude levantarme, acerqué mi curiosidad al remolino de preguntones que se había formado en la taberna. Llegaron más guardias, traían arrestadas a las putas aquellas que animaron la lujuria de los diablos... Al poco rato llegó un físico que trató de avivar el aliento del quejoso; pero aquel infeliz jamás volvería a reconocer el mundo, su alma ya era cosa muy fugitiva, verdadero soplo de los más altos cielos diría yo. El guardia del candelabro, quien parecía oficial, le preguntó al mozalbete el nombre del fulano que allí estaba tendido en dos partes. Más le hubiese valido preguntarle sólo la identidad de la cabeza, porque el truhán se resistió mucho a revelar el nombre de su amo, que así ocurre siempre entre esta gentuza tan inclinada a ostentar un falso honor. Paré la oreja cuando los guardias le pusieron tranquilla al brazo del pícaro, era mucha la curiosidad por conocer la identidad del rumboso papagayo. Mis oídos apenas creyeron cuando el muchacho dijo: —*Este hombre se llamó Pepe Díaz.*— Sin duda el bravucón más grande que la isla de Puerto Rico tenía, pensé yo... Conque ese que ahí yace es el notorio Pepe Díaz, grande sedicioso buscado por la ley de Trespalacios... Quise acercarme más, para ver, por vez última, antes de que la echaran al saco, la cabeza de aquel montaraz bandido tan famoso. Pero los empujones fueron tantos y los codos se mostraban tan empeñados que decidí correr calle arriba, avisarle a Don José la muerte del mismísimo Leviatán. Sólo después de llegar a la calle Sol recordé que mi buen amigo el ciego se había quedado tumbaíto en la taberna, ajeno al más grande exorcismo, porque aquel tajo tan parecido al que fulminó las bellaquerías de Asmodeo, bien había echado de nuestra ciudad al más dañino de los demonios, el gran Leviatán, hermano mayor de Lucifer tronante.''

Del diario secreto del muy excelentísimo Don José de Trespalacios y Verdeja

''¿Dónde estás, Leviatán? Sé que sigues suelto por ahí. Tu sombra enorme persigue mi sueño, que mi conciencia ya no tiene descanso, así de cruel es la fiereza de tu profecía. ¿Por qué has escogido nuestra estancia para replegar tus alas rechinantes? ¿Dónde escondes la semilla que será corrupción de la esperanza? Voy al mar, y sólo encuentro el silencio de tu Dios, ya no recuerdo cómo prometiste el casorio del mar con la ciudad. Esa es la profecía, ¡loba que muerde mi razón!, fiel tortura de mis sueños, pesadilla de la historia. Esa ciudad que pretendes desatar cual plaga hedionda se encuentra en el silencio de tu Dios, en la serenidad de esta ciudad que cruzamos tan llenos de extravío. Pero bien sé que en ti no todo es sosiego. También vienes huyendo, suelto por los aires apestas toda la tierra, acá en las nubes cultivas una añoranza. Ayer te vi sentado en aquella nube morada que el crepúsculo había encendido. Tus alas caídas hincaban el mar; las olas sentían mucho asco al levantar su espuma hacia ti... Y entonces, desde allá arriba, raudo como el pelícano, te lanzaste pescador al fondo del océano, abriendo con tu pico el horizonte, desatando con la zambullida grandes tempestades en la mar, terribles temblores en la tierra. Allí, justo en los precipicios marinos, contemplaste la ciudad que fue tu creación, recinto que hoy yace en el fondo océanico, repeluzno íntimo de todos los mares. ¿Por qué pesó tanto? ¿Por qué al fondo del mar la hundió su soberbia? Aquella ciudad llamada Atlántida se ocultó de su propia mirada para siempre, y ahí abajo —en el fondo hecho de algas, rodeada por peces de ojos saltones— vive tendida y temblorosa, pues su aparición sería grande pesadilla para la humanidad, gran maldición que ya no soltaría la voluntad de los hombres. Ese recinto perfecto se extiende ante ti, todo él enmarañado en el bajísimo sargazo, más habitáculo de cangrejos y pulpos que de hombres. ¿Por qué la ocultaste tanto? Tampoco querías que la mirada de Dios la alcanzara... Bien sé que un día volabas muy alto, y de pronto quisiste bajar a la playa. Tus enormes garras apenas podían recoger el pequeño caracol; pero te enamoraste de su espiral, de esa forma incesante, lo convertiste en modelo del habitáculo que anhelabas para los hombres. Entonces diste un gran salto, allá te encaramaste a esa nube que fue tu taller en la construcción de ciudad tan desatinada. Y muy al principio jugaste con su espacio, era capricho que consolaba tu soledad eterna, ¡concebiste un recinto tan tortuoso!: Todas las torres angostaban el aliento, con gran parsimonia desterraban la luz. Subir o bajar por uno de aquellos angostos pasillos era ocultarse de la existencia. La ciudad caracol se enroscaba en ella misma, buscaba en la íntima oscuridad olvidar el tiempo. Luego quisiste que los hombres la habitaran: Tu ingenio fabricó un muñeco que colocaste en el centro del recinto. Al notarlo tan inmóvil y silencioso, volaste por toda Europa con la ciudad caracol atada al pescuezo, allá en Praga querías visitar al rabino Judá León. El te abrió la puerta antes de que tocaras... Hablaron por largas horas sobre tu visión. Después de rebuscar en el libro mágico la cifra que era suma y clave de sus proporciones, aquel judío maldito sacó las herramientas, con gran pasión comenzó a desterrar la esperanza. Articuló los miembros del muñeco con tuercas y goznes, que nunca se vio engendro tan feo y desproporcionado. Entonces lo miró, y pronto reconoció que el libro mágico le había dado claves y cifras engañosas, así de penoso había salido de sus manos aquel terrible homúnculo. El rabino lo intentó de nuevo. Pero a la segunda noche de martilleo y maldiciones se agotó tu paciencia. Aprovechaste su sueño para robarle el muñeco descartado en un rincón de su taller. Al ventear las alas, cuando ya te encumbrabas en la noche azulosa de alta luna, pensaste alterar la escala de tu ciudad; sólo así lograrías que el engendro del rabino encontrara espacio justo en aquella vastedad de torres, avenidas y puentes inservibles. Allá te vi volando sobre el Mar Mediterráneo, sé que descansaste en el peñón de Gibraltar, que posado tu culo sobre la grandísima piedra hubo mucha peste en toda Europa. Luego entraste al agua, y el gran océano llegó hasta tus rodillas. Vi que colocabas el muñeco en el centro de la ciudad caracol, allí mismo pronunciaste las palabras mágicas que lo harían caminar. Pero aquel fenómeno sólo encontraba el extravío. Tropezaba con todo el espacio, pero no sentía nada; el recinto de tu ciudad ya había abolido el tiempo y la esperanza. El gran muñeco vagó por las calles; su ceguera fue tanta que muchas veces estuvo a punto de caer a las aguas y hundirse en el sargazo. Y jugabas con aquellos juguetes, así consolando tus largas noches, que en tu delirio por habitar la ciudad te olvidaste del implacable sol del mediodía y el frío sigiloso del anochecer. Los muros te fueron acorralando. Tu aliento se volvió tan ralo que fuiste a caer como animal jadeante en ese pasillo oscuro de la ciudad caracol. Se te ocurrió que en algún rincón de aquel espacio maldito encontrarías refugio; hasta allí no llegaría su mirada; ahí no sería tortura su silencio. Oíste el tiempo detenerse; la esperanza fue exilada, pues ya no había dolor. La ciudad caracol también abolía los sentidos; en el alma se encogió el aliento, hasta borrar la cavidad, hasta formar pesada aunque pequeña piedra; también tus miembros se volvieron gravosos; la ciudad perfecta engendrada por tu soberbia se hundió toda ella. Aquel espacio que llegó a burlarse del tiempo ahora yace en el fondo del océano, y también vi que su hundimiento desató altas olas y muy largos terremotos. Así aseguro que la ciudad perfecta llamada Atlántida se hundió entre Europa y América, y todo eso lo vi en el sueño que anoche desató mi lucidez nocturna.

* * *

Gracián me trajo noticias de la muerte de Pepe Díaz, asegurándome que se trata del exorcismo de Leviatán. Pero ya le he dicho al muy simplón que Leviatán es el arquitecto de la ciudad utópica, mientras que el tal Pepe Díaz fue el instigador de la arcádica. Y establezco que la grande diferencia que hay entre estas dos ciudades es que una resulta de naturaleza blanda, y la otra se muestra tan pesada y dura como las alas mecánicas de Leviatán. La ciudad sumida en la naturaleza apacible de estos trópicos se vuelve tan blanda como ésta, y es toda ella tan suave que adormece la voluntad, bien desatando los vicios de Renfás. Pero la utópica es el engendro más monstruoso creado por el humano intelecto; ella es verdadero paroxismo de la voluntad, tanto así que se convierte en hija de la soberbia, oscura pretensión de los que anhelan abolir el tiempo. Esta ciudad es el sueño moderno de los mismos soberbios que pretendieron construir la torre de Babel. Aquellos querían vencer el espacio, colmar los cielos, llegar hasta el séptimo paraíso, seducir el vacío; estos leviatanes pretenden crear un espacio perfecto que pueda suprimir el tiempo. El Leviatán de Babel por lo menos honraba a Dios, pues el asalto a los cielos era torcida y grande fe en el valor supremo de la ascensión. A pesar de su soberbia aquellos antiguos constructores reconocían el altísimo aliento divino. Pero cuando los modernos reconocen la vida como extensión hacia el horizonte, horriblemente se desata una soberbia que vive distraída del cielo. De este modo los hombres tienden sus ojos hacia el recinto que se levanta en los confines de la tierra, justo para mejor negarla, pues su estancia es negación del tiempo mundano. En esa ciudad la esperanza esta presa; al abolirse el tiempo tampoco sobrevive la historia. Los altos muros han pretendido violar nuestra condición, así apresando sólo el silencio. La pesadilla de los modernos es abolir también aquel horizonte que descubrieron cuando la mirada se distrajo del más alto cielo. Lo que llena de sobresalto mi ánimo es que esta feroz batalla de los modernos contra el tiempo, el dolor y la muerte, lleva dentro de sí la semilla de un pecado mayor que no logro adivinar. Según mi profecía, este pecado es la mayor soberbia de la ciudad utópica, él es como un espejo donde se pretende alcanzar el rostro del Dios escondido. Pero a fe mía que así como Dios Padre destruyó de un manotazo la torre de Babel, su voluntad no quedará indiferente del follón de Leviatán. El castigo para los impíos que la construyan será ver la degeneración del bello recinto que una vez halagó su vanidad. La utopía no será arrasada con manotazo o soplo, sino que se irá pudriendo aquella semilla en su seno, y ya no habrá sitio donde no se desate la locura. Por eso le digo al buenazo de Gracián que la muerte de Pepe Díaz no es consuelo para mis desvaríos, ello porque el más grande peligro que se cierne sobre esta ciudad de San Juan Bautista es que Leviatán permanezca suelto. Entonces correrá peligro nuestra esperanza, que este asqueroso de Leviatán vivirá para enjaularla. Y para lograr la captura de este terrible diablazo he mandado a tejer dos redes gigantescas. Aseguro que estas trampas son más altas que los caserones de la ciudad, son capaces de cubrir toda la altura y anchura de la Catedral. Con ellas atraparemos al muy apestoso de Leviatán; allá se enredará en las tupidas mallas, y ya no tendrá modo de escapar. Pondré quince hombres a sostener los altísimos palos de las redes; entonces rastrearemos todas las calles hasta topar con el gigante de los demonios. Le echaremos las redes por el lomo, y luego de enjaularlo lo hundiremos en el fondo de la bahía. Hoy ordené desatar a una niña que confundí con Leviatán por la jerigonza que hablaba. Estuvo en estaca durante varios días, hasta que la confusión de su lengua* se me figuró más como seña de idiotez que sutil engaño de Leviatán.''

---

*A.J.M.:

El profeta VI

La profecía se convirtió en adivinación. El porvenir se negaba a revelarle aquel misterio que mató a su sueño. En tantos desvelos su delirante teología sólo fue capaz de una agudeza apenas superior a las artes de Belial. Se sentía poseído por una verdad que confundía sus facultades y extraviaba su voluntad. A cada paso se desataba la duda, se detenía el exorcismo... Sus días se convirtieron en un extravío incesante; Leviatán era mezquino en sus señas y rechiflas.

Después de una semana de largos interrogatorios en latín, griego y hebreo, Trespalacios soltó a la niña diabla que consideró disfraz de la soberbia. Aquella jerigonza la reconoció como tartamudez ; durmió tranquilo; el cansancio y la íntima satisfacción de separar el trigo de la paja le brindaron un sueño que ya casi había olvidado.

Pero la próxima noche se despertó gimiendo, estaba sudoroso. Había soñado que los hombres construían una ciudad en los caños, recinto lacustre que se alzaba sobre la maraña del mangle. Era la segunda vez que Leviatán mostraba así su esencia vanidosa. Pero más le hubiese valido soñar con la torre de Babel, haber adivinado el castigo tan famoso.

Capítulo XLVII

DONDE SE CUENTAN LAS RAZONES QUE HUBO ENTRE GRACIAN Y TRESPALACIOS SOBRE EL DEMONIO DE LEVIATAN

"Don José me recibió con poca emoción, pasándose por los limones mi alborozo, que ya no tuve ganas de darle la gran noticia... A la verdad que me pasmé: Lucía cansado y distraído; jamás lo vi tan sumido en la melancolía y la indolencia. Poco había cenado: Frente a él sobraban las ditas de viandas, los platones de tasajo, ese caldito santo que levanta a un muerto, la vinagreta de carrucho guarnecido con cangrejo, aquellos pulpos fritos en aceite y ajo... La inapetencia del señor fue velorio de mi tripa; en toda la noche ésta no había probado ni asomo de mendrugo, ya no pude resistir los golpes de vista por lo bajo, la contemplación de festín tan silencioso... Para enojo mío, allí llegaron unos guardias a pedirle instrucciones a Don José sobre los castigos que recibirían unos blasfemos y jugadores recién capturados. Nuestro amadísimo pastor libraba la guerra sin cuartel contra los muchos templos del diablo patrón de los tahúres, ya era de todos conocido que en la ciudad había más tabernas y tugurios que viviendas. Pero escuchemos las buenas razones y mejores oficios que Don José, en su grande desánimo, aconsejó para el exorcismo de Auristel: —*A los jugadores les corresponde rifar su muerte, pues aquéllos han vivido más por el azar que por la voluntad. Pónganlos de rodilla, a cada uno se le entrega un trabuco. Estos hijos de Auristel entonces dispararán fogonazos contra sus caras, mueran los que han tenido la malísima suerte de recibir trabucos cargados, y que sea esto justo castigo por su maldad.*— Severidad mayor jamás se había visto en los muchos castigos que su buen ingenio creó para echar demonios, que su voluntad era acabar con aquellas zahúrdas y tabernas donde Auristel también era anfitrión de iracundos y glotones. Para los blasfemos ordenó este primor: —*Los ponen a comer su propia mierda, pues muchas veces se han cagado en el Supremo, y que sea esto justo castigo por su perversidad.*— A fe mía que tanta admiración como asco me causó tal perla de su sabiduría. El castigo estuvo tan adecuado a la ofensa, siendo el motivo de la falta justo instrumento de la pena. Y sin duda la blasfemia más común por los tugurios y zahúrdas de la caravana era embadurnarse en... Cuando salieron los guardias y quedamos solos en la tienda, le di la noticia que traje corriendo por media ciudad, que si hubiese sido mudo habría reventado. Pero grande asombro me llevé cuando sólo comentó sobre la muerte de Pepe Díaz: —*Quien a hierro vive a hierro muere. Estos avileños han traído a la ciudad sus costumbres pendencieras.*— ¿Era esto todo lo que tenía a bien decir sobre aquel sedicioso que una vez consideró el más grande follón de la isla? ¡Cojones! Yo había dejado el bofe en aquella carrera de raudo Mercurio, y ahora este jodido Don José ni caso le hacía a la muerte del mismísimo Leviatán. ¿No era Pepe Díaz el peje más gordo del solar, el diablazo supremo, el títere mayor? Pues ahora lo trataba como si fuera Cachano, Pateta, pícaro de callejón. ¿Es que Pepe Díaz no iba a fundar ciudad de oro en las montañas? ¿No era esto suficiente como

para recibir un tajo como el que le dieron?... Bien hice en no soltarle el notición tan
pronto llegué a la tienda, pues si me hubiese dicho entonces tal necedad, justo
cuando tenía la lengua en los güevos, aseguro que me habría defecado en sus
muertos y en las telillas de su mismísima madre... De verdad que me inflé los
riñones con aquel comportamiento de Don Obispo. Siempre me estaba agitando
para que cazara los demonios más grandes, y cuando se los traía aún dando
coletazos, listos para devolverlos a las pailas infernales, mucho los menospreciaba,
considerándolos más bicharracos que demonios, más sabandijas que parientes de la
negrura... A viva memoria bien recuerdo todos los graves discursos que pronunció
sobre la impiedad del tal Pepe Díaz, ¡buen vellón que tuvo pegado!, que ahora por
lo visto demonio capturado vale menos que diez volando... Pero yo sabía lo que le
pasaba, desde la captura de la diabla no hacía otra cosa que chancletear melancólico por toda la tienda, turbado con el pienso de que fuera la nena, y no Pepe Díaz, el
Leviatán aquel de marras. Ya no aguanté más y le dije: —Y a ver, Don Pepe,
entonces, ¿quién diablos es el maldito Leviatán ese? ¿Quién si no Pepe Díaz ha
tenido la soberbia de negarle a usted la autoridad suprema que viene de Dios, el que
más manda? Mire que nadie en la caravana se ha atrevido a tanto.— Como advirtió
justo aunque velado enojo en mis palabras, me bajó con un fracatán de sutilezas.
—Ausente has vivido, Gracián, de la sutil teología. Mira tú que la soberbia más
grande no es fundar ciudad en los campos, sino tratar de construirla con los
materiales llamados duros, tales como adoquines, argamasa y madera, todo ello
según mecánico modelo, para mayor beneficio del estado, para tristeza de la
comunidad donde Caín aún no ha sacado la macana... Hay más soberbia en la
utopía que en todos los desvaríos de la Arcadia... —Ya no trate de meterme más los
mochos, Don Obispo, que si continúa, pues seré yo quien saque la macana, mire
que ¡jamás he oído tantos disparates juntos!— Ya me iba con los limones inflados
cuando me tomó por el brazo, trató de apaciguar mi ánimo con escasos consuelos:
—La muerte de Pepe Díaz halaga mis oídos; pero fíjate que sobre la caravana se
cierne peligro mayor que el de la ciudad arcádica. Leviatán anda suelto y pretende
hinchar de soberbia la voluntad.— Para que ya no siguiera en tantos desvaríos, le
relaté la muerte de aquél a quien consideré el más grave enemigo de su ministerio,
siempre avivándole los detalles para así amansar su exaltación. Pero no hubo
modo: Don José permanecía allí cautivo en aquel laberinto de razonamientos
estériles: —Esta gente montaraz es muy pendenciera, y mira que hay mucha justicia
en la muerte de Pepe Díaz, pues murió a machete, que según costumbre del monte
no hay otra manera de resolver litigios. Todo esto viene de las muchas veces que han
peleado por la posesión de la tierra, y como son tan desconfiados, siempre piensan
que el colindante les roba tierras, atentos viven día y noche a que no les muevan los
postes de la guardarraya. Siempre están prestos a recortar la ventaja del otro con
tajo de machete o estocada de espadín.— Cuando le señalé que estaba equivocado,
que Pepe Díaz había muerto por partida de barajas y no por bochinches de
colindancias, me dijo, ahora mostrándose más impaciente y disparatero: —Ya lo sé,
ya lo sé. Pero no creas que los juegos de barajas, gallos y topos no son favoritos de
estos montañeses, ello debido a que como la ciudad arcádica afloja tanto la
voluntad, los hombres terminan seduciendo a la diosa Fortuna más con agua de
azar que con el sudor del trabajo. —Fina perla de su ingenio fue esa última frase,
delicado gesto del decir, pero ahora dígame, entonces ¿cómo diantres es el diablazo

ese de Leviatán que tanto lo ocupa? —*Para eso debes sentarte, arrellanarte bien y borrar la mente.* —*Ya estoy repatingado, más difícil se me hace quedar en babia.* —*Pues este demonio que tanto ocupa mi noble ministerio, que tanto reta mi arte y perturba mi oficio, es el gobernador de la soberbia, el regidor de todos los que la profesan.* —*Ya sé, algo así como el jefe de los aspaventosos.* —*Algo más, Gracián, algo más. Fíjate tú que quieren llegar a ser como Dios.* —*Casi nada. Pero mire Don José que el galán aquel de Pepe Díaz me pareció víctima de esa manía, así de cargado en ínfulas lo vi, hinchado de vanidad...* —*La vanidad es sólo la infancia de la soberbia. Los grandes soberbios a veces llegan a tener la humildad del santo, borran su orgullo en la obra pretenciosa, y es que su sueño es convertirse en arquitectos de la ciudad perfecta de Nueva Jerusalén, sitio donde corre por las calles la leche y la miel.* —*Lo segundo más beneficioso que lo primero, pues a cualquier ciudad más le conviene tener bocado que muchas bocas... Y ahora, dígame, Don José, ¿ese no era el pueblo que pretendía fundar Pepe Díaz?* —*Ya te he dicho que no. ¿Cuántas veces quieres que te lo repita?* —*No se agalle Don Pepe, mire que ya casi tengo la mente en blanco.* —*Esto me pasa por tener un secretario tan chillo, sin formación teológica... ¡La ciudad de Pepe Díaz más se debe a la naturaleza que al artificio, carajo, más a lo que Dios nos ha prodigado que a la voluntad del hombre, de ahí que en su fundación no haya tanta soberbia como en la construcción de la utópica!* —*No tiene que gritar ni manotearme la cara, que no soy sordo.* —*Pero sí bastante tupido...*— Para que me respetara le pregunté: —*Y ¿no hay ciudades utópicas rodeadas por montes y plantíos?*— Aquella flor de mi ingenio le trabó la lengua, haciéndolo tropezar en el laberinto de sus razones calenturientas: —*Para mí que esa ciudad es la nuestra, la política, pues ella... ¿Cómo te diré?... Ella es artificio del estado, verdadera máquina, pero depende de los frutos blandos de la tierra para su buen sustento. Utopía lo que quiere decir es que no tiene espacio en el tiempo...* —*Pues esa ciudad está jodida...* —*Justo, y de ahí su pretensión maliciosa. Es la manía de querer encontrarse fuera de la historia. Ese es el verdadero sueño de Leviatán, la pesadilla nuestra...*— Todas estas sutilezas las consideré insuficientes ante mis agudos primores filosóficos. Entonces quise aliviar la gravedad de nuestro diálogo: —*¿Dónde ha fundado Leviatán ciudad perfecta?*— Se echó a reir con grandísima burla, mi curiosidad le hizo cosquillas, al parecer consideraba mi pregunta tosca simpleza. Pues me dijo que Leviatán había fundado una ciudad de aquéllas en grande isla situada entre Europa y América, y que la llamó Nueva Atlántida. Y que uno de los alcahuetes en la construcción de todas las torres y avenidas fue un judío de Praga llamado Tomás el Moro, brujo que le dio un monifato hecho de conjuros del libro Cábalo. Este muñeco llamado Golo era como imitación mecánica del hombre, engendro espantoso de aquel judío de Praga que además de ser mago era carpintero. Pues Leviatán voló por toda Europa con el Golo ese amarrado al pescuezo, y quiero advertir que Don José nunca me aclaró si este demonio es pájaro, demonio alado, serpiente marina, gigante o dragón de los cielos. Pues cuando llegó a la Nueva Atlántida Leviatán pensó que el penoso muñeco fabricado con madera y goznes era poquita cosa para su pueblo perfecto, al ver que aquella ciudad, ¡la perla de sus ojos!, se afeaba con Golo el fantoche, le dio arrebato de ira, formó zapateta, volcó sobre los mares la utopía, hundiendo para siempre en las aguas aquella isla enorme que tan brevemente sostuvo su desmesura y soberbia. Los cuentos de Don Pepe me parecían tan fantásticos que quise preguntarle por asunto más cercano, por el paradero de la niña diabla que capturamos en el exorcismo de Renfás... —*Ya la solté. Su tartamudez, la jerigonza que hablaba, era más de tonta que de diabla engreída. —Así que no se trataba de lengua confundida de soberbios...*— ¡Un primor saltó a mi ingenio, y le dije!: —*Nos chavamos, Don José. ¡Con toda seguridad ha dejado ir al mismísimo demonio de Leviatán! —¡No me digas!...*— Me miró receloso, sonrió con sorna, aupó su cuerpo y con malísimo tono en la voz —la mirada demasiado torva— me preguntó por qué demontres yo decía semejante desatino. A lo que dije: —*A fe mía que usted me ha contado de judíos mágicos, islas perdidas en el grande océano y otros prodigios. Pues yo le hablaré de muy fenómeno suceso que aparece en el libro de Dios, que es la Biblia, y en esto mire que le llevo ventaja, pues usted no me ha dicho en cuál de los libros sagrados leyó de las aventuras de Leviatán y el Golo.*— Pues a todas estas firmes razones de mi buen ingenio Don José respondía rechinando los dientes, tornándose sanguíneo de la cólera: —*Acaba de decir lo que tienes que decir y déjate de rodeos y jodiendas.*— Así me dijo mientras mordía muy ansiosamente una cecina magra que había pinchado con el puñal. —*Pues mire usted que la confusión de lenguas surgió cuando unos hombres muy soberbios de Egipto quisieron construir torre tan alta que llegara al cielo, y Dios infló sus carrillos cuando vio aquel aspaviento de la vanidad humana y sopló muy fuerte contra la torre, borrándola de la tierra pal carajo y para siempre. El castigo que les impuso a quienes pretendieron construir aquella maravilla de Babilonia —así se llamó aquel edificio— pues fue la confusión de lenguas, que desde entonces hay en el mundo tantos idiomas como naciones, causa verdadera de la incomprensión entre los hombres...*— Me gritaba colérico: —*Y ¿qué quieres decir con todo eso? ¿Qué hay de la niña diabla?*— No perdí tabla ni serenidad, talante mostré que lo volvía aún más energúmeno, y con galana compostura dije: —*Pues que usted dejó ir al mismísimo Leviatán cuando soltó a la niña diabla, y le aseguro que el trabalenguas de la mocosa es aquél que Dios mandó de castigo a los leviatánicos del reino Babélico...*— Me persiguió calle abajo, su cólera rabiando a dentelladas contra mis céleres tobillos, justo allí cuando salí zumbando de su tienda, y me lanzó todas las carnes y frutas de la cena, que jamás había visto yo Obispo transformado en cornucopia. Y todo aquel cuerno de la abundancia derramada provocó grandes lamentos en mi tripa, ¡con el rabillo del ojo bien lloré tan raudos y ajenos beneficios!... Allí y entonces decidí abandonar el servicio de Don José; ya estaba harto de sus melancolías y maltratos. Aquella madrugada dormí en un zaguán de la Calle del Cristo. A media mañana oí grande bullicio en la acera. Salí a la calle, vi que Trespalacios venía cuesta abajo en su litera, con gran comitiva y vocerío de heraldos. Como oí que el heraldo voceaba mi nombre, mohíno me acerqué al palanquín, al parecer Don Obispo pretendía que le devolviera mi saber: —*¡Voy de rumba, Gracián! Estoy de exorcismos y grandes redadas, espero coger todas las niñas que tengan la edad y talante de la diablaza aquella que mi sabiduría capturó y mi impaciencia desató. Ven conmigo, buen hombre.*— Así me dijo al oído el muy zalamero."

322

Capítulo XLVIII

DEL DIARIO SECRETO DEL OBISPO DON JOSE DE TRESPALACIOS Y
VERDEJA

"Muy ajenas voces han invadido mi lucidez; este ingenio febril parece ocupado
por el Otro. ¿No será que el apestoso Leviatán confunde nuestra profecía y ata aún
más duramente el exilio? Pero a fe mía que pronto lo tendré ante mí; también él vive
atado a su propia soberbia... No sé si sobreviva a este exorcismo; es muy de diablos
dañar la inteligencia, sembrar la mala semilla en la voluntad. Las noches se han
convertido en paisajes de muchos temores y extraños pensamientos. A veces siento
grande extrañeza cuando leo mi propio diario, así de malo es Leviatán, pues ¿quién
si no él desata sobre mis noches el desvelo de la razón viciosa y el desvarío de esa
profecía que muerde mi pudor? Ya no tengo descanso; sólo él es razón de mi
esfuerzo y esperanza. Esta es la batalla que nunca se libró por la ciudad de San Juan
Bautista. Anoche tuve sueño muy extraño y de gran falsía, todo ello a causa del
maldito delirio que todas las noches se apodera de mi cansada imaginación. Pues
mi alma peregrinó a un desierto donde la noche fría y estrellada trajo visión
magnífica, una asombrosa ciudad iluminada por nimbo de luz tan blanca como la
nieve. Mi secretario, el bueno de Gracián, me advirtió desde una colina cercana, con
un fotuto, que aquella ciudad era la Nueva Jerusalén, auténtica tierra prometida,
añoranza eterna de la humana condición. Acá apareció Gracián, bajó del aire,
caminamos hacia aquel sitio de maravilla. Pero ya casi llegando a la ciudad hubo
sobresalto en nuestros corazones, grandísima pena acudió a mis ojos, que ya fueron
fontanas de lágrimas demasiado gravosas... Aquella ciudad hecha de torres y
vitrales —verdadera filigrana de luz, joya que embelesaba perversamente el alma,
inclinándola ya maligna hacia Dios, recinto que brotó de la melancolía del abate
Sugero— bien estaba muy presa por la furia de grande serpiente, dragón larguísimo
que pegajosamente se deslizaba por sus calles, sin encontrar allí la salida que
aboliría el exilio. Y su cola llegó a enroscarse muy tiesa en las agujas góticas que
amenazaba con su piel escamosa y rechinante. ¡Difícil era saber si la ciudad había
atrapado dragón tan terrible, o si tal alimaña tenía presa la voluntad utópica! Le
pedí machete a Gracián, entré en aquel recinto aborrecible. Pero no más que mi
grande valentía hizo de aquel culebrón guirnalda de butifarras, su maldita confusión no cejaba en el empeño, y mucho temí que se desplomara la más alta torre de
aquel recinto, delicada aguja que en su muy imponente ascensión remedaba la
famosísima catedral de Brujas. Pues por más que le piqué la cola, el gran culebrón
jamás soltó su bruta supremacía sobre ciudad tan melancólica. Entonces fue que se
me agolpó presentimiento tan dolido, allí y entonces pensé que sólo con mi muerte
venceríamos aquella bestia feroz; la liberación de la ciudad dependía de que mi
cabeza rodara bajo el afilado espadín que blandiría Gracián: Le entregué mi arma y
le dije: —*Cuando cortes mi cabeza, también caerá la de la bestia.*— Me arrodillé
frente a él y esperé el silbido... Mis gritos y sudores al levantarme del camastro

entonces se confundieron con los chillidos del dragón, bestia tan distante y sumergida en la ciudad nocturna. ¡Así de extraviado anda mi ingenio! ¡Así de azarosas son las noches en que ya no encuentro descanso! Y quizás todo aquel delirio nocturno se debió a que ayer estuve muy ocupado con Leviatán: Recogimos a todas las nenas que habiendo llegado a la pubertad tenían parecido con la diablaza aquella que mi estupidez soltó. Como todas las mozuelas que ante mí pasaron tenían grande facilidad de lengua, pareciéndose todas graduadas de Salamanca, decidí probar la presencia de Leviatán mirándoles la flora de las pudendas partes, pues de todos es conocido que la diableja con que se disfraza Leviatán tiene los pelos de la vergüenza de color muy distinto a los cabellos. Cuando ya me cansé de ver pollas y tantear duros virgos —esto último lo hice porque Leviatán se esconde a veces en la vaina de las mujeres, no en balde son ellas catedrales de la vanidad— apagué los hachos de mi tienda, mandé a buen sueño la caterva de bobas que con sus llantos y pudores no fueron capaces de adivinar mis santas intenciones. Al echarme a dormir recordé que ante mí pasó esa albina de cabellos color achiote. Me atormentó la duda de haber soltado de nuevo a la mismísima concubina de Leviatán.

* * *

Hoy por la mañana Gracián me trajo noticias de que hay muchos usureros y logreros a todo lo largo de la caravana. Pero su impaciencia poco entendió mis razones. Le dije que el demonio Astarot, verdadero regidor de estos infames, era de mucha monta para nuestro exilio, pero diablo menor al lado de Leviatán, quien parecía culpable de que la caravana no se desatara. El gobernante de los soberbios es carcelero de nuestra voluntad, ha cruzado más de una soga sobre nuestro cuerpo inerme, siempre apretando con rabia esos nudos dolorosos. ¡A fe mía que lo más necesario para la buena salud del pueblo es la captura de ese regidor de los soberbios! Débiles fueron mis discursos para el Gracián; se empeñó en que lo más importante para la buena conservación del cristiano estado era virarle las tartanas a los prestamistas de la calle San Francisco. Casi gritando me repitió que Leviatán es peccata minuta al lado de los logreros, follones espantosos que por la fuerza de las armas se han apropiado de las viviendas y tierras de la ciudad, lucrándose a bolsillo lleno de las familias que necesitan un techo o buscan solar para construirse albergue. A bastonazo limpio le rebajé tantas ínfulas, le dije que no me gritara, que para sordos bastaba su estupidez. Luego le advertí que ya hacía algún tiempo que notaba en él auténticos delirios de grandeza, pues todas mis razones sutiles las ponía en duda, convirtiéndolas en motivo de chacota. También le aseguré que si seguía incordiando le picaría la cabeza con mi espadín, toda aquella soberbia más lo hacía hijo de Leviatán que discípulo de Cristo. Y sin duda que estos logreros son azote de los montañeses; al apoderarse de las casas de la ciudad han obligado a los verdaderos dueños, ¡pobres familias!, a construir penosas casuchas en los terrenos anegadizos, cobrándoles mucho dinero por el arriendo de la tierra. Todo esto lo sé, aunque tal ruindad me conmueva menos que la presencia de ese maligno capitán de todos los diablos follonudos. Se me pudre en dolor la voluntad cuando ya no puedo desalojarlo de este mi buen recinto. Sin él mortificando el parto de estos rumbos, todos esos muchos desmanes de la usura serían extirpados enseguida, no ya por la sutil cuchilla de cirujano que requiere el oculto y mañoso Leviatán, sino por los rápidos oficios de un ejército puesto a bayoneta calada. Pero el muy feroz Leviatán lo ha embrollado todo, y aquí estoy, más cura que gobernante, más atalaya de almas que vigía del estado.

* * *

A mediodía almorcé unos pocos plátanos hervidos, que los diablos también me han sujetado el apetito. Entonces dormí la siesta; pero mi sueño estuvo muy perturbado por muchas pesadillas, engendros y extravangancias de la razón. El desvarío del sueño comenzó cuando vi venir hacia mí grande tropel de viejos, niños y mujeres, todos ellos hambrientos, y muchos comían las vísceras de los infames tenderos que todos los días suben los precios del sustento, grandes alcahuetes de Astarot que se lucran con la muy fiera carestía que padecemos. Pero también ellos venían a pedirme cuentas, por fin logré escapar de sus garras, de aquellas manos que parecían gusaneras. Cuando llegué a la ciudad toqué a muchas puertas; pero los logreros hijos de Astarot no me socorrieron, dormidos como estaban todos en aquellas hamacas que colgadas de las vigas de los techos parecían tumbas aéreas, ya que no infelices prodigios de mi pecado. Corrí hacia el mar, y allí, en la playa de Peña Pájaros, me encontré con el mismísimo diablazo supremo. Leviatán estaba sentado en altísimo asiento de letrina, habíase convertido en pajarraco y pude ver cómo engullía a un tropel de infelices que formaban fila hasta mí. Miré atrás, y llegando mi horror al horizonte vi legiones que también recibirían el muy infame castigo. Tanto los hijos de Astarot como los seguidores de Asmodeo, tanto los discípulos de Belial como los truhanes de Boraz, eran engullidos por el abominable pajarraco. Tuve tanto miedo que saqué la cruz de Caravaca y la alcé al aire azufroso. Pero mi intención se distrajo cuando vi que allá, en el bajo cielo de noche tan clarísima, una mujer furiosa con ataque de himeneo era tragada por el monstruo, quien no conformándose con zamparse a los pecadores, allí los cagaba a un boquete bajo su trono apestoso. Entre pujo y pujo el pajarraco me ordenó salir de la fila, y entonces alguien, supongo que algún diablo invisible sólo a mis ojos, me condujo hasta un sitio muy asqueroso donde algunos hombres cagaban o vomitaban monedas. Pero rápidamente me alejaron de este recinto de Astarot, y rápidamente me condujeron hasta aquella diabla que mi vanidad soltó para grande perdición mía y de la ciudad de San Juan Bautista. Pues aquella hija de Leviatán se puso en cuatro, me mostró las nalgas; y ¡cuánta no fue mi sorpresa cuando descubrí que su culo era, más que ojo de Leviatán, espejo convexo que reflejaba mi figura! Todos mis miembros se aflojaron hasta que caí frente al espejo, con melancolía tan gravosa que ya no tuve más ánimo que el necesario para mirar desfallecido mi propia imagen. Y allí quedé sumido en tantos burlones desvaríos que ya no sentí el dolor del mundo."

Crónica donde Gracián cuenta el exorcismo de Leviatán

"Su mente ha estado muy calenturienta, y el desatino ya es costumbre de su penosa voluntad. Hoy terminamos la redada de las niñas diablas, pero de la pájara de ninguna salió Leviatán o bicharraco menor. Aquella tartamuda que su confundida voluntad soltó —disfraz verdadero del constructor de Babel— anda tan suelta que Don José sólo tiene noches para el delirio y la sinrazón. Anoche tuvo tantos desvaríos y calenturas que fue necesario ponerle compresas frías en la frente, remedio verdadero para aplacar los malos humores que se han apoderado de él. Una de las visiones ha cautivado tanto su voluntad que ya no hay espacio para la razón, pues ahora le ha dado con que Leviatán tiene grande castillo en los mangles que rodean esta ciudad de San Juan Bautista.

* * *

Ya anunciaba el dulce efebo su lánguida muerte en el horizonte cuando nos preparamos a zarpar, en tres yolas de remo, hacia el caño de San Francisco; era en este anchísimo canal entre el islote de Cabras y Miraflores donde su turbia lucidez había oteado —en el nocturno delirio, en el hondón del catalejo— la estancia majestuosa de su más feroz enemigo. Con anuncios de heraldos y toques de tambor, zarpamos hacia los mangles rojos que lindan con la bahía, y a distancia vimos gaviotas y martinetes sobre bancos arenosos y cayos, allá alejándose hacia las malezas del río Bayamón y los mogotes de la llanura norteña. Y aseguro que este prodigioso diálogo que ahora relataré fue adorno galano de nuestra navegación por la bahía; ésta se había convertido en salón de nuestras profecías, gabinete de curiosos demonios. Pues Don José me dijo que Leviatán buscaba sitio para la fundación de su perfecta ciudad, a lo que le advertí que si era ese el motivo de nuestro viaje a mangles y caños tan apestosos, perdía su tiempo: no hay sitio más inhóspito para la construcción de torres y castillos que esos hervideros de vaporizos malsanos y sabandijas voladoras. Pero Don José sabía más que yo de las locuras de Leviatán: —*Bien recuerdo que en la visión de anoche los caserones se levantaban con gran señorío sobre el muy frondoso mangle, y aquellos edificios estaban montados sobre grandes zocos de caoba y ausubo, su altura en los bajos aires era tal que toda la ciudad quedó reflejada en los canales.*— Todo ello lo contradije con estas sutiles razones: —*Es imposible edificar semejante ciudad en este sitio, los zocos de ausubo se hundirán en el cieno...*— Aquella ciudad prodigiosa me pareció mucho más que perfecta, y ello porque una marejada, o un viento del norte, dejaría su espacio tan mondo que ya no habría recuerdo de ella, cumpliendo así con su profecía de ciudad utópica, que las de esta clase no están en ningún sitio ni tiempo, y no dejan huella en la memoria de los hombres. Cuando le atildé todos estos pensamientos, me dio unas palmaditas en el hombro y dijo con templada rabia: —*Eres un cabroncito, eres un cabroncito que no mereces dar testimonio de profecía tan enorme.*— A lo que protesté mucho, diciéndole que no pretendía desmerecer los magníficos paisajes que pintaba su ingenio, sino sólo señalar las locuras de Don Leviatán soberbio...

Entramos al canal de San Francisco; uno de los esclavos remeros señaló una bandada de garzas que levantaban vuelo sobre las frondas del mangle. Desvié la mirada hacia aquel crepúsculo morado que llenó de tanta melancolía el aire, con gran ternura escuché a Don Pepe musitar discursos, así de ajeno estaba a todo lo que ocurría a su alrededor, así de preso quedó en aquel laberinto de visiones engañosas que el follón de Leviatán sembró en su confuso espíritu. Las garzas alcanzaron allá el horizonte, la luz cambió súbitamente; entrábamos al más ancho canal del mangle, y la oscuridad se hacía vecina, tanto así que Don José preparó linterna mientras me aseguraba: —*Las casas se juntan todas en los aires, como formando caseríos, magníficas torres, que esos habitáculos son edificios colgantes sobre la gran laguna del caño.*— Le señalé que al parecer la visión no era del castillo de Leviatán, sino de panal grandísimo de diablejos. A esta justa observación contestó: —*No, no, el castillo de Leviatán queda en una montaña del reino del Perú, y puedo asegurarte que castillo tan grande es ciudad con forma de navío. Mira tú que ese castillo tiene un espolón altísimo que se levanta desde el fondo del precipicio hasta la almena más alta, maravilla verdadera, pues esa inmensa mole de piedra y argamasa, fortaleza más grande que el castillo de San Felipe de Morro, parece una gigantesca nave que encalló sobre el espinazo de la más alta montaña de los Andes.*— A este desvarío de mente tan febril contesté preguntándole si aquella ciudad de la montaña tenía habitantes, y ésta fue la respuesta del Obispo: —*Es una ciudad sin gente, que así las construye la soberbia de Leviatán.*— Pensé que al Leviatán aquel no le importaba construir ciudades inútiles, por eso volaba sobre los mangles buscando sitio para uno de sus adefesios. Parece que el fulano tiene gran gusto por sitios donde el asentamiento de ciudades se hace muy azaroso, y esa pasión por hacerse la vida difícil a la verdad que se ve en esta ciudad que pretende fundar aquí, también en el castillo ese que hizo construir sobre la montaña más alta del mundo. A mí se me figura que ese Leviatán está como sumido en feroces delirios que no le permiten ver cuán imposibles son sus diabólicas empresas. Este arquitecto infernal quiere ponerle zancos a esta ciudad de los mangles, y ésta parecerá más un maromero gigante cruzando agua hasta los tobillos que un espacio sereno. Esa ciudad vivirá como mareada allá por lo alto, y si no me equivoco, la borrachera de la soberbia la llevará a dar traspiés por estos caños, pronto se hundirá en las aguas, no tardará en morder el oscuro cieno. Don José avivó en la noche los oscuros sortilegios, quiso prender la linterna que ahuyentaría a los diablillos aéreos... Un frío de muerte me sube por el espinazo, que aquí estoy trepado en una yola con un Obispo medio poseído por Leviatán, sin saber nadar un palmo, hablando y pensando idioteces sobre un demonio loco mientras cruzo mangle oscuro como boca de lobo. Ahí sólo se oye el chapoteo de los remos... —*Este Leviatán es como un malabarista del destino humano, así de alejado vive del cuido que la ciudad política reclama por estar sumida en la necesidad, en el hambre y la tentación de las más fieras pasiones, tales como la envidia, la lujuria, la voraz avaricia y las muy destempladas vanidades de los poderosos. El muy sucio vive distraído de todo esto; su ciudad es más de los aires y de las aguas que de la tierra.*— Estuve muy de acuerdo con tales pensamientos de Don José, y le expliqué que por lo visto era que a Don Leviatán le gustaba montar sus pueblos de utopía sobre zancos o pedestales, que a este propósito servían los zocos con que pensaba alzar sobre el caño su desaforada ciudad, y que por eso mismo fundó una ciudad navío sobre montaña, a menos que no fuera para salvarnos a todos de algún diluvio universal o catástrofe parecida. —*No, no es su vocación atender los pesares de la ciudad humana, por eso construye sin compasión hacia los aires, bien por lo alto, sin que lo alcance a perturbar el rumor de la incesante caravana.*— Algo se desató en mí cuando escuché estas palabras de Don Pepe, mi ingenio dio salto tan grande que por poco termino en el agua. Entonces grité, no sin que antes la lengua me tropezara con tan agudos razonamientos: —*¡Ya sé cómo capturar al muy cabrón de Leviatán!*— Don José me miró con sus ojos chicos de animal acorralado. Aquella oscuridad, el reflejo sobre su rostro, la mortecina luz amarillosa de la linterna, le daban aire tan siniestro como penoso, que todo en mí se volvió lástima y cautela al contemplar la melancolía de aquel hombre que otrora fue de ingenio tan lúcido. Sus ojos lagañosos, rojizos por el desvelo, ya quedaron distraídos de mi repentino entusiasmo. Uno de los heraldos que nos acompañaban en la travesía anunció desde su yola la cercanía del islote de Cabras. Pero poca atención le presté al momento en que entramos a una pequeña bahía, justo donde el caño se vuelve muy luminoso, ello a causa de las luciérnagas marinas que allí abundan. Sus labios se movieron pesados, con penosa dificultad, al preguntarme por aquel santo remedio que lo libraría del enorme y mañoso Leviatán. Y entonces le dije: —*Pues como este Don Leviatán es tan vanidoso debemos capturarlo con grande espejo como el que usamos para capturar al pedorrero de Belcebubo, que a lo mejor este santo remedio no era para los benévolos aromas de aquel diablazo, y sí para despejar la peste horrible que el malo de Leviatán ha desatado por toda la ciudad.*— Cuando así dije, Don José saltó de su banco a donde yo estaba. Se arrodilló ante mí, y casi me puso la linterna en la cara mientras me preguntaba a gritos: —*¿Por qué demonios dices que Leviatán puede ser capturado con el espejo?*— A lo que contesté con la voz atosigada, los güevos subidos a la garganta, ello porque temí que Don José me tirara al agua, tan encendido lo vi de rabia: —*Pues si este Don Leviatán es un señor muy soberbio, también debe ser vanidoso. ¿No ha dicho usted que apenas atiende las cosas de la tierra, tan trepado como está por los cielos, construyendo barcos de piedra sobre montañas y ciudades en los mangles?*— Don José dijo, un poco para sí: —*Su pecado es el más terrible de todos, pues ¿a quién no afecta su visión desatada? La peste que ha soltado por toda la estancia pudre la esperanza, pero mira que también daña las hormigas del campo...*— Quise fundar mi intuición sobre muy delicadas aunque firmes razones; de golpe y porrazo se me había revelado el talón de Aquiles del muy sucio Leviatán: —*El espejo es su debilidad. ¿No ve que la ciudad es lacustre? Por lo visto quiere que esa utopía por usted soñada se refleje en las temblorosas aguas de la laguna. Eso es una soberana vanidad. Dígame usted si no es así. Por eso quiere levantar las casas colgante esas sobre grandes zocos, justo para que se reflejen en el agua. El muy mañoso pretende convertir esta laguna en grande espejo donde se mire su vanidosa ciudad de mierda. Mire, Don José, hágame caso. Volveremos por un espejo y mañana lo paseamos de día por todos los mangles. Cuando Leviatán nos vea deseará, como es tan vanidoso, mirarse en el espejo, pavonearse de cuerpo entero frente a su propio talante apestoso. Para mí que volará desde donde esté para llegar aquí; y cuando eso ocurra, pues tendremos listo fuego de mosquete y piedras para destrozar su pinta reflejada en el espejo. Tan pronto se rompa el espejo morirá Leviatán, que por nuestra larga experiencia en este oficio de exorcistas bien sabemos que cuando se trata de demonios las cosas ocurren así.*— Muy distraído de

328

todas mis razones Don José permaneció en silencio. Parecía tan absorto en su duda que me acerqué a ver si estaba vivo o muerto. Le toqué el hombro, se viró hacia mí y quiso decirme algo. Pero apenas podía emitir aquellos sonidos roncos que más parecían de animal lastimado que de hombre. Balbuceaba una jerigonza confusa que rebasó mi comprensión. Allá sentía lástima por el bueno de Don José, pues él ya no era él, sino triste sombra de aquel Obispo pico de oro que quiso devolvernos la esperanza. Oí sus gemidos; jamás había visto tanto dolor alojado en el pecho. Como los leprosos del islote de Cabras corrían cual sombras por la oscura orilla, lanzándonos piedras y gritando palabras muy groseras, les ordené a los remeros enfilar proa hacia la bahía, en dirección a nuestra amadísima ciudad de San Juan Bautista. Entonces tuve ocasión de escudriñar aquel dolor enorme. Y digo que su ministerio fue tan difícil porque le tocó lidiar con aquel follón que entre nosotros sembró la desesperanza, mago verdadero que hace desaparecer de nuestro horizonte la tierra prometida, confundiéndola con una ciudad más hecha para ángeles o demonios que para hombres, Satanás arquitecto que sujeta al hombre en espacio donde apenas cabe el aliento, encantador de voluntades que ha convertido nuestra caravana en gusanera venenosa, serpiente de los caños, profeta de una ciudad donde el hombre no encuentra reposo ni sosiego, obligado como está a peregrinar en extravío, sujeto a la nostalgia de un porvenir tan equívoco como el rostro del maligno. ¡Pobre Don José! ¡Tantos demonios que había desalojado para terminar atado al peor de todos! Pero estos son los riesgos que se han corrido todos los buenos exorcistas que en el mundo han sido."

Río Piedras, Puerto Rico, 1976

329

INDICE

Página

Prólogo 9

CRONICA DE NUEVA VENECIA
PRIMERA PARTE
LA NOCHE OSCURA DEL NIÑO AVILES

Capítulo I
Un viaje a los caños 17

Capítulo II
Juan Pires 28

Capítulo III
El éxodo.. 36

Capítulo IV
Invasión... 40

Capítulo V
Noticias particulares sobre el Reino Negro que el Caudillo Molongo
Obatal fundó en la Plaza de San Juan Bautista 46

Capítulo VI
Voz del Cronista Gracián, Secretario del Obispo Don Felipe José
de Trespalacios y Verdeja.................................... 56

Capítulo VII
Voz del Renegado, donde cuenta la muy grande ocasión en que el
Caudillo Obatal arengó a su pueblo 60

Capítulo VIII
Crónica de Gracián sobre los negocios entre Trespalacios y los
Avileños.. 67

Capítulo IX
De las muchas maravillas que el Renegado vio en el campamento de Obatal... 71

Capítulo X
De la ruta del povo que siguió el Cronista Gracián 77

Capítulo XI
De lo que el Renegado vio en el Reino de las Quimbambas 84

Capítulo XII
De las cosas que el Cronista Gracián vio desde el gabinete volante
del Obispo Trespalacios 106

La composición tipográfica
de este volumen se realizó
en el Taller Huracán
Ave. González 1002
Río Piedras, Puerto Rico.
Se terminó de imprimir
el 15 de enero de 1984
en Editora Corripio, C. por A.
Santo Domingo, República Dominicana

La edición consta de
1,500 ejemplares